世紀神探

Sherlock Holmes

福爾摩斯經典全集（上）

●亞瑟·柯南·道爾 原著
●丁凱特 編譯

[序]

推理小說的里程碑，傳奇偵探的傳奇一生

一百多年來，倫敦市區的貝克街二二一號之B，總是源源不斷地收到來自世界各地的信件，要求屋主為其解決疑難雜症，或是商談個人隱私；這幢不起眼的公寓，一年到頭聚集了來自四面八方的旅行者，爭相目睹一位傳奇人物的丰采。這個人就是夏洛克．福爾摩斯——一位英國作家亞瑟．柯南．道爾筆下的推理怪傑，百年來人們心中的「偵探」代名詞。

一八八六年四月，亞瑟．柯南．道爾受到偵探小說家愛倫．坡的影響，以及自己從事醫學研究的啟發，利用業餘時間構思出一篇故事《血字的研究》，一位舉世聞名的大偵探就這麼誕生了。這個「登在雜誌太長，連載又太短」的故事起初並不受重視，甚至屢遭出版社退件，一八八七年底才終於在聖誕年刊上出版；一八九〇年第二篇故事《四簽名》問世，但仍未獲得廣大迴響；直到一八九一年，柯南．道爾開始在雜誌上連載福爾摩斯的短篇偵探小說（即本書中《冒險史》），名聲才如爆炸般水漲船高，並迅速成為倫敦市民最喜愛的人物之一。

儘管只是作家筆下的一名虛構人物，夏洛克．福爾摩斯對眾多讀者來說，卻逼真地彷彿確實存在一般。他的形象鮮明，既擅長科學邏輯的理性思維，又隱藏著凡人不及的體貼柔情。面對案件的罪證線索，他一絲不苟、絕不讓步；遇到令人同情的罪犯，卻能將心比心、網開一面。他精通化學、心理學、解剖學、數國語言，善使兵器與搏擊術；但同時也非完美無瑕的聖人。他的生活雜亂無章、行事放蕩不羈；他待人冷漠、刻薄，時常對伙伴華生的失誤嚴加批評；他嗜抽煙斗、雪茄，為了刺激思考，更有注射毒品的習慣。然而，也正是這些人格上的小瑕疵，讓夏洛克．福爾摩斯在讀者心中更加地有血有肉、栩栩如生。

故事中，福爾摩斯大量運用了自己發明的演繹法，解決了無數令警方束手無策的懸案。委託他辦案的人從王室貴族到平民百姓，遍佈社會各階層；案件內容從凶殺竊案到婚姻醜聞，無奇不有。過程中不時穿插著愚鈍的雷斯垂德警長、智慧與他不相上下的兄長邁克洛夫特、反派的莫里亞蒂教授、以及他長年的重要伙伴華生醫生等人物，更為故事本身增添了幾分趣味。同時，劇情中記述的科學知識、人物心理、風土人情，更生動地呈現了十九世紀末英國的社會背景，讓這部小說不僅是文學創作，更是重要的歷史紀錄，並隨著時間流逝而歷久彌新。

隨著夏洛克．福爾摩斯的故事風靡全國，作者亞瑟．柯南．道爾的內心卻產生了極大的矛盾。偵探題材的成功使得他在冒險、文藝等領域的其他著作無法得到應有的關注，他開始厭惡自己創造出來的這位名偵探；一八九一年，他在寫給母親的信中提到：「我考慮殺死福爾摩斯，把他永遠的結束掉，他佔據了我太多時間。」終於，他在一八九三年的《最後一案》中，讓夏洛克．福爾摩斯與死對頭莫里亞蒂教授一同葬身於瀑布底下（詳見本書《回憶錄》），並排除了各種生還可能性，判了這位名偵探死刑。

沒想到，《最後一案》在雜誌上發表後，亞瑟．柯南．道爾並未如預期般從福爾摩斯的故事中得到解脫，反而陷入了這名貝克街亡靈無止盡的糾纏。數不清的書迷紛紛來信表達抗議，並在帽上繫了黑紗帶，將棺材抬上街頭，表示對夏洛克．福爾摩斯的哀悼。終於，拗不過讀者的請求，柯南．道爾在一九〇二年發表了新的續集《巴斯克維爾獵犬》，重新讓這位名偵探活躍於紙上；並在隔年的《空屋》一案中讓福爾摩斯死而復生，並解釋了福爾摩斯失蹤期間的遭遇（詳見本書《歸來記》）。之後柯南．道爾又陸續寫下了數十篇故事，直到一九二七年正式結束連載；福爾摩斯則在《最後致意》一案正式退隱，作者不再交代他的死亡，讓這位名偵探永遠的活在讀者心中。

迄今為止，本作已被譯成五十七種語言流傳全球，廣受大眾喜愛，「福爾摩斯」儼然成了名偵探的代名詞，他那獨特的性格與出類拔萃的才能，百年來令千萬讀者津津樂道，閱讀此書的熱潮更未曾消退。本書遵循

[序]

並延續了原著的精神，講求結構與邏輯上的嚴謹，以及生動的情節處理，改良了他社譯本在文意上的謬誤與生澀，並彙整了亞瑟・柯南・道爾原作的所有內容，絕對是最值得典藏的福爾摩斯全集。

《福爾摩斯》系列共包含了四部長篇、五十六則短篇。四部長篇分別為《血字的研究》、《四簽名》、《巴斯克維爾獵犬》、《恐怖谷》，五十六則短篇分別歸入《冒險史》、《回憶錄》、《歸來記》、《最後致意》、《新探案》；全系列共分大九章節。本書忠於原著的排序與分冊，並按照歷史上的出版年代排列，是最正統、也最具象徵意義的排法；同時，標註了重點提示訊息，讓讀者也能享有最原汁原味的解謎樂趣。礙於文字量龐大，我們將全系列分為上、下二冊出版，上冊收錄了《血字的研究》、《四簽名》、《冒險史》、《回憶錄》、《巴斯克維爾獵犬》五部，包含福爾摩斯初次登場到死於瀑布的內容，是柯南・道爾前期的創作；下冊則收錄《歸來記》、《恐怖谷》、《最後致意》、《新探案》四部，記述了福爾摩斯死而復生到晚年歸隱山林的經過，是柯南・道爾決定重新執筆後的創作，讀者也可以藉由上、下二冊，比較柯南・道爾在這個轉捩點前後的寫作風格變化。

在此，我們誠摯的邀請各位讀者，與我們一同進入這位名偵探的推理世界，體驗柯南・道爾筆下的日不落帝國，並收藏這套百年不朽的傳世經典。

CONTENTS 目錄

A Study in Scarlet.

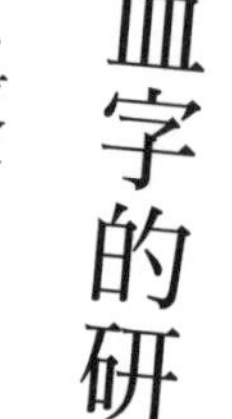

血字的研究

The Sign of the Four.

四簽名

Adventures of Sherlock Holmes

冒險史

The Memoirs of Sherlock Holmes

回憶錄

The Hound of the Baskervilles.

巴斯克維爾獵犬

勞瑞斯頓花園街發生命案
凶手在牆上留下意義不明的血字
初登場的私家偵探福爾摩斯
以此與警方展開對決
一連串抽絲剝繭的科學推理
揭發命案背後懸疑曲折的事實真相
凶手究竟是……

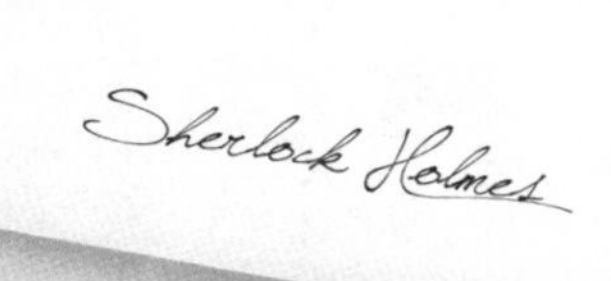

錄自前陸軍軍醫部醫學博士約翰・H・華生回憶錄

1 夏洛克・福爾摩斯

一八七八年，我在倫敦大學取得醫學博士學位，隨後又到內特黎進修醫學必修課程。在那裡修完我的學分後，立刻被派往諾森伯蘭第五明火槍團充任助理軍醫，這個軍團當時駐紮在印度。我還沒來得及趕到部隊，就爆發了第二次阿富汗戰爭。當我自孟買上岸時，得知所屬的軍隊早已穿過山隘，並持續深入敵境。儘管如此，我還是隨著一群掉隊的軍官追趕上了部隊，並安全地到達了坎達哈。在那裡我找到了我的團隊，並立即肩負起新的職務。

這場戰役給不少人帶來了榮譽和升遷的機會，對我來說卻是一連串災難和不幸的開始。在被轉調到伯克郡旅後，我與這個旅一同參加了邁旺德那場殊死的決戰，一顆捷則爾槍彈在交戰時打中了我的肩部，被擊碎的肩骨割破了鎖骨下面的動脈。要不是勤務兵莫瑞奮不顧身地把我拋到一匹馱馬的背上，將我安全地送回英軍駐地，恐怕我早就落到張牙舞爪的嘎吉人手中了。

槍傷的創痛，加上長期的軍旅輾轉勞頓，讓我形銷骨立，體弱不堪。於是軍方把我和一大批傷員送往波舒爾的基地醫院。我的健康狀況在那裡很快得到了好轉，開始能在病房中稍稍走動，甚至到走廊上曬一會太陽了。正為此感到慶幸不已時，卻染上了印度屬地那種倒楣的傷寒症。我再次病倒了，連續昏迷了好幾個月，生命垂危。等到我終於恢復了意識，身體逐漸康復，也已是奄奄一息。醫生會診後，決定立即送我回英國，一天也不許耽擱。我搭乘「奧朗提斯號」兵船，在一個月後抵達了普茲茅斯的碼頭。那時，我的健康狀況真是糟到不能再糟，為了讓我康復，好心的政府給了我九個月的假期休養。

在英國舉目無親的我，就像空氣一樣的自由，再加上每天十一先令六便士的收入，足以過得逍遙自在。在這種情況下，我自然而然地栽進了倫敦這個大汙水坑，如同大英帝國所有的遊民懶漢一般。我在倫敦中區河濱的一家公寓裡住了一陣子，既不舒適又倍感無趣。錢一到手就花光，遠超過所能負擔的開支，因此經濟情況越來越不妙。我開始意識到，我必須遠離這個大城市，移居鄉下，要不就得徹底改變我的生活方式。最後，我選擇了後者，決定離開這家公寓，另外找一間租金較低的、不那麼奢侈的居所。

就在做出決定那天，當我站在克萊特里昂酒吧的門前時，忽然有人拍了我的肩膀，回頭一看，原來是小史丹佛，他是我在巴茨時的一個助手。在倫敦的茫茫人海中，居然能遇上一個熟人，對於正處孤獨無奈的我來說再愉快不過了。雖然我倆交情平平，我仍然熱情地向他打招呼，史丹佛對於這次邂逅也感到高興。驚喜之餘，我立刻邀請他到荷柏恩餐廳共進午餐。我們雇了一輛雙人馬車離開了酒吧。

「華生，你近來都幹了些什麼呢？」當馬車轔轔地穿過擁擠的倫敦街頭時，史丹佛很驚奇地問道，「看你面容枯槁，瘦得只剩皮包骨了！」

我開始向他述說那些不幸的遭遇，還沒等我說完，馬車已到了荷柏恩餐廳。

「可憐的傢伙！」他聽完這段悲傷往事後，深表同情，「那你現在有什麼打算呢？」

「找個住的地方。」我說，「不知道能不能租到一間便宜但舒適的房子。」

「真是怪了！」史丹佛回答道，「你是今天第二個對我說這種話的人。」

「是喔？那第一個人是誰呢？」我問道。

「是一個在醫院化驗室工作的朋友。今天早晨他還在發愁哩！他找到了幾間好套房，但是無法一個人負擔租金，又找不到人跟他合租。」

「好極了！」我高興地大喊，「如果他真的想找人合租，那應該非我莫屬了，我也覺得有個伴兒總比獨居好多了。」

小史丹佛從酒杯上方不可思議地望著我：「看來你從未聽說過夏洛克·福爾摩斯這個名字吧，否則，你不會如此爽快地同意和他長期做伴的。」

「為什麼？他有哪裡不對勁嗎？」

「哦，不，不。我不是這意思，只是他的思想和行徑有些古怪而已，總是痴狂般的熱衷於某些研究。不過據我所知，他倒是個挺正派的人。」

「他該不會也是學醫的吧？」

「不是，說起來，我一點也摸不清他在鑽研些什麼。但我相信他對解剖學很精通，而且是個一流的藥劑師。不過，據我所知，他從來沒有系統地學過醫學。他的研究物件總是雜亂而反常，但累積的那些稀奇古怪的知識連他的教授都感到驚訝。」

「你從來沒有問過他在研究些什麼嗎？」

「沒有，他不是那種隨便就說出心事的人，只有在他高興的時候才會滔滔不絕。」

「聽你這樣說完，我倒更想見他一面了。如果一定得跟人共處一室，我還寧願選擇一個好學而又沉靜的人作為室友。我的身體還沒完全康復，禁不起吵鬧和刺激，在阿富汗時，我就已經受夠了那種滋味，這輩子再也不想遇到了。好了，我要如何見到你的這位朋友呢？」

「這個時候他應該還待在實驗室裡，他要不就好幾週不出現，要不就從早到晚待在那裡。如果你方便，我們可以吃完飯就過去。」

「當然好。」決定完，我們又聊了其他的一些話題。

在我們離開餐廳前往醫院的路上，史丹佛又向我提了一些那位即將成為我室友的先生的詳細情況。

「要是你們處不來的話，可別怪我啦！」史丹佛警告我，「我也只是在化驗室裡偶爾碰到他，並對他略知一二而已，至於其他方面我就一無所知了。既然是你提議要見他的，今後若是發生什麼，可就不關我的事囉。」

「如果我和他無法友好相處，要散伙也不是什麼難事。」我回答道，「史丹佛，感覺得出有些隱情讓你不想插手這件事，是那傢伙的脾氣真的很壞？還是有別的原因？從實招來吧！兄弟。」

「要把難以解釋的事用言語表達出來可真不容易，」他苦笑著說道，「我個人覺得，福爾摩斯簡直是個科學狂，甚至到了冷血的程度。你可以想像，他曾拿一小撮研製出的藥物給朋友嘗，不是出於什麼惡意，而是單純出於好奇，他想準確地掌握這種藥物的效果。說實話，我想他就算自己一口吞下那藥，也一點都不奇怪。可以看得出他對知識有著近乎瘋狂的渴望。」

「這種精神很好呀！」

「是沒錯，可是也未免太過分了。更誇張的在後面，他甚至在解剖室裡用棍子抽打屍體。」

「什麼！抽打屍體？」

「對！按他的說法，那是為了研究人死後還能不能在身體上產生傷痕，我曾目睹他抽打屍體。」

「你不是說他不是學醫的嗎？」

「是啊。天知道他在研究些什麼東西。哎！我們到了，你就親眼去證實他究竟是個怎樣的一個人吧。」

下了馬車，我們走進一條狹窄的胡同。通過一個小小的旁門，進入一所大醫院的側樓。這是我相當熟悉的一個地方，不用人帶路就自己走上了白石台階。穿過一條兩壁刷得雪白的長走廊，長廊兩旁有許多暗褐色的小門，盡頭連著一個矮矮的拱形走廊，從那裡可以一直走到化驗室。

化驗室很大，房內到處擺放著各種瓶子，幾張又矮又大的桌子縱橫排列，上邊放著許多蒸餾器、試管和閃動著藍色火焰的本生燈。屋子裡只有一個人，坐在較遠的一張桌子前面，正聚精會神地伏案工作著。聽到我們的腳步聲，他回過頭來瞧了一眼，接著就跳了起來，高興地大喊：「我找到了！我找到了！」他手裡拿著一支試管向我們跑來，「我找到了一種試劑，這種試劑只有碰到血色蛋白時才會發生沉澱，別的都不行。」我看他即使發現一座金礦，也未必會比現在更興奮。

「這是華生醫生，這位是福爾摩斯先生。」史丹佛為我們做介紹。

「你好。」福爾摩斯熱情地握住我的手，沒想到他的力氣還挺大的。

「看得出來，你在阿富汗待過。」

「你怎麼知道的？」我掩飾不住自己的驚訝。

「這沒什麼，」他笑了笑，「不過現在要談的是血色蛋白的問題，你一定也知道沒有什麼比這個發現更重要了吧！」

「從化學的角度來看，無疑非常有趣，」我回答道，「但在實用方面……」

「什麼？先生，這可是近年來實用法醫學上最重大的發現了。你難道還看不出來這種試劑將提供我們萬無一失的血跡鑑定嗎？請到這邊來！」他拽著我的衣袖，將我拖到了他剛才工作的那張桌子前面，「讓我們來點新鮮的血液。」他一邊說，一邊將一根長針刺進自己的手指，再用吸管吸起那滴血。

「現在，我把這滴血放入一公升的水裡。你看，得到的混合液外觀與純水無異，這是因為血在溶液中所佔的比例還不到百萬分之一。儘管這樣，我還是相信有辦法讓它出現特有的反應。」說完，他把幾粒白色晶體投進容器裡，然後加了幾滴透明的液體。不一會兒，溶液變成了暗紅色，一些棕色微粒漸漸沉澱在瓶底。

「哈！哈！你覺得如何？」他拍著手，彷彿小孩子剛拿到新玩具一樣的興奮。

「看來像是個精密的實驗。」我說。

「妙極了！簡直妙極了！過去用愈創樹脂試驗既難作又不準確。用顯微鏡檢驗血球也一樣，對凝固了幾小時的血就起不了作用。使用了這種新試劑，不論血液凝固的時間長短，一樣可以鑑定。如果這個方法能早點發現，那麼，當今世界上那些數以百計逍遙法外的罪犯早就受到法律的制裁了。」

「確實是這樣。」我喃喃地說道。

「許多刑事犯罪案件的關鍵往往就在此！一個案件總要在好幾個月後才能找出一個嫌疑犯，而在他的襯衣或其他衣物上發現的褐色斑點，到底是血跡、泥跡呢？還是鏽斑、果汁的汙漬呢？又或者是其他的痕跡？這個問題讓許多專家都倍感頭疼，原因何在？因為沒有能夠準確鑑別血跡的方法！現在可好，我們有了夏洛克．福爾摩斯檢驗法，這個難題將迎刃而解。」

他神采奕奕，把一隻手按在胸前，像對歡呼的群眾致謝般向我們鞠了一躬。

「祝賀你，先生。」看到他那異常亢奮的樣子，我頗感驚訝。

「去年發生在法蘭克福的馮．彼沙夫案，如果當時就有這種檢驗方法的話，我相信那凶手早就被絞死了。除此之外，還有布萊德弗地方的梅森、臭名昭著的穆勒、蒙皮立的勒菲佛，以及紐奧良的山姆森……瞧，我可以舉出一大堆能用這個方法偵破的案件。」

「你簡直像一本犯罪案件的活字典！」史丹佛忍不住笑了出來，「你可以用這些素材去辦一份報紙了，就叫做『警務新聞舊錄報』吧！」

「這樣的報紙讀起來一定很有趣。」福爾摩斯一邊說，一邊把一小塊橡皮膏貼在手指傷口處，「我不得不小心一點，」他轉過頭來對我笑了一笑，接著又往下說道，「因為我經常要接觸各式各樣的毒藥。」說著他伸出手來。我看到他的手上幾乎貼滿了一樣大的橡皮膏，而皮膚由於強酸長期的侵蝕，已經變了顏色。

「差點忘了正事，」史丹佛在一張三腳高凳上坐下，並用腳把另一張踢向我這。「我這位朋友最近在找住處，而你恰好在煩惱找不到人合住，所以我想介紹你們認識認識。」

福爾摩斯對這個提議似乎挺高興的，他說：「我看中了貝克街的一棟公寓，我想應該非常適合我們才是。哦！對了，希望你不排斥強烈的煙草味。」

「那倒不會，我自己也常抽『船』牌煙。」我回答說。

「那就太好了！我有不少化學藥品，偶爾也會在房裡做做實驗，你不會介意吧！」

「當然不會。」

「讓我想想還有什麼問題……對了，當我心情不好時，會好幾天不發一語，這種時候，請你千萬別以為我在生氣，這種壞情緒不會維持太久的。你也有什麼需要告訴我的嗎？兩個人同處一室前，最好能事先瞭解一下對方的缺點。」

我對這樣的刨根問底感到有些好笑，但還是告訴他：「我養了一隻小虎頭犬，再來就是我的神經受過刺激，因此最怕吵鬧；我每天的起床時間不固定，而且我非常懶。此外，當我康復後可能還有一些壞習慣，不過，目前就這些了。」

「拉小提琴算是一種吵鬧聲嗎？」他急切地問。

「那得看拉琴的是誰了，高明的琴手，會將提琴拉得悅耳動聽，如果是個蹩腳的……」

「哦，那還好。」福爾摩斯臉上堆滿了笑容。「那麼，事情就這麼定了，如果你對房間還算滿意的話。」

「我們什麼時候去看房子呢？」

「明天中午先在這兒會合，然後我們一塊過去，把一切事情都定了。」他回答說。

「好，那就明天中午。」說完，我們握了握手。

我與史丹佛起身告辭，留下他一人繼續埋首於化學實驗中。

「話說回來，」回旅館的路上，我突然停下腳步，轉頭問史丹佛，「他怎麼知道我曾在阿富汗待過的？」

史丹佛意外深長地笑了笑：「這正是他與眾不同之處，許多人都不明白他究竟是如何洞悉這一切的。」

「好一個不解之謎！」我搓著雙手說道，「太有趣了，我開始感激你這樣撮合我們兩人了。正所謂，『研究人類的最佳途徑就是從具體的個人著手。』」

「嗯，你一定得好好研究他。」史丹佛在臨別時說道，「你會發現他才是個最難解的問題，而且我敢打賭，他瞭解你會比你瞭解他來得更多。再見！」

「再見！」

我漫步走回旅館，心中充滿著對這位新朋友的濃厚興趣。

2 演繹法

我跟福爾摩斯如約在第二天見面，並且一起到貝克街二二一號去看他昨天提到的那間套房。這間套房有兩間舒適的臥室和一間寬敞而通風的客廳。室內的陳設悅目，有兩扇寬大的窗戶，採光良好，無論從哪個方面來看都是間不錯的房子，加上租金由兩人共同分擔，就更為合適了。就這樣，我們找來房東，當場成交。那天晚上我就收拾好行囊，從原來的旅館搬到了新房裡。次日一早，福爾摩斯也緊跟著把他的行李搬了進來。開始的一兩天，我們都在忙著解開行囊，佈置陳設，盡可能將一切安排妥善。之後才慢慢開始適應這個新環境。

說實在的，福爾摩斯並不是一位很難相處的人。他的生活作息極有規律，晚上很少在十點以後就寢；每天早晨，總在我起床前就用過早餐出門了。有時，他把一整天時間都消磨在化驗室和解剖室裡；偶爾也步行到很遠的地方，像是倫敦城的貧民窟一帶。他心情好時，似乎總有用不完的旺盛精力；但在鬱悶時，則會一連幾天躺在起居室的沙發上，從早到晚一動也不動的。這種時候，我總能看到他的眼裡流露出一種虛無飄渺的神色，若不是他平日的生活嚴謹而有節制，我真要懷疑他是一位麻醉劑成癮的患者。

幾個星期一晃而過，我對他的興趣與生活目的的好奇心也日益加深。僅看他的相貌和外表，就足以引起任何一個漫不經心的人注意。他身高六呎多，身形削瘦，因此顯得格外頎長；除去我剛才提到那些茫然若失的時候，他的目光銳利，極具洞察力；細長的鷹鉤鼻使他的相貌增添了幾分機警、果斷；方正而突出的下顎則說明他是位非常剛毅的人；他的雙手雖然總是斑斑點點地，沾滿了化學藥品和墨水，可是動作卻出奇地靈活，因為我常有機會觀察他操作那些精密易碎的化驗儀器。

如果我承認福爾摩斯勾起了我那旺盛的好奇心，讓我多次試圖探聽他那沉默壁壘下的隱私的話，讀者也許會認為我是吃飽了閒著。但在做出這樣的結論前，別忘了我當時的生活是多麼的空虛無聊，能吸引我的事物又是何其貧乏。除非天氣晴朗，我的身體狀況並不允許我走出房門一步，加之又沒有什麼好友來訪。所以，我很自然地把注意力集中到了圍繞在這位同伴的種種謎團上，並且把大部分時間都耗在上面。

福爾摩斯不是在研究醫學。在一次回答我的問題時他親口證實了，史丹佛在這一點上是正確的。他既不像是為了學位而鑽研任何學科，也不像是在為進入學術界而辛勤研究，然而，他在某些方面卻表現出驚人的毅力。在一些稀奇古怪的領域裡，他的知識是如此的淵博和詳盡。因此，他對事物的觀察往往使我驚嘆不已。毫無疑問，一個人如果沒有某種明確的目的，絕不會這樣忘我工作，也不會擁有這樣精確的知識，如同那些博覽群書，卻漫無目的的人，他們的學識是很難精湛的。若非基於某種十分充足的理由，絕不會有人願意勞神費力地去追究這些旁枝末節。

不過，他也有無知的一面，而且如同他那淵博的一面般令人吃驚。他對於當代文學、哲學和政治幾乎一無所知。當我提及湯瑪斯．卡萊爾的文章時，他竟一臉茫然地問說那是什麼人，都幹過些什麼事情。最讓我驚訝不已的是，我偶然發現他對哥白尼學說和太陽系的構成居然毫不知曉。一個生活在十九世紀的、有文化的人，竟然不知道地球圍繞太陽運行的道理，這簡直就是一件怪事！令人難以置信。

「你似乎很吃驚。」看到我滿臉驚訝，他反而露出了微笑，「就算我知道，我也會想盡辦法把它忘掉。」

「什麼！把它忘掉？」我更驚訝了。

「你知道的，」他解釋說，「我認為，人的大腦就像一間空空的小閣樓，只能選擇性地把一些實用的東西裝進去。只有傻瓜才會把遇到各種破爛雜碎都往裡塞，那反而會把有用的東西擠出來的！即便不被擠出來，也會與雜碎混在一起，要用時可就傷腦筋了。所以，善於工作的人對於要把什麼放進自己的『小閣樓』是十分謹慎的。他只會把需要的工具放進去，而且既齊全又條理分明。如果有人認為這間『小閣樓』的牆壁是可以任意伸縮的話，那他可就大錯特錯了。每當你增加一些新知識，就會忘掉一些從前所熟悉的舊東西。因此，最要緊的是，別讓無用的東西把有用的知識給擠掉。」

「可是……可是那是太陽系呀！」我表示抗議。

「那關我什麼事，」他不耐煩地打斷我的話，「你說我們是繞著太陽走的，但即使我們繞著月亮走，對於我或者我的工作又有何不同！」

雖然我也正想問問究竟他的工作是什麼，但從他的表情中可以看出，這不會是一個受歡迎的問題。於是我將剛才簡短的談話反覆思考，試圖整理出一些線索。既然他說不願去追求那些與他的研究無關的知識，那也就代表，他所掌握的一切知識都是對他有用的。我將他曾表現出相當了解的領域逐一列舉，並用鉛筆寫了下來。寫完後一看，我忍不住笑了出來，內容是這樣的：

夏洛克．福爾摩斯的知識範疇

一、文學知識——無。

二、哲學知識——無。

三、天文學知識——無。

四、政治學知識——淺薄。

五、植物學知識——不全面，但對於顛茄和鴉片知識卻無所不曉；對毒劑的瞭解一般；對實用園藝學則一無所知。

六、地質學知識——只偏重實用性，且相當有限，但能一眼分辨出不同的土壤。有一次散步回來，他曾把濺在褲管上的泥點給我看，還說能從顏色和硬度上判斷出是在倫敦什麼地區濺上的。

七、化學知識——淵博。

八、解剖學知識——精確，但毫無系統。

九、驚險文學知識——廣博，似乎對本世紀發生的每一起恐怖事件都瞭若指掌。

十、小提琴拉得不錯。

十一、稱得上是棍術、拳術和擊劍專家。

十二、精通英國法律的實用知識。

我看完後，有些失望地把紙條扔進火爐燒掉，自言自語地說：「如果聯繫這些線索後，仍然無法猜出福爾摩斯的行業，那我還不如早點放棄好了。」

我在前面曾提到他拉小提琴的才能，他的琴藝的確很有幾分造詣，不過也如同他其他的才能一樣古怪離奇。我知道他能演奏一些很難拉的曲子，因為他曾在我的請求下，演奏過幾支孟德爾頌的藝術歌曲和一些他所喜愛的曲子。但是，每當他獨處一隅的時候，就很少拉出任何像樣的音樂了。他可以一整晚閉著眼睛，靠在扶手椅上信手撥弄著琴弦，有時聲音高亢而憂鬱，有時又荒誕而愉悅。顯然地，琴聲反映了他當時的思緒，而這些曲調究竟是助長了他的情緒，或者僅僅是一時興起的亂撥，我就無法斷言了，我只知道，這樣的琴聲十分刺耳，令我非常地不舒服，要不是他總在最後以我喜歡的曲子作為補償，我早就被這種雜音逼得暴跳如雷了。

在最初的一兩個星期中，我們的住處沒有任何訪客，我曾以為福爾摩斯也和我一樣，沒有什麼朋友。沒過多久，我卻發現他其實交遊廣闊，並認識來自社會各個階層的人物。其中有一位膚色灰黃，獐頭鼠目的黑眼睛小個子，經福爾摩斯的介紹，我知道了他叫雷斯垂德，這個人每星期總要來個三四次。有一天早上，一個穿戴時髦的年輕姑娘來訪，坐了約半個小時才離去；同一天下午，又來了一位頭髮灰白、衣衫襤褸的客人，樣子有點像個猶太小販，神情顯得非常緊張，身後緊跟著一位邋遢的老婦人；又有一次，有一位白髮的老紳士前來拜訪；還有一次，竟有穿著棉絨制服的鐵路搬運工來找過他……每次這些奇怪的客人來訪時，夏洛克．福爾摩斯總是請求我讓他單獨使用客廳，我也就照他講的回到臥室裡去，為此他總是對我表示歉意：

「我必須利用客廳處理一些事務，這些人都是我的顧客。」

這一次，我覺得有了直接了當地向他提問的機會，不過為了謹慎起見，我還是保持著沉默。我想，他不願對我提起他的職業，一定有他的理由。但沒過不久，他就主動地和我談起了這個問題。

我記得很清楚，那天是三月四日，我比平時起得還要早，福爾摩斯還在用早餐。房東太太一向知道我有晚起的習慣，因此餐桌上並沒有準備我的早餐，連咖啡都沒有。我感到有些火大，立刻按響了鈴，告訴房東太太我準備好用餐了，然後順手從桌上拿起一本雜誌，我的同伴則一聲不吭在一旁嚼著他的土司。雜誌上，一篇文章的標題被人用鉛筆標記了出來，我的視線忍不住往那裡瞧去。

文章的題目有些誇張，叫什麼「生活寶典」，整篇文章不停在說明一件事：一個善於觀察的人，可以藉由對所見一切進行仔細和有系統地解釋，來獲得許多重大發現。這篇文章見解十分獨到且突出，但也有些荒謬可笑；它在論理上緊密而嚴謹，但在論斷上則有些牽強附會、誇大其辭。作者聲稱，從一個人瞬息之間的表情、肌肉的抽動、以及眼珠的轉動，就能夠判斷他的心思；且按照他的說法，對於一個長於觀察和分析的專家來說，「欺騙」是不可能的。他歸納出的結論幾乎和歐幾里德的那些幾何定理一樣不容爭辯。對於那些不懂推導過程的門外漢來說，這些結論可能會使他們目瞪口呆，甚至認為作者是一位未卜先知的巫師。文章寫道：

> 即使是從一滴水裡，一個邏輯學家不需親眼見識或者聽說過大西洋或是尼加拉瀑布，也能夠推斷出它們存在的結論。所以生活就是一條巨大的鏈條，從鏈條的每一環就可以推測出整個鏈條的情況。和其他學科一樣，推斷和分析也是一門必須經過長期的磨練和刻苦的鑽研才能掌握的學科；一個人即使耗盡畢生的精力，也不可能達到盡善盡美的境地。剛入門的人，在著手處理那些最棘手的精神和心理方面的問題之前，不妨先從掌握較淺顯的問題入手。例如遇到一個臨死的人時，能夠一眼分辨出這個人的過去和職業。這種訓練，看起來也許有些幼稚無聊，但卻能使一個人的觀察能力變得敏銳。教他應該觀察哪些地方，觀察些什麼。一個人的指甲、衣袖、靴子、褲腿、膝蓋處、大拇指與食指之間的繭子、表情，襯衣袖口等等，從其中的任何一點，都能清楚地顯示出這個人的職業。要是統合了所有線索後，還不能讓一位調查者得到啟發，那就太不可思議了。

「簡直是胡說八道！」我把雜誌往桌上一扔，大喊道，「我這輩子從未讀過這樣子廢話連篇的文章。」

「什麼文章？」福爾摩斯問道。

「這篇！這篇文章，」我開始吃早餐，然後用吃蛋的小匙指著那篇文章說，「想必你已經讀過了，因為下面畫有鉛筆的印記。我不否認這篇文章寫得很漂亮，但它讓我讀了之後感到光火。很明顯，這是某位終日無所事事的閒人，挑選出生活中一些似是而非的小事，然後閉門造車地演繹成什麼看似偉大的研究成果。太不切實際了！我還真想把這個傢伙關進地鐵的三等車廂裡，讓他說出所有同車人的職業。我敢用一千比一的賠率打賭，他根本說不出來！」

「你肯定會輸掉不少錢，」福爾摩斯很平靜地說，「因為那篇文章的作者就是我。」

「你?!」

「是的，我天生就有觀察和推理的才能。文章中那些在你看來荒誕不經的理論，卻是非常實際的，實際到我能靠它們掙到我的乾酪和麵包。」

「怎麼可能？」我反射性地問道。

「這個嘛，我有我自己的職業，我想，我應該是這個世界獨一無二從事這行的人。我是一個『顧問偵探』，看來你應該不曉得這是個什麼行業。在倫敦這個城市中，其實有著許多官方偵探和私人偵探，當他們遇到麻煩時一般都會來找我，讓我幫他們理出線索來。他們把所有的證據拿給我，通常我能夠憑藉我的犯罪史知識把他們引入正道。犯罪行為總有著許多相似之處，如果你手裡掌握了一千樁案子的詳情細節，卻不能查明第一千零一樁案子的話，那真是件奇怪的事。雷斯垂德就是倫敦的一位名偵探。不久前，他在一樁偽造案裡墜入了五里雲霧中，所以經常來這兒找我。」

「其他的那些人呢？」

「他們多數都是由那些私人偵探介紹來的，他們遇到了麻煩，希望得到些指引，我仔細地聽取他們講述事實的經過，然後再提出我的建議，然後酬勞就進了我的口袋裡。」

「你是說，你足不出戶，就能把那些親眼目睹每個細節的人都無計可施的問題給解決嗎？」我十分疑惑。

「大概就像那樣，我在這方面有一種直覺。偶爾也遇到一些必須親自出馬的複雜案子，你知道我擁有許多專門的知識，將這些知識用在偵查中，就能讓難題迎刃而解。我在那篇文章裡所列舉的那些推斷法，雖然遭到你的蔑視，可在實際工作中卻是最有用的法寶。觀察能力是我的第二天性。初次見面時，我就曾斷言你在阿富汗待過，你當時還顯得很驚訝。」

「想也知道，一定是誰事先告訴過你。」

「沒那回事。我一眼就看出你在阿富汗待過，我總是習慣從瞬間的思索中獲得結論，快到連我都不曉得過程是怎樣的。對於你的事，我的推理過程是這樣的：『這位先生有醫療人員的風度，卻帶著軍人的氣概，很明顯地，他是位軍醫。他臉色黝黑，但手腕膚色白晰，顯然這不是他原來的膚色，他一定剛從炎熱的地區回來。從他的面容憔悴看得出，他曾歷盡艱辛，且倍受傷病折磨。他的左臂一定受過傷，以致現在動作起來還有些僵硬不自然。試問，一位英國的軍醫可能在哪個熱帶地區受到這種磨難？當然只有阿富汗了。』這一連串的思考在我腦中用不到一秒鐘，所以我能脫口說出你是從阿富汗來的，你當時真是嚇了一跳。」

「被你這樣一說，什麼都變得簡單了，」我微笑著說，「你讓我想起了埃德加．愛倫．坡作品中的偵探人物杜邦。沒想到像他那樣的人物竟然存在於現實中。」

福爾摩斯站起來，點燃煙斗說：「你一定覺得，把我與杜邦相提並論是對我的一種讚美了。」他開始滔滔不絕地評論，「在我看來，杜邦只是個泛泛之輩，他總是故意沉默了一刻鐘，才突然道破眾人的疑惑，這種技倆也太做作膚淺了。毫無疑問，他是有些分析問題的小聰明，不過才不像愛倫．坡所想像的那麼偉大。」

「那你讀過加伯黎奧的作品嗎？勒高克這個人物總算得上你心目中的偵探吧！」

福爾摩斯輕蔑一笑，「勒高克是個沒藥救的蠢蛋！」他惡狠狠地說道，「除了他那超凡的精力勉強值得一提外，那本書簡直讓我膩透了，書中談論的只是如何辨識不知名的罪犯，我能用二十四小時解決那些問題，可是勒高克卻花了半年多的時間。這麼長一段時間，足以為偵探們寫一部教科書，教他們該避開什麼錯誤。」

我有點生氣了，兩個我一向欽佩的人物竟然被說得一文不值。我走到窗前，望著外面熱鬧的街區。暗自思忖道：「這個人也許很聰明沒錯，但他太過自負了。」

「這幾天居然沒有任何一宗罪案、一位罪犯，」福爾摩斯不耐煩地抱怨道，「幹我們這一行的人，最怕遇到的就是這種情況。頭腦用不上，真是件痛苦的事！我知道我的內心深處是渴望著出名的，而且我的才能也足以讓我揚名。迄今為止，還沒有誰能像我這樣，對偵查領域進行深刻研究，更沒有誰能如我這般技藝精湛，又那麼富於天賦。最遺憾的是，我現在竟沒有罪案可以偵查，即便有，也不過是些笨拙的不軌之徒的雕蟲小技，其犯罪動機一目了然，就連蘇格蘭場的那些警員也能一眼識破。」

我對他這種自吹自擂式的談話已經厭煩了，我想最好能換個話題，就在這時，我看到街上的一個體格魁梧、衣著樸實的人，正在街那頭慢慢地走著，焦急地看著每一個門牌號碼。他的手中拿著一個藍色的大信封，分明是個送信的人。於是我順勢指著他說：

「嘿，過來瞧瞧，能告訴我這個人在尋找什麼嗎？」

福爾摩斯應聲道：「你是說那個退伍的海軍陸戰隊中士嗎？」

「又在吹牛了！」我心中暗想：「他知道我絕對無法證實這一猜測。」

正當這個念頭一閃而過時，只見那個壯漢已把眼光投射到我們的門牌號上，接著從街對面快步跑了過來。在一陣急促的敲門聲之後，就聽到樓下有人用低沉的聲音在和他講話，然後樓梯上便響起了沉重的腳步聲。

「給福爾摩斯先生的信件！」壯漢走進房間，把手中的那封信交給了福爾摩斯。

我很高興，正好藉眼前這件事挫挫他的銳氣，剛才信口胡說，現在可要面臨被戳穿的窘況了。我盡量用溫和的聲音詢問道：

「請問你是做什麼的？」

「看門的，先生，」那人粗聲粗氣他答道，「我的制服剛好拿去修補了。」

「那你之前是做什麼的呢？」我一邊問，一邊不懷好意地瞟了我的同伴一眼。

「中士，先生，隸屬於皇家海軍陸戰隊輕步兵師，先生。需要代為回覆嗎？不用？好的，再見！」

他兩腳一併，行了個舉手禮，旋即離去了。

3 勞瑞斯頓花園疑案

不得不承認，我對於福爾摩斯的理論再次得到證實感到大吃一驚，對他的分析能力也更加欽佩了。儘管我心中仍不免懷疑，那是他預先設下用來捉弄我的圈套，但又覺得他似乎沒有這麼做的理由。當我抬頭望向他的時候，他已經把信讀完了，露出一副若有所思的表情。

「你究竟是怎麼猜到的？」我問他。

他有些不耐煩地回答道：「猜到什麼？」

「你怎麼知道他是個退伍的海軍陸戰隊中士呢？」

「我現在不想談這些芝麻小事，」他粗魯地打斷了我的問話，隨即又微笑著對我說，「對不起，請原諒我的無禮，你干擾了我的思路。不過，沒關係！你是說，你完全看不出他曾是個海軍陸戰隊的中士嗎？」

「是的，一點也看不出來。」

「要回答你這個問題挺容易的，但是要說明我的推理過程卻有點複雜。就像如果有人要你解釋為什麼二加二等於四，你會感到為難，但你卻清楚知道它是無庸置疑的一樣。我的視力還不錯，隔著一條街就看見這個人手背上刺著一隻藍色大錨，這說明他曾當過船員；同時他還保有著軍人的走路姿勢，加上一臉軍人的落腮鬍，我因此斷定他是海軍陸戰隊員。再注意到他那副昂首挺胸，揮動拐杖的姿態，這些舉止中透露著一股高傲自大，與發號施令的神氣；從他的表情，可以看出他是一個沉著穩重的中年人，綜合以上這些線索，我肯定他曾是個中士。」

我情不自禁地喊道：「這真是太了不起了！」

「小事一樁，不足掛齒，」福爾摩斯輕描淡寫地說道，但對於我的驚嘆與欽佩之情，他顯然感到有些得意。「我剛才說過最近沒有犯罪之類的話，顯然是大錯特錯，瞧瞧這個！」說著他把剛送來的那封短信放到了我的面前。

我剛瞥了一眼，就禁不住驚叫起來：「這太可怕了！」

「的確有點非比尋常，」他顯得很鎮定，「可以請你把信的內容大聲地唸出來嗎？」

下面就是那封信的內容：

親愛的福爾摩斯先生：

昨天夜裡，布里斯頓路轉角的勞瑞斯頓花園街三號發生了一樁凶殺案。今天凌晨兩點鐘左右，我們的巡邏警察看見了房間裡的燈光，鑑於平時這所房子無人居住，他們產生了懷疑。當巡警走過去時，發現房門大開，空無一物的前廳中有一具男屍。這具屍首衣著整齊，口袋裡有幾張名片，上面印著「以諾．J．錐伯，克里夫蘭，俄亥俄，美國」。現場既無被搶劫的跡象，亦未發現致死的證據。屋裡雖有幾處血跡，但未發現死者身上有傷痕。死者如何進入空屋，令人費解，我們深感此案的棘手。如果你能屈駕在十二時以前親臨現場，我將在那兒恭候。在未得到你的回覆前，現場一切將維持原況。如果你不能蒞臨，請務必告知我們，若能得到你的指教，實在是榮幸之至。

托比亞．葛雷森上

福爾摩斯聽我讀完信後說：

「葛雷森是倫敦警察廳中首屈一指的名人，他和雷斯垂德都應該是那一群蠢貨之中的佼佼者。兩個人都很機靈，精力充沛，可是，他們十分的因循守舊，而且彼此間明爭暗鬥、鉤心鬥角，就像一對賣笑的婦人一樣相互猜疑和嫉妒。如果他們兩人都插手這樁案子，那一定會有很多有趣的事發生。」

我對他的若無其事感到愕然。

「需要立刻雇輛馬車來嗎？我想你一分鐘也不能耽擱了，這可是十萬火急的大事。」我焦急地問。

「可是我還沒有決定是否要去呢。我很懶，我是說當我的懶勁兒上來的時候。反之，我也有非常敏捷的時候。」

「可你剛才還在抱怨？」我無法理解他。

「老弟，我剛才的抱怨與此無關。如果我真的接了這起案子，我敢打賭，葛雷森和雷斯垂德一定會把全部的功勞據為己有。只因為我是個非官方人士。」

「可是現在分明是他有求於你呀？」

「是的，因為他知道我勝他一籌，他很樂意當著我的面承認的；但是如果有第三者在場，他寧願割掉他的舌頭，也絕不肯承認這個事實。不過，事到如今，我們還是去瞧瞧好了。說不定我可以獨力把案子破了，多過癮啊！除此之外，還可以嘲弄他們一番。好了，準備好就出發吧！」

他很快地披上了大衣，一副躍躍欲試的樣子，與他壓抑時的無動於衷和消極冷漠形成了鮮明的對照。

「記得拿上你的帽子！」他回頭對我說道。

「什麼？你是希望我也一起去嗎？」

「是的，如果你沒別的事要做的話。」

一分鐘後，我們坐上了一輛馬車，急急忙忙地駛往勞瑞斯頓路。

那天上午，陰霾多霧，所有的屋頂上都籠罩著一層灰褐色的帷幔，很像下面泥濘街道的反照。福爾摩斯似乎心情很好，興致也很高，一路上喋喋不休地大談義大利克雷莫納出產的提琴以及史特拉第瓦里提琴與阿瑪蒂提琴之間的區別，我一言不發，一想到即將看到的那令人抑鬱的案件，再加上這沉悶的天氣，實在開心不起來。

「你似乎不太關心眼前的這個案子。」最後我還是忍不住打斷了福爾摩斯的音樂話題問道。

「什麼證據都沒有，要關心什麼？」他答道，「在沒有掌握充分證據之前就做出推斷是極大的錯誤，這會誤導思路的。」

「你應該很快就能獲得材料了，」我一邊說，一邊用手指著前面，「若是我的判斷沒錯的話，這裡就是布里斯頓路，那裡就是出事的房子。」

「的確是。停車，伙計，快停車！」在離那所房子還有一百碼左右時，福爾摩斯就堅持要下車，剩下的一段路，我們是步行過去的。

勞瑞斯頓花園街三號籠罩著一種恐怖的不祥氣氛。離街沿稍遠的地方有四幢房子，兩幢住著人，兩幢空著，案發現場就是其中的一幢空屋。空屋的景況顯出幾分淒涼，幾張寫有「招租」字樣的紙貼在塵封的玻璃上，有點像眼睛上的白膜。每座房屋前都有一小片花園和街道隔開，小花園中盡是發育不良的植物，一條黃色和泥石小路穿越其中；昨夜的大雨將四處弄得泥濘不堪。花園四周有約三呎高的矮牆，牆頂上安著木柵。此時，一個身材高大的警察正倚牆而立，周圍有一小群好事者，正伸長了脖子向內張望著，想看看裡面到底發生了什麼，但卻徒勞無獲。

我原本以為福爾摩斯會馬上走進小屋去著手調查。可他似乎一點也不著急，那種若無其事的姿態在目前的情況下顯得有點裝腔作勢。他在人行道上來回踱步，漫不經心地注視著地面、天空、對面的房子以及圍牆上的木柵。經過一番仔細觀察後，他慢騰騰地沿著那條小路，或者更確切地說，是沿著路邊草地上向前走去，目不轉睛地觀察著小徑的路面。有兩次他停下了腳步，有一次竟露出了笑容，並滿意地喊出聲來。潮濕的泥地上面有許多腳印；但是由於警察曾經來回地在這裡踩過，我看不出他能從中發現什麼。然而，他那敏銳的觀察力我早已領教過了，我肯定他能夠從中得到他想得到、而一般人看不到的東西的。

「你能來真是太好了，」一位手拿筆記本，頭髮淺黃，臉色蒼白的高個子從房屋門口處向我們迎來，熱情地緊握住我同伴的手說：「現場所有的東西都維持著原樣。」

「除了這個！」我的朋友指了指泥濘小道說，「即使是一群水牛從這裡走過，也不會弄得這麼糟。毫無疑問，葛雷森，想必你已經有了你自己的結論，否則不會允許這樣的事發生。」

「屋裡有一堆事要忙，」這位偵探避重就輕地回答，「外邊的事我都交給同事雷斯垂德先生了。」

福爾摩斯看了我一眼，略帶嘲諷地揚了揚眉說：

「有了你和雷斯垂德這樣兩位大人物在場，第三者就沒有什麼可發現的了。」

「我想我們已經把該做的都做了。」葛雷森搓著雙手，帶著得意的口吻，「不過這個案子挺可疑的，我知道你一定會對它有興趣。」

「你沒有坐馬車來嗎？」福爾摩斯問他。

「沒有，先生。」

「雷斯垂德也沒有嗎？」

「是的，先生。」

「那我們到屋子裡去看看。」

福爾摩斯忽然轉換了話題，說完大踏步地走進房內。葛雷森跟在後面，表情有些驚訝。

通過一條短走廊就是廚房，走廊的木板地面上全是灰塵，在其左右各有一道門，其中有一扇顯然關了好幾個星期了；另一扇是餐廳的大門，也是慘案發生的地方。福爾摩斯走了進去，我緊跟其後，心情異常緊張。

這一間屋子很大，呈正方形，由於沒有家具陳設，因此顯得格外寬敞。牆壁上糊著廉價的壁紙，有些地方已經起了斑斑點點的霉跡，還有幾處脫落下垂，露出裡面黃色的灰泥牆底。門對面有一個華麗的壁爐。壁爐櫃是用白色的仿大理石做的，爐台的一端放著一段紅色蠟燭頭。屋裡只有一個窗子，異常汙濁，因此室內光線非常昏暗，到處都蒙上了一層黯淡的色彩。加之屋內塵封的積土，這種壓抑的感覺更深了。

這一切是我後來才觀察到的。因為在這之前，我的全部注意力都集中在那個橫臥在地板上的骸人屍體上，只見他一雙眼睛凶狠地瞪著褪了色的天花板，大約四十多歲，中等個頭，寬寬的肩膀，一頭黑捲髮，並蓄著短而硬的鬍子。他身穿厚厚的黑呢禮服和背心，下身則是一條淺色褲子。一頂嶄新的禮帽掉在他身旁的地板上。死者雙拳緊握、兩臂伸張、下肢相互交疊著。他那僵硬的臉上露出一種恐怖的神情，看上去像是憤恨。我從來沒有見過如此猙獰凶惡的面孔，加上他那齜牙咧嘴的怪狀，恐怖極了。因為職業的原因，我曾經見過各式各樣的死屍，但都不及倫敦市郊大道旁這所黑暗、汙濁的屋子裡所見的更令人膽寒的了。

雷斯垂德站在門口，一如往常的瘦削，他向我們打著招呼：

「這椿案子肯定會引起轟動的，先生，」他說道，「這是我處理過的案件中最離奇的一件。」

「沒有發現什麼線索嗎？」葛雷森問道。

雷斯垂德應聲說：「沒有，一點也沒有。」

福爾摩斯走近死者，跪下來仔細地檢查著。

「你們肯定這屍體上沒有傷痕嗎？」他一邊問，一邊指著四周的血跡。

「絕對沒有。」兩個偵探異口同聲地答道。

「那麼，也就是說，這些血跡是另一個人的囉？」福爾摩斯指著地上的一灘血說，「如果我們把它當作謀殺案看，這也許是凶手的。這一幕使我想起了一八三四年烏特勒支的范・揚森死時的情景。葛雷森，你還記得那樁案子嗎？」

「記不清了，先生。」

「那我建議你最好回去翻一下舊案，要知道太陽底下從來沒有新鮮事，人類都是在重複前人做過的事。」

他一邊說話，一邊在死者身上這裡摸摸，那裡按按，或者解開死人的衣扣仔細檢查；或者凝神思索，眼裡又出現了那種茫然的神情。他檢查得很迅速，但又是出人意料的細膩和認真。

最後，他嗅了嗅死者的嘴唇，又看了看死者發光的皮靴和靴底。

他問道：「屍體完全沒有移動過嗎？」

「除了進行必要的檢查外，我們什麼也沒動過。」

「你們現在可以把他下葬了，」他說，「沒有什麼需要檢查的了。」

葛雷森將早已準備好的一副擔架和四個抬擔架的人招呼過來，把死者抬了出去。死屍被抬起時，有一只戒指滾落在地板上。雷斯垂德連忙把它拾了起來，很仔細地觀看著。

「有女人來過！」他喊道，「這是一枚女人的結婚戒指。」

說著，他把戒指拿給大家傳看。那是一枚樸素的金戒指，但無疑是新娘戴用的。

「真是件複雜的案子。」葛雷森苦笑道，「原本就已夠撲朔迷離的了。」

「它或許是一條寶貴的線索。」福爾摩斯邊觀察著說道，「搜搜那衣袋吧，說不定這東西可以讓案情簡單化。」

「早就搜過了，先生，都在那兒，」葛雷森指著最後一級樓梯上的那一小堆東西說，「一隻金錶——九七一六三號，倫敦巴羅德公司製；一根又重又結實的艾伯特金鏈；一枚金戒指，上面刻著共濟會的會徽；一枚金別針，上邊有虎頭犬的頭部圖案，狗眼由兩顆紅寶石精製而成；俄國名片皮夾，裡面印著克里夫蘭·以諾·J·錐伯的名片，字首和襯衣上的E·J·D·三個縮寫字母相符。沒有錢包，只有些零錢，總計七英鎊十三先令。一本袖珍型薄伽丘的小說《十日談》，扉頁上寫著約瑟·史坦傑森的名字。此外還有兩封信，一封是寄給錐伯的，另一封是給約瑟·史坦傑森的。」

「收件地址是哪裡？」

「河濱路美國交易所，收件人親自取信。兩封信都是由吉昂輪船公司寄來，通知他們輪船從利物浦出發的日期。看得出來，這個倒楣的傢伙正打算回紐約去。」

「你們調查過史坦傑森這個人嗎？」

「調查過了，先生。」葛雷森回答道，「案發後我就到各家報館刊登了廣告，還派人去美國交易所打聽情況了，只是現在還沒有得到消息。」

「克里夫蘭方面聯繫過了嗎？」

「是的，今天早上發了電報過去。」

「電報的內容是什麼？」

「我們只講了這件事的詳情，希望他們提供有助於調查的情報。」

「你有問到任何有用的線索嗎？」

「我打聽了史坦傑森的情況。」

「沒別的了？難道沒有任何可能牽涉案件的關鍵情報了嗎？你不再發一封電報？」

「能說的我已經都在前一封電報裡說了。」葛雷森有些生氣的回答。

福爾摩斯微微一笑，正想再說什麼，雷斯垂德忽然從前屋走了進來，洋洋得意地搓著雙手。

「葛雷森先生，」他說，「我剛得到了一個重大發現，要不是我仔細地檢查牆壁，它可能就被忽略了。」

這位小個子雙眼閃閃發光地說著，看得出他正在極力掩飾著勝過同僚的那份自鳴得意。

「跟我過來吧，」他說著匆匆回到前屋，屋裡的屍體已被抬走，空氣比稍早清新了許多，「現在，站在這兒！」

他順手把火柴在靴子上劃燃，舉起來照著牆壁。

「瞧瞧這個！」他得意地說。

就在之前提到的那面大半壁紙剝落的牆，可以看到壁紙下的黃色粗糙牆面上，寫著幾個用血紅色的字母胡亂拼成的英文字：

RACHE（拉契）

「各位覺得如何？」雷斯垂德高聲問道，就像馬戲班的演員在誇耀自己的把戲一樣，「沒有人會想來檢查這個房裡最陰暗的角落的！很明顯，這是凶手用死者或者自己的血寫下的，看！這裡還有血沿著牆面流下來的痕跡呢！所以，這絕對不是自殺案件。至於凶手為什麼要寫在這個角落呢？請看壁爐上這段殘存的蠟燭，案發當時它是燃著的，所以這個牆角反而成了房間中最明亮的地方了。」

「事到如今，發現這個字又有什麼意義呢？」葛雷森不以為然地說。

「意義？你還不明白嗎，這意味著凶手原本是想寫下一個叫做『拉契兒』（Rachel）的女人名字，但受到某些干擾而沒能寫完。記住我現在講的話吧！等到結案的那天，你一定會發現有個名叫『拉契兒』的女人與此案有關，想笑就笑吧！夏洛克．福爾摩斯先生，我承認你是絕頂聰明能幹的，但終會明白，薑還是老的辣。」

福爾摩斯哈哈大笑起來。

「失禮了，先生。你是我們之中第一個發現這個血字的人，一切自然歸功於你。正如你所說的，我們可以由此判斷出，這字必定是昨晚凶案中的另一個人所寫。我剛才沒時間檢查這間屋子，如果你們允許的話，容我現在就開始調查。」

說著，他迅速地從口袋裡拿出一個卷尺和一個巨大的圓形放大鏡，然後在房間裡來回移動。他一會兒站著，一會兒停下來，一會兒又跪下，還有一次居然趴在了地上。他忘我地投入了其中，口中念念有詞，不時地低聲咕噥，驚呼嘆息，有時還吹起了口哨，那口哨聲似乎表明已有什麼東西觸及到了他的靈感，使他得到了某種鼓舞和希冀。一旁靜靜地觀察他的我，不禁想起了訓練有素的純種獵犬，牠們在叢林中奔來跑去，狺狺狂吠，一直到嗅出獵物的蹤跡才善罷甘休，簡直像極了現在的福爾摩斯，他在那兒檢查了二十多分鐘，小心翼翼地測量著一些痕跡之間的距離，我完全無法從中看出任何名堂。有時他也用卷尺測量一下牆壁，或者非常細心地從地板上某個地方捏起一小撮灰色的塵土，並把它放在一個信封裡。接下來，他就用放大鏡反覆地檢查牆壁上的血字，仔細地辨認、分析每一個字母。直到最後，他似乎很滿意了，於是就把卷尺和放大鏡裝進了衣袋裡。

他略帶自嘲地說：「有人說『天才是個裝滿了無限痛苦的容器』，這個定義一點都不中肯，但用來形容偵探這個職業倒還算貼切。」

葛雷森和雷斯垂德目不轉睛地盯著這位業餘同行的一舉一動，顯然他們至今也沒有明白，就像我最初不明白一樣，福爾摩斯的每個細微動作，都有著確定的實際目的。

「先生，你的看法如何？」他們兩人齊聲問道。

「如果二位真的需要我的幫助，那可能會讓我搶走了屬於你們的那份功勞。」福爾摩斯回答道，「你們現在都進展得不錯，讓人插手就太可惜了。」他的話中滿是嘲弄的意味，接著又說道：「如果你們願意將偵查進度隨時告知我的話，我倒是很樂意給予協助。話說回來，我想跟發現屍體的那位警察談一談，能將他的姓名、住址告訴我嗎？」

雷斯垂德翻了一下他的記事本說：「他叫約翰．蘭斯，現在已經下班了。如果你現在就要找他，可以到肯尼頓花園門路，奧德利大院四十六號去。」

福爾摩斯記下了地址。

「走吧！醫生。」福爾摩斯說道，「我們現在就去找他。我還可以透露一點小提示，也許能幫得上你們。首先，這無疑是一件謀殺案，凶手是個男人，他身高六呎多，正值中年。從他的身材來看，腳似乎小了一點，穿著一雙粗皮方頭靴子，抽的是印度雪茄煙。他是和被害人一同乘一輛四輪馬車來的，這輛車用一匹馬拉著，馬的三隻鐵蹄是舊的，只有右前蹄的鐵蹄是新的。凶手很可能臉色赤紅，右手指甲很長。這幾點微不足道，但是或許對於你們兩位有些幫助。」

雷斯垂德和葛雷森面面相覷，眼睛裡顯露著一絲懷疑。

雷斯垂德問道：「如果這個人真是被謀殺的，死因又是什麼呢？」

「毒殺。」福爾摩斯白了他一眼，就大踏步向外走去。

「還有一點，雷斯垂德，」他走到門口時忽然又掉過頭來說道，「『拉契』在德文裡代表復仇的意思，不用浪費力氣去找什麼『拉契兒小姐』了。」

說完這番話後，福爾摩斯和我轉身離開了，只剩下那兩位偵探目瞪口呆地站在那裡。

4 蘭斯的證詞

當我們離開勞瑞斯頓花園街三號時，已是午後一點鐘了。福爾摩斯和我一同去了附近的電報局，發了一份長長的電報。然後，他叫了一輛馬車，吩咐車伕送我們到雷斯垂德告訴我們的那個地址。

福爾摩斯聳了聳肩，他說：「沒有什麼比直接取得證據更重要了。事實上，對於這個案子我早已胸有成竹了，只是我們應該把可以知道的細節都問過一遍。」

「你真令我吃驚。」我忍不住說道，「你一定也不像你假裝的那麼有把握吧？」

「不，我的話絕對是正確無疑。」他應聲答道，「初到現場，我就看到了馬路旁的兩道馬車軌跡。知道嗎？除了昨晚下雨外，之前的一個星期都是晴天，所以馬路旁留下的軌跡一定是來自於夜裡。另外，我還發現了馬蹄的印痕。其中一個蹄印要比其他三個都清楚，這說明這只鐵蹄是新換上的。既然這輛車是在下雨後到那裡的，葛雷森又說整個早晨都沒有車輛經過，因此，我推斷這輛馬車昨天夜裡一定在那兒停留過，也正是這輛馬車把那兩個人送到了凶案現場。」

「聽起來很簡單，」我說，「但是，其中一人的身高你又是怎麼知道的呢？」

「從步伐的長度基本上可以得知一個人的身高，計算方法我就不詳加解釋了。我是從屋外的泥土和屋裡的灰塵上量出那個人的步伐距離的。後來的一個發現，又證實了我的計算結果是正確的，一般情況下，人們在牆壁上寫字的時候，會很自然地寫在與視線同高的地方，而牆壁上的字跡正好離地六呎。」

「那麼，他的年齡呢？」我緊接著又問道。

「這個嘛，一個能夠毫不費力地一步跨出四呎半的人，絕不會是一個老頭子。小花園裡的小徑上就有一道那麼寬的水窪，方頭靴子是從上面邁過去的，而漆皮靴子卻是繞著走的。這一切的原理，只不過就是我在文章裡所提及的觀察及推理的方法罷了。你還有任何疑問嗎？」

「長指甲和印度雪茄煙又是怎麼回事？」

「正如雷斯垂德所言，牆上的字是一個人用食指沾了血寫的。我用放大鏡檢查出寫字時有些灰被刮了下來。如果寫字人的指甲修剪過，就絕不會出現這種情形。我還從地板上收集到一些散落的煙灰，它的顏色很深而且是呈片狀的，只有印度雪茄的煙灰才是這樣。我忘了告訴你，我曾經專門研究過雪茄煙灰，並且撰寫過有關這方面的專題論文呢。事實上，無論是什麼樣的煙灰，我都能一眼辨別出來。正是由於我注重這些細枝末節的微小差別，才不會淪為像葛雷森和雷斯垂德那樣的泛泛之輩。」

「紅臉這一點呢？」提這個問題時，我滿懷敬意。

「那只是我一個大膽的猜測，不過我深信自己是正確的，目前還是先別問這個問題。」

「你把我弄得暈頭轉向了，」我摸了摸前額說，「我越想越覺得神秘，如果真有這麼兩個人，那麼他們究竟是怎樣進入空屋的？送他們去的車伕又是誰？凶手怎麼讓被害人服毒的？血又是從哪兒來的？凶手的動機如果不是謀財害命，那會是什麼呢？那枚女人的戒指是從哪兒來的？最令我不懂的是，凶手在作案後為什麼要在牆上寫下德文單字『復仇』呢？老實說，我實在搞不懂這一切有什麼關連。」

福爾摩斯的臉上露出了讚許的微笑。

「你把案件中的疑點整理得非常簡明扼要。」他說，「雖然整體案情我已大致有了眉目，但許多細微處知道得還不夠詳細。至於雷斯垂德發現的血字，我認為那應該是個圈套，是凶手為了誤導警察，讓他們以為這是某個社會政黨或秘密團體幹的而留下。如果你仔細觀察的話，會發現字母A是仿照德文樣子寫的，但是我很確定，這字母絕不是出自德國人之手，因為真正的德國人寫字常常使用拉丁字體。這很有可能是一位拙劣的模仿者所寫，而且這個舉動還有點畫蛇添足的味道，只是想把偵查引入歧途的一個低級把戲。我不能再說得更多了，醫生，你知道的，一個魔術師如果一下子把自己的戲法揭穿，就再也得不到別人的讚賞了；同樣的，如果我把推理秘訣全告訴了你，那麼你一定會說：『福爾摩斯這個人不過爾爾，是個尋常之輩罷了。』」

我急忙澄清：「不會的！我相信，偵探術遲早會發展成一門專業的學問，而你就是箇中翹楚了。」

聽到我誠懇地講出這些話，福爾摩斯樂得漲紅了臉。這時我才發現，當有人對他的偵探技巧大加讚賞時，他就會像一位姑娘聽到別人稱讚她美貌時一樣神采飛揚。

高興之餘，他又說：「讓我再告訴你一件事。穿漆皮鞋和穿方頭鞋的兩個人是乘同一輛車來的，而且可能交情很好，甚至是手挽著手一同穿過了花園小徑。他們進了屋子，並在那兒來回踱步，更確切地說，穿漆皮靴子的人是站立不動的，而穿方頭靴子的人卻在屋內來回走動，我從地板的塵土上就能看出這種跡象來。同時我又發現，他越走越激動，由他的步伐越來越大可以證明這點。他一邊走一邊嚷，最後變得歇斯底里起來，於是慘劇就發生了。我所知道的情況大概就這些，剩下的部分就必須靠猜測了。咱們要抓緊時間調查，現在馬上進行，因為我下午還要去荷利音樂會聽諾曼．聶魯達的演奏呢。」

我們的車子穿過一條又一條昏暗的大街和淒涼的小巷，到了一個骯髒且散發著腥臭味的荒涼巷口，車伕把車停了下來。已經到奧德利大院了，院內的地面是用石板鋪成的，四周佈滿了簡陋、骯髒的住房。我們下了車，繞過一群衣衫襤褸的孩子，穿過一排排晾著的褪了色的衣服下面，終於找到了四十六號。只見門上釘著一個小銅牌，上面刻著「蘭斯」的字樣，一問之下，才知道這位警察還在睡覺，我們被請進了前邊的一間小客廳裡等候。

蘭斯很快地走了出來。

「所有的情況我都報告上級了！」被從睡夢中吵醒的蘭斯顯得有些不耐煩。

福爾摩斯從口袋裡摸出一枚金幣，耐著性子繼續說：「我們希望能親口從你嘴裡聽到那些證詞。」

這位警察直愣愣地盯著那枚小金幣，口氣立即軟了下來：「我很樂意告訴你們我所知道的一切。」

「你就照自己的方式說吧。」

蘭斯從沙發上坐了起來，他皺了皺眉，開始回憶他所見到的一切。

「我還是從頭談起吧！我值班的時間是從晚上十點到隔天早上六點。昨天深夜十一點時，曾有一伙人在白哈特街鬥毆，除此之外，我所巡邏的地方一切都算平靜。到了夜裡一點的時候，天開始下雨，我正好碰上哈利・莫契，他之前在荷蘭樹林區一帶巡邏，我們兩人就站在海莉耶塔街轉角處聊天。到了大約深夜兩點鐘，我想也該去布里斯頓路轉轉了，於是就和哈利・莫契分了手。布里斯頓路泥濘而又偏僻，一路上除了跟一輛馬車擦身而過外，再也沒看到半個人影。我望望四周，萬籟寂靜，還透著些涼意，正想著如果手邊有一壺熱酒該有多好時，忽然發現那棟房子的窗口隱隱發出昏暗的燈光。我知道勞瑞斯頓花園街的這兩所房子平時都是空著的，其中一所房子的最後一名房客甚至死於傷寒病，可是房東就是不肯清理那條骯髒的水溝。可想而知，當我看見那個窗口射出的燈光時，實在嚇了一大跳，我擔心出了什麼事，於是走到屋門口……」

「你停住了，然後又轉身走回小花園的門口，是嗎？」福爾摩斯突然打斷了他的敘述，「你為什麼要那麼做呢？」

蘭斯滿臉驚恐，有些手足無措，一雙大眼睛直瞪著福爾摩斯。

「一點也沒錯，你怎麼會知道呢？先生，」他說，「當我走到門口時，突然感到冷汗直冒，我想最好還是找個人和我一同進去。說不定是那個得了傷寒病死去的人，正在檢查那條要了他性命的水溝。一想到這裡，我嚇得轉頭就走，重新回到大門口，想看看能否喚回哈利・莫契，可是我失望了，不僅沒瞧見他，街上也更是沒半個人影。」

「一個人也沒有嗎？」

「是的，先生，別說人，就連一條狗都看不見。我只好故作鎮定走了回去，把門推開。裡面靜悄悄的，於是我就進入那間有燈光的屋子。我看到壁爐台上點著一支蠟燭，確切地說，是一支紅蠟燭，燭光搖曳不定，然後我就發現……」

「好了，你目睹的場景我都知道了。你在屋子裡轉了幾圈，還在屍體旁邊跪了下來，隨後又走過去推廚房的門，接著又——」

約翰・蘭斯聽了福爾摩斯的話，滿臉驚恐地跳了起來，他以一種懷疑的目光厲聲說道：「你該不會躲在哪裡監視著我吧！你不可能會知道這些事情的啊？」

福爾摩斯哈哈大笑，隨手掏出了他的名片，隔著桌子丟給了這位警察。

「千萬別把我當成凶手逮捕了，」他說，「我是一條獵犬而不是狼，這一點葛雷森和雷斯垂德先生都可作證。我們言歸正傳吧！你後來又做了些什麼？」

蘭斯重新坐回了位子，但他臉上的狐疑神色似乎一點也沒有消除。他警覺地說道：「我回到大門口拉響警笛，然後莫契和另外兩名警察就應聲趕來了。」

「街上還是空無一人嗎？」

「是啊，正常點的人早就該回家了。」

「這是什麼意思？」

警察笑了笑說：「我這一輩子見過的醉漢可多了，可從來沒有見過爛醉成那樣的傢伙。我走出屋子的時候，他正靠著門口的欄杆，放開嗓門，唱著喜劇丑角唱的那種小調還是什麼曲子。他醉得連站都站不穩了，真受不了！」

「那是一個怎麼樣的人？」福爾摩斯急忙問道。

約翰．蘭斯對於福爾摩斯的打岔表現出極端地不滿，他繼續說道：「是個少見的酒鬼。如果當時發生了那種事，我一定會把他送到警察局去的。」

「你還記得他的臉和他穿的衣服嗎？」福爾摩斯忍不住又插嘴了。

「我想我應該有看到，因為我和莫契還攙扶過他。他是個塊頭很大，紅臉，下巴長著一圈……」

「夠了！」福爾摩斯又問，「他後來怎麼樣了？」

「我們當時哪有閒工夫管他，」蘭斯似乎很不習慣福爾摩斯的這種詢問態度，不滿的心情全寫在了臉上，「但我敢打賭，他還認得回家的路呢！」

「他穿什麼衣服？」

「一件棕色外衣。」

「手裡拿著馬鞭嗎？」

「馬鞭？沒有。」

「他一定把它給扔了，」福爾摩斯嘟囔了一句，「後來你有看見或聽見馬車駛過嗎？」

「沒有。」

「這個金幣歸你了，」福爾摩斯說著站起身，戴上他的帽子說道，「蘭斯，我想你在警署裡永遠不會晉升了，因為你笨的像頭豬！昨晚你本可以趁機撈個警長做做的，但你自己放棄了。知道嗎？昨夜那個醉鬼，就是這樁懸案的關鍵，我們拚了命地四處搜捕他，可是你竟讓他從你手上溜走了。我告訴你，這是事實，不容爭辯的事實！我們走吧，醫生。」

我們離開了，只留下那位警察呆呆地立在那兒，他顯得有些不安。

我們坐上馬車趕回家，一路上福爾摩斯氣憤難平，大罵：

「這個笨蛋，碰上一個千載難逢的好機會，卻白白地把它放過了。」

「我又被你搞糊塗了，我知道他形容的那個人完全符合你對兇手的推測，但是他為什麼要去而復返呢？這不像一般罪犯的會做的事。」

「是那枚戒指啊！老兄。他回來就為了這個！要是真的抓不到他，我們可以用這枚戒指當作釣餌，他準會上鉤，我一定能逮住他的。我得感謝你才是，要不是因為你的請求，我還不會走這麼一趟呢，那可就失去了一個最好的磨練機會。我想，就把這案子叫作『血字的研究』吧！在許多平淡無奇的生活糾葛裡，謀殺如同一條紅線，貫穿其中。我們的職責就是要揭開這個謎，把它從生活中清理出來，揭示事物的本源。現在，先去吃飯吧，然後再去聽聽諾曼．聶魯達的演奏，她的演奏棒極了，指法和弓法都達到了出神入化的境界。我聽過她演奏蕭邦的那段小曲子，真是妙極了，答啦～啦～啦～哩啦～哩啦～咧～」

這位私家偵探滿足地靠在馬車上，如雲雀般唱起歌來。我則在一旁沉思，人類的智慧真是無所不能啊！

5 廣告引來的訪客

那天上午我真的忙壞了，身體有些吃不消，所以一到下午就深感疲倦。福爾摩斯去參加音樂會後，我獨自躺在沙發上，想盡情地睡上一覺。剛一躺下，腦子裡就充滿了各種奇奇怪怪的想法和猜測，怎麼也合不攏眼。那位受害者扭曲得像猴子的面容時刻出現在我的眼前，他留給我的印象醜惡極了。我想我還得感激那位凶手，要不是他將有著這樣一副長相的人從這個世界上除去，如果哪天讓我遇到，說不定我會作嘔的。假若相貌真可以表明一個人的罪惡的話，那一定就是說這位受害人的尊容了。不過，我想，我們還是應當公正地對待這一切，在法律上，被害人的任何過失都不能真正抵銷凶手的罪責。

福爾摩斯曾推斷，被害人是中毒而死的，我越想越覺得這個推斷真的異乎尋常。我在記憶中搜尋著福爾摩斯曾經嗅過死者的嘴唇，想來他一定辨認出了某種藥味，才會有這樣的推斷。死者身上既沒有傷口，也沒有勒痕，如果不是中毒而死，那麼死因又會是什麼呢？屋內既沒發現有毆打的痕跡，也沒找到死者用來擊傷對方的凶器。那地板上的大灘血跡又是怎麼回事呢？如果找不出問題的真正答案，我想，這無論對於福爾摩斯，還是對於我，要想安然入睡簡直是不可能的。雖然關於福爾摩斯是如何思考這樁案子的，至今我還不能猜測出來，但從他那種鎮靜自若又充滿自信的神態可以看出，他對全部案情的經過早已胸有成竹了。

那天，福爾摩斯回家很晚。我相信，他絕不是因為聽音樂會才這麼晚回來的。

「今天的音樂太美妙了。」福爾摩斯說著就坐了下來，「你記得達爾文對於音樂的見解嗎？他認為，人類在擁有語言能力以前，就有創造音樂、欣賞音樂的才能了。也許這就是我們容易受到音樂感染的原因吧！對於人類原始的歲月，至今在我們心靈的深處還遺留下一些模糊不清的記憶。」

我爭辯說：「你的見解太過於抽象了。」

「如果一個人想要說明大自然的規律，那他的想像力就必須如同大自然一樣的廣袤無邊。你今天有些反常，是勞瑞斯頓路的案子攪得你心神不寧吧！」

「是的，這個案子的確讓我坐立不安。在經歷過阿富汗戰爭後，我原本應變得更加堅強。尤其在邁旺德那場戰役裡，我就親眼目睹了自己的戰友們血肉橫飛的慘景，但是當時我並不感到害怕。」

「我能理解，這的確是一樁能引發人們無窮想像的懸案，但如果少了這些想像，也就沒什麼恐怖的了。讀過今天的晚報了嗎？」

「沒有。」

「晚報對此案作出了詳盡的報導，卻沒有提及抬屍時，有只女人的結婚戒指掉在地上。這真是太好了。」

「為什麼？」

「看看這裡，」福爾摩斯餘興未盡，「今天上午，也就是案發後，我立刻在各家報紙登了這則廣告。」

他把報紙遞給我，我看了一眼他手指的地方。在「失物招領欄」的頭條上是這樣的內容：

今晨在勞瑞斯頓路、白鹿酒館和荷蘭樹林之間拾得結婚金戒指一枚。失主請於今晚八時至九時到貝克街二二一號華生醫生處洽領。

「請別見怪，」福爾摩斯解釋道，「廣告上使用了你的名字，因為如果用我自己的名字，那些笨蛋偵探中也許有人會看破，他們如果從中插手，我會很麻煩。」

說著他交給我一枚戒指：「這戒指完全和凶案現場那枚一樣，準能瞞過去的。」

「那你預料誰會來領取失物呢？」

「這就簡單了，如果那位穿棕色外衣的男人，或是那位穿方頭靴子的紅臉朋友不親自來，那他也會打發一個同伙前來的。」

「難道他們意識不到這樣做確實太危險了嗎？」

「絕對不會的。如果說我對此的推測是正確的——種種跡象表明我的觀察沒有錯，這個人寧可冒風險，也不願丟失這枚戒指，我想這枚戒指是他在俯身查看錐伯屍體的時候不慎遺失的，不過當時他並沒有發覺，直到他離開房子後才發現弄丟了，於是又急忙返回屋內尋找。但這時他卻發現，由於自己的粗心大意，忘了把蠟燭吹滅，引起了注意，警察已經到達現場了。在這樣的時刻，他若出現在這棟房子的門口，無疑會受到懷疑。因此，他故意裝作酩酊大醉的樣子。如果你仔細地想一想：他把這件事情反覆思索以後，可能會認為，這只戒指一定是在他離開那所房子以後掉在路上了。結果呢，他自然要在晚報上忙碌找尋一番，希望在招領欄內有所發現，在他看到這則廣告後，一定非常高興，簡直是喜出望外，忘乎所以了。他怎麼還會去細想這是不是一個圈套呢？也許在他看來，尋找戒指是不可能和謀殺這件事相關連的，這是沒有道理的。他會來的，他簡直就是迫不及待。我相信，一小時之內一定會有消息。」

「他來了之後我們該怎麼辦呢？」我有些不安地問道。

「讓我來對付就好了，你有什麼武器嗎？」

「我有一支舊式軍用左輪手槍，另外有些子彈。」

「你最好把它擦乾淨，別忘記裝上子彈。這傢伙肯定是個亡命之徒，雖然我可以出其不意地捉住他，不過最好是準備充分一點，以防萬一。」

回到臥室，我照福爾摩斯的吩咐去準備了。當我拿著手槍出來時，他已離開了餐桌，正在擺弄那把心愛的精緻小提琴。

他有些得意地提高了嗓門：「案情有進展了，從美國來的回電表明，我對這個案子的看法相當正確。」

我忙問道：「是嗎？」

「我的提琴換條新弦就更好了，」福爾摩斯輕鬆地解釋說，「你把手槍放在衣袋裡，那個傢伙進來後，你得用平常的心態跟他交談，別的我來應付。請記住，別大驚小怪，以免打草驚蛇。」

我看了一下錶說：「現在八點了。」

「是啊，或許幾分鐘之內他就要到了。把門打開一點點，很好。將鑰匙插在門裡邊，呵，對了，這是我昨天在書攤上偶然買到的一本珍奇古書，書名叫《論各民族的法律》，是一六四二年在比利時的列日以拉丁文出版的。當這本棕色皮面的小書出版時，查理的腦袋還完整地長在他的脖子上呢。」

「印刷人是誰呢？」

「菲利普．德克羅伊，不知道是個什麼樣的人物。書的扉頁上寫著『古力歐米．懷特藏書』，墨跡早已褪色了。這個威廉．懷特是誰我就更不知道了，大概是某位十七世紀的實證主義法學家吧，你瞧他的書法都帶著一種法學家的風格。噓！我猜是那個人來了。」

隨著他的話音，門鈴響了。福爾摩斯輕輕地站了起來，把他的座椅向房門口移了移，可以聽見女僕穿過門廊，打開門閂的聲音了。

「華生醫生住這兒嗎？」一個語氣粗魯的人問道。

我們沒有聽到女僕的回答，只聽到大門關上的聲音，接著有人走上樓。腳步聲輕而慢，像是拖著步子在走，我們側耳聽著，福爾摩斯臉上露出驚奇的神色。腳步聲緩緩地沿著走廊傳過來，緊接著是輕輕的叩門聲。

「請進。」我大聲說道。

應聲進來的並非我們預料中的那名凶神惡煞，而是一個皺紋滿面、步履蹣跚的老太婆。進門時，被燈光驟然一照，有片刻工夫，她好像花了眼。行過禮後，她站在了那兒，老眼昏花地瞧著我們，那雙痙攣發顫的手不停地在衣袋裡摸著。我瞥了一眼我的同伴，他一副快快不快的樣子，我只好裝出一副泰然自若的神態來。

老太婆在衣袋裡摸索了很久才掏出一張晚報，用手指著我們刊登的那則廣告說：

「我是為這件事來的，先生們，」說著，她又深深鞠了一躬，「廣告上說，在布里斯頓路上拾得一個結婚戒指。這是我女兒莎莉的，她是去年的這個時候結的婚，她的丈夫在一條英國船上當會計，要是他回來時發現她的戒指沒了，我真不敢想像會發生什麼事！他本來就是個性急的人，喝了點酒又更加暴躁了。對不起，事情是這樣的，昨天晚上她去看馬戲，是和——」

「這是她的戒指嗎？」我問道。

老太婆高興得叫了起來：「真是謝天謝地，這正是她丟失的那枚戒指，莎莉今晚肯定會開心死的。」

我拿起一支鉛筆問道：「你住在哪兒？」

「宏茲迪池區，鄧肯街十三號。離這兒很遠呢。」

「布里斯頓路並不在宏茲迪池區和什麼馬戲團之間呀。」福爾摩斯突然問道。

老太婆轉過臉去，一雙小紅眼銳利地瞧了福爾摩斯一眼，然後解釋說：「剛才那位先生問的是我的住址。我女兒莎莉住在貝克漢區，梅菲爾德公寓三號。」

「你貴姓？」

「索亞。我的女兒姓丹尼斯，她的丈夫叫湯姆．丹尼斯。他在船上是一位很帥氣又非常正直的小伙子，是公司裡最出色的會計師；但是他一上岸，又玩女人，又喝酒——」

「這是你的戒指，索亞太太，」我依照福爾摩斯的暗示，打斷了她的談話，「這個戒指應該是你女兒的。我很高興，現在物歸原主了。」

這個老太婆嘟噥了一陣，說了些感激不盡之類的話以後，便包好戒指放入衣袋，告辭離開了。她剛出房門，福爾摩斯就立刻起身，跑進他的屋裡。幾秒鐘後，他走了出來，已經穿上了大衣，繫好了圍巾。他匆忙告訴我：「我得跟著她，她一定是個同黨，她會把我帶到凶犯那裡去的。你別睡，等著我。」

福爾摩斯匆匆下了樓。我從窗子向外望去，只見那個老太婆有氣無力地在馬路那邊走著，福爾摩斯在她身後不遠處緊緊尾隨。這時我才想到，如果福爾摩斯的觀點是正確的話，那他現在是在深入虎穴。他用不著叮嚀我等他回來再去睡，因為在聽到故事結局之前，我根本不可能睡得著的。

他出門時已接近九點鐘了，我不知道他什麼時候才能回來，只好一個人待在房裡，抽著煙斗，翻閱一本亨利．穆傑撰寫的《波希米亞人》。十點過去了，我聽見女傭人回房睡覺的腳步聲。到了將近十一點，又聽到房東太太從房門前走過，她也去睡覺了。等到快十二點的時候，我終於聽到福爾摩斯用鑰匙開大門的聲音。他一進房來，我就從他的臉色看出，這次行動並沒有成功。他脫下那身行頭，忽然縱聲大笑起來。

「無論如何，這件事不能讓蘇格蘭場的人知道。」他大喊道，在椅子上癱坐下來，「我把他們嘲弄得夠慘了，這回他們絕不肯放過我。話說回來，即使他們想藉機嘲諷我，我也不在乎，反正我遲早會挽回面子。」

我問道：「到底發生了什麼事？」

「哦，告訴你倒是沒關係。那個傢伙走了沒多遠，就一瘸一拐地裝出腳痛的樣子，接著突然停住了腳步，叫了一輛過往的馬車。我向她靠近了些，想竊聽出她的目的地，其實我根本用不著這樣急躁，因為她說話的聲音很大，就是隔一條馬路也能聽得清楚。她大聲說：『到宏茲迪池區，鄧肯街十三號。』當時我還以為她說的是實話。見她上車以後，我跟著跳上了馬車的後部——這是每位偵探都必須練就的技能，就這樣，我們馬不停蹄地到了目的地。快到門前時，我先跳下了車，一個人在馬路上閒蕩。我親眼見到馬車停下來，車伕也跳下車把車門打開，但沒有任何人從裡面走出來。當我湊進一看，車夫正在黑暗的車廂中四處亂摸，嘴裡還一邊罵個不停，說了些我從未聽過的『最好聽』的髒話，因為馬車裡的乘客早已不知去向，車伕白白作了一回工，真是活見鬼！我們去十三號詢問情況，卻發現那裡真正住的是一位品行端正的裱糊匠，名叫凱斯維克，他從未聽說過有叫什麼索亞或丹尼斯的人在那裡住過。」

我驚異地看著他，說道：「你是說剛才那位身體虛弱，步履蹣跚的老太婆居然瞞過了你和車伕的眼睛，在車子前進時悄悄逃掉了？」

「什麼老太婆！」福爾摩斯怒氣未消，「我們兩個才像老太婆，竟然被人家耍了。那其實是個身手俐落的年輕小伙子，還是位出色的演員，他的偽裝非常自然，一點也看不出破綻。很顯然，他發現了有人在跟蹤他，因此趁我們毫無提防時溜之大吉。這表明，他不像我們所想的那麼孤獨，肯定有許多人在暗中幫助這名罪犯，這些人甘願為了他犯險。現在，醫生，你看起來很疲倦了，快去休息吧。」

我的確感到身體不支，有些疲乏了，所以我決定回房去睡覺。客廳裡只留下福爾摩斯獨自坐在火爐邊，四周一片靜寂。深夜裡，我還隱隱聽見他那憂鬱的琴聲低回。我知道，他仍舊在深思如何解開眼前這個難題。

6 葛雷森大活躍

第二天，各家報紙都連篇累牘地刊載著所謂「勞瑞斯頓奇案」的新聞。每家報紙都作了長篇報導，有的還特別寫出了「社論」，其中有些消息我從沒聽說過。我的剪貼薄裡至今還保存著不少關於這個案子的剪報，現在我把它摘錄如下：

《每日電訊報》報導：

在犯罪記錄裡，再沒有比這個刑案更為離奇的了。被害人用的是德國名字，整個案子看不出有其他什麼動機，牆上還留著一個不祥的字眼。這一切都說明了這是由一群亡命的政治犯和革命黨人犯下的案子。社會黨在美國派系複雜，死者無疑是觸犯了黨內的不成文規定，才被追殺至此，並遭到毒手。

這篇文章還簡略地提到了過去發生在德國的秘密法庭案、礦泉案、義大利燒炭黨案、布蘭威列侯爵夫人案、達爾文理論案、馬爾薩斯原理案，以及瑞特克利夫公路謀殺案等案件，在文章結尾處還建議政府今後對於在英外僑應予嚴密監視等。

《旗幟報》評論說：

這種無法無天的暴行，常常是在自由黨執政下發生的，這些暴行的產生，主要是由於民心散亂，政府權力被削弱之故。死者錐伯先生是一位美國紳士，已在倫敦城盤桓數週之久，生前曾在坎伯韋爾的托奇住宅區一位夏本蒂埃太太的公寓內住過。他是在私人秘書約瑟．史坦傑森先生的陪同下到倫敦觀光旅行的。兩人於本月四日星期二辭別女房東後，即趕往尤斯頓車站，擬搭乘快車去利物浦。當時還有人在車站月台上目擊兩人，之後就行蹤成謎了。據報載，在離尤斯頓車站數哩遠的勞瑞斯頓路的一所空屋中發現了錐伯先生的屍體。他如何到達此地以及如何被害等細節，目前尚屬疑團。史坦傑森先生迄今下落不明。據悉，蘇格蘭場著名偵探雷斯垂德和葛雷森二人正展開偵查，相信此案不久就會真相大白。

《每日新聞報》消息：

這肯定是一樁政治性案件。由於各國政府的專制以及對自由主義的憎恨，許多人因為政治原因逃亡我國。如果對他們過去的所作所為給以寬容，不予追究的話，他們極有可能變為良好公民。這些流亡人士中間，有著一種嚴格的「法規」，一旦違反就必須被處死。目前必須竭盡全力弄清錐伯先生的秘書史坦傑森的蹤跡，以便瞭解有關被害人生活習慣中的某些特點。死者生前寄居倫敦的住址已經獲悉，這使案情取得了較大進展。發現這一關鍵線索的葛雷森先生在這次事件中表現出了過人的機智。

早餐時，福爾摩斯和我一起讀完了這些報導，這些報導似乎非常吸引他。

「如何？我早跟你說了，無論如何，功勞最終仍屬於雷斯垂德和葛雷森兩個人。」

「那得看最後的結果而論呀。」

「哦，老兄，那沒什麼差別。要是凶手捉到了，自然是歸功於他們的經驗與機智；要是凶手逃跑了，他們又會說：『我們已經盡了最大努力。』不管怎樣，功勞都是他們的，責任永遠由別人來扛，不論他們做了什麼，總是會有人稱讚的，就像某句法國俗語：『笨蛋雖笨，還有更笨的笨蛋會為他喝彩。』」

我們正談論著，突然一陣雜亂的腳步聲在走廊和樓梯上響起，同時傳來了房東太太的抱怨，我高聲問道：

「怎麼回事？」

「那是我的貝克街偵探小隊。」福爾摩斯煞有其事地說。

話音未落，只見六個如街頭流浪漢般的頑童衝了進來。我從沒見過如此骯髒、衣衫襤褸的孩子。

「立正！」福爾摩斯喝令道。

於是這六個小流浪漢就如六個不像樣的小泥人一樣排成一線站立在那裡。

「以後讓維金斯一個人上來報告就可以了，其他的人必須在街上等著。找到了嗎？維金斯？」

「還沒有找到，長官。」一個孩子回答道。

「我想你們也還沒有找到，一定要仔細查找，直到找到為止。這是你們的工錢。」福爾摩斯給了每人一先令，「好，繼續工作吧，我等著你們的好消息。」

福爾摩斯揮了揮手，這群孩子便猶如一窩小耗子般竄下樓去了，接著傳來了他們在街上的尖叫聲。

「別低估了這幫小孩的能力，」福爾摩斯說，「有時這些小傢伙一個人的效率勝過一打警員。一看到警方人士露面，不管是誰都會噤口不語的，但這幫小傢伙哪兒都能去，什麼都能打聽得到。況且，他們個個機靈好動，就像針尖一樣，無孔不入。雖然也是有缺點，那就是他們少了些組織紀律。」

我反問道：「你是因為勞瑞斯頓路空屋案子而雇用他們的嗎？」

「是的，我需要弄明白一些小細節，不過也僅是時間問題，現在讓我們聽一些新聞吧！你瞧，葛雷森正往這裡走過來，他滿臉洋洋自得的樣子，我知道他是來找我們的。看吧，他停住了，果然！」

門鈴一陣猛響，一眨眼功夫，葛雷森已經一步三級地跑上樓來，推開了我們的客廳大門。

「朋友，」他緊緊握住福爾摩斯極不情願的手大聲說，「祝賀我吧，這個案子在我的偵查下終於水落石出了。」

我似乎意識到，在福爾摩斯缺乏表情的臉上，投下了一絲憂慮的暗影。

「你的意思是要結案了嗎？」

「是的，老兄，連凶手都捉到了！」

「那麼，他叫什麼名字？」

「亞瑟．夏本蒂埃，皇家海軍中尉。」葛雷森一面得意地搓著那雙肥大的手，一面挺起胸膛傲慢地解釋道。

福爾摩斯聽了他的這番話後，如釋重負般地吁了一口氣，臉上掠過一絲笑意。

「請坐，抽支雪茄吧！」他說，「我想知道你是如何偵破此案的，要來點威士忌加水嗎？」

「很好，先來一杯，」這位偵探回答道，「這兩天可真把我累壞了。你也知道，體力上倒沒有什麼，可是精神壓力太大了，我一直緊張得要命。這其中的辛苦你也明白的，先生，我們從事的都是腦力活。」

福爾摩斯一本正經地和他聊了起來：「過獎了，我怎麼能和你比呢？還是聽聽你究竟是如何取得這傲人成果的吧。」

葛雷森在扶手椅上坐了下來，滿足地吸著雪茄，說道：

「太可笑了，雷斯垂德這個傻瓜還自以為聰明，把全部精力都耗在尋找那個叫史坦傑森的秘書身上，而實際上，這個傢伙與本案毫無關聯，就像個嬰兒一樣的清白。我敢斷言，他應該基本上找到那個傢伙了。」

講到這裡的時候，他哈哈大笑起來，簡直有些喘不過氣了。

「那麼，你是怎樣獲得線索的？」

「讓我告訴你們吧！當然囉，這是絕對的秘密，只有我們少數幾個人可以知道。首先，我克服了一切困難查明了這位美國人的來歷。有些人可能會以為，遇到這種情況時，在報上登一則廣告等待別人回應，或者是等待受害者的親朋好友發出的消息就好了，但我的思考方式卻不是這樣的。你還記得死者身旁那頂帽子嗎？」

「當然記得，」福爾摩斯說，「好像是從坎伯韋爾路二二九號的約翰．安德伍父子的帽店買來的。」

「沒想到你也注意到了這一點。」聽了這話，葛雷森立刻顯得有點沮喪，「你到那家帽店去過了嗎？」

「沒有。」

「哈！」葛雷森終於放心了，他又壯起了膽子，「不管成功的機會有多少，你都不該放棄努力。」

「對於一位偉大的人物來說，沒有任何事物是微不足道的。」福爾摩斯像是在闡述至理名言一樣脫口而出。

「言歸正傳，我找到了店主安德伍，我詢問他是否賣出過一頂這種尺碼的同款帽子。他們查了查售貨記錄，很快就查到了，這頂帽子是送給一位住在托奇住宅區裡夏本蒂埃公寓的住客錐伯先生處的，這樣我就找到了這個人的住址。」

「厲害，太厲害了！」福爾摩斯低聲附和著。

「隨後我去拜訪了夏本蒂埃太太，」葛雷森頓了頓，接著又說，「我發現她臉色蒼白，神情緊張，她的女兒也在房裡——那可是位可愛的俏女孩。當我和她交談時，發現她的兩眼紅腫，嘴唇不住地顫動，於是我開始注意她了。福爾摩斯先生，相信你能理解這一點，當你發現重要的線索時，會是種什麼樣的快感。當時我全身從頭到腳感到一種無比的爽快，我試探性地問：『你們聽說了你們原來的房客、克里夫蘭的錐伯先生被害的消息了嗎？』」

「那位太太點了點頭，卻什麼也沒有說，而她的女兒卻情不自禁地流下眼淚來。我意識到她跟此案關係密切。」

「於是我問：『錐伯先生是什麼時候離開這兒去車站的？』」

「『八點鐘，』她不住地嚥著唾沫，壓抑著激動的情緒說，『他的秘書史坦傑森先生說有兩班去利物浦的火車，一班是九點十分，一班是十一點。他要坐的是第一班的火車。』」

「我又問道：『那是你們最後一次與他見面嗎？』。只見那位夫人倏地一下面如土色，過了很久才回答我『是的。』可是她說話時，聲音哽咽，一點也不自然。稍過了一會兒，那個女孩開口了，她顯然比她母親鎮靜多了。」

「她說：『說謊是沒有什麼好處的，媽媽，咱們還是誠實地告訴這位警官好了。是的，我們確實又見到過錐伯先生。』」

「『願上帝饒恕你！』夏本蒂埃太太雙手扶椅，向後一靠，生氣地埋怨道：『你會害了你哥哥的！』」

「『我想，亞瑟也一定希望我們說實話。』這位姑娘堅定地說。」

「我說：『你們最好把一切都告訴我，這些避重就輕的證詞反而更不利。況且，你們根本就不知道我們已經掌握了多少案情。』」

「『都是你，愛麗絲！』這名母親埋怨著女兒，接著又轉過身來對我說，『我把一切都告訴你吧，警官。你不要以為，一談到我的兒子就會讓我慌了手腳，因為他和此案沒有關係，他完全是清白的。可是我擔心，你們這些人會一下子把他當成了嫌疑犯。事實上，他和此案無關，他的品行、職業，他過去的經歷都能說明這一點。』」

「我說：『你最好還是直接把事實和盤托出。根據事實，如果證明你的兒子確實無辜的話，他絕不會受到任何委屈。』」

「她說：『也許吧，愛麗絲，你先出去一下，讓我們兩個人單獨談。』於是她的女兒走了出去。她接著說：『現在，警官，我原本不想告訴你這些的，可是既然我女兒說溜了嘴，也別無選擇了，我決定把一切都說出來，絕不隱瞞。』」

「『這才是最明智的選擇！』我告訴她。」

「『錐伯先生在我們這裡住了差不多三個星期，他和他的秘書史坦傑森先生一直在歐洲大陸旅行。他們的每只箱子上都貼有哥本哈根的標籤，由此可見那是他們最後到過的地方。史坦傑森是一位沉默寡言、有教養的人；可是他的主人——很遺憾，完全不一樣。這個人舉止粗野下流。在他們搬來的當天夜裡，錐伯喝得酩酊大醉，直到第二天中午十二點還沒有清醒過來。他對女僕們態度輕佻、下流，簡直令人厭惡透了。最糟糕的是，他竟然用這種下流方式調戲我的女兒愛麗絲。他不只一次地在她面前說下流話，好在愛麗絲還年輕，聽不懂他講的那些。但有一次，他居然把我的女兒緊緊地摟在懷裡，這種膽大妄為、令人厭惡的行為，連他的秘書都罵他缺少教養，庸俗下流，簡直沒有人性。』」

「『可是，你為什麼要容許他們住在這兒呢？』我反問道，『我想，只要你願意，完全可以將你的房客趕走啊？』」

「夏本蒂埃太太被我這麼一問，頓時滿臉通紅，她說：『如果我在他們到達的當天拒絕他就好了。可是我一時財迷心竅，被他們每人一天一英鎊的房租給矇蔽了理智。想想，一個星期有十四鎊的租金哪！現在正值房客稀少的淡季，我又是個寡婦，我的兒子在海軍服役，他的開銷很大，我實在不忍白白放棄這筆可觀的收入，於是就對某些事睜一隻眼、閉一隻眼了。直到最近幾天他的行為變本加厲，我才下決心把他攆走，這也就是他們搬走的原因。』」

「我問她：『後來呢？』」

「『目送那傢伙坐車走後，我的心裡終於漸漸放鬆了。我的兒子當時正在家裡休假，可是那些事完全沒有向他提過，因為他的脾氣暴躁，又很疼愛他的妹妹。我把大門關上，心情才剛平靜下來，誰料到，不到一個小時又聽到有人在叫門，原來是錐伯。他滿臉酒氣，興奮不已，一頭闖進屋來。當時我和我的女兒正在房裡坐著，他胡亂地說著一些汙言穢語，又說他沒趕上火車。後來，他竟挑逗起愛麗絲來，還說希望愛麗絲和他一起私奔，他告訴我女兒說：『你已經長大成人啦！法律也管不了你，我有的是錢，不必聽這個老太婆胡說。你現在馬上跟我出走吧，你可以像公主一樣盡享榮華富貴。』可憐的愛麗絲非常害怕，一直躲著他。可是他卻一把抓住了她的手腕，硬往門外拖，我嚇得大聲喊叫。就在這個時候，我的兒子亞瑟走了過來，後面發生什麼事我就不知道了，因為我已經嚇得不敢抬頭了。我只聽見他們又是叫罵又是扭打，亂成一片，嚇死我了。等我稍微冷靜後，再抬起頭來一看，只見亞瑟站在門口大笑，手裡還提著一根木棍。他說：「我想這個惡棍不敢再來找我們的麻煩了，我要跟蹤他，看看他到底還想玩什麼花樣。」話音一落，亞瑟拿起了帽子，徑直向街頭跑去。第二天早晨，我們就聽到了錐伯先生被人謀殺的消息。』」

「這就是夏本蒂埃太太所告訴我的一切。她說話時喘一陣，停一陣。有時聲音非常低沉，我根本就聽不清楚。但是，我還是把她的敘述全部都記錄下來，應該不會有什麼差錯。」

福爾摩斯打一個很響的呵欠，說道：「真是個令人興奮的故事，然後呢？」

「夏本蒂埃太太沒有再說下去，我已經發現了案情的關鍵所在，於是就盯著她，問她的兒子是何時回家的。」

「『我不知道。』她回答說。」

「『不知道？』我繼續追問。」

「『我的確不知道。因為他有一把彈簧鎖的鑰匙，他自己會開門的。』」

「『他在你入睡後才回來的嗎？』」

「『是的。』。」

「『你是幾點鐘睡的呢？』」

「『大約快十一點。』」

「『那麼，你兒子出去了至少兩個小時才回到家，是嗎？』」

「『是的。』」

「『有超過四五個小時的可能嗎？』」

「『也許吧。』」

「『你知道他在這段時間裡做了什麼事嗎？』」

「『不知道。』她回答說，說這話時她臉色蒼白，面無表情。」

「當然，問到這裡，我知道已經不需要再多想了。我查到夏本蒂埃中尉的下落之後，帶著兩名警官，把他逮捕了。我用力地拍了拍中尉的肩膀，警告他要老老實實地和我們合作。他卻肆無忌憚地吼道：『我猜你們逮捕我，是認為我殺了那個壞蛋錐伯吧。』你瞧！我們還沒提起這件事，他反倒先不打自招了，能不令人更加懷疑嗎？」

「的確十分可疑。」福爾摩斯附和著。

「逮捕他的時候，他的手裡還拿著他母親描述的那根大棒子，那是一根非常結實的橡木棍子。」

「所以，依你的高見？」

「據我分析，他追趕錐伯一直到了勞瑞斯頓路。這時他們吵起來了，正在爭吵之時，錐伯挨了他狠狠的一棒子，也許正好擊在了心窩上，所以雖說送了命，卻沒有留下任何的痕跡。當時夜雨又大，附近也沒有人。他把屍首拖到了那所空房子裡。至於蠟燭、血跡、牆上的字跡和戒指等等，不過是想把誤導警方偵辦的小把戲罷了。」

「幹得好啊！」福爾摩斯有些激動，他大聲地稱讚起葛雷森：「真是大有長進哪，葛雷森，我想你遲早會出人頭地的。」

葛雷森滿臉的沾沾自喜，他說：「整件事還算是乾淨俐落。不過那年輕人後來又供稱：他跟蹤出去不久後，就被錐伯發現，對方急忙跳上一輛馬車逃走了。在他回家的途中，遇到了一位之前船上的老同事，他陪著這位老同事走了很長一段路。我追問他這位同事的地址，但卻得到一個不太滿意的答案。話雖如此，我認為這個案子的前後情節基本吻合。最可笑的還是雷斯垂德了，他從一開始就搞錯辦案方向，我想他在本案中很難有所進展了。怪了！說人人到，他來了。」

進來的人正是雷斯垂德。平時，無論是從外表、衣著還是行動看來，他總是顯得悠然自得，信心十足，可今天卻一點也看不出來。只見他衣冠不整，滿臉愁容。他來這裡，顯然是有急事要請教福爾摩斯。因為當他一發現葛雷森也在場時，頓時變得忸怩不安，手足無措了。他站在屋子的中間，兩手不住地擺弄著他的帽子。終於，他開口說道：

「這的確是樁非常離奇的案子，一件不可思議的怪事。」

「你終於發現了，雷斯垂德先生，」葛雷森略帶輕蔑地嘲笑道，「我早就知道你會這麼說，找到那位秘書史坦傑森了嗎？」

雷斯垂德心情沉重地說：「非常遺憾，史坦傑森先生今晨六點左右在哈勒戴旅館被人謀殺了。」

7 一線光明

雷斯垂德帶來的消息既重大又突然，我們全都驚呆了。葛雷森從椅子上猛地站了起來，把杯中殘餘的威士忌酒潑得滿地都是。我悄悄地瞟了福爾摩斯一眼，他雙唇緊閉，一雙濃眉緊緊地蹙在一起。

「史坦傑森遭謀殺，整個案情就沒那麼簡單了。」福爾摩斯打破了短暫的沉默，說道。

「本來就夠錯綜複雜的了。」雷斯垂德抱怨道，在椅子上坐了下來，「我完全摸不著頭緒了，一切都亂糟糟的。」

葛雷森在一旁結結巴巴地問道：「你這個消息屬實嗎？」

雷斯垂德鎮靜地回答說：「我才剛從凶案現場趕來，我是第一個發現的人。」

福爾摩斯笑了笑：「我們剛才還在傾聽葛雷森對於這個案子的評論呢。現在輪到你了，能把你所聽到的和所做的一切事情都告訴我們嗎？」

「當然，」雷斯垂德坐了下來，慢慢地解釋說，「我承認，我原來認為錐伯的遇害是和史坦傑森有關的，眼前的事態卻表明我完全弄錯了。在我調查這位秘書的下落時，我發現，有人曾在三日晚間八點半鐘前後，在尤斯頓車站看見他們二人在一起。我當時要解決的主要問題就是，必須弄清楚從八點半以後一直到謀殺案發生的那一段時間內，史坦傑森在哪裡。我一方面給利物浦發去了電報，詳細地說明了史坦傑森的外貌特徵，要求他們協助監視過往美國的船隻；一方面又在尤斯頓車站附近的每家旅館和公寓裡查找。我當時設想，如果錐伯和他的朋友已經分手，依照常理，史坦傑森當晚必然要在車站附近找個地方住下，第二天早晨再趕往車站。」

福爾摩斯說：「他們一定事先約好了會面的地點——」

「你猜得很正確。昨天為了弄清楚他的下落，我跑了整整一個晚上，可惜毫無結果。今天一大早我再度到四處查訪，八點鐘左右，我來到小喬治街的哈勒戴旅館，當我詢問是否有一位史坦傑森先生住在這裡時，旅館人員立刻回答說有。」

「他們說：『你一定就是他所等候的那位先生了，他已經在這兒等了你兩天了。』」

「『他現在在哪裡？』我追問道。」

「『還在樓上睡覺呢。他吩咐過，到九點鐘再叫醒他。』」

「『我要立刻上去找他，』我說。我當時想，他要是看到我出其不意地出現，肯定會大吃一驚，會在毫無防備的情形下一口氣吐露出秘密也說不定。一個擦鞋僕自願領我上去。這個房間在三樓，有一條小走廊可直接到達。那個僕人指出了房門後，正要下樓，這時我突然感到一陣噁心，想要嘔吐。把頭低下一看，發現一條彎彎曲曲的血水正從房門下邊流了出來，沿著通道匯積在對面的牆角下，我不由得驚叫了一聲。僕人聽到喊聲，立即轉身跑回來，他看見這個情景後，嚇得差點昏了過去。這個房間的房門是反鎖著的，我們用力把它撞開。屋內窗戶洞開，窗戶旁邊躺著一具男屍，身上穿著睡衣，蜷曲成一團。他早就斷氣了，四肢僵硬冰涼。我們把屍體翻過來一瞧，擦鞋僕立刻認出，他就是這間屋子的住客史坦傑森。他身體的左側被人用刀刺入很深，一定是傷了心臟。對了，現場還有一件奇異的事情，你們猜猜，死者臉上有什麼東西？」

聽到這裡，我不禁毛骨悚然，害怕極了，思維也一時轉不過彎來。福爾摩斯卻敏捷地答道：「是『拉契』這個字，用血寫的。」

「對極了，先生。」雷斯垂德應了一聲，一時之間，我們全都啞口無言了。

兩起案件看來是同一人所為，凶手的謀殺行動似乎很有步驟，目的明確，同時又叫人難以置信。這一切都增加了這兩樁犯罪活動的恐怖感。我雖然在親歷了死傷遍野的戰場時表現得異常堅定，可是當面對這樣的恐怖情景，還是有些不寒而慄。

「還有人曾看見過這位凶手。」雷斯垂德接下來說道，「是一個送牛奶的小孩，在他去牛奶房的時候，偶然行經旅館後面的那條小巷，這條巷子是通往旅館後邊馬車房的，他看見平日擺在地上的那個梯子立了起來，正架在三樓的一個窗子上，那窗子大開著。這個孩子走過巷子後，又不經意地回頭瞧了瞧，這時他看到一個人不疾不徐地從梯子上爬下來，是個紅臉的大塊頭，身穿一件長長的棕色外衣。小孩原以為他是旅館裡的木匠，所以也沒有特別留心。這個人在行凶後一定還在房間裡停留過一陣子，因為我們發現臉盆的水中有血，這表明凶手曾經洗過手；床單上也有血跡，這說明他行凶後還從容地用床單擦乾了凶器。」

一聽到凶手的體格、面貌和福爾摩斯的推斷十分相符，我瞥了他一眼，而他的臉上似乎毫無表情。

福爾摩斯問道：「你沒有在屋裡發現任何線索嗎？」

「沒有。史坦傑森身上帶著錐伯的錢袋，或者，這錢袋平常就是由他帶著的，因為他掌管著旅行中的開支。錢袋裡的八十多鎊現金沒有被取走，因此不管凶手的犯罪動機是什麼，至少可以排除是謀財害命。被害人的衣袋裡僅僅發現了一份電報，那份電報是一個月前從克里夫蘭城打來的，電文是『J．H．現在歐洲』，後面沒有署名。」

福爾摩斯急迫地問道：「還有什麼嗎？」

「沒有更重要的東西了。床上有一本小說，可能是死者的睡前讀物，他的煙斗放在床邊的一把椅子上，桌上還有一杯水，窗台上有個裝藥膏的小盒子，裡邊有兩粒藥丸。」

福爾摩斯從椅子上猛地站了起來，眉飛色舞地高呼道：「這是最後一個環節了，我的推理這下全都串在一起了。」

兩位偵探莫名其妙地望著他。

他滿懷自信地說：「我已經掌握了這個案子所需要的每一條線索。當然，某些細節還有待補充。現在，從錐伯在火車站和史坦傑森分手開始，到史坦傑森的屍體被發現為止，這期間所有主要的情節，我都弄清楚了。我現在就把整個案發過程向你們說明，雷斯垂德，你把那兩粒藥丸帶來了嗎？」

「是的，」雷斯垂德一邊回答，一邊拿出一只小小的白匣子來，「藥丸、錢袋、電報都拿來了，我原本是想將這些東西放在警察分局的。我把藥丸帶來純屬偶然，因為我認為這東西並不重要。」

「請給我吧，」福爾摩斯說，「喂，醫生，」他又轉向我說，「這是普通的藥丸嗎？」

這藥丸確實非同一般，其外表呈珍珠一樣的灰色，小巧滾圓，對著光看幾乎是透明的。於是我說：

「既透明，分量又輕，我想這些藥丸應該能溶於水中。」

「的確如此，」福爾摩斯回答說，「現在，可以請你把樓下那隻可憐的狗抱上來嗎？牠久病纏身，房東太太昨天就希望你讓牠解脫，免得牠活著受罪。」

我下樓去把狗抱了上來，牠眼光呆滯，呼吸吃力。的確，從牠那慘白的嘴唇就能說明牠活不久了。我在地毯上鋪了塊墊子，然後把牠擺在上面。

「現在，我把這藥丸的其中一粒一分為二，」福爾摩斯說著，拿出小刀把藥丸切開了，「這一半仍放回盒裡以備將來使用，另一半我將溶於水裡。請看，醫生說的不錯，它立刻溶化在水中了。」

「還真是有趣，」雷斯垂德以為福爾摩斯在捉弄他，很有點生氣，「但我絲毫看不出這與史坦傑森的死有何關係！」

「耐心點，我的朋友，請耐心點！到時候你就明白這二者之間大有關係呢。現在，我再加點牛奶進去，這樣味道就好多了，狗兒會立刻舔光它的。」

說著，他把杯中的混合液倒入盤子，放在了狗的面前，只一會兒功夫，一盤牛奶就被舔光了。福爾摩斯認真的態度讓我們對即將有令人驚訝的結果出現深信不疑。但是，過了好一會兒，狗依舊躺在墊子上，吃力地喘息著，並未出現任何特別的情況。很明顯，藥丸對牠沒有發生作用。

時間一分鐘一分鐘地過去了，福爾摩斯一直握著錶在那兒緊盯著，可是毫無結果，極端失望和懊惱的神情出現在他臉上。他咬著下唇，手指敲擊著桌面，十分焦急。我不禁替他那激動的情緒難過，雷斯垂德和葛雷森卻幸災樂禍地望著福爾摩斯，臉上流露出譏諷的神色。

「這絕不可能是巧合！」福爾摩斯終於站起身來，他煩躁地在屋裡走動著，然後大喊了一聲，「絕不可能只是巧合！在錐伯一案中我就懷疑有某種藥丸，現在，它果真如我所料地出現在史坦傑森的陳屍現場，卻毫無用處，這究竟怎麼回事？我肯定，我的這一系列推理絕無疏漏！絕對沒有！但是這可憐的傢伙仍然安然無恙。

哦，對了！我懂了！」福爾摩斯高興得尖叫起來，他奔到藥盒前，把另一粒也一分為二，將半粒溶在水裡，再加入牛奶後餵狗。這個不幸的小動物舌頭還沒完全沾濕，四肢便痙攣顫抖起來，接著就像遭雷擊一般直挺挺地死了。

福爾摩斯長長地吁了一口氣，他擦了擦額頭的汗珠說：「我的信心不夠堅定。剛才我就應該想到，如果一個環節與系列推論相矛盾，那這個環節肯定有另外的解釋。藥丸有兩粒，一粒是劇毒，另一粒則完全無毒。在沒見到這個小盒子前，我就應該推論出的。這是我的失誤。」

福爾摩斯最後講的這幾句話太過於驚人，讓我都不禁懷疑他是否開始有些語無倫次。但死狗就擺在眼前，說明他的這番結論已是不容置疑了。我的思維漸漸活躍起來，開始對案情有了一個初步認識。

望著那兩個訝異的人，福爾摩斯輕鬆一笑，解釋說：「這一切聽起來似乎過於神秘了，因為你們在剛開始偵查時就沒有意識到擺在你們眼前的那條唯一正確的線索的重要性，我卻牢牢抓住這條線索。以後發生的每件事都足以證明我最初的設想是對的，然而這些事件之間也有它必然的邏輯性。因此，那些讓你們如墜五里霧中、神神秘秘的事物，對我來說，卻是一種啟發，並能進一步證實我的推論。所以我想，那些最平淡無奇的犯罪行為常常被神秘的面紗遮掩，雖然它看上去並沒有什麼奇特之處，然而卻隱含著重要的推理依據。如果這樁案子的受害人屍體是在大馬路上被發現，又少了那些駭人聽聞的疑點，那麼偵破起來就困難多了。因此，我認為案情越是離奇，反而越有助於解決問題。」

葛雷森像聽什麼奇談怪論似的，顯得非常不耐煩。

「福爾摩斯先生，我們從來沒有否認過你過人的天賦，也經常稱讚你獨特的偵破手段。可是我們現在關心的是，如何儘快捉到凶手，而非誇誇其談。是的，我的思考是錯誤的，夏本蒂埃這個傢伙絕不可能涉及第二宗謀殺案；而雷斯垂德一意孤行地追查史坦傑森也是失敗的。現在該我們問你了，你究竟對此案瞭解多少？你能說出凶手的姓名嗎？」

雷斯垂德也附和著在一旁說道：「我贊同葛雷森的看法，先生。我們兩人都已經嘗試過了，也都失敗了。

從我一走進你的這間屋子，你就多次強調，自己已經掌握了足夠的證據，事到如今，你還想繼續獨佔這個秘密嗎？」

我也發表了我的意見：「再不快將凶手繩之以法的話，又會產生更多案件的。」

面對我們的緊緊逼問，福爾摩斯顯然有些遲疑不決的樣子。他在房子裡踱來踱去，頭垂在胸口上，緊皺著雙眉，他思索問題時總是這個表情。

「不會再有凶殺案發生了。」他猛地站定，對我們說道，「這是肯定的，你們可以完全放心，想知道凶手的姓名，我也可以告訴你們。然而，僅僅知道名字是不夠的，要把凶手捉拿到案可不是件簡單的事。不過，我相信我很快就會逮住他了。抱歉了，對於緝捕一事，我寧願由我自己一手包辦。你們知道嗎？逮捕計畫一定得周詳且縝密，因為我們面對的是位非常凶狠、狡詐的傢伙。而且有跡象表明，罪犯還有一位和他一樣機警狡猾的同伙。只要凶手還沒察覺到有人掌握了重要線索，那就還有機會逮到他。如果讓他起了疑心，那他會立刻更名改姓，然後從這個四百萬人的大都市中消失的。我絕對無意傷害你們兩位的自尊心，但是我深信警方絕非他們的對手，這就是我為什麼不向你們求助的原因。如果我真的失敗了，在拒絕你們的援手一事上，我將會承擔一切的責任。但如今我已準備萬全，我向你們保證，只要不干擾我的全盤計畫，我會在逮捕犯人的第一時間通知你們的。」

對於福爾摩斯的這種保證，尤其是他對於警方偵探的這種輕蔑和嘲諷，葛雷森和雷斯垂德大為惱火。葛雷森滿臉通紅，雷斯垂德則瞪著一雙滾圓的眼睛，眼裡閃爍著驚異又惱怒的亮光。還沒等他們反駁，門上忽然傳來了幾聲輕敲，街頭流浪兒小維金斯鑽了進來，帶著他那既不起眼又骯髒的外表。

維金斯進屋後舉手行禮，他說：「長官，請吧！馬車已經到了，就在下面。」

「好孩子！」福爾摩斯激動地說，「真不明白你們蘇格蘭場為什麼不採用這樣的手銬呢？」他一邊說，一邊從抽屜裡拿出一副鋼手銬來，「看看鎖簧多好用，一碰就卡上了。」

雷斯垂德說：「只要讓我找到用來銬它的人，其實這種老式的一樣挺好用的。」

「很好，很好。」福爾摩斯說著笑了起來，「這個箱子真重，最好讓馬車伕來幫我搬，去請他上來，維金斯。」

看福爾摩斯的樣子，似乎是要出門旅行，我忍不住暗自詫異起來，因為我好像從未聽他提起過。就在我思考時，福爾摩斯已把僅有的一只小旅行皮箱從房間裡拉了出來，匆匆忙忙繫上皮帶，馬車伕也在這時進房來了。

「車伕，幫我扣好這個皮帶扣。」福爾摩斯躬著身子在那裡擺弄著他的皮箱，頭也不抬地說道。

馬伕緊繃著臉，不情願地走向前去。說時遲那時快，只見福爾摩斯忽地跳了起來，手裡那副鋼手銬咔噠一響。

「先生們，」他雙目炯炯有神地注視著大家，「讓我隆重介紹傑弗遜·侯普先生，他就是殺死錐伯和史坦傑森的凶手。」

這似乎是發生在一剎那間的事，我還來不及思考呢！僅這一瞬間，福爾摩斯勝利的喜悅、他那宏亮的聲音以及馬車伕茫然、凶巒的面孔猶如魔術鏡頭一般交彙在一起，至今仍讓我們記憶猶新，感慨萬千。那具有神奇力量的時刻，令我們所有的人呆若木雞。緊接著，馬車伕發出了一聲怒吼，他竟掙脫了福爾摩斯的掌控，向窗子衝去，把木框和玻璃撞得粉碎。就在馬車伕企圖從窗口跳出去的時候，葛雷森、雷斯垂德和福爾摩斯猶如三隻饑餓的獵犬一般，蜂湧而上，緊緊地把他拽了回來。一場激烈的搏鬥開始了。那異常凶狠，狗急跳牆的凶手，一次次地將我們擊倒，他似乎有著一股發瘋的蠻勁。他的臉和手在跳窗時被割得非常厲害，血一直在流，但他的抵抗並沒有減緩。直到雷斯垂德猛地掐住了他的脖子，讓他幾乎透不過氣來時，他才慢慢停止了掙扎。即使這樣，我們也絲毫不敢鬆手，牢牢地將他的手和腳捆綁了起來。

「他的馬車在樓下，」福爾摩斯說，「就用那輛車送他到蘇格蘭場吧。好了，先生們，」他滿臉堆笑，一種自豪感湧上心頭，「這個小小的風波，總算告一段落了。」

8 曠野之中

時光倒轉，讓我們回到北美大陸的中部，這裡有一大片乾旱荒涼的沙漠，多少年來，它一直是當地與外界交流的障礙。從內華達山脈到內布拉斯加，從北部的黃石河到南部的科羅拉多，充滿著荒涼與寂靜的景色。在這荒無人煙的地區裡，大自然的景色也不盡相同，有大雪封蓋的高山峻嶺，有陰沉昏暗的深谷；湍急的河流在山石嵯峨的峽谷之間奔流，無邊的荒原在冬天時積雪遍地，夏季則呈現出灰色的鹼土地形。雖然如此，大部分的地區仍然寸草不生、無限淒涼。

在這片不毛之地，人煙絕跡。只有波尼人和黑足人偶爾結隊，經此地前往別的獵區。即使是所謂最勇敢、最堅強的人，也會為這兒行程的艱辛、可怕慨嘆的，希望儘快回到大草原中去。只有山狗躲躲藏藏地在矮叢林中穿行，巨鵰緩慢地在空中翱翔，還有那蠢笨的灰熊，出沒在陰沉的峽谷里，尋找食物。牠們是荒原裡絕無僅有的居民。

到達布蘭卡山脈的北麓，舉目四望，一片淒涼盡收眼底，荒原被矮小的槲樹林隔斷成一片一片的鹽鹼地。而地平線的末端，山巒起伏，積雪閃爍著點點銀光。這兒沒有生命也無任何生機。鐵青色的天空中飛鳥絕跡，灰暗的大地上一片死寂。側耳聆聽，這一片廣袤的荒原沒有一絲聲響，只有一片完完全全的、令人灰心絕望的死一般的靜寂。

據說，在這廣袤的原野沒有生命可以存在。但這種說法未免有些絕對，從布蘭卡山脈眺望，一條彎曲的小路穿過沙漠，綿延而去，消逝在遙遠的地平線上。這是一條非同尋常的生命之路，是無數冒險家冒著生命危險踏出來的。在這長達一千五百哩的可怕旅途，人們總是沿著前人倒斃路旁的累累遺骨前進著。

一八四七年五月四日，一個孤身隻影的旅行者從山上俯望著這幅淒涼的慘景。他看上去簡直像這片魔域的幽靈。旁觀者很難判斷他到底是年近四十還是六十，他瘦削的面容枯槁憔悴，突出的顴骨上緊緊繃著一層乾羊皮似的褐色皮膚，長長的棕色鬍髮已經花白，雙眼深陷，閃爍著不同尋常的光彩。儘管他那緊握來福槍的手跟枯木相差無幾，站立時也要靠槍支撐著，然而，從他高大的身軀和寬實的骨骼可以看出他體格健壯，精力充沛。只是他那憔悴的面容，以及罩在骨瘦如柴的四肢上的大口袋似的外衣，使他看上去格外蒼老。此時，這個人饑渴交迫，已瀕臨死境了。

他曾經忍受了痛苦，沿著山谷跋涉前進，現在又掙扎著來到這片不大的高地，他抱著渺茫的希望，但願能夠發現點滴的水源。現在，在他面前展開的只是無邊無際的鹼地和地平線那一排連綿不斷的荒山，看不到一棵樹木的蹤影，因為有樹木生長的地方就可能會有水氣。在這片廣闊的土地上，一點希望也沒有。他張大瘋狂而困惑的眼睛，向北方、西方和東方了望了以後，他明白了，漂泊的日子已經到了盡頭，自己就要葬身這片荒涼的岩崖之上了。

「死在這兒和二十年後死在鵝絨錦被裡又有什麼差別呢？」他喃喃地問自己，在一塊突起的大石的陰影下坐了下來。

他先把那支無用的來福槍放在地上，然後又把肩上的大包袱放了下來。看來他確實精疲力竭了，當他放下包袱時，著地很重，因此從這灰色包袱裡傳出了哭聲，鑽出來一張受驚的、長著明亮的棕色眼睛的小臉。

「你弄痛我了！」孩子發出了稚氣的抱怨聲。

「我有嗎？」這個男人表示歉意地應了一聲，「我不是故意的。」說著就抱起這個可愛的小女孩來。女孩約有五歲，腳上是一雙精緻的小鞋，穿著一件漂亮的粉紅上衣，麻布圍裙。從這身裝束可以看出，媽媽對她的愛護是無微不至的。這孩子的臉色略有些蒼白，但她那結實的胳膊和小腿都說明了她經受的苦難遠不如帶著她的那個男人。

「摔痛了嗎？」他焦急地安慰道。

「親一下這裡應該就會好了。」她認真地說，並且將剛才碰著的地方指給他看，「媽媽總是這樣做的。媽媽去哪了？」

「媽媽走了。我想不久後我們就能見到她了。」

「媽媽走了嗎？真奇怪，她怎麼沒有跟我說再見？以前，媽媽每次去姑媽家喝茶時總要對我說一聲再見的。有三天了吧！我的嘴好渴，有喝的嗎？有吃的嗎？」小女孩頑皮地說著。

「沒有，什麼也沒有了，親愛的。只要你暫時忍一忍，一切都會好起來的。把頭枕在我身上，你或許會感覺舒服些，我的嘴唇也乾得快裂開了，說話都很費勁。但是，我想還是老實告訴你吧。你手裡拿的是什麼？」

「兩塊雲母石，你瞧，好漂亮！回家後我要把它送給小鮑伯。」小女孩天真地說。

「你還會看到更漂亮的東西的。還記得我們離開那條河時的情形嗎？」這個男人溫和地說。

「嗯！記得。」

「很好，我們應該很快就能到達另一條河了，明白嗎？可是不知道為什麼，也許是羅盤的問題，也許是地圖問題，又或者是其他的原因，我們被引導到了這個可怕的地方，然後就再也找不到水了。我現在的水只剩下一點點了，是留給像你這樣的孩子喝的，然後……然後……」

「你為什麼不洗臉呢？」小女孩不解地問。

「不僅是不能洗臉，連喝的水也沒有了。班德先生是第一個走的，接著是印第安人皮特，再就是麥奎格太太和強尼．洪斯，最後，寶貝，就是你的媽媽了。」

「所以我媽媽也死了。」小女孩傷心地哭了起來，用手捂著臉。

「是的，他們都走了，只剩下你和我。後來我想這邊也許找得到水，於是把你背在肩上，一步一步地前進。如今看來，情況還是沒有好轉，我們現在已經窮途末路了！」

孩子停止了哭聲，仰起淌滿淚水的臉問道：「你是說我們也要死了嗎？」

「我想差不多到了這個地步了。」

小女孩開心地笑著說：「為什麼你剛才不早點說呢？你嚇了我一大跳。你看！只要我們死了，就能又和媽媽在一起了不是嗎？」

「你說得對，小寶貝兒，一定能的。」男人苦澀地說。

「你也會見到她的。我要告訴媽媽，你對我太好了。我敢說，她一定會在天國的門口迎接我們，手裡拿著一大壺水，還有好多蕎麥餅，熱氣騰騰，兩面都烤得焦黃焦黃的，就像我和鮑伯所愛吃的那樣。可是我們還要多久才能死呢？」

「我不知道，不過不會太久了。」

大人一面說著，一面凝視著北方的地平線。原來在藍色的天穹下，出現了三個黑點，黑點越來越大，來勢極快。頃刻之間，就看出來是三隻褐色的禿鷹，牠們在這兩個流浪者的上空盤旋著，然後降落在他們頭頂的一塊大石上。禿鷹的出現，無疑預示了兩人的死亡。

「公雞和母雞。」小女孩指著這三隻兇禽快樂地叫道，並且連連拍著小手，打算驚動牠們飛起來。

「問你哦，這個地方也是上帝創造的嗎？」

「當然是祂創造的。」男人回答道。小女孩突然發問使他吃了一驚。

「祂創造了伊利諾州，還創造了密蘇里州，我想這裡一定是別人造的，因為造得不好，把水和樹木給漏掉了！」她接著說。

大人不安地問道：「你要不要做個祈禱呢？」

小女孩回答說：「還沒有到晚上呢。」

「沒關係，禱告本來就沒有固定的時刻。你放心吧，上帝一定不會怪罪你的。現在做個禱告吧！就像之前經過荒野時每晚在篷車裡做的那樣。」

小女孩睜大眼睛，好奇地問道：「你自己怎麼不禱告呢？」

「我不記得祈禱文了。從我有那槍一半高的時候起，就再也沒有禱告過了。可是我看現在禱告也為時不晚，你把祈禱文唸出來，我在旁邊跟著你一起唸。」

小女孩把披肩布平鋪在地上，說道：「那麼你要跪下來，我也跪下。你還得把手這樣舉起來，這樣會讓你好過些。」

除了天上的禿鷹，再沒有一個人看到這樣奇特的情形了：在狹窄的披肩上，並排跪著兩個流浪者，一個是天真無邪的小女孩，另一個是粗魯而堅強的冒險家。女孩那胖胖的小圓臉和男人憔悴瘦削的黑臉齊望向燦爛的天空，虔誠地向著他們敬畏的神靈祈禱著，一個聲音清脆而細弱，另一個則低沉而沙啞，兩人同聲禱告祈求上帝憐憫、饒恕。

祈禱完了以後，他們又重新坐回大石的陰影里，女孩子倚在保護人寬闊的胸懷裡，慢慢地進入夢鄉。男人在注視著她入睡後，終於也無法抵抗三天未眠的疲累，慢慢的闔上了雙眼，腦袋也漸漸地垂到胸前，大人的斑白鬍鬚和小孩的金黃髮捲交錯在一起，兩個人就這樣雙雙入睡。

如果他們能再多清醒半個小時，就可能看到一幕奇景。就在離他們不遠的地方揚起了煙塵，越揚越高，越揚越廣，直至形成一團濃雲；很明顯，只有行進中的大隊人馬才能捲起如此的塵土來。果然，是一大隊前進的篷車隊！前面的隊伍已抵達山腳，後面的隊伍卻依然在遙遠的地平線上。在這片無邊的曠野上，雙輪車、四輪車絡繹不絕，有騎在馬背上的男人，有步行的，也有無數肩負重擔蹣跚而行的婦女，許多的孩子跟著馬車跑，也有些孩子坐在車上，從白色的車篷內向外張望著。如此大的響動，居然沒能驚醒山上那兩個困乏的落難人。

二十多個意志堅定、神情嚴肅的騎馬者，行進在隊伍的最前頭。他們身穿手工織布的衣服，背著來福槍，在山腳停了下來。

「別擔心找不到水，真神是不會拋棄他的子民的。」

「阿門！阿門！」幾個人同聲呼應道。

他們正打算重新上路時，一位目光銳利的年輕人忽然驚叫起來，用手指著天上。在他們頭上那片嵯峨的峭壁，一團粉紅的東西正在隨風飄動，一瞬間，許多騎士湊了上來。

「有紅人！」他們異口同聲高喊著。

「這裡不可能有紅人。」一位看似頭目的長者說道，「我們已經越過波尼人的棲息地了，穿越前面大山以前，是不會遇上別的部落的。」

「我上去察看一下好嗎？史坦傑森兄弟？」馬隊中有一個人叫道。

「我也去！我也去！」十多個人同聲喊道。

那位長者回答說：「好吧，把馬留在下面，我們就在這邊接應你們。」

幾個年輕人很快下馬來，向著那個奇怪的目標攀緣而上。他們個個動作敏捷，悄無聲息。山下的人只見他們在山石間行走如飛，一直到了山巔。但突然那個領頭的年輕人舉起了雙手，似乎有什麼讓他感到吃驚。

山頂上是平禿的，禿鷹的啼聲和雜亂的腳步聲驚醒了那兩個熟睡的人，他們揉著眼睛，惶惑地瞧著前面的人。那個男子搖搖擺擺地站了起來，向山下望去。睡覺前還是一片淒涼的大漠，此時卻出現了無數的人馬。他幾乎不敢相信，喃喃自語道：「這大概就是所謂的神經錯亂了吧。」小女孩站在他身旁，死命拉住他的衣角，用孩童特有的驚奇眼光看著這一切。

登上山頂的那群人很快讓兩個落難者相信，這一切並非幻覺，他們是突然而至的救星。一個年輕人抱起小女孩放在肩上，另外兩人則扶著羸弱不堪的男人，下山向車隊走去。

「我叫約翰．費里爾，」這個流浪者自我介紹說，「我們一共有二十一個人，但現在僅剩我和這個小傢伙，其他人因為飢餓，都已死在南邊了。」

「是你的孩子嗎？」

「我想她現在是了，因為我救了她，誰也不能把她奪走。從今天起，她的名字就叫做露西．費里爾。你們又是什麼人呢？」他驚奇地看著這些高大健壯、面目黝黑的救命恩人，「你們好像人很多吧。」他又補充了一句。

「差不多近萬人。我們是受到迫害的上帝的兒女，天使梅羅娜的臣民。」

約翰．費里爾疲憊地笑了笑：「我沒聽說過這位天使，可她似乎選到了一群還算不錯的臣民。」

「講到天使時是不准隨意發笑的，先生。我們是信奉經文的人，這些經文是天使用埃及文字寫在金色樹葉上，在帕密拉交給神聖的約瑟．斯密的。我們是從伊利諾州的納府城來的，在那兒我們曾建造了我們的教堂。為了逃避那些專橫殘暴、目無神明的人，我們即使流落沙漠也在所不惜。」一位年輕人神情嚴肅地說道。

一提及納府城，費里爾很快地想起來了，他說：「我知道了，你們是摩門教徒。」

「對。」大家異口同聲回答。

「那麼現在你們要去哪兒？」

「我們自己也不知道，上帝憑藉著我們的先知指引我們要去的方向。你必須去見見先知，他會指示怎麼安置你的。」

他們一直走到車隊的一輛馬車前面，這輛馬車十分高大，特別華麗講究，和別的馬車顯然不同。車上坐著一個人，不過三十出頭，但是他那巨大的頭顱，堅毅的意志力和決斷力，清楚地說明了他是這裡的頭兒。他的手裡正拿著一本棕色封面的書，聽說有人求見，他把書放在了一邊，注意聽取他們關於這件奇事的彙報。聽完後，他看了看這兩個落難人。

「只有信奉我們的宗教，才能帶你們走。」他很嚴肅地說。

「隨便怎樣都可以，我無條件地跟你們走。」費里爾加重了語氣，連那些穩重的老者也都忍不住笑了起來，只有這個頭兒依舊嚴峻肅然。

他說：「史坦傑森兄弟，你收留他吧，供給他和這個可憐的孩子吃、喝，另外，你還要負責教他們教義。我們別再耽誤時間了，趕路吧！向錫安山進發！」

「向錫安山進發！」摩門教徒們一齊高呼。

史坦傑森長者把費里爾父女帶到了他的車裡，那裡早為他們備下了飲食。

「你們就住在這裡，不久就會恢復體力的。請記住：從今以後，你們是我們的教徒了。布里根姆．揚是這樣指示的，他的話是代表約瑟．斯密說的，這就是上帝的旨意。」

9 猶他之花

我不想描述摩門教徒在另覓新居的遷徙途中所遭受的種種苦難，從密西西比河岸跋涉到落磯山脈西麓的這一段路程上，他們不知付出了多大的代價，但他們本著不屈不撓的民族性，克服了難以忍受的饑渴和勞累，避開了野人、野獸的攻擊，戰勝了疾病……總之，他們戰勝了上蒼所能設下的一切艱難困苦。然而，漫長的跋涉和無盡的驚恐使他們中間最勇敢堅強的人也覺得心驚肉跳。因此，當他們看到腳下出現的這一片風光明媚的寬廣的猶他山谷，聽到首領宣布這就是上帝賜於他們的土地，而且他們將永遠在此生活的時候，所有的人都激動得淚流滿面，一齊跪下頂禮膜拜起來。

事實很快證明了揚不僅是一個辦事乾淨俐落的領袖，而且還是一個十分有才能的行政長官，他制定了許多法規，基本規劃了未來城市的建構藍圖。他依照每個教徒的地位高低來給他們分配土地，商人或是經商手藝人仍重操舊業，城市裡的街道廣場魔術般地相繼出現。鄉間也出現了溝渠、籬笆、種植物和新開墾的土地。第二年夏天，整個鄉間已是鋪天蓋地的金色麥浪，這片陌生的棲息地出現了一派繁榮昌盛的景象。特別是市中心的那座宏偉大教堂，也一天天高聳起來。每天從晨光曦微一直到暮色四合，教堂裡傳來的斧鋸之聲，不絕於耳。這座建築是移民用來紀念那引導他們度過無數艱險、終於到達平安境地的上帝的。

約翰．費里爾和小女孩露西相依為命，露西成為了費里爾的養女，父女也跟隨眾人來到了這個新世界。露西暫時被收留在史坦傑森長老的篷車裡，非常受到寵愛。她和史坦傑森的三個妻子，還有他那任性、早熟的十二歲的兒子同住在一起，不久便恢復了健康。由於她年幼溫順，而且小小年紀便失去了母親，因此立刻就得到了這幾個女人的寵愛，對於這樣漂泊無定、帳幕之下為家的新生活也逐漸習慣起來。這個時候，費里爾也從困苦中重新站起來，並且顯露出他不單是個有用的嚮導，還是一個勤奮的獵人。他很快地獲得了新伙伴們的尊敬，因此當眾人結束漂泊生涯的時候，一致贊成除了先知揚、以及史坦傑森、坎伯、約翰斯頓及錐伯四個長老以外，費里爾也應像任何一個移民一樣，分得一片肥沃的土地。

費里爾就這樣獲得了他的一份土地，並在上面建造了一間堅固的木屋，並在逐年增建後，漸漸成了一所寬敞的別墅。費里爾是一個重視實際的人，為人處世精明，長於技藝。他的體格也十分健壯，這使他能夠從早到晚，勤奮不懈地在他的土地上進行耕作和改良。因此，不出三年，他已經超越了其他的鄰居；六年後，家境達到了小康；九年後，他已成為一名富翁；到了第十二年，整個鹽湖城地區，財產能夠和他比擬的人寥寥可數。從鹽湖一直到遙遠的瓦薩奇山區，沒有一個人的名聲比約翰．費里爾更大的了。

不過，費里爾在一件事情上，卻傷了與摩門教徒間的感情。不管是怎麼樣的爭執還是規勸，都無法說服他按照摩門教的教義廣納妻妾。他從不願意說明自己不肯的理由，只是十分執拗地堅持下去，從不讓步。於是，人們開始議論紛紛，有一些人認為他吝嗇於娶妻的龐大開銷；有一些人則猜測他以前一定戀愛過，但在戀人死去後就堅持為她苦守餘生；更有一些人指責他並非真心實意皈依摩門教。不管別人怎麼說，費里爾仍固執己見地生活著。除去這一點不看，他在其他各方面，都恪守這個新興殖民地的宗教法規，他真誠的信仰、正派的行為已為眾多教徒所認可。

木屋中的露西日漸成長，她協助義父處理許多事務，山野中清新潮濕的空氣和松林中飄溢出的松脂的芳香，像慈母的乳汁一樣滋潤著成長中的少女。隨著歲月的流逝，露西已出落得亭亭玉立，她的臉頰嬌嫩紅豔，她的步履輕盈婀娜，許多路人在經過費里爾莊園旁的大道時，都能瞧見露西那苗條的少女體態輕快地穿過麥田，或者碰見她騎著父親的馬，散發出西部少年獨有的成熟與優美。往日的情景不禁浮上人們的心頭，當年那一朵差一點就凋零的小花蕾如今已綻放成為一朵絢麗的鮮花。經過這許多年，歲月不僅使她的義父成為移民中最富裕的人，還把她雕塑成了整個太平洋沿岸山區中最出色的美洲少女。

然而，最先感受到這個孩子成熟的並不是她的父親。這也不足以為奇，對於一個終日相伴的父親來說，這種微妙的變化是難以察覺的，尤其是少女自身，需等到有一天受到某個異性的話語或是接觸，才會令她驚覺到這種變化。她帶著說不清是興奮還是恐懼的情緒，意識到自己內心有一種新奇、奔放的情感在覺醒、萌芽。露西・費里爾的這種變化，且不說它對於別人的影響，單就對於她本身，也已帶來了十分嚴重的後果。

那是六月一個陽光燦爛的早晨，摩門教徒像蜂群一樣忙碌著。田野間，街道上，到處都可聽到人們勞動時所發出的喧囂聲。由於加利福尼亞的淘金熱，塵土飛揚的大路上總是擠滿了人畜。露西・費里爾憑藉她嫻熟的騎術，縱馬逆行著，她漂亮的臉頰變得通紅，栗色的長髮在風中飄逸飛舞，她是遵從父命到城裡辦事的。那些風塵僕僕的淘金者，對她投去了驚奇的目光，就連那些販賣皮革的冷漠的印地安人，看見這白皙美麗的少女時，也不禁為之側目，放鬆了他們一向緊繃著的面部肌肉。在城郊的大道上，露西碰上了迎面而來的粗魯牧人，他們的牛群已阻塞了整個通道。露西只得站在路邊等待，等了一會兒，她開始不耐煩起來，於是隨意地策馬朝牛隻的空隙間走去，等到她回過神來，發現自己和馬匹已陷入了一片「牛海」中難以脫身。她緊張地伏在馬背上，因為稍一鬆手，就有被踩成肉泥的危險。這個小姑娘從未經歷過這種危險，她感到一陣昏眩，手裡緊抓的韁繩似乎快要鬆脫了。就在這緊要關頭，她聽到耳邊響起了親切的聲音，一隻強而有力的棕色手掌一下子抓住了勒馬繩，一個男人揮動著鞭子，從牛群中闖出了一條路，毫不費力地把露西救了出來。

「小姐，你沒有受傷吧？」這位救命恩人彬彬有禮地問道。

露西睜開她驚恐的眼睛，打量了一下那張粗獷的臉，便不在乎地笑了起來，她天真地說道：「真把我給嚇壞了，沒想到我的馬竟會被一群牛嚇成這個樣子。」

陌生人說道：「感謝上帝，幸好你沒有鬆手。」

這是一個身材高大，相貌粗野的年輕人，他騎著一匹長滿灰白斑點的駿馬，穿一件厚實的粗布衣服，肩上斜背著一支長筒來福槍。他說：「如果我沒猜錯的話，你就是約翰・費里爾的女兒吧？我看見你從他的莊園裡出來。回去後，請幫我問候你的父親，看他是否還記得聖路易的傑弗遜・侯普一家人。如果不是同名的話，我想，我父親和你父親曾是一對十分親密的朋友。」

露西有些奇怪，她十分認真地問道：「那你為什麼不自己去問問他呢？」

聽到這個建議之後，年輕人似乎十分高興，他的黑眼睛中閃爍著快樂的光芒。他說道：

「我本來是打算去拜訪他的，可是我在山裡待了兩個月了，現在這副模樣實在不好意思去打擾他。不過我相信，見到我之後他一定會很高興的。」

「我父親一定會好好答謝你的，」露西說道，「我父親非常愛我，要是我被那些牛群踩死，他就再也看不到我了，他肯定會傷心欲絕的。」

「我也會非常傷心的。」年輕人說。

「你？這跟你有什麼關係呢？我們又非親非故。」

年輕人聽了這句話，有些掃興，黝黑的面龐顯示出一絲不愉快的神色，露西見了不由得笑了起來。

「開玩笑的，我不是那個意思，」她說，「看，我們現在不是朋友了嗎？你一定要來看我們，好了，我再不走的話，父親又要責怪我辦事不力了，再會吧！」

「再見。」年輕人一面回答，一邊彬彬有禮地舉起他那頂墨西哥闊沿帽，低頭吻了一下她的小手。

傑弗遜．侯普與他們的同伴們騎上馬繼續趕路，一路上，他沉默不語，心事重重。他和他的伙伴在內華達山脈找到了銀礦，現在他們正準備返回鹽湖城去籌集一筆資金來開採這些礦山。從前，他和其他伙伴一樣熱衷於這份事業，可是這次意外卻改變了他的想法。這位美麗、溫柔而又大方的少女，就像大熱天裡一陣清爽的風那樣舒適、柔和，令他那顆自由奔放的心猶如火山爆發般不可遏制。當她輕盈美麗的身影從他的視線中消失後，他悵然若失，那些銀礦及其他任何問題都再不能引起他的興趣了。

當天晚上，他去拜訪了約翰．費里爾；之後又去了許多次，他和費里爾一家逐漸熟稔起來。費里爾這幾年一直深居簡出，一心一意從事他的莊園工作，對外面的事知曉不多，而侯普卻是長年在外，見聞頗廣。因此當他述說自己的所見所聞時，費里爾立刻聽得入迷，而露西則總是靜靜地聽著，她紅潤的面頰，專注而羞澀的神情都已表明，她那年輕的心已經不屬於她自己了。對於這一點，純樸忠厚的費里爾絲毫沒有看出來，但這些徵兆卻沒能逃過那個早已對她魂牽夢縈的年輕人的敏銳目光。

一天傍晚，露西正站在門口，看見侯普騎著馬從大道上疾馳而來，便立刻迎了出來。侯普把韁繩甩在籬笆上，大踏步走了過來。

「我要離開一段時間，露西，」他依依不捨地說道，同時握住了露西的小手，充滿柔情地凝視著她的臉。

「我不奢望你現在能跟我一起走，但是當我回來的時候，你是否願意跟我一起走呢？」

「你要多久才能回來呢？」她柔聲問道。

「最多兩個月吧，親愛的。我想，那時你就屬於我了，對嗎？誰也不能分開我們！」

「可是，我……我還不知道父親的意見呢。」

「他已經同意了，但要求我必須把銀礦的事做好，這個我完全不擔心。」

「那就太好了！」她說著將臉貼在他寬闊的胸前。

「等著我，親愛的，兩個月後就是屬於我們的好日子！」

侯普跨上了馬，頭也沒回地疾馳而去，就怕一回頭會動搖自己的信念。露西站在門口，目送著心上人遠去，她覺得自己是這個世上最幸福的人了。

10 費里爾與先知的對談

傑弗遜．侯普和他的伙伴離開鹽湖城差不多三個星期了，費里爾一想到這個年輕人回來的日子一天天臨近，就感到非常痛苦，因為他不願失去他的女兒。但是，每當他看到女兒與侯普在一起時幸福快樂的表情，他又覺得再沒有比這個安排更好的了。只要能讓女兒獲得幸福，他願意為她忍受痛苦。他早已下定了決心，絕不讓他的女兒下嫁給一個摩門教徒。因為，他根本不能接受他們的婚姻習俗，他認為這簡直就是一種恥辱。他對摩門教的其他教義並不存在什麼異議，唯獨在這點上，他絕不苟同。

當然，他對於這些想法從來都守口如瓶，因為在摩門教中不允許有任何違背教義的語言和行為。就算是教會中德高望重的聖者，也只能在背地裡謹慎地交換他們的意見和看法，惟恐一言不慎遭到慘禍。那些曾經受過迫害的人，為了發洩心中的積怨，隨時都可能搖身一變成為迫害者，變本加利地摧殘新犯人。塞維爾的宗教法庭、日爾曼人的判教律例，還有義大利秘密黨懲誡那些叛教者的手段，比起摩門教徒在猶他州所施行的手段來說，都略顯遜色。每一個摩門教徒在內心深處都壓著一份驚恐，即使是一個人在曠野，也不敢說出對教會的任何異議。

最初，這種神秘莫測的可怕勢力只是對付那些叛教者的，隨著時間的經過，這種恐怖氣氛所籠造的範圍逐漸擴大。這時，成年婦女的數量已漸感不足，沒有足夠的女人，就無法繼續一夫多妻制的教條。於是各種奇怪的傳聞開始甚囂塵上：有移民在印第安人從來沒有到過的地方遭人謀殺，旅行者的帳篷遭到掠奪；摩門教長老的屋內出現了陌生的女人，她們面容憔悴，嚶嚶啜泣，臉上流露出難以磨滅的恐懼；在山中遲暮未歸的遊民之間，流傳著有一隊戴著面具的武裝匪徒在黃昏時刻騎馬疾馳而過的故事。最初大家對這些僅僅是半信半疑，隨著各種證據的浮現，人們開始知道隱匿在這些傳說背後的龐大陰謀。直到今天，在西部荒涼的大草原上，「丹奈特幫」和「復仇天使」仍然還是罪惡與災厄的代名詞。

越去探求這些邪惡組織的真相，越會使人們心中的恐懼加深。誰也不知道這些殘忍的幫派有哪些成員，這些在宗教幌子下進行殘酷、血腥行為的人身份是絕對保密的。要是你不小心在某個朋友面前，說出了對先知或教會的不滿言論，你很有可能在當晚就被一群手持火把的暴徒闖入家中，並進行恐怖報復。因此，每個人對於他的左鄰右舍都不免心存懷疑，更不敢於說出自己的內心話了。

一個晴朗的早晨，約翰．費里爾正準備到麥田裡去工作，卻聽到了一陣腳步聲，他抬頭從窗子裡向外望了望，只見一個身材魁梧，有著一頭褐髮的中年男子沿著對面的小徑直朝他家走來。他不由得大吃了一驚，因為這個人正是布里根姆．揚。一般情況下，這個大人物是不會輕易來訪的，他的到來十之八九會帶來一些災禍。費里爾忐忑不安地迎了出去，但是揚對他的表情十分冷漠，他一聲不吭地自行走進了客廳。

「費里爾兄弟，」揚坐下來後，用他淡色睫毛下的那雙冷酷眼睛威嚴地盯著這個純樸老實的農民，「上帝的忠實信徒們一直把你當作誠摯的朋友，當你在沙漠中餓得只剩下一口氣的時候，我們把本來就緊缺的食物分給了你，把你平安地帶到了這個上帝賜予的美麗山谷中來，還分給你一大片肥沃的土地。在我的保護之下，你才慢慢地發財致富的，是這樣嗎？」

「是這樣的。」

「為所有付出的一切，我們對你只提出了唯一一個要求：你必須信奉我們純正的宗教，嚴格遵從我們的教規。你自己也曾發過誓。可是，對於這唯一的要求，你卻始終置之不理。」

費里爾攤開雙手無奈地說道：「我不太明白你的話，難道我沒有按規定繳納稅金嗎？難道我沒去教堂做禮拜嗎？難道——」

「難道你有妻妾嗎？」揚故意四下張望著說，「你叫她們出來，我想見見她們。」

費里爾答道：「我的確沒有娶妻，可是，你也知道我們這裡的女人很少，有許多人比我更需要她們，我自認為我現在生活得並不孤單，我還有我的寶貝女兒協助我呢。」

「不錯，我就是為你女兒的事才來找你的，」揚說，「她已經長大了，而且出落得像一朵鮮花一般，我們這裡有許多身份高貴的人物都對她有意。」

約翰．費里爾聽到這裡暗叫不妙。

「可是最近，我聽到許多閒言碎語，說露西已經和某個異教徒有了婚約，但願這些說法只是一些無聊之輩在搬弄是非。神聖的約瑟．斯密經典的第十三條規定：摩門教的少女教徒必須嫁給上帝的臣民，如果她嫁了一個異教徒，就是犯下了不可饒恕的大罪。既然你是一個虔誠的教徒，我相信你不會鼓勵自己的女兒違反教規的。」

費里爾不知該怎樣回答，他拿起他的馬鞭不停地擺弄著。

「四聖會已做出裁決，將由你最終的決定來判斷你對本教的忠誠度。放心吧！我們當然不會委屈一位年輕姑娘嫁給老頭子，他們已經有許多『小母牛』了。可是他們的兒子們還十分需要，你知道的，史坦傑森有一個兒子，錐伯也有一個，他們都是我們這裡出色的年輕人，也都都很喜歡你女兒哦！年輕、富有，還信奉正教，就讓露西從兩人中間選出最滿意的，你不會有什麼意見吧？」

費里爾眉頭深鎖，看得出來他十分為難，沉默一陣之後他終於說道：「你總得給我們一些時間考慮吧？再說，我的女兒還很小，現在談結婚還太早了！」

「那就給你們一個月的時間考慮，」揚一面說著一面站了起來，「一個月後你必須答覆我。」

他走到門口時忽然轉過身來，漲得通紅的臉上凶光畢露，「約翰．費里爾，我警告你，如果想與四聖會為敵的話，還不如當年就成為布蘭卡山上的一具骸骨！」

他威脅地揮舞了一下拳頭，然後轉身出門離去，費里爾聽見他沉重的腳步聲，卻一動不動地坐在那裡，心中思量著如何向女兒提起這件事。正在他不知所措的時候，一隻柔軟的手突然握住了他的手，抬頭一看，可愛的露西正站在他身邊，她臉色蒼白，驚恐不安地盯著他。他明白，女兒已經聽到了剛才揚的那番話了。

「我不小心都聽到了，」看到父親鬱悶的臉色，露西說道：「他的聲音那麼大，整個屋裡都聽得見。爸爸，我們怎麼辦呢？」

「孩子，不要驚慌，」費里爾把女兒攬在懷中，用他那粗大的手撫摸著她栗色的長髮，「我們還有一個月的時間考慮，一定能想出好辦法的。你們的愛情會因此減弱嗎？」

露西緊握著父親的手，不停地啜泣著，一言不發。

「我知道你不會，我也不希望你說會。因為我知道侯普是一個有志向的人，而且是基督徒，光這一點他就比這裡的所有人都好多了。明天早晨有一群人要去內華達，我會托他們給侯普捎個信，讓他知道我們現在的處境艱難，我想，他聽到這個消息後一定會火速趕來的。」

聽到父親的話，露西才笑顏逐開，她高興地說：「他回來後一定能想出好辦法的，不過，我非常替你擔心，爸爸，聽說凡是違抗先知的人都會大禍臨頭的。」

「我們現在還不算是在違抗他，還有整整一個月的時間，等期限一到，我想我們唯一的選擇便是逃離這個地方。」

「逃離這裡？」

「是的，只能這樣了。」

「可是我們的田莊呢？」

「我們盡可能在這段時間把它變賣出去，賣不掉的只有放棄。露西，我並非現在才這麼想，也並非是不願服從他們的統治。只是，我是一個美國人，我看不慣大家都被那個先知的淫威所懾服，也看不慣他們那無恥的生活習俗。如果他們真敢來我的田莊裡糾纏不清的話，我會讓他們嘗嘗我獵槍子彈的滋味的。」

露西十分擔心地說：「他們人多勢眾，我們鬥不過他們的。」

「別怕！我的好女兒，你得開心一點，不要把眼睛哭腫了，否則讓他們看出你的心思，就會又來找麻煩的。等傑弗遜回來以後，我們立刻就逃。沒什麼可怕的，孩子。」

約翰．費里爾故作輕鬆地安慰著他的女兒，裝出毫不在乎的樣子。可是，當天晚上，細心的露西卻發現，父親不是像平常一樣檢查門窗是否關好，而是把臥室牆上掛著的那支生鏽獵槍取了下來，擦拭乾淨之後又裝上了子彈。

11 逃出生天

第二天一大早，費里爾匆匆地趕往鹽湖城。他找到了那個正準備去內華達山區的朋友，托他帶給傑弗遜·侯普一封信。辦完這件事後，他感覺輕鬆了一點，於是帶著稍稍寬慰的心情回家了。

當費里爾走近田莊時，他忽然吃驚地發現，他家的門柱上拴著兩匹馬。於是他加快步子走進屋裡，客廳裡多了兩個陌生的年輕人。一個面色蒼白的長臉傢伙正舒服地躺在搖椅上，兩隻腳高高地翹在火爐上面；另一個粗野而醜惡，兩手插在褲袋中，盛氣凌人地站在窗前，口中胡亂地吹著流行小曲。費里爾進來的時候，兩個人只是向他點了一下頭，算是打招呼。

躺在搖椅上的那個先開口了。

「想來你還不認識我們吧，」他說，「這位是錐伯長老的兒子，我是約瑟·史坦傑森。當仁慈的上帝伸出手把你引進我們的善良隊伍中時，我們就一直同你在沙漠中旅行。」

站在窗子邊的那一個馬上插嘴道：「上帝最終會把全天下的善良人都招引進來的，上帝非常細心，一個也不會漏掉。」

約翰·費里爾對他們冷冷地鞠了一躬，他已經明白這兩個人是來幹什麼的了。

史坦傑森十分得意地說道：「我們都是奉了父親的指示，前來向你的女兒求婚的，讓你的女兒出來見個面吧，請她從我們兩人之中選出最稱心的一個。我呢，只有四個老婆，而錐伯兄弟已經有七個了，很明顯地，我比他更需要。」

「你這話就不對了，史坦傑森老弟，」另一個急忙大聲說道，「重點不在於已經有了幾個老婆，而在於究竟能夠養活幾個老婆。我現在已經繼承了父親的磨坊，所以比你更有資格多一個老婆。」

史坦傑森不服氣地說：「可是，等上帝把我家的老頭子召回去之後，我就能擁有他那規模巨大的製革場和皮革工廠了，屆時我還將晉升為長老，地位比你更高。」

小錐伯拿出一面鏡子來仔細端詳著自己，十分自信地笑著說：「我們用不著爭論了，還是讓那位露西小姐來選擇吧。」

就在這兩個年輕人爭論不休的時候，費里爾一直站在門邊，他的肺簡直快被氣炸了，恨不得立刻拿起馬鞭把這兩個混蛋狠狠地抽打一頓。他終於忍不住走到他們的身前怒吼道：

「聽著，你們不能隨便闖進我們家裡，除非我女兒想見你們才准進來，懂了沒！我不想再見到你們這兩副可憎的嘴臉。」

兩個年輕的摩門教徒感到十分震驚，他們睜大了眼睛瞪著費里爾，他們原來以為，以他們這樣的身份爭著向他的女兒求婚，對他們父女倆都應該是一種莫大的榮譽。

費里爾大聲喝道：「滾出這間房子！你們有兩個選擇，從門出去，還是從窗戶出去？」他平時那張純樸的棕褐色的臉在這一刻竟有些猙獰可怕，一雙青筋凸現的手緊緊地握成拳頭。兩個年輕人見勢頭不對，跳起身來，落荒而逃。費里爾一直跟到了門口，斥責道：「你們兩位最好是商量妥當，覺得哪位最合適再來通知一下。」

「你不要敬酒不吃吃罰酒！」史坦傑森氣喘吁吁地說道，「你這樣子公然違抗先知與四聖會，一定會付出慘痛代價的。」

小錐伯也附和著說：「上帝會重重地懲罰你這個叛徒的，祂能讓你活，也能讓你死！」

「很好，我就讓你先死看看！」費里爾憤怒地吼道，說完立刻轉身衝上樓去取槍，露西趕出來一把拉住了他，憤怒的費里爾還沒來得及從露西的手中掙脫，那兩個傢伙早已經跨上馬背，揚長而去。

費里爾喘息著，一面擦著頭上的汗，一面大聲罵道：「這兩個無恥的小流氓，如果非得在他們之中選一個不可的話，那你還不如死了算了！我的孩子。」

「爸爸，如果沒有其他選擇的話，我會毫不考慮這麼做的。不過我想傑弗遜快回來了。」露西低下了頭。

「是啊，希望他儘快趕回來，不然，天知道這些該死的摩門教徒又會玩什麼花樣。」

事到如今，這個堅強的老人和他的義女已完全被危險所包圍，他們非常需要一個人指點明路。有史以來，這個移民區還無人敢像費里爾一樣忤逆四聖會，即使只是犯了些小錯誤都會遭受嚴厲的懲罰，像費里爾這樣大逆不道的人下場又會如何呢？費里爾心知肚明，他的財富在緊要時刻一點忙都幫不上，因為之前也曾有一些有財富、有名望的人被秘密處死，資產全數充了公。費里爾並不是一個怯懦的人，但是，這種看不見的恐怖仍然令他不寒而慄。他只能把他的恐懼深深地掩埋在心底，裝出一副若無其事的樣子，因為他不想女兒也為此擔驚受怕。然而，聰慧的露西怎麼會看不透他的心思呢？

費里爾相信，他的所作所為一定會引來先知的嚴重警告。果不其然，警告很快地上門了，而且以一種極為特別的方式。第二天一早，費里爾起床時吃驚地發現，在棉被上靠近胸口的地方，貼著一張紙條，上面寫著一行字：「限你在二十九天內作出抉擇，否則……」

這條訊息未講明的結尾隱含著無盡的凶險，它比任何的直言恫嚇都令人畏懼。可是這張紙條究竟是怎樣放入房間的，費里爾卻百思不得其解。勇敢無畏又有什麼用呢？既然那對方能將一張紙條神不知鬼不覺地貼在他的棉被上，也就能輕而易舉將一把刀插入他的胸膛，而他永遠不會知道是誰下的手。

緊接著的一個早晨，當他們坐在桌旁用餐的時候，露西忽然望著天花板驚叫起來。原來，在天花板的中央，有人用燒焦了的木棒刻著一個數字——二十八。露西覺得非常奇怪，費里爾沒有對女兒解釋，他決定在這個晚上加強警衛。夜幕降臨時，他沒有去睡覺，而是拿著他的獵槍通宵守衛著，一直守到天明都沒有察覺到任何動靜，可是當他打開門時，卻發現大門上再度寫著一個大大的「二十七」。

太陽落下去又升起來，那個藏在黑暗中的神秘客也像一個古老而準確的時鐘一樣，天天計算著剩餘的日子，並在顯眼的地方留下數字。眼看著只剩下幾天了，約翰．費里爾雖然日夜警戒，卻從未看過一個人影。就在這種恐怖的煎熬之中，他一天天地削瘦和憔悴下去。他的眼睛中流露出那種野獸被獵人追趕時才露出的驚駭和惶恐，他唯一的希望就是傑弗遜能快些回來。

在這緊張的企盼之中，每當費里爾聽到大路上響起馬蹄聲或馬車伕的吆喝聲時，他都會跑到門前去張望，希望看到救星回來了。然而，除了每日俱增的恐懼之外，他什麼也沒有等到。眼看著期限越來越近，漸漸地，絕望戰勝了希望，費里爾連逃走的想法都沒有了，因為「四聖會」已將木屋周圍封鎖得密不透風，沒有命令任何人都逃不出去。他一個人寡不敵眾，對城鎮周遭的地形又不熟悉，除了坐以待斃之外已無計可施了。但是老人的決心並沒有動搖，他情願戰死，也絕不會屈服在恥辱之下。

那天晚上，費里爾獨自一個人坐在那裡，他絞盡腦汁地思索著，就是想不出任何辦法。明天就是約定的期限結束的日子，到時有什麼恐怖的事會降臨呢？他死後，他的露西又將受到怎樣的折磨呢？各種恐怖的圖像在他頭腦中不斷地呈現，他知道這道無形的天羅地網是他無法逾越的，他忍不住俯在桌子抽泣起來。

突然，在寂靜無聲的夜晚，他聽到一陣輕輕的、持續的響聲，莫非是四聖會派來報復的使者？應該不可能，因為還有一天的期限。要不就是那個每天來寫下數字的神秘怪客？費里爾這樣想著，這時他反而覺得什麼也不怕了，與其這樣膽顫心驚地受折磨而死，還不如痛痛快快地戰鬥而死。於是，他走過去，猛地拔下門栓，打開大門。

外面一片寂靜，夜色空明，繁星點點。費里爾左右環顧了一下，一個人影也沒有，他鬆了一口氣。但是，正當他準備關上門時，一低頭，不禁大吃了一驚，只見一個人直挺挺地趴在地上。

一瞬間，他寒毛直豎，嚇得倒退了兩步，努力克制著才沒有喊出聲來。他本以為這是一個死人或受重傷的人，可是，就在他一眨眼的工夫，這個人卻像蛇一樣迅速地爬進了客廳。他一進屋便站了起來並把門關上，眼前的正是費里爾一直久久盼望著的傑弗遜．侯普！

「天哪！」約翰．費里爾驚魂未定，「你差點沒把我嚇死，你怎麼爬著走呢？」

「我需要吃的，」侯普聲音沙啞，全身癱軟在椅子上，「我已經兩天兩夜滴水未進了。」

費里爾很快弄好了餐點，傑弗遜抓起臘腸和麵包就往嘴巴裡塞，他很快就將這些東西盡收腹中，等他吃飽了後，才問道：「露西呢，她還好嗎？」

「還好，她只是有些害怕。」費里爾回答說。

「她沒事就好，這個房子受到他們的嚴密監視，我不得不用爬的進來，他們雖然厲害，可是要捉住像我這樣機警的人，卻也沒那麼容易。」

約翰．費里爾一下子振作了起來，他終於等到了一個得力的助手。他一把抓住傑弗遜粗糙有力的大手，神情激動地說：「我果然沒有看錯，你真是一個值得信賴的人，在這樣危險的時刻還能與我們站在同一條線上。」

「是啊，」侯普回答道：「老兄，我就老實說了，我是很尊敬你沒錯，但如果僅是為了你一個人，在我像現在這樣把頭伸進馬蜂窩前，一定會考慮再三的。但如果是為了露西，我會毫不猶豫的犯險。我得在他們動手之前和露西遠走高飛，到時候，侯普一家將會從猶他州完全消失。」

「我們該怎麼做？」

「明天就是期限的最後一天，所以要逃走只能趁今晚了。我買了一頭騾子和兩匹馬，現在正拴在鷹谷中備用。你有多少現金？」

「兩千塊金幣和五千塊紙幣。」

「夠用了，我這裡還有一些錢，我們必須穿越大山到卡森城去。去把露西叫醒，小心點，別驚動了僕人。」

於是費里爾去叫露西，傑弗遜．侯普則趁機打包食物，然後又灌滿了兩壺水，因為他知道山中水井很少。等他把這些收拾好後，露西也已穿戴好了。這一對戀人十分親熱地彼此問候了幾句，便準備出發了。

「來吧，該走了，」傑弗遜．侯普說道，他聲音低沉而堅決，看來已經是準備孤注一擲了，無論是死是活，他都決心衝過去，「前面和後面的出口都已經有人把守，但我們可以從窗子溜出去。只要穿過田野，上了大路，再走兩哩路就能到達鷹谷，騾馬就拴在那兒。在天亮之前，我們得盡力趕過半山去。」

「如果我們被攔下來，該怎麼辦呢？」費里爾擔心地問道。

侯普拍了一下腰間的左輪手槍，狠狠地說：「就算寡不敵眾，也要殺他個夠本。」

他們吹熄了油燈，費里爾站在窗口邊向外張望著，他就要永遠地離開這一片土地了，對於這種巨大的損失，他耿耿於懷，難以捨棄；可是一想到女兒的幸福和自由，他又恨不得插翅從這塊罪惡的土地飛走。

一望無垠的田野，鬱鬱蔥蔥的樹林，無不展示著鄉間恬靜的田園生活，誰能想像得到，就在這樣一個寧靜的地方卻藏身著一群殺人不眨眼的惡魔。侯普此時臉上出現的緊張表情說明，他在爬進屋裡之前，已經把這裡暗藏的險惡情況看得一清二楚了。

費里爾提著一隻裝得滿滿的錢袋，露西也拿著一只裝滿了貴重物品的小包。他們輕輕地打開窗子，一個緊跟一個爬出了窗口，然後低伏著迅速溜進了花草叢生的小花園。他們躬著背，摸索著穿過花園，走到了花園邊上的陰暗處。突然，侯普一把拉住了兩父女，把他們拖到一個更陰暗的地方。三個人靜靜地伏在那兒，大氣都不敢出。

原來，長期在草原上狩獵的侯普，早就練就了山貓一樣靈敏的耳朵，而且視力也非常人所能及。他們剛剛伏下，便聽見身邊不遠的地方有貓頭鷹叫了一聲，緊接著另一處馬上呼應了一聲，隨即看見一個朦朧的人影從缺口處走出來，他發出了一聲號叫，立刻，另一個黑影應聲從暗處走了出來。

「上面吩咐了，以貓頭鷹叫三聲為號。」先出現的那個人對同伙說。

「好的，需要告訴錐伯兄弟嗎？」另一個人問道。

「那當然，告訴他，叫他再傳達給其他的人。九到七！」

「七到五！」

說完後，兩個人便消失在黑暗之中。很明顯，他們最後說的那兩句話，是某種問答式的暗號。等他們走遠之後，傑弗遜．侯普立刻站了起來，他領著父女倆穿過那道缺口，然後以最快的速度穿過田野。這時，露西累得有些跑不動了，侯普只得挾著她繼續飛奔。

「趕快，再堅持一下，」他氣喘吁吁地說道，「我們快衝出警戒線了，不要鬆懈，快跑！」

很快，他們便上了大道，在平坦寬闊的大道上，三人沒命地飛奔。他們一看到前方的人影，便立刻躲進路邊的麥田，以免被發現，所幸僅僅遇到過一次。侯普帶領他們拐進一條崎嶇的小道，黑暗之中，仍可以看見兩座巍峨的大山矗立在眼前。穿過這條狹窄的小道便是鷹谷，馬匹就在前面拴著。侯普扶著女孩，後面跟著費里爾，在一片亂石之中摸索著前進，三匹精壯的騾馬正等在那裡，露西騎上了那頭騾子，費里爾和侯普各自騎上一匹馬，三個人順著陡峭的山道趕路。

儘管在這樣的道路上行進困難重重，令人疲憊不堪，然而，三個逃難者卻變得愉快起來。因為他們每前進一步，便與那個暴政橫行的野蠻世界遠離了一步。

但是，過了不久，他們就發現，仍然未能逃出摩門教徒的勢力範圍。當他們來到一段荒蕪不毛的地段時，露西突然小聲驚叫起來，兩個男人順著她手的方向看過去，只見一塊突出的岩石上站著一個哨兵。這時，這名哨兵也已發現了他們，於是，山谷之中響起了粗暴的聲音：「什麼人？」

「我們是往內華達的旅客。」傑弗遜．侯普應聲回答，同時，他暗暗地將手摸向腰間的左輪手槍。

這個哨兵似乎對他的回答並不滿意，他舉著槍俯視著這幾個人又問道：「誰允許你們離開的呢？」

「四聖會批准的。」費里爾回答。他知道，摩門教中權位最高的便是四聖會。

於是他們又聽哨兵叫道：「九到七。」

「七到五。」傑弗遜．侯普馬上想起了剛才在花園聽到的口令，於是隨口應答。

「過去吧！願上帝保佑你們。」上面的哨兵說。

有驚無險地過了這一關後，前面的道路變得寬闊起來，馬終於可以放開四蹄盡力奔跑了。再回過頭望去，那個哨兵仍舊孤零零地屹立在那塊岩石上，大家終於鬆了一口氣，他們知道，他們終於闖過了摩門教設立的最後一道防線。現在，前面已經沒有危險了，自由和幸福正等著他們。

12 復仇天使

夜裡，他們走過的盡是些錯綜複雜的小路和崎嶇難行、亂石縱橫的山道。他們不止一次地迷失了方向；幸虧侯普熟悉山中情況，才使他們重新回到了正確的道路。天色逐漸明亮，他們眼前出現了一幅奇景，雖然十分荒涼，但卻壯麗無比。他們置身在一起白雪披頂的群山當中，山巒重疊，一直綿延到遙遠的地平線上。山路兩旁盡是懸崖絕壁，上面生長著的落葉松，彷彿懸掛在他們頭頂一樣，隨便一陣風似乎就會將它吹落下來。這並非毫無理由的恐懼，因為在這個荒涼的山谷里，草木叢生，亂石雜陳，樹石都曾這樣滾下來過。在他們經過的時候，就看過一塊巨石雷鳴般滾落下來，隆隆之聲在這靜靜的峽谷里迴蕩著，嚇得疲乏的馬都跳了起來。

太陽從東方的地平線上緩緩升起來了，所有的山頭上都抹上了一片桔紅色，這種瑰麗的色彩使三個逃亡者激動不已，他們振奮精神，不知疲倦地往前趕。終於，在一處激流湧盪的谷口，他們停了下來，在飲馬的同時，他們匆匆地用過了一頓簡單的早餐。露西和她的父親想多歇會兒，可侯普卻堅持繼續趕路，他說：「我們的敵人正馬不停蹄地朝這裡追趕而來，這次逃亡的成敗取決於我們的趕路速度，只要能平安地到達卡森城，到時要休息多久都沒問題了。」

他們在山道之中顛簸了一整天，在黃昏的時候，侯普估算了一下距離，他認為，他們已經趕了三十多哩的路了。臨近夜晚時，他們選了一處能夠避風的岩石背後安頓下來。三個人緊緊地擠在一起睡了幾個鐘頭，天還沒有亮，他們又動身上路了。一路上，他們始終沒有發現敵人追趕的蹤跡。漸漸地，就連傑弗遜．侯普也開始放鬆了警惕，他認為他們大概已脫離了險境，卻不知四聖會的魔爪正向他們悄悄逼進，準備將他們摧毀殆盡。

次日接近中午時，眼看不多的口糧眼就要吃完了，但這位獵人絲毫未對此感到擔心，因為他知道大山之中有的是飛禽走獸，他從前就是靠著背後那支來福槍獵取野獸充飢的。他選擇了一個隱蔽的藏匿處，拾取了一些枯枝乾柴生起火來，好讓他的伙伴們取暖，因為他們正處在寒冷刺骨的高海拔山區。他把騾馬拴好，並和露西告別後，就背上他的來福槍，出去尋找獵物。他不經意地回過頭來，只見老人和少女正圍著火堆取暖，三隻騾馬一動也不動地站在一旁；繼續往前走了幾步，他的視線被一塊大石遮住，再也看不見兩人了。

他翻山越嶺走了兩哩路，仍然一無所獲。他從樹幹上的痕跡以及一些跡象，斷定附近有野熊出沒，可是仔細搜索了兩三個小時後卻毫無結果。正當他打算折返的時候，忽然抬頭一看，忍不住喜出望外，原來在離地三、四百呎高處的一塊突出的懸岩邊上，站著一隻長得像羊的野獸，頭上長著一對巨大的犄角。這隻被稱作「大角羊」的動物正好背對著侯普。他趴在地上，把槍架在一塊岩石上，穩穩地瞄準後開火。這隻野獸跳了起來，在岩石邊掙紮了幾下後，就滾落到谷底去了。

野獸非常沉重，已經感覺有點累的侯普無法把牠整隻扛走，於是，他割下了一些腰部的肉和一隻腿，背著這些得來不易的戰利品，急急忙忙地返回。月亮尚未升起，要在這陡峭的山路上摸索前進已是不容易，況且侯普的肩上還背負著一團沉重的東西。他很想倒在原地好好睡上一覺，但一想到此時露西和她的父親正在焦急萬分地等著他，便拚了命地撐起雙腳往前走。他想，那對父女在看到他帶回去的食物後，一定會露出非常高興的表情。

終於，他來到了那個山谷的入口處。

雖然是在黑暗之中，他仍舊辨認出了擋在入口處的巨石輪廓。他想，自已離開已經有差不多五個小時了，兩人肯定擔心死了。他放下獵物，把兩隻手掌放在嘴邊，大聲呼喚著露西的名字，他的聲音在山谷中迴蕩，但卻沒有一點應答。一陣莫名的恐懼湧上侯普心頭，他緊張得幾乎要哭喊出來，手足無措下，他慌亂地拋下了那寶貝似的獸肉，匆忙地往回跑，幾次都險些摔下山谷。

當他轉過那一塊巨石時，原來生火的地方一下子映入了他的眼裡，那一堆炭火仍然發著紅光，但是很明顯，已經有許久沒有添過柴了。侯普急忙跑過去，可是露西和她的父親，以及那三匹騾馬都不見了蹤影。侯普知道，他們不可能棄他而去的，一定是遭遇了什麼可怕的災難！可是，周遭察覺不出一絲搏鬥過的痕跡。

這突如其來的打擊使侯普快哭了出來，他覺得一陣眩暈，似乎快站不住了，他急忙將來福槍支撐在地上。

他畢竟是一個十分堅強的人，很快就從迷惘中擺脫出來，他拿起一些細小的樹枝放在火中點燃。藉著火光，他檢察一下四周的地面，只見上面有許多馬蹄印，似乎有大隊人馬來過。侯普明白了，一定是摩門教的人追上了他們，而從馬蹄印看來，他們在這裡折返回去。他們究竟把費里爾父女怎麼樣了呢？侯普相信，他們肯定是被帶回去了。突然，他的目光瞥到了一個微微隆起的土堆，這個新堆起的矮小土堆離他們的休息處大約十步之遙。侯普不禁背脊發涼，趕緊點著一個火把走過去，他發現土堆上插著一根木棒，木棒被從中剖開，中間夾著一張紙條，紙上潦草地寫著幾行字：

約翰·費里爾
生前住在鹽湖城
死於一八六〇年八月四日

看來，在侯普離開不久那伙人就追了上來，堅強健壯的老費里爾最終仍沒能逃過他們的毒手，這幾行簡單的字成了他的墓誌銘。悲傷的侯普急忙四下尋找，他想看看能否找到露西的墳墓。可是，除了那個土堆外，再沒有半點痕跡。顯然，露西已被這群強盜般的教徒挾回城去了，她還是無法擺脫他們早已為她安排好了的命運，她將成為長老兒子的小妾。憤怒的侯普明知自己的心上人被那幫惡魔帶走，而自己卻毫無辦法，此時，他絕望得只想陪著這位孤寂的父親一道長眠在這荒涼的山谷中。

但是，不甘失敗的堅強決心和失去愛人的巨大痛苦漸漸轉化成了一股強烈的仇恨，侯普覺得只有徹底、乾淨、痛快地報仇，並親手殺死策劃這樁罪惡的那個人，才能減輕他的悲痛。就是這一瞬間，他已經下了決心，要把他畢生的精力全部用在報仇雪恨上。面色慘白、猙獰可怕的侯普一步一步沿著先前打獵的那條路走去，他找回了那袋丟失的獸肉，又回到火堆旁，把快要熄滅的火堆重新弄燃。他把獸肉放在火上烤，一直到烤熟的獸肉足夠維持他數日食用為止。他把這些熟肉裝好，然後拖著疲憊的身軀，穿越無數的大山谷，沿著逃出來時的路走了回去。

他一直苦苦走了五天，腳上磨出了水泡，困頓勞苦，疲憊不堪。天黑了，便躺在亂石間睡上一陣，醒了又爬起來接著趕路。第六天，他抵達了鷹谷，這裡就是他們登上這條死亡之路的起點。侯普站在一個較高的地方往下望去，他看見摩門教徒的那些莊園依然如故，而他卻已經虛弱不堪。他倚靠著來福槍，怒視著腳下那一片安靜而廣大的城市，不時揮舞著瘦弱的拳頭。他發現，在這個城市裡一些熱鬧的街道上，高高地掛著一些旗幟和其他的一些標誌，好像是在慶祝節日。正當他為此感到訝異時，一陣答答的馬蹄聲由遠而近，一個人騎著馬向這邊跑過來。侯普認出馬上的人是一個叫考波的摩門教徒，侯普以前曾幫過他好幾次忙。於是湊上前去，希望從對方口中得知一些關於露西的消息。

「喂！考波，我是傑弗遜．侯普呀！還認得我嗎？」他喊道。

這個摩門教徒睜大了驚疑的眼睛看著他，的確，眼前這個臉色慘白，衣衫破爛、蓬頭垢面的人，與那個英俊瀟灑、活力充沛的年輕獵人簡直不可同日而語，很難想像他們會是同一個人。當考波終於確信了面前這個人就是侯普時，他的驚訝變成了恐懼。

「你瘋了嗎？又跑回來幹什麼？」考波驚呼，「你幫助費里爾父女逃走，四聖會已經下令通緝你了。如果被人看到我在和你說話，那我就小命不保了。」

「我才不怕他們通緝，回答我幾個問題！我的好朋友，我知道你一定聽說過這件事。」

「有什麼問題你就快問吧，」這個摩門教徒不安地說，「這些石頭和大樹都長了眼睛和耳朵的。」

「露西．費里爾現在怎樣了？」

「哦，她昨天和小錐伯結婚了……喂，兄弟，你怎麼了？振作點啊。」

「我沒事……」侯普的呼吸都快停止了，他頹然跌坐到那塊大石頭上，嘴唇顫抖著說，「她結婚了？」

「是的，那些旗幟就是他們昨天結婚時掛上去的。為了爭奪她，錐伯和史坦傑森還發生過一些爭執呢。你帶著露西他們逃走後，他們兩個人都去追了上去。據說是由史坦傑森率先追上，他開槍打死了費里爾先生，因此，露西本該屬於他的。但經過四聖會商議後，認為錐伯家族的勢力更大，於是先知便決定讓露西嫁給了錐伯。不過，我認為無論誰佔有露西，都很難長久，因為我昨天看見她面無血色，簡直不成人樣了。咦，你要走了嗎？」

「是的，我要走了。」傑弗遜．侯普一面回答，一面站了起來，他猶如一座冰雕一般，臉上已經沒有了任何表情，唯獨那雙眼睛裡閃露著凶光。

「你要上哪兒去？」

「你用不著知道。」侯普背負起他的武器，大踏步地向山谷的更深處走去。從此，這片土地上少了一個英俊年輕的獵人，卻多了一個比那些野獸更凶猛，更危險的野人。

考波的預言很快就被應驗了，也許是因為父親的慘死和自己的悲慘遭運，讓心懷憤恨的露西變得有些痴呆了，不到一個月的時間，她便抑鬱而終。小錐伯對她的死並不悲傷，他娶她僅是為了繼承約翰．費里爾那一筆豐厚的遺產。倒是他的幾個妻妾對露西的不幸表示了沉痛的哀悼，她們按照摩門教的風俗在下葬之前為她守靈。第二天凌晨，天還沒有大亮，她們正圍坐在露西的靈床旁，忽然，門被猛地推開了，一個衣衫破爛，面目猙獰的男子闖了進來，幾個女人驚得縮成一團。這個野人一般的男子完全無視她們，徑直走到那具蒼白的屍體前，彎下身子，在露西那冰涼的額頭上虔誠而又悲傷地吻了一下。接著，他輕輕抬起露西僵直的手，把手指上那只結婚戒指取了下來。

「她絕不能戴著這個玩意兒下葬！」他悲痛而淒涼地吼，幾個女人還沒來得及喊人，他已飛身下樓消失在晨暉之中。這件事發生得那樣突然而離奇，要不是死者手指上的那枚結婚戒指不翼而飛的話，沒有人會相信這些女人的陳述，甚至連她們也認為自己是不是眼花了，或是中了邪。

傑弗遜．侯普幾個月來一直在大山之中遊蕩，他過著一種原始人的生活。肉體承受的苦痛並沒有把他復仇的意志磨滅，他時時刻刻都計畫著怎樣去報仇血恨。不久後，城鎮裡開始流傳起一個傳說，據說鹽湖城外深山裡住著一個野人，野人常在城外徘徊，久久不肯離去。有一次，一粒子彈呼嘯著穿過史坦傑森家的窗戶，射在離他不到一呎的牆壁上。又有一次，錐伯從鷹谷經過的時候，一塊巨石從上面滾落下來，他趕緊趴在地上才逃過一劫。這兩個奸詐狡猾的摩門教徒很快意識到是誰想謀殺他們，於是，他們多次帶領大隊人馬進入深山峽谷搜查，可每次都是鎩羽而歸。他們只好變得更加謹慎，絕不單獨行經深山；每天入夜後，就待在家裡不出門；還派人守衛在住宅四周。過了很長一段時間後，沒有人再發現野人的蹤跡了，他們相信，這名仇人一定是死在了荒野中，這才鬆了一口氣。

事實上，他們完全想錯了。侯普非但沒有死，他復仇的決心反而更加堅定。但他的思想有了一點轉變，他意識到，即使有再健壯的體魄，也經受不起這種長時間的野外生活。過度的操勞卻不吃些正常的食物，對於體力的耗費實在太巨大了。如果他就這樣像一條野狗一樣死在山裡，那麼該由誰去為露西父女報仇呢？因此，他決定暫時回到內華達的礦山，在那裡恢復自己的體力，積攢錢財，這樣要捲土重來會更容易，也讓自己不致身陷困頓。

侯普本打算在內華達停留一年就回來，可是礦山的諸多事務纏得他脫不開身，一晃眼就過了五年。五年的時間不算短暫，它可以讓人忘掉許多事，但對於傑弗遜．侯普來說，那種切膚之痛宛如發生在昨日，每當他想起枉死的費里爾父女，還有自己這些年來忍受的痛苦和煎熬，他的心猶如刀割一般難受，這些都得一筆筆清算。某一天，他經過一番喬裝打扮與改名換姓後，再度回到了久違的鹽湖城。

在那裡等著他的是一個令人失望的消息。幾個月前，摩門教內部發生了一場叛變，許多年輕的教徒不滿長老的統治，悄悄集結起來，宣佈脫離教會，遠走他鄉，錐伯和史坦傑森也在其中，留在城裡的人沒有一個知道他們去了哪裡。聽說，錐伯在離開之前，變賣了他大部分的產業，成為了一個腰纏萬貫的富翁，史坦傑森則是在毫無準備下倉皇出走，相比之下顯得非常寒傖。

除了這些無用的情報，侯普已經找不到任何關於仇人的線索，這些年來他耿耿於懷的復仇大事難道就這樣放棄了嗎？換作別人恐怕是的，可是傑弗遜．侯普的決心依然沒有動搖，他帶著這幾年積攢下來的一筆數量不多的錢從鹽湖城出發，在美國的各個城市流浪，搜尋他的仇人，錢花光了就隨便找一個工作餬口，他決心永遠地流浪下去，直到找到他的仇人為止。

時光流逝，歲月在侯普臉上刻下了深深的印記，他的一頭黑髮已完全變白，但他一如既往地流浪著，就像一台永不停息的機器。為了復仇，他幾乎貢獻出了他畢生的精力。終於，他的執著感動了上帝。有一天，他從窗口中驟然瞥見了仇人的面孔。可是，等他趕出去的時候，已經沒有了仇人的蹤影。但他終於得知，多年來追蹤的人就藏身俄亥俄州的克里夫蘭。正當他準備開始他的復仇計畫，說來也巧，錐伯也在無意之中注意到了街上的這個流浪漢，並且確信這個人就是傑弗遜．侯普。他趕緊帶著已成為他私人秘書的史坦傑森一同拜訪負責治安的法官，說一個昔日曾多次意圖加害他的情敵再度找上門來，並威脅他的生命安全，希望能得到警方的庇護。當天晚上警方就逮捕了傑弗遜．侯普，在這個無親無故的地方，他找不到擔保人，於是被監禁了好幾個星期。等到他獲釋出獄時，那兩人的住所已經人去樓空，錐伯和史坦傑森這兩個狡猾的傢伙早已動身前往歐洲了。

侯普的復仇計畫再一次落空，他又開始在歐洲各地的城市間流浪。錢花完了以後，任何下賤的差事他都肯做。然而，這兩個狡猾的傢伙卻也學乖了，他們再也不在同一個地方停留。當傑弗遜．侯普趕到巴黎的時候，打聽到他們去了哥本哈根；當他追著兩人到哥本哈根時，但又得知這兩個混蛋跑到倫敦旅行去了。最後，傑弗遜．侯普終於在倫敦追上兩人，並把他們逼上了絕境，後面發生的事情，我們還是參考華生日記中詳細記載的、由這個老獵人親口說出的故事吧。

13 華生回憶錄續篇

很明顯，侯普瘋狂的反抗並不是針對我們。當他發覺這種反抗只不過是白費力氣時，他露出淡淡一笑，問道他在掙扎的時候是否傷害到我們。

「你們想必是要把我帶回警局，」他對福爾摩斯說道，「我的馬車就在樓下而已，如果你願意能鬆開我的腳，我可以自己走下去，畢竟要把我抬下去可不容易哪。」

葛雷森和雷斯垂德互換了一個眼色，然後他們幾乎同時搖了搖頭，在他們看來，這是一種冒險的行動。可是，福爾摩斯卻毫不遲疑地答應了侯普的請求。我們只好解開套在他腳上的毛巾，侯普站了起來，他舒展了一下雙腿，似乎要證明它們確實獲得了自由。我看著他，心想這真是位不可思議的人。

伸展完後，侯普帶著發自內心的、折服的口氣對我的同伴說：

「如果警察局現在正缺少一位局長的話，我想這個位置非你莫屬。你對這個案子所使用的偵破方法，確實是非常周密和謹慎的。」

福爾摩斯沒有回答，而是轉身對兩個偵探說：「你們兩個最好和我們一起去。」

「那我來當你們的車伕好了。」雷斯垂德說道。

「好的，葛雷森，你就和我們一起坐在後面吧！華生醫生，你一定也對這個案子有興趣對吧？怎麼樣，一起去聽聽。」

我立刻答應了他的邀請，我們一起從樓上下來。現在，眼前的罪犯已完全放棄了逃跑的打算，他毫不猶豫地走進了那輛屬於他的馬車，我們也跟著上了車。雷斯垂德穿著一身警服爬上了車伕的位置，有些滑稽地揮動馬鞭驅車前進。很快，我們便來到了警察局，一個警察把我們引進了裡面一間小屋子裡，一個皮膚白皙，表情麻木的警官坐在那裡，他像機器一般地記錄下罪犯與死者的姓名，然後說道：「被告在一週之內將被提交法庭受審。傑弗遜．侯普先生，在接受審判之前，你還需要說什麼嗎？你所說的每一句話都將記錄備案，並且作為日後的呈堂證供。」

傑弗遜．侯普沉默了一會兒終於說道：「我想說的話太多了，諸位先生，我要把事情的經過一字不漏地告訴你們。」

「在法庭上說不是更好嗎？」這個警官淡淡地說道。

「或許等不到那一天了，」罪犯淒涼地說道，「別誤會了，我不會自殺，你是名醫生對吧？」他轉過臉來盯著我。

「是的，我是。」我說。

「那麼，請你替我檢查一下好嗎？」他微笑了一下，用他被銬著的手指了一下胸口。我走過去用手按了按他的胸部，察覺到裡面有一種異常的跳動，那微微震動著的胸膛似乎有如一台強而有力的機器在一座不牢固的建築物裡運作一樣。

「怎麼會！」我喊道，「你長了一顆動脈血瘤。」

「是的，每個醫生都這麼說，」他平靜地說，「上個星期檢查時，那個醫生就對我說，不出數日，我的血瘤就會破裂。我知道，這個病已經纏了我好多年，應該是源於在鹽湖山地時那段惡劣的生活，那時我過得像野人一般。不過，如今我已經達到了目標，什麼時候死都無所謂了。只是我覺得有必要在死前把案子交代清楚，我不想被拿來與那些普通的殺人犯相提並論。」

於是那個警官便和兩個偵探交換了一下意見，他們在商量是否讓他說出他的經歷。

「醫生，他的病情有可能突然發作嗎？」警官問道。

「非常有可能。」我如實回答。

「既然如此，為了法庭判決的需要，我們有義務先錄取他的口供。不過，我再次警告你，你必須如實交代，因為這些都是要作為證據的。好了，先生，你可以開始說了。」

「讓我坐下來講好嗎？」還未說完，這名罪犯已經毫不客氣地坐了下來，「我的疾病使我容易感到疲累，何況不久前才跟他們搏鬥過呢！這樣會讓我的病情加速惡化。我很清楚，死神已經在召喚我了，我也不想說謊，因為不管是什麼處罰，對我來說都沒有意義了，我也沒有必要再去隱瞞什麼。」

傑弗遜．侯普表明了他的態度之後，就靠在椅背上，開始從容不迫地敘述起所有的事情來。他講述時的態度是十分誠懇的，並且講得非常有條理。雖然聽起來那一切都令人吃驚，但他卻講得那麼平淡，彷彿是在閒話家常一般。下面便是他親口敘述的供詞，我敢保證，這篇供詞是完全正確無誤的，因為這是我從雷斯垂德所作的筆錄上抄錄下來的。

「我跟這兩個人之間的深仇大恨，雖然對你們來講事不關己。但這兩個人確實犯下了無法饒恕的罪行，他們害死了一個無辜的老人和他的女兒！因此，他們的下場是罪有應得、理所當然的。他們的罪行已經年代久遠，所以我無法向你們提供任何罪證。儘管如此，這些罪是存在的，既然法律無法懲罰他們，那就由我自己一個人來擔當法官、陪審員和劊子手。我相信，任何有骨氣的男人都會跟我做出一樣的決定！」

「那個被他們害死的姑娘，本來應該在二十年前成為我的妻子，可是卻被錐伯強行奪走了，還害得她含冤而死。在她死後，我把她手指上的結婚戒指取了下來，我不想讓她純潔無瑕的靈魂被錐伯這個禽獸玷汙。那一刻開始，我就發誓要為她報仇，我要讓錐伯看著這枚戒指死去，還要讓他明白，他的死是對當年那件事的贖罪。這些年我歷盡了千辛萬苦，足跡遍及歐洲、美洲，鍥而不捨地追蹤著錐伯和他的幫凶，期間這枚戒指從不離身。這兩個狡猾的混蛋東奔西跑，企圖從物質與精神兩方面把我拖垮，顯然他們是白費心機了。即使我活不到明天，至少我已達成此生的唯一目標，親手殺死了那兩個人，現在我再無牽掛了。」

「要知道，一個窮困潦倒的人要去追蹤他們那樣的有錢人，可不是一件容易的事。在我我到達倫敦之後，已經是身無分文了，我得儘快找一份工作來餬口度日。騎馬、駕車對我來說是得心應手的。於是，我便在一家馬車公司找到一份工作，只需每個星期繳納部分租金給車主，其餘收入便歸我自己所有。」

「經過很長一段時間，我終於查明那兩個人住在泰晤士河對岸的坎伯韋爾的一間公寓裡。只要摸清了位址，他們就逃不出我的手掌心了。我留了很長的鬍鬚，免得被他們認出來，我時刻監視著他們的活動，等待下手機會。我發誓，這一次絕不讓他們逃掉。」

「儘管我非常小心，還是有幾次還是差點讓他們溜走。從此，我每天都像影子一樣跟在他們後面。」

「可是，這兩個人十分難纏。大概是發現我又找上門來了，他們從不單獨行動，夜間都閉門不出。兩個星期以來，我天天起早摸黑地趕著馬車跟蹤他們，仍然苦尋不到下手的好時機。雖然錐伯經常喝得酩酊大醉，可是史坦傑森卻十分謹慎。」

「有一天傍晚，我駕著馬車像往常一樣在他們住所附近徘徊，突然，我看見一輛馬車在他們公寓的門前停下，隔了一會兒，有人從屋裡拿出一些行李丟上馬車，接著錐伯和史坦傑森走了出來。我當時心急如焚，心想他們大概又要逃走了。如果再讓他們溜掉，恐怕我再也沒有時間和精力找到他們了。我一路跟著他們到火車站，找了一個小孩替我顧車，跟蹤他們進了月台，聽到他們問到去利物浦的火車，月台人員回答說前一班車剛開走，下一班車要好幾個鐘頭才會到。史坦傑森聽了十分懊惱，錐伯卻十分高興。我夾雜在人群之中，將他們的對話聽得一清二楚。錐伯說他要獨自去辦件私事，很快就會回來。可是史坦傑森卻告誡他說，他們曾發誓要一起行動，不能落單。錐伯仍然堅持要一個人去，我聽不清楚史坦傑森又回答了些什麼，只見錐伯破口大罵，說史坦傑森不過是他花錢雇用的一個下僕，竟然敢對他說起教來了，這位秘書自討沒趣，只好妥協了，但他還是勸錐伯儘快回來，如果錯過了今晚的末班車，那就到哈勒戴旅館去找他。錐伯說，十一點鐘前一定趕得回來。於是兩人分了手，錐伯一直走出了車站。」

「我日夜期盼的大好時機終於出現了，他們在一起的時候我還有些擔心，因為他們如果一起來對付我，我並沒有十足的把握，現在我可以分開對付了。但是，我仍然不敢魯莽行事，我必須按照原定的計畫走，讓我的仇人明白到底是誰殺了他，為了什麼殺他；否則，讓他們死得不明不白，是無法消我心頭之恨的。剛好，幾天前一個坐我的車到勞瑞斯頓路查看房屋的客人，把其中一間的鑰匙掉在我的車裡了，雖然當天晚上我就把鑰匙歸還了，但我已事先配製了一把相同的鑰匙。終於，我在這個繁華的大城市中，找到了一處安全可靠的地方，我可以在那裡隨心所欲地做我想做的事，而不必擔心受到阻撓。現在，剩下的唯一難題就是如何把錐伯騙到屋子裡去。」

「我想他現在唯一的嗜好就是喝酒，從火車站出來，他馬上鑽進了一家酒店，等他從店內出來時，腳步踉蹌，看得出醉得很厲害。一輛小馬車駛了過去，錐伯順勢坐了上去。我一路緊緊地跟在他們後面，我的馬頭距他們車尾不超過一碼。我茫然地看著他們跑過滑鐵盧大橋，又在大街上轉來轉去，最後停在他原來的公寓前面。我不明白這個傢伙在搞什麼鬼，但還是不疑有他的跟了過去，在距離公寓大約一百碼的地方，我停了下來，因為錐伯這時已走進了屋子，馬車伕也收好車錢離開了。可以給我一杯水嗎？講得太久了，有點口乾舌燥。」

我倒了一杯水給他，他咕咚咕咚地猛喝了兩口，然後清了清嗓子。

「好多了，」他又接著講述道，「我在下面等了大約十五分鐘以上，忽然聽見公寓裡傳出一陣叫罵，接著，寓所的大門被打開了，錐伯和一個年輕人抓扯著出現在門口，我從未見過這個年輕人，他一把抓著錐伯的衣領把他摔到了台階邊上，接著，又猛踹了幾腳，錐伯一直滾到了馬路中央，年輕人揮舞著一隻木棒大吼：『不要臉的畜牲，竟敢調戲良家婦女，我今天一定要好好教訓你一下！』說著怒不可遏地追過去，錐伯嚇得咕嚕地爬起來，沒命地逃竄，要不是他正好碰上我的馬車，一定會被那個年輕人痛毆一頓的。他跑過來，跳上我的馬車喊道：『快，把我送到哈勒戴旅館去。』」

「他居然坐上了我的馬車！我拿馬鞭的手因為極度的興奮開始發抖起來，我的心似乎要從胸口蹦了出來。但我也擔心在這即將成功的時候，血瘤會突然爆裂，本打算把他載到鄉下去，找一個隱蔽的地方幹掉。正當我這樣想的時候，他卻大聲要求我在一家酒店前停車，這正合了我的心意。他讓我在酒店外面等著，然後自己走了進去，他一直喝到酒店關門才出來，這是他醉得最離譜的一次了，兩隻腳幾乎站不穩，我知道，這個人已經任我擺佈了。」

「但我並不想一刀了結他，我忽然想出一個有趣的點子：我要和他賭一把。我們各有一半的勝率，如果他贏了，就可以逃過一死。我在美洲度過的那些日子裡，什麼都做過，甚至在約克大學的實驗室裡當過清潔工兼警衛。有一天，我在外面聽一位教授講解毒藥的知識，他向學生展示了從南美洲的毒箭上提煉出的生物鹼，那種藥物毒性奇強，只需一丁點就能致人於死，我記住了那瓶生物鹼的擺放位置，待他們離開之後，我進去悄悄地倒了一點出來。接著我假裝自己是藥劑師，把這些毒藥製作成一顆顆易溶於水的小藥丸，我在每個盒子放入一粒，同時再裝入一粒外觀相同但無毒的。我當時就決定了，只要我抓住他們，就送他們一人一盒，逼他們每人服下一粒，剩下那粒則屬於我。這樣做，可以讓上帝來決定誰該去死，誰該存活，我認為這個辦法相當不錯，就像俄羅斯輪盤一樣，而且不會發出任何聲音。從那一天起，我就一直把這些盒子隨身攜帶，終於等到派上用場的時候了。」

「我把他扶上馬車時，已經是午夜一點多了。這時忽然刮起了一陣大風，緊接著下起傾盆大雨。雖然外頭又濕又冷，可我心裡卻是無比的暖和，我真想大聲歡呼。諸位先生，如果有天你們等待了二十年的事終於如願以償，一定也能理解我那時的心情。我點起了一支雪茄，藉此來平撫那激動不已的心跳，我感到太陽穴頻繁地抽動，恍惚中，似乎看見老約翰．費里爾牽著他可愛的女兒在前方對著我微笑，於是，我把馬趕得飛快，想衝上去告訴他們我已捉住了仇人，但卻始終追不到，我便一直追趕，不知不覺就來到了勞瑞斯頓路的那所空宅前。」

「風雨仍然沒有停，午夜的街頭沒有一個人影。我從車窗向後望了一眼，只見錐伯歪斜地倒在那裡，一點動靜也沒有。我把車停了下來，走到後面車廂中去使勁地搖著他的肩膀說：『該下車了。』他微微動了一下，說道：『好的，我就下車。』」

「我想，他一定以為到了他指定的那家旅館，他什麼也沒有說便爬出了車外。緊跟著，我們走進了空屋前的那一片花園。他步履蹣跚，似乎連眼睛也懶得睜開，我不得不扶著他往前走。到門口時，我打開門，把他扶了進去。真的，不騙你，我確實看到費里爾父女一路上引著我們前進。」

「『怎麼這麼黑呀？』錐伯跺著腳說。我說：『馬上就有光了。』我劃著了一根火柴，點亮一根我預先在街上買的蠟燭，我把蠟燭舉到我的臉旁，正對著他，『睜開你的眼睛，以諾．錐伯，你最好看看我是誰！』」

「於是錐伯睜開了他矇矓的雙眼，盯著我看了許久。他的臉色漸漸嚴肅起來，接著出現了驚恐的神色，突然，他猛地從椅子上跳起來，踉踉蹌蹌地向牆角退去。他嚇得面如土色，臉上的肌肉不斷地抽搐著，豆大的汗珠順著額頭直往下掉。看著他這副可憐的模樣，我不由得縱聲大笑起來，那聲音在空屋中聽起來有些讓人毛骨悚然。我都不知道報仇是一件這麼痛快的事！」

「我說：『你這個畜牲！我從鹽湖城就開始找你，一直追到聖彼得堡，但每次都讓你逃脫了，今天，你終於可以從這種逃亡生涯中解脫了。因為就在今晚，我們之間會有一個痛快的了結，你我之間，只有一人能看到明天的太陽。』聽了我的話，他又向後退了幾步，終於抵到了牆上。他一定以為我有些神經質，因為我都覺得自己好像瘋了一樣；我感覺到全身的血液都快湧出體外了，太陽穴上的血管猶如鐵匠揮舞著鐵錘在敲擊一樣跳動不已，若不是我的血從鼻孔中湧出一部分的話，我想，它們一定會在我體內把那個血瘤擠爆的。」

「『你把露西．費里爾怎麼樣了？』我把門鎖上，將鑰匙舉到他面前搖晃了幾下，『報應來得太晚，可是至少還是讓我等到了。』我看見他蒼白的嘴唇在不住地顫抖，從他那充滿祈求的眼睛裡可以看出，他還妄想得到我的寬恕。然而他自己也明白那是枉然的，『你要謀殺我嗎？』他膽戰心驚地問道。」

「『哪來的謀殺，』我說，『殺死一隻咬人的瘋狗能算謀殺嗎？你不要指望我能寬恕你，當你將我的愛人從遙遠的大山之中強行拖回家的時候，當你把她關在你的新房中讓她受盡折磨的時候，你曾對她有絲毫的憐憫與寬恕嗎？』」

「『殺死她父親的不是我啊！』他叫道。」

「『但你卻摧毀了她那顆純潔的心！』我怒吼著把那只裝著毒藥的盒子放到他跟前，『讓上帝來裁決一切是非吧，這兩粒藥一粒可以致死，一粒可以救你，你選一粒吃下去吧，剩下的一粒我吃，我倒要看看，這個世界上還有沒有天理，還是一切都是運氣。』」

「他哀求著退到一邊，我更加憤怒了，便拔出刀來威逼著他吃下一粒藥丸，然後我也吃下了剩餘的那一粒，我平靜地望著他，他恐懼地看著我，這樣僵持了一分鐘，漸漸地，他的臉上出現了痛苦的表情，他立刻明白自已吃到了毒藥。看見他那驚恐萬分的臉，我大笑著把那枚從露西手上取下的結婚戒指舉到了他的眼前。可是毒藥發作的速度快得驚人，只一會兒的時間，他便兩手前伸，慘叫著栽倒在地上。我看見他痛苦地痙攣著，臉上的肌肉扭曲得變了形，我把他翻轉過來，摸了摸他的心口，他惡貫滿盈的心臟已經停止了跳動！」

「我的鼻孔仍不住地流著血，我忽然靈機一動，想起了許久前一個德國人在紐約被謀殺的事件，凶手在死者身上留下了『拉契』的字樣，當時的報紙上討論過這件事，認為這是一個秘密黨的標誌。我想，這個使紐約人一頭霧水的字一定也會讓這些倫敦人感到莫名其妙，也許我當時只是純粹覺得有趣，並沒有想要誤導警察的偵辦。於是，我用手指沾了鼻血，很隨性地寫下了這個看不懂的字眼。事後，我回到了馬車裡。當時風雨交加，四周依然沒有半個人影，我駕著馬車疾馳一陣，終於放鬆了些，但當我把手伸進衣袋的時候，卻吃了一驚，因為那枚從露西手上取下來的、她留給我的唯一紀念品不見了。我想，一定是我彎下身子去查看錐伯的屍體時掉在現場了。於是我立刻我調轉馬頭趕回現場，我把馬車停放在附近的一條街上，迅速走向那間屋子，我不惜冒任何危險取回那枚戒指。可是，我才剛走到門口，就和裡面出來的一個警察撞了個正著。不得已，我只好裝著酩酊大醉的樣子，逃離了現場。」

「這就是以諾．錐伯的亡命過程。當然，我的使命只完成了一半，我還有一個任務，那就是要用同樣的方法來殺死史坦傑森，為約翰．費里爾報仇，我知道史坦傑森一定會在哈勒戴旅館裡等錐伯。我在旅館附近排徊了一陣子，沒有見到他的蹤影。我想，這個多疑的傢伙一定是因為等不到錐伯回來，起了疑心。但用這種閉門不出的方式來躲避我的話，也未免太小看我了。很快，我查明了他的房號。第二天天還沒亮的時候，我從旅館附近巷子裡弄來了一把梯子，趁著天色未明，從他房間的窗口爬了進去，我把他叫醒，說我是來為費里爾報仇的，錐伯已經被我毒死了，我要求他像錐伯那樣與我賭博。可是這個混蛋沒有膽量跟我玩這個遊戲，他從床上跳起來直撲我的咽喉，為了自衛，我只好一刀刺進了他的心臟。不過，我想用哪種方式都會是同一個結局的，老天絕不會放過那些罪人。」

「整個經過就是這樣的，但我還有幾句話想一併交代，我不願在死後留下任何秘密。在我完成了復仇大計，我又回去繼續做我的馬車伕，我計畫在賺到足夠的旅費之後，回到美洲去度過餘生。那天，正當我停在廣場上等客人上門的時候，一個衣服破爛的少年跑過來問我是否認識一個叫傑弗遜·侯普的車夫，他說，貝克街二二一號有位先生想雇他的車子。於是我便毫不猶豫地跟著來了。好了，諸位先生，我已把該講的都講完了。也許你們視我為殺人凶手，但我卻認為自己是一個捍衛正義的法官。」

侯普驚心動魄的故事到此就結束了，在整個過程中，我們都聚精會神地聽著，就連那兩個經歷過無數奇案的偵探也聽得津津有味。我們全都一動不動地坐著，只有雷斯垂德在整理他所作的記錄，鋼筆在紙上滑動所產生的沙沙聲，使室內顯得更加沉寂。

福爾摩斯最後問了一句：「你能否告訴我，代替你來領戒指的人究竟是誰？」

侯普微微一笑，說道：「我可以供出自己所有的秘密，但我絕不會出賣我的朋友。其實，在看過你登出的那則廣告之後，我也曾懷疑過這是個圈套，但我又很想知道那是否是我遺失的戒指，於是我的朋友便自告奮勇代替我來瞧一瞧。我想，你一定會承認，他幹得挺漂亮的對吧！」

「毫無疑問，是這樣沒錯。」福爾摩斯率直地說。

「好了，諸位先生，大家都沒有什麼要說的了吧？」白臉警官站了起來，嚴肅地說道，「不過，法律程序仍然必須遵守，本週四，我們得把這個犯人提交法庭審訊，開庭前，犯人將由我負責。」說完，他按了一下鈴，兩個看守立刻走進來把傑弗遜·侯普帶走了。我和福爾摩斯也從警察局出來，坐上馬車返回貝克街。

14 尾聲

回到住所不久，我們就接到了一個書面通知，要求我們在週四出庭作證。可是，到了週四那天，我們已經用不著去作證了，因為侯普被傳喚到另一個世界的法庭上去了，在那裡，他將受到一次最為公證的審判。原來，就在他被捕的當晚，他的動脈血瘤終於迸裂了。第二天早晨，獄卒發現他躺在監獄的地板上安祥地死了。他的臉上帶著滿意的微笑，也許他終於能在另一個世界與心愛的人重逢了，他要在那裡向她報告那個好消息。

第二天傍晚，我和福爾摩斯在閒談中又提起了這件事，福爾摩斯說：「如果葛雷森和雷斯垂德知道犯人死了，一定會氣炸的。想想看，兩個偵探拚了命抓住一個快死的人，這有什麼值得吹噓的呢？」

「我完全看不出他們在逮捕罪犯這件事上幫了什麼忙。」我說。

福爾摩斯這一次沒有贊同我的說法，反而尖銳地批評道：「有什麼關係呢？在這個世界上，你做了多少並不重要，重要的是你能使別人相信你做了多少、做了些什麼。」停了一下，他又輕鬆地說：「我永遠不會忘掉這個案子的，它雖然一點都不複雜，但其中卻包含著一段非常精彩、感人的故事，而且還有幾點足以引以為戒。」

「你說此案並不複雜？」我情不自禁地高聲喊道。

「這個嘛，我實在找不到更貼切的形容方式了。」福爾摩斯平靜地說。看到我一臉的不解和驚疑，他接著說道：「你想，在沒有目擊者的情況下，僅僅透過一些基本的推理，就在三天之內輕鬆捉到凶手，這還不能說明案子的簡單嗎？」

「你說得也對。」我說。

「我曾對你說過，凡是異於尋常的事物，往往都不會是阻礙，反而是一種線索。在解決這類難題時，最關鍵的就是利用推理的方法，一層層地回溯案情。這是一種既實用又容易的技巧，但是人們卻很少在實踐中運用它。在日常生活中，向前推理的用途較廣，因此人們就容易忽略了回溯推理這一方法，如果說懂得綜合推理的人有五十個話，那麼懂得分析推理的就僅僅只有一個人了。」

「我又搞不懂你的意思了。」我直言不諱地說。

「我很難指望你能弄明白這些純粹的理論，讓我嘗試著以事例來把它說得更淺顯一些吧。大多數的人都是這樣的：當你把一系列零碎事件告訴他後，他就能運用自己的思維把這些事件聯繫起來，經過思考，得出各種可能的結果；但是，也有少數人是這樣的：你只告訴他結果，他就能通過他的潛在意識，推測出產生這個結果的種種過程。這就是我所說的『回溯推理』，或稱之為『分析法』。」

「哦，這樣我就懂了。」

「我們剛剛解決的這個案子就是一個典型的例子，讓我從頭說起好了。你很清楚，我們是步行到那裡去的，在進行偵查之前，我沒有任何先入為主的結論，我首先從街道上的痕跡下手，因為那裡有一輛馬車輪輾過的痕跡。從下雨的時間推斷，可以確定這痕跡一定是在夜間留下的；由左右的輪距，可以推斷這是一輛出租的四輪馬車，因為在倫敦大街上奔馳的那些出租四輪馬車比私人馬車的車輪距要狹窄一些。這算是我觀察到的第一個收穫。」

「當我走到花園的小路上時，發現這是一條泥土路，在下雨後是特別容易留下痕跡的。在你看來，那或許只是條被人踩得一塌糊塗的爛泥路而已。可是，在我這雙久經鍛鍊的眼睛看來，小路上每個痕跡都有它的意義。偵探學所有各個領域中，再沒有比足跡學這一門藝術更重要而又最易被人忽略的了。幸而我對於這門學問一向是十分重視的，且在經過多次實踐以後，它已成為我的第二本能了。我看到警察們沉重的靴印，更看出侯普與錐伯兩個人的腳印，因為很明顯地，這兩個人的腳印已經被後來的警察腳印踐踏覆蓋，難以辨視了。這就是第二個環節，從這個環節中我們可以看出，最先進屋的人只有兩個，一個非常高大，因為他有著較大的鞋印與較長的步伐；另一個人的衣著應該比較華麗，因為他有著小巧精緻的鞋印。」

「當我走進屋子以後，這一大膽的推斷立刻就得到了證實，因為那位穿著一雙考究鞋子的先生就在那兒躺著。如果說這是一樁謀殺案的話，那麼凶手一定是與他同時進來的那個大塊頭了。死者身上沒有傷痕，可是從他臉上那恐懼、緊張的表情來看，他絕不會是死於心臟病或其他突發疾病。於是我嗅了一下他的嘴，有一點酸味。因此，我得出結論：他一定是被迫服毒而死的。這一點，還可以從他臉上那種忿恨和恐懼中得到證實。我正是不斷淘汰那些不合乎常理的可能而最終剩下正確結論的。強迫服毒這種作案方法在犯罪年鑑中並不是一件新聞，對毒物有一點研究的人都會立刻聯想到發生在奧德薩的托爾斯基一案和發生在蒙皮立的雷特利爾一案。」

「再來談談犯罪動機這個問題。顯然，案犯謀殺的目的並不是為了搶劫財物，因為死者身上還保留許多值錢的東西。再來就是政治暗殺以及情殺，我當時比較偏重於情殺這種可能。因為在一般的政治性暗殺之中，凶手一旦得手，便會立即逃離現場，然而這件謀殺案卻違背了政治性謀殺案的常理，凶手在屋子裡到處留下他的足跡，這表明他一直在現場待了許久，所以這一定是一宗仇殺，因為只有仇殺案的凶手才會這樣處心積慮地施以報復。看到牆上的血字，我推斷這一定是凶手在故弄玄虛，明眼人一看就懂。這樣，我對前面的推斷就更有把握了。最後那枚戒指被發現後，這一推斷就完全被證實了。顯然，這嬌小的戒指應是一件女人的飾物，它出現在這樣的場合，只有可能是凶手想利用它來喚起被害者對某個已死的或不在場的女人的回憶。對於這個問題，我曾問過葛雷森，他發給克里夫蘭警察局的電報中是否問及錐伯過去生活中或者其他重要的往事，或許你還記得，他回答我說沒有什麼問題。」

「後來，我對這間屋子又做了一番更為仔細的搜索，得到的各種結論都更加證明了凶手是一個高大的人。同時，我還發現了一些細節，比如印度雪茄的煙灰，長指甲在牆上刮出的痕跡等等。由於找不出一絲兩人曾經打鬥過的跡象，我相信地板上的血是凶手因過於激動而流的。很少有人會在情緒激動下產生如此強烈的反應，於是，我大膽推測，他很可能是一個身體強壯，精力旺盛的紅臉人。以後的事實又證明，我的推測是非常正確的。」

「從凶案現場出來後，我決定再驗證一下我的推斷，便去做了一件葛雷森忘了該做的事，我給克里夫蘭的警察局長發了一封電報，委託他查詢有關以諾．錐伯的婚姻狀況。他在回電中說，錐伯曾經控告過一個叫傑弗遜．侯普的舊日情敵，說這個人意圖加害於他，他還請求過法律保護。我一下子理清了所有條理，剩下的事便是設法抓住凶手了。」

「我最後斷定，那個和錐伯一起走進那屋子的人絕不是別人，正是那個馬車伕。因為我從街道上顯現出的一絲痕跡觀察出，拴在車上的馬匹曾在一段時間內任意地來回走動過，如果馬車伕在是絕不會出現這種情形的。外面下著滂沱大雨，要是車伕沒有到屋子裡去，也沒有躲在馬車裡，那他還能去哪兒呢？假如凶手另有他人的話，他會笨到在第三者面前進行一樁蓄謀已久的謀殺嗎？這未免太不合情理了。還有一點，那就是，一個人想在倫敦跟蹤別人，難道還有比當一名馬車伕更好的方法嗎？在思考了這些問題之後，我便得出了最不容辯駁的結論，也就是傑弗遜．侯普就是這名馬車伕。於是，我認為有必要馬上到倫敦所有出租馬車的車伕當中去找這個傑弗遜．侯普。」

「當然，我也考慮到了他有可能隱藏真實姓名這點，但我相信，在這樣一個人地生疏的國家裡，他根本沒有必要刻意去隱姓埋名。於是，我把一些街頭流浪兒集合起來，組成我專屬的偵察小隊，派他們到倫敦的每一家馬車出租公司去打聽，直到他們找到有這樣一個人為止。這些孩子幹得不錯，讓他們辦事既方便又快捷，你一定還記得吧。」

「不過，對於史坦傑森也被同一個人所謀殺，我確實感到有些出乎意料。這種意外的事情無論如何是難以避免的。你也已經知道，我找到了兩枚藥丸，我早就推知一定會有這樣的東西存在。你看，這每一個情節都有邏輯將它們串聯起來，整個案子就是一條環環相扣的邏輯鏈條。」

「真是太偉大了！」我激動地喊道，「你不應該讓這些本領埋沒在你的腦袋中，你應該把它公諸於世。你想把這個案件發表出去嗎？如果你不願意的話，我來替你發表。」

「你高興怎麼做就怎麼做吧，親愛的醫生，先看看這個！」他說著遞給我一張報紙。

這是當天的一份《回聲報》，我看到，其中有一篇報導著我們正在談論的這個案子，報上是這樣記載的：

由於昨天剛剛被逮捕的殺人嫌疑犯侯普今天早上被發現暴斃在獄中，社會大眾因此一下子失去了一件茶餘飯後的話題。侯普是殺害錐伯和史坦傑森兩位先生的嫌疑犯，雖然，我們從有關當局瞭解到一些情況，得知這是一樁事隔二十多年的感情事件所引發的報復性謀殺，其中還牽涉到自由戀愛與摩門教等一些複雜問題，但是這個案件的內幕實情，可能將永遠無法揭開了。據了解，兩個被害者過去曾經都是摩門教徒。他們與凶犯侯普同樣來自鹽湖城。如果要說案件有沒有其他意義的話，至少它顯示出我國警方破案的神速，它將使那些外籍的犯罪分子引以為戒，他們最好不要把紛爭帶到大不列顛這片神聖的國土上來。

本案的快速偵破完全歸功於蘇格蘭場的知名警探雷斯垂德與葛雷森，他們兩位的聲名早已是眾所周知的了。據了解，凶手是在一位名叫福爾摩斯的私家偵探家中被抓獲的，福爾摩斯在這次偵破中也提供了相當多的幫助，這位幸運的私家偵探在兩位高明前輩的教誨下，未來的發展不可限量。據傳，這兩位警官將榮膺某種獎勵，以作為對他們功績的表彰。

福爾摩斯大笑著說：「看來我對現實還是有一番正確的認識啊！華生，你看，我們對血字的研究成果，反而讓他們得到了榮譽和獎賞！」

我回答說：「沒關係，我已經把事實都記錄在日誌了，社會大眾很快就會知道一切的，不過能破案你也該心滿意足了，羅馬守財奴所說的話還是非常有用的：『笑罵由他，我自為之；家藏萬貫，唯我獨取。』」

The Sign of the Four

年輕美麗的摩斯坦小姐上門求助
下落不明的父親
神秘人士寄來的信件
發生在旁迪切里別墅的命案
牽扯出一樁遠在異國的重大陰謀
各方展開了寶藏的爭奪行動
然而
華生心裡想的卻是……

Sherlock Holmes

1 演繹法

夏洛克·福爾摩斯拿下放在壁爐台角邊的那瓶藥水，又從一只清潔的羊皮箱子中取出一支注射器。他用白皙有力的修長手指熟練地裝上了針頭，捲起了左臂的袖管，赫然露出發達肌肉上密佈著的針孔。他注視了好一會兒，然後把針頭輕輕插入肌肉中，緩緩推動，隨後滿足地靠在柔軟的安樂椅上喘了一大口氣。

幾個月來，他每天都要為自己注射三次，我已習以為常了，但心中卻感到不痛快。隨著時間一天天過去，我對此開始不安起來。每當夜深人靜之時，我就會為自己沒有勇敢阻止他感到良心不安。我很想老實對他說出我的想法，但這個朋友孤僻、冷漠、驕傲的性情，使我難以坦然進言。他的固執、自負以及其他我親身體驗過的極端性情，都使我望之卻步。

一天下午，也許因為午餐時我喝了葡萄酒，也許他自以為是的態度刺激了我的神經，我再也無法忍受。

「今天注射了什麼？是嗎啡？還是古柯鹼？」我問。

他恰好打開一本舊書，抬頭無力地答道：

「是古柯鹼，濃度為百分之七。要不要試試？」

我有些惱怒地回答說：「我才不要！我的健康在阿富汗的戰役中被搞壞了，至今還沒有完全恢復，它經不起那玩意兒的摧殘。」

他竟含笑以對：「也許你是正確的，華生。我也知道它有害健康，不過既然它能使我如此興奮與清醒，那它的副作用也就不足掛齒了。」

我真誠地提醒他：「但你應該仔細權衡一下利弊！那玩意兒也許能刺激你的腦袋讓它活躍起來，但那終究是危害健康的作法，它能不斷地破壞器官功能，至少也會導致慢性衰竭。這種藥物帶來的不良後果你是心知肚明的，這實在是太得不償失了！你何必貪圖一時痛快，而毀了你那超凡的精力？你懂的，我的這番話不僅僅是以一個朋友的立場，還是以一個醫生的立場來講的。」

他聽了這番話沒有絲毫不高興的樣子，反而把兩肘支撐在扶手上，十個指尖對頂一處，彷彿還很感興趣。

他說：「我喜歡緊湊的工作，而非閒散的生活，無事可作的狀態會令我坐立難安。只有讓我解決疑難雜症、執行最繁重的任務、破解最深奧的密碼、做最複雜的分析，才能讓我真正感到痛快，那樣就不需靠藥物的刺激了。我非常厭惡平淡的日子，我需要精神上的興奮，所以我選擇從事這份特殊職業，也可說這個行業是我開創的，因為在這個世界上，我是唯一的從業者。」

我抬頭問：「唯一的私家偵探？」

「唯一的私家諮詢偵探。我是偵探的最高法官。只要葛雷森、雷斯垂德、或者阿賽尼．瓊斯遇到了難題，哦，他們常會遇到，這個時候就會來請教我。我總是以專家身份來審核材料，也提供專業性的建議。我不爭功，也不在報紙上留名。透過工作，讓我的精力得以發揮，這份快樂就是對我最好的酬勞。你應該記得我在傑弗遜．侯普一案中的偵查方法對你的啟發吧？」

我熱誠地答道：「是的，我還記得。那是我從沒遇到過的奇案。我已經把全部經過寫成一本書，並加上了個新穎的標題：《血字的研究》。」

他不滿意地搖搖頭：「我已經大略翻了一遍，實在不敢恭維！你要知道，偵探學可是一門精深的科學，應該以理性而非感情去研究。你卻給它渲染上小說的色彩，讀起來就像是加了愛情故事的幾何定理一樣。」

我立即反駁：「但是那件案子確實有小說般的曲折情節，我不能扭曲事實啊。」

「那些不重要的細節提不提都無所謂，至少得把重點突顯出來啊。在這個案件中，值得一提出來的只有一件事，那就是我如何由結果推論出原因，又是在如何地分析和推理後破案的過程。」

我把故事寫下本來是想討好他，卻意外被批得一文不值，心裡有些惱火。我承認，他的自以為是激怒了我，他要求我必須在作品中全部描寫他一個人的言行。在我們同居貝克街的好幾年中，我時常發覺我的伙伴不論在沉默和談話中，都透著一股驕傲自負的氣質。我不想再說什麼，只是靜靜地撫摸我那受過槍傷的大腿，這麼久以來，雖然走路已無大礙，但一遇天氣變化就會劇痛難忍。

福爾摩斯好一會兒才裝滿煙斗，慢吞吞地說：「我的事業近來已經擴展到了歐洲大陸。有個叫弗朗索瓦·勒維拉的人上星期就曾來請教我。你也許聽說了，這個人近來在法國的偵探界中嶄露頭角。雖然他擁有凱爾特民族常見的靈敏度，但是如果想精近偵查技術，他就不得不充實必要的知識。他是來請教一件有關遺囑的案子，那案子非常有趣。我提供他兩個過去的類似案例去參考，分別是一八五七年發生在里加、以及一八七一年發生在聖路易的案件。這兩案的偵破經驗幫了他大忙，這是今天早上收到的感謝函。」說完他遞過來一張來自國外的、被弄皺了的信紙。我看了一眼，發現整張紙上寫滿了恭維的詞語，例如「偉大」、「英明」、「效率神速」等表達了這位熱情的法國人對他的景仰。

我於是說道：「他可真像個在和老師講話的小學生。」

夏洛克．福爾摩斯淡淡地說：「哦，他高估了我所給予的幫助，他自己也很有天份呢。他幾乎具備了一個理想的偵探家必備的條件：觀察力和推理能力。他所缺乏的只是知識，不過這些都能夠慢慢惡補的。他目前正在翻譯我的幾篇著作。」

「你的？」

他笑了：「你不知道嗎？很抱歉，我那幾篇專論涉及的都是技術問題。你是否還記得那篇《如何辨認各種煙灰》，在那篇文章中，我列舉了一百四十種雪茄、香煙及煙斗絲的煙灰，還配有彩圖解釋它們的特徵。這是刑事判決中常有的證據，有時甚至是全案的關鍵所在。只要回顧一下傑弗遜．侯普案，你就不難明白辨認煙灰對破案的重要性。譬如，你在一樁謀殺案中，確定凶手是吸印度雪茄的，那就大大縮小了偵查範圍。印度雪茄的黑煙灰和『鳥眼』煙的白煙灰之間的差異，在經驗豐富的偵探看來，就如同白菜與馬鈴薯一樣分明。」

「你確實具有分辨細微差別的特殊才能。」

「我清楚它們的重要性。這是我寫的一篇有關足跡追蹤的專論，裡面還提供了如何用熟石膏提取腳印的方法。這裡還有一篇新穎的小論文，說明了一個人的手形會受因從事職業而不同，並附有石匠、水手、木雕工、排字工、織布工以及鑽石研磨工的手形圖。這些對於科學辦案有重大的意義。特別是在確定無名屍體及罪犯的身分時非常有效……我自顧自地講了一堆，你應該聽煩了吧。」

我真誠地答道：「一點也不，我反而覺得挺有趣的。因為我曾親眼目睹你是如何應用這些技巧的。你剛才談到了觀察和推理，當然，這兩者在一定程度上彼此是相聯繫的。」

「是嗎？其實兩者是不相干的，」他愉快地靠在椅背上，從煙斗中噴出一股濃濃的藍色煙霧來：「舉個例子來說，我經由觀察，得知你今早去過威格摩爾街郵局，但經過推理，卻知道你是去那裡發電報的。」

我說：「完全正確！但是我真不明白你是如何知道的。那是我臨時決定的行程，沒有跟任何人說過啊？」

見我如此驚異，他竟得意地笑著說：「太簡單了，幾乎不需要解釋。不過還是解釋一下好了，這樣你才會明白觀察和推斷的不同之處。透過觀察，我發現你的鞋面沾著一點紅泥，威格摩爾街郵局對面正在修路，挖出的泥土都堆在便道上，要進郵局一定得踏進泥堆。那泥土的紅色很特別，據我瞭解，這一帶只有那裡有。這些就是從觀察得知的，其他就是推理了。」

「那你是怎麼推理出我是去發電報的？」

「今天整個上午我都坐在你對面，從沒看你動筆寫過信。我還注意到你的桌上擺著沒有用過的整張郵票和整捆明信片，所以你去郵局只可能是為了發電報。將可能性一一排除後，剩下的就是事實了。」

我稍稍思考了一下，又說：「的確如此，事實恰好與你的說法吻合，這件事本來就沒什麼難度。現在我出一道更複雜的問題來考你，你不會覺得無聊吧？」

他答道：「正好相反，這下就不用再注射古柯鹼了，我很樂意研究你提出的任何問題。」

「你常說，任何一件日常用品上，不留下使用者的痕跡是很困難的，訓練有素的人總是推理得出使用者的特徵。現在，我剛得到了一只錶，你能不能從它推斷出舊主人的性情和習慣？」

我把錶交給他，心中不禁得意起來。因為我認為沒人回答得出這個問題，就當做是他平日目中無人的懲罰好了。他拿著錶仔細觀察起來，看看錶盤，認真地察看了裡面的零件。先是用眼睛，後又換作高倍放大鏡觀察。他臉上沮喪的表情，幾乎讓我得意得笑出來。最後他關上錶蓋，把錶還給我。

他說：「在這裡幾乎找不到痕跡，因為錶重新上了油，把過去的痕跡都覆蓋掉了。」

我回答說：「不錯，這只錶在上了油後才交到我手中的。」我對伙伴用這種藉口來掩飾失敗感到不以為然。即使這只錶從未打開過，又能發現什麼推理的線索？

他那無神的眼睛半睜半閉，仰望著天花板懶懶地說：「痕跡雖然不多，我的觀察卻也沒白費，就說出來請你指正吧。我想這只錶是你哥的，是你父親留給他的。」

「正是，想必你是從錶背所刻的H．W．縮寫看出來的吧？」

「對，W代表的是你的姓。錶面大約造於五十年前，錶上刻字的時間幾乎與錶的生產時間一致，所以我推斷它是你先人的遺物。按照習慣，貴重物大多由長子繼承，長子又往往沿用父名。如果我記得沒錯，你的父親多年前就已去世，所以這只錶應該在你哥哥手裡。」

「這些都對，你還看得出其他東西來嗎？」我問。

「他的生活習慣相當邋遢，雖然有著大好前途，可惜他沒把握住，日子過得窮困潦倒，雖然偶爾也有走運的時候。最後他因酗酒而死。大概就是這些。」

我忍不住在屋中徘徊，內心湧上了無限的辛酸悲涼。

「福爾摩斯，你太過份了，沒想到你竟然這麼卑鄙！你一定事先調查過我哥哥的遭遇，然後假裝一切都是從推理得知的。你以為我會相信你僅靠一只舊錶推論出這些？我就不客氣地講了，你這簡直就是江湖騙術！」

他和藹地說：「親愛的醫生，如果我有冒犯之處，請你原諒。我只是按照理論來推斷一個問題，我忽略了事實可能勾起你痛苦的回憶。我發誓，在看到這只錶以前，我並不知道你還有一位哥哥。」

「可是你是如何神奇地推斷出這些事實？它們與事實沒有半點不符。」

「啊！這只是運氣好罷了。我只是說出可能的情況，沒想到會這麼準確。」

「你是說這些不是亂猜的？」

「沒錯，我從來不瞎猜的，瞎猜是個壞習慣，會妨礙邏輯推理。你感到不可思議，是因為你沒摸清我的思路，沒有注意到那些細微但關鍵的線索。舉個例子吧，我一開始就說你哥哥很邋遢。請看這只錶，下面邊緣有兩道凹痕不說，整個表面都佈滿了細小擦痕，這是常把錶放在裝有錢幣、鑰匙類硬物的口袋裡造成的。這可是一只價值五十多英鎊的錶呢，他竟然這樣不謹慎，說他邋遢不算過份吧！而且從這只錶的貴重，看得出遺產應該也相當豐厚。」

我點著頭，表示聽懂了。

「倫敦當鋪的慣例是：每接到一只錶，就用針尖在錶裡面刻上當票號碼，這方法比掛牌子好，能有效防止號碼遺失和混亂。我從放大鏡看見了四組這樣的號碼。因而得出了結論：你哥哥經濟拮据，才會把遺物拿去典當，不過也有手頭寬裕的時候，否則就無法把錶贖回了。最後請注意這帶鑰匙孔的裡蓋，孔邊有上千的傷痕，這是鑰匙刮傷的痕跡，清醒的人插鑰匙是不會刮到錶面的，他在夜裡喝得爛醉時上弦，所以留下了這些手腕顫動的遺跡。這有什麼好驚奇的？」

我答道：「經你這麼一解釋我才恍然大悟，請原諒我剛才的無禮。我應該對你的天才更有信心才對，請問你現在手裡還有要偵查的案件嗎？」

「沒有，所以只好注射古柯鹼。不動腦子我簡直活不下去。除此之外還有什麼能讓我產生興趣？請到窗前來，難道是這樣一個淒涼無聊的世界？看！那滾滾黃塵沿街而下，從暗褐的房屋摩擦而去，還有比這更平淡無聊的東西？醫生，試想精力無處發洩是怎樣的一種感覺？犯罪是很尋常的事，人活在世間也很尋常，在這個世界上除了尋常事還有什麼？」

我正想反擊他那激進的言論，忽然傳來急促的敲門聲。房東太太托著銅盤走進來，上面放著一張名片。她對我的伙伴說：「有位年輕小姐找你，先生。」

「瑪麗・摩斯坦小姐。嗯，是個我從沒聽過的名字，請她進來吧，哈德森太太。醫生，你先別走，我希望你留在這裡。」我的伙伴說。

2 案情的陳述

摩斯坦小姐踏著穩重的步伐，儀態端莊地走進屋。她是一個短髮女郎，戴著色彩協調的手套，苗條的身材，穿著一套與她氣質相符的衣服。她衣服的簡單淡雅，表明了她的家境並不十分富有。暗褐色的毛呢衣服沒有裝飾和花邊，配一頂同色的帽子，邊緣插了一支白色羽毛。她的容貌並不出眾，但卻溫柔可愛，一雙明亮的蔚藍色大眼睛富有生氣，我曾走訪幾十個國家和三大洲，但還未見過如此高雅而端莊的女人。當福爾摩斯請她坐下時，我發現她的嘴唇有些哆嗦，雙手微微顫抖，可見她的內心是緊張不安的。

她說道：「福爾摩斯先生，你曾為我的主人賽西兒．弗勒斯特夫人解決過一起家庭糾紛，她對於你的才能以及協助感到十分欽佩。我目前遇到了一件麻煩事，所以特意前來請教。」

他想想答道：「賽西兒．弗勒斯特夫人？我記得只是幫了她一點小忙，那件案子是很簡單的。」

「她並不這麼想。至少，你不能也這麼看待我的案子，因為我所遭遇的實在是太怪異離奇了。」

福爾摩斯頓時雙眼閃光，不停地搓著雙手。他微微探著上身，那張清俊而如貓頭鷹的臉上浮現出精力集中的神情。「談談你的案情吧。」他很感興趣地說。我覺得自己待在這裡也許會妨礙到他們，於是起身說：「你們慢慢談，我先失陪了。」

沒想到這位年輕小姐竟伸出戴著手套的手，攔住我說：「如果你能稍待一會，也許能幫上我一個大忙。」我於是重新坐下來。

她繼續說：「事情是這樣的：我的父親是駐印度的軍官，在我很小的時候我就回到了英國。母親去世得早，國內又沒有任何親戚，於是我被送到了愛丁堡，進了一所環境優美的寄宿學校，直到我十七歲那年才離開。一八七八年，我的父親，他是軍團裡資歷最老的上尉，得到十二個月的假期回到了祖國。他到達倫敦時，發了電報向我報平安，並說住在朗豪酒店，要我立即前去見面。我還清楚地記得，他的電報充滿親情和慈愛。

我一到倫敦就迫不及待地趕去朗豪酒店。侍者告訴我，摩斯坦上尉確實住在那兒，但他入住當晚出門後就再也沒有回來過。於是，我在那兒等了整整一天，卻沒有半點消息。到了晚上，我聽從了酒店經理的建議，去了警署報案，隔天早上還在各大報紙上登了尋人啟事。但我的努力沒有任何結果，從那時起，我再也沒有得到任何有關我那不幸的父親的消息。他回到英國，心中好好想受假期，可是沒想到……」

她痛苦地捂著臉，話音未落便已泣不成聲。

福爾摩斯打開記事本問：「還記得日期嗎？」

「他於一八七八年十二月三日失蹤，差不多有十年了。」

「他的行李呢？」

「留在旅館裡，但從行李中找不出任何線索——全是些衣服、書籍，以及不少安達曼群島的古玩，他曾在那兒擔任過監管囚犯的軍官。」

「他在城裡有朋友嗎？」

「我們只知道有一個——駐孟買陸軍第三十四軍團的舒爾托少校，他倆在同一個團。這位少校前些年退伍了，住在上諾伍德。當然，我們有與他聯繫過，但是他根本連我父親回來英國了都不知道。」

「真是怪事。」福爾摩斯喃喃自語。

「最怪的事情還在後頭呢！大約六年前，確切來說是一八八二年五月四日，《泰晤士報》上出現了一則啟事，徵詢瑪麗·摩斯坦小姐的住址，並表示如果她能回話，將對她有好處，這則啟事沒有署名和地址。當時，我剛好在賽西兒·弗勒斯特夫人家當私人教師，我們商量後決定在報紙廣告欄中登出我的住址。登出後，當天立刻收到了匿名人士寄來的一個盒子，裡頭裝著一顆碩大的珍珠，沒寫任何字。自那時起，每年的同一天我都會收到這樣一個裝著珍珠的盒子，但對於寄件者的身份卻毫無頭緒。我找專家鑑定過這些珍珠，都說是價值連城的極品。請你們看看這些珠子，品質的確很好。」她說著，打開了一個扁扁的匣子，裡面放著六顆我從未見過的上等珍珠。

福爾摩斯看過說：「你的遭遇的確有趣，還有發生過其他事嗎？」

「有，就在今天早上我收到這封信，這也是我為什麼來請教你的原因，請你看看。」

福爾摩斯伸手接過來說：「謝謝，請把信封也遞給我。郵戳是倫敦西南區，日期是九月七日。啊！上面還留有一個大拇指印，大概是郵差的。信紙很高級，信封也是六便士一打的那種，寄信人很講究信紙信封，沒有發信人地址。『請你今晚七點在萊辛劇院外左側第三根柱子前等我。如果有疑慮，可帶兩位朋友同行。你有沉冤未雪，我一定替你伸張正義。但是請不要帶警察前來，否則恕不見面。你不知名的朋友』。這可是件有趣的妙事，摩斯坦小姐，你打算如何處理呢？」

「我就是來與你商量的呀。」

「我們必須去。你和我，還有，嗯，不錯，華生醫生也是個有用的幫手。信上說的是兩位朋友，我倆是一起工作的。」

她懇求地看著我，問福爾摩斯：「但是他願意去嗎？」

我熱情地回答道：「能為你效力，是我的榮幸。」

她說：「兩位如此熱心，令我感激不盡。我很孤獨，沒有其他朋友可以求助。我六點再過來可以嗎？」

福爾摩斯說：「別遲到了。還有，這封信與寄珍珠來的信的筆跡是否相同？」

她拿出六張紙說：「都在這兒。」

「你考慮得很周到，實在是我所有委託人中的典範。來，讓我們來研究一下吧。」他把信紙一張張鋪在桌面，對比著繼續說，「這封信的筆跡是真的，其餘的全是偽裝的，但毫無疑問的是它們全出自一人之手。你看看這個希臘字母很特別，再看字末的S的彎法。摩斯坦小姐，我並不想給你渺茫的希望，但我想知道，這些與你父親的筆跡是否有相似之處？」

「絲毫不同。」

「我也是這麼想。那我們六點見了，現在才三點半，請你把這些信留下來，我還要研究一番，再見。」

「再見。」她和藹地看看我倆，端著放珍珠的盒子匆匆走了。我走向窗前看著她踏著輕快的腳步消失在人群中。

我回頭對著我的伙伴感嘆道：「真是一位迷人的女性！」

他靠著椅背，闔著雙眼，嘴上叼著重新點燃的煙斗，無力地說：「是嗎？我倒沒怎麼注意。」

我嚷起來：「你真是個機器人，是部電腦！你有時簡直缺乏人性！」

他溫和地笑笑：「不要讓一個人的特質影響了你的判斷力，這很重要。對我而言，委託人只是案件中的一環罷了。感情常常會影響理智。我一生中所見最美麗的那個女人，曾為了得到一筆高額保險金而毒死了三個孩子，被判了絞刑；但是我最討厭的那個男人，卻為了救濟倫敦的貧民而捐贈了二十五萬英鎊。」

「但是，這一次……」

「從來沒有例外。定律是沒有例外的。你對筆跡有研究嗎？對這份筆跡，你有何見解？」

我回答道：「字跡清晰而整齊，是位有商業經歷和堅強性格的人的手跡。」

福爾摩斯搖搖頭道：「我看，這些長字母幾乎與短字母一般高，d寫得像a，l寫得像e，性格堅強的人不論他的字多潦草，字母一定高矮分明，他寫的k沒有規律，不過大寫字母還算工整。我要立即出去一趟，把一些問題搞清楚。我給你介紹一本書，一本偉大的著作，那就是溫伍德．瑞德的《成仁記》。一個鐘頭內我就會回來。」

我拿著書坐在窗前，但我沒法冷靜研究這部傑作。我的思考全集中在剛才那位小姐的容貌以及她的遭遇上。如果她在父親失蹤那年十七歲，那現在應該有二十七歲了，這正是稚氣消退，剛進入成熟的妙齡階段。我就這麼胡思亂想，直至危險的妄想闖入腦際。於是我急忙找出一本新出版的病理學論文，坐在桌前仔細研讀起來，好讓頭腦清醒。我算什麼？一個沒什麼存款的陸軍軍醫，還拖著一條傷腿，怎敢有這種奢望？她也只是案件中的一個要素，一個要素！僅此而已。如果我的前途一片黑暗，就勇敢地面對，不要妄圖扭轉命運。

3 尋找答案

下午五點半，福爾摩斯精神抖擻地回來。他高昂的情緒足以表明，他已看見了解決難題的曙光。

他端起我為他倒的一杯茶，說：「這件案子並不神秘，這些事實全指向一個結論。」

「什麼！你已經解決了這個案子？」

「還不能這麼說。不過我發現了一個意味深長的事實，這會是條有用的線索。當然還需要把細節拼湊起來。我從舊《泰晤士報》上找到了舒爾托少校在一八八二年四月十八日辭世的訃聞，他就是那位住在上諾伍德的前孟買陸軍第三十四團的舒爾托少校，摩斯坦上尉的朋友。」

「我比較遲鈍，福爾摩斯，我怎麼也看不出這個訃聞能解釋些什麼。」

「看不出來？真是出乎意料。你就這麼想吧，摩斯坦上尉在倫敦失蹤了，他可能去拜訪的只有舒爾托一人，但舒爾托少校竟聲稱毫不知情。四年後，舒爾托過世了，他死後還不到一星期，摩斯坦上尉的女兒就收到一份價值不菲的禮物，而且每年都有。今早的那封信中說她受了冤屈，除了喪失了自己的父親，她還有什麼冤屈？另外，為什麼舒爾托死後僅僅幾天，就有人開始寄禮物給她？是舒爾托的繼承人知道其中的原委，想以此替先人贖罪？你還有其他看法嗎？」

「為什麼用這種方法贖罪？太不尋常了！再說，為什麼六年前不寫，要等到現在才寫呢？還有，信中說要為她伸張正義，是怎樣的正義？如果要假設她父親還活著，那也太不可能了。但是除此之外，她又受過什麼委屈呢？」

「的確還有謎團，相當多的謎團。」福爾摩斯沉思著說，「今晚走一趟後，應該就全明白了。啊，四輪馬車的聲音，摩斯坦小姐來了。你準備好了嗎？我們最好趕快下樓，時間不早了。」

我戴上帽子，拿著一根最粗的手杖，福爾摩斯拿出放在抽屜中的手槍塞進衣袋。他料到今晚的出訪將會是一場冒險。

摩斯坦小姐身著黑衣，雪白的脖子上繞著圍巾，看上去雖顯得鎮定，但面色慘白。如果她對這次冒險沒有絲毫不安的話，那一定有著超乎尋常女子的毅力。她控制住自己的感情，對夏洛克．福爾摩斯一路上提的問題，幾乎是有問必答。

她說：「舒爾托少校是我父親最要好的朋友，他的信中常常提及少校。他倆都是安達曼群島的駐地指揮官，常在一起。另外，我曾在父親的書桌內發現一張看不懂的字條，我不敢說一定與本案有關，但還是帶來了，也許你會想看一下，就在這裡。」

福爾摩斯小心地打開字條，鋪在膝蓋上，然後拿出雙層放大鏡仔細觀察。

「這種紙產於印度，」他說道，「它曾被釘在木板上。紙上似乎畫的是某個大建築圖樣中的某部分，有很多大房間以及走廊通道等。中央是紅墨水標出的十字，上面是模糊的鉛筆字跡『從左側三．三七』。紙的左上角是一個奇特的字，像四個十字連在一處。它的旁邊是極醜陋的字跡：『四人簽名：強納森．史莫，穆罕默德．辛，阿卜杜拉．罕，朵思特．阿克巴』。我無法判斷它與本案有什麼聯繫！但確是一份重要的東西，曾被小心地放在皮夾中，看它的兩面同樣都很乾淨。」

「是我們從皮夾中找到的。」

「摩斯坦小姐，請你小心保存好，也許以後會有用處。現在，我發現本案比我一開始想的還要離奇，我得重新思考。」他說著便靠向車座靠背。他雙眉緊鎖，陷入沉思。摩斯坦小姐與我低聲談著目前的行動和可能出現的結果。但我們的伙伴直至抵達目的地都一直靜默沉思著。

九月的傍晚，還不到七點，便顯得陰沉沉的，迷霧籠罩了整個城市，空中是低懸的團團烏雲，壓得人彷彿要窒息，而街道則一片泥濘。倫敦河濱的暗淡路燈，照到泥濘的人行道上就只剩螢螢的微光了。那淡淡的黃色燈光射出兩邊店鋪的窗玻璃，穿透迷霧，在擁擠的大街上閃爍。我不禁感慨，這些燈光閃爍中，川流不息的人們臉部表情各異，有的高興，有的憂愁，有的憔悴，有的恬靜，每個人的背後也許都藏著一段怪誕或不凡的過去，彷彿人生就這麼從黑暗走進光明，又從光明重回黑暗。我並非一個多愁善感之人，但是這樣陰鬱的夜晚，以及我們將要經歷的事，都使我感到緊張。摩斯坦小姐眼中流露的神情表明，她也有和我一樣的感覺。只有福爾摩斯不曾受到影響，在燈光下不停地在記事本上寫著。

萊辛劇院的兩處入口已被觀眾擠得爆滿。兩輪或四輪的馬車川流不息。不斷有禮服下穿著白色襯衣的男子和披著圍巾、珠光寶氣的女人從馬車上下來。我們剛到約定的第三根柱子前面，就有一個黝黑矮小、扮成馬車伕的男子走過來向我們打招呼。

他問：「你們是與摩斯坦小姐一塊來的？」

她回答說：「我是摩斯坦小姐，二位是我朋友。」

那人眼神咄咄逼人，堅定地說：「請見諒，小姐。我要你保證他們二位不是警察。」

她坦然答道：「我向你保證。」

他於是吹了聲口哨，一個流浪漢立即牽著一輛四輪馬車過來，開了車門，他跳上車伕座位，我們也都上了車，但是還未坐穩，馬車已在霧濛濛的街道上急馳而去了。

我們的處境很奇特，既不知為何而去，也不知去哪裡。說是被欺騙了，彷彿又不可能，至少我們應該不會白跑一趟，多少能獲得些有用的情報。摩斯坦小姐與先前一樣鎮靜而堅強，我向她述說在阿富汗時的冒險故事，企圖鼓勵和安慰她。但說實在的，我也同樣地擔憂自身的安危，因此不知不覺就把故事講得一塌糊塗。即使是現在，她還常常拿我「用一隻小老虎打死了深夜鑽進帳篷的雙筒槍」的故事開玩笑呢！剛開始，我還能認得出我們經過的道路，隨著馬車越走越遠，加上霧濃，以及我對倫敦並不是很熟悉，不久就迷失了方向，只知道路程非常地遠。福爾摩斯卻清醒得很，他對於馬車所經之處，都能隨意地道出地名。

「這是羅徹斯特路，」他嘴裡唸唸有詞，「現在到文森廣場了。現在上了瓦斯霍橋路，很明顯地我們正往薩里區駛去。沒錯，我想是的，我們現在正在橋上，你們可以看到河面上的反光。」

果然是燈光下的泰晤士河夜景，但馬車依舊向前飛奔，不一會兒就到了對岸使人迷惑的街道上。

我的伙伴繼續說：「華茲華斯路，修道院路，拉克大院街，史塔克沃爾街，羅伯特街，冷港街，這條路好像不是要去時尚區。」

最後我們來到了一個陌生而可疑的區域。道路兩旁很長一段內全是暗灰色的磚房，接著在街角出現了一些粗俗炫目的酒家，隨後，是幾排雙層的住宅樓，每幢樓前都有一個小花園，夾雜著一些新磚房，看來這一帶是市郊的新興區。馬車終於停在這個新區的第三個門前，那裡除了從廚房窗戶射出的一線微光外，全是一片黑暗，其餘的房子則根本就還沒住人。我們敲了敲門，立即出來了一位頭戴黃色頭巾、穿著寬大白袍，繫黃色帶子的印度僕人，一個東方人出現在這幢普通三等郊區住宅前，有些不太搭調。

他說：「主人正在屋裡等著。」話音未落，就聽見屋內有人高喊：「把他們帶過來，吉特穆特迦，直接帶來我這裡！」

4 禿頭男人的故事

我們跟著印度人，經過了一條昏暗的、陳設簡陋而不整潔的普通走道。他推開了靠右側的一扇門，屋內立即射出黃色的燈光來，燈光下站著一個身材矮小、尖頭的禿頭男人，那一圈紅髮襯托著光亮的頭頂，很像被樅樹環繞的一座光禿禿的山。他搓著雙手，時而微笑，時而愁眉不展，神情很不穩定，那天生下垂的雙唇露出參差不齊的黃牙，更讓他顯得醜陋不堪，雖然他常試圖以手掩面，卻無法遮住那口難看的暴牙。他雖然禿了頭，但看來並不老，事實上，他才剛過三十。

他高聲重複道：「摩斯坦小姐，我願為你效勞。先生們，我願為你們效勞。歡迎來到我的這間小屋，小姐，房間雖然很小，但全是按照我的喜好裝潢的，這裡是倫敦南郊荒僻的文化沙漠中的一塊小小綠洲。」

屋中的佈置讓我們驚訝。這些美麗的陳設與建築一點也不協調，好像一顆璀璨的鑽石嵌在了黃銅的底座上。精美的畫鏡和來自東方的花瓶，豪華精緻的窗簾和掛毯；又厚又軟的琥珀色與黑色的地毯，踏上去如同踏著綠草皮般輕快；兩張碩大的虎皮橫臥著，一只印度大水煙壺擺在屋角的席子上，更富異國風味。屋頂中央隱隱的金色細線上懸著一隻鴿子形狀的銀色吊燈。淡淡的清香飄出燃燒的燈光，瀰漫了整間屋子。

這位神情不穩定的矮小男士微笑著自我介紹：「我叫達太．舒爾托。當然你就是摩斯坦小姐，這二位是——」

「這位是夏洛克．福爾摩斯先生，而這位是華生醫生。」

「你是醫生嗎？」他興奮得大叫起來：「有帶聽診器來嗎？我是否可以請你聽聽我的心跳？我的心臟僧帽瓣好像怪怪的，大動脈還好，可是對於我的僧帽瓣，我想聽聽你的寶貴意見。」

我為他聽了聽心臟，並沒什麼毛病，但他由於害怕不住地發顫。我說：「心臟正常，不要擔心。」

他聽後如釋重負地說：「請原諒我的多慮，摩斯坦小姐，我常為我心臟不好而難過。既然正常，我就放心了。摩斯坦小姐，如果你的父親能克制自己的情緒，就不至於傷到心臟，那他現在還可能活著呢。」一股怒火不由得從心底竄出，我恨不得賞給他的臉一拳。如此慎重的話，怎能這樣隨口亂講呢？摩斯坦小姐面色慘白地坐下來說道：「我知道，我的父親早已不在人世了。」

他說：「我盡可能把一切都告訴你，並為你伸張正義。無論我哥哥巴托羅繆講什麼，我都會堅持還你一個公道。今天你能與兩位朋友同來，我很高興，他倆不僅僅是你的保護人，還是我言行的見證人。我們三人足以對抗我的哥哥巴托羅繆，但絕不能讓外人干預，尤其是警察和政府。我們可以獨自把問題圓滿解決。如果把一切公開，我哥哥巴托羅繆絕不會善罷甘休的。」他坐在矮矮的靠椅上，無神的藍色眼睛泛出淚光，期待著我們的回答。

福爾摩斯說：「我個人向你保證，絕不會向任何人透露你所說的話。」

我也點頭以示贊同。

「那太好了！太好了！」他說：「摩斯坦小姐，我是否可以敬你一杯吉安地？或者托凱酒？我沒有別種酒了。開一瓶好嗎？不要？好吧，我想你們不會介意我吸這種帶有東方香氣的煙吧？我感到很緊張，我認為我的水煙是極佳的鎮靜劑。」於是，他燃上了一壺水煙，玫瑰色的水中徐徐冒出青煙來。我們三人以手托著下巴，圍著這個奇怪而激動的矮個子坐了下來，他頭頂閃著光，局促不安地吸著煙。

他說：「我決心和你聯繫時，就想告訴你這裡的地址，可是深怕你不明就理而帶來不恰當的人士。所以我才叫僕人先與你們接觸，我信任他的應變能力。我告訴他，如果情況不對，就不要帶來。你們想必能體諒我的這一番謹慎安排，我性情高傲，不與人交往，在我眼中最粗俗的人就是警察，我天生反感這類人，很少與他們打交道。你們可以發現，我是生活在一種文藝氣息之中，我自認是位藝術鑑賞家，這是我的愛好。看看那幅風景畫，那的確是柯洛的真跡，雖然有些鑑賞家懷疑那幅薩爾瓦多．羅薩的作品真偽，但至少旁邊那幅布格羅的作品絕對是真跡無誤。我尤其喜歡法國現代畫派的作品。」

摩斯坦小姐插嘴道：「失禮了，舒爾托先生。但我是因為你有重要的事要說才來的，而且時間已經不早了，我很希望能儘早結束我們的談話。」

他回答說：「這得花不少時間，我們還得去諾伍德找我哥哥巴托羅繆，並且說服他，他總是對我認為合情合理的事不以為然，昨晚我們兩個還爭論了很久，你們很難想像他在憤怒時的可怕模樣！」

我不免要插話：「如果還得去諾伍德的話，我想我們最好立刻啟程。」

他直笑得耳根發紅才停住說：「那可不行，如果他看到我們忽然來訪，不曉得會說些什麼呢，不行，我必須先做一些準備。還是先談談我們的處境吧，我必須先聲明，故事中有些地方我本人也不清楚，我只是盡我所知的告訴你們。」

「我的父親，你們能猜到，就是曾駐紮在印度的約翰．舒爾托少校。大約在十一年前，他從軍隊退伍，然後就住在上諾伍德的旁迪切里別墅中。那時，他帶了好幾個印度僕人回來，以及一大筆錢和一批貴重古玩，似乎是在印度發了財，經濟條件好了，於是他買下一幢房子，生活十分富裕。他只有巴托羅繆和我這對雙胞胎兒子。摩斯坦上尉失蹤一事引起的轟動令我至今記憶猶新，詳情我們是從報上瞭解到的。我們知道他是父親的好友，於是常當著他的面討論這件事，他偶爾也加入討論。當時我們從未懷疑——其實他正是世界上唯一知道亞瑟．摩斯坦結局的人。」

「但我們仍然看得出一些端倪，有些恐怖的事情糾纏著父親的心靈，他平日不敢獨自出門，還特意雇了兩名拳擊手守衛別墅。剛才替你們駕車的威廉就是其中之一，他曾拿過英國羽量級拳賽冠軍。另外，父親對裝了木腿的人特別有戒心，但他從不說原因。他曾開槍射傷了一個裝木腿的人，後來證明那只是位來兜售東西的商販，最後我們支付了鉅額醫療費才平息這件事。剛開始我們還以為那只是父親一時衝動，但後來發生的各種事件改變了我們的看法。」

「一八八二年春季，父親接到一封來自印度的信，他讀完後大受打擊，幾乎要暈倒在早餐桌上了，從那時起他便臥病在床，直至死去。我們從未看過信的內容，但是我在他讀信時偷瞄了一眼，看見裡頭字跡潦草、文字不多。他原本就一直有脾臟腫大的疾病，經過這次打擊後，病情迅速惡化，到了四月底，經醫生診斷他已無存活的希望，他這才叫我們去聽他最後的遺囑。」

「我們踏進房門後，看到他靠在高枕上，呼吸困難。我們按照他的要求反鎖上門，然後蹲到他的床兩旁。他緊握我們的手，肉體與精神的極度痛苦加上情緒激動，使他講話非常吃力，最後他斷斷續續講述了兩件驚人的事。現在我試著用他自己原本的話來重述此事。」

「他說：『在我將死之時，有件事如同一塊巨石壓在我心上，我對待摩斯坦孤女的行為實在令我感到愧疚。我這輩子，為了不可饒恕的貪欲，奪去了屬於她的財寶，她至少應該擁有其中的一半。貪婪可真是件愚蠢的事，雖然我不曾花掉這些財富，但只要它們在我身邊，就會讓我感到心裡非常踏實，再也不肯與別人分享了。你們看看，那只裝著奎寧的藥瓶旁的一串珍珠，就是我為她挑選的，但我最後卻連這一點點都捨不得啊！孩子們，你們一定要把阿格拉寶藏平分給她，但是一定要等到我死後才行！包含那串珍珠！雖然我已病入膏肓，但搞不好我哪天又痊癒了也不一定。』」

「『現在，我要告訴你們摩斯坦怎麼死的。他的心臟一直不太好，這點只有我知道而已。在印度時，我倆經歷了一段奇遇後，獲得了一大批寶藏，我把它們帶回了英國。當摩斯坦回到倫敦，就立刻跑來討他應得的那份，他從車站一路趕過來，已故的僕人拉爾．喬達替他開了門後，他徑直衝過來找我理論。我倆為了如何平分寶藏爭執起來，盛怒之下摩斯坦從椅子上跳了起來，但接著他就雙手捂胸，面如死灰地往後仰跌，頭撞在寶箱的角上。我把他扶起來，發現他竟然死了。我不知所措地呆坐在原地，腦子一片混亂。我一開始考慮過報警，可是想到自己可能會被懷疑是凶手。因為他是在爭執中死去的，而且頭上有傷，再說，法庭一定會追問寶藏的來歷，這是絕對不能說的。我又想起，摩斯坦曾說過，沒有人知道他來這裡，所以這件事似乎不必驚動他人。正思考下一步怎麼做的時候，我抬頭發現僕人拉爾．喬達站在門口，他悄悄進來，反手關上門後對我說，沒人知道凶手是我，別怕。可以把屍體藏起來，一切就神不知鬼不覺。我解釋說人不是我殺的，拉爾．喬達搖搖頭，無奈地笑說他在門外全聽見了，他聽到我們爭吵，吵到一半摩斯坦就倒了下去。但拉爾．喬達答應我會守口如瓶，並說趁著其他人都睡著了把屍體埋了吧。他的一番話更堅定了我的主意，要是連自己的僕人都不相信，我還能指望陪審席上的十二個蠢蛋判我無罪釋放嗎？於是，我與拉爾．喬達掩埋了屍體，沒過幾天，倫敦各報開始登載了摩斯坦上尉失蹤的懸案。你們知道的，摩斯坦上尉之死不是我的責任，我所犯的錯只是掩埋了屍體，隱瞞了真相。但我不僅拿了我的那份財藏，還吞了屬於摩斯坦的那份，因此，我要求你們把它還給他的女兒。你們靠過來點，寶藏就藏在——』」

「話未說完，他忽然臉色急變，雙眼死盯著窗外，下頷微墜，他那高亢的音調使我永生難忘：『趕走他！看在主耶穌的份上，趕走他！』我倆循著他的目光一齊回頭望去，發現有張面孔在黑暗的窗外凝視著我們。那是張長滿了毛的臉，兩眼在黑暗中閃爍凶光，貼著玻璃的鼻子被擠壓得發白。我們兄弟倆趕忙衝到窗前，但是那人已消失無蹤了。等我們再回到父親床前時，他的頭已經垂下，脈搏也停止了跳動。」

「當晚我們就搜遍了整個花園，這個不速之客僅僅在窗邊的花台留下了一個清晰的腳印，除此之外再也沒有別的痕跡。如果只有那個腳印，我們也許還會以為那張凶惡的臉只是幻覺罷了，但我們很快獲得了更確切的證據，原來有一幫人在秘密監視著我們！第二天起床，我們發現父親臥室窗戶敞開著，他的櫥櫃和箱子全被翻過。箱子上面還釘著一張破紙，上面潦草地寫著『四人簽名』。直到現在我們仍不知如何解釋這行字，更無從得知對方的身份，能確定的只有屋內並未遺失任何財物。我們兄弟倆很自然聯想到，這肯定與他平日的恐懼有關，但還是絲毫不了解其中原委。」

他又重新點著水煙壺，一連吸了幾口就陷入了沉思。我們都聚精會神地坐在那裡聽著他離奇的敘述。摩斯坦小姐聽到那段有關她父親死亡的敘述時，臉色變得慘白，我怕她暈倒，從旁邊桌上的威尼斯風格的瓶子中倒了杯水，輕輕遞給她，她才清醒過來。夏洛克．福爾摩斯則靠著椅背閉目沉思，我不禁想到這傢伙稍早還在抱怨生活無趣呢，現在至少有一個問題可以考驗他的超群智慧了。達太．舒爾托先生環視了我們每個人，顯然他對自己的故事震撼了我們一事感到自豪，他吸著水煙繼續說：

「你們可以想像，我們兄弟在聽到父親所說的寶藏後有多興奮！我們花費了好幾個星期，甚至好幾個月把整座花園都挖了一遍，但卻沒看到寶藏的影子，一想到父親還來不及說出藏寶地點就撒手而去，我們不禁感到暴跳如雷。從那串珍珠，不難推測到這批寶藏有多少價值！我曾與巴托羅繆商量過珍珠的事，他還有點捨不得，畢竟這些珍珠可貴重得很。我的哥哥對待朋友就像父親一樣多疑，他認為隨便把寶物送出很可能惹禍上身。最後，我說服他讓我先找到摩斯坦小姐的住址，然後把珍珠拆下來，一顆顆分送給她，這樣至少可以使她生活不致匱乏。」

我的伙伴真誠地讚美道：「你真善良，你的舉動令人動容。」

矮小的舒爾托先生漫不在乎地揮了揮手，說道：「對我來說，我們只不過是寶藏的看守者罷了，但是巴托羅繆卻不這麼想。我覺得我們已經很富有，實在沒必要昧著那位年輕的女士獨吞那筆寶藏，我還引用了『鄙俗為罪惡之源』這句法國諺語。最後，由於我倆意見相左，只好分居了，於是我帶著一個印度僕人和威廉離開了旁迪切里別墅。但是昨天我聽聞一件大消息，寶藏終於找到了！於是我立即聯繫了摩斯坦小姐，現在只差到上諾伍德要回屬於我們的那份了。昨夜我已先知會哥哥了，他或許不歡迎我們，但同意我們前去。」

達太．舒爾托說完，便在矮椅子中坐下，他的手指在不停地抽動著。我們都沉思著這個離奇的故事，誰也沒說話。終於，福爾摩斯站起身來。

他說：「先生，你自始至終都做得很好，也許你還能從我們這兒得到一些情報作為報答呢。但是就像摩斯坦小姐所說的，時候不早了，還是趕緊去辦正事吧，不能再拖了。」

我們的新朋友收拾好煙管，從帷幔後拖出一件又長又厚、領口和袖口都鑲著羔皮的大衣來。當夜天氣很悶熱，但他卻緊緊扣上每顆鈕扣，還戴上一頂兔皮帽子，讓帽沿遮蓋住耳朵。他全身上下已被裹得密不透風，只露出那張清瘦的臉。他領著我們走出走廊時，嘆息道：「我是個體弱多病的人，不得不小心點。」

馬車就候在外面，我們一上車，馬車伕便急趕起來，顯然早已準備好出行。達太不停地說著，聲音掩蓋了車輪聲。

「巴托羅繆很聰明。你們猜猜他是怎麼找到寶藏的？他計算出整個房子的容積，每個角落都被細心地測量過，不曾漏掉一寸地方。最後他算出樓高是七十四呎，但是就算把所有室內的高度，以及樓板的厚度加起來也只不過七十呎，差了四呎，因此他推測寶藏一定是藏在屋頂了。他把用板條與灰泥打造的天花板穿了一個洞，果然在屋頂發現了一個從來沒有人知道的密室，而那只寶箱恰好在天花板正中的兩根椽木上。他取下寶箱，發現其中的珠寶總值竟高達五十萬英鎊之多！」

這個龐大的數字，驚得我們目瞪口呆，面面相覷。如果我們能幫助摩斯坦小姐爭取到她應有的那份，她會立刻從窮教師變成英國最富有的繼承人。是她的朋友都會為她感到高興才是，但讓我感到慚愧的是，我的良心瞬間被一抹自私給掩蓋，彷彿有塊巨石砸在了我的心上。我勉強擠出幾句祝賀的話，就低頭無言了，內心是難言的沮喪，甚至對新朋友的談話充耳不聞。他顯然有憂鬱症，我依稀記得他談到了一些相關症狀，並取出珍藏在皮夾中的許多秘方，要求我為他解釋那些內容和作用，我真希望他能忘掉我那天晚上的回答。福爾摩斯記得我那時曾叮嚀他不要服多於兩滴的蓖麻油。最後，馬車猛地停住，看到車伕把車門打開時，我總算鬆了口氣。

達太・舒爾托先生扶她下車，說：「摩斯坦小姐，這就是旁迪切里別墅了。」

5 旁迪切里別墅慘案

我們進入當晚的最後冒險階段時，已經快十一點。霧氣已消散了，涼爽的晚風吹散了烏雲，月光時時透過雲縫散射下來。遠處已能看得很清楚了，但達太．舒爾托仍取下一盞車燈，以便讓路更明亮些。

旁迪切里別墅座落於一片廣場上，四周是高高的石砌圍牆，頂端插滿尖銳的碎玻璃。唯一的出入口便是釘有鐵夾板的一道狹窄小門。我們的嚮導「砰砰」敲了兩下。

「誰？」裡面立即回應了一個粗暴的聲音。

「是我！麥克默多，這種時候了還會有誰呀？」

裡面傳來一陣埋怨聲，接著鑰匙響動，門敞開了，一個矮小健壯的人提著燈籠出現在門口，黃色的燈光在他向外張望的臉上和多疑的雙眼中閃動。

「達太先生，是你嗎？但這幾位是誰？主人並沒有允許他們進來。」

「不讓他們進來？麥克默多，真是無禮！昨晚我有跟哥哥說過要帶幾位朋友過來了。」

「達太先生，他整整一天未出房門，什麼都沒吩咐過我。主人的脾氣你很了解的，你可以進來，但他們必須暫時待在門外。」

真沒想到竟會這樣！達太窘迫地瞪大了眼睛喊道：「這沒道理！有我掛保證還不行嗎？裡面有一位女士呀，總不能讓她半夜三更在街上等著啊！」

守門人仍舊堅持著：「很抱歉，達太先生，也許他們是你的朋友，但不是主人的。主人付我薪水就是要我克盡職責，我並不認識你的朋友。」

福爾摩斯親切地插嘴道：「喔！你應該認識的，麥克默多，你總不會忘了我吧！你還記得四年前在愛莉森的比賽中，與你對打三回合的那個業餘拳擊手嗎？」

「夏洛克．福爾摩斯先生？」他驚叫起來，「天哪！我怎麼會認不出呢？你不應該悶不吭聲地呆站在那！假如你直接使出絕招給我下巴來上一拳，恐怕我早就認出你了啊！你真是糟蹋了大好天份，要是肯繼續勤練，未來肯定不可限量啊！」

福爾摩斯向著我大笑：「華生，你看看，哪怕我一事無成，至少也還能找到一種職業呢。我的朋友肯定不會讓我們在外面吹風的。」

他回答道：「請進吧，先生！請你的朋友們都進來吧！達太先生，實在抱歉，主人很嚴厲，只有認識的朋友，我才敢請他們進來。」

一條石子路曲折穿過一片荒涼的空地，從出入口直通到樹叢中一座構造普通的方形大房子。繁茂的枝葉把房子整個遮住了，顯得陰沉淒涼。僅有一縷月光照到房子頂樓一角的窗房。如此的一片大房子，陰慘沉悶得令人發怵，就是達太．舒爾托先生也有些不安了，燈在他手中顫動得發出了響聲。

「我實在難以理解，我明明告訴巴托羅繆我們今晚要來，但他竟然沒點上燈光，真搞不懂！一定出了什麼事了！」他的聲音在寒風中聽來有些發抖。

福爾摩斯問：「他平日也這樣戒備森嚴？」

「是的，他染上了父親的壞習慣。你知道，父親很疼他，有時我想，父親一定告訴了他更多秘密。那扇被月光照亮的就是他房間的窗戶，但我想裡面是沒有燈光的。」

福爾摩斯說：「那裡是沒有光，但門邊那扇小窗內卻光線明亮。」

「哦，那是女管家的房間。是伯恩史東老太太屋中的光。她能告訴我們一切情況。不過她不知道我們要來，也許她看到我們會覺得很奇怪，還是請你們在這稍等一會兒吧。噓！什麼聲音？」

他顫抖的手高舉著燈，使得燈光搖曳不定。大家都極緊張地站在那裡，摩斯坦小姐則緊緊抓住我的手。側耳細聽，寂靜的深夜中，忽然傳來了陣陣淒慘恐怖的女人尖叫聲，聲音來自走廊深處。

「是伯恩史東老太太的聲音。」達太緊張地說，「整間屋子裡只有她一個女人，在這裡等著！我馬上回來。」他上前幾步衝到門前，習慣地敲了兩下，立即出來了一位身材高大的女人，彷彿看到救星般熱切地請他進去。

「哦，達太先生，看到你真好！太好了！哦，達太先生！」他們把門關上，還隱約能聽到如此驚喜的言語。

福爾摩斯提著嚮導留下的車燈，認真仔細地查看著房子四周以及空地上的垃圾堆，摩斯坦小姐站在我旁邊，仍緊抓住我的手。愛情可真不可思議，一直到昨天我倆還不認識，今天也還沒講過多少話，但患難中，我倆的手卻不自覺地緊握在一起。後來想起這件事還覺得挺好笑的，不過當時只是一種反射性的行為，她後來回憶起那時的感受，也覺得只有依傍著我才能感到安心，我倆就像小孩，手拉手站在一塊兒，對於身處的危險反而覺得無所謂了。

她環顧四周說：「這地方好奇怪！」

「就像全國的鼴鼠都跑這兒來了。這種場面我只在巴勒拉特的山腳下見過，當時那地方正在探礦。」

「這裡也一樣，」福爾摩斯說：「這裡也曾被翻過來一遍，你不要忘了，他們找了那批寶藏六年。這塊地會像砂坑一樣也就一點都不奇怪了。」

忽然房門大開，達太雙手向前衝了出來，眼中滿是恐懼。

他大叫著：「巴托羅繆肯定出事了！我好害怕！我快受不了了！」他露出恐怖的表情，他的臉從那個寬大的羊皮衣領中隱約露出來，那神情就像是孩子在逃命求助似的。

福爾摩斯果斷地說：「我們進去！」

達太懇求道：「請進！請進！我簡直不知該怎麼辦好！」

我們跟著他進了通道左邊的管家房間。老太太此時正驚魂未定地在房間裡踱著步，一見摩斯坦小姐就像見到了救星。

她向著摩斯坦小姐激動地哭訴：「感謝老天，看到你那安祥溫柔的臉實在太好了，噢！我是怎麼熬過這麼可怕的一天的啊！」

我的同伴親切地拍拍她那滿是皺紋的手，溫柔地安慰著她。老太太慘白的臉漸漸有了血色。

她解釋說：「主人把自己反鎖在房門內一聲不響，我在這裡整整等候一天了。雖然我知道他喜歡獨處，但為了保險起見，我還是在一個小時前，走到樓上，然後從鎖孔往裡偷看了一眼。你一定要看看，達太先生，你一定要親眼看看！我在這十多年了，巴托羅繆先生的各種表情我都看慣了，但從來沒看過像那時的恐怖模樣。」

夏洛克．福爾摩斯在前面舉著燈引路，達太害怕得兩腿發顫、牙齒相撞，幸好有我挽著他才上了樓。上樓時，福爾摩斯把燈提得很低，一級級地仔細察看著樓梯。還曾兩次拿出放大鏡小心驗看那些樓梯地毯上的泥印。摩斯坦小姐則在樓下陪伴驚魂未定的女管家。

走完三段樓梯，便出現了一條很長的走道，右面牆上是一幅印度掛毯。左面是三道門。福爾摩斯仍然慢慢地邊走邊有條不紊地察看著。我倆緊隨其後，身後走道上印著我們長長的影子。目的地就是這第三道門，福爾摩斯在門上猛敲，裡頭絲毫沒反應；他又猛地轉動門把，也沒有作用。我們把燈移近門縫，發現裡面被很粗的門栓反鎖了。鎖孔被鑰匙扭動過，因此還留有小小的縫隙。福爾摩斯彎下身子，眼睛湊著鎖孔向裡一望，立刻站了起來，倒抽了一口涼氣。

我還真沒見過他如此激動。他說：「確實駭人，華生，你覺得這究竟是怎麼回事？」

我往鎖孔裡瞅了一眼，被嚇得立刻縮了回來，屋中淡淡的月光下，隱約有張臉在半空中注視著我，身體全淹沒在黑暗中。這張臉完全與我們的伙伴達太相同，同樣發光的禿頭，同樣一圈紅髮。以及同樣毫無血色的一張臉，但表情呆滯，是那種令人發毛的獰笑，那口醜陋的牙齒也不自然地外露著。朦朧的月光下，在沉寂的屋內見到這麼一副笑臉，比任何東西都令人魂飛魄散。那張臉與達太一模一樣，我不禁回頭看他是否還安好，又忽然想起他們兄弟其實是對雙胞胎。

我對著福爾摩斯喊道：「太駭人了，怎麼辦呢？」

他回答：「我們必須把門打開。」說完就使出全身的力氣對著門猛撞，但門只是響了響，並沒被撞開。於是我們合力猛撞，「砰」的一聲，門鎖斷了，我們一齊撲入了巴托羅繆的房間。

房間內佈置得宛如化學試驗室。對面牆上放著兩層帶玻璃塞的瓶子。酒精燈、試管、蒸餾器等堆滿了桌面。牆的一角堆放著許多裝了強酸的瓶子，外面包著藤殼。其中一瓶微微滲出黑色的液體，刺鼻的柏油味充滿了整個房間。另一邊，一架梯子立在散亂的木條和灰泥堆上，梯子上端的天花板被開了個洞，能容人出入，梯子下面零亂地捲著一條長繩。

房間的主人就坐在靠桌邊的一張木質扶手椅中，頭歪搭在左肩上，慘笑著，他的軀體已經僵硬。不僅僅只是他的表情特別，他的姿勢也與一般的死屍相異。那只搭在桌面的手邊，有一樣奇特的東西，那是一根紋理緊密的木棒，上面捆了一塊石頭，像是一根錘子。旁邊有一張筆記本上的缺頁，上邊寫著幾個潦草的字，福爾摩斯瞄了一眼，便傳給我。

他揚起眉毛說：「你看看吧。」

在燈光下，我驚恐地發現上面寫著：「四人簽名」。

「天哪，這究竟是怎麼回事？」

他正彎腰檢查著屍體，頭也不抬地說：「這是謀殺。啊！果然如此，你看。」他指給我看那恰好刺入頭皮中的一根黑色長刺。

「好像是荊棘。」我說。

「正是這東西。你可以把它拔出來，但小心上面有毒。」

我小心翼翼地把刺拔了出來。傷口立刻合攏，除了地上點點血痕說明傷口的確存在外，再也瞧不出任何痕跡。

我說：「這事太離奇了，我越看越不明白。」

福爾摩斯卻出人意料地回答道：「恰好相反，案情大致釐清了，只要再搞懂幾個環節，整個案件就明朗了。」

進屋後，我們幾乎忘了那位矮小同伴的存在。達太仍呆站在門口哆嗦地悲嘆著。忽然，他絕望地尖叫起來：

「寶藏不見了！全被他們搶走了！那就是藏著寶藏的洞，是我幫他把寶藏搬下來的！我是最後一個看到他的人！我昨夜下樓時，還聽見他鎖門。」

「是什麼時候？」

「十點。現在他死了，警察肯定懷疑我殺死了他，一定會的！但是我相信你們不會懷疑我的，如果是我殺了他，會笨到請你們來嗎？啊，天哪！啊，天哪！我快瘋了！」他跺著腳，由於狂怒而抽搐著。

福爾摩斯輕拍著他的肩，安慰他說：「不要怕，舒爾托先生，你沒有理由害怕。聽我的建議，坐車去報案吧，並且盡可能地配合警方，我們就在這等你回來。」

這位矮小的男士茫然地聽從了福爾摩斯的話，步履蹣跚地摸黑下樓了。

6 福爾摩斯的判斷

福爾摩斯搓著雙手說：「華生，我們現在還有半個鐘頭，可得好好利用。我說過，真相快大白了，但也不能過份自信，以免出差錯。雖然現在整件事看起來很簡單，但說不定還藏著更深的內幕呢。」

我不禁問：「簡單？」

他像老教授解答學生的問題似的說道：「當然簡單！請坐到角落那邊去，別把腳印弄混了。開始工作！首先，他們是如何進來的？怎麼離開的？我們都知道，房間的門整夜未開，那窗戶呢？」他舉著燈向前走去，簡直像自言自語般的唸道：「窗戶從裡面關死了，窗框也很牢固！我們把它打開。附近沒有排水管，屋頂也很高。但肯定有人在窗台站過。昨夜有場細雨，窗台上留下一個腳印，一個圓的泥印，地板上也有一個，桌旁還有一個，華生，看，這可是個有用的證據。」

我看看那些清晰的圓泥印，肯定地說：「這不是腳印。」

「這個證據更有用。它是個木樁印，你看窗台上的靴印，這是隻腳跟釘著金屬的厚靴子，旁邊則是一個木樁印。」

「是個裝木腿的人。」

「沒錯。但是還有另一個人——一個能幹又機靈的同伙。醫生，你有辦法從那面牆爬上來嗎？」

我探頭向窗外望去，月光依舊清晰地照著先前那個角落，我們的樓層距地面少說也有六丈多，整面牆根本就沒一個可踏腳之處。

我於是答道：「絕對不可能爬得上來。」

「沒有人協助，肯定爬不上來的。但是假如有位同伴用梯子下面的那條粗繩，一頭繫住牆上的鐵環，再把另一頭拋給你的話，我想只要你力氣夠大，就算有一隻腳是木腿，也能攀著繩子爬上來。下去時也如法炮製。

然後那個同伴再把繩子拉上來，把環上那頭解開，扔在屋裡，把窗戶從屋內拴死，最後從來路逃走。」他指著繩子繼續說，「還有個細節值得注意，裝木腿的那個人爬牆技術雖然不壞，但絕對不是一名熟練的水手。他的手掌沒有常爬桅杆的水手那樣堅實。我從放大鏡下看出不只一處血跡，在繩的兩端更明顯。我斷定，他抓著繩子滑下去時磨掉了他掌上的皮膚。」

我說：「這些線索真不錯，但也讓事情變得更複雜了。同伙是誰？又是從哪進來的？」

福爾摩斯思考著說道：「對，還有那個同伙！這部分十分有趣，而且讓案子變得更棘手了，他開創了我國國內一種嶄新的犯罪手法。但這種場景曾在印度出現過，如果我記得沒錯，那麼在塞內甘比亞曾發生過類似的案子。」

我反覆追問：「他究竟是如何進來的？門被反鎖，窗戶又太高，難道是從煙囪？」

他說：「我也這麼想過，但煙囪太窄了，無法讓一個人通過。」

我繼續追問：「那到底是怎麼回事？」

他搖頭嘆息道：「你怎麼就是學不會我教你的那套思考方式呢？我曾對你說過多少次，排除了不可能的選項後，剩下的，不管它有多麼難以置信，都一定是事實。現在，我們知道這個人既不是從門，也不是從窗戶，更不會是從煙囪進來的。他也不可能預先躲在屋裡，因為屋裡根本無處可藏。所以，他還能從哪裡進來呢？」

我叫了出來：「屋頂上那個洞！」

「答對了，毫無疑問。燈幫我拿著，我們到上面的房間看一下，就是藏寶的那間密室。」

他登梯而上，雙手抓住椽木，迅速鑽進屋頂的閣樓。他俯身把燈接過，我也跟著上去。

閣樓長約十呎，寬六呎。椽木架成的地板鋪上了薄板並抹了一層灰泥，我們必須踏著椽木行走。人字形的屋頂同時也是整棟房子的屋頂，空蕩蕩地積滿厚厚的灰塵。

夏洛克．福爾摩斯扶著傾斜的屋頂說：「看，這就是通往屋外的暗門，拉開後，可以看到外面是斜度不大的屋頂，這就是那名同伙進出的地方。我們來找找看，有沒有任何表明這個人特徵的痕跡。」

他用燈照著地板，那驚訝的表情再一次出現在他的臉上，我順著他的目光望去，被嚇得冒出冷汗。地面佈滿光腳丫的印子，清晰而完整，但大小只有一般成人的一半。

我低聲說：「福爾摩斯，一個小孩子竟然會幹出這種事！」

他稍微鎮定後說：「我一開始也很驚訝。這其實很平常，我早該想到的，卻一時糊塗了。我們下去吧，沒必要再搜查了。」

一回到下面的大屋，我急著問道：「你對那些腳印有什麼看法？」

他感到不耐煩：「你自己分析吧，華生，用我教你的方法。然後我們再來比較彼此的答案，這樣可以相互累積經驗。」

我無奈地說：「我無法從這些事實推斷出什麼結論。」

他隨口答道：「不久就會全部搞懂的。這裡也許沒什麼重要線索了，但還是再檢查一次為妙。」他拿出放大鏡和軟尺，跪在地面，那鷹鉤鼻只差幾吋就要碰到地上了，那雙眼睛如貓頭鷹般犀利明亮。他熟練地來回測量、比較和觀察著。那無聲的動作敏捷得像隻正在找尋氣味的獵犬。我腦中浮現了一個想法，假如他那過人精力和智慧不是用在辦案，而是用在犯罪上，那將會是名多麼可怕的罪犯！他一面行動，一面喃喃自語，忽然發出一陣歡呼。

「我們真是太幸運了，真相大白了，那個同伙不小踩到木餾油，你看這難聞的液體旁邊，有他的小腳印。裝油的瓶子破了，所以油流了出來。」

我更不解了：「這有什麼用？」

「你不懂嗎，我們很快就能逮到他了。動物都能靠著氣味找到獵物，要一隻訓練有素的警犬循著這麼濃的氣味找到目標還不簡單嗎？這是個很簡單的法則，而結局肯定會……你聽聽！警察來了。」

沉重的腳步聲夾著談話和關門聲從下面傳了上來。

福爾摩斯說：「趁他們還沒進來，你摸摸屍體的四肢，有什麼感覺？」

我回答說：「肌肉硬得像木頭一樣。」

「不錯，這是一種強烈的收縮造成的，比一般屍體僵直的情形更嚴重。再加上歪斜著慘笑的臉，你會怎麼解釋這件事？」

「是劇毒的植物性生物鹼中毒：類似番木鼈鹼，它能造成類似破傷風的症狀。」

「我一看到他扭曲的臉部表情，就懷疑是中了劇毒。進來後我就一直設法查明下毒的方式，然後就發現了那根輕易紮入他頭皮的刺，死者當時似乎是正坐在椅子上的，那根刺的位置正對著天花板的洞口，你再看看這根刺。」

我小心翼翼地拿著它在光源下觀察。這是一根尖長的黑刺，尖端上塗了一層像是乾掉的膠水般發亮的東西。較鈍的一頭被刀削過。

我問：「是生長在英國的荊棘？」

「絕對不是。」他接著說道，「掌握了這些線索，你應該能得到合理的假設了，解決了這最重要的一點，其餘的就不難猜出了。」

在他說話時，腳步聲就已到了走道。一個灰衣胖子走進屋來，他面色潮紅，金魚似的眼泡中閃爍著一對小眼睛，他的身後緊跟著穿制服的警長和依然發抖的達太．舒爾托先生。

他大叫道：「這成了什麼樣子！成了什麼樣子！這些人是誰？這屋子簡直像個熱鬧的養兔場！」

福爾摩斯鎮靜地說：「阿賽尼．瓊斯先生，你一定還認得我吧？」

他喘息未定地說：「當然！你就是理論家夏洛克．福爾摩斯先生。記得，當然記得！我忘不了你上次那場關於主教門珠寶竊案的起因與推理的演說。的確是你把我們引進了正軌，但你也不得不承認，那次破案純粹是運氣好，並不是因為你的指導。」

「那件案子很簡單。」

「算了！別提了！你也不用感到難為情。但眼前是怎麼一回事？太糟了！糟透了！事實就擺在眼前，根本用不著推理。運氣真好，我為了別的案子來到上諾伍德，剛好在分署接獲報案。你認為他是怎麼死的？」

福爾摩斯嘲諷道：「啊，這件案子似乎用不著我高談闊論。」

「用不著，用不著！我得說你有時講得還挺準的。哎呀，門被反鎖，我懂了。價值五十萬鎊的財寶不翼而飛。嗯，那窗戶呢？」

「被拴死了，不過窗台上有腳印。」

「好了，好了。既然窗戶是關著的，那些腳印也就與本案無關了，這是常識。他也許死於暴斃，可是財寶不見了……哈！我懂了，我偶爾也會靈光一現呢。警長，你先在門外等著，舒爾托先生你也是，至於你的這位醫生朋友可以留下。福爾摩斯先生，你的看法如何？根據舒爾托的證詞，他昨夜與哥哥在一起，接著他哥哥忽然暴斃，他便趁機拿走了財寶。你覺得對嗎？」

「這個死人還挺細心的，又站起來把門鎖好。」福爾摩斯冷冷地頂上一句。

「哼！這的確是個破綻！我們從常識的角度來考慮一下。達太曾與他哥哥待在一塊兒，兄弟倆爭吵過，這些我們都知道；他哥哥死了，財寶不見了，這點我們也都清楚；在達太之後再也沒有人看過他哥哥，床也沒有睡過的痕跡；而達太又表現得慌張不安；再看看死者的臉……算了，太醜陋了。你看！種種跡象都指出達太一定牽涉其中。」

「看來你還沒搞懂。」福爾摩斯搖搖頭，「這裡有根刺，我已經證明它是有毒的。它是從死者的後腦拔出來的，傷痕還依稀可見；再看看這張卡片，上面寫了這些字；旁邊還有這一根捆著石塊的奇怪木棒。你要如何解釋這些東西呢？」

胖偵探很自負地說：「沒什麼不合理的地方。那根木棒一定就跟滿屋子的擺設一樣，是什麼印度的古董；而假如有人能用毒刺犯案，那達太一定也可以；至於這張破紙片，只不過一種故弄玄虛的手段罷了！唯一的問題是他怎麼出去的，哈！有了，房頂上有個洞。」

他那笨重的身子好半天才爬上梯子，擠進了洞口。接著我們就聽到他興奮地喊說發現了通往屋頂外的暗門。

福爾摩斯聳聳肩惋惜地說：「他有時也能發現一些證據，或是生出些模糊的認識。但法國有句老話：『和沒有思想的愚人更難相處。』」

阿賽尼．瓊斯下來說道：「你看吧，事實勝於雄辯。我的推測被證實了，有道暗門通向屋外，還是半掩著的。」

「是我打開的。」

「啊，不錯！你也發現有暗門了！」他有些沮喪，「好吧，不論是誰發現的，至少我們知道凶手怎麼逃走的了。警長！」

走道中傳來應答聲：「是！長官。」

「叫舒爾托先生進來。舒爾托先生，我鄭重提醒你，你的話將全部作為法庭證據，現在我要以涉嫌殺害你哥哥巴托羅繆的罪名，代表政府逮捕你。」

「你看！怎麼樣，我早就跟你講了！」可憐的舒爾托先生舉著雙手向我們絕望地大喊：「我早就料到會變成這樣！」

福爾摩斯安慰道：「不要擔心，舒爾托先生，我一定會證明你的清白。」

「不要隨便做出這種承諾，大理論家，事實沒你想的那麼簡單！」胖偵探反駁道。

「瓊斯先生，我不僅能證明他的清白，還能奉送你兩名凶手之一的特徵和姓名。他叫強納森．史莫，沒唸過什麼書，個子不大，但身手矯捷；右腿裝了一隻木腿，木腿內側被磨掉了一塊；左腳穿的靴子腳尖是方形的，腳跟嵌著金屬；是個皮膚很黑的中年人，曾坐過牢。這些線索和他殘留在繩子上的皮屑也許有助你的調查。至於另外一個人——」

「嗯，另一人怎樣？」阿賽尼．瓊斯略帶嘲諷的問道，但很明顯地，他也開始意識到另一名犯人存在的事實了。

夏洛克・福爾摩斯轉過身子說：「他是個奇怪的人，我希望不久後就能把他們兩人介紹給你。我有話對你說，華生。」

他把我引到樓梯口說：「這件意外的插曲讓我們忘了最初來此的原因。」

我答道：「我也正在想這件事，讓摩斯坦小姐留在這麼恐怖的地方不太好。」

「你立即送她回去。她住在坎伯韋爾的賽西兒・弗勒斯特夫人家，離這兒不遠。如果你願意回來，我就在這裡等著，還是說你很累了？」

「一點都不累，不查明真相我應該是睡不著的。我這輩子遇到的危難可多了，但是沒有一件像今夜的怪事這麼讓我心神不寧。事到如今，我想繼續關注案情的發展。」

他答道：「你留在這兒對我很有幫助，我們要獨立行動，瓊斯那個傢伙想怎麼幹都隨他去吧。把摩斯坦小姐送回去後，請你到蘭貝斯的河畔附近的賓奇路三號，在一間做鳥類標本的店右側第三個門裡，找一位叫薛曼的人。他的窗上畫著黃鼠狼抓兔子的圖案。你告訴那個老頭兒，請他把『托比』借給我，然後你再坐車把牠帶回來。」

「『托比』是隻狗吧？我猜。」

「是的，牠是隻神奇的雜種狗，有著超乎尋常的靈敏嗅覺。有了『托比』的幫忙，勝過全倫敦的警察。」

「那我一定會把牠帶來。現在已經一點了，有匹好馬的話，三點前應該趕得回來。」

「我還得再從伯恩史東太太以及印度僕人那裡問出一些情報。達太告訴過我，印度僕人就睡在那間閣樓的隔壁。晚點再去聽聽偉大的瓊斯有什麼高見，順便聽聽他的挖苦，歌德曾說：『我們已習以為常，人們對不瞭解的事物總愛挖苦。』這句話真是簡潔有力。」

7 木桶的插曲

我坐警察的馬車送摩斯坦小姐回去。她如同天使般可愛，遇到危難時，她總會在比自己更脆弱的人之前試圖保持鎮定。當我去接她時，她還冷靜自如地陪伴著驚恐的女管家。可等她一坐進車裡，就再也無法忍受一晚的驚嚇，而暈了過去，等她清醒後又嚶嚶地抽泣起來。事後她曾經埋怨我，說我一路上對她太冷淡了。可她又怎能瞭解此時我內心的矛盾與痛苦？當我們在院子裡十指緊扣時，我那對她的同情和愛意早已無法壓抑。我雖然飽經世事，但如果沒有那一夜的遭遇，我一定無法察覺她那既溫柔又勇敢的天性。我想對她示愛，但我心底仍有兩點顧慮，首先，她正遭逢危難，而且孤苦伶仃無依無靠，要是在這種時候冒昧求愛，未免有些趁人之危；其次，萬一福爾摩斯真的破了案，她將能分得鉅額的寶藏而一夕致富，像我這樣領半薪的一個醫生對她求愛，難免讓人懷疑我的動機。她會不會認為我是個勢利小人？我絕不能讓她對我產生這種印象，這批阿格拉寶藏就像我與她之間一道無形的隔閡。

將近兩點，我倆終於抵達賽西兒．弗勒斯特夫人家。僕人們早已就寢，只是摩斯坦小姐收到怪信一事令弗勒斯特夫人相當擔心，所以她一直在燈前等候著。她親自替我們開了門。用胳臂親切地環著摩斯坦小姐的腰，如慈母般地慰問著，我看了感到相當欣慰，這足以說明摩斯坦小姐在這個家中不是一個被雇傭者，而是一個倍受尊重的朋友。聽了她的介紹，弗勒斯特夫人熱情地請我進去坐坐，並要我講述今晚的奇遇。我向她解釋自己還有任務在身，並保證會隨時通知她案情的最新發展。我返回馬車上後，又回頭看了一下，看著那兩個站在台階上的優雅身影、半掩的房門、彩色玻璃中透出的燈光、牆上掛的氣壓計，以及光滑的樓梯扶手。看到這一幅寧靜祥和的英國家庭景象，讓我原本煩悶的心情舒暢了許多。

越是去回想一晚的奇遇，越感覺前途黯淡。當馬車行駛在插著煤氣路燈的沉寂大街上時，我再次回顧了整件凶案，這原本只是一樁小案件，卻意外帶出一連串背後的真相。摩斯坦上尉之死、不明人士寄來的珍珠、報上的啟事和摩斯坦小姐收到的信；這些看似簡單的事件又把我們引入了更神秘、更複雜，也更淒慘的內幕中——來自印度的財寶，摩斯坦上尉遺物中的奇特圖樣、舒爾托少校臨死時的怪事、寶藏的所在地、發現者的遇害，以及他的死相、奇特的腳印和凶器、寫著與摩斯坦上尉那張圖上相同文字的紙片……這真是件撲朔迷離的案件，只有福爾摩斯那樣子的天才能夠把謎底揭開。

賓奇路在蘭貝斯區的盡頭，有一排狹窄的兩層老舊樓房。我在第三扇門前喊了很久，終於有人應聲，接著百葉窗內出現了燭光，有個人從窗戶探出頭來罵道：

「快滾！你這酒鬼！再嚷，我就放出我的四十三隻狗來咬你。」

「放一隻就夠了，我就是為了這個而來的。」

「快滾！」那聲音又吼起來：「最好別惹我，我口袋裡有支錘子，再不走，我就拿它丟你的頭！」

「但我只需要一隻狗。」我喊道。

「我不跟你囉嗦了！」薛曼大怒，「再不走就試試看啊！等我數到三，錘子就會扔出去了。」

「是夏洛克．福爾摩斯先生……」我急忙解釋，一聽到這個名字，對面的窗戶瞬間關了下來，過不到一分鐘，下面的門開了，薛曼老頭出現在門口，他個子瘦高，駝背，脖子上青筋暴露，鼻梁上架了一副藍光眼鏡。

「我們隨時歡迎夏洛克先生的朋友。」他說，「裡面請，先生。當心那隻獾，牠會咬人的。」他又對著兩隻頭伸出籠子的紅眼鼬鼠喊道：「淘氣！真淘氣！不要咬這位先生！」接著又過頭對我說，「不要怕，先生，這只是蛇蜥，沒有毒的，是用來吃屋裡的蟲子用。剛才真是失禮了，請你見諒，最近老是有孩子來這搗蛋，把我吵醒。對了，夏洛克．福爾摩斯先生需要什麼呢？」

「他需要一隻狗。」

「哦，應該是托比吧。」

「對，就是叫做托比！」

「左邊第七個籠子裡的就是牠。」薛曼舉著蠟燭慢慢移動，一路上看到了他辛苦收集的各種奇珍異獸。朦朧搖曳的燭光下，屋裡每個角落都隱約有雙發亮的眼睛注視著我們。頭頂上那排架子站滿了鳥禽，牠們被我們吵醒，懶洋洋地把重心移換到另一隻爪子上。

托比是隻醜陋的長毛垂耳雜種狗，有著黃白相雜的毛，走路時左晃右擺；薛曼給我一塊糖餵了牠，我與這隻狗就這樣建立了友好的情誼，牠乖乖地跟我上了車。我到達旁迪切里別墅的時候，皇宮的大鐘恰好敲過三點。看門的前拳擊手麥克默多被當成犯罪同伙，與舒爾托先生一起被押回警署了，大門由兩名警察把守著，我報出偵探的名字後，他們就讓我牽著狗進去。

福爾摩斯正叼著煙斗站在台階上，雙手插在口袋中。

「哦，你把牠帶來了！真是好狗啊！阿賽尼·瓊斯已經回去警署了。你離開後，我們大吵了一架，他不僅帶走了我們的朋友達太，而且連看門人、管家和印度僕人通通沒放過。現在，除了有一個警長還留在樓上以外，所有地方都隨便我們調查了。把狗拴在這兒，我們上樓去。」

房間還保持著原樣，只是給死者罩上了一塊床單。疲憊的警長斜靠在屋角。

我的伙伴叫道：「警長，請借用一下你的牛眼燈。幫我把這塊紙板繫在脖子上，好讓燈能掛在胸前。謝謝！然後我要脫掉靴子和襪子，華生，待會請將我的靴襪拿到樓下去，我要親自攀爬一遍試試。幫我拿這條毛巾沾一些木餾油，行了，一點點就夠了。現在陪我上去閣樓一下。」

我們從洞口爬了上去，福爾摩斯再次觀察灰塵上的腳印，「請仔細檢查這些腳印，看出什麼特徵了嗎？」

我說：「是孩子或者矮小女人的腳印。」

「除了大小以外，沒別的特徵了？」

「看起來跟一般腳印沒什麼差別。」

「絕對有差。看這裡！這是右腳的腳印，現在我在旁邊印上我的右腳印，你比較一下。」

「你的腳趾是並在一起的，而它的腳趾是張開的。」

「你說得一點都沒錯，記好這一點。現在請你去聞一聞吊窗的木框架，我拿著這條毛巾先站在這兒。」

我照他做的嗅了一下，立刻嗅到一股刺鼻的木餾油味。

「那是他離開時腳站過的地方，連你都能聞到這種氣味，托比就完全沒問題了。現在請你到樓下去，把托比的繩子解開，然後在那等我。」

我下樓走到院子中央，抬頭發現福爾摩斯已經爬上了屋頂，他胸前的燈晃來晃去，就像一隻爬行中的大螢火蟲。他轉到煙囪後不見了，接著又忽隱忽現地繞到了後面，我跟著走到了後面，看見他正坐在房檐一角。

他對著這裡大喊：「是你嗎？華生？」

「是我！」

「這就是那人爬上來的位置，下面那個黑色的東西是什麼？」

「一只水桶！」

「有沒有蓋子？」

「有！」

「附近有沒有梯子？」

「沒有！」

「好傢伙！從這兒爬下去還真危險。但是既然那個人有辦法上來，我就有辦法下去！這根水管看起來還算堅固，不管了。我要下去啦！」

隨著窸窸索索一陣響動，那盞燈順著牆穩穩地落下來，然後輕輕一蹦落到桶蓋上，接著就跳到了地面。

他邊套上靴襪，一邊說道：「尋找他的足跡還不算難。一路上的瓦全被踩得鬆動了。他搞丟了這個東西，套句你們醫生的用語：我的診斷完全正確。」

那是一只香煙盒大的彩色草編口袋，袋緣穿了幾顆不值錢的小珠子，裡面有六根黑刺，一頭尖一頭圓，就是刺入巴托羅繆．舒爾托頭上的那種。

「小心別被刺到了，這東西很危險。這也許就是凶手全部的武器了，我很慶幸能找到它，這樣我們就不會有被刺的危險了。我寧可被一槍斃命，也不想中它的毒。華生，還有勇氣跑個六哩路嗎？」

「沒問題。」

「你的腿受得了嗎？」

「哦，當然！」

他把沾有木餾油的毛巾搭在托比的鼻子上，說：「喂，托比，好孩子！聞聞這個，透比，聞一下！」托比叉開腿，微微上翹著鼻子，像個品酒家在作鑑定。福爾摩斯拿開毛巾，為牠的脖子套上一條結實的繩子，把牠牽到木桶下。牠立即發出顫抖高亢的狂叫，尾巴舉起，嗅著地面一直往前奔。我們拉著繩子，緊隨其後。

東方已漸漸發白，透過灰白的寒光已能看見遠處。我身後那棟四方的大房屋，圍著一圈光禿禿的圍牆，沒有一絲燈光，淒冷孤獨地立在我們身後。

托比在前面一路跑去，最後，我們來到長著一棵小山毛櫸樹的圍牆角。牆面較低的部位，磚頭的稜角被磨圓，縫也被磨得光滑，看得出常有人在此翻越。托比在牆角陰影裡打著轉焦急地嗥嗥大叫著。福爾摩斯爬上牆頭，把托比抱到圍牆的另一邊放下。

當我爬到牆頭時，他說：「木腿人留了個手印在牆上，注意看白灰上留下的血跡。雖已隔了二十八小時，但昨夜沒有下大雨，氣味應該還留在路上。」

走過川流不息的倫敦街頭時，我一直懷疑托比是否能追尋到凶手。看到牠拚了命嗅著地面，毫不猶豫地搖搖擺擺向前奔去，我開始相信牠的能耐了。顯然，木餾油的刺鼻氣味比路上其他氣味更容易辨認。

「你可不要搞錯了，」福爾摩斯說：「別以為我只能循著氣味抓到凶手，除了這個方法外，我還有不少點子哩！不過，既然這條路最快，我們又何樂而不為呢？只是利用這種捷徑破案，實在突顯不出我們的功勞。」

「還是有不少功勞呢，福爾摩斯。我認為你在此案中的運用的手法，比在傑弗遜．侯普一案中的更令人刮目相看，更深奧而難懂。例如說，你怎麼能那麼清楚地描述木腿人？」

「唉，我的朋友，我不想誇大，但這點實在太簡單了。那兩個負責看守囚犯的軍官無意間得知了寶藏的秘密，一個叫強納森．史莫的英國人畫了地圖給他們；你還記得嗎？這個名字就寫在摩斯坦上尉的那張圖上。他簽上自己的名字，並替他的同伙也簽了名字，這就是他們的『四人簽名』。這兩名軍官或其中一名循著地圖找到了寶藏，並帶回了英國。我認為這名帶走寶藏的人並沒有如約將它平分。但強納森．史莫怎麼會沒有分到呢？答案很簡單，因為那張圖是摩斯坦從囚犯手裡弄來的。強納森．史莫之所以沒有分到，是因為他與他的同伙全都是在服刑中的囚犯。」

「這只不過是你個人的臆測而已！」

「你錯了。這不只是臆測，而是唯一合乎事實的結論。我們來看看它如何與後面發生的事互相連貫：舒爾托少校把寶藏帶回英國後，一直過得很平靜，可是自從收到來自印度的一封後，就失魂落魄地一病不起直到過世，這又是為什麼？」

「信上可能寫著：那幾名囚犯已經刑滿出獄了。」

「刑滿出獄？不如說越獄更合理，舒爾托少校應該知道這些人的刑期。如果是正常獲釋的，不致於讓他驚慌失措。他從那時開始格外提防木腿人，曾誤傷過了一個木腿的英國商人，所以那個作案的木腿人一定是個白人，再看看『四人簽名』中，僅有一個是常見的白人名字，所以就能推論出：那個木腿人就是強納森．史莫。你覺得這些推理有破綻嗎？」

「不，一目了然，簡明扼要。」

「那好。我們現在再站在強納森．史莫的立場分析一下。他到英國有兩個目的，第一，是索取自己應得的那份寶藏；第二，他要向欺騙他的人報仇。他打聽到了舒爾托的住處，然後可能收買了一個叫拉爾．勞的僕人，我們沒見過他，但是據伯恩史東太太說，這個僕人品行惡劣。史莫沒有找到寶藏，因為只有少校本人和那位已死的忠僕才知道。那天，少校突然病危，史莫害怕寶藏的秘密會隨著少校的過世而消失，於是，盛怒之下，他冒著被逮捕的風險潛入了宅邸內，但由於少校的兩個兒子守在床邊，他沒有進屋。少校死後，他感到很不甘心，當夜又潛進屋內翻箱倒櫃，希望獲得寶藏的線索。最後，失望之餘，他留下了『四人簽名』的記號。

當他一開始計畫時，肯定是想把少校殺掉後留下同樣的印記，來表明這是為了替遭到欺騙的同伴復仇。這種手法並不罕見，有時還能成為關鍵線索呢！你明白了嗎？」

「非常明白。」

「但是強納森．史莫接下來會怎麼做呢？他只能在暗地裡監視著舒爾托一家的尋寶行動，搞不好偶爾還會離開英國，但是當寶藏被發現時，他能夠立刻得知，這表示他在英國有耳目，強納森一隻腳是木腿，絕對不可能爬上巴托羅繆的高樓去，於是他找了一位同伙，讓他先爬上去。不幸的是這個人光腳踩到了木餾油，我們才會借來了托比，讓一個半俸醫官拖著傷腿跑了六哩。」

「這樣看來，殺人的是那個同伙，而不是史莫。」

「對。強納森是反對殺人的，這從他在屋內捶胸頓足的情形就能看出來。他跟巴托羅繆並沒有仇，頂多把對方的嘴堵上然後綁起來就夠了。他可不想因為殺人被絞死，但木已成舟，同伙的一時衝動造成了無可挽回的慘劇，所以他只好把寶藏盜走，留下字條逃走了。從他曾被關在炎熱的安達曼島上多年這一點，可以推斷出他的年齡和膚色，身高則由步伐大小算出，臉上多鬚則是達太親眼目擊的。大概就這些。」

「那個同伙呢？」

「啊！你不久就會明白的，這個人並不神秘。清晨的空氣真清新啊！你看太陽已升上了倫敦天空的雲層，那朵雲被染得像是紅鶴的羽毛般美麗。太陽底下的人成千上萬，但像我倆肩負如此重大使命的人，恐怕是絕無僅有了。我們的雄心壯志在大自然中，顯得何其渺小！你懂金．保羅的作品嗎？」

「還算懂，我先讀過了卡萊爾的作品，才回去研究他的作品。」

「這就像河流匯入到湖泊。他有句話奇幻而又意味深長——『一個人真正的偉大的時候，正是他認識到自己的渺小的時候。』你看這句話還提到了比較和鑑賞的力量，而這力量本身就是個高尚的證明。李希特的作品中富含許多精神的食糧。你有帶手槍吧！」

「我有根手杖。」

「一找到賊窩，就可以用得上這些東西了。你來對付史莫，要是他那個同伙不老實，我就會用手槍對付他。」說著他抽出左輪手槍，上了兩粒子彈，重新放入大衣右口袋。

托比領著我倆到了通往市區的路，兩旁滿是半村舍式的別墅，已接近人煙稠密的大街了。碼頭工人正起床，婦女們正開門掃地；粗壯的男人從剛開始營業的酒館中出來，拉著袖口擦沾著鬍子上的酒；街頭野狗正瞪著我們。但忠實的托比，仍然專心嗅著地上，目不斜視地一直往前走，偶爾從鼻孔中發出一陣急切的叫聲，這表明牠所尋覓的氣味仍很濃。

經過了史翠森區、布里斯頓區、坎伯韋爾區，繞過許多小巷，直走過奧佛區東面才到達了肯尼頓路。我們要尋的人似乎刻意繞路，也許是為了躲避追捕，只要有彎曲的小路可走，他們就避開大路。在肯尼頓路盡頭，他們左轉，經過證券街、邁爾斯路到達了騎士街。托比忽然不再向前，垂著一隻耳，只顧來回亂轉，似乎遲疑不決。後來又打了幾個轉，然後抬起了頭，彷彿在請示我們。

「怎麼回事？罪犯們是不可能乘車的，更不可能乘熱氣球。」福爾摩斯喝叱道。

「可能他們在這兒停了一會。」我說。

我的朋友鬆了口氣：「啊！好啦，牠又開始走了。」

狗兒四下聞了好一會兒，突然下定決心，積聚了所有的力量飛奔而去。氣味似乎很濃，牠不再把鼻子緊貼地面，而是拚命繃緊了繩子往前飛跑。福爾摩斯雙眼閃光，似乎就要捉住罪犯了。

我們跑過了九榆樹，到達白鷹酒店附近的柏德利和納爾遜大木場。托比因興奮而緊張起來，從邊門進入了已開工的木場，繼續穿過成堆的鋸末和刨花，在兩旁堆滿木料的小路上跑著，終於得意洋洋地跳上了一只還沒從手推車卸下的木桶。牠站在桶蓋上，伸著舌頭喘息，眼睛看著我們眨著，好一副得意模樣。黑色油漬沾滿了桶邊和手推車的輪子，空氣中瀰漫著濃濃的木餾油味。

我倆不禁面面相覷，仰面大笑起來。

8 貝克街雜牌軍

「現在怎麼辦呢？托比也並非百發百中了。」我不禁發愁。

福爾摩斯把托比從桶子上抱下來，牽著牠出了木場，坦然地說：「托比有自己的判斷，只要算一下倫敦市內每天的木餾油運輸量，就不難理解牠為什麼會走錯路。這年頭到處都在用木餾油，特別是木料防腐，這不是托比的錯。」

我建議道：「我們還是順原路返回氣味被弄混了的地方吧。」

「好，幸虧不遠。托比曾在騎士街左側徘徊不定，很明顯，油味是在那兒分支了。我們選錯了路，現在只能順著另一條路找去。」

我們牽著托比回到那個分支點，托比轉了個大圈，毫不費力地尋了個新方向。

我提醒道：「要當心托比，不要再讓牠帶我們跑去生產木餾油的工廠。」

「我也考慮到了。可是這次牠是在人行道上跑呢，運木桶的車都是走車道的，這次肯定沒錯。」

經過貝爾蒙特路和王子街，托比直朝河邊奔去，到達了寬街河邊用木材搭建的一個小碼頭。托比引我們到達河岸，死盯著河水，鼻子不停地哼哼著。

福爾摩斯有些惋惜地說：「運氣不太好，他們從這裡上船逃走了。」碼頭上繫著幾隻平底小船和小艇。雖然我們帶牠到每條船上認真地嗅了嗅，但卻沒嗅出什麼。

有間小屋緊靠登船處，它的第二個窗口上掛了個木牌，上面有幾個大字：「莫迪凱．史密斯。」大字下有一行小字：「船隻出租，按日按時計價均可。」門上另有一塊牌子，上面說明另外備有小汽船。碼頭上堆著很多焦炭，那些就是汽船的燃料了。福爾摩斯環顧了四周，露出一臉不愉快的表情。

他說：「這下事情麻煩了，他們刻意隱藏了行蹤，真是出乎意料的精明。」

他走向那間小屋，恰好一個捲髮小男孩跑了出來，約六歲。後面追來一個手拿海綿的紅臉胖婦人。她喊道：「傑克，回來洗澡！你這小傢伙，快回來！要是被你爸看到了，絕不會放過你的！」

「嘿！小朋友，」福爾摩斯趁機說：「你的小臉紅通通的，真是可愛！傑克，你想要禮物嗎？」

小孩眨眨眼睛說：「要一個先令。」

「不想要更好的嗎？」

天真的小孩歪著頭想想說：「那我要兩個先令。」

「那好啊，接著！史密斯太太，他真是可愛。」

「先生，他就這麼調皮，我丈夫總是整天在外，我快管不住他了。」

福爾摩斯故意失望地問：「啊，他外出了？太不湊巧啦！我正有事找他呢。」

「先生，他昨天清晨就不在了，老實說，他到現在還沒回來，我快急壞了。但如果你想租船，也可以和我講。」

「我想租汽船。」

「真是對不起，汽船就是被他開走的。奇怪的是他船上的煤還不夠來回伍利奇一趟呢！如果他是開大平底船走的，我就不會這麼擔心了，因為他還曾去過更遠的格雷夫森呢。再說，就算他是中途有事耽擱了，但沒有足夠的煤，船又怎麼走呢？」

「也許他可以在路上買煤呢。」

「也有可能，但他從來不這麼做，他常抱怨零售的煤太貴了。我很不喜歡那個木腿人，擺著張醜陋的面孔、外國人的派頭。不曉得他來這兒幹什麼。」

福爾摩斯驚訝地問：「木腿人？」

「對！先生，那是個賊頭賊腦的傢伙，不只來過一次，昨夜就是他把我丈夫從睡夢中叫出去的。而且，我丈夫事前就把汽船發動待命了。先生，坦白說，我很擔心。」

福爾摩斯聳聳肩說：「親愛的史密斯太太，你不用著急，你怎麼知道昨天夜裡的客人就是那個木腿人？你為什麼如此肯定呢？」

「先生，我一聽他那含糊的口音就知道了。那時大約深夜三點，他敲著窗戶說：『伙計，快起來，我們該走了！』我丈夫叫醒了大兒子吉姆，他倆不吭一聲地走了。我還聽見那隻木腿敲在石頭路上的聲音呢。」

「只有木腿人，沒別人了嗎？」

「先生，我沒有聽到其他人的聲音，所以不知道。」

「太遺憾了，史密斯太太，我想租一條汽船。我早就聽說這條……我想想，船的名字叫做——」

「叫『曙光』，先生。」

「啊！就是那艘船舷上畫了一道很寬的黃線的綠色舊船？」

「不，不是的。它重新粉刷過，黑色的船體上有兩道紅線，與河上常見的小船一樣整潔。」

「謝謝，我希望史密斯先生能儘快回來。我正要去河的下游，如果看到了『曙光』，我一定告訴他你在等著他。你是說，那艘船有著黑色的煙囪？」

「不是的，先生，是有著一道白色條紋的黑色煙囪。」

「哦，你說得對，黑色的是它的船身。再見了，史密斯太太。華生，我們叫那條小船載我們過河吧。」

上船後，福爾摩斯說：「跟別人交談，最重要的是不能讓他們發現你很在乎談話的內容，否則他們會立刻提高警覺，噤口不答。假如你裝得若無其事般逗他們講話，你就能很輕易地獲得想要的情報。」

「看來我們的目標已經很明顯了。」我說。

「你會怎麼做呢？」

「租一條汽船沿著河岸下游找到那艘『曙光』。」

「我的好伙伴，這個方法太笨了。那艘船可能在這裡到格林威治間的隨便一個碼頭靠岸呢，橋下幾哩處全是船隻停泊點，如果你逐一查找，不知要花多少天。」

「那就讓警察協助。」

「不。緊要關頭我也許會找阿賽尼．瓊斯幫忙，他這個人還算不錯，我也不想影響了他的職責。不過我們已經追到這個地步，我只想單獨查下去。」

「不然我們在報上登一則啟事，徵求任何有關『曙光』的消息？」

「那更糟！那等於叫犯人儘快離開英國。我想他們也很想逃到國外，但只要他們以為還安全，就不會急於行動。瓊斯的偵查會誤導他們，警察的辦案進度每天都會刊在報紙上，這些凶手會以為警方查不到他們頭上。」

在密爾班克監獄門前下船後，我問：「那我們該怎麼做呢？」

「現在先坐這趟車回去吃點早餐，睡一個小時。說不定我們今晚還要跑路呢！車伕，到了電報局請停一下。華生，我們暫且留下托比，或許以後還用得上。」

我們在大彼得街郵局前停下，福爾摩斯進去發了封電報。上車後，他問道：「你知道我發電報給誰嗎？」

「不知道。」

「還記得我在傑弗遜．侯普一案中雇用的貝克街小小偵探隊嗎？」

我大笑：「原來是他們呀！」

「他們在這件案子中可能幫得上忙。萬一他們失敗了，我再想別的辦法，不過我覺得值得一試。電報是給隊長維金斯的，這群孩子應該會在我們吃完早餐前到達。」

早晨八九點，一夜的奔波讓我精疲力竭了，走起路來也一顛一跛的。我對案子的偵查沒有伙伴那種職業級的狂熱，我也不認為它只是個抽象的理論。我們對巴托羅繆的這個人的品行沒什麼好感，所以對他的死也不感到同情。但是說到寶藏就另當別論了，那些寶藏，或者說其中一部分，是屬於摩斯坦小姐的。可以的話，我願意不惜一切把它找回。一點都沒錯，雖然找回了寶物，我就不可能再與她一起，但要是被這種念頭左右的話，那愛情也就變得自私而無趣了。如果福爾摩斯能找到凶手，我就應該付出十倍的努力去尋財寶。

我在貝克街的住所沖了個澡，換了衣服，精神稍微振作起來了。下樓時，發現早餐已經準備好，福爾摩斯正在桌邊倒咖啡。

他指著一份打開的報紙對著我笑說：「你看，精力旺盛的瓊斯和庸俗的記者把整個事件都解釋完了。不過你應該覺得很煩了，還是先吃份火腿蛋吧。」

我接過報紙，這份《旗幟報》上寫著醒目的標題「上諾伍德的奇案」：

上諾伍德旁迪切里別墅主人巴托羅繆．舒爾托先生於昨晚午夜時分在屋內遭到謀殺。據悉，死者身體並無外傷，但他繼承自父親的一批印度財寶卻不翼而飛。死者之弟達太．舒爾托先生與同行的夏洛克．福爾摩斯先生、華生醫生首先發現屍體。幸運的是名偵探阿賽尼．瓊斯當時正好停留在諾伍德警署，所以接獲報案後僅半小時就趕到現場。他訓練有素，經驗豐富，很快就發現了線索。死者之弟達太．舒爾托因涉嫌重大已遭到逮捕，女管家伯恩史東太太、印度僕人拉爾．勞以及看門人麥克默多也同時被捕。現已證明凶手對房屋結構極為熟悉，既不是由門進入，也非翻窗進入的，經瓊斯先生的精密調查，證實凶手是由屋頂的暗門進屋。由此可見，此案絕非普通的竊盜案。警方高效率的偵辦說明了遇到這樣的情況時，必須有經驗豐富的長官出面主持一切，且說明了將警界的偵探分散駐紮在全市各區，有助於偵探及時趕赴現場進行調查的建議，是合理的。

福爾摩斯喝著咖啡笑道：「太了不起了！你的意見如何？」

「我真怕哪天我倆也被當成凶手給逮捕了呢。」

「我也這麼想，要是他再來點靈感，說不定我們現在就會被捕呢。」

就在這時，門鈴驟然響起，接著傳來房東哈德森太太與人吵架的聲音。

我弓起身來，說：「天哪！福爾摩斯，真的來抓我們啦！」

「不，沒那麼糟，是那些非官方部隊，我們的貝克街雜牌軍。」

正說著，赤腳上樓梯的聲音夾著吵鬧的談話傳到耳邊，十幾個衣著破爛的街頭小流浪漢吵嚷著走了進來。

這幾個孩子竟然還有些紀律，立即就排成了一列，等待我們發號施令。其中一個年紀稍大像是隊長的，神氣十足地站在前頭，映襯著襤褸的衣服，看來很滑稽可笑。

「先生，接到你的命令後，我就立即率領他們趕來。車費總共三先令六便士。」

福爾摩斯把錢遞給他說：「拿著，維金斯。我說過了，今後有事你一個人來就行了，其他人聽你的號令就好，不用全部過來，因為我的屋子擠不下那麼多人。不過，來了也好，這回就全聽我的。現在我要找一艘叫做『曙光』的汽船，船主是莫迪凱·史密斯。黑色的船體上有兩道紅線，黑色的煙囪上有道白線，這條船在河的下游。一個人負責守在密爾班克監獄對岸的史密斯的船屋，船一回來立刻報告。其餘的分散在下游兩岸，逐一尋找，一有消息馬上回報我。全聽明白了嗎？」

維金斯行了個禮說：「明白了，長官！」

「報酬就按照老規矩。找到船的多得一基尼，我先預支你們一天的工資。現在，行動吧！」每個孩子領了一個先令後，歡喜地下樓去了，不一會兒，我從窗外看見他們消失在馬路中間。

福爾摩斯起身離開桌子，點上煙斗說：「只要船還在水面上，就一定能找到它。這些小鬼們哪兒都能去，什麼都看得到、聽得到。我預估太陽下山以前就能知道船的下落了，現在沒我們的事了，慢慢等吧。在找到『曙光』或莫迪凱·史密斯以前，我們無計可施。」

「托比吃我們的剩飯就行了。福爾摩斯，你想睡一下嗎？」

「不，我不累，我這個人很奇怪，當我忙起來就一點也不會累，閒著沒事反而會無精打采。我得吸口煙，然後好好思考一下女委託人的案子。這些問題解決起來並不難，木腿人並不常見，那名同伙更是獨一無二。」

「你又提到了那個同伙。」

「至少我不想對你保密，或許你也有自己獨到的見解吧。現在讓我們綜合考慮一下，小腳印、赤腳、一端捆著石塊的木棒、敏捷的行動以及有毒的刺。你能得出什麼結論？」

我不禁脫口而出：「一個土著！也許是強納森·史莫的一個印度同伙。」

「不太可能。我起先看到那個奇怪的武器時，也這麼想過。可是那特殊的腳印，使我想到了另外一件事。印度半島的確有如此矮小的種族，但他們的腳印絕不會長這樣。印度土著的腳狹長，穿涼鞋的穆斯林因為鞋帶塞在大拇趾縫裡，拇趾與其他腳趾的間隔會特別大。而要射出這些有毒的荊刺，只能用吹箭這個辦法。這樣子的土著要去哪裡找呢？」

「南美洲嗎？」我猜道。

他伸手從書架上取出一本厚書，說：「這是剛出版的地理辭典第一卷，應該是最新的版本。我瞧瞧……這裡寫的是『安達曼群島位於孟加拉灣，距蘇門答臘三百四十英里……』哦！不對！這裡寫的又是什麼？『氣候潮濕、珊瑚暗礁、鯊魚、布勒爾港、囚犯營、羅特蘭德島、白楊樹……』啊！找到了！『安達曼群島的土人，應該是世界上最小的人，雖然，也有人類學家認為非洲的布希曼人或者美洲的迪格印第安人，或者火地人才是最矮小的。這裡的人平均身高不及四呎，成年人身高不超過這個數字的並不少見。他們生性兇殘，倔強而易怒，但是只要與他們建立了信任和感情，他們便能至死不渝。』注意！華生，接著聽，『他們外形可怖，畸形的大頭、兇惡的小眼睛、醜陋的容貌、奇小的手與腳；由於他們極端兇殘倔強，英國官方雖竭盡全力，也無法招撫這群人。他們永遠是水手的天敵，會用裝上石頭的木棒敲碎敵人腦袋，或射出有毒的刺殺死人。每次屠殺總是以一場盛大的食人盛宴作結束，無一例外。』真是特殊！華生！如果放著那個土著在市內亂竄，後果將不堪設想！我猜，強納森．史莫雇用這種人，應該也是迫不得已吧。」

「但他從哪裡找來了一個這麼怪異的同伙呢？」

「呃，這我就無法解釋了。既然史莫來自安達曼群島，那麼有個土人同伴也不奇怪。別擔心，我們總有一天會弄明白的。華生，你看來累壞了，在沙發睡一下吧，我為你演奏催眠曲。」

他從屋角拿來小提琴，拉起了低沉的催眠曲，肯定是他的自編曲，他有即興發揮的本領。直到現在，我還能模糊地記得他瘦削的手在弓弦上來回動著，還有他那張誠摯的面孔。我沉浸在音樂中，慢慢地進入了夢鄉，在那裡看見瑪麗．摩斯坦對著我甜美地微笑。

9 線索中斷

當我下午醒來時，已經不早了，休息過後我精神一振。福爾摩斯早已把小提琴扔在一旁，專心地看著書。他發現我醒來，看了我一眼，一臉不高興的表情。

「你睡得真熟，我們的說話聲吵醒你了嗎？」

我答道：「沒有。你有了什麼新消息嗎？」

「很不幸的，沒有！太令人失望了，我預計差不多要有新的消息傳來了才是。維金斯剛來過，完全沒有發現船的蹤影，真令人著急！時間緊迫，每一個鐘頭都很重要。」

「需要我幫忙嗎？我現在精力旺盛，再跑一整晚也沒關係。」

「不，我們現在什麼也做不了。還是繼續等待吧，要是我們不在，消息來了沒人接收，那更糟糕！你可以自由活動，我必須在這裡等著。」

「那我想去坎伯韋爾拜訪賽西兒．弗勒斯特夫人，昨天她邀請過我。」

福爾摩斯含著笑，不懷好意地問：「你真的是去找賽西兒．弗勒斯特夫人的嗎？」

「當然還有摩斯坦小姐，她們都急著想知道案子的最新發展。」

「不要透露太多，即使是最好的女人，也絕不能完全信賴。」

我絲毫不想反駁這種武斷的言論，於是回道：「我會在一兩個小時之內趕回來。」

「很好，祝你順利！如果你要過河的話，幫我把托比送回去，已經用不到牠了。」

我依照他的交代，把托比還給了主人，並付了半英鎊。到了坎伯韋爾，我見到了摩斯坦小姐。經歷了一夜奇遇後，她到現在仍然很疲倦，但卻急切地盼著新消息，弗勒斯特夫人也很關心這件事。於是我語帶保留地向她們講述了所有經過，即使是說到舒爾托先生的遇害場景，也沒描述他那可怖的表情以及凶手的武器，但她們還是聽得津津有味。

弗勒斯特夫人嘆道：「這簡直像一部小說的情節！受了冤屈的女士，價值五十萬英鎊的寶藏，吃人的黑土著，還有裝了木腿的凶手，這搞不好比一般的小說還曲折呢。」

摩斯坦小姐望著我愉快地說：「還有兩位紳士出手相助呢。」

「但是瑪麗，你的財富就全指望著這次搜查了。你怎麼一點都不興奮呢？想像一下，變得富有是多麼棒的一件事！整個世界都在你的腳下！」

她搖搖頭，似乎並不在意。見她如此的態度，我感到莫名的欣慰。

她說：「我最關心的是達太．舒爾托先生的安危，其他的事都微不足道。他是個忠厚老實的好人，我們有義務替他洗刷冤屈。」

我辭別兩位女士回到家中時已經很晚了。煙斗和書還放在椅子上，但我的伙伴卻不見了。我四下查看，令我失望的是，他並沒留下隻字片語。

剛好哈德森太太走進來放下窗簾，我於是問：「夏洛克．福爾摩斯先生出門了嗎？」

「沒有，先生。他還在自己屋裡呢。」她放低了音量悄悄說道：「先生，我有點擔心他的健康。」

「怎麼回事呢？哈德森太太。」

「先生，很奇怪呢。你離開後，他就在屋內來回踱步，我聽得都煩了。後來他又喃喃自語，一聽到有人叫門就衝到樓梯口大喊：『哈德森太太，是誰啊？』現在他又把自己關在屋裡，但依然走來走去。先生，我真希望他沒生病，剛才我還冒昧地提醒他吃點藥，但是，他竟瞪了我一眼，嚇得我連忙離開房間。」

我安慰道：「哈德森太太，請不必擔心，我曾看過他這副模樣，他是因為有心事呢。」話雖如此，但他的腳步聲一整夜未曾間斷，我很明白，他因無計可施而急躁起來。

第二天早餐時，他的面容疲倦而瘦削。

我說：「朋友，你把自己累垮了。我聽見你整夜都在屋裡踱著步。」

他回答說：「我睡不著，這討厭的問題可把我急壞了。我們克服了所有大難題，卻被一些小問題給拖住，太令人生氣了。我們已經知道凶手是誰，知道他們乘坐的船以及其他資訊，卻因為沒有船的消息只能停滯不前。史密斯太太也沒有丈夫的消息，我幾乎認定船被沉入河中了，可是這樣也很矛盾。」

「搞不好我們被史密斯太太騙了？」

「不會，這點不用考慮。確實存在這麼一艘汽船。」

「它有沒有可能往上游開去了？」

「有可能，我已經派人搜到上游的里奇蒙德一帶了。再沒有消息的話，我明天就親自出馬，不要再浪費時間找那艘船。但是我相信，今天一定會有些消息。」

一天過去了，維金斯和他的隊員都沒有查到半點情報。幾乎所有的報紙都登出了上諾伍德的慘案，不幸的達太．舒爾托受到了嚴厲的偵訊。除了警方會在隔天驗屍外，沒有任何新的資訊了。傍晚我步行到坎伯韋爾，告訴摩斯坦她們這個壞消息。回來時，看到福爾摩斯依舊滿臉的不高興，對我的問話也懶得回答，整個晚上，他都忙著做一個奇怪的化學實驗，惡臭瀰漫整間屋子，我不得不到其他地方避難。直到黎明，還能聽見試管的碰撞聲。

清晨，我驚醒過來，發現福爾摩斯已經站在我的床前，裝束很奇怪，短大衣內一身水手服，脖子上繞著紅色圍巾。

他說：「華生，我得親自去下游一趟。我反覆思考後，覺得只有這招了，我得試試。」

「我可以和你一起去嗎？」

「不行！你代替我在這裡留守，其實我也很不想去的。昨晚維金斯很沮喪，但今天肯定有消息。有勞你全權處理所有來信、來電。你願意嗎？」

「當然。」

「我行蹤不定，恐怕你無法發電報給我。假如運氣不錯的話，我可能不會去很久，一定能帶些消息回來的。」

早餐時，還沒聽到福爾摩斯的消息，就看到《旗幟報》上刊載了案情的最新進展：

有關上諾伍德慘案，據悉案情異常複雜，不如預想的那麼單純。最新證據指出了達太·舒爾托先生並無嫌疑，警方已掌握了有關真凶的最新線索。此案由蘇格蘭場經驗豐富的阿賽尼·瓊斯先生負責偵辦，預期近日內即可破案。

我們的朋友舒爾托終於自由了，讓人鬆了口氣。至於新線索是什麼？聽起來又像是警方掩飾錯誤的伎倆。我把報紙扔到桌上，忽然，一則小小的尋人啟事吸引了我：

船主莫迪凱·史密斯和長子吉姆於星期二凌晨三點左右乘汽船「曙光」離開，迄今未歸。「曙光」號黑色的船身上有紅線兩道，黑色的煙囪上有白線一道。知悉其下落者，請向史密斯船屋的史密斯太太或貝克街二二一號之B報信。將提供五鎊酬金作為答謝。

貝克街的住址是福爾摩斯登的。啟事的措辭非常巧妙，即使兇手看見了，也只會認為那是一則妻子尋夫的普通啟事，絕對想不出其中的圈套。

這天過得很慢。一聽到敲門聲或街上響起了沉重的腳步聲，我就以為是福爾摩斯回來了，或者是見到啟事的人來報信了。我試著看書，但注意力就是無法集中，總會想到我們正在追查的那兩個奇怪歹徒。我甚至開始懷疑，是不是福爾摩斯的推論一開始就錯了？他是否一直在自欺欺人？搞不好這一切都不是事實，只是他的猜測？雖然他辦案從未出過錯，但智者千慮必有一失。或者是他過份自信，把一個平淡的案子想得太複雜，導致誤入歧途？可是回頭又想，我也親眼目睹了這些證據，親耳聽過他推理。再想想這連串的怪事，雖然撲朔迷離，但都指向同一個結論。我不得不承認，就算福爾摩斯錯了，這件案子也一定沒那麼簡單。

下午三點時，門鈴突然響起，樓下傳來命令式的高聲談話，沒料到竟會是阿賽尼．瓊斯先生，他的態度於之前大不相同，少了在上諾伍德時，那種以專家自居的咄咄逼人的氣勢，相反地，表現得謙恭而且還多了份慚愧。

他說：「你好，先生，你好！聽說福爾摩斯先生出門去了。」

「是的，不知道他什麼時候會回來，請等等，行嗎？請坐，要來支雪茄嗎？」

「好的，謝謝。」他說話時不斷用紅手帕擦著上額。

「來杯加蘇打水的威士忌？」

「好的，半杯就好。天氣還是一樣地熱，害得我好心煩，你還記得我對上諾伍德一案的看法嗎？」

「你提到過一次。」

「咳，我現在不得不重新調查此案了。我本來已鎖定了舒爾托先生，但是，咳，先生，他立刻就證明了自己的無罪。他能證明，他在離開哥哥後一直與其他人待在一起，所以絕不可能從暗門進出。此案太困難了，我的名聲受到了威脅，很希望能獲得幫助。」

「嗯，每個人都有求助的時候。」我說。

他欽佩地說：「先生，你的朋友夏洛克．福爾摩斯的確智慧過人，無人能及。我清楚只要是他經手的案子，無一不被查得水落石出。他的手段變幻莫測，當然偶爾也有操之過急的情況，但總而言之，他有能力成為最厲害的警官。我承認，我的確是望塵莫及。今早他發來一封電報，說對此案有了新的發現。這就是那封電報。」

他從衣袋中掏出電報給我。電報是十二點從白楊鎮發出的，電文是：「請立刻到貝克街。如我未回，請稍候。舒爾托案的凶手行蹤已被我掌握。如果想親眼看到本案的結果，今夜可與我同去。」

正在這時，一陣沉重的腳步聲傳來，很重的喘息聲表明來者呼吸艱難；好像他上樓特別吃力似的，中途竟稍歇了一、兩次。最後他進了屋，是一位身穿水手裝的老人，外罩大衣，鈕扣直扣至脖頸。他手插著腰，雙腿顫動，兩肩因呼吸困難不斷聳動，手中是一根粗粗的木棍。除了一雙閃爍的眼睛以及白眉毛、灰鬍子外，圍巾遮蓋了他整個面貌。他很像是位年事已高、窮困潦倒但受人敬重的航海家。

我問：「有事嗎，朋友？」

他用老人常見的習慣，緩慢地環視一下四周，問：

「夏洛克．福爾摩斯先生在家嗎？」

「他不在。不過你有什麼事可以告訴我，我可以代表他。」

「我只告訴他本人。」

「不過我的確是他的代表，是有關莫迪凱．史密斯的汽船？」

「是的，我知道船在哪兒，他要找的人在哪兒，甚至寶藏在哪兒我也知道，我知道所有的一切。」

「那就告訴我，我會轉告他的。」

老人家易怒和頑固的性情在他身上表現得淋漓盡致：「我只告訴他本人！」

「那只好請你等等了。」

「不行！不行！我可不想在這耗掉一天的時光。如果他不在，就只好叫他自己去調查這些事了，我不喜歡兩位的長相，我絕對不會跟你們講的！」

他起身就要離去，但被阿賽尼．瓊斯在前面擋住了。

「朋友，請稍等。你握有重要情報，不能就這樣走了。無論你是否樂意，我們都要留住你，直到我們的朋友回來。」

老人想奪門而出，可是門已被阿賽尼．瓊斯的身體堵死了。

老人憤怒地用手杖敲著地面喊：「無理取鬧！我來這裡是為了拜訪一位朋友，我與你們兩個素不相識，卻被蠻橫地強留下來，太無禮了！」

我說：「請別著急，我們一定會補償你所浪費的時間。請在沙發上坐一下，福爾摩斯先生很快就會回來。」

他無可奈何地雙手掩面坐了下來。瓊斯則與我繼續吸著雪茄聊天。忽然間，出現了福爾摩斯那令人熟悉的聲音：

「我想，你們是不是也該敬我一支雪茄呢？」

我們兩個驚訝地從椅子上跳了起來，笑容可掬的福爾摩斯就站在一旁！

「福爾摩斯！」我驚訝地大叫：「你回來了！咦，那老頭去哪兒了？」

他拿出一把白髮說：「在這兒呢！假髮、假鬍鬚、假眉毛全在這裡呢。雖然我對自己的喬裝技術很有自信，但也想不到竟然能瞞過你們！」

瓊斯也高興地大喊著：「啊，你這壞蛋！你真是個出色的演員。你的咳嗽聲跟發抖的模樣就像真的工人，用這些演技一星期可以賺個十鎊呢。但是我覺得眼神還模仿得不夠像，並沒有完全騙過我們。」

福爾摩斯燃了支雪茄說：「一整天，我都是這副裝扮。你們要知道，很多歹徒已漸漸認識了我，尤其在我這位朋友把我的事跡寫成書之後。所以我只得化妝後工作。接到我的電報了？」

「對，所以我才會來這裡。」

「你們的調查進度如何？」

「一點兒頭緒都沒有。我釋放了兩個人，另外兩人也沒證據。」

「沒關係，待會兒就補給你兩個人。一切功勞都算你的，但你必須完全聽我指揮，能接受嗎？」

「只要能協助我抓到凶手，我能接受。」

「那好，首先，我需要一艘警用快艇，當然是汽船，晚上七點到議會碼頭待命。」

「這個容易，那兒經常停著一艘，我用電話聯繫一下就行了。」

「還要兩位強壯的警察，以防凶手拒捕。」

「船內就有兩三個，還有別的嗎？」

「捉住了凶手，寶藏也就到手了。我想我的朋友肯定想親手將寶箱送到那位女士手中，這批寶藏有一半屬於她。然後再由她親手打開。喂，華生，行嗎？」

「那是我的榮幸。」

瓊斯搖搖頭：「這不太合乎正常程序，不過可以通融一下，而且看過後必須送交政府檢驗。」

「當然。另外，我很希望先聽聽強納森．史莫親口講述整個案子的詳細經過。你知道，我向來就喜歡充分瞭解案情。你應該同意讓我在警察看守下，先對他作一次非正式的訊問吧？」

「好吧，你說了算。雖然我還不確定真的有強納森．史莫這個人，但如果你能捉住他，我就沒有理由拒絕你的提議。」

「所以，你都同意了？」

「完全同意，還有其他要求嗎？」

「還有，我堅持你留下來與我們共進晚餐，半個小時就能準備好。有生蠔和一對野雞，還特別選了瓶白酒。華生，也許你不知道，我可是個理財高手呢。」

10 凶手的結局

這頓飯吃得很愉快，福爾摩斯心情舒暢時，變得很健談。今晚，他精神好像異常振奮，天南地北談個不休。我從來不知道他這麼嘮叨，從神怪戲劇、中世紀的陶器到義大利的史特拉第瓦里小提琴，再到錫蘭的佛學以及未來的戰艦，似乎他全都研究過，所以說起來總是滔滔不絕，我這幾天來的抑鬱被這番談話一掃而空。阿賽尼．瓊斯在私底下時也是很隨和的，很欣賞這頓講究的晚餐。而我也因為認為快結案了，愉快地開懷暢飲。賓主三人融洽極了，誰也沒提及即將進行的危險任務。

飯後，福爾摩斯看看錶，斟滿三杯紅酒說：「預祝今夜的勝利，乾杯！該起身了，華生，有手槍嗎？」

「抽屜中有一支，是之前軍隊留下的。」

「最好帶在身上，有備無患。馬車已經在門外等著了。」

剛過七點，我們就到了議會碼頭，汽船早已在那裡待命。福爾摩斯細心地檢查了一遍後問道：「船身有任何代表警察的標誌嗎？」

「有，船舷上的綠燈就是。」

「那麼，把它摘掉。」

摘掉綠燈後，我們上了船。瓊斯、福爾摩斯與我坐船尾，另一人掌舵，一人操作機械，兩個強壯的警員坐我們前面。

瓊斯問：「去哪兒？」

「到倫敦塔，讓他們把船停在雅各森船塢對面。」

我們的船確實很棒，超越了無數的平底船後，又超越了一艘小型汽船，福爾摩斯微笑著表示滿意：「照這樣的速度，我們可以追上河上的任何一條船！」

瓊斯答道：「那倒不一定。不過能有如此速度的船，確實不多。」

「我們必須趕上『曙光』，那是條出名的快艇。華生，趁著空檔，我給你講講目前的進展情況。你還記得嗎，我曾說過被一個小問題困住了，非常不甘心。」

「記得。」

「我靠著做實驗的方式讓大腦徹底的清醒。一位大政治家曾說過：『最好的休息方式是換個工作。』這話一點都不假。完成實驗，我又重新思考了舒爾托的問題，孩子們找遍了上下游，並沒發現任何蹤影。那艘船既沒靠在碼頭，也沒有回到原來的地方，更不像是沉沒了——當然還是有這個可能性，因為至今還找不到它。我知道史莫有點狡猾，但卻沒受過太多教育，不至於考慮得如此縝密。他監視旁迪切里別墅很久這件事，證明他在倫敦待過相當長的一段時間，他需要一些時間，哪怕只是一天，去收拾一切後，才會棄巢遠行。無論如何，有這種可能。」

我有點擔心地說：「可能性不大，恐怕他在下手前就做好逃亡準備了。」

「不，我不這樣想，在確定有必要逃亡前，他是不會隨便放棄在國內的資產的。我還考慮到了他的同伙，頂著一副怪模樣，無論怎樣喬裝打扮，都一定會引人注目，並且立刻聯想到上諾伍德慘案，謹慎的史莫是不會忽略這點的。他們為了避人耳目，一定會在天黑後才離開，並且趕在天亮前回來。根據史密斯太太說，他們是在凌晨三點上的船，離天亮只差一個多小時，街上的行人已開始多起來。所以我斷定他們不會走太遠。他們付給史密斯優渥的酬勞，讓他留下船以載他們遠走高飛。他們會把寶藏帶回巢穴，然後關注這兩天的新聞，留意是否有風聲，再找個合適的夜晚從格雷夫森或其他下游碼頭搭船，逃到美洲或是其他殖民地去。」

「但是船呢？總不可能藏在他們的巢穴裡吧。」

「當然不能。我想，我們雖然沒有找到它，但它不會走得太遠。站在史莫的角度想：如果讓船返回或停泊在碼頭的話，很容易被警方追蹤到。要怎麼把它藏起來，又可以隨時上船呢？如果是我，只有用一個辦法，那就是放進船塢小修。這麼一來，既能隱藏起來，又可在臨時通知下立刻啟航。」

「這道理挺簡單的。」

「就是因為簡單才容易被忽略。於是，我決定循著這個結論調查。我換上一身水手服到下游的船塢挨家挨戶地詢問。直到第十六家，也就是雅各森船塢，才得知兩天前曾有位木腿人把『曙光』送來維修船舵。工頭告訴我：『就是畫有紅線的那個舵，其實根本沒毛病。』說話間，走來了一個人，這個人喝了不少酒，就是船主莫迪凱．史密斯。我當然不認識他，是他自己報出名字和船名的，還說：『今晚八點我們的船要出塢。記住，八點整！不要耽擱了，有兩位客人要用船。』歹徒一定給了他不少錢，他在工人面前神氣地拍拍滿口袋的銀幣。我跟蹤他幾步，發現他進了一家酒吧，於是我又返回船塢，途中遇見了我的一個小隊員，我叫他在那裡監視汽船，約定只要它開出船塢，立刻在船塢出口處揮動手帕作為信號。我們先在河上觀察一下，如果這樣還不能人贓俱獲就太奇怪了。」

瓊斯說：「先不管他們是不是凶手，至少你的計畫的確夠嚴密了。不過如果我是你，就會直接派幾個能幹的警員去雅各森船塢等候，等歹徒一出現就立刻逮捕。」

「我不贊同這種做法。史莫可不是笨蛋，現身之前一定會先派人過去刺探情況，如果發現異狀，他就不會露面了。」

我插嘴道：「假如你當時盯緊莫迪凱．史密斯，搞不好也能追到歹徒呀？」

「那只是白費功夫，史密斯八成不知道歹徒的藏身處。他只管喝酒花錢就好了，問那麼多幹嘛？有什麼指示時，自然有人會來通知他的。我考慮過後，認為這是最佳方案。」

談話間，我們已穿過了幾座橋。剛出市區，我看到聖保羅教堂頂上的十字架反射著落日餘輝，金光燦爛。還沒到倫敦塔，便已是黃昏了。

福爾摩斯指著薩里區河岸桅杆密立處說：「那就是雅各森船塢，我們先藉著那些船的掩護來回游弋吧。」他又用望遠鏡觀察河岸說：「我看見了那個小隊員，但還沒揮手帕。」

瓊斯性急地說：「我們還是去下游等著吧。」

此刻我們都著急起來，連那幾個不太清楚這次行動的警員和火夫，也在那裡躍躍欲試。

福爾摩斯似乎並不著急，說：「雖然他們十之八九會去下游，但也不能忽略了上游。我們這個位置能清楚地看見出入口，而從那邊卻看不見我們。月光很亮，又沒霧氣，就待在這裡好了。你看那邊的煤氣燈下也夠擁擠的了。」

「都是下班的船塢工人。」

「這群人骯髒粗俗的外表下，有一份生生不息的活力。僅從外表是難以想像的，這並非與生俱來，人生本來就是一個謎。」

我說：「有人說人類就是有靈魂的動物。」

福爾摩斯插嘴道：「溫伍德．瑞德對此有個很好的闡述，他說雖然每人都是難解的謎，可是把人類作為一個整體來看，就有規律了。例如，你不能預知每個人的單獨個性，但能察覺全人類的共通特性。個性各異，特性卻永存，統計學家也是這個觀點……看見手帕了嗎？那邊的確有個白色的物體在晃動。」

我喊道：「沒錯，就是那個小隊員，我看得很清楚。」

福爾摩斯也喊起來：「是『曙光』！它的速度真快。機師，加速！緊追那艘有黃燈的汽船。假如追不上它，我永遠不會原諒自己！」

出了船塢的『曙光』被兩三條小船遮住看不見了。等再發現它時，它正以相當快的速度駛離，一路順流急下，瓊斯見了忍不住搖頭：「簡直神速，恐怕我們追不上了。」

福爾摩斯大叫：「一定要追上！火夫，快加煤！全力追趕！就是把船燒了，也要追上它！」

我們緊追其後，鍋爐中熱火猛烈，馬力強大的引擎，鏗鏘作響，好一顆鋼鐵心臟！尖利的船頭劃破水面，使兩側激起滾滾浪花，隨著引擎的悸動，船體在震顫著躍進，恰如一個生靈。船舷上的大黃燈向前射出亮光。前方遠遠的那個黑點就是「曙光」，它後邊沖起的兩行白色浪花說明了它的神速。那時，河面佈滿了大小船隻，我們橫穿側繞著飛掠而過。可是「曙光」仍遠遠在前，我們緊跟不放。

福爾摩斯朝機房內大喊：「朋友們，再快一點！多加點煤！全力衝刺！」下面機房的熊熊火光照射出他焦急清瘦的臉。

瓊斯望著「曙光」有點興奮地說：「我想我們已經接近它一點了。」

我說：「確實趕上了不少，幾分鐘後就能追上了。」

我似乎高興得太早，不幸的事發生了，一艘汽船拖著三艘貨船橫在前面，幸而我們急轉船舵，才免於相撞。等我們繞過了它們，卻發現與「曙光」的距離足足遠了二百碼，雖然還在視線範圍內。當時，已是星斗滿天的夜晚了，我們的鍋爐已燒至極限，強勁的動力震顫著脆弱的船殼吱吱作響。我們從倫敦橋下穿過，又過了西印度碼頭、狹長的戴普弗德區段，再繞過狗島，「曙光」號已能看得很清晰。瓊斯把探照燈直對著它，看到有一人坐在船尾，雙腿跨著一個黑東西；旁邊蹲著一團黑影，似乎是隻紐芬蘭狗；一個男孩掌舵；史密斯正打著赤膊在鍋爐的光線照明下拚命加煤。也許他們一開始還不確定我們在追蹤他們，但是經過這麼多轉彎處我們始終緊追不捨，那就無庸置疑了。到了格林威治時，兩船相距約有三百步，再到布萊克沃爾時，間隔已縮小到二百五十步。我一生奔波無數，到過許多國家打獵，也追逐過不少野獸，卻都沒有今晚來得驚險。在這靜靜的夜晚，我們一步步向它靠攏，已能清楚地聽見它的引擎聲了。船尾那人仍舊坐著，雙手似乎在不停地揮動，時而抬頭目測兩船間的距離。現在兩艘船僅僅相隔四條船的長度了，可「曙光」依舊在拚命飛奔。已接近河口了，一邊岸上是巴金平地，另一岸是普林斯迪濕地。瓊斯喝令它立刻停下來，船尾那人聽見喊叫，揮動著雙拳站起來，對著我們狂罵。他體格健壯，高大魁梧，叉著雙腿站在那裡，我發現他右腿是根木棍。他旁邊蹲伏著的那團黑影，聽見他的咆哮慢慢站了起來，原來是個黑人，體格矮小，畸形的大頭上長著一頭蓬亂頭髮。我趕忙掏出手槍，福爾摩斯則早已手槍握在手中了。這個古怪的土人圍著一圈像毯子的黑色東西，只露出臉，兩隻小眼露出凶光，極厚的嘴唇從牙根處向外翻翹著。這張臉恐怖得足以令人魂飛魄散，我還從沒看見過如此猙獰醜陋的怪樣，他朝我們咆哮，開始獸性大發。

福爾摩斯對我輕輕說：「只要他一抬手，就開槍射擊。」這時彼此間僅一船之隔，看得更加清楚了。那個白人叉著雙腿不停地狂罵，那個土著則忿恨地對著我們的燈光，咬牙切齒地狂吼。

矮小的土著忽然從毯子中抽出一根像木尺的短圓木棒放到唇邊，我倆眼明手快，雙彈齊發。他的身子扭了幾下後便高舉雙手栽入河裡，那雙狠毒的眼睛剎那間消失在白色的水花之中。這時，木腿人衝向船舵，拚命扳著船柄，船猛衝向南岸，我們的船差幾呎就撞上了它的尾部，我們立即掉頭追去。「曙光」那時已接近南岸，月光下，空曠的沼澤地上聚著片片死水，以及成堆的腐爛植物。船衝上岸就擱淺了，船頭沖天，船尾入水。歹徒跳到了岸上，可是木腿立刻陷進了泥坑，他拚命掙扎，但於事無補。他亂吼著抽動著左腿，木腿卻越陷越深。等到我們的船靠了岸，他已陷在泥淖中寸步難行了。於是我們扔出一條繩子，套住他的肩，才把他拖上了船。史密斯父子愁眉不展地坐在船上，聽到我們的命令後，無奈地離開「曙光」，上了我們的船。「曙光」的甲板上放著一個精緻的印度鐵箱，這就是害死舒爾托的罪魁禍首。箱上沒有鑰匙，很重，我們小心地把它搬進艙裡。『曙光』被拖在後面，跟著我們慢慢往回駛。至於那個黑人則毫無蹤影，想必是葬身河底了。

福爾摩斯指著艙口說：「看這邊，我們還是太慢開槍了。」就在我們先前站立處的後面艙上，插著一根毒刺，應該是我們開槍的那一剎那射來的。福爾摩斯看著這根毒刺，微笑著聳聳肩。至於我，每次回想起這危險的一刻，總是感到心有餘悸。

11 阿格拉寶藏

犯人坐在艙中，看著他耗盡心血才得到的鐵箱。曬黑的皮膚，滿臉的皺紋，一看便知他曾在大太陽下做過多年苦工。他的雙眼流露著狂妄的天性，長滿鬍鬚的下巴向外突起，顯示出倔強的性格。那頭彎曲的頭髮大多斑白，推測年紀大約在五十左右。那張臉在平時還不算難看，可是盛怒下，那對濃眉與下頜構成了一副可憎的容貌。我猜想，他心中的悲痛應該遠多於憤怒。他曾抬頭望了我一眼，眼神中似乎帶著幽默。

福爾摩斯點了一支雪茄說：「強納森．史莫，我真不想看到事情變成這樣。」

他率直地答道：「先生，我也不願意啊！看來我是死罪難逃了。可是我發誓，我從來沒想過要殺死舒爾托先生，是那個叫東加的惡鬼射出的毒刺害死他的。我感到很難過，還用繩子鞭打了那個小鬼，但是木已成舟，沒有辦法呀！」

福爾摩斯說：「你先抽根煙吧，再喝點酒暖暖身體。我問你，你拉著繩子爬上樓時，怎麼知道矮小無力的小黑鬼能擺平舒爾托先生呢？」

「聽起來好像你目擊了一切，先生。我對那棟屋裡的作息一清二楚，那時剛好是舒爾托先生下樓吃飯的時間，所以我還以為房間沒人呢。老實告訴你，如果老舒爾托少校還活著，那我會毫不猶豫地幹掉他，殺掉他和吸這支雪茄一樣的簡單。但是我現在卻要為了他兒子的死去坐牢，令人痛心啊，我跟他無怨無仇。」

「你現在已被捕，蘇格蘭場的阿賽尼．瓊斯先生會把你帶到我家，由我先取得你的口供，你必須實話實說，或許我還能幫你一把。我可以證明毒刺的毒性極強，舒爾托先生在你進屋前就已死亡！」

「先生，你說得不錯。當我爬進窗時，他已是歪頭獰笑的死相，我嚇壞了。要不是東加溜得快，我真想當場把他宰了。他就是在那個時候搞丟了木棒跟一袋毒刺。我猜一定是這些證物幫你尋到了我們，至於是如何尋到的我就想不到了。不過我並不怨你。」

他又苦笑道：「人生也真奇怪。你看，有資格享受五十萬英鎊的我，整個上半生都在安達曼群島修築防波堤，而下半輩子恐怕又要去達特穆爾挖水溝了。打從遇到那個叫阿奇邁特的商人而知道寶藏的秘密開始，我就一直很倒楣，沾上寶藏的人也都很倒楣，那個商人因此丟了小命，舒爾托少校為了它終日惶惶，而我又要做苦役做到死了。」

這時，阿賽尼．瓊斯探過頭來說：「你們幾個真像感情融洽的一家人啊！福爾摩斯，也讓我喝點酒，是該互相慶賀一番啊！可惜沒能活捉另一個，不過，沒辦法，要不是福爾摩斯反應夠快，我們早就遭到毒手了。」

福爾摩斯說：「這成果還過得去，只是萬萬沒料到『曙光』的速度如此快。」

「史密斯說，它可是泰晤士河上最快的汽船之一，當時如果有其他幫手的話，我們就永遠別想追上它了。他還發誓說自己並不知道內情。」瓊斯接道。

犯人喊起來：「他的確毫不知情，我只是看上了他的船速度快而已，然後開了個很高的價錢，其他什麼也沒對他說。只說等我們登上了停泊在格雷夫森的那艘往巴西的翡翠號，他就可獲得另一筆高額酬勞。」

瓊斯說：「如果他真的無罪，我們會從輕發落，就算逮人神速，但審判卻得慎重哪！」瓊斯對犯人擺出了一副神氣的姿態，福爾摩斯聽了只是微微一笑。

瓊斯又說：「我們就要到瓦斯霍橋了。華生醫生，你可以帶著寶箱從這兒下去，我想你明白，我可是冒了很大的風險讓你把它帶走。既然有言在先，即使不合法，我也會遵守諾言的。但是因為寶物貴重，我有責任派一名警員與你同行。你坐車嗎？」

「是的。」

「可惜沒鑰匙，不能預先清點一下，恐怕你還得將箱子撬開。史莫，鑰匙呢？」

「河裡。」

「哼！不必要的麻煩。你還想浪費我們多少力氣？哦，醫生，千萬小心。你把事情辦完後，把箱子帶回貝克街就好了，我們在那等你。」

在一位溫和的警官陪同下，我帶著沉重的藏寶箱在瓦斯霍下了船。十五分鐘後，我們抵達了賽西兒·弗勒斯特夫人家。開門的女僕對我們深夜造訪深感驚訝，並說夫人恐怕要到深夜才會回來，不過摩斯坦小姐在客廳。我把警官一個人留在車上，提著藏寶箱逕入客廳。

她穿著一身半透明的白衣，頸間及腰際都繫著一條紅色絲帶。柔和的燈光映照下，她倚坐在窗前一張藤椅上，蓮藕般的一隻手臂輕搭椅背，燈光把她那頭蓬鬆的秀髮映成了金黃色，她那張美麗端莊的臉上充滿著憂鬱。聽到腳步聲，她站了起來，臉上浮現出一道紅暈和驚喜。

她說：「我聽見馬車聲，還以為是弗勒斯特夫人提早回來了，想不到是你！你帶了什麼消息嗎？」

「比任何消息都好。」我把箱子放在桌上，強忍心裡的苦悶，故作高興說道：「我帶了比天底下所有消息都棒的東西，一筆財富！」

她瞥了鐵箱一眼，冷冷地問：「是那批寶藏？」

「是的，數量龐大的阿格拉寶藏。一半是你的，另一半是達太·舒爾托先生的，每人可分得二十五萬鎊。想一下，僅僅是利息，一年就有一萬鎊，你會成為英國數一數二的富有女性！不值得慶祝一番嗎？」

我可能是表現得高興過火了，她感到我的言不由衷，抬了抬眉毛，懷疑地盯著我。

「如果我得到了寶藏，這全是歸功於你。」

「不！不！」我連忙說：「這全是我的朋友夏洛克·福爾摩斯的功勞。儘管像他這麼聰明的人，也在這件案子耗費不少精力，最後還差點失敗。像我這樣的人，就算絞盡腦汁，也想不出任何端倪的啊。」

「請坐，華生醫生，告訴我這一切經過吧。」她說。

我把上次與她分手後發生的一切簡明扼要地說了一遍，當聽到我們差一點被毒刺射中時，她的臉猛地變得慘白，幾乎就要暈倒。

我趕忙倒水給她喝，她說：「沒關係，我沒事的。聽到朋友們為了我的事冒這麼大的危險，令我萬分不安。」

「這不算什麼，一切都結束了。不講這些沉重的故事了，還是來看看令人賞心悅目的東西吧。這個箱子裡裝著那批寶物，我想妳應該會想親手打開它，所以專程送了過來。」

「那再好不過了。」她的語氣顯得不怎麼興奮。她知道這批寶藏讓我們歷盡千辛萬苦，不得不這麼說。

「箱子真美！產於印度吧？」

「是的，是瓦拉納西的金屬製品。」

她試著抬抬箱子說：「真重！恐怕箱子本身就很值錢呢。鑰匙呢？」

我答道：「被史莫扔進泰晤士河了，恐怕得借用一下夫人的火鉗。」箱子前有個粗重的鐵環，鐵環上鑄有一尊佛像。我把火鉗插入鐵環中，用力一撬，寶箱應聲而開。我用顫抖的手指揭開箱蓋，我們頓時愣住了——箱內空無一物！

箱壁的鐵板厚達三分之二吋，異常堅固精緻，確實是藏寶箱，可裡面什麼也沒有。

摩斯坦小姐平靜地說：「寶藏已經丟失了。」

我體會到了她話中的含意。我靈魂中的陰影正在褪去，壓在我心上那沉重的阿格拉寶藏，終於被移開了。是的，這種想法是自私且不應該的，但此刻我只想到阻隔我倆的那道障壁已經消失，顧不得其他了。

「感謝上帝！」我掩飾不了發自內心的狂喜，脫口而出。

她微笑地問道：「為什麼這樣說？」

「因為你又回到了我伸手可及之處！」我勇敢地握住她的手，她沒有拒絕。「因為我愛你，瑪麗，就像一個男人愛一個女人。但這些寶藏讓我不敢說出口，現在它們不見了，我可以終於大方說出我愛你了！所以我要感謝上帝！」

「我也該說『感謝上帝』。」她在我緊緊靠著她時小聲說道。

那晚，我們失去了一批寶藏，但我卻得到了另一件無可取代的寶物。

12 史莫的奇遇

我回到車上時已經很晚了，那位警官依舊很有耐心地在車上等著。我把箱子拿給他看，他感到大失所望。他垂頭喪氣地說：「這下子獎金全飛了！箱內沒有寶物，也就沒有獎金了。我和同事山姆．布朗今晚原本可以各拿到十英鎊的。」

我安慰他說：「達太．舒爾托很有錢，不管有無財寶，他都不會虧待你們。」

警官沮喪地搖搖頭：「阿賽尼．瓊斯先生會覺得這事辦得糟透了呢。」

果然不出所料，回到貝克街後，我拿出空箱子給那位胖偵探看了看，他露出難看的臉色。他們中途變更了計畫，一行三人先到警署作了報告，才回到貝克街。福爾摩斯與平日一樣，懶洋洋地坐在他的椅子上，面對著倔強的史莫，史莫把木腿跨在左腿上坐著。當我揭開空箱時，他靠著椅子縱聲大笑。

阿賽尼．瓊斯發怒說：「史莫，果然是你幹的好事！」

史莫狂笑著大喊：「不錯，你們永遠也別想摸到寶物了。它只屬於我，如果我得不到，你們也別想得到！告訴你，除了我與安達曼島上的其他三個囚犯以外，沒人有資格拿走它！如今既然我無法得到它，我就代表另外三人把它處理掉了，這樣才符合四人簽名的精神。他們三人一定也會贊成我的決定，寧可讓它沉到泰晤士河底，也絕不讓舒爾托或摩斯坦的後人得到，我們可不是為了讓他們發財才殺掉阿奇邁特的。當我確定會被你們追上時，我就把寶物全倒入河中了。你們一個盧比都別想拿到！」

阿賽尼．瓊斯厲聲喝到：「史莫，你這個騙子！你直接把整個箱子扔了不是更方便？」

史莫狡猾地斜眼望著他，答道：「扔下去方便，你們撈上來也方便。你們有本事找到我，也就有本事把箱子撈上來。現在，寶物被我沿著長達五哩的河道到處撒下，這下打撈起來就費事了。當看到你們快要追上來的時候，我簡直氣瘋了，於是就把心一橫這麼做了。後悔無益，我一生時好時壞，但從不後悔。」

「史莫，這很嚴重。」瓊斯說：「如果你肯讓我們主持主義，而非百般阻撓，那還有可能從輕量刑。」

「正義！」罪犯咆哮起來，「好個冠冕堂皇的詞語！寶藏本該屬於我們！那些傢伙沒有貢獻一分力，卻搶走了寶藏，這難道正義嗎？你知道為了這些寶藏，我付出了多少代價嗎？二十年如一日地住在那熱病猖狂的濕地，在紅樹林下做一整白天的苦工，夜晚則被鐐銬加身地鎖進汙穢的囚柵，任蚊蟲叮咬，任瘟疫肆虐，受著拿白種人洩憤的黑人的凌辱，這些是我為阿格拉寶藏付出的代價！你有什麼資格和我談正義？難道我一定要把歷盡艱難才得到的寶物拱手讓出，才算是正義嗎？那我寧可被絞死或讓東加毒死，也不願在監獄裡，眼睜睜看著別人享用屬於我的東西！」此時的史莫已不再沉默。他兩眼閃光，滿腹牢騷噴湧而出，激動的雙手搖動著手銬，發出叮叮的響聲。我能夠理解他的憤怒和激動，難怪舒爾托少校會為了這個人惶惶不可終日。

福爾摩斯平和地說：「你別誤會，我們並不瞭解內情，沒人告訴我們來龍去脈，無法判斷你是否有理。」

「啊，先生，你還比較公正，雖然我得感謝你給我的雙手戴上了裝飾品，但我不恨你——因為這是光明磊落、合情合理的。如果你對我的故事有興趣，我願意把一五一十都告訴你。請把杯子擱在我旁邊，謝謝。」

「我是烏斯特郡人，出生在波舒爾附近，附近一帶住著很多我的家人。我時常想回去看看，但是我素來行為不檢，我知道我的家人們不會歡迎我，他們全是穩重的教徒，還是備受敬重的農民，但我卻始終是個流浪漢。十八歲時，我為了個女人惹出麻煩，在家鄉待不下去了，只好另謀生路，碰巧遇到步兵第三團即將調去印度，為了脫離窘境，我選擇了靠薪餉度日的軍旅生活。」

「可是，上天註定了我的軍隊生涯維持不久。我才剛學會用步槍，就在一次游泳時，被鱷魚咬下了整隻小腿。幸好連上的游泳好手約翰．侯德也在河裡，他救了我一命。我因大量失血和過度驚嚇暈了過去，假如不是侯德拖住我遊上岸，我早就沒命了。我在醫院裡療養了五個月，最後裝上木腿跛著走出了醫院。殘廢後，我被取消了軍籍，工作也更難找了。」

「那時我還不滿二十，就已成了沒用的瘸子，可想而知，我的運氣有多糟！可是，這種情況不久就有了轉機，有個叫阿貝懷特的人剛到印度經營靛青園，需要一個監工。他恰好是我之前軍團長的朋友，於是在團長推薦下得到了這個職缺。這個工作待遇不錯，環境也好，所以我曾打算把它當成終生的事業。當地的白人並不像這裡一樣彼此關照，園主卻對我和藹和親，還常來找我聊天，令我十分感動。」

「唉，好景不長。突然就爆發了嚴重的叛亂，頭一個月人們還安居樂業，但是不久後，二十多萬個失去控制的黑鬼卻讓整個印度變得像地獄一樣。每晚，房屋燃燒的火光把天空映得火紅。白天，偶爾有小隊歐洲士兵從我們的園區經過，他們要護送家屬去附近有軍隊駐守的阿格拉城避難。園主阿貝懷特先生很固執，他覺得叛亂的傳聞過份誇大，一定很快就平息了。所以儘管周圍已烽煙四起，他仍然冷靜地坐在陽台抽煙喝酒。我和管文書的道森夫婦忠於職守，願意與他同生共死。不久後慘劇就發生了，那一天，我去遠處的一個園子辦事，黃昏時分才騎馬回來。途中，我看見陡峭的峽谷底下蜷伏著一團東西，我走近一看，立刻大驚失色，那是道森妻子的屍體，屍體上滿滿都是刀口，已被豺狼野狗吃掉了一半。道森的屍體則趴在不遠處，手中還握著子彈射完了的手槍，再前面又疊著四個印度兵的屍體。我握著馬韁，正不知如何是好，猛然又看見園主的房子失火了，火苗沖出屋頂。我明白，現在趕過去不僅幫不上主人，反而會賠上自己的性命。同時，我發現有近百名紅衣黑人朝著燃燒的房子手舞足蹈，忽然有幾人向我指了指，接著就有兩顆子彈掠過我的頭頂。我調轉馬頭往回狂奔，直到深夜才逃進了阿格拉城。」

「事實上，阿格拉也並非安全之地，所有的印度人就像一窩馬蜂。即使是英國人聚集的地方，也只能保住槍炮射程內的一點地盤，地盤外的英國人只好四處逃竄。這場戰爭是幾百萬人對付幾百人，更慘的是，這些對我們刀劍相向的敵人，不管是步兵、騎兵或者炮兵，全是經我們的手中訓練出的精銳戰士，那些兵器全是我們的，甚至號角吹的也是英國調！」

「在阿格拉駐有孟加拉第三火槍團，其中有些印度兵，兩隊馬隊和一連炮兵。另外還有一支新成立的義勇隊，是由商人和政府人員組成的。我雖然裝著木腿，也加入了他們。七月初我們到薩干吉去迎擊叛軍，也將他們打退了一段時間，後來因為彈藥缺乏又退回城內。四面八方陸續傳來更糟糕的消息，這是一定的，只要看地圖就知道，我們正處在叛亂的中心點。拉克瑙就在東方，相距一百多英里；康波在南方，距離也差不多一樣遠。四面八方，無處不是痛苦、殘殺和暴行。」

「阿格拉城很大，什麼稀奇古怪的旁門左道都有。我們這一點英國人，根本無法在那些狹窄偏僻的街道中佈防。於是，我們的長官就在河對岸的一個古堡中建了陣地。不曉得你們知不知道這個古堡？這實在是我見過最奇怪的一個。我估計它佔地好幾英畝，極為龐大，較新的那部分很廣闊，足以容納我們全部的軍隊、婦孺以及所有家當。但是這塊地的大小還遠不及古堡另一側。老舊的堡內盤踞著蠍子蜈蚣，空蕩蕩的大廳、曲折纏繞的通道以及蜿蜒迂迴的長廊看上去陰森恐怖，進去的人很難不迷路，所以很少有人進去，除了一些舉著火把進去探險的傢伙。」

「古堡前流過的小河，便成了當時的護城河。堡的兩側和後面有很多門供出入，我與兩個錫克教徒士兵被命令在夜裡一個時段內，防守西南面一個孤立的小門。上面指示：遇到緊急情況，只要開一槍，內部就會有人趕來增援，可是堡內離我們足有二百多步，中間還隔了那迷宮般的通道和長廊，我不禁懷疑，真的受攻擊時，救兵是否能及時趕到。」

「第三天夜裡，小雨淅瀝，天空陰沉，在這種狀況下連續站了幾個小時，的確苦悶難耐。我試著與兩個印度兵聊天，他們依舊愛理不理的。凌晨兩點，巡邏的人剛走，我無聊地放下槍，掏出煙斗來擦亮一根火柴。突然，兩個印度兵一齊朝我衝來，一人奪槍，並把槍口對準我的腦袋；另一個則抽出一把大刀架在我脖子上，並咬著牙說只要我敢動就切斷我的喉嚨。」

「我立刻想到，他們是叛軍，這是突擊的開始，如果這個堡門落入了他倆手中，整個碉堡肯定不保了，到時堡裡的婦孺就會有跟康波城一樣的悲慘下場。也許你們不會相信，但我發誓，雖然明白刀尖就抵著我的喉嚨，但我還是張大了嘴準備大吼，即使是一聲也好，說不定能給堡內一個示警。按住我的那人似乎看出我的意圖，當我要喊出聲時，他低聲央求道：『不要出聲，碉堡沒有任何危險，這邊沒有叛軍。』他的話很誠懇，但我也從這個傢伙的棕色眼睛中我看出他的警告，只要我出聲就會被殺，於是我觀望著。」

「那個又高又兇悍的阿卜杜拉．罕對我說：『先生，你現在有兩條路可走：一是與我們合作；二是我們讓你永遠也叫不出聲！情況緊急，一刻也不能猶豫。你是要真心發誓與我們合作到底呢？還是要讓我們今晚就把你的屍體丟到河裡，然後去對面投降呢？沒有第三條路。選哪條？要死？要活？你有三分鐘考慮，太急迫了，必須在下一個巡邏的人出現之前把事情搞定。』」

「我說『我根本不知道怎麼回事，要怎麼選擇呢？只是你們要明白，如果危及碉堡中人士的安全，我絕不會跟你們合謀，要殺就殺，我才不怕。』」

「他說：『跟碉堡沒關係，我只要求你一件事，這也是你們英國人來印度的目的——發財！如果你決定跟我們合作，我們將以這把刀起誓，會將得到的寶物公平地分你一份。你放心，錫克教徒絕不會違背誓言。』」

「我問：『是什麼寶物？我答應你們，我該怎麼做？』」

「他說：『那麼，請以你父親的身體、母親的名譽及你的宗教信仰起誓，絕不做不利於我們的事，絕不說不利於我們的話。』」

「我說：『只要碉堡不會有事，我願起誓。』」

「『那我與我的同伴發誓：分你四分之一的寶物。也就是說，四個人，一人一份。』」

「我驚訝地說：『這裡只有三個人啊。』」

「他們其中一個說：『不。朵斯特·阿克巴也有一份。等他過來，我就把秘密告訴你。穆罕默德·辛，請你在門外守候，他們來了就通知我。我知道歐洲人守信用，所以我信任你，先生。如果你是慣於說謊的印度人，無論你怎麼發誓，我都一定會殺了你，把你的屍首扔進河中。可我們信任英國人，他們也信任我們。那麼，我現在就告訴你吧。』」

「另一個人接著說：『我們印度北部有個土人首領，領地雖小，卻富裕異常。他的財產有一半是他父親留下的，另一半則是自己搜刮來的民脂民膏。他是個嗜財如命的吝嗇鬼。暴動發生後，首領聽說白人節節敗退，就支持叛軍抵抗白人。但他又生怕萬一白人戰勝，會對他不利，於是想出了一個萬全之策，那就是把所有財物一分為二，凡金幣跟銀幣都鎖入宮中的保險櫃，珍珠與寶石則另放入一鐵箱，並派親信喬裝商人把它藏入阿格拉碉堡。如果叛軍獲勝，他就保住了錢幣；要是白人得勝，他至少還剩下珠寶可花。由於邊界一帶的叛軍實力較強，所以他就投靠了叛軍。先生，你認為他的財產是不是該歸忠心耿耿的人呢？』」

「那人繼續說道，『這個喬裝成商人的親信化名阿奇邁特，現在就在阿格拉城中，準備伺機潛入堡中。他的同伴則恰好是我的同盟兄弟朵斯特．阿克巴。朵斯特．阿克巴知道這個秘密，因此和我們約好今晚把他帶來我們這個堡門。他們就快到了，他知道我跟穆罕默德．辛在等著。這地方很偏僻，沒人會知道阿奇邁特是如何消失的，到時我們四人就可以平分土人首領的寶物。先生，你的意見如何？』」

「在烏斯特郡，生命向來被看成是神聖不可侵犯的，但在那種殘殺焚掠，無惡不作的殘酷環境下，一切都變得無所謂了。寶物當前，那個商人是死是活就變得微不足道。我想像著當自己衣錦還鄉後，鄉親們會多麼驚訝，看到這個不務正業的流浪漢，竟然搖身變得如此富有！就這樣，我當場下了決心。」

「『先生，請你好好考慮！』阿卜杜拉．罕以為我還在猶豫，又緊逼道：『如果他被白人捉住了，肯定也是死路一條，而且到時候寶物充公，誰也別想撈到好處了。』」

「『我的心與我的靈魂與你們同在！』我發誓道。」

「他把槍還給我，說：『太好了！我們相信你會像我們一樣永遠遵守誓言。現在就等我的盟友把那名商人帶過來了。』」

「『你們的盟友知道這個計畫嗎？』我擔心地問道。」

「『他是主謀，這些就是他一手策劃的。現在，我們到門外陪穆罕默德．辛站崗吧。』罕得意地說。」

「正值雨季，天空中烏雲密布，夜色迷矇，一箭之距離外就無法看清楚了。門前就是一個城壕，壕裡的積水一部分已經乾涸了，很容易走過來。我們站在那裡，靜待商人前來送死。

「忽然，壕對岸有一個被布矇著的燈光在堤岸邊消失了，不久後又重新出現，並朝我們這邊慢慢移動。」

「我叫道：『他們來了！』」

「阿卜杜拉低聲說：『請你按慣例上前盤查，但千萬不要嚇唬他。把他交給我們帶走，你只管守在門外，然後把燈準備好，以免認錯人。』」

「燈光閃爍著時停時進，直到看見了兩個黑影到了壕對岸。等到他們涉過積水，上了岸，我才壓低聲音問：『是誰！』」

「來人答道：『是朋友。』我舉燈照照他們，前面是位極高的印度人，我從未遇過如此高大的人，他滿臉的黑鬍子長過腰際。另一個則又胖又矮，纏著黃色大包頭，手裡捧著一團用圍巾包著的東西。他看起來很害怕，全身抖個不停，手也如生瘧疾般抽動著，兩隻小眼睛卻閃閃發亮，像隻出洞的老鼠，不停地東張西望。想到要殺死這個人，我心中浮現一絲不忍，但寶物的誘惑使我鐵了心。他看見我是白人，高興地奔了過來。」

「他喘著粗氣說：『請保護我，先生，保護我這落難的商人阿奇邁特吧！我來自拉吉普塔那，因為我是白人的朋友，所以一路遭到搶劫、鞭打和侮辱。現在我與我的財產安全到達這裡，真是感謝老天！』」

「我問：『裡面包著什麼？』」

「他回答說：『一個鐵箱，裝著兩件不值錢的傳家寶，我很捨不得丟棄。我並非乞丐，如果你的長官允許我留下的話，我會給你這位年輕的先生及你的長官一些報酬。』」

「他那可憐的小胖臉，使我越來越狠不下心殺他，我不忍再多談，想著儘早把他解決掉完事。」

「我說：『帶他去總部。』兩個印度兵應聲而上，一左一右地把他押進了黑漆漆的門道，同來的高個子則跟在後面。那傢伙被這樣四面夾攻，看來是小命難保了。我依舊一個人提著燈守在門外。」

「我聽見他們走在寂靜長廊上的腳步聲忽然停住了，接著是扭打聲。不久，忽然有人喘息著朝我飛奔而來，我大吃一驚，忙舉著槍向門內望。只見那個小胖子血流滿臉地狂奔，高個子則舉著刀緊追其後。從沒見過有人像那個商人跑得一樣快，眼看他要逃掉了。如果他能越過我逃出門外，可能就逃過一死了。我原本已動了惻隱之心，但一想到財寶，心腸便又硬起來。他快接近我時，我把明火槍往他雙腿間一絆，他立刻在地上打了兩個滾，印度兵趁機撲上去賞了他兩刀，他便一動也不動地躺在那兒了，甚至沒有哼一聲。也許他被絆倒時就斷了氣呢。先生們，你們看吧！就算不樂意，我還是從實招供了，就像我答應你們的一樣。」

講到這裡，他停了一下，伸出帶銬的雙手接住福爾摩斯為他倒的加水威士忌。先不提他那些殘忍的行為，單是從他述說時那毫不在乎的神情，就可知這個人的殘忍與惡毒。無論他將受到任何懲罰，我都不會有絲毫同情。夏洛克．福爾摩斯與瓊斯坐在那裡側耳傾聽，也顯示出厭惡的神色。也許史莫察覺到了，他繼續說時，聲音和動作中都有了明顯的反抗意味。

他說：「當然，這種行為令人不齒。可是有多少人在我當時的處境下，寧可選擇被殺也不要財寶？而且，當他走進堡裡，就決定了我們兩者必有一死的命運，假如被他逃出了堡外，事情就會敗露，我會遭到軍法審判，在那種緊張情勢下，絕對只有死刑。」

福爾摩斯打斷他的話，說：「繼續你剛才的故事。」

「穆罕默德．辛被留在外面把守著，胖子雖矮卻很重，阿卜杜拉．罕，朵斯特．阿克巴和我三個人一起抬起屍體，穿過一條曲折的通道，走進一間預先選好的空蕩蕩的大廳，屋子四壁早已殘破不堪，地上的一個凹坑正好當作天然墓穴。阿奇邁特的屍體被丟了進去，並用四處的碎磚掩蓋好，然後我們就出去驗看寶物了。」

「鐵箱還掉在阿奇邁特死去的地方，就是現在放在桌上的這只箱子，鑰匙繫在箱蓋刻著花紋的提柄上。打開箱蓋，裡面的珠寶在燈光下閃著燦爛的光輝，就像小時候讀到的童話故事裡講的使人眼花繚亂。我看完後，動手列了張清單：一百四十三顆上等鑽石，包括那顆世界第二大的『蒙兀兒大帝』；九十七塊上等翡翠；一百七十塊紅寶石，其中有些小的；四十塊紅玉；二百一十塊青玉；六十一塊瑪瑙，以及許多綠寶石、綠瑪瑙、土耳其玉、貓眼石和當時我並不認得的其他寶石，另外，還有三百多粒飽滿的珍珠，其中有十二粒鑲在一條金項圈上。我從旁迪切里別墅取回箱子後清點了一遍，發現其餘都在，唯獨少了這個項圈。」

「清點完後，財寶又被放回箱內，拿出堡外讓穆罕默德．辛看了一下。我們四人重新宣誓，將永遠團結保密。經過商議後，我們決定先把寶箱藏起來，待叛亂平定後再均分，於是我們在藏屍的那間屋子裡，選了最完整的一面牆取下幾塊磚，把箱子塞進牆中，再照原樣掩蓋好。第二天，我畫了四張藏寶圖，每人各執一份，並簽上四人名字作為誓言：從此，每人的言行要代表四人的利益，不得獨吞財寶。我從沒違反過這個誓言。」

「後來，威爾遜攻佔德里，柯林爵士收復拉克瑙，叛軍隨之瓦解。納納王越過國境逃亡，格雷瑟上校率領一支急行軍，殲滅了阿格拉的叛軍，印度逐漸恢復了原先的和平。正當我們四人盼望著平分財寶，遠走高飛時，卻被以殺害阿奇邁特的罪名全數逮捕了。」

「原來，東方人疑心很重。土人首領把財寶交給阿奇邁特後，又派了另一名親信跟在後面，並命令他盯緊阿奇邁特。那晚，親信偷偷緊跟在後，眼見阿奇邁特進入古堡，原以為大功告成，第二天這名親信也設法進入了古堡，卻遍尋不著阿奇邁特，他感到百思不解，將事情報告了軍隊司令。全堡立刻進行了一次地毯式搜查，於是屍體被發現了。當我們還在憧憬著未來時，卻被以謀殺罪逮捕了。審訊時，無人提及財寶，當時土人首領已被廢除並驅逐出境，再也沒有人知道寶物的秘密了。但謀殺罪行確鑿，判我們四人同為凶手。三個印度人被叛終身監禁，我原本被判死刑，後來減刑，也和他們一樣了。」

「我們的處境極為矛盾。一方面，我們四人這這輩子恐怕再難恢復自由之身；另一方面，只要我們分到財寶，卻能搖身一變成為巨富，最難忍受的是，明明有大批財寶，卻必須每天為了吃糙米、喝涼水而遭受獄卒的恣意凌辱，我簡直要氣瘋了，幸虧我天性頑強，所以一直忍耐，等待時機。」

「終於，機會來了。我被從阿格拉轉押到馬德拉斯，再被轉到安達曼群島的布雷爾島。島上的白人囚犯很少，我又表現優良，不久就得到了特殊待遇，在哈里特山腳的好望鎮中得到一間自己的小茅屋，過著自由的日子。那是個熱病四處流行的荒島，附近還有食人部落，一有機會就朝我們發射毒刺。我們白天忙於開墾、挖渠、種薯蕷以及各種雜活，夜晚我則利用空閒時間，學著替外科醫生配藥，以及一些外科手術。我無時無刻不去想著尋找逃走的機會，但附近海面幾乎沒有風，離大陸至少幾百哩，要逃，談何容易！」

「外科醫生薩莫頓是位活潑而好玩的青年，每晚都有駐軍中的年輕軍官去他家打牌。我的藥房與他的客廳僅一牆之隔，有個小窗相通。我在藥房覺得煩悶時，就會把燈熄了，站在窗前聽他們談話，看他們賭錢。常客中有軍隊的長官舒爾托少校、摩斯坦上尉、布羅姆利．布朗中尉，此外另有兩三個監獄官員。」

「不久我就注意到，輸錢的總是軍官，獄卒則一直贏錢。我不是說他們作弊，只是安達曼群島上的獄卒們整日無事可做，就打牌殺時間，日子一久，技術都非常純熟。舒爾托少校輸得最多，原本還用鈔票金幣，到最後不得不用上了期票。」

「有一夜，他輸的比平日更多，當他與摩斯坦上尉緩步回營時，我正在茅屋外納涼。他倆每天形影不離，感情很好，少校向他抱怨自己賭運欠佳。」

「他對上尉說：『摩斯坦，我該怎麼辦？我毀了，這下只能辭職了。』」

「上尉拍著他的肩頭說：『別胡說了！兄弟，我遇過比這更糟的情況呢，不過……』我只聽到了這些，但足以引發我的各種聯想。」

「兩天後，趁舒爾托少校在海濱散步的時機，我上前搭話。」

「我謙卑地說：『少校，我有事請教。』」

「他拿開銜在口中的雪茄，問：『什麼事呀，史莫？』」

「我說：『長官，如果有一批寶藏，該把它交給誰比較合適呢？我知道有批價值五十萬鎊的財寶藏在哪兒，但是卻無法享用它，不如交給政府好了，說不定可以換得減刑呢。』」

「他倒吸了口氣，死死盯著我，觀察我是否在說謊，然後問：『史莫，五十萬鎊嗎？』」

「長官，絕對不假。五十萬鎊的珠寶唾手可得，最棒的是，它的主人因罪逃亡中，先搶先贏啊！』」

「他結結巴巴地重複著：『應該交給政府，史莫，應該交給政府。』但他的話軟弱無力，我心中暗自竊喜，魚兒上鉤了。」

「我慢吞吞地問：『長官，你覺得我應該報告總督嗎？』」

「他猶豫了一下：『先慢著，否則你會後悔莫及。史莫，告訴我實情吧！』」

「我告訴了他事情經過，但是重點部分略過不提，以免洩露藏寶地點。我講完以後，他待在那裡沉思了許久。他那顫動的雙唇，表明他內心十分掙扎。」

「最後他說：『史莫，此事關係重大，暫時不要對別人提起一個字，我先考慮一下再告訴你怎麼辦。』」

「過了兩夜，他與他的朋友摩斯坦上尉提著燈深夜來到我的茅屋。」

「他說：『史莫，我請來了摩斯坦上尉，想再聽你親口說說那故事。』」

「於是我重複了兩天前的話。」

「舒爾托說：『聽起來像是實話，值得幹吧？』」

「摩斯坦上尉點了點頭，舒爾托說：『史莫，我與我的朋友討論之後，認為這是屬於你私人的秘密，而非政府的，你有權對它作任何處理。現在，最重要的是你開出的條件，如果，我們能達成協議的話——』他雖極力做出冷靜和毫不在意的模樣，但他的眼神掩飾不了內心的興奮與貪欲。」

「我同樣壓抑著激動，故作平靜地說：『說到代價，在我這樣的處境下只有一個：你們必須協助我與我的三位同伴恢復自由，我們會以五分之一的財寶作為二位的報酬。』」

「他不滿地說：『哼！才五分之一，不值得幹。』」

「我說：『就算這樣，每人也還有五萬鎊呢。』」

「舒爾托說：『但是如何幫你們恢復自由呢？要知道，這是無法實現的。』」

「我答道：『這並不難，我都考慮好了。難的是找到一艘適合遠航的船和足夠的乾糧。加爾各答和馬德拉斯多的是小快艇和雙桅快艇，你們只要弄一條來，在夜裡送我到印度沿海的任何一個地方就行了。』」

「他說：『你一個人的話就好辦。』」

「我回答說：『少一個人都不行，我們發誓生死與共。』」

「他說：『摩斯坦，你看，史莫很守信，他不會辜負朋友，我們可以信任他。』」

「摩斯坦答道：『真是樁骯髒的交易。但正如你所說，這筆錢確實可以解決我們的窘境。』」

「少校說：『史莫，我想我們不得不接受了，但我們還得確認你的話是否屬實，可否先告訴我們藏寶處，等到定期輪船到來時，我先請假去證實一下。』」

「他越著急，我反而越冷靜。我說：『別急，我得先得到三個同伴的允許。我已經說過，四人中只要有一人不同意，就不行。』」

「他蠻橫地說：『太沒道理了！我們之間的協定與三個黑鬼有什麼關係？』」

「我說：『不管是黑是白，我們都有約在先，必須一致同意。』」

「終於第二次見面時，三個印度同伴都在場，經過再次協商，才決定下來。我們把藏寶圖給兩個軍官各一份，並在圖上標出藏寶點，方便舒爾托少校前往查找。如果被他找到，他不能擅自行動，得先派艘小快艇，備足乾糧，到盧特蘭島接我們逃離，那時舒爾托少校應立即回營，再由摩斯坦上尉請假到阿格拉與我們會合，均分寶物，摩斯坦上尉代舒爾托分取他們應得的那份。我們共同擬出了最莊嚴的誓言，所有能想到能說出的誓言，保證共同遵守，永不違反。我在燈下花了整整一夜才畫出了兩張藏寶圖，每張都簽有四個名字：穆罕默德．辛，阿卜杜拉．罕，朵斯特．阿克巴，以及我的名字。」

「先生們，我的故事使你們疲倦了吧？我知道，你們一定想把我送進拘留所。壞蛋舒爾托前往印度後便一去不返，沒多久，摩斯坦上尉拿來一張從印度駛向英國的郵輪的旅客名單，舒爾托的名字果然在上面。還聽說他伯父死後留下大筆遺產給他，所以退伍了。他竟然如此卑鄙，不僅欺騙了我們四人，竟然連摩斯坦上尉一起欺騙了。不久，摩斯坦上尉去阿格拉查看寶物，果然被我們猜中，寶物已消失無蹤，這個壞蛋沒有遵守約定！從那刻起，我便為了復仇而活，我一心想著逃獄，然後找到舒爾托再掐死他，也不管什麼法律、什麼斷頭台了，甚至連寶物本身也沒有那麼重要了。」

「我一生中立過不少志願，幾乎都能實現。可是在等待機會的這幾年中，我卻吃盡了苦頭。因為我學過一點醫學知識，有一天，薩莫頓醫生因發高燒臥病在床，一個病重的土著被樹林中工作的囚犯抬了進來。明知土著天性殘忍狠毒，我還是堅持護理了他兩個月，他終於康復了，也對我有了感情，終日待在我的茅屋裡，久久才回樹林一次。我又跟他學會了一點土語，他就更加敬重我了。」

「他就是東加，是一個精幹的船夫，有條很大的獨木舟。他對我很忠誠而且願意為我付出一切，於是我告訴他我的逃跑計畫，並叫他某天夜裡將船划到一個無人碼頭去接我，還叫他準備些淡水及足夠的蕃薯、椰子和甘薯。」

「再沒有比小東加更忠誠可靠的伙伴了，他那晚真的將船划了過去。湊巧，那個一直欺侮我，讓我想報復很久了的阿富汗獄卒正在碼頭值崗，就像是老天在我臨走時賞給我的一個機會，他背著長槍站在海岸上，背對著我。我想用石塊砸爛他的腦袋，可是找不到石塊。最後我靈機一動，想到了我的義肢，於是，我在暗處坐下，卸下了木腿，向前猛跳三次，到了他背後，他還來不及取下肩上的槍，我已拚盡全力用木腿砸碎了他的腦袋。我木腿上的這條裂痕就是當時留下的。我爬了起來，而他卻永遠也動不了了。我上船後，一個小時就遠離了海岸，東加帶著他的全部家當，包括他的神像和兵器，還有一支竹製的長矛和幾條安達曼椰子樹葉編的蓆子。我們以矛作桅，蓆作帆，在海上任其自由漂浮了十天。到第十一天，一艘從新加坡開往吉達、滿載馬來西亞朝聖者的商輪搭救了我們。船上的人雖對我們感到好奇，可是沒多久就混熟了，他們並不追問我們的來歷。」

「如果要告訴你們我倆的航海經歷，恐怕說到明天也說不完。我們在世界各地流浪，就是到不了倫敦，但我仍不忘復仇，我在夢中不只殺過舒爾托一百次。終於，大約三四年前，我們到了英國，很輕易地查清了舒爾托的住址，並打聽他是否已經把財寶給花掉了。我和幫助我的人交了朋友，我絕不會透露他的名字，以免牽連他。最後我打探到，寶藏還在舒爾托的手裡，我想了各種復仇的辦法，但他非常謹慎，除了他的兒子和一個印度僕人外，還雇了兩個拳擊手形影不離的護在他左右。」

「一天，我聽說他病重將死，我不甘心就這樣便宜了他，因此立刻跑去他的花園。我透過窗戶，發現他躺在床上，他的兩個兒子分立兩旁。那時，我本打算闖進去抵擋他們父子三人，可我看到他的下巴垂下，知道他已斷氣，再也沒有必要進去了。於是當晚，我潛進他的房間，企圖從他的文件中查出藏寶地點，但一無所獲。盛怒中，我把四人簽名別在了他的胸前，以後若能見到三個同伴，也可以告訴他們我已留下了復仇的標記。要是我們這些遭到欺騙和劫掠的人，不能在他下葬給他前留點紀念，就太便宜他了。」

「從那以後，我就靠著讓東加扮成食人族在公開場合表演吃生肉、跳土著舞，以賺取生活費，每天都有滿滿一帽子的銅板收入。幾年來不斷有旁迪切里別墅的消息傳來，但除了尋寶外就沒什麼特別了。終於，我們渴求的消息來了！財寶就被藏於巴托羅繆．舒爾托實驗室的屋頂。我立刻前去打探虛實，雖然木腿使我無法從外面爬進他的窗戶，不過我清楚舒爾托先生的生活作息，又聽說屋頂有道暗門，於是想到讓東加幫我。但當晚舒爾托先生竟一反常態地待在屋裡，以致不幸被東加殺害。東加自以為做了件聰明的事，當我爬著繩子進屋時，他正志得意滿得像隻孔雀似的在屋中踱步，直到我氣得抽出繩子打他，並跺著腳咒罵他是吸血鬼時，他才驚訝起來。我拿了寶箱後，在桌上留下四簽名的字條，表示物歸原主。我怎麼離開的，福爾摩斯先生就很清楚了。」

「我想我要說的就這麼多了。我曾聽一個船夫說，『曙光』號的速度很快，於是計畫利用它來逃走。我付了一大筆錢租了史密斯的船，並說如果送我們安全地上了大船，會給他一大筆酬金。當然，他可能也覺得不太對勁，但他並不知內情。以上句句屬實，先生們，我並不想討好你們，事實上你們也沒優待我，我認為坦白就是最有力的辯護，藉此讓世人們瞭解舒爾托的為人，至於他兒子的死，我是無辜的。」

福爾摩斯說：「你的故事確實有意思。還有一點，我本以為東加把他的毒刺全弄丟了，怎麼最後還在船上放了一支呢？」

「先生，毒刺確實丟光了，但吹管中還剩一支。」

福爾摩斯嘆道：「啊，對呀，我怎麼沒想到這點呢！」

史莫誠懇地問：「還有問題嗎？」

我的同伴回答說：「應該沒有了，謝謝你。」

阿賽尼．瓊斯說：「福爾摩斯，我們都知道你是犯罪鑑定專家，可我有我的職責，今天為了你和你的朋友，我已夠通人情了。現在，我必須把講故事的人鎖進監獄了。馬車還候在門外，兩個警官也還在樓下等著呢。衷心感謝二位的鼎力相助，開庭時還有勞兩位作證。晚安。」

強納森．史莫也說：「二位先生晚安。」

細心的瓊斯走出房間時說：「史莫，你還是走前面。無論你在安達曼群島上是如何整治那位先生的，我還是多留心你的木腿為好。」

他們走後，我與福爾摩斯靜靜地坐著吸煙。好一會兒後，我開口道：「一切都結束了，恐怕我以後跟你學習的機會就少了，我與摩斯坦小姐訂婚了。」

他嘆了口氣，說：「我早猜到了，恕我不能向你道賀。」

我有點不高興了，問：「你對我選擇的對象有什麼不滿意嗎？」

「一點也不。我認為她是我見到的最可敬的女人，而且是我遇過的委託人中最合作的，單就她妥善保存那張阿格拉藏寶圖和她父親的那些資料這幾點，就足以證明她有這份頭腦，但是愛情是一種情感，與我認為最重要的冷靜思考相牴觸。我永不結婚，以免我的判斷力出現差錯。」

我笑了：「我相信，我此次的判斷是經得住考驗的。你好像累了？」

「是的，我開始感覺到累了，看來得花一個星期恢復了。」

「真奇怪，」我說，「為什麼我眼中最懶的人有時卻會表現得精力充沛？」

「是啊，我天生就游手好閒，但又活潑好動。歌德有句話：『上帝只把你造成個人形，結果是體面其表，流氓其內。』還有，此案中，我懷疑旁迪切里別墅中有個內應，就是瓊斯誤打誤撞一口氣逮捕的印度僕人拉爾．勞。這確實該算他個人的功勞了。」

我說：「這樣分配好像不太公平，你一人做了全部的工作，我得到了嬌妻，瓊斯得到了榮譽。那你呢？」

「我？」夏洛克．福爾摩斯說道：「還有古柯鹼瓶子呢。」說著，就伸手拿過瓶子來。

冒險史

1891～1892

Adventures of Sherlock Holmes

福爾摩斯聲名鵲起
各地委託人相繼造訪貝克街
從倫敦到歐洲大陸
從平民到王宮貴族
福爾摩斯獲得過輝煌勝利
也遭遇過空前挫敗
看華生筆下的十二件經典奇案
描繪出名偵探的過人智慧

Sherlock Holmes

1 波希米亞醜聞

夏洛克．福爾摩斯總是稱她為「那位女士」。我很少聽到他用別的稱呼提起她。在他的眼裡，她的才貌非凡脫俗，所有的女人與之相比都黯然失色。我並不是說他對艾琳．艾德勒產生了某種微妙的近似於愛情的感覺。他那強調理性、冷靜沉著、嚴謹呆板而又令人敬畏的頭腦，會排斥一切情感，特別是愛情。在我看來，他就是世界上在邏輯推理和觀察上最精確的一部機器，但是如果做為一個情人，則是笨手笨腳。他從來就不知道怎麼說出含情脈脈的甜言蜜語，更別提他那總是帶著嘲諷的口吻了。對於溫柔的情話，觀察家們是極力讚賞的，因為沒有什麼比它更能揭示人們的動機和行為了。但對於一個理論家而言，若縱容情感侵擾他那嚴謹細緻的邏輯思維，就會分散他的注意力，致使人們開始懷疑他所取得的智慧成果。不論是精密的儀器中落入了灰塵，或者是他那只高倍放大鏡有了裂痕，都比不過將某種強烈的情感滲入到他的性格中產生的干擾更為嚴重。然而曾有一位女士，就是還殘留在他那模糊記憶中的艾琳．艾德勒。

最近我很少去見福爾摩斯。美滿的婚姻和成家立業的喜悅，吸引了我所有的注意力。然而福爾摩斯卻依舊豪放不羈，憎恨一切的繁縟禮儀，因此他仍居住在那所貝克街的房子裡，整日埋首於舊書堆中。他有時會整整一週依賴古柯鹼，第二週卻又充滿了幹勁。他就是如此交替地沉浸在由藥物引起的睡眠狀態與他自身那種旺盛精力所致的亢奮狀態之中。他仍一如既往地沉迷於對犯罪行為的研究，並以他非凡的才能和敏銳的觀察力去尋找蛛絲馬跡，以破解那些疑難之謎。而這些謎一般的案件往往是警方已經認定破案無望了的。我能不時地聽到有關他的一些概況，例如他受託到奧德薩調查崔波夫謀殺案；他偵破了亭可馬里怪異的阿特金森兄弟離奇命案；以及替荷蘭皇家出色地完成了使命等等。以上情況，我也與其他讀者一樣，僅僅從報上得知。除此之外，有關我的這位前朋友兼伙伴的其他近況，我也知之甚少。

一八八八年三月二十日晚，我從病人處返家途中（我現在又開始行醫了）恰巧經過貝克街。那座房子的大門，對我而言依舊是記憶猶新的。我總是在心中把它與我所追求的某些東西以及像「血字的研究」這樣的神秘事件聯繫在一塊兒。在我路過大門時，忽然產生了想與福爾摩斯敘敘舊的強烈願望，此外，我還想瞭解他那顆超凡的頭腦目前正專注於什麼問題。我抬頭看見他的那幾間屋中，燈火通明。他瘦長的身影來回晃動著。他低著頭，雙手緊握背後，在屋中急切地來回踱著步。我深知他的各種生活習性，也瞭解他不同精神狀態下的反應，他的身體語言告訴我，他正在工作。他肯定剛從由安眠藥控制的睡夢中醒來，正積極尋找某些新問題的線索。我按了門鈴，接著就被領到那曾有一半屬於我的房間中。

他的態度是那種極少見的冷淡，但我肯定，見到我他還是很高興的。他幾乎不發一言，但目光親切地示意我在一張扶手椅上坐下，接著把他的雪茄煙盒扔過來，並指指角落裡的酒精瓶和小煤氣爐。他站在壁爐前，以一種特別的內省神態望著我。

「你很適合婚姻生活，」他說，「我想，華生，自上次見面以來，你的體重增加了七磅半。」

「七磅！」我糾正道。

「的確，我應該再多想一下，只要一下下。還有，華生，我看得出你又重操舊業了，但你不曾告訴我。」

「那你又怎麼知道的？」

「我看出來的，準確來說是推斷出來的。否則，我怎麼能知道你最近曾被雨淋得渾身濕透，而且有個笨拙又粗心的女僕呢？」

「親愛的福爾摩斯，」我不禁嘆道，「這太誇張了。要是你生活在幾世紀前，肯定會被處以火刑。沒錯，我的確在星期四步行去了一趟鄉下，歸途中被雨淋得濕透了。但我早就換過衣服，真無法想像你是如何推斷出的。至於瑪麗．珍，她實在是無可救藥，我妻子已經警告過她了。不過，我仍然不曉得你又是怎麼知道的。」

他嘻嘻地笑著，神經質地搓著那雙纖細的手。

「說起來很簡單，」他得意地說，「你左腳鞋子的內側，就是爐火恰巧烤到的地方，那兒有六道幾近平行的刮痕。這些刮痕顯然是有人順著鞋跟刮去泥巴時粗心大意留下的。因此我得到了雙重推論：你曾在惡劣的天氣中外出，以致於年輕而無經驗的倫敦女僕在你的靴子上留下了難看的刮傷。至於看出你重新執業嘛，如果一位先生走進我的房間，帶著一身碘仿的氣味，右手食指上還有硝酸銀的黑斑，同時他大禮帽的右側因為藏了聽診器而鼓起一塊，這樣我都判斷不出他是個醫務人員的話，那我簡直就是個大笨蛋。」

聽完他的分析後，我不禁笑了：「每次聽你解釋這些推理過程，總覺得很簡單，甚至可以說是不值一提，彷彿是一件易如反掌的事。但在你揭開謎底之前，我卻總是一頭霧水，不過我仍覺得我的眼力並不輸給你。」

「確實如此。」他點了支煙，很放鬆地倚在扶手椅上，回答道，「不過，你那是『看』而不是『觀察』，這二者間有明顯的區別。比如，你對從下面大廳到這個房間的樓梯很熟悉吧？」

「當然。」

「你走過多少次？」

「嗯，不止幾百次吧。」

「那麼，它共有幾階樓梯？」

「幾階？我不知道。」

「這就是了！因為你沒有用心觀察過，只是『看』而已。這恰好就是問題的關鍵所在。你看，我就知道它共有十七階。因為我不僅是看，還同時一邊觀察。順便說一下，你一直對這些小問題很感興趣，又善於記錄下我的一兩個小經驗，我猜應該會對這東西感興趣。」他說著，扔過來那張一直放在桌面上的粉紅色厚便條，「這是郵差剛送來的，請你大聲讀出來。」

便條上沒寫明日期，也沒有簽名和地址。

上面寫著：

> 今夜七時三刻將有一位紳士前去拜訪，有要事與閣下商談。閣下近來為歐洲一位王室效力的成果，表明了你是位值得託付大事的人。此事早已流傳四方，我等知之甚詳。請務必在上述時間靜候拜訪。來客如戴了面

具，請勿見怪。

「這事確實很神秘，」我說，「你認為是什麼意思？」

「我還沒有任何足以證明的資料。在得到資料前就妄加推測是最大的錯誤。有人會不自覺地將事實扭曲以符合理論，而非用理論來解釋事實。僅就目前這張便條，你能否推測出什麼？」

我仔細查看筆跡和這張粉紅色的紙。

「寫信的人應該很有錢，」我盡力模仿著他的推理方法，「這種紙半克朗也買不起一疊，質地異常堅韌。」

「出乎意料，這就是我想講的，」福爾摩斯說，「這紙根本不是英國製造的。你對著亮光照照看。」

我照辦了。紙質紋理中有「E」和「g」，此外還有「P」、「G」和「t」排在一塊兒。

「你明白這是什麼意思嗎？」福爾摩斯問。

「毫無疑問，這是製造商的名字，更準確地來說，是他名字縮寫的印記。」

「完全錯誤，『G』與『t』是『Gesellschaft』的縮寫，也就是德文的『公司』一詞。如同英文中的『Co.』。『P』則代表『Papier』，是『紙』的意思。現在該解釋『Eg』了。讓我們查一下歐洲大陸地名詞典。」他從書架上取了一本厚重的棕色書籍。

「Eglow、Eglonitz、……有了！Egria。這是一個德語國家，在波希米亞，那兒離卡爾斯巴德不遠。此地『因瓦倫斯坦之死而聞名，同時因玻璃廠和造紙廠林立而名揚四方。』哈，老兄，這下你想到了嗎？」他的雙眼閃動著亮光，得意洋洋地噴出了一大口藍色的煙霧。

「這種紙產於波希米亞。」

「答對了。寫字條的是個德國人。不知你有沒有注意到『此事早已流傳四方，我等知之甚詳』這句話的語法結構？俄國人或法國人都不會這樣講話，只有德國人才會這樣亂造句。所以，目前要弄清的就是這個用波希米亞紙寫字、寧可戴面具也要掩飾真面目的德國人到底想要做什麼。你聽，要是我沒猜錯的話，他來了，他將揭開這團迷霧。」

他話音未落，陣陣清脆的馬蹄聲和車輪摩擦鑲在路邊石頭的軋軋聲就傳了過來，接著是又急又猛的門鈴聲。福爾摩斯吹了聲口哨。

「聽聲音應該有兩匹馬，」他說，「對了，」他朝窗外瞄了一眼接著說，「是一輛美麗的小馬車和兩匹健壯的馬，每匹值一百五十基尼呢。華生，要是沒意外的話，這件案子可以讓我們大賺一筆。」

「我想我應該告辭了，福爾摩斯。」

「哦，不！醫生，你留在這兒。要是沒有一個好幫手，我可能會不知所措的。這案子看上去很有意思，錯過了就太令人遺憾了。」

「可是你的客人——」

「別介意他。也許我隨時需要你提供幫助，甚至我的客人可能也需要。他來了。醫生，請你坐在那張扶手椅上，好好地看著吧。」

一串沉重而緩慢的腳步聲從樓梯移到走廊。然後，在門口驟然止住。接著是響亮的叩門聲。

「請進。」福爾摩斯說。

一個身體魁梧的男人走了進來，他的身高不止六呎六吋，胸部寬闊結實，四肢發達。他那過於華麗的裝束，在英國人眼裡顯得有些沒品味。在他的袖口和雙排扣上衣前襟的開叉處有寬闊的羊羔皮鑲邊，深藍色大氅卻是用腥紅的絲綢作襯裡，一枚火焰形單顆綠寶石鑲嵌的飾針別於領口。一雙皮靴高至小腿肚，靴口鑲著深棕色毛皮，這一切使他更顯得粗野奢華。他手中拿著一頂大沿帽，顴骨以上的面孔被一隻黑色的面具遮蓋住了。剛進屋時，他的手還停留在面具上，顯然是剛整理過。他的嘴下垂寬闊，下巴長直，流露出類似頑固的果斷，像是個剛強的人。

「你收到我的信了嗎？」他問，聲音低沉而沙啞，帶有濃厚的德國口音。「我已通知過會來拜訪。」他看看我，又看看福爾摩斯，好像無法判斷該對誰說。

「請坐，」福爾摩斯說，「這是華生醫生，我的朋友和同事。他經常對我的工作給予大力協助。請問，我該如何稱呼你呢？」

「就稱呼我為馮．克拉姆伯爵吧。我是來自波希米亞的貴族。我相信這位先生，也就是你的朋友，是謹慎且可敬的，足以令我放心把事情告訴他，否則，我寧可與你單獨談話。」

我起身想走，可福爾摩斯緊抓著我的手腕，把我再一次推回了椅子中。「你可以選擇與我們一起談，或是乾脆別談，」他冷淡地對客人說，「你可以放心在這位先生面前，把你想告訴我的都說出來。」

伯爵無奈地將他那寬闊的肩膀聳了聳說：「那麼我首先要求兩位向我保證，在兩年內對此事絕對保密，兩年一過就無關緊要了。目前就算說它的重要性足以影響整個歐洲歷史的演變，也一點都不為過。」

「我向你保證。」福爾摩斯說。

「我也是。」

「兩位不會介意這個面具吧，」不速之客繼續說道，「是雇用我的那位貴人要求的，他不希望讓人猜出他的身份。我承認，我剛才說的頭銜並不是真的。」

「我知道。」福爾摩斯冷冷地答道。

「一切都太微妙了，我們必須即早採取防範措施，盡可能避免讓事態發展成一大醜聞，以免嚴重損害到一個歐洲王族。坦言之，這事會讓偉大的奧姆斯坦家族——波希米亞皇室，受到牽連。」

「這個我也知道。」福爾摩斯閉上眼睛靠著椅背喃喃地說。

對於這位古怪的來訪者而言，福爾摩斯無疑被描述成了全歐洲對問題最具分析能力的推理專家和精力最旺盛的偵探，所以此時他不禁對面前這個慵懶、倦怠的人驚訝地掃視了一眼。福爾摩斯漫不經心地張開了雙眼，不耐煩地看著這個身材高大的委託人。

「陛下如肯屈尊詳述你的案子，」他說，「那將有助於我給你建議。」

來客猛地從椅子上跳起來，情緒激動地在屋中來回踱著步。猛然間，他以一種近乎絕望的樣子一把扯掉了面具，丟在地下。

「你說得對，」他喊道，「我就是國王，我何必隱瞞？」

「沒錯，何必呢？」福爾摩斯平靜地說，「陛下還未開口，我就很清楚你就是威廉．戈特里希．西吉斯蒙德．馮．奧姆斯坦、卡塞爾費爾斯坦大公、波希米亞的世襲國王。」

「希望你能夠理解，」奇怪的來客顯得平靜了一些，他又重新坐了下來，用手摸了摸他那寬闊而白淨的前額說，「我並不習慣這些事情。此事如此微妙，如果貿然將它告訴某個偵探，我就會受其擺佈。我專程中從布拉格來到倫敦，就是為了向你徵詢意見。」

「那麼，請講吧。」福爾摩斯說完闔上了眼睛。

「簡而言之，事情是這樣的：大約在五年前，我在訪問華沙期間，結識一了名振四方的女冒險家艾琳．艾德勒。這個名字，我想你是熟悉的。」

「醫生，請幫我在資料索引中查詢此人。」福爾摩斯眼都沒睜一下。多年來，他一直堅持收集並整理各類資訊以備查。因此，若想講出一個無法讓他立即找到背景資料的人和事，實在是很不容易的呢！我很快找到了那位女士的資料。它夾在某個猶太法學博士和寫了一篇有關深海魚類專題論文的參謀長這兩份材料之間。

「我看看，」福爾摩斯說，「哦！一八五八年生於紐澤西。女低音，義大利歌劇院……嗯！華沙帝國歌劇院首席歌手……好了！結束了演唱生涯……哈！現居倫敦。沒錯！據我推測，陛下與她有所曖昧。你曾經寫給她幾封會讓自己身陷麻煩的信，現在想儘快把它收回來。」

「正是這樣。但你是怎麼……」

「你們曾秘密結婚嗎？」

「沒有。」

「有無任何法律文件或證明資料？」

「也沒有。」

「這我就搞不懂了，陛下。如果這位年輕女士想利用那些書信對你進行勒索或有其他目的，她要如何能證明信是真的？」

「有我的筆跡。」

「呸！偽造的。」

「信箋是我私人專用的。」

「偷的。」

「我專用的印章。」

「偽造的。」

「還有我的照片。」

「買來的。」

「那是我和她的合影。」

「天哪！這就糟了。陛下的確太不檢點了。」

「那時我真是個十足的瘋子——毫無理智可言！」

「你給自己造成了最嚴重的傷害。」

「那時我還只是王儲，很年輕。我現在也不過剛滿三十。」

「必須收回那張照片。」

「我們試過，都失敗了。」

「必須花錢買回來。」

「她不肯賣。」

「那就偷。」

「試過五次了。有兩次我雇了小偷翻遍了她的房子；還有一次趁她出門旅行時，把她的行李調了包；甚至對她進行了兩次攔檢。但都一無所獲。」

「沒有任何蛛絲馬跡？」

「沒有。」

福爾摩斯笑得有些耐人尋味，他說：「這只是個小問題。」

「對我而言，這卻是很嚴重的事件。」國王生氣地回答。

「不錯，很嚴重。她打算拿這張照片做什麼呢？」

「毀掉我。」

「何出此言？」

「我即將結婚。」

「我聽說了。」

「我將迎娶斯堪的那維亞國王的二公主克洛蒂德．勞斯曼．馮．撒克遜曼寧根。或許你也聽說過他們嚴格的家規。而她本人也十分敏感。如果她對我的品行產生了懷疑，婚事就會被取消。」

「那艾琳．艾德勒呢？」

「她揚言要把照片寄給他們，她一定會那麼做的。你不瞭解，她有鋼鐵般堅強的個性。她同時擁有最美麗的容貌及男人般的果斷。一旦我與別的女人結婚，她一定會拚了命作梗的，沒有人能阻止她！」

「你確定照片仍在她手中？」

「是的。」

「何以見得？」

「她說過，她將在我公開宣布婚約的當天寄出照片。也就是下星期一。」

「哦，那我們還有三天呢，」福爾摩斯打了個呵欠。「很幸運地，我的手邊只剩下一兩件重要的事要處理。當然，陛下會暫時留在倫敦吧？」

「對。你可以到朗豪酒店找我，別忘了我的名字是馮·克拉姆伯爵。」

「那我會以短信告知你我們的進展。」

「很好，我真的很著急。」

「那麼，收費的部分怎麼辦？」

「一切你說了算。」

「真的？」

「我明白地告訴你，我願意用我國的一個省去換回那張照片。」

「目前的費用呢？」

國王從他的大衣下掏出一個沉重的羚羊皮袋，放在桌上。

「這是三百鎊金幣和七百鎊現鈔。」他說。

福爾摩斯撕下一頁筆記本紙，潦草地寫好收據遞給他。

「那位小姐住在哪裡呢？」他問。

「聖約翰林，塞彭廷街，布里歐尼寓所。」

福爾摩斯仔細地記錄。「還有一點，」他說，「那是張六吋的照片嗎？」

「是的。」

國王看上去已經輕鬆了一些，他起身向福爾摩斯告辭。

「那就再會了，陛下，我相信不久就會有好消息帶給你。」等這輛皇家四輪馬車正向街心駛去時，福爾摩斯對我說道：「我想請你明天下午三點再到這兒來，我們聊聊這件小案子。」

次日下午三點整，當我準時來到貝克街時，福爾摩斯還沒有回來。房東太太說，今晨八點剛過他就出去了。儘管如此，我依然在他書房的壁爐旁坐了下來，我對他的新案子很感興趣，決定無論多久也要等他回來。

雖然此案沒有我之前記錄那兩件案子的殘忍和錯綜複雜的情節變化，但是案件的性質和委託人的高貴身份，使事情本身多了一種神秘色彩。的確，除了此案的性質外，他那掌握情況的巧妙手法，敏銳而透徹的推理，以及用以解決深奧問題的嚴密思維，都很值得我學習和研究，並從中獲得快樂。我已習慣於他的所向披靡，因此，我從不認為他也會有失敗的時候。

大約四點，房門開了，一個醉醺醺的馬車夫走了進來，他留著落腮鬍，面色紅潤，衣衫襤褸，好一副邋遢模樣。雖然我已習慣了老朋友的易容術，但還是經過了再三觀察後才確定此人是他。他對著我點了個頭以示招呼，然後鑽進了臥房。不到五分鐘，他又如往常一樣身著花呢外套，充滿紳士風度地出現在我面前。他把手插入衣袋，在壁爐前舒展雙腿，縱聲大笑起來。

「哈，是真的！」他猛地噎住了，接著又忍不住一陣大笑，直笑得無力地癱在椅子上。

「怎麼回事？」我已經有些耐不住性子了。

「太有趣了！你絕對猜不出我一個早上在幹嘛。」

「我不知道，我猜你可能在觀察艾琳．艾德勒小姐的生活作息，也許還去調查了她的房子。」

「一點都沒錯！結果不太尋常，不過還是告訴你好了。早上八點剛過我就扮成失業的馬車伕出了門，在馬車伕之間有一種相互關照的習性，如果你能成為其中一份子，就能打聽到你想知道的一切。要找到布里歐尼寓所很容易，那是幢附有花園的精緻別墅，面對馬路，共兩層，大門上鎖。右邊是寬敞的起居室，內部裝飾豪華，窗戶高及地面，而那些可愛的英國窗閂就像裝飾品，連小孩都打得開。除了從馬車房頂能搆著走道的窗戶外，再沒什麼值得關注了。我環繞別墅一周，從各個角度仔細察看了一遍，但沒發現任何有趣之處。」

「於是我沿街漫步，果然，我發現有一排馬廄在花園圍牆旁的小巷中。我幫著馬伕梳洗馬匹，換取了兩便士、一杯混合啤酒、兩撮粗煙草，以及許多我想知道的艾德勒小姐的近況，除此之外，還有一堆附近居民的情報，雖然我一點興趣都沒有，但是沒辦法，非聽不可。」

「艾琳．艾德勒是怎樣的一個女人？」我問。

「這個嘛，她讓許多男人為之傾倒，是世界上最嬌俏的女人。她喜歡寧靜的生活，常常在一些高雅的音樂會上演唱。平常生活極有規律，每天五點出門，七點回家吃晚飯。除了演唱，其餘時間都深居簡出。唯一與之來往的男人，據說看上去膚色黝黑，英俊挺拔，朝氣蓬勃。那人每天至少來探望她一次，有時是兩次。他就是內廷的戈德菲．諾頓先生。你知道成為一個心腹車伕的好處嗎？他們曾多次載他從女士的住所返家，對他的事瞭如指掌。聽完了他們提供的情報，我再一次來到布里歐尼府第附近張望，開始思考我的行動方案。」

「這個戈德菲．諾頓顯然是本案的關鍵角色。他是位律師，這讓我覺得不太妙。他與艾德勒小姐是什麼關係？他常來她住處的目的何在？艾德勒小姐是他的委託人、朋友，還是情婦？如果是委託人，那麼照片大概已交給他了；如果是情婦，那她不太可能會做出這一切。這個問題的答案將決定我該把重點放在布里歐尼寓所呢，還是放在那位先生在內廷的住處？這一點很重要，它讓我的調查範圍擴大了。當然，這些繁瑣的細節也許讓你覺得無聊，但如果想瞭解進展的話，就不得不先瞭解我遇到的小小困難。」

「我正洗耳恭聽。」我微笑著答道。

「當我正思考著，一輛雙輪馬車剛好停在了布里歐尼寓所門前，一位風度翩翩的紳士下了車。他相貌英俊，長著鷹鉤鼻，黝黑的臉上留著修剪整齊的小鬍子，顯然正是馬伕形容的那人。他好像很著急，大聲叮嚀車伕在原地等他，接著急切地擠過開門女僕的身旁向大廳奔去，顯得毫無拘束。」

「他大約在屋中逗留了半個鐘頭。透過起居室的窗戶，我隱約看見他正興奮地揮動著雙臂在來回踱著步。他似乎正在和誰交談著，但我並沒見到別的人。接著他出來了，好像比進去的時候更著急了，上車時，他掏出一塊金錶，焦急地看了看後喊道：『跑快點，先去攝政街格羅斯．漢基旅館，然後去愛奇華街的聖莫尼卡教堂。只要你能在二十分鐘內趕到，我就賞你半個基尼。』」

「話音未落，馬車已經走了老遠。我正猶豫著是否該尾隨其後，猛然間，一輛小巧雅致的四輪馬車駛出了小巷。那車伕的上衣紐扣幾乎只扣了一半，領帶也歪在肩上，馬匹輓具上所有的金屬箍頭都突出了帶扣。車還沒停穩，一位女士就從大門飛奔而出鑽入了車廂。只一瞬間，我瞥見了她一眼，但也已發現她是多麼與眾不同，玲瓏有致的容貌足以令男人傾倒。」

「『約翰，去聖莫尼卡教堂，』她喊道，『二十分鐘內趕到，我賞你半個金鎊！』」

「華生，這麼好的機會可不能錯過了。我正在思考是趕上去好呢，還是攀在車後好，恰巧有輛出租馬車從身旁經過。車伕對我這樣寒酸的乘客瞧了又瞧，但我不等他拒絕，直接跳進了車裡。『聖莫尼卡教堂，』我說，『給你半金鎊，如果二十分鐘內能趕到的話。』那時是十一點三十五分，很明顯有什麼事要發生了。」

「我的車伕將車趕得飛快。我覺得從未坐過如此快的馬車，但那兩輛車還是比我們先到，正停在門前，馬匹氣喘吁吁地口吐熱氣。我付過錢，趕忙跑進教堂。那裡只有一個身著白袍的牧師，似乎在跟他們商量什麼，他們三個人圍在聖壇邊。我裝成一個遊手好閒之徒，若無其事的閒晃過去。忽然間，這三人轉身面向著我，戈德菲．諾頓朝我拚命跑過來。」

「『感謝上帝！』他喊道，『你就行了。來！快來！』」

「『什麼事？』我問。」

「『來吧，朋友，只佔用你三分鐘時間，否則就不合法了。』」

「我幾乎是被拖上聖壇的。甚至還沒來得及站穩，就開始對牧師一一問話進行答覆了，我發現我莫名其妙成了一名證人——艾琳．艾德勒和戈德菲．諾頓的證婚人。所有這一切在一瞬間就完成了。接著是一對新人向我表示感謝，而牧師則對我面露微笑。這應該是我所見過最荒謬的場面，一想起來就好笑。似乎是他們的結婚證書有些問題，因為如果沒有證婚人，牧師拒絕為他們主婚，而我的出現正好讓新郎不至於衝去大街上拉一位證人。新娘為此給了我一個金鎊，我準備將它拴在錶鏈上以作紀念。」

「太出人意料了，」我聽得入了神，「後來呢？」

「嗯，我意識到我的計畫正遭受著嚴重的威脅。看樣子他們馬上就會離開，所以我必須立即採取措施。在教堂門口他們分了手，他回到內廷，她回自己的家。臨別時，我聽到她說：『我會像平時一樣，五點鐘坐車去公園。』然後他們就各自離去了。我也剛好回來進行一些準備。」

「準備什麼？」

「一些滷牛肉和啤酒，」他一面拉鈴說道，「我一直在忙，根本沒時間吃飯，今晚我可能會更忙。順帶一提，醫生，我需要你的幫助。」

「我很樂意。」

「不怕犯法？」

「不怕。」

「也不怕被捕？」

「如果有一個高尚的理由。」

「哦，的確是再高尚不過了。」

「那我就任你差遣了。」

「我就知道你是個信賴的人。」

「但是，你要我做什麼？」

「等特納太太上菜後，我就告訴你。至於現在，」他飢餓地望著房東太太送來的食品說，「我必須邊吃邊談，因為我的時間不多。已經快到五點了，我們必須在兩個小時內趕到行動地點。艾琳小姐，不，應該稱她為夫人，將會在七點鐘回到家。我們必須在布里歐尼寓所與她會合。」

「然後呢？」

「以後的事我已有所安排。只是有一點我必須堅持：不管發生什麼事，你千萬不要插手。懂了嗎？」

「你要我袖手旁觀？」

「是的。因為也許會有些不愉快的事發生，你千萬別介入。當我進入艾琳夫人的宅邸後，一切都會恢復正常。四、五分鐘後，客廳窗戶將會被打開，你就靠到窗子附近等著。」

「好的。」

「你一定要盯緊我，我會設法站在你的視線範圍內。」

「好的。」

「我一抬手，就像這樣，你就把我給你的東西扔進屋子裡，同時大叫失火了。這樣懂了嗎？」

「是的。」

「這不是什麼可怕的東西，」他從口袋中掏出一支似雪茄的長捲筒說，「這是水管工人常用的普通煙火筒，兩端的蓋子擰開後就會自燃。你的任務就是管好這個玩意兒。當你大喊失火時，肯定會引來不少人救火，而你就趁機溜到大街的另一頭。我會在十分鐘內與你會合。我說明得夠清楚了嗎？」

「我先袖手旁觀，接著靠近窗口，看到你做出手勢就把東西丟進去，然後大叫失火，再到大街的另一端等你，是這樣嗎？」

「完全正確。」

「那你應該可以百分之百信任我。」

「好極了。現在，差不多該扮成另一個新角色了。」

他離開餐桌進了臥房，幾分鐘後一位和藹、樸素的基督教牧師走了出來。他那寬闊的黑帽、寬鬆下墜的褲子、慈祥而好奇的神態，與紅透半邊天的喜劇演員約翰．海爾先生不分高低。福爾摩斯改變的不僅是裝束而已，還有表情、神態，甚至於他的靈魂。當他化身成犯罪學專家，舞台上就因此少了位出色演員，甚至科學界也因此少了位敏銳的推理專家。

我們在六點十五分離開貝克街，提前十分鐘到達了塞彭廷街。當時已是黃昏，街面上的房舍裡已經有了燈光，我們在布里歐尼寓所外焦急地等候屋主歸來。這裡並不如我想像的那麼偏僻，相對於附近的安靜區域，它反而顯得很熱鬧。一群衣衫襤褸的人正抽著煙，有說有笑地站在街頭轉角處；附近還有一個帶著腳踏磨輪的磨刀工在招攬生意；兩個正與保姆調情的警衛，斜靠在路邊的石柱上；還有幾個衣著體面、口叼香煙、吊兒郎當的年輕人在那兒遊蕩。

「你知道的，」福爾摩斯說，「他們的婚姻讓整件事簡化了。那張照片現在成了一把雙刃劍。她不希望諾頓看到照片，很可能就像我們的委託人一樣，害怕它出現在自己的新伴侶眼前。問題是我們該去哪兒找到它？」

「是啊，該去哪兒找？」

「她不太可能隨身攜帶，照片有六吋，太大了，很難藏在女性的衣服中。況且國王曾兩次攔劫和搜查過她。所以，我斷定她不會帶在身上。」

「那麼在哪兒呢？」

「有可能在她的律師或會計師手中，但我不這麼想，女人天性好保密。她最信賴的人莫過於自己，為什麼要交給別人保管？況且他無法得知保管人會不會受到間接的或政治上的影響。另外，她曾告訴國王說，近日內就會將它公諸於世，所以肯定藏在隨手可得的地方，那就是她的家裡。」

「但是房子已經被搜過兩次了。」

「哼！那些人太笨。」

「那你怎麼找？」

「我才不會去找。」

「那你打算怎麼辦？」

「讓她自己拿出來。」

「她會拒絕的。」

「她不會拒絕的。我聽見車輪聲了，是她的馬車。現在按計畫行事。」

正說著，一輛兩側閃爍著燈光的馬車順著彎曲的街道繞過來。那是輛漂亮的四輪小馬車，它剛在布里歐尼府第門前停下，一個流浪漢便殷勤地衝上前開門，希望賺幾個小費，但卻被另一名流浪漢用力擠開，兩人開始了激烈的爭吵，過程中，又加入了兩個警衛跟磨刀工，於是爭吵更激烈了。接著，有人開始動起手來，場面一片混亂。恰巧此時艾琳夫人從車上下來，被這群粗魯的人群圍在中間。這群人面紅耳赤，扭在一塊野蠻地打鬥。福爾摩斯見狀，急著擠入人群去保護艾琳夫人。但是，剛擠到她身旁，他就大叫一聲倒了下去，臉上鮮血直流。一看見有人受傷倒地，兩個警衛拔腿就跑，流浪漢們則往街角逃之夭夭。於是，那些衣著比較體面，只看熱鬧而沒參與混戰的人開始圍過來替夫人解圍，並照顧受傷的福爾摩斯。驚魂未定的艾琳．艾德勒撥開人群急步跑上了自家門前的台階，但她在最高那層站住了，回頭望著滿頭鮮血的福爾摩斯問道：

「那位可憐的紳士傷得重嗎？」

「他死了！」幾個聲音齊聲答道。

「不，不，他還活著呢，」一個婦人用尖細的聲音叫著，「但是應該來不及送到醫院就死了。」

「他很勇敢，」一個老婦人激動地說，「如果沒有他，那些流浪漢早就搶了夫人的錢包和手錶，真是一群凶悍的惡棍！啊，他開始呼吸了。」

「他不能就這樣躺在街上。可以抬他進屋嗎，夫人？」

「當然，請你們把他抬進起居室，那兒有張舒適的沙發，請往這邊！」

當大家緩慢地將福爾摩斯抬進布里歐尼寓所時，我正站在客廳的窗前。枱燈亮了，落地窗簾卻沒拉上，所以我能看到福爾摩斯已被安置在長沙發上。我不知道當時他是否對自己的所作所為感到良心不安；但是當我看見那位佳人照料傷者的那種溫柔親切的神態時，竟感到羞愧了。事到如今，打退堂鼓也太對不起福爾摩斯，我只好鐵著心，從長外套中取出煙火筒。我不斷安慰著自己，我們不是要傷害她，只是要阻止她傷害別人。

福爾摩斯無力地由沙發坐起，看上去就像很需要新鮮空氣似的。一個女僕推開了窗。就在那一剎那，我看到他舉起手來，便立即將煙火筒扔了進去，並拚命地高喊：「失火啦！」話音剛落，就聽見剛才那些看熱鬧的人，無論衣著體面與襤褸的，以及紳士、馬夫、女僕們驚慌都失措地喊叫道：「失火啦！」

屋子裡開始瀰漫出濃煙，到處是爭先恐後匆匆跑動的人影和恐懼的尖叫聲。片刻之後，我終於聽見了福爾摩斯的聲音，他仍在起居室裡，大聲安撫眾人，說那只是場虛驚而已。我穿過早已亂作一團的人群，走到了街對面。不出十分鐘，我的朋友就過來了，他拉著我逃離了騷亂的現場。在我們回到寂靜的愛奇華街前，他只是默默地急行著。

「你做得很好，醫生，」他對我伸出了大拇指，「一切都成了。」

「你拿到照片了？」

「我知道它放哪裡了。」

「怎麼知道的？」

「她自己拿出來的，我跟你說過了。」

「我還是不懂。」

「我不想故作神秘，」他笑了，「事情非常簡單，你應該看得出街上所有的人都是共犯，他們都是為了今晚的計畫聚集在那兒的。」

「我只有猜到這一點。」

「我預先在手中握著一塊濕的紅染料，當爭吵發生時，我故意衝上前，然後跌倒，把手捂在臉上，便成了一副令人同情的模樣。這是個老掉牙的技倆。」

「這個我也猜出來了。」

「然後他們把我抬進屋內，因為她有義務這麼做。我被安置在起居室裡，也就是我懷疑的房間，我推斷照片可能藏在起居室或她的臥室裡，我決定查清究竟是在哪一間。當我躺在沙發上時，就裝出缺氧的樣子，於是他們只好打開窗戶，同時給了你機會。」

「這對你有什麼幫助？」我開始感到疑惑不解了。

「大有用處。當房子失火時，一個女人會直覺地去搶救她認為最珍貴的物品。我不止一次利用過這種心理：在達靈頓頂替醜聞一案中，以及在昂斯沃城堡案中。年輕的母親會首先抱住嬰孩；未婚的女人會趕快去取珠寶。至於目前，在這所房子裡，對這位夫人而言最珍貴的東西莫過於我們正在尋找之物了。失火的警報太出色了，那噴射的煙霧和驚呼足以震動鋼鐵般的神經，而她的反應真是棒極了。照片就收藏在拉鈴旁的一個暗門裡，當她把照片抽出一半的時候，我就開始高呼著只是虛驚一場，她立即把它放回去了，這一切發生在片刻之間。艾琳夫人看了一眼地上的煙火筒，就匆匆出去了，再沒有回來。我站起來，藉口溜了出去。我本來猶豫是否該立刻把照片拿走，但馬伕進來了，就近監視著我。我想還是等待一個更安全的時機，否則，稍不留心，整件事就會被搞得一塌糊塗。」

「現在該怎麼辦？」我問。

「調查已經完成了。明天我就與國王一塊去拜訪她。如果你願意，就跟我們一起吧。會有人引我們在客廳等候。但是當艾琳夫人出來時，恐怕我們已與照片一同消失了。能讓國王親手取回照片，他一定滿意極了。」

「什麼時候去呢？」

「明早八點。趁她沒起床就動手。另外，我們必須抓緊時間，立即發電通知國王，因為結婚後她的生活習慣可能會改變。」

此時，我倆已經回到了貝克街寓所的門前。當他正掏鑰匙時，有人走過來向我們問好：

「晚安，福爾摩斯先生。」

我們朝人行道望去，發現那裡有好幾個行人。這句問候似乎是出自一個身材瘦小，穿著一件長大衣匆匆走過的年輕人之口。

「這聲音我聽過，」福爾摩斯凝視著昏暗的街道驚訝地說，「可是我聽不出那是誰。」

當夜，我留在了貝克街。次日清晨，當我們正喝著香濃的咖啡時，波希米亞國王急衝衝地進來了。

「照片到手了？」他抓住夏洛克．福爾摩斯的雙肩熱切地搖動著。

「還沒有。」

「有把握嗎？」

「當然。」

「那快走吧，我等不及了！」

「還得雇一輛馬車。」

「不用了，就乘我的四輪馬車！」

「那就省事了。」

於是我們再次往布里歐尼寓所第行進。

「艾琳．艾德勒小姐結婚了。」福爾摩斯淡淡地說。

「結婚了！什麼時候？」

「昨天。」

「跟誰！」

「一個叫諾頓的英國律師。」

「但她不可能愛他。」

「我希望她會。」

「為什麼？」

「因為這樣就免去了陛下不少麻煩。如果那位女士深愛她的丈夫，她就不會再愛陛下，如果不愛陛下，也就沒理由要破壞你的新生活了。」

「這倒是真的。可是……唉！如果她與我身份相當就好了，她會成為一位多麼高貴嫻淑的王后呀。」說完，他陷入了憂鬱的沉默中，直到馬車停在了塞彭廷街上。

布里歐尼寓所敞開著大門。一個老婦人站在台階上，以譏笑的眼神注視著我們從四輪馬車上下來。

「你一定就是夏洛克．福爾摩斯先生吧？」老婦人不卑不亢地問道。

「我是福爾摩斯先生。」我的伙伴驚訝地看著她。

「果然沒錯！我的女主人說你可能會來訪。她與丈夫已經搭乘今早五點十五分的火車去歐洲大陸了。」

「什麼？」夏洛克．福爾摩斯向後退了幾步，臉色發白。「你是說她已經離開英國了？」

「永遠不會回來了。」

「那照片呢？」國王一下洩了氣，「全完了！」

「讓我看看！」福爾摩斯推開僕人，直奔客廳，我與國王只能緊隨其後。屋子裡已是一片狼籍，好像艾琳夫人出行前曾匆忙地翻箱倒櫃搜過一遍。福爾摩斯衝到拉鈴處，掀開暗門，伸手掏出一張照片和一封信。那是一張艾琳．艾德勒身著晚禮服的單人照。信上寫著「夏洛克．福爾摩斯先生收」，我的朋友急切地拆開信，我們三人圍在一起讀著。信是昨晚午夜時寫的，上面寫著：

親愛的夏洛克．福爾摩斯先生：

你的手法實在是毫無破綻，我完全被蒙在鼓裡，直到看見那支煙火筒，才讓我立刻明白自己是如何在無意中洩了密。幾個月以前，就有人警告我說，如果國王要雇用偵探的話，非你莫屬，並且把你的地址給了我。儘管如此，你還是找到了你想要的東西。當我開始懷疑你時，甚至無法相信這樣一位和藹可親的老牧師竟然不懷好意。但是請你別忘了，我本人是專業演員，對男性服裝並不陌生，我也常女扮男裝，並充分享受它給我帶來的自由。我派馬車伕約翰監視你，然後上樓換上我的散步服裝，下樓時，恰巧看見你離開。

於是，為了確認我的確是大名鼎鼎的夏洛克．福爾摩斯鎖定的目標，我尾隨你到了你的家門口，然後，我冒失地向你道晚安，才去內廷看我的丈夫。

我與丈夫認為一旦被你這樣的難纏對手盯上，就只有三十六計走為上策了。當你明天來訪時，將會發現屋內已人去樓空。至於照片，請你的委託人儘管放心。我被一個更好的男人深愛著，國王可以做任何他想做的事，不必擔心一個曾被他辜負的女人妨礙。我留下照片，只為了要保護自己，它能永遠保護我不受他可能採取的任何手段傷害。我留下一張照片，他可能願意留作紀念。謹此對你——親愛的夏洛克．福爾摩斯先生致意。

艾琳．艾德勒．諾頓

「多好的一個女人，哦，多好的一個女人啊！」波希米亞國王情不自禁地喊道。「我曾告訴過你們，她是如何的機敏、果斷！如果她能成為我的王后，那將是多棒的一件事！只可惜我倆階級不相當。」

「我認為，她的階級的確與陛下不相當，」福爾摩斯冷冷地說，「很遺憾，無法圓滿完成陛下的委託。」

「正好相反，我親愛的先生！」國王說，「再沒比這更完美的結局了。我瞭解她一向說話算話。現在，那張照片就像被燒掉一樣令人放心。」

「我很高興聽到陛下這麼說。」

「真是太感謝你了，請告訴我該怎麼酬謝你才好。對了，這枚戒指——」他脫下手指上那枚蛇形的翡翠戒指，托於掌心遞給了福爾摩斯。

「陛下，我認為有一樣東西更有價值。」福爾摩斯誠懇地講道。

「只要你說出來，我都給你！」

「這張照片。」

國王驚愕地瞪大了眼睛。

「艾琳的照片！」他有些語無倫次了，「當然可以，如果你想要的話。」

「謝謝陛下。那這事就算是告一段落了，祝你有個美好的早晨。」他鞠了個躬轉身便走，對於國王伸出的手瞧也不瞧。我們一道返回了貝克街。

這就是一樁醜聞如何威脅到波希米亞國王、也是福爾摩斯巧妙的計畫如何被一位聰明的女性挫敗的經過。過去他總是常常揶揄女人的智慧和機敏，但近來卻很少聽到。而每當他提起艾琳．艾德勒小姐或那張照片時，總是會尊敬地稱呼她為「那位女士」。

2 紅髮協會

那是發生在去年秋天，我去拜訪夏洛克・福爾摩斯時，見他正與一位面色紅潤、頭髮火紅的矮胖先生促膝長談。我為自己的唐突到訪深表歉意，正打算告辭，卻被福爾摩斯一把拉住。進房後，他輕輕關上了門。

他親切地說道：「親愛的華生，你來得正是時候！」

「我怕你正在忙。」

「沒錯，我是在忙。」

「那我可以先到隔壁等你。」

「哦，不、不。威爾遜先生，這位先生既是我的朋友又是我的助手，很多成功的案件中都有他的功勞。我相信他也能在你的案子上給予很大的幫助。」

矮胖的先生微微欠身，對我點頭致意，一絲半信半疑的眼神迅速掠過他那雙肥厚眼皮下的小眼睛。

「你坐長沙發吧。」福爾摩斯說著又重新坐回他那張扶手椅上，雙手指尖對頂，這是他沉思時慣用的姿勢，「親愛的華生，我知道，你也同樣討厭枯燥乏味的日常生活。你喜歡新奇事物，然後滿腔熱情地把它們記錄下來。而且，恕我直言，這麼一來將會為我的冒險事蹟增色不少。」

「我的確對你處理的案件很感興趣。」

「你當然還記得，那天我們在討論瑪麗・薩瑟蘭小姐的那些簡單問題前，我所說的話：『如果想得到新奇的結果與不尋常的體驗，我們必須深入真實的生活，因為生活本身遠比任何幻想更富冒險性。』」

「我一向懷疑這個說法。」

「是嗎？醫生。但是你不得不同意，否則我將舉出一連串的例子，事實勝於雄辯，你終將承認我是正確的。好啦，這位雅比斯・威爾遜先生今天特地來看我，是因為他有個很好的理由，他說了一個我聽過最古怪的故事。我曾經說過，那些最離奇的犯罪情節往往都與小罪行有關，而非出自於大案件，甚至你還會懷疑它到底有沒有觸犯法律呢！就我目前所瞭解的，還無法斷定此案是否牽涉到犯罪行為，但是，整個故事肯定是我所聽到過最為怪異的了。威爾遜先生，是否可以請你從頭再敘述一遍？不僅僅是因為我的朋友華生醫生沒有聽到，我也想儘可能多了解一些詳細的情節。」

矮胖的委託人似乎有點驕傲地挺起胸膛來。他從上衣內袋中掏出了一份報紙平鋪於膝蓋上，仔細檢查搜尋著廣告欄。我仔細地打量著他，企圖模仿我的伙伴，從他外表與衣著中推斷出點什麼。

但是，我的一番努力並無太大收穫。這是個普通的英國商人，肥胖而不結實，動作遲緩。下身是條寬鬆下垂的灰格褲子，一件不很整潔的燕尾服敞開著，露出裡面土褐色的背心，上面繫有一條艾伯特銅錶鏈，以及一小塊中間有方孔的金屬裝飾片，在他胸前來回晃動著。一頂磨損了的禮帽和一件皺褶的棕色絨線領子大衣，放在他旁邊的椅子上。總而言之，這人除了有一頭火紅的頭髮，以及懊惱與憤怒交雜的表情之外，再無特別之處。

夏洛克．福爾摩斯猜中了我的心事，他朝我微笑著搖搖頭，說：「他曾做過一陣子的粗活，有吸鼻煙的習慣，是共濟會會員，去過中國，還有最近寫了不少字。除此之外，推斷不出什麼了。」

雅比斯．威爾遜先生在椅子上挺直了腰，食指仍壓著報紙，但眼睛已轉向了我的朋友。

他驚訝地問道：「天哪！福爾摩斯先生，你如何知道得這麼多？你如何知道我做過粗活？那就如福音般千真萬確，我一開始曾在船上當木匠。」

「我親愛的先生，看看你這雙手，右手明顯大於左手。因為你的右手幹了許多活，所以肌肉比左手發達。」

「哦，那又如何知道我吸鼻煙，又是共濟會會員呢？」

「我要是隨便說出來無疑是貶低了你的智力，何況你竟然違反了組織的規定，擅自別上那枚象徵互助會的徽章。」

「哦，對，我忘了這東西。那寫字呢？」

「沒有比這更能說明問題的了：你右手袖口邊足足有五吋的部分磨得發亮，而左袖經常貼於桌面的地方有塊平滑的補丁。」

「那去過中國呢？」

「你右手腕上方的魚圖案刺青只有中國才有。我對刺青有點研究，甚至寫過這方面的文章，只有中國會用粉紅色仔細地給大小不一的魚刺青上色。此外，你的錶鏈上還串了一枚中國銅錢，這不就一目了然了嗎？」

雅比斯．威爾遜大笑起來，他說：「哈！我怎麼就沒想到呢？我原本還以為你會通靈，但說穿了以後，覺得也不足為奇啊。」

福爾摩斯調侃道：「華生，糟了，我真不該把謎底揭開。有句話說『不了解的事總是最神奇的』，你知道，我要是太老實的話，可能會把原本已經微不足道的名聲給摧毀殆盡的呢！威爾遜先生，找到廣告了嗎？」

「就在這兒呢。」他用又粗又紅的手指著那廣告欄中間，說，「就在這兒，這是整件事的起因。先生們，請自己讀吧。」

我拿過報紙，開口念道：

紅髮協會

由於美國賓夕法尼亞州黎巴嫩城已故的伊澤卡．霍普金斯的遺贈，現有一空缺，凡紅髮協會成員皆有資格申請。薪水為四英鎊一週，僅須負擔少許責任。凡紅髮男性，年滿二十一歲，心智健全者均符合資格。應聘者請於星期一上午十一時親至艦隊街教皇院七號紅髮協會辦公室向鄧肯．羅斯提出申請。

這廣告太不尋常了，我反覆讀兩遍後，不禁喊道：「這究竟是怎麼回事啊？」

福爾摩斯則在椅子上捧腹大笑，他一高興總是這樣。他笑到上氣不接下氣地說道：「很不尋常，對吧？好了，威爾遜先生，把你自己以及以及同居人的一切情況都照實地講出來吧，還有這個廣告帶給你的好處。醫生，請記下報紙的名稱和日期。」

「《紀事年報》，一八九〇年四月二十七日，恰好是兩個月前。」

「很好。行了，請繼續，威爾遜先生。」

「哦，夏洛克．福爾摩斯先生，就像我剛才講的，」雅比斯用手拭著前額說，「我在市區附近的撒克遜科堡廣場開了間小當鋪，但不太賺錢，只能勉強維持生活。過去還雇得起兩個助手，現在只剩下一個了。實際上一個我也雇不起，要不是現在這個因為想學一技之長而自願領半薪的話。」

夏洛克．福爾摩斯問：「這位熱心的助手叫什麼？」

「文森．斯伯丁。其實他年紀也不小了，只是我不知道他確切的年齡。福爾摩斯先生，我的這位助手可真是精明能幹。我很清楚，以他的能力完全可以賺到多一倍的錢，但是，他願意留下來，我又何樂而不為呢？」

「哦，真的？你竟然能用如此便宜的工資雇到助手，似乎再幸運不過了，這可不常見啊。我不知道你的助手是否也跟廣告一樣地不尋常。」

「嗯，他有些小毛病呢，他對攝影十分著迷，沒事就拿著相機亂照一通，但一點進步都沒有。每次一照完就像兔子一樣性急地鑽進地下室沖洗。不管怎麼說，我對他的整體印象還不錯，他心眼不壞。」

「我猜他現在還跟你住在一起。」

「是的，先生。除了他以外，還有一個十四歲的女孩負責煮飯打掃。我沒有家庭，所以店裡就只有這些人了。先生，我們三人感情和睦，住在一起，連欠債也一起還。」

「首先打亂我們平靜生活的就是這個廣告。兩個月前的一天，斯伯丁拿著這份報紙，走進辦公室說：『威爾遜先生，我真希望上帝給我一頭紅髮！』我不解地看著他。他急切地說：『目前紅髮協會多了個肥缺。要是能爭取到，簡直就是發財了！聽說，他們的職缺數比求職者還要多，負責管理資金的理事們正在不知所措中，因為有一大筆錢不曉得怎麼花呀！要是我的頭髮可以變色，這個肥缺就是我的了！』」

「我著急地想知道更多詳情，福爾摩斯先生，你知道，當鋪的客人是自動上門的，用不著出門去招攬，所以我常常一連幾星期足不出戶，與世隔絕，所以偶爾也希望聽到些新消息。」

「斯伯丁瞪著雙眼反問我：『你從來沒聽過紅髮協會？』」

「『從來沒聽過。』」

「他說：『這一來就換我一頭霧水了，因為你就有資格去申請這個肥缺呢！工作輕鬆，一年還能賺個二百英鎊，而且不會影響到當鋪的生意。』」

「太棒了！這真令我喜出望外。我的生意不景氣已經好幾年了，如果能得到這一個肥缺，那多賺得的二百英鎊就如同雪中送炭一樣，於是我立刻追問詳細情況。」

「他指著廣告說：『廣告上有刊出地址，可以去那裡辦理申請手續。據我所知，紅髮協會的創辦人是美國的百萬富翁伊澤卡．霍普金斯，這個人有滿頭的紅髮，作風古怪，並且對所有紅髮的男人都懷有一種深厚的感情。他過世後，將龐大的遺產委託一群人成立了紅髮協會，並留下遺囑，指示將遺產用於提供職缺給擁有紅髮的男子。這些職缺的待遇都很不錯，而且工作輕鬆。』」

「我說：『可能會有成千上萬的人去應徵呢！』」

「他說：『沒有那麼多。你仔細想想，只有倫敦的成年男子符合資格呢！那名富翁在倫敦這個城市致富，所以想趁機回餽鄉里。而且，髮色是淺紅或深紅都不行，一定要是鮮豔的火紅色才行。好了，威爾遜先生，如果你想爭取，就趕緊把握機會。不過，也許你認為幾百英鎊還不值得你浪費力氣吧！』」

「先生們，我的頭髮你們是親眼目睹的，鮮亮的火紅色很顯眼呢。如果要競爭這個職缺的話，我比任何人都有機會。看來文森．斯伯丁很明白這點，也許他能助我一臂之力。於是，我請他把窗戶關好，立即陪我前去應徵。他很高興得到一天假，於是我們就這樣滿懷希望地出門了。」

「福爾摩斯先生，那種景象我一輩子都不想再看到。來自四面八方，髮色深淺不一的紅髮男人，都湧向了廣告的地址來應徵。紅髮人將艦隊街擠得水泄不通，教皇院看上去就像裝滿柳丁的手推車。我真沒想到小小一則廣告竟引來了這麼多紅髮人，有稻草黃、檸檬色，橙色、磚紅色等等。但是，不出斯伯丁所料，真正鮮亮的火紅色的確不多。如此眾多的競爭對手，讓我有些沮喪，起了放棄的念頭。可是，斯伯丁無論如何都不同意，他強推著我擠過人群，直至辦公室的台階前。樓道上的群眾分為兩路，一些人滿懷希望地往裡湧，另一些人垂頭喪氣地往外走。我們拚盡全力擠進了人潮，不久就進了辦公室。」

福爾摩斯在他的委託人稍停下來猛吸鼻煙，整理思路時，由衷地說：「真是太有趣了，快接著講吧。」

「辦公室除了幾張木椅、一張辦公桌以外什麼都沒有。寬大的辦公桌後面坐著一個頭髮比我更紅的小個子男人；每一個應聘者走到他跟前，他總能挑出些毛病，然後把他們打發走。看來，要錄取並不容易呢。但無論如何，我們進去時，他客氣多了，並關上門與我們單獨交談。

「我的助手介紹說：『這位是雅比斯．威爾遜先生，他希望得到這個缺。』

「對方平靜地回答：『看來他很適合，他符合我們的一切要求。在我的記憶中，沒有比他的頭髮色彩更美的了。』他後退一步，歪著脖子凝視我的頭髮，看得我不知所措。突然，他猛地拉住我的手，恭喜我被錄取。」

「他說：『我們不應該再猶豫了。不過，很抱歉，還是必須再三確認，我相信你應該不會介意的。』他雙手揪緊我的頭髮就拔，痛得我哇哇直叫。過了好一會兒他才停手對我說：『看你痛到眼淚都流出來了，非常好。我不得不這麼做，因為我們曾經被戴假髮和染髮的傢伙騙了兩次，甚至有人把鞋蠟塗在頭髮上，真是噁心死了！』他微微欠身後，走到窗戶邊對著擁擠的人群高喊：『已有人錄取了！』窗戶下發出一片嘆息聲，人們立刻作鳥獸散，只剩下我與面談者兩個紅髮人。」

「他自我介紹道：『我叫鄧肯．羅斯，是基金的理事之一。威爾遜先生，你是否已結婚？』」

「我回答：『沒有。』」

「他臉色立即一沉，嚴肅地說：『這可不太妙啊！你的情況使我遺憾。設立這筆基金的目的不只是為了提供紅髮人福利，也為了生育更多的紅髮人。你居然是個單身漢，真是太令我遺憾了。』」

「福爾摩斯先生，你能想像，這一席話無疑給滿懷欣喜的我又潑了一桶涼水。我當時就想，完了！但出人意料的是他考慮了一會兒又說沒關係。」

「他說：『假如是別人，這個缺點的確不容忽視。但看在你有一頭這麼鮮亮的紅髮，我打算破例錄用。你什麼時候能來上班？』」

「我猶豫不決地說，『這可傷腦筋了，我還有一間店要顧呢。』」

「文森．斯伯丁立刻自告奮勇地說：『別擔心，有我呢！』」

「於是，我如釋重負地向那位矮小的紅髮先生問道，『工作時段是怎麼規定的？』」

「『上午十點至下午兩點。』」

「福爾摩斯先生，當鋪的生意晚上最好，特別是星期四、五兩個晚上，那是發薪日的前兩天。我想兩個工作並不衝突，況且還有個能幹的幫手打點一切。」

「我打定了主意，說道：『時間很理想。薪水多少？』」

「『每週四鎊。』」

「『工作呢？』」

「『只是掛個名而已。』」

「『什麼意思？』」

「『在工作時間內，你必須待在辦公室，至少不能離開那棟大樓。否則，就視同放棄這份工作，這一點在遺囑中講得很清楚。』」

「我誠懇地說，『才四個小時而已，我一定能堅持下去的。』」

「鄧肯．羅斯又嚴肅地說：『不得以任何理由逃避工作！不管是生病、臨時有事，還是其他一切理由，總之，你必須寸步不離地待在那裡！』」

「『工作內容是？』」

「『抄寫《大英百科全書》，這裡有第一卷。我們只提供桌椅。墨水、筆、吸墨紙必須自備。你明天能來上班嗎？』」

「我一臉茫然地說：『當然可以。』」

「『那麼，再見吧，雅比斯．威爾遜先生，再一次向你祝賀。』他對我鞠了個躬，然後將我們送到了門口。我與助手回了家，我為自己的幸運興奮得快發狂了。」

「哦，我一刻不停地在想這事，晚上，我又漸漸擔心起來了。有人立下遺囑捐出這麼多錢讓人去抄寫《大英百科全書》，這簡直匪夷所思。它似乎隱含著某種奇怪的動機，但我想不出答案。文森．斯伯丁盡力安慰我。就寢時，我下定決心，第二天無論如何也要去探個究竟。次日清晨，我花了一便士買來墨水、羽毛筆及七大張書寫紙，然後去了教皇院。」

「哦，令我驚喜的是，一切正常。桌椅都安放好了，鄧肯．羅斯先生還等候在那裡，以便引導我順利進入工作。他讓我從字母A開始抄寫，離開後，他仍會時不時進來查看一下。下午兩點他來向我道別，還稱讚我做得很好。待我出去後，他就鎖上了辦公室的門。」

「福爾摩斯先生，我這麼一抄就抄到了星期六，小個子果然付了我四英鎊的薪水。接下來的一個星期也是這樣，再下來一星期也很正常。我每天從上午十點抄到下午兩點，後來鄧肯．羅斯先生就逐漸來得少了，有時整個上午只來一次，再過一段時間，他乾脆就不來了。當然，我仍舊不敢離開辦公室半步，我不能確定他是否會來，這份工作確實讓我稱心如意，我並不想失去它。」

「於是，就這麼過了八個星期，我從『Abbots』、『Archery』、『Armour』、『Architecture』、一直抄到了『Attica』。以我的勤奮，相信不久就可抄到B開頭的條目了呢！我花了不少錢買紙跟筆，抄寫的東西幾乎堆滿了整整一個書架。正當我信心滿滿時，事情卻發生了出人意料的變化，一切都結束了！」

「結束？」

「是的，先生，就在今天上午呢。我照例十點去上班，但辦公室的門被鎖著，門板上釘有一張小卡片。拿去，你們自己看看吧。」

他舉起一張巴掌大的白紙片，上面寫著：

紅髮協會已經解散，特此通知。

一八九〇年十月九日

我與福爾摩斯看看這則簡短的公告，又看看它後面那個愁容滿面的人，不禁為這一切的荒謬開懷大笑。

我們的委託人則被氣得面紅耳赤，對我們咆哮道：「有什麼好笑的！如果你們只知道笑而不幹點正經事的話，那我去找別人好了。」

福爾摩斯大聲嚷道：「不！不！」他把已經半站起來的威爾遜又按回椅子上，「無論如何我都不能放棄你的案子。它太奇特了，令人大開眼界。如果你不介意的話，我仍要說，此事的確很可笑。請問，你發現了門上的卡片後，有何反應？」

「先生，我當然感到十分震驚，不知所措。我向周圍的人打聽，可是誰也不知這件事。最後，我找到樓下的房東，他是個退休的老會計。我向他打聽紅髮協會究竟出了什麼事，他卻說從未聽說過這樣的組織。然後，我又打聽鄧肯．羅斯先生的情況，他說這個名字很陌生。」

「我仍不死心，告訴他：『就是住七號的那位先生啊！』」

「『什麼？那個紅髮人？』」

「『正是。』」

「他說：『原來你是說威廉．莫里斯律師，因為他的新居還在整修，所以暫時住在這裡。他昨天搬走了。』」

「『去哪裡能找到他呢？』」

「『哦，在他的新辦公室。他曾告訴我新地址。有了，愛德華王街十七號，就在聖保羅教堂附近。』」

「於是我立即趕去那裡，但是，福爾摩斯先生，我發現那裡竟是個護膝工廠，裡面沒有一個人認識叫威廉．莫里斯或鄧肯．羅斯的人。」

福爾摩斯問：「那你怎麼辦呢？」

「我只好回到在撒克遜科堡廣場的家。我的助手勸我等個一陣子，或許會有來信解釋這一切呢。我聽從了他的建議，但是，福爾摩斯先生，這根本無濟於事，我不甘心這樣不明不白地失去一份好工作。聽說你常替提供那些遇到麻煩的人建議，所以我就找來了。」

福爾摩斯微笑著說：「很明智的選擇。你的案件是樁很特別的案子呢，我很感興趣。從你描述的情況看，它牽涉的問題可能相當嚴重。」

雅比斯．威爾遜先生立刻叫道：「太嚴重了！我每週要損失四英鎊呢！」

「就你本人而言，我認為不應該有什麼怨言。據我所知，你白白賺了三十多英鎊，還不算上你抄寫字母A條目增長的知識，你並不吃虧呢！」福爾摩斯看上去很認真。

「是不吃虧，但是我想弄清楚這究竟是怎麼回事，他們又是些什麼人？他們開這個玩笑是為了什麼。假如真的只是個玩笑的話。那麼他們花了整整三十二英鎊，也未免損失太大了。」

「關於這點，我們將盡力查清楚。但是，威爾遜先生，請你先回答我的問題。首先，讓你看到廣告的那個助手，他在你那兒待多久了？」

「他在發生這件事前一個月左右就來了。」

「他是怎麼來的？」

「看到廣告來應徵的。」

「只有他一個應徵？」

「不，有十幾個人呢。」

「你為什麼錄取了他？」

「他很機靈，工資便宜。」

「實際上他只拿了薪水的一半？」

「對。」

「請你形容一下文森．斯伯丁的模樣。」

「小個子，但體格健壯，行動敏捷。大概有三十多歲，但卻不顯老。他前額有塊被硫酸燒傷的白疤。」

福爾摩斯興奮地坐直了身子，說：「這些我已經想到了，你有沒有注意他的雙耳都有戴耳環的耳洞？」

「注意到了，先生。他說是年輕時給一個吉普賽人穿的。」

「哦，」福爾摩斯漸漸陷入了沉思，「他還住在你那裡？」

「是的，我剛從店裡過來。」

「你不在的時候，是他替你顧店的嗎？」

「先生，他從不抱怨，而且上午的客人並不多。」

「行了，威爾遜先生，一兩天內，我會把我對此事得出的結論告訴你。今天是星期六，我希望星期一就能有結果。」

客人走後，福爾摩斯輕鬆地問我：「好啦，華生，你認為這究竟是怎麼回事？」

我坦率地說：「一點問題都看不出來，它太怪異了。」

福爾摩斯沉默了一會兒說道：「一般說來，越是奇特的事，在真相大白後就越簡單。而那些看似平淡無奇的罪行往往才最令人迷惑的，就像平淡無奇的面孔在人群中最難辨識一般。但是，我們必須立刻行動。」

我問：「那你打算怎麼做？」

他說：「抽煙，我需要花三斗煙時間才能解決這一問題。另外，我請你在五十分鐘內別打擾我。」他蜷縮在椅子中，瘦削的膝蓋幾乎觸及他那高挺的鷹鉤鼻。他叼著黑色泥煙斗，閉眼靜坐。我以為他已經睡著了，於是自己也打起了瞌睡，而就在這時，他猛地躍起，隨手將煙斗放在了壁爐台上，一副胸有成竹的模樣。

「薩拉沙提今天下午在聖詹姆士會堂有場演出。怎麼樣，華生？能挪出幾小時來嗎？」

「沒有問題，我並沒有那麼專注在工作上。」

「那就把帽子戴上，走吧。我們將路過市區，還可以順便去吃頓豐盛的大餐。我發現節目單上的德國音樂還真不少呢，我一直認為德國音樂比法國或俄羅斯音樂更優美動聽，它甚至能發人深省。我正打算做一番深思呢，我們走吧。」

我們乘地鐵到了艾德門，再走一小段路就到了撒克遜科堡廣場。上午聽到的那個奇特故事就發生在這裡，這是個狹窄破敗的貧民區，四排兩層的灰磚房並排在一個鐵欄杆圍牆內。院子中雜草叢生，幾叢乾瘦月桂樹正在煙霧瀰漫的惡劣環境中頑強生存。街道拐角處的一間矮房頂上，有一塊棕色木板及三個鍍金圓球，上刻「雅比斯．威爾遜」幾個白色大字。這正是那個紅髮委託人的店鋪。夏洛克．福爾摩斯在房前站住了，歪著頭仔細地察看了一遍，他那皺紋密布的眼皮下，雙眼正炯炯發光。他隨即又漫步於街頭，反覆打量著那幾排房子。最後，他又回到當鋪前，用手杖使勁地敲擊著人行道，接著便去敲當鋪的門。一個將鬍子刮得乾乾淨淨，看起來很精明的小伙子開了門，請他進去。

福爾摩斯說：「打擾了，我只是想問問去河岸街怎麼走。」

那助手立刻回答說：「第三個路口往右轉，到第四個路口再往左轉。」接著砰的一聲關上了門。

當我們走了一段路後，福爾摩斯才開口說道：「他的確是個精明能幹的人。就我所知，他排得上倫敦第四精明的人；至於膽量，我不確定他能不能排在第三位。我以前就對他有所耳聞。」

我說：「威爾遜先生的這個伙計顯然在整個事件中扮演了重要的角色。我相信，你藉口問路實際上是想觀察這個人。」

「不是觀察他。」

「那是為什麼呢？」

「觀察他褲子的膝蓋處。」

「發現了什麼？」

「我想證實的東西。」

「為什麼你要敲打人行道呢？」

「親愛的醫生，我們現在應該留心觀察，而不是聊天。我們正在對手的地盤上偵查呢。我們已經知道了撒克遜科堡廣場的情況，現在去調查它的後面。」

當我們轉過偏僻的廣場轉角時，呈現在我們眼前的完全是另一種景象。那是一條由市區通往西北方向交通要道，街道被來來往往的生意人堵塞了，人行道被踩得發黑；華麗的商店和富麗堂皇的商業大樓分立兩旁。我簡直難以相信這裡的繁榮景象與我們剛離開的死氣沉沉的廣場是緊緊相連的。

福爾摩斯站在街道的轉角處順一排房子放眼望去，說：「我想記住這些房子的模樣，認識倫敦的每一個角落是我的一大興趣。這裡是莫蒂那煙草店，接著是一家攤販，再過去是城市與郊區銀行的科堡分行、素食餐館、麥法蘭馬車廠，它一直延伸到另一街區。好了，醫生，調查已經結束，該去休息一會兒了。先來點三明治和咖啡，然後去小提琴演奏廣場轉一圈，那裡的一切都那麼優雅和諧，悅耳的音樂讓人心醉，也不會有紅髮委託人再給我們出難題。」

我的朋友如同一個熱情奔放的音樂家，他自己不僅是個出色的演奏家，而且是才藝超群的作曲家。整整一個下午他都神情專注地坐在觀眾席上，滿臉喜悅，瘦長的手指隨著音樂輕輕舞動；然而他的眼神中卻略帶傷感，彷彿進入了夢鄉。這時的福爾摩斯與那個鐵面無私、足智多謀、勇敢果斷的刑事偵探形象已是大相徑庭。當他那古怪的雙重性格交替顯現時，他那極細膩、敏銳的性格特徵與富有詩意的沉思狀態，是多麼鮮明的對比。他的性格就是這樣從一個極端走向另一極端，時而非常憔悴，時而精力旺盛。我很瞭解，在他最嚴肅的時候，就是接連幾天呆坐在扶手椅中苦思冥想問題的時候，那極強的追捕慾會支配著他，使他的推理幾乎成了一種不可思議的直覺，讓旁人忍不住懷疑他是個超人。那天下午，當我看到他沉醉於音樂中的複雜神態，就知道有人要倒楣了。

當音樂會結束時，他仍然一臉意猶未盡。當我們走出門時，他問道：「醫生，你肯定想回家了吧？」

「是該回家了。」

「我還要花幾小時去辦一件事，今天遇到的是樁大案呢。」

「為什麼？」

「有人正密謀一樁重大犯罪，我有足夠的理由相信我們能及時制止。但是，今天是星期六，情況就變得複雜了。今晚我需要你的幫助。」

「什麼時候？」

「十點鐘就夠早了。」

「那我十點鐘來貝克街。」

「好吧，但是醫生，這次去可能有點危險。請帶上你的手槍。」他朝我揮揮手，轉身消失在茫茫人海中。

我一直對自己的智慧充滿了信心，但與福爾摩斯來往後，卻深感挫折。明明同樣知道案件的每條線索，但當他已將一切分析明瞭時，我卻還一片茫然。當我乘車回到肯辛頓的家後，又把事情從頭到尾想了一遍。從紅髮人抄寫《大英百科全書》的奇遇，到走訪撒克遜科堡廣場，再到福爾摩斯與我分手時的警告。這場夜間探險是怎麼回事？為什麼要提醒我帶槍？去哪裡？做什麼？福爾摩斯曾經隱約暗示，當鋪中那個皮膚細膩的助手很可能會耍花招，是個難以對付的傢伙。我試圖把這些線索整理一下，結果卻令人失望，最後索性放棄了，反正，一切謎底都會在晚上揭開的。

晚上九點，我動身前往貝克街。福爾摩斯家門口停放著兩輛雙輪馬車，當我穿過樓道時，聽到樓上有談話聲。推開福爾摩斯的房門，我發現官方偵探彼得．瓊斯在那兒，另外還有個瘦長的男子，他頭戴一頂很有光澤的帽子，身穿一件很講究的厚禮服。

福爾摩斯一見我就拍著手說：「行啦，人到齊了。」他一邊說著一邊扣上了粗呢大衣的紐扣，並把那條笨重的粗獵鞭取了下來。

「華生，我想你認識蘇格蘭場的瓊斯先生吧？另外，我還要介紹梅里韋德先生給你認識，他也是今晚冒險活動的一分子。」

瓊斯對我點點頭傲慢地說道：「喲！醫生，咱們又重新搭檔了。我們這位朋友是追捕高手，就算他只有一隻老狗也能捕到獵物。」

而那位梅里韋德則有些悲觀地說：「只希望這次追捕不會白忙一場。」

瓊斯昂頭說道：「先生，你應該對福爾摩斯先生有信心，他有一套自己的辦法。恕我直言，他雖然有時太理論化和異想天開，但確實具有偵探必備的素質。有那麼幾次，例如舒爾托慘案和阿格拉寶藏失竊案，他的判斷比官方偵探更正確。我並沒誇大其詞。」

對方贊同地點點頭說：「瓊斯先生，我相信。不過，我仍要聲明，我為了今晚犧牲了打橋牌的時間。這是二十七年來，我唯一沒有打橋牌的星期六。」

夏洛克．福爾摩斯插嘴道：「不過，今晚的賭注將比以往任何一次都大得多，而且也更驚心動魄。梅里韋德先生，你的賭注高達三萬英鎊；瓊斯先生，你的賭注則是你要抓捕的人。」

瓊斯感嘆道：「約翰．克雷是個十惡不赦的殺人犯、盜賊、詐騙犯。雖然只是個年輕人，卻身為犯罪集團的首領，逮捕他比逮捕全倫敦任何一個罪犯都重要。他祖父是王室公爵，本人曾在伊頓公學和牛津大學讀過書。他異常狡猾，雖然處處都留有他的蹤跡，但是，卻始終找不到他。他就是這樣一個人，也許這個星期他在蘇格蘭砸壞一個兒童床，下個星期卻又在康瓦爾籌款興建孤兒院。我跟蹤他多年，一直沒有見過他。」

「希望今夜我有這個榮譽把他介紹給你。我也曾與他交過一兩次手，我贊同你的說法，他的確是竊盜集團的首腦。行了，十點多了，該出發了。如果二位坐第一輛車，我與華生就坐第二輛車跟著。」福爾摩斯已整裝待發。

一路上，福爾摩斯極少講話；他靠在座位上，瞇著眼哼著下午聽到的樂曲，一直到了法林頓街，他才開口說道：

「我們快到了。梅里韋德是銀行董事，他對此案很感興趣。讓瓊斯同行也有好處，雖然他在本行上是個笨蛋，但心眼並不壞，而且還有個優點，那就是一旦發現了罪犯，他便會勇猛得如條獒犬，頑強得像隻龍蝦。到了，他們正在等著我們。」

我們在上午來過的那條繁榮的路上把馬車打發走了後，便由梅里韋瑟先生引路，穿過一條狹窄的通道，從他打開的旁門進入了一幢大廈。我們再穿越一條小走廊，盡頭便是一扇巨大的鐵門。梅里韋瑟打開它，進了一條盤旋式石台階，通向另一扇令人望而生畏的沉重大門。梅里韋瑟先生停下來點亮了提燈，引著我們往下沿著一條瀰漫著泥土味的通道走去，接著他又打開了第三道門，於是大家走進了一個巨大的拱頂地窖，裡面全是大板箱和鐵櫃。

「想從上面侵入你的銀行挺不容易的。」福爾摩斯舉著燈四下察看。

「從下面也很難。」梅里韋德先生用手杖敲著鋪石地板說，接著驚叫出來：「哎呀！下面好像是空的。」

福爾摩斯嚴肅地說：「現在我必須要求你們安靜些！否則會破壞整個計畫的。請你先找個箱子坐下，不要搗亂行不行？」

這位莊重的梅里韋德先生只好滿腹委屈地坐到一只大板箱上。此時福爾摩斯則拿著提燈和放大鏡，跪在地板上細心地檢查著石板間的縫隙。只一會兒工夫，他就立起身來，並把放大鏡裝進了口袋。

他說：「至少還得等一小時。在那個熱心的當鋪老闆熟睡之前，他們是不會行動的。等老闆睡著，他們就會分秒必爭地趕時間，因為他們下手越快，逃跑的時間就越充足。醫生，你應該猜到了，這是倫敦一個主要銀行市內分行的地下室。梅里韋德先生便是董事，他會向我們解釋，為什麼倫敦的大膽罪犯會對這個地下室如此傾心。」

董事長低聲說：「這裡放了大量法國金幣，我們已經接到好幾次警告，說可能有人打它的壞主意。」

「法國金幣！」

「對。在幾月前，我們為了增加資金來源，向法蘭西銀行借貸了三萬法國金幣。我們一直沒時間打開箱子取出這些錢，所以都還放在這兒。我坐的這個箱子中就有兩千枚法國金幣，是用一層錫箔、一層金幣夾著裝箱的。現在，我們的黃金儲備量遠遠高出於任何一家普通分所，董事們一直擔心著這件事。」

「這就解釋了一切。」福爾摩斯說，「現在該著手進行我們的計畫了，我估計一小時內就能將事情弄個水落石出。現在，梅里韋德先生，我們必須用布蒙住這盞昏暗的提燈。」

「在黑暗中枯等？」

「恐怕只能如此了。我帶了副牌在口袋裡，我原本想四人正好能打橋牌呢！但是，敵人已經在準備了，我們不能冒險。首先，我們得挑個最佳位置。他們個個都是亡命之徒，我們得打他個措手不及。千萬要謹慎行事，否則，他們很可能傷害到我們。你們就躲在那些箱子後面，我站在這只箱子上面。當我把燈照向他們時，你們就迅速撲上去。華生，必要時，你可以毫不留情地開槍射擊。」

我把上膛的槍放在我躲藏的箱子上。福爾摩斯迅速蒙住了燈，周圍立即陷入了一片漆黑，我還從未在如此寂靜的黑暗中待過。金屬被烤熱的氣味使我們確信燈還亮著，一旦需要就可以大放光芒。我當時的神經猶如繃緊的弦，我們靜候在陰冷潮濕的地下室中，那突然而至的漆黑令人壓抑和沮喪。

福爾摩斯壓低聲說：「他們唯一的退路就是通過當鋪，逃往撒克遜科堡廣場。瓊斯，你應該有按照我的要求做了吧？」

「我派了一個巡邏官和兩個警官把守在那裡。」

「那就萬無一失了。現在，我們得在這裡等著。」

等待中，時間總是過得特別慢。事後一看錶，才知道僅過了一小時十五分鐘，而我卻覺得像是經過了漫漫長夜，心想外面肯定已充滿黎明的曙光。因為不敢移動身體，所以手腳都發麻了。我的神經緊張得快到極限了，但仍十分敏銳，甚至能聽見他們三人的呼吸，而且能分辨出胖瓊斯的吸氣和董事的嘆息聲。突然，在我正前方的石板地附近，忽然隱約地出現了亮光。

起初，那只是閃爍在石板縫中的小火星，接著便連成一條黃色光束。忽然，地面靜靜地裂了條縫，一隻婦女般白嫩的手從那裡伸出來，在有亮光的地方摸索。過了一分鐘左右，另一隻手也伸出了地面，但傾刻間又縮了回去，除了石板縫中有點灰黃的火星，周圍又恢復了一片漆黑。

沒一會兒，一種刺耳的撕裂聲猛然響起，地板中間那寬大的白石板被翻了過來，一個方形缺口立刻出現了，同時從地下射出一束提燈的亮光。一張孩子般清秀的面孔出現在缺口邊緣，他敏銳地環視了一下四周，然後雙手抓住缺口邊緣向上攀，直至露出肩和腰部，接著他用一隻膝蓋跪在缺口邊緣。只一剎那間，他就已站在了洞口邊，並拉上來一個同伙。那個人也像他那樣動作敏捷，個子很小，一頭蓬亂鮮亮的紅髮襯著一張蒼白的臉。

「一切安全。」他的聲音壓得很低：「帶了鑿子和袋子嗎？天哪，不好了！阿爾奇，跳，快跳，我來應付！」

夏洛克．福爾摩斯一躍而起，猛撲過去揪住這人的衣領。而另一個人卻逃進了洞裡，我聽到了撕破衣服的聲音，當時瓊斯正抓住那人衣服的下擺。一支烏黑的槍管在亮光中一閃，但福爾摩斯的獵鞭已落在了那人的手腕上，手槍「鐺」地落在了石板地面。

福爾摩斯輕蔑地說：「約翰．克雷，別白費力氣了，你逃不掉的。」

對方極平靜地回答說：「的確如此。至少我的好友平安無事，雖然你們撕破了他的衣角。」

「有三個人正在另一個出口迎接他呢。」福爾摩斯冷冷地答道。

「哦，真的？你們考慮得很周到，我應該向你們致敬！」

「彼此，彼此。你的紅髮協會很新穎嘛，還卓有成效。」福爾摩斯答道。

瓊斯說：「放心，你一定能再次見到你的伙伴，雖然他鑽洞看起來敏捷多了，但伸手帶副手銬看起來也挺不錯呢。」

當手銬扣上約翰．克雷的手腕時，他竟突然傲慢地說：「別用你們的髒手碰我！也許你們不知道，我可是皇室子孫呢。另外，無論何時，你們對我說話時都要加上『先生』和『請』。」

瓊斯瞪圓了眼睛，竭力忍住笑，說：「那好吧，『先生』，請往台階上走吧。到了上面，我們找輛馬車送你去警察局，行嗎？」

約翰．克雷平靜地說：「我很滿意。」他微微對我們三人彎了一下腰算是鞠躬，接著在警探的監護下默默地走出去了。

當我們緊跟著出了地下室後，梅里韋德先生激動地說：「真不知我們該如何答謝你們才好。毫無疑問，你們的偵辦過程十分嚴謹細緻，此案是我見過最為精密的一宗銀行竊案。」

福爾摩斯平靜地說：「這沒什麼，我本來就有一兩筆帳要找約翰．克雷算。我為此案花了點錢，我想銀行是會付給我的。除了這些，我從案件中獲得的難得經驗以及聽到紅髮協會的有趣故事，這些都算得上獨一獨二的報酬了。」

清晨，我們在貝克街喝滲了蘇打水的威士忌時，福爾摩斯向我解釋：「華生，你看看，這個案子從一開始就很明白，那個稀奇古怪的廣告和抄寫《大英百科全書》唯一可能的目的，就是讓糊塗的老闆每天離開店裡幾個小時。這很新穎，很難想出比這更妙的辦法。克雷利用了同伙的紅頭髮，以及每週四鎊的優渥薪水吸引老闆上鉤。這點錢對於一個想盜竊銀行的人說，實在微不足道。他們刊登了廣告，一個人佈置臨時辦公室，另一個則慫恿老闆去應徵，兩個人一搭一唱，就能使老闆每天早上離開店裡一陣子。我一聽到那名助手自願領一半工資，就明白他的背後一定藏著某種動機。」

「可是，你如何猜中他的動機呢？」

「如果當鋪中有個女人，我會懷疑那只是一般的風流韻事，但是沒有；老闆做的是小本買賣，店裡沒有值錢東西，不值得他們這樣精心策劃，還花了那麼多錢。所以，當鋪不是他們的目標。那又會是什麼呢？那個助手喜歡照相，常去地下室。地下室！我一下就找到了線索。然後，我瞭解了這傢伙的大致情況。我發現，他就是倫敦城頭腦最冷靜、最大膽的罪犯之一。他到底在地下室做什麼，竟然持續了好幾個月？我想，除了挖一條地道通往其他地方外，不會有別的了。」

「當我們觀察當鋪周遭的環境時，我是想查清地道的延伸方向，它不是朝前延伸的。於是我按了門鈴，正如我希望，那個助手來開了門。這之前，我們曾經交手過數次，但並未見過面。我幾乎沒看他的臉，因為他的膝蓋才是我想看的。你可能也看到了，他褲子的膝蓋部很髒、破舊而且是皺巴巴的。看來他的確花了不少時間去挖地道。那他們為何要挖地道？於是，我又巡視了一圈，原來有一家銀行與之緊鄰。這下疑惑都解開了，於是聽完音樂會後，我拜訪了蘇格蘭場和這家銀行的董事長，後面的事你也都知道了。」

「那你怎麼能斷定他們當晚就會下手呢？」

「哦，紅髮協會解散，表明了威爾遜先生在當鋪不再構成威脅，也就是地道已經挖好了。但是，地道有可能被發現，金幣也有可能被移走。所以儘早採取行動為妙。對他們而言，星期六是最合適不過的了，如此一來他們在銀行上班前還有兩天可以逃跑。所以，我料定他們會當夜動手。」

「這番推理太精采了！」我由衷地讚嘆道，「雖然是條很長的鏈子，但每個環節都是緊密相連的。」

「這樣生活才不會無聊。」他打了個呵欠，接著說，「唉，真無聊。我一直想避免庸碌地過完一生，這些案子可幫了我一些小忙。」

「你真是為人類造福啊！」

他聳聳肩，說：「或許吧，畢竟這些還有點用處，就像古斯塔夫・福樓拜寫給喬治・山德的信中所說的：『人是沒有價值的，他的著作才是一切。』」

3 身份案

我與福爾摩斯手捧咖啡在他屋中的壁爐前相對而坐。他面無表情地說：「朋友，生活實際上比人們所想像的要奇妙千百倍；那些存在於生活中的極平常的事，我們甚至想也不會想。假如我們能手拉手地在城市上空飛翔，然後悄悄揭開那些屋頂，一定能發現裡面正發生不平常的事：離奇的巧合、密室謀劃、鬧彆扭、以及一連串令人驚奇的事，它們不斷地發生，不斷地產生稀奇古怪的結果，這一切令那些一看開頭就知道結局的小說都失去了市場。」

我辯駁道：「我無法認同這點。你看看，報紙上發表的案件大多單調而枯燥。警方的報告，簡直乏味到了極點。你必須承認，那些結果根本不精彩，更不要說是奇妙了。」

「要達到我所說的效果就必須選擇和判斷。警察的報告中就缺乏這些，也許他們在乎的是長官們的陳腔濫調，而不是事件中那些細微但重要的情節。當然，沒什麼比給熟悉的事物配上陌生的外表更不自然的了。」

我笑著搖搖頭說：「我能理解你的想法。當然，由於你是那些陷入困境的人的顧問和助手，而且客戶遍及三大洲，所以有機會接觸到許多怪異離奇的人事物。可是在這裡，」我從地上撿起一份早報，說道：「讓我們做個小測試，瞧瞧這個標題：丈夫虐待妻子。這條新聞整整佔去半欄，可我不用看也猜得到內容寫了些什麼，像是婚外情、酗酒、暴力、瘀傷，還有同情他的房東太太或親姐妹之類的，反正就是那些庸俗平常的東西。」

福爾摩斯接過報紙，掃了一眼，說：「事實上，你舉的例子與你的論點互相矛盾。這是鄧達斯家分居案，當時我曾被找去澄清一些相關細節。首先，那位丈夫早已戒酒，也沒有婚外情；他被指控是為了一個壞習慣——每餐結束時，他總是取下假牙扔向妻子。你應該同意，這不是一般講故事的人想得到的情節吧？抽點煙，醫生，你應該承認，這次是我贏了。」

他伸手拿過金質舊鼻煙壺，壺蓋中心鑲嵌的那顆紫色水晶光彩奪目，與他簡樸的生活形成鮮明的對比，我忍不住評論了一番。

「哦，」他說，「我忘了有好幾星期沒見到你了。這是波希米亞國王送我的小小紀念品，為了酬謝我在艾琳・艾德勒一案中提供的協助。」

「這枚戒指呢？」我看著他手指上光芒四射的戒指問道。

「這是荷蘭王室贈送的。因為他們的那樁案件十分敏感，即使是你這麼一位專門記錄我大小事的朋友，我也無法據實以告。」

「那麼，你手上有案子要辦嗎？」

「有十一、二件，但都單調乏味。它們很重要，但也很無趣。事實上，我發覺越不重要的事件中，往往越有著可供觀察和進行推論的餘地，工作也變得有趣多了。罪行越重大，則反而越簡單，因為他的動機也就越明顯。這些案子裡面，除了一件從馬賽發來的委託外，沒有一件新奇的了。不過，再過一會兒，或許就有更有趣的案子送上門來。如果我沒猜錯，又有位委託人來了。」

他站起身，走到沒放下窗簾的窗前，俯視著陳舊蕭條的倫敦街道。我從他肩上望下去，一個高個兒女人站在對面人行道上，厚厚的毛皮圍住脖子，寬邊帽上插了一支又大又捲的羽毛，以一種賣弄風騷的方式斜戴在頭上。她緊張又猶豫地仰望著我們的窗口，身體輕輕晃動，不安地撫弄著手套上的裝飾扣。猛然，她似乎下定決心，如游泳者躍入水中一般急速穿過了馬路，接著是一陣刺耳的門鈴聲。

福爾摩斯把煙頭扔進了壁爐，說：「我以前見過這種徵兆。在街上搖擺不定，常常意味著發生了桃色事件。她想徵詢別人的意見，卻又不知是否該把這樣的事告訴別人。當一個女人覺得一個男人做了很對不起她的事時，她不會搖擺，而是會氣急敗壞得把門鈴線都要拉斷了。但這個女人並不怎麼憤怒，而是很迷惘或憂傷，應當看成是一樁戀愛事件。現在她親自來訪，疑團也就迎刃而解了。」

正說著，男僕敲門進來說瑪麗・薩瑟蘭小姐來訪。話音未落，那女人就已經出現在矮小男僕的後面，彷彿是揚帆而來的商船，跟隨著領港的小船。福爾摩斯彬彬有禮地歡迎她，並隨手關上門，請她坐在扶手椅上，只片刻工夫，他已經用他那特有的心不在焉的神態將她從頭到腳打量了一番。

「你不覺得，」他終於開口了，「以你的近視程度，打那麼多字太辛苦了嗎？」

「剛開始時的確有點辛苦，但現在根本不用看鍵盤了。」突然，她吃驚地抬頭看著他，她寬闊而具親和力的臉上露出驚訝的神情。她叫道：「福爾摩斯先生，你認識我嗎？不然，你是如何知道這些的呢？」

福爾摩斯笑了：「別緊張，我的工作要求我必須瞭解一些事。也許是我能洞察一些被別人忽略的地方，否則，你怎會來向我請教呢？」

「先生，我是聽了艾瑟里奇夫人的介紹才來找你的。警署所有的人都認為她丈夫死了，而你卻輕易地找到了他。哦，福爾摩斯先生，我也盼望能得到你的幫助。我雖然不富有，除了靠打字賺來的薪水外，憑我繼承的財產，每年也能有一百英鎊的額外收入。如果能得到霍斯摩．安傑先生的消息，我願意付出全部。」

福爾摩斯問：「你為何這樣匆忙地離家來找我呢？」

瑪麗．薩瑟蘭小姐茫然的臉上又一次出現了驚奇的神色。她說：「對，我是匆忙離家的。因為溫迪班克先生，也就是我的父親，對這件事漠不關心，使我氣憤難平。他不願報警，也不肯來這裡，我一氣之下就披上外衣趕過來了。」

「你父親？」福爾摩斯說，「一定是繼父，因為姓不同。」

「對，是繼父。我叫他父親，聽來可笑，他只比我大我五歲又兩個月呢。」

「母親健在嗎？」

「是的。福爾摩斯先生，我很不高興，父親剛死不久，她就再婚了，而且對方整整小她十五歲。我父親原是托坦罕法院路的一個管線工人，留下一間不小的企業，由母親和工頭哈迪先生繼續經營。但是，溫迪班克先生一來後，就強迫母親賣掉了這間企業，因為他身為酒行的推銷員，瞧不起這個行業。最後，商譽連同利潤，總共才賣得四千五百英鎊，假如父親還在世，肯定不只有這個價錢。」

我原以為，這樣毫無邏輯又雜亂無章的敘述肯定讓福爾摩斯感到不耐煩，沒料到，他竟聽得全神貫注。

他問：「你剛才說的遺產，就是來自這個企業嗎？」

「哦，不是的，先生，是完全不相干的，那是在奧克蘭的奈德伯父遺留給我的。是一筆紐西蘭股票，有四分半的利息。本金有二千五百英鎊，但我只能動用利息。」

福爾摩斯說：「我對你的情況很感興趣。你每年有一百英鎊的鉅款，再加上你的薪水，你完全可以過著到處旅行的舒適生活。我認為，一年六十英鎊的收入足以令一位單身女性過得很好。」

「即使沒有那麼多，我也能過得很好，福爾摩斯先生。不過，你能看出，我並不願成為家人的負擔，只要與他們同住，他們可以使用我的錢，當然，這只是暫時的。溫迪班克先生每一季都會提出我的利息來交給母親，我只靠自己的薪水，就能過得還不錯了。打字一張可賺兩便士，我一天能打十五到二十張呢！」

福爾摩斯點點頭說：「你把事情描述得十分清楚。這是我的朋友華生醫生，在他面前不必拘束。現在，請你將與霍斯摩．安傑先生的關係全部告訴我們吧。」

薩瑟蘭小姐臉上泛起了紅暈，她不安地擺弄著短外套的鑲邊。過了好一會兒，她才開口：「我在煤氣裝修工的舞會上第一次見到他。當時，溫迪班克先生不願意讓我和母親去參加舞會，他一向反對我們去任何地方，甚至不願讓我們去教堂作禮拜。可是那一次我決心參加，他沒有權利阻止我！他說，我父親生前的好友都會參加舞會，我們再與那些人來往太不恰當了。他還說，我沒有合適的禮服，其實我那件紫色長毛絨裙衫一直都被壓在櫃子中呢！最後，他出差去了法國，母親跟我悄悄跟隨以前的工頭哈迪先生一同前往，我就是在那兒遇到霍斯摩．安傑先生的。」

「我想，溫迪班克先生回國後，一定氣炸了。」

「哦，不，他態度還不錯。我記得，他當時聳聳肩笑說，反對女人做她們想做的事是沒用的，女人總是很固執。」

「我明白了。你是在煤氣裝修工舞會上結識霍斯摩．安傑先生的。」

「是的，先生。第二天他就來訪，問候我們昨晚是否安全到家。此後，我們又見過面──福爾摩斯先生，我的意思是，我們一起散步過兩次，但是後來我的父親回來了，霍斯摩・安傑先生就沒有再上門了。」

「因為不能來？」

「是的，我父親對這種事十分反感，他總是極力阻止任何人來訪，他常說，女人應該多和家人待在一起。不過，我常向母親訴苦，女人都該擁有自己的社交圈子，而我卻沒有。」

「那霍斯摩・安傑先生呢？他沒有設法來見你嗎？」

「哦，父親在一個禮拜後又將前往法國，因此霍斯摩來信說，在我父親離開前最好先不要見面，以策安全。這段期間我們一直通信，我每天一大早就將信拿進屋了，父親並不知情。」

「你與他訂婚了嗎？」

「啊，是的，福爾摩斯先生。第一次散步後我倆就互許婚約。霍斯摩・安傑先生是萊登霍爾街一家公司的出納，而且……」

「什麼公司？」

「福爾摩斯先生，問題就在這兒，我不知道。」

「那他住哪兒？」

「就睡在他工作的地點。」

「你竟然不知道他的地址？」

「不知道，只知道在萊登霍爾街。」

「那你的信寄到哪裡去呢？」

「萊登霍爾街郵局，本人取件。他告訴我，如果寄到辦公室，會被同事們取笑。因此我說我可以用打字把信件打出來，但他又不同意，說見到親筆信如見到我一樣，機器打出來的信缺乏情感。福爾摩斯先生，這件事可以說明他有多麼喜歡我，哪怕是點小細節也不容忽視。」

「一點都沒錯。我一直認為，小細節是最重要的。你還記得跟霍斯摩・安傑先生有關的其他小事嗎？」

「福爾摩斯先生，他十分靦腆。寧可在晚上與我約會，也不願在白天。他說他很不喜歡引人注目。他舉止文雅，說起話來柔聲柔氣。他說，由於小時患過扁桃腺炎，喉嚨一直不好，說話總是含糊不清。此外，他衣著考究，整潔而素雅，但視力很差，總戴著一副淺色眼鏡，來抵擋強烈的光線。」

「好，那你的繼父，溫迪班克去了法國後，又發生了什麼事呢？」

「霍斯摩．安傑先生又來到我家，並且提議我們趕在父親回國前完婚。他很嚴肅，要我將手按在聖經上發誓，不管發生了什麼事情，我都要永遠忠於他，母親同意說他要我發誓是對的，這說明了他的愛，母親一開始就站在了他那邊。當他們商量要在一星期內就舉行婚禮時，我提到了父親，但他們都安慰我說，事後告訴他一聲就行了。母親還保證，她會負責說服父親。福爾摩斯先生，說來可笑，但我並不贊成這麼做，雖然他只不過大我幾歲，但我也不想瞞著他做出如此重大的決定，所以寫了封信給父親，寄給公司駐法國的辦事處，但是信在我結婚當天早上被退回來了。」

「他沒收到信？」

「是的，先生。信寄到時，他恰好動身回國了。」

「哈哈！太不湊巧了。那麼，你的婚禮在禮拜五，是在教堂舉行嗎？」

「是的，先生。但一點也不鋪張。我們定在皇家十字路口的聖救世主教堂完婚，然後去聖潘克拉斯飯店共進早餐。霍斯摩乘一輛雙輪雙座馬車前來迎接，但我們有兩個人，所以他就搭了恰好路過的另一輛四輪馬車。我們先到教堂，四輪馬車隨後趕到，卻遲遲不見他下車。馬車伕下來一看，發現座位空無一人，裡面的乘客早已不知去向了。車伕無法解釋這件事，他說他親眼看見霍斯摩上了車。福爾摩斯先生，那是上星期五，從此之後，就再沒他的消息了。」

「看來，他委屈了你。」

「啊，不、不，先生。他對我很好，很體貼，不可能不吭一聲就消失的。因為他那天早上就曾說過，不管發生什麼事，我都要忠於他；哪怕意外使我倆分開了，我也要永遠記住我對他的誓言，他總有一天會回來的。

在婚禮當天說這些話似乎很奇怪，但從後來發生的事情看來，似乎也暗示了什麼。」

「的確是暗示了什麼，所以，你也認為他遭遇到不測了？」

「是啊，先生。我相信他預知到會發生某些事情，否則不會這樣講。我猜他遭遇了他意料中的危險。」

「你有想過會是什麼樣的危險嗎？」

「沒有。」

「還有一件事，你母親如何看待這事呢？」

「她很生氣，她叫我永遠不要再提起這件事。」

「你父親呢？他知道嗎？」

「知道。他同意我的觀點，也認為霍斯摩出了事，但安慰我遲早會有消息的。就像我父親說的，把我帶到教堂前又離我而去，對他有什麼好處？要是他跟我借了錢，或是得了我的財產，這可能還說得過去；但霍斯摩並不很在乎金錢，即使是一個先令，他也不願意從我這裡拿去。那麼，還可能發生什麼事呢？為什麼連一封來信都沒有？唉，我真的快瘋了，徹夜難眠。」她從皮袖中抽出一張手帕，捂著臉痛哭失聲。

「我會替你調查這樁案子。」福爾摩斯邊站起身邊說：「一定會有答案的。你就不要再操心了，現在就交給我負責吧。最重要的是，讓霍斯摩先生從你的記憶中永遠消失吧。」

「所以，你認為我不會再見到他了？」

「恐怕不會了。」

「那他出了什麼事？」

「這個問題就讓我來處理好了。我需要此人外表的詳細描述，以及你所保留的那些信件。」

「這是我在上星期六的《紀事報》上登出的尋人啟事。除了這條啟事，我還帶來了他的四封信件。」

「謝謝。你的通信地址呢？」

「坎伯韋爾區，里昂街三十一號。」

「我知道你沒有安傑先生的地址，那麼，你父親的工作地址呢？」

「他是西屋&馬班克商行的推銷員，那是芬喬治街有名的法國紅酒進口商。」

「謝謝，情況已交代得很清楚了。請你留下這些資料給我，記住我給你的忠告，將整件事結束，不要讓它影響了你的生活。」

「福爾摩斯先生，你真是仁慈，但唯獨這點我做不到，因為我要忠於霍斯摩，等他一回來我就與他完婚。」

儘管她戴著一頂令人發笑的帽子，有著茫然無知的臉孔，但那純樸忠誠的高尚情操，仍讓我們肅然起敬。她答應如有必要會立刻趕來，然後，她放下那薄薄一疊資料走了。

福爾摩斯伸展雙腿，十指對頂，呆望著天花板沉默了幾分鐘。然後，他從架子上取下滿是油膩的泥煙斗，點燃煙絲，背靠椅子，當濃濃的藍色煙霧嫋嫋升騰時，他漸漸陷入了沉思。

「頗為有趣，那位小姐。」他說：「我發現她本人比她的問題更有趣。順便說一下，她的事件是很平常的。如果翻閱一下案例，就能找到極為相似的一八七七年安多佛案，另外，海牙去年也發生過一些類似案件，都是些老技倆了，我覺得其中只有一、兩個情節算得上新奇。但那姑娘本身卻最令人擔憂。」

「你似乎從她身上推測出許多我看不出的東西。」

「不是看不出，華生，只是沒注意罷了。你不知該看哪裡，所以忽略了重點。我總是沒辦法讓你理解袖子的重要性，以及如何從大拇指指甲或者鞋帶上發現大線索。好了，請你先描述一下這位女士的外表吧。」

「嗯，她頭戴藍灰色寬邊草帽，插有一支磚紅色羽毛；灰黑的短外套上綴有黑色珠子，邊緣鑲嵌有小小的黑玉飾物；褐色上衣，領口和前襟開口都鑲著窄窄的紫色長毛絨；手套是淺灰色，右手食指破損；我沒注意她的鞋子。她身材略顯胖，戴金耳墜，整體感覺是相當富裕，神態顯得舒坦而自由。」

福爾摩斯輕拍手掌，他笑了。

「華生，我不想拍你的馬屁，但你的確進步了不少。這一番描述非常地仔細，雖然你忽略了重點，但畢竟已掌握了方法。你對色彩很敏感。但是朋友，你可不能依靠一般印象，要集中注意細節。對女人，我總先看她的袖子；對男人，則先看褲子的膝部。就如你看到的，她的袖口有長毛絨，這可是最容易露出線索的部位。手腕往上一點的兩條紋路，那是打字員壓著桌子產生的印痕，很明顯。手搖式縫紉機也會留下類似的痕跡，但是只會在左臂離大拇指最遠的那側，而不像打字員的印痕那樣正好橫過最寬的部分。我又發現她鼻梁上留有眼鏡夾腳的凹痕，於是斷定她有近視，是打字員。她好像對此很感驚奇。」

「我也一樣。」

「可是顯然一點也沒錯呢。接著，我驚訝地發現了一個有趣的現象：她的靴子兩隻不一樣，一隻靴尖上有帶花紋的皮包頭，另一隻卻沒有；一隻靴子五個扣子只扣了下面的兩個扣環，而另一隻則扣上第一、第三和第五個扣環。於是，當你見到一位年輕女子儀容整齊，卻穿錯了靴子，一定不難猜出她是匆忙離家的。」

「還有呢？」我追問道，他敏銳的推理常引起我強烈的興趣。

「順便說一下，我發現她出門前寫了一張字條，是在她穿戴整齊後才寫的。你也注意到她右手套食指處磨破了，卻沒發現她的手套和食指都沾上了紫色墨水。她寫得很急，沾墨水時筆插得太深了。墨跡仍很清晰，一定是今天早上寫的。這些都挺簡單，但很有趣。好啦，言歸正傳，華生，請你讀一遍霍斯摩．安傑先生的尋人啟事，行嗎？」

我將那一小張印刷紙湊近燈前。上面印著：

十四日早晨，一個叫霍斯摩．安傑的先生失蹤。此人身高五呎七吋，體魄強健，膚色微黃，頭髮烏黑，頭頂略禿，留有濃密漆黑落腮鬍鬚，戴淺色眼鏡，聲音小而細。失蹤時身著絲邊黑色大禮服、黑背心、哈里斯花呢灰褲、褐色綁腿，穿兩邊有鬆緊帶的皮靴。一條艾伯特式金鏈繫於背心上。他曾經在萊登霍爾街一間公司擔任出納。如果有人……

「好了，」福爾摩斯說，「至於那些信，很普通。除了引用過一次巴爾扎克的話外，沒有任何有關安傑先生的線索。不過有一點，你應該也注意到了。」

「信是用打字的。」我說。

「不僅如此，連簽名都是打的呢。請看信尾這幾個打得整整齊齊的小字：『霍斯摩・安傑』。上面有日期，但地址只寫了『萊登霍爾街』，此外沒別的了。這個簽名能充分解釋這個問題，事實上，它正是整件事的關鍵所在。」

「什麼的關鍵？」

「我親愛的朋友，難道你還看不出它與本案關係重大嗎？」

「我不能肯定，或許一旦被人控告他毀約的時候，他可以否認那是自己的簽名。」

「不，不是這麼回事。不過，只要我寫兩封信，問題就可以解決了。一封給倫敦的一家公司；另一封給那位女士的繼父溫迪班克先生，請他明晚六點來這裡與我們見面，因為我們得跟一位男性家屬談這件事。行了，醫生，在得到回信前，我們暫時無事可做，先把它擱在一旁吧。」

我有十足的理由相信我朋友是個推理細緻、精力超常的人，所以他對客戶委託的奇特疑案表現出的胸有成竹，肯定是有根據的。據我所知，他失敗的例子只有波希米亞國王的艾琳・艾德勒照片一案；但是，當我想起『四簽名』中的離奇怪事以及『血字的研究』中那異乎尋常的情況時，我認為，如果連他都無法解決的話，那真是世上最怪異的疑難案件了。

我離開時，他仍然在擺弄著那只黑色泥煙斗，我相信等我明晚再來時，他已經掌握了證明瑪麗・薩瑟蘭小姐的失蹤新郎真實身份的所有線索。

那時，我正忙著治療一位重病患者，隔天一直在病床前忙到下午六點才終於抽出時間，我乘上一輛雙輪小馬車直奔貝克街，還擔心著因為遲到無法為這樁奇案貢獻一臂之力。當我到達時，福爾摩斯正獨自在家，瘦長的身子蜷縮在扶手椅中，一副半夢半醒的模樣。令人望而生畏的幾排試管和燒瓶正發出陣陣清新卻刺鼻的氣味，看來他一整天都埋頭於實驗中。

「嘿！解決了嗎？」我邊問邊走進房間。

「是的，那是硫酸鋇。」

「不，不，我是指那件案子！」

「哦，那個啊！我正在想實驗中的這種鹽。雖然我昨天說過，這件案子一點都不神秘，但有些細節仍是很有趣的。我唯一擔心的是法律不能懲治那個無賴。」

「他是誰？為什麼要遺棄薩瑟蘭小姐？」

問題剛說出口，福爾摩斯還沒來得及回答，就聽見一陣沉重的腳步聲在樓梯中響起，接著有人敲門。

「是那位女士的繼父詹姆士．溫迪班克先生。」福爾摩斯說，「他回信說六點鐘會來。請進吧！」

來客三十歲左右，中等身材，很結實，膚色微黃，鬍鬚刮得乾乾淨淨，一副殷勤討好的模樣，一雙灰色眼睛銳利逼人。他疑惑地對我們掃視了一眼，把那頂有光澤的圓帽擱在了邊架上，對我們微微一鞠躬，就在旁邊的椅子上坐了下來。

「晚安，詹姆士．溫迪班克先生，」福爾摩斯面無表情地說，「我想，這封打字的信是你寄的吧，你約定六點鐘和我們見面，是嗎？」

「是的，先生。恐怕我稍微遲到了一下，但我身不由己。我很抱歉薩瑟蘭小姐拿這種小事來麻煩你。我一直希望家醜不要外揚，我一直反對她來找你的，但你們也看到了，她是個堅毅的人，一旦作出決定就難以阻止。但我不太介意，至少你們不是警察，這些醜事傳出去就尷尬了。何況，這也是徒勞無功的，畢竟怎麼可能找得到霍斯摩．安傑這個人？」

「正好相反，」福爾摩斯說，「我有足夠的理由相信自己能找到霍斯摩．安傑先生。」

溫迪班克先生聽了，身子猛地一震，手套落在了地下，說道：「很高興聽到你這麼說。」

「有趣的是，」福爾摩斯說，「打字也能像手寫一樣表現出一個人的個性。除非是全新的，否則沒有兩台打字機能打出一模一樣的字來。也許有些字母磨損嚴重，有些字母卻只磨損半邊。溫迪班克先生，請看你打的這張短箋，字母『e』都有點模糊，字母『r』的尾巴則都缺了一角。其他還有十四個明顯的特徵。」

「我們的所有信件都是用事務所裡那台打字機打的，當然有點兒磨損。」我們的客人說著，敏銳的小眼睛迅速瞥了福爾摩斯一眼。

「溫迪班克先生，現在我想讓你看一個真正有趣的研究，」福爾摩斯接著說，「我最近想寫一篇關於打字機以及它如何跟犯罪連結的專題論文。這是我頗為注意的一個主題。我手中有四封來自失蹤男人的信，全是用打字的。巧的是，不只信中的字母『t』是模糊的，『r』也都缺了尾巴，而且，只要你願意，你可以用我的放大鏡檢查我提到的其他十四個特徵，你會驚訝地發現，它們清晰得很。」

溫迪班克先生從椅子上站了起來，抓起帽子，說：「福爾摩斯先生，我不想再浪費時間聽這些無稽之談！假如你抓得到他就抓吧！到時再通知我一聲。」

福爾摩斯搶先一步，鎖好門，說：「那我就告訴你，我已經抓到他了。」

「什麼，在哪！」溫迪班克先生喊道，他的嘴唇都嚇白了，像鑽進了捕鼠籠的老鼠般眨著眼睛。

「啊，沒用的，沒有用的，」福爾摩斯溫和地說，「你逃不掉的，溫迪班克先生。你竟然說我解決不了這麼顯而易見的問題，實在是太小看我了。好了！請坐，讓我們來談談吧。」

這名訪客完全癱在了椅子上，他臉色蒼白，額頭冒汗，結結巴巴地說：「這件事還不至於被起訴……」

「確實，恐怕沒到這種程度。但是，溫迪班克先生，這是我見過最自私、最殘酷、最無人性的詐欺手段。現在，讓我來敘述這件事吧，如有哪裡講得不對，你就盡量指正吧。」

此人縮成一團呆坐在椅子上，把頭埋在胸前，一副被徹底擊潰的模樣。福爾摩斯把腳翹在壁爐台的邊角上，手插入口袋，身子後仰，喃喃自語般地講述起來。

「有個男人為了錢，與大他許多歲的女人結了婚，」他說，「只要女兒與他們住在一起，他就可以任意用她的錢。這筆錢對他們而言相當可觀，如果失去了，將會大大影響他們的生活，所以他不惜一切去保住它。女兒心地善良，又溫柔多情，很明顯的，這麼好的姑娘不會一直單身的。但如果她結婚了，就意味著他們每年一百英鎊的進帳將不保，那麼繼父該如何阻止這種事發生呢？顯然，他最初設法將女兒與同年紀的朋友們隔開，但他很快發現這不是萬全之策。她越來越不聽話了，堅持自己的權利，最後還堅持要參加舞會。在這種情況下，她那詭計多端的繼父又怎麼做呢？他想出了一條狠毒的妙計，在妻子的默許和協助下，他戴上眼鏡，又貼上假鬍和亂糟糟的假落腮鬍，甚至把自己清晰的嗓音裝得低沉沙啞。由於女兒近視，完全看不出他的喬裝有任何破綻。他以霍斯摩．安傑先生的名義出現，並主動向女兒求婚，以防止她愛上別人。」

「我原本只是想開個小玩笑而已，」客人咕噥著，「誰知她竟陷得那麼深。」

「很可能不會。不過，這位年輕小姐確實被沖昏了頭，他深信繼父遠在法國，從不懷疑這是個騙局。她被那位先生的殷勤感動，加上母親的鼓勵，更令她暈頭轉向。於是安傑先生乘勝追擊，約會幾次後就匆匆訂了婚，確保姑娘不會移情別戀。但總不能一直演下去，另外，假裝去法國出差也太麻煩，因此他乾脆營造出一個戲劇性的收場，好讓姑娘留下深刻的印象，以免有朝一日又接受其他男子的求婚。於是，就出現了手按聖經立誓的場面，以及婚禮當天早晨意有所指的言語。詹姆士．溫迪班克要求薩瑟蘭小姐對霍斯摩．安傑忠貞不渝，而由於無法確定他的生死，她至少十年內不會接受別的男子了。霍斯摩陪她到了教堂門口，想不到下一步，於是玩起了老戲法，從馬車的一邊門進去，又從另一邊門鑽出來溜了。溫迪班克先生，這就是事情的經過。」

這時，來客已平靜了一些，他站起身，蒼白的臉上帶著譏諷的神態。

「你也許是對的，也許是錯的，福爾摩斯先生，」他說，「你很聰明，但是你應該再聰明點，才會明白是你觸犯了法律，而不是我。我的所做所為並不足以被起訴，但是你將我鎖在房內，就可以讓我控告你侵犯及非法限制人身自由。」

「就如同你所說，法律制裁不了你，」福爾摩斯說著將鎖上的門打開，「但是沒有一個人比你更應該受到制裁。假如那位女士有兄弟或朋友的話，他們應該好好揍你一頓！混蛋！」那男人臉上刻薄的冷笑令福爾摩斯憤怒得漲紅了臉，他接著說，「雖然這不是委託的內容，但我手邊恰好有條獵鞭，我想我還是來……」鞭子還未取到手，樓梯上便是一陣乒乒乓乓的腳步聲，沉重的大廳門隨之被「砰」地一聲關上了，我們瞧見詹姆士．

溫迪班克先生沒命地在馬路上飛奔。

「好一個冷酷的無賴！」福爾摩斯一屁股坐在了他的扶手椅上，「那傢伙會一次又一次的做壞事，直到有一天犯了重罪被送上絞架。某方面來說，這件案子並非那麼地枯燥乏味。」

「我還沒完全弄明白你的推理過程。」我說。

「哦，顯然首先該考慮的是：霍斯摩・安傑的奇怪行徑必有所圖，同樣清楚的是，唯一能從中獲益的只有那位年輕小姐的繼父。然後，我又發現了一個事實，那就是這兩個人從來沒有同時出現，每當有一人不在時，另一人才會出現，這是很有用的線索。墨鏡、奇怪的聲音，以及遮蓋大半個臉的落腮鬍都暗示著偽裝；至於信件用打字的，可以推斷她一定對他的筆跡非常熟悉，以至於連簽名都不得不用打字機打，以免被識破。這更證明了我的懷疑。你看，所有這些單獨的細節都指向同一個結論。」

「那你又如何去證實呢？」

「一旦犯人被鎖定，那要證實罪行就容易了。我知道他工作的公司，我一接到那份尋人啟事，就從那所描述的外貌特徵中剔除可能的偽裝部分，像是落腮鬍、眼鏡、聲音，然後再把啟事寄往商行，查詢去掉偽裝的外貌特徵是否與他們公司的某位職員相似。我又注意到了打字機的特點，於是寫信到他的辦公地點，請他過來一趟。果然如我所料，他用打字機打了回信，兩者比較下，我發覺那位安傑先生的信件也出於同一台打字機。同時，來自芬喬治街的西屋＆馬班克公司的回信中寫道，啟事中描述的人物與他們的雇員詹姆士・溫迪班克十分符合。這便是全部情況。」

「那薩瑟蘭小姐呢？」

「她是不會相信這一切的。記得有句波斯諺語是這麼說的：『要打消女人心中的幻想，就像從虎爪下搶走幼虎一樣危險。』穆斯林的哲學跟古羅馬詩人賀瑞斯一樣豐富，對於世界的了解也同樣深刻。」

4 波士坎比谷謎案

那天早上，我和妻子正在吃早飯時，女僕送來了一封電報。是夏洛克·福爾摩斯發來的，內容如下：

是否能抽出幾天時間？剛收到英國西部來的電報，與波士坎比慘案有關。如能同往，不勝欣慰，該地空氣與景色包君滿意。十一時十五分將自帕丁頓啟程。

「親愛的，你看如何？」妻子隔著餐桌看著我問，「想去嗎？」

「我真不知說什麼好。我手邊還有許多工作要做。」

「哦，安斯楚德會替你打點好的。最近你臉色不太好，換個環境對你也有好處，何況你總是對他經辦的案件很感興趣。」

「想想我從他案件中學到的東西，要是不去的話，還真有點對不起他呢。」我回答說，「但是，如果要去，我得趕快收拾行裝，只差半小時就要出發了。」

阿富汗的那段軍旅生活，使我養成了行動敏捷、可以隨時動身的習慣。我隨身攜帶的日常必需品不多，所以半小時內就上了出租馬車，一陣風似的趕往帕丁頓車站。夏洛克·福爾摩斯正在站台上來來回回地踱步。他披一件長長的灰色旅行斗篷，戴一頂緊箍著頭的便帽，更突出了他瘦高的身材。

「華生，你能來真是太好了。」他高興地說，「有個完全可靠的人與我在一起，情況就不同了。警方的協助往往是毫無用處而帶有偏見的。你先去找兩個角落的位子，我去買票。」

空蕩蕩的車廂中，除了福爾摩斯那一大卷亂七八糟的報紙外，就只有我們兩個乘客了。他在這些報紙中亂翻一通，然後抽出一張來閱讀，時而寫點筆記，時而苦思冥想，直到經過了瑞丁。接著，他把這一大堆報紙捲成一捆，扔到行李架上。

「你聽說過有關這件案子的任何情況嗎？」他問。

「沒聽說，我好幾天沒有看報了。」

「倫敦報紙都做了大致的報導。我一直在看最近的報紙，想瞭解一些具體細節。據我看，此案應該歸類為極難偵破的簡單案子。」

「你這句話好像很矛盾呢。」

「但卻是事實，越奇特的案子往往越容易得到線索，反而越是平淡無奇的案子，就越難掌握罪證。不過，他們已認定被害者的兒子是凶手。」

「所以，那是一宗謀殺案了？」

「嗯，他們是這麼認定的。但我在親自調查前不會憑想像亂下結論。現在，我把目前已掌握的情況給你簡要地介紹一下。」

「波士坎比谷位於赫里福德郡，是一個離羅斯鎮不很遠的鄉村。約翰・特納先生在澳洲發了財，幾年前返鄉，成為那一帶最大的地主。他把自己擁有的一個叫哈瑟利的農場，租給了曾在澳洲相識的查爾斯・麥卡錫先生。顯然，特納很富裕，而麥卡錫成了他的佃戶。但是，他們之間依然是過去那種平等的關係。他們兩家似乎有許多共同點：麥卡錫有個十八歲的兒子，而特納有個同年齡的女兒；他們兩家的女主人都已去世，而且似乎同樣總是避免與鄰近的英國家庭往來，過著近乎隱居的生活。不過麥卡錫父子倆很喜歡運動，常出現在附近舉行的賽馬會上。他家僅有一男一女兩名僕人；特納一家卻有五、六口人之多。以上便是我瞭解到的有關這兩家的情況。另外我再講一些事實。」

「六月三日，即上週一下午三點左右，麥卡錫步行到波士坎比池，這個水池是由波士坎比溪谷流入的溪水匯集而成的。當天上午，他曾與僕人到羅斯小鎮去過，並說他必須抓緊時間，因為下午三點有個重要約會。赴完會後，他就沒再活著回來。」

「從哈瑟利農場到波士坎比池有四分之一哩，中途，曾有兩人見過他。其中一位是個老婦人，報上沒提及她的姓名，另一人則是特納先生的獵場看守人威廉．克勞德。兩人都嚴肅地宣誓作證，麥卡錫先生當時是一人獨行。獵場看守人威廉還說，在麥卡錫先生走過去幾分鐘後，麥卡錫先生之子詹姆士．麥卡錫先生腋下夾著一支槍也從同一條路上走過去了。他確信，當時麥卡錫先生的確是在兒子的視線之中，可在他晚上聽說這件慘案前，卻並沒留心這事。」

「獵場看守人威廉．克勞德目睹父子二人走過後，還有其他人也見過他們。波士坎比池附近全是茂密的樹林，池子四周則是雜草和蘆葦叢。波士坎比溪谷莊園看門人十四歲的女兒佩辛．莫蘭，當時正在附近的樹林中採鮮花。她說，當時父子兩人正在池邊的樹林旁，好像在激烈地爭吵。她還聽見老麥卡錫先生在大罵兒子，隨後兒子舉手似乎想打父親。她被嚇得跑開了，回家後就告訴母親，麥卡錫父子在池塘邊大吵著，恐怕就要打起來了。她的話才說完，小麥卡錫就跑進屋來求助，他說發現父親死在樹林中了。當時他很激動，槍和帽子都沒帶，右手和衣袖上都有剛沾上的血跡。他們跟他到了現場，發現麥卡錫先生的屍體躺在池邊的雜草叢中。他的頭部大概受到了某種重物的猛擊，凹進去一大塊。從傷痕看，很像是他兒子用槍托打的，而那支槍則被扔在離屍體不過幾步遠的草地上。在這種情況下，那個年輕人當即被捕，星期二就被指控蓄意殺人，星期三將提交羅斯地方法院審判，現在此案已被提交巡迴裁判庭審理。這些就是由驗屍官和法庭對案子處理的主要經過。」

「我想不出比這更狠毒的案子了。」我說，「所有證據都指出同一個方向。」

福爾摩斯若有所思地回答：「現場是不可信的。它似乎能一目了然地證明某些情況，但是，只要改變一下觀點，它似乎又能證明另外一種完全不同的結論。我們必須承認，案情對這位年輕人確實不利，也許他就是凶手。不過，附近有好幾個人，其中包括農場主人的女兒特納小姐，都相信他是無辜的，並委託雷斯垂德承辦此案，為小麥卡錫辯護，你也許記得他就是『血字的研究』一案中那個警方偵探，雷斯垂德感到此案很棘手，因此就找到了我。於是，兩個中年紳士就以每小時五十哩的速度飛奔而去，而不是早餐後在家舒舒服服地休息。」

「看來，這件案子已經很明顯了，處理此案你恐怕得不到多少好處。」

他笑了：「再沒什麼比擺在眼前的事實更容易讓你上當！而且，說不定我們碰巧就發現了一些雷斯垂德認為不重要的事實呢。我的意思是，我們將用雷斯垂德意想不到的、沒能力使用的、甚至令他想不透的方法去肯定或推翻他的觀點。你很瞭解我，不會認為我是在吹牛吧。隨便舉一個例子，我很清楚你臥室的窗戶開在右側，而我卻懷疑他是否能注意到。」

「那你是怎麼……」

「我親愛的朋友，我太瞭解你了，你有軍人那種特殊的整潔習慣。你每天早上都刮鬍子，在這個日光充足的季節中，你是藉著陽光刮的。你的左臉頰，越往下就刮得越不乾淨，到下巴底下時竟已很不乾淨了。顯然，左邊光線沒有右邊亮。我無法想像你這樣愛乾淨的人，會在兩邊光線一樣的狀況下，把鬍子刮成這副德性。我只是以此作為觀察和推理的一個例證。這種洞察力應該對目前我們要進行的調查很有幫助。因此，我認為之前偵訊時的幾個疑點值得考慮。」

「什麼疑點？」

「首先，小麥卡錫沒被當場逮捕，而是回到哈瑟利農場後才被捕的。當警官宣佈他被捕時，他垂頭喪氣地說，一切是他罪有應得，這些話才消除了驗屍官及陪審團心中的最後一絲疑慮。」

「這不就是認罪的自白嗎？」我不禁喊道。

「不對，因為緊接著就有人為小麥卡錫辯護，說他是無辜的。」

「有了前面一連串的罪證確鑿，這些話的可信度是極低的。」

福爾摩斯說：「恰好相反，那是我在黑暗中看到的最亮眼的一線光芒。不管他是否無辜，不可能不知道當時的情況對他十分不利。如果他被捕時表現得驚訝或氣憤，我反而覺得他很可疑，因為在那種情況下，驚訝與氣憤的表現都是不自然的，但對於一個詭計多端的人而言，卻是個不錯的偽裝。他坦然接受指控，表明他要不是無辜的，不然就是他十分自制且堅強。至於他說自己罪有應得，你只要稍加考慮就會這是理所當然的。父親遇害時，他就在旁邊；同時，他當天忘了子女的責任，與父親發生衝突，甚至如小女孩提供的重要證詞那般，舉起手來想揍父親。他的自白顯露出的自責和懺悔，說明了他是一個身心健全的人，而非犯罪者。」

我搖搖頭說：「許多人在證據更少的情形下照樣被判以絞刑。」

「的確是，其中的許多人死得很冤。」

「那年輕人對於整件事是怎麼解釋的？」

「在這裡，不過，我恐怕這些解釋對想幫助他的人來說效用不大，雖然還是有幾點深具啟發性。你自己看吧。」

他從那一大捆報紙中抽出一份赫里福德郡的當地報紙，把其中一頁翻開，指出那個不幸年輕人講述案情的那一大段。於是我專心地閱讀起來。內容如下：

死者的獨生子詹姆士·麥卡錫先生當時出庭作證說：「我曾去了布里斯托三日，在上星期一（第三日）上午返家。到家時，父親不在，女傭人說他和馬伕約翰·柯布驅車去羅斯鎮了。不久，我便聽到他的馬車駛進院子的聲音，透過窗戶，我見到他在院中下了車後就匆忙往外走，我並沒留意他去了哪裡。之後，我取了我的獵槍，準備去波士坎比池那邊的養兔場看看。就像獵場看守人威廉·克勞德在證詞中說的，我在路上遇到他，但他卻誤以為我是在跟蹤父親。其實，我根本就不知道父親在前面。當我距池畔約一百碼時，我聽見有人喊『庫伊！』這是我們父子間常用的信號，於是我急忙過去，發現他正站在池邊。他見到我時似乎很驚訝，很凶地問我去那裡做什麼。我們隨即交談起來，並演變成激烈的爭吵，最後幾乎要動起手來。因為父親的脾氣太暴躁，我見他火氣越來越大，幾乎要失控了，於是就轉身返回哈瑟利農場，但是我才走了不過一百五十碼左右，便聽見可怕的喊叫聲從背後傳了過來，我急忙往回跑，卻發現父親頭部受了重傷，奄奄一息了。我扔掉槍，把他抱了起來，可是他立刻就斷氣了。我驚慌失措地在他身邊跪了約幾分鐘，接著趕去最近的特納先生家找看門人求救。當我回到父親身邊時，沒發現附近有任何人，我根本就不知父親是怎麼受傷的。他平日待人冷漠且嚴苛，不是一個很受歡迎的人；但是，據我所知，他也沒有仇人。我所知道的就這麼多。」

驗屍官：「你父親死前有沒有說了什麼？」

證人：「他含糊不清地講了幾句，但我彷彿聽他提到一隻老鼠（a rat）。」

驗屍官：「你知道那是什麼意思嗎？」

證人：「不知道，我想他當時已神智不清了。」

驗屍官：「你與父親當時為何爭吵？」

證人：「我不願回答這個問題。」

驗屍官：「你必須回答。」

證人：「我真的不可能告訴你。我保證，它與後來發生的慘劇毫無關聯。」

驗屍官：「有無關聯必須由法庭裁決。你應該明白，拒絕回答可能會對你在未來被起訴時相當不利。」

證人：「我仍然拒絕回答。」

驗屍官：「據我瞭解，『庫伊』是你父子間常用的信號。」

證人：「是的。」

驗屍官：「那他怎麼可能在沒看到你的情況下使用這個信號？他甚至不知道你已經從布里斯托回來了。」

證人（顯得很困惑）：「這我就不知道了。」

某陪審員：「當你聽到喊叫聲跑回去，並發現你父親受了重傷時，有看到周圍有任何可疑的東西嗎？」

證人：「沒什麼很具體的東西。」

驗屍官：「你這話是什麼意思？」

證人：「我匆忙跑回去時，思想緊張而混亂，滿腦子只有父親。但我有個模糊的印象：當我往回跑時，左邊地上有一件似乎是灰色的東西，大概是大衣之類的，也有可能是方格呢披肩。但當我從父親身邊站起來轉身去找時，卻又不見了。」

「你是說，在你去求救前那東西就已經不見了？」

「是的。」

「你無法確定它是什麼？」

「不確定，只感覺那裡有件東西。」

「離屍體有多遠？」

「大約有十二碼。」

「離樹林邊緣有多遠？」

「距離差不多相同。」

「也就是說，如果有人取走它，就是發生在你離它僅十幾碼遠的時候？」

「是的，但我是背對著它的。」

審訊到此結束。

我邊看邊說：「我覺得驗屍官最後那幾句話問得相當嚴厲。他有理由對證人供詞的矛盾提出質疑，像是他父親沒見到他卻發出了信號、小麥卡錫拒絕說出父子間的談話內容，以及父親死前講的那些奇怪的話；這對他十分不利。」

福爾摩斯竊笑著，伸展雙腿半臥在軟墊靠椅上，說：「你和驗屍官都試圖強調對小麥卡錫最不利的細節。但你不覺得他的表現很矛盾嗎？有時像是想像力超群，有時卻又想像力不足；想像力不足，是因為他沒虛構出一個吵架的理由來取得陪審團的信任；想像力超群，是因為他說出被害者死前提及『一隻老鼠』，還有那件忽然消失的衣服。不！先生，我會以年輕人所言屬實這個角度去調查，看看這個假設能把我們引導到哪裡。這是袖珍本的《佩脫拉克詩集》，你拿去看吧。在親臨犯罪現場之前，我不想再提及此案。我們去史文登吃午餐，我想二十分鐘內就可到達。」

在穿過了景色怡人的波士坎比溪谷，越過了銀光閃閃、河道寬闊的塞文河後，我們終於抵達風景如畫的羅斯小鎮。一個身材瘦長，貌似偵探的男子正恭候在站台上。儘管他按當地習俗穿了件淺棕色風衣並打上皮綁腿，我還是一眼就認出他是蘇格蘭場的雷斯垂德。隨後，我們三人一道乘車前往赫里福德的阿姆斯旅館，在那裡已定好房間。

當我們坐下喝茶時，雷斯垂德說：「我已經雇了一輛馬車。我知道你做事一向乾脆果斷，恨不得馬上衝去作案現場。」

福爾摩斯說：「你想得太周到了，可是去不去得看氣壓。」

雷斯垂德聽後很驚訝，說：「我不懂你的意思。」

「現在的氣溫是幾度？我猜有二十九度。無風、無雲。我有整整一盒煙要抽，而這裡的沙發又比一般鄉村旅館的更舒適。我想今晚應該用不到馬車了。」

雷斯垂德縱聲大笑著，他講道：「顯然，你已經根據報紙上的報導得到結論。此案的案情清晰，越深入瞭解就越清楚。當然，我們也的確無法拒絕這麼一位教養良好的女士請求。她久仰你的大名，迫切想從你那裡獲得意見，雖然我再三向她解釋，凡是我無法辦到的事，你也辦不到。啊，天啊！她的馬車已到門口了。」

雷斯垂德話音剛落，一位秀美的年輕姑娘便快步走進了我們的房間。她那雙藍色的眼睛清澈透明，雙唇微開，面頰粉紅，可是看上去滿心焦慮、惶恐不安，以致全然不顧平日的矜持與優雅。

她有些激動地喊道：「福爾摩斯先生！」同時輪流地打量著我倆，憑著女人的機敏和直覺，她終於將視線停在了福爾摩斯身上。

「你很高興你終於來了！我來這裡是想向你說明，我知道詹姆士不是兇手，我知道的！我希望你一開始就不要懷疑這點。我們從小就在一塊兒，對他的缺點我瞭如指掌。他很善良，甚至連蒼蠅都不忍心傷害。凡是熟識他的人都覺得這種指控太荒謬了。」

「我希望我們能還他清白，特納小姐。」福爾摩斯說：「我會盡力而為，請相信我。」

「但你已看過證詞了。你已有了結論嗎？你不認為很多地方前後矛盾，不合邏輯嗎？難道你不認為他是無辜的嗎？」

「我想這是很有可能的。」

「瞧！你都聽到了！」她抬高了下巴，有些不屑地看著雷斯垂德大聲說：「他給了我一線希望！」

雷斯垂德聳聳肩，說：「我想我的同事做出了一個草率的結論。」

「但是，他是對的。沒錯！我知道他是對的。詹姆士絕對不是凶手。至於他與父親吵架的真正原因，我確信，之所以不肯講出來，是因為他怕牽連到我。」

「牽連到你？」福爾摩斯問道。

「時間緊迫，已不容我繼續隱瞞下去了。詹姆士和他父親在這個問題上分歧極大。麥卡錫先生迫切地盼望我們結婚。我與詹姆士從小就如兄妹般親密，但這並不是結婚的理由，他還非常年輕，沒有獨立生活的能力，而且……而且……唉，他還不想結婚，於是兩人就吵了起來，這肯定是他們爭執的一個原因。」

「你父親呢？」福爾摩斯問：「他贊成你們的婚姻嗎？」

「不，他堅決反對。只有麥卡錫先生有這個念頭。」

當福爾摩斯用懷疑的眼光盯著她時，她那年輕美麗的面孔一下子紅了。

「非常感謝你提供這些訊息。如果我明天上午到府上拜訪，能否見到你父親？」

「我想醫生不會同意你見他。」

「醫生？」

「是的。你不知道嗎？我可憐的父親身體一向很虛弱，這次的事件更讓他徹底崩潰了。他終日臥病在床，威羅醫生說，他已經病入膏肓，精神也極度衰弱。老麥卡錫先生是父親在維多利亞認識的朋友中，唯一還在世的一位。」

「哈！維多利亞！這條線索很重要。」

「是啊，他們一起在礦場工作。」

「原來如此，是金礦吧，據我所知，特納先生就是在那裡發財的。」

「是的，的確是這樣。」

「謝謝你，特納小姐。你提供的資訊相當有用。」

「如果你明天有任何進展，務必立即告訴我。你會去監獄看詹姆士吧，對了！福爾摩斯先生，如果你去時，請轉告他，我知道他是清白的。」

「我一定代為轉答，特納小姐。」

「我得回家了，父親病得很重，他每次看我離開時都非常擔心。願上帝保佑你們，再見！」她走時仍顯得激動和急促不安。隨即我們便聽見街上傳來馬車轔轔的車輪聲。

「福爾摩斯，我真替你感到慚愧！」雷斯垂德沉默了一會兒後，忽然嚴厲地責備道：「為什麼要平白無故燃起她的希望？你明知道結果會讓她失望的，雖然我並不是個多愁善感的人，但我必須說，你實在太殘忍了。」

福爾摩斯說：「我應該能還詹姆士．麥卡錫一個清白。你有探監的許可嗎？」

「有，僅限於你我二人。」

「看來，得重新考慮今晚是否要出門了。搭火車趕得到赫里福德的監獄嗎？」

「時間是足夠的。」

「那就這麼決定了。華生，我怕你待在這裡會覺得無聊，不過我們大概一兩個小時就會回來了。」

我與他們一同步行到火車站，然後獨自在這個鎮上閒逛，最後回了旅館。我隨手拿起一本黃皮的通俗小說，躺在沙發上閱讀，想從中得到一點樂趣來打發時光，但那平庸的情節與我們正在進行的偵查相比實在太過無趣。於是，我的注意力不時地從虛擬的情節中回到現實中來，最後我只得扔開書，專心致志地思考起當前發生的事來。

假設這個不幸的青年所說完全屬實，那麼，在他離開父親到聽見喊叫聲而跑回池邊的這一小段時間內，到底發生了什麼事？這一切可怕又凶惡，我能憑藉醫生的經驗從死者的傷部找出什麼線索嗎？我拉了鈴，請人送上本地的週報，那上面有詳細的審訊記錄。法醫的驗屍報告上寫道：死者後腦的第三塊左頂骨和枕骨左半側因受重物猛擊而破碎。我摸著自己頭部，找出這個對應的部位，很顯然，這致命一擊來自受害者的背後。這件事實是對被告有利的，因為有人證明他們曾面對面爭吵。但是，說服力還不夠，因為陪審團也可以大膽推測死者是在轉過身時被打死的。無論如何，我應該提醒福爾摩斯這點。此外，死者臨終前提到「老鼠」又意味著什麼？這不可能是神經錯亂下的囈語，一般情況下，遭受重擊而死的人是不會囈語的，不，這一切似乎更像是他想說明遇害的情況。但是，那究竟代表什麼呢？我絞盡腦汁想找出一個合理的解釋來。還有小麥卡錫所見的那件灰衣，如果屬實，那一定是凶手匆忙逃跑時遺落的，可能是件大衣，而他竟然大膽地返回，還在小麥卡錫跪著背對他的幾分鐘內，在他背後十幾步遠的地方將它取走！整個案情是多麼地錯綜複雜、匪夷所思呀！我對於雷斯垂德的意見並不意外。但是，我十分相信福爾摩斯的洞察力，只要有新的證據能證明小麥卡錫是無辜的，我就相信這件事一定有希望。

福爾摩斯一直到很晚才獨自回來，雷斯垂德則在城裡住下了。

他坐下時說：「氣壓計的刻度仍舊很高，希望我們到達現場前千萬別下雨，這事關重大啊。另外，做這種精密的工作必須精神飽滿、細心敏銳。我們可不能帶著長途跋涉後的疲憊狀態去做這種工作。我剛剛見到了小麥卡錫。」

「你從他那裡掌握了什麼新情況嗎？」

「什麼也沒得到。」

「他不肯提供線索？」

「一點線索都不肯提供。我一度懷疑他知道凶手，而且在袒護他，或她。但是現在我確信，他跟所有人一樣，對這件案子感到疑惑不解。他雖然模樣英俊，但不是很機靈，不過，他很忠實可靠。」

「我無法認同他的品味，」我說：「如果他真的不想與特納小姐這麼迷人的年輕女性結婚的話。」

「哦，這裡面還有段相當痛苦的故事呢。實際上小伙子很愛她，幾乎如痴如狂。但是，大約兩年前，他還只是個少年，尚未認識特納小姐，那時候她離家五年去了一所寄宿學校。而那個傻蛋卻被布里斯托的一個酒吧女郎纏住，並糊裡糊塗地登記結婚了。你看，多麼傻的年輕人啊！雖然沒有人知道這件事，但你能想像，當他被逼著做自己明明想做，卻明白絕無可能的事情時，有多麼懊悔。所以當他的父親在池邊拚命勸他向特納小姐求婚時，他才會急得跳腳。同時，他又無力養活自己，他那刻薄的父親要是知道了實情，肯定會將他趕出家門的。事發前的三天，他就是在布里斯托與他的酒女妻子共度的，而他父親毫不知情。注意這一點，它很重要。不幸中的大幸是，當那名女郎由報上得知他入獄，而且很有可能被絞死，立刻就跟他斷絕了關係。她寫了一封信說，她本來就有一個在百慕達碼頭工作的丈夫，因此他們之間的夫妻關係並不合法。我想，這消息對絕望中的小麥卡錫也算是一個安慰吧。」

「可是，如果他是無辜的，那凶手又會是誰呢。」

「哦！誰？我得特別提醒你注意兩點，第一、被害者顯然跟某人約好了在池邊見面，此人絕對不是他兒子，因為他兒子外出中，而父親並不知道他什麼時候回來。第二、在被害者知道兒子已經回來前，就大叫『庫伊！』這兩點是破案的關鍵。現在，如果你願意，讓我們來談談著名文學家喬治．梅里帝吧。那些不太重要的問題等明天再談。」

如同福爾摩斯的預測，當天果然沒下雨，天空非常晴朗。上午九點，雷斯垂德乘坐一輛四輪馬車前來迎接我們。我們隨即動身前往哈瑟利農場和波士坎比池。

雷斯垂德說：「今晨我聽到一個重大新聞，據說莊園主人特納先生病危。」

福爾摩斯說：「我猜他年紀很大了，是吧。」

「六十歲左右，據說他旅居國外時健康就已經很有問題，長年疾病纏身，這件事對他的打擊很大。他是麥卡錫的老友，而且還可以說是大恩人呢，因為我聽說他將哈瑟利農場租給麥卡錫，卻沒有收取任何租金。」

福爾摩斯說：「哦，真的嗎？有意思。」

「哦，是的！他處處關照著麥卡錫，附近的人們都說特納對麥卡錫真夠義氣。」

「真的？你不覺得很奇怪嗎？看來麥卡錫原來幾乎一無所有，他不日受了特納先生多方照顧，竟然還想讓兒子娶特納的女兒，她可是特納的財產繼承人呀！而且還一副理所當然的態度，彷彿一切只等他的兒子開口求婚。更奇怪的是，特納的女兒親口告訴我們，特納本人極力反對這門親事。你不覺得能從中推斷出什麼嗎？」

雷斯垂德朝我擠了擠眼睛，接著說：「我們已經演繹與推論過案情了，福爾摩斯，我認為，不先把想像與理論暫時拋開，我們很難掌握事情的真相。」

福爾摩斯打趣道：「不錯，你確實很難掌握事情的真相。」

雷斯垂德的脖子都漲紅了，他激動地說：「無論如何，我總算掌握了一個你似乎無法瞭解到的真相。」

「那是——」

「就是大麥卡錫是被小麥卡錫害死的，與這個事實相違背的論點都像月光般黯淡。」

「嗯，不過月光總是比迷霧明亮些。」福爾摩斯笑著說：「左邊不就是我們要去的哈瑟利農場嗎？」

「不錯，正是。」

那是一座佔地面積極廣，風格獨特的二層石板瓦頂樓房，暗灰色的牆壁上長了很多黃綠色的苔蘚。可是房子的窗簾都低垂著，煙囪寂寞地矗立著，顯得非常淒涼，彷彿這件事的恐怖氣氛仍然層層包裹著它。女僕應福爾摩斯的要求，把死者生前穿的靴子拿給我們看，同時還拿出了死者兒子的一雙靴子，不過不是案發時穿的。福爾摩斯仔細測量了這些靴子七、八個不同的部位後，要求女僕帶我們到院中，然後沿一條蜿蜒的小路前往波士坎比池。

每當福爾摩斯如此執著地追尋案件的蛛絲馬跡時，便會讓我感到格外陌生，因為這時的他和平常判若兩人。如果只熟悉在貝克街深居簡出的那個思想家及邏輯學家的話，此刻是無法認出他來的。

他的面色時而漲得很紅，時而又陰沉得嚇人。他緊鎖雙眉，兩眼閃爍著堅毅的光芒。他低著頭，身體前傾，緊閉著雙唇，他那堅韌細長的脖頸上，青筋如鞭繩暴起。他的大鼻孔，使他看上去如同一頭正在捕獵的猛獸；他專注地進行著偵查，別人提問一概置之不理，頂多以一個簡短而不耐煩的咆哮回應你。

他沿著橫貫草地的小路靜靜地前行，最後穿過樹林到了波士坎比池。那是一塊潮濕的沼澤地，周圍環境也都如此，地上有許多腳印，這些腳印一直延伸到小路和路旁兩側的草坪上。福爾摩斯時而急向前行，時而站立不動。一次，他還巧妙地繞著走入草地。我和雷斯垂德則跟在後面，這個自信的官方偵探露出一臉的冷漠和輕視，而我則充滿興趣地關注著福爾摩斯的所有動作，因為，我堅信他所做的一切都是有意義的。

波士坎比池寬約五十碼，是一片四周長滿了蘆葦的小水域，它位於哈瑟利農場和富有的特納先生私人的花園之間。對岸是一片樹林，一個紅色尖頂突出樹梢，那裡正是富裕地主的家。鄰近哈瑟利農場這邊的樹林很茂密；從樹林周邊到池塘一側的蘆葦叢之間，有一片寬僅二十步的狹長濕草地帶。雷斯垂德將陳屍處準確地指給我們看，我發現那裡極為潮濕，因此死者倒地後留下的痕跡仍十分清晰。而我也從福爾摩斯那熱切的表情和敏銳的目光中看出，他由那片遍佈腳印的草地找出了許多新線索。他轉了一圈，像隻嗅出氣味的獵狗般轉向我的同伴：

「你打撈過池子，為什麼？」福爾摩斯問道。

「我用耙子撈了一下看看，我以為也許能找到凶器或其他線索。你怎麼知道……」

「行了！行了！我沒工夫聽你瞎扯！這裡全是你向內拐的那隻左腳的腳印。連老鼠都能分辨出你的腳印，看，它們是在蘆葦那兒消失的。唉，要是我能趕在他們像一群水牛般在池塘裡打滾之前過來，事情就簡單多了。看門人就是帶領著那幫人從這裡走過來的，你瞧，他們把屍體方圓六至八呎處踩得到處都是腳印。可是，這裡有三對腳印與其他不同，應該是同一個人留下的。」他把放大鏡掏出來，在他鋪好的防水油布上趴下來以便能看得更清楚。與其說福爾摩斯在跟我講話，倒不如說他是在喃喃自語。「這都是小麥卡錫留下的腳印。他往反方向走了兩趟。其中一次的腳印很深，但後腳腳印卻十分模糊，這說明他當時跑得很快。這足以證明他所言屬實，他聽到叫喊就急往回跑。哦，這些是老麥卡錫踱步留下的腳印。那這又是什麼？是小麥卡錫站立傾聽時，槍托留在泥地上的印子。那麼，這個呢？哈，哈！這是什麼的痕跡？腳尖？是腳尖的！這鞋是方頭的，還不是普通的靴子呢。這是走向老麥卡錫的腳印，那是離開的，然後又回來了……顯然是為了取走那件大衣。那麼，這些腳印又來自何處呢？」他來回察看著，那些腳印時而出現，時而又找不到蹤跡了，就這麼一直延伸到樹林周邊的一棵大山毛櫸樹下，那是附近最大的一棵樹。福爾摩斯繼續向前尋找著，直到了樹蔭下的另一邊，他又再次趴下去，並得意地輕輕叫出了聲。他在那邊趴了許久，不停地翻動枯枝敗葉，把一些像泥土的東西裝入了信封。他不但用放大鏡察看地面，地面看完了看樹皮，就連藏在苔蘚下一塊鋸齒狀的石頭，也被他仔細檢查過了，並收藏起來。隨後，他順一條小道穿過樹林，一直追蹤到公路邊，在那裡，所有的蹤跡全都消失了。

他說：「這個案件太有趣了。」此時，他已恢復了常態。「我想，右邊的那所灰色房子就是木屋管理人住的地方，我應該進去找莫蘭聊兩句，或許要留張便條給她。事情辦完後，我們就坐車回去用午餐。你們先到馬車那邊等，我回頭就到。」

我和雷斯垂德步行約十分鐘後就到了馬車旁。然後，福爾摩斯帶著樹林中的那塊石頭和我們一起乘馬車回了羅斯。

在路上，他拿出石頭對雷斯垂德說道：「雷斯垂德，你可能對它有興趣。這就是你要找的凶器。」

「我看不出任何痕跡。」

「沒有痕跡。」

「那麼，你怎麼知道它是凶器呢？」

「石頭下面的草長得很好。由此可見，它掉在那個位置不過幾天時間。雖然我在石頭上找不出痕跡，但它的形狀與死者頭上的傷痕吻合。而且我並沒有發現其他可疑的凶器。」

「凶手是誰呢？」

「他是個瘸了右腿的高大男人，此外，他是個左撇子。他穿件灰色大衣和一雙腳跟很高的狩獵皮鞋，用煙嘴來抽印度雪茄，口袋中裝有一把很鈍的小刀。另外還有一些零星線索，可是這些已經夠我們調查了。」

雷斯垂德笑了起來，說：「我對此仍抱持懷疑態度。」他說：「理論總是很精彩，但是頑固的英國陪審團卻只在乎證據。」

福爾摩斯平靜地答道：「我有自己的一套辦法。先互不干涉對方好了。今天下午我很忙，很可能要回倫敦一趟。」

「你要把還沒解決的案子擱在一邊嗎？」

「不，已經解決了。」

「那些還沒解開的謎團呢？」

「它已不再是個謎了。」

「犯人是誰？在哪？」

「就是我剛才描述的那位先生。」

「但是，他到底是誰？」

「要找到他並不難。附近沒多少居民。」

雷斯垂德無可奈何地聳聳肩說：「我是個實際的人。我才不會為了找一個左撇子又跛了一隻腳的男人，盲目地在附近到處亂轉，那樣會變成蘇格蘭場的笑柄的。」

「沒關係。」福爾摩斯冷靜地說：「機會是你自己放棄的。你的旅館到了，再見。我離開前會留張便條給你。」

等雷斯垂德下車後，我們便回到了旅館，午餐已被擺在了桌上。福爾摩斯陷入了沉思，他一聲不吭，臉上流露出一種困惑的痛苦表情。

待餐桌收拾乾淨後，他說：「華生，請你坐著別走，聽我講幾句。我不確定該怎麼做，希望能聽聽你的意見。抽支雪茄，聽我說。」

「請說。」

「在考慮案情時，小麥卡錫講過的話中，有兩點引起了我們的注意，雖然我認為這對他有利，而你則覺得對他不利。第一、據他描述，父親在沒看到他的情況下喊出『庫伊』。第二、死者在臨終時說了『老鼠（a rat）』。死者當時很吃力地吐出幾個字，他的兒子只聽清楚這一個。我們應該從這兩點來研究案情，現在先不妨假設，小麥卡錫所說情況全部屬實。」

「那老麥卡錫說的『庫伊』到底是什麼意思呢？」

「哦，那顯然不是對兒子喊的，他以為兒子還在布里斯托。他兒子聽到的『庫伊』一詞純屬巧合。死者當時喊出『庫伊』應該是為了讓約好見面的對方聽到。『庫伊』是只有澳洲人會使用的一個辭彙。因此可以大膽假設，與麥卡錫相約在波士坎比池的人一定到過澳洲。」

「那『老鼠』又作何解釋？」

夏洛克·福爾摩斯從口袋中掏出來一張被折疊過的紙，攤開放在桌上，說：「這是張維多利亞殖民地的地圖，我昨晚發電報去布里斯托要的。」他將手蓋住地圖上一部分，「你唸唸看這是什麼。」

「阿拉特（arat）。」我唸道。

他把手拿開，又說：「這樣呢？」

「巴勒拉特（Ballarat）。」

「對了。死者想說的就是這個字，而他兒子只聽清楚後兩個音節。他當時拚命地想說出凶手的姓名來，一定是巴勒拉特的某一個人。」

我由衷地稱讚道：「太妙了。」

「一切已經很明白了。行了，這下調查的範圍可小得多了。我們仍舊假設小麥卡錫的話真實可信，那此人有件灰色大衣就是確定的第三點。那個原先模糊的印象就變得明確了，凶手是一個有灰色大衣、去過巴勒拉特的澳洲人。」

「都明確了。」

「他一定對這一帶很熟悉，因為要到池邊必須穿過農場或這個莊園，對這邊不熟的人很難進得去那個地方。」

「的確如此。」

「不枉我們一番長途跋涉。我查看了現場，並且弄明白了罪犯作案的詳細經過，而且我還告訴了笨蛋雷斯垂德有關罪犯的外貌特徵。」

「這些細節你是如何知道的？」

「你知道我的方法，就是通過觀察細微處來分析案情。」

「我明白你能從步伐的大小測出此人的大致高度。他穿什麼樣的靴子也可以從腳印上判斷。」

「不錯，那是雙非常特別的皮靴。」

「你又如何看出他是瘸子呢？」

「他右腳的腳印總是比較模糊。顯然他的右腳用力較小。這是什麼原因呢？那是由於他走路一顛一跛的，是個瘸子。」

「左撇子是怎麼發現的呢？」

「你也注意了審訊中法醫對死者傷痕的記錄。致命傷緊靠後背，而且偏向左側。你思考一下，如果這不是出自一個左撇子之手，又怎麼會偏向左側呢？父子兩人交談時，這個人就一直躲在樹後。他還在那兒抽了煙呢。我發現地上有雪茄煙灰，對煙灰的特殊研究使我斷定，他抽的雪茄產於印度。我曾為研究煙灰耗費了大量心血，並專題論述過一百四十種不同的煙斗絲、雪茄和香煙的煙灰，這點你是瞭解的。當我發現了煙灰後，就在它周圍四下搜尋，果然發現了扔在苔蘚中的煙頭，而且的確是印度雪茄，這種雪茄與鹿特丹生產的商品很相似。」

「那煙嘴呢？」

「他的煙頭並不曾用嘴叨過，顯然使用了煙嘴。雪茄煙頭是用刀不是用嘴切斷的，但不太整齊，所以說我推測他是用一把很鈍的小刀切的。」

「福爾摩斯，這個人已經逃不掉啦！你已經佈下了天羅地網。此外，還拯救了一個無辜的年輕人呢，你就像把套在他脖子上的絞索割斷了一樣。我明白一切都逐漸清晰起來。但兇手是——」

「約翰・特納先生來訪。」旅館的侍者開門引進客人時說。

來客相貌不俗，一瘸一拐地緩慢而行，他肩部傾斜，一副老態龍鍾的模樣，但從他那深深的皺紋、堅定果斷的神情以及發達的四肢，能讓人明顯感到他那超常的個性和體力。他的鬍鬚捲曲，灰白的頭髮和很特別的下垂的八字眉賦予了他高貴的儀態，但他那慘白的臉色，泛藍的嘴唇和鼻端，讓我一看便知道他得了重症。

「請坐到沙發上。」福爾摩斯充滿紳士風度地說：「你收到了我的便條？」

「對，是看門人交給我的。你說希望在這裡見面以避免流言。」

「我認為貿然到你的莊園拜訪，會引起別人議論。」

「你為何想見我？」他疲憊而又絕望地看著我的朋友，似乎他早就知道了答案。

「是的。」福爾摩斯回答道，這話顯然是在回應他的眼神，並非回答他的問話。「就是這樣，我對老麥卡錫的一切已經非常清楚。」

老人雙手掩面，垂下了頭，喊道：「願上帝保佑我！可是，我不會讓那個年輕人受到傷害。我發誓，如果他被巡迴裁判庭判有罪，我一定會去自首。」

「我很高興聽你這麼說。」福爾摩斯嚴肅地說。

「如果不是擔心我心愛的女兒，我早就去自首了。那會令她痛苦不堪……如果我被捕，她會活不下去的……」

「還不至於。」

「什麼意思？」

「我並非官方偵探。實際上，是你女兒委託我來的，嚴格來說，我是在替她辦事。但無論如何，小麥卡錫必須被無罪釋放。」

老特納說：「我已患糖尿病多年，就快死了。負責給我治療的醫生說，我能否再撐一個月都很難講。但是，我仍希望死在家中，而不是在獄中。」

福爾摩斯走到桌前坐下，桌面上有一疊紙，他提起筆來說：「告訴我們事實，我將它詳細記錄下來，然後再簽上你的名字，華生可作我們的見證人。這份自白可以讓我們救出小麥卡錫，但是我保證，除非最後關頭，否則我不會出示它。」

老人說：「這沒什麼差別。我能不能活到開庭都還是個問題，所以這對我無關緊要，只要別讓愛麗絲過於震驚就行了。現在我向你坦白，那已經是很久以前的事了，經過雖然複雜，但講起來也花不了多少時間。」

「你對死去的麥卡錫並不瞭解，他簡直就是個魔鬼，這是實情。希望你無論如何也別讓這種人抓住你的小辮子。二十年間，他死揪住我不放手，幾乎毀了我的一生。我先給你講講我是如何被他纏上的。」

「十九世紀六十年代初期，我在礦場討生活。那時我還很年輕，血氣方剛，什麼事都做得出來。我與一些遊手好閒的人結成了幫派，成天酗酒事，幹了不少你們常說的攔路搶劫。我們一共有六個人，生活放蕩不羈，有時打劫車站，有時打劫前去採礦的篷車。當時我被稱為巴勒拉特的黑傑克，現在，當地的人還能記得我們這個巴勒拉特幫。」

「一次，我們盯上了一個從巴勒拉特前往墨爾本的黃金運輸隊，我們按計畫埋伏在路邊偷襲它。當時，護送運輸隊的騎兵共六人，和我們的人數一樣，算是勢均力敵吧。那是場激烈的戰鬥，我們首先開槍射下了四名騎兵，三名弟兄也在交戰中陣亡，最後終於搶到了那筆黃金。我用手槍指著馬伕的腦袋，他就是麥卡錫。我向上帝發誓，如果我當時開了槍，那就萬事大吉了。但是，我放過了他，雖然我也注意到當時他一直死盯著我的臉，似乎想用他那雙魔鬼般的眯眯眼記住我的長相。那筆黃金使我們成了大富豪，來到英國後並未受到任何人的懷疑。然後，我與伙伴們分道揚鑣，決心從此以後安分守己地過日子。於是，我買下了當時出售中的這個農場，並用自己的錢做了不少善事，以彌補我曾經犯下的罪惡。我還成了家，雖然妻子很早就去世了，但她卻為我留下了可愛的小愛麗絲。也許是神的力量吧，我始終認為是她的那雙小手在無形之中引領著我走回正道。總而言之，我已完全醒悟，並盡我所能地彌補我的過失。原本一切都還順利，但魔鬼般的麥卡錫卻突然出現了。」

「當時，我正去城裡辦一件有關投資的事，在攝政街碰上了他。他打著赤腳，一副衣衫襤褸的樣子。」

「『終於又見面了！傑克，』他把我的胳膊鉗得很緊，說道：『我們就像是一家人一樣，我還有一個兒子，請收留我們吧。如果不答應……那好吧，英國可是法制國家，隨口一叫就會有警察過來。』」

「就這樣，他們跟著我來到了這西部的鄉村，此後我再也擺脫不了他們，他們佔走了我最好的土地，並且不繳一分租金。然而，我仍不得安寧，不管到哪兒，過去的事都會浮現在我面前，而他那張猙獰狡詐的面孔也如影隨行。當愛麗絲長大後，一切變得更糟了。因為麥卡錫明白，我最怕愛麗絲知道我的過去，甚至比讓警察知道更害怕。於是，不論他想要什麼，我都不能不給；土地、金錢以及房子。直至最後他要求一樣我絕對不能給的東西，他要愛麗絲。」

「你知道的，他的兒子，還有我的女兒，都已經長成大人了，而且人人皆知我不久於人世。於是他打了個如意算盤，讓他的兒子接手我的所有財產。可是，我寧死也絕不讓他那骯髒的血統進入我們家。並非我討厭那個年輕人，而是因為他身上流著麥卡錫罪惡的血！我無法接受。我的堅決反對令麥卡錫暴跳如雷，他開始威脅我。我明白地告訴他，就算他使出最毒辣的手段，我也絕不同意。為此，我們約好在兩家之間的池邊進行最後談判。」

「當我去的時候，意外地看到他正與兒子談著話，我只好待在樹後抽著雪茄等候，等他兒子離開再現身。可是，他的談話內容令我越來越憤怒，到了難以控制的地步。他正極力說服他兒子娶我的女兒，而根本就不考慮愛麗絲的感受，彷彿她只是路邊的妓女。我快氣瘋了，我與天真可愛的愛麗絲竟然被這樣一個人主宰著！我能夠掙脫他的控制嗎？我知道自己來日不多了，雖然意識還清楚，四肢還強健，但我確信我的一生已經走到了盡頭。可是我的名譽與我的女兒呢？只有讓麥卡錫那條邪惡的舌頭停止顫動，才能保證一切不會遭受破壞和侵犯。福爾摩斯先生，於是我就這麼做了，如果要我再選擇一次，我仍會這麼做。我自知罪孽深重，這一生被這麼個魔鬼纏住也是罪有應得，但我的女兒無罪啊，他把她也捲入這黑暗的激流，我無法視而不見。我將他打倒在地就像在搏擊一頭凶惡的野獸，心中並無不安。當他的兒子聽到喊叫跑了回來，我早已經躲進了樹林深處，可是我又必須回去拿走不小心遺留的大衣。福爾摩斯先生，這就是全部真相。」

老人在那份自白書上簽了字。福爾摩斯當即就說：「行了，我沒有審判你的權力。希望我們在誘惑面前能永遠保持清醒和理智。」

「我也希望如此，先生。你打算怎麼做？」

「看了你的身體狀況後，我決定什麼也不做。你也明白，小麥卡錫不久就會在巡迴裁判庭更高等的法院受審。我會保存好這份自白書，如果小麥卡錫被判有罪我就只好出示它了。當然，如果他被無罪釋放，那麼不論是否還活著，我都保證替你保密。」

「那麼，再見了，」老人莊嚴地說：「願兩位生命走到盡頭時，能得到更甚於你們賜予我的寧靜與安祥。」這個龐大的身軀蹣跚地步出了房門。

福爾摩斯沉默良久後，說：「願上帝保佑我們每一個人！為什麼命運總是捉弄那些貧苦而無助的人們呢？每當聽到這類的案件，我都會想起巴克斯特說過的話，他說『去吧！為了上帝的榮耀，矢志無悔的去做吧！夏洛克．福爾摩斯。』」

詹姆士．麥卡錫終於被巡迴法庭宣佈當庭無罪釋放，因為福爾摩斯提供了若干有力的申辯意見給律師。在那次談話後，老特納又活了七個月，但如今他已經辭世了；小麥卡錫與特納小姐終於幸福地生活在一起，他們毫不知曉，在過去的日子裡，不祥的烏雲曾如何地籠罩過他們的天空。

5 五枚橘籽

當我大致讀了一八八二年至一八九〇年福爾摩斯的破案筆記和記錄時，才發覺這些離奇怪異的材料令人眼花繚亂，不知如何取捨才好。有些案件通過報紙已被大眾熟知，有些則缺乏讓我的朋友盡情揮灑才能的空間，而這也正是我記錄下來的目的，還有一些無法讓他施展推理專長的案件，就只能無疾而終了。還有一些，他僅僅弄明白了整個案情的小部分，案情的剖析也只是些推測和臆斷，而不是以我朋友推崇的那種精準的邏輯論證為依據。在這類案件中，有一樁案情迷離、結局出人意料的，令我忍不住要講述一下，儘管某些與此案相關的真相從來就沒有被弄清楚過，而且也許將永遠是一個謎。

在一八八七年我們承辦的一系列案件中，有些很特別，也有些趣味有限，我一直保留著這些案件的記錄。這一年十二個月中記錄下的標題有：「帕拉多大廈案」；「業餘乞丐集團案」，這個乞丐集團在一間傢俱店庫房的地下室裡竟然擁有一個十分奢華的俱樂部；「美國帆船『蘇菲．安德森』號沉沒真相案」；「葛萊斯．佩特森在烏伐島的奇案」；以及「坎伯韋爾下毒案」。還記得在最後一案中，當夏洛克．福爾摩斯給死者的錶擰上發條時，發現錶在兩小時前就被上滿了發條，由此證明在那段時間死者已經就寢了。這點是理清案件線索的關鍵。也許，有朝一日我會對所有這些案件有所陳述，但是卻沒有一件能比我就要講述的這個案件更撲朔迷離、怪誕不經了。

時值九月下旬，秋分時節總有狂風驟雨。整整一天的狂風呼嘯，冷雨擊窗，在如此的天氣狀況下，即使待在偉大的倫敦城中，也沒有往日的工作熱情了，並不得不開始承認大自然的威力無窮。整座城市猶如被困於鐵籠的兇猛野獸，正透過人類文明的柵欄朝著人類發出怒吼。夜幕已經降臨，狂風暴雨仍樂此不疲地穿梭於天地間。風時而呼嘯，時而又如從壁爐煙囪中傳來的嬰兒柔弱的哭泣。福爾摩斯鬱悶地坐在壁爐一端，編纂著案件的索引；我則坐於另一端，沉浸在克拉克．拉塞爾寫的一本有關海洋的精采小說中。屋外那狂風的怒吼，傾盆的大雨似乎漸漸變成了如海浪般銳不可當的衝擊，似乎與小說主題相互呼應、渾然一體。那幾天我妻子回娘家去了，於是我又暫時成了貝克街故居的主人。

「怎麼了，」我回頭望望我的同伴，「確實是門鈴聲。誰會在這種夜晚登門呢？或許是你的某位朋友？」

「除了你之外，我哪裡還有朋友？」他回答說，「我並不鼓勵別人夜間造訪。」

「那麼，是委託人？」

「如果真是這樣，那肯定是件嚴重的案子。要是不嚴重，誰願意在這樣的鬼天氣找上門來。但我想此人更有可能是房東太太的某位親密朋友。」

很遺憾，福爾摩斯並沒有猜對，因為從走廊上已經傳來了腳步聲，接著便是敲門聲。他長臂一伸，就把原本照著自己的燈移向那張空椅子旁，因為客人一定會坐那張椅子的，然後就說：「請進。」

來客是個約莫二十二歲的年輕人，穿著考究整潔，舉止大方而不失禮節。他身上的雨衣在燈光下閃閃發亮，手中的雨傘滴著水，看得出這一路的風吹雨淋。他焦急地打量四周，低垂雙目，臉色發白，顯然是被巨大的憂慮困擾著。

「很抱歉，」他說著戴上了一副金邊夾鼻眼鏡。「我希望沒打擾到你！我擔心我從狂風暴雨中帶來的泥水已弄髒了你的房子。」

「把你的雨衣雨傘給我，」福爾摩斯說，「我把它們掛起來，一會兒就晾乾了。我想你來自西南方吧？」

「對，來自霍爾森。」

「是你靴尖上沾附的泥土和石灰，使我明白你來自那裡。」

「我有問題想要請教你。」

「我很樂意。」

「而且還想請你幫忙。」

「這大概有些困難。」

「福爾摩斯先生，我久聞你的大名。普蘭登蓋斯特少校曾告訴我，你是如何將他從坦克維爾俱樂部醜聞案中解救出來。」

「哦！對。別人誣陷他出老千。」

「他說沒有問題難得倒你。」

「過獎了。」

「他說你戰無不勝。」

「他不瞭解，我有過四次失敗的經歷：有三次是敗給男人，一次是敗給一個女人。」

「但是，相對於你無數的勝利，那簡直可以忽略不提。」

「當然，大致上，我還算成功。」

「那麼，關於我的事，相信你也能圓滿解決。」

「請把你的椅子靠近壁爐些，仔細講述你的案子。」

「這可是個非比尋常的案子。」

「到我這裡的案子都不尋常，這裡似乎已經成了最高法院。」

「但是，先生，我很好奇，在你的職業生涯中，是否聽過比我們家族的一系列遭遇更為離奇、不可思議的事故？」

「你引起我的興趣了，」福爾摩斯說，「首先，請陳述主要事實，然後，我會提出我認為是最關鍵的細節問題。」

年輕人將椅子向前挪了挪，把兩隻穿著濕漉漉鞋子的腳靠近爐火。

「我叫約翰．奧彭肖。據我自己的理解，我本人與這個可怕事件並無關係。那只是上一代遺留的問題。所以，我必須從頭講起，好給你一個大致的印象。」

「你知道，我祖父共有兩個兒子：我的伯父伊利亞以及我的父親約瑟。我父親在科芬特里有一家小工廠，在自行車剛發明的那段時期，他擴大了經營規模，並獲得奧彭肖防破輪胎的專利，生意異常興旺。因此他後來把工廠賣掉後，仍能靠著大筆財富過著富裕的生活。」

「伯父伊利亞在年輕的時候移居美國，他在佛羅里達州有一個果園。據說經營得不錯。南北戰爭時期，他隸屬於傑克遜將軍旗下，後跟隨胡德作戰，並升任上校。當南方聯盟統帥羅伯特·李宣布投降後，他重返果園住了三、四年。大約在一八六九到一八七〇年，他重新回到了歐洲，在霍爾森附近的蘇塞克斯買下了一小塊地產。他在美國發了財，離開美國是因為他討厭黑人，也反感共和黨人給予黑人的選舉權。他性情孤僻古怪，凶狠急躁，發怒時言語粗俗。定居霍爾森後，他便深居簡出，我甚至不知道他是否去過城市。他有一座花園，房子周圍是兩三塊田地，他可以在那兒活動，但他常常好幾個星期足不出戶。他整日飲酒抽煙，疏於社交，幾乎沒有朋友，甚至不與親兄弟來往。」

「他原本不太關心我；實際上，他後來卻很喜歡我，我第一次見到他時才十一、二歲，記得是在一八七八年，距離他回國已有八、九年了。他請求父親讓我與他同住。他以特有的方式愛護著我，當他沒有喝醉時，就陪我玩雙陸棋、西洋棋；他還時常讓我代表他與傭人和生意人打交道。因此當我十六歲時，已經成了一個少爺，掌管著家裡的全部鑰匙。只要不影響他的隱居生活，我想去哪就去哪，想做什麼就做什麼，隨心所欲，無拘無束。但是，有一點很奇怪，他在閣樓有很多房間，其中一間堆雜物的房間始終鎖著，嚴禁包括我在內的任何人進入。大概是出於孩子天生的好奇心，我曾偷偷地透過鑰匙孔向室內偷窺。但是除了預料之中的那一堆雜物包裹外，再也沒有別的東西了。」

「一八八三年三月的一天，一封貼著外國郵票的信被放在了上校餐盤前的桌上。他一向用現金支付任何款項，又沒有任何朋友，因此收到一封國外的信是極不尋常的。『印度來的！』他拿起信來驚詫地說，『旁迪切里的郵戳！怎麼可能？』他焦急地拆開信封，忽然，五個又小又乾的橘子核嗒嗒地掉在了餐盤裡。我正想發笑，一抬頭卻發現他雙眼圓睜，面色灰白，大張著嘴，死死盯著發抖的手中仍握著的那封信。『K·K·K·！』他的音調都變了，接著又絕望地高叫著：『上帝啊！上帝啊！難逃罪孽啊！』」

「我驚恐地問道：『伯父，你怎麼啦？』」

「『死亡！』他說完，站起身來回到自己的臥室，餐廳裡只剩下我心驚肉跳地待在那兒。我拾起信封，發現封口裡層，也就是在用來塗膠水的一端，有著用紅色墨水寫的三個潦草的K，再有就是那五粒橘籽，除此之外就什麼也沒有了。他為什麼被嚇得魂飛魄散？當我離開餐桌回到樓上時，正遇上他手拿一把生鏽的鑰匙下樓，那一定是雜物間的專用鑰匙；另一隻手則拿著一個很像錢盒的小黃銅盒。」

「『隨他們去，我一定會戰勝他們！』他狠狠地說，『叫瑪麗去把我房間裡的壁爐生上火，然後派人去請霍爾森的福德罕律師過來！』」

「我按照他的要求做了。律師來時，我也被叫去他的房間。爐火在熊熊地燃燒著，壁爐的柵欄內有一堆黑灰色的蓬鬆紙灰。那黃銅盒敞開著被放在旁邊，裡面空無一物。我瞥了那盒子一眼，嚇了一跳，盒蓋上也有三個K，如同信封上的一樣。」

「『約翰，我希望，』他說，『由你來作我的遺囑見證人。我把我全部的財產以及它帶來的所有好運與厄運，都留給我的親兄弟，也就是你父親。顯然，你的父親將來又會把它傳給你。如果你能平安地享有它們，那自然是再好不過了；但是，我的孩子，如果你不能，那就把它們交給你的死對頭吧。很遺憾，我留給你的遺產具有如此的雙重性，但我的確無法預料一切會如何發展。請在福德罕律師指定的地方簽名吧。』」

「我簽上名後，律師就把遺囑拿走了。你也許能理解，這件離奇的事給我的印象該有多深刻。我絞盡了腦汁，依然無法弄清其中的奧秘。只留下那難以擺脫的忽隱忽現的恐怖感，雖然伴隨著時光的消逝那種不安被沖淡了不少，我們的日常生活也沒再受到任何干擾，但從此以後伯父的行為卻日漸變得怪異。他更沉迷於酗酒狂歡中，更加不願出入於任何社交場所。大部分時間他都把自己反鎖在小房間內；但有時又酒後發瘋，手握左輪手槍從室內一躍而出，在花園中大呼小叫、亂跑狂奔，並大喊著他並不怕誰，不論是人還是鬼，誰都不能像關綿羊似的圈禁他。發作完後，他又慌亂地跑進房間，反鎖著門，並上了門閂，就像是再也忍受不了恐懼一樣。在極端的緊張下，即使是最冷的冬季，他也總是冷汗淋漓，似乎剛從水中鑽出頭來。」

「哦，福爾摩斯先生，為了怕你不耐煩，我現在講講結局吧。有一天夜裡，他又是一陣突然發作，狂奔出去，但這一次卻永遠沒回來了。我們找到他時，他面朝下跌進了花園一端那個泛著綠沫的汙水坑中，周圍沒發現任何暴力痕跡，水深也不過兩呎。鑑於他平日的古怪行為，法院陪審團斷定他是自殺。我很瞭解他是個怕死的人，因此始終無法相信他會自殺。但事情就這麼結束了，父親繼承了他的地產，以及他那大約一萬四千鎊的大筆存款。」

「等等，」福爾摩斯插話說，「你的敘述是我聽過最離奇的一個。請告訴我，你伯父收到信的日期和他自殺當天的日期。」

「收信日是一八八三年三月十日。他死於五月二日，是收信的七週以後。」

「非常感謝，請繼續講。」

「當父親繼承那座霍爾森房產時，應我的要求，他仔細檢查了終日上鎖的閣樓。儘管黃銅盒中的東西已不復存在了，但盒子仍在那兒。匣蓋裡面的紙標籤上是三個大寫字母K．K．K．，下邊是一行小字：『信件、備忘錄、收據及一份記錄』等文字。我們推測：極可能正是伯父銷毀文件的種類。頂樓上，除了許多雜亂的文件和記錄伯父美洲生活概況的筆記本之外，其餘的東西都不太重要。這一大堆散亂的文件，有些是對當時戰況的記載及他忠於職守從而榮獲英勇戰士稱號的描述；還有些是他對戰後南方生活的記錄，其中包括重建時期那些與政治有關的內容，顯然，他曾極力反對那些遷來南方野蠻搜刮的北方政客。」

「唉，當我父親搬進霍爾森時，正是一八八四年初，一年之內，一切都風平浪靜。一八八五年元旦後的第四天，正當大家圍在桌邊共進早餐時，父親突然驚叫一聲，我看見他舉起了一個剛開啟的信封，另一隻手不知所措地張開，掌心上是五粒乾癟的橘籽。從前他曾對伯父的驚恐表現嗤之以鼻，如今一旦自己碰上了，同樣被嚇得驚惶失措，神智不清。」

「『為何！這到底是怎麼回事，約翰？』他吞吞吐吐地問。」

「我的心瞬間沉了下去，答道：『是K．K．K．。』」

「他又看了看信封內層。『對！』他尖叫起來，『是這樣寫的。上面寫的又是什麼？』」

「『將文件放到日晷儀上，』我將目光越過他肩頭念道。」

「『文件？日晷儀？』他疑惑地問。」

「『花園裡有個日晷儀，別的地方都沒有了，』我說，『文件肯定就是被燒掉的那些。』」

「『哼！』他故作鎮定地說。『這種蠢事是不容許發生在文明社會裡的！來看看信是從哪寄來的。』」

「『丹地。』我瞥了一眼郵戳說。」

「『簡直是荒唐的惡作劇！』他說，『我與文件、日晷儀有何關係？我才不會理會這種無聊的事。』」

「『我認為應該報警。』我說。」

「『然後被他們取笑？門都沒有！』」

「『那我去吧？』

「『不，你也不准去。我可不想為這種荒唐事惹麻煩。』」

「他非常固執，和他爭辯是毫無意義的。我只好忐忑不安地走開了，心裡有一種大禍臨頭的不祥預感。」

「收到那封信已經三天了，這天，父親出門去看望一個朋友，弗里博迪少校。目前他是波茲當山一個堡壘的指揮官。他這一去令我鬆了口氣，我想，離開家可能更安全些。但是我錯了，第二天，我就接到了少校的電報，叫我即刻趕去。父親跌進了一個非常深的石灰礦坑，這種坑附近一帶比比皆是。他頭骨破裂，躺在那兒不省人事。我著急地跑去看他，但他再也沒有醒過來。顯然，他是黃昏時從費爾罕趕路回家，由於不熟悉鄉下道路，加上礦坑沒有欄杆，因此不慎跌落。驗屍官很自然地認定這是意外死亡。我仔細地檢查了每個可能與他死因相關的細節，並沒發現任何有謀殺意圖的線索。現場沒有暴力痕跡，沒有雜亂的腳印，也沒被搶劫，更沒有陌生人出現在此的記錄。但是，我內心卻波瀾起伏，我幾乎可以斷言：這是陰謀！」

「就這樣，我繼承了這筆不祥的遺產。你一定很好奇，我為何不賣掉它呢？因為我堅信，這場災難是來自我伯父生前的某種經歷，就算搬了家，危險仍跟著轉移到新的房子去的。」

「我父親遭遇不測的時間是一八八五年一月，距離現在已有兩年又八個月了。這段日子，我仍住在霍爾森，日子過得很快樂。我幾乎以為災厄已經隨著上代人死亡而離我的家族遠去了。誰知我高興得太早，就在昨天清晨，災難的警鐘再次敲響，情形與父親當年遇到的完全一樣。」

年輕人把一個弄皺了的信封從背心口袋內掏出來，從中搖落出五粒又乾又小的橘籽。

「就是這個信封，」他接著說，「上面蓋著倫敦東區的郵戳。信封裡的內容與父親當年接到的一樣，是三個『K．K．K．』。同樣寫著『將文件放到日晷儀上。』」

「你採取了什麼措施？」福爾摩斯問。

「完全沒有。」

「完全沒有？」

「說實在的，」他低下頭，用蒼白而乾瘦的雙手捂停住臉，「我想不出任何辦法。我感覺自己像隻無助的兔子被塞到了毒蛇的嘴邊，我好像陷入了一種看不見卻又很具體的殘酷的魔爪之中，而這只魔爪完全就是無法預見和防範的。」

「呸！呸！」福爾摩斯大嚷。「你必須採取措施！先生，不然你就輸了！現在你必須振作自己，而不是陷入絕望！」

「我找過警察。」

「噢！」

「但他們聽完我的敘述後，竟一笑置之，他們認為這純粹是惡作劇。至於我兩位親人的死亡，則像驗屍官斷定的是意外，因而沒必要把它們聯繫起來。」

福爾摩斯握緊雙拳揮舞著：「真是蠢得無可救藥！」

「不過，他們還是派了一名警察待在我家。」

「他今晚陪你來了嗎？」

「沒有，他只是奉命留守我的房子裡。」

福爾摩斯又憤怒地揮舞著拳頭。

「那麼，你怎麼會來找我？」他嚷道，「最重要的應該是，為什麼你沒有一開始就來找我？」

「我不知道，一直到今天，我跟普蘭登蓋斯特少校提起我遇到的麻煩，他才建議我來找你。」

「你收到信已經整整兩天了，在這之前我們就應該採取行動。我推測，除了談到的情況外，還有更確切的證據才是，我的意思是，也許你無法再提供一些帶有啟發性的細節了？」

「有的，」約翰．奧彭肖說。經過一陣翻找後，他從上衣口袋中找出了一頁褪色的藍紙，攤放於桌面。「我還記得，」他說，「那天伯父在燒毀文件時，我發現一些沒被燒完的紙片，就是這種特別的色彩。這張紙是在我伯父的房間地上發現的，我猜它是從那疊紙裡頭掉出來的，所以沒被燒掉。紙上提到了橘籽，除此這外，恐怕沒多大用處。字跡是伯父的無誤，我想可能是他日記中的一頁。」

福爾摩斯將燈稍稍移近了點，我倆彎腰細看起來。那張紙的邊緣參差不齊，確實是從某個本子上撕下來的。紙片靠上的位置寫著「一八六九年三月」，下面是些看不懂的記錄：

四日：哈德森到來，持相同的舊政見。

七日：將橘籽交到聖奧古斯丁的麥考利、帕拉莫爾和約翰．史溫手中。

九日：麥考利結束。

十日：約翰．史溫結束。

十二日：訪帕拉莫爾，一切如意。

「謝謝！」福爾摩斯說著把紙疊好還給了來客。「現在你一刻也不能耽誤，我們甚至沒有時間討論你告訴我的事，你必須立刻回家採取行動！」

「我該怎麼做？」

「只有一件事，而且要分秒必爭地完成。你必須將這張紙放進黃銅盒，並附上一張便條，說明你伯父已將其餘的文件全部銷毀了，這是僅存的一張。措辭一定要令他們確信無疑。然後，將盒子放到他們指定的日晷儀上。你聽明白了嗎？」

「明白了。」

「目前先別想著報仇的事。我認為這可以透過法律途徑去達成。他們已經佈下天羅地網，我們只能採取相應的應急措施。眼下的首要問題是消除潛伏在你周圍迫在眉睫的危險；然後才是揭密、懲惡。」

「非常感謝你。」年輕人站起來穿上了雨衣，「你給了我生機和希望，對你的吩咐我一定完全照辦。」

「記住，你的時間已不多，刻不容緩，同時，你必須多保重。在我看來，你目前已經被來自四面危機所籠罩。你如何回去？」

「從滑鐵盧車站坐火車。」

「現在還不到九點，街上還很熱鬧，我想你也許還算安全。但是，千萬要嚴加防範。」

「我帶著槍。」

「那太好了。我明天就開始處理你的案子。」

「那麼，我在霍爾森等你？」

「不，問題的關鍵在倫敦，我將留在倫敦找線索。」

「那我過一、兩天再來拜訪你，把盒子和文件的相關消息告訴你。我將會按照你的指點去做。」他與我們握手告別。室外，狂風仍不停地呼嘯，傾盆大雨依舊不停地敲擊著窗櫺。這個凶險神秘的故事彷彿是隨著這暴雨狂風而來，如同隨風飄落在我們身邊的一片枯葉，如今又被風雨席捲而去了。

福爾摩斯沉默地坐在那兒，他的上身微微前傾，目光一直凝視著壁爐中熊熊燃燒的火焰。然後，他點燃了煙斗，將身體靠著椅背，抬頭望著一個個緩緩升騰的藍色煙圈向天花板飄逝。

「華生，我認為從來沒有一個案件比這個更稀奇怪異。」他終於講出了自己的感受。

「除了『四簽名』以外，也許是這樣。」

「哦，對，除了那件案子以外。可是我認為，約翰．奧彭肖目前所面臨的危機似乎比舒爾托更大。」

「但是，你對於那些危機已經有頭緒了嗎？」我問。

「毫無疑問的，跟他們的組織有關。」他說。

「那麼，他們是誰？誰是『K．K．K．』？為什麼要陰魂不散地纏著這個不幸的家族？」

夏洛克．福爾摩斯將雙眼閉上，雙肘依著椅子扶手，十指對頂一處，說：「對一個優秀的推理家而言，只要有人向他明示了某個事實的一部分內容，他就能從這點出發推斷出產生這一事實的各種因素，甚至由此而產生的全部結果。正如法國的動物與古生物學家居維葉，只要靠著一塊骨頭，就能精確地繪出一頭完整的動物圖像。作為觀察學家，既然已經徹底地弄清了一系列事實中的一環，就應該能說明前後其他的每個環節。我們此時還沒有掌握僅有理性思考才能得到的答案。只有通過分析研究才能解決問題，試圖憑著直覺去解決問題的人肯定會遭受失敗。當然，要想讓這種推理藝術達到登峰造極的境地，推理者就必須合理利用掌握的全部事實，這點是顯而易見的，由此可見，掌握一切知識是必要條件。能做到這點，即使是在目前已有義務教育和百科全書的情況下，也可謂難得的成就。一個人想要掌握與本身工作密切相關的所有知識，也並非絕不可能。我就一直這麼努力著。如果我的記憶力沒問題的話，在我們相識之初，你就曾明確指出了我知識結構的局限性。」

「是的。」我忍不住笑了，「那是張很有意思的記錄表格。我記得很清楚：哲學、天文學和政治學被評為零分；植物學不確定；地質學就倫敦五十哩內任何地區域的泥土而言，算是頗有造詣；化學，有獨到之處；解剖學，毫無系統；煽情文學和犯罪學，簡直無與倫比；另外還是小提琴家、劍術運動員、拳擊手、律師；同時也是古柯鹼和煙草的忠實顧客。我認為，這些便是我分析的重點。」

聽到最後一點時，福爾摩斯笑出了聲。「沒錯，」他說道，「正如我以前說過的那樣，每個人必須在頭腦中的小閣樓裡放入有用到的家具，剩下沒用的東西放在書架上備查就行了。現在，為了解決今晚的這件新案子，我們需要把一切所需資料都彙整起來。請把你旁邊書架上K字部的那冊美國百科全書給我。謝謝！我們先來考慮一下現況，看看能從中得到什麼推論。首先，我們假設奧彭肖上校是出於某種迫不得已的原因才離開美國的，他那把年紀的人一般不會輕易改變生活習慣，也不太可能捨棄佛羅里達宜人的氣候，回來英國過枯燥的鄉村生活。他在英國極其孤立的生活顯示他懼怕著某人或某事，因此，我們不妨大膽假設他是為了躲避某人或某事而離開美國的。至於他究竟在躲避什麼，我們就只能憑他們先後收到的幾封可怕信件來推斷。你是否注意到了那幾封信的郵戳？」

「第一封來自旁迪切里；第二封來自丹地；第三封是倫敦。」

「從倫敦的東區來的，你能從這點推斷出些什麼？」

「那邊都是海港，發信人當時是在船上。」

「太好了，我們已經得到了一條線索，很明顯，發出信件的人很有可能當時在一艘船上。現在，我們考慮第二個問題，從收到旁迪切里的那封信到出事為止，一共經過了七星期。而收到丹地那封信後，卻只過了三、四天後就出事。這又說明了什麼？」

「前者的路途較為遙遠。」

「可是信也是走了一樣長的距離啊？」

「那我就不明白了。」

「可以這樣假設：那人或那伙人坐的是帆船。看起來他們那奇特的警告信是在出發前寄出的。你想想，信件從丹地發出來後，接著馬上就出事了，速度如此之快。如果他們是從旁迪切里坐輪船來的，那他們應該會與信同時到達。但實際上隔了整整七個星期。我想那七個星期代表時間差，信件是郵輪載來的，而寫信人則是坐帆船來的。」

「很有可能。」

「不只是可能，一定就是這樣。現在你大概能體會到這樁案件的緊迫性了，可能也明白我為何反覆告誡小奧彭肖提高警覺。慘劇往往發生在寫信人到達後不久，這一次的信件來自倫敦，因此情況是迫在眉梢了。」

「天哪！」我忍不住喊道。「這種殘酷的迫害到底意味著什麼？」

「奧彭肖所保留的那份文件對於帆船上的人而言，顯然是攸關生死的東西。情況已經非常明朗，我認為他們肯定不止一人，單獨作案不太可能讓之前兩人看起來都像是死於意外，且不留任何蛛絲馬跡，他們肯定是一群善謀又果決的人。不管文件被藏於何處，他們都非拿到手不可。所以，你該明白，K．K．K．並不是某個人的姓名縮寫，而是某個組織的標誌。」

「是什麼組織呢？」

「你從未——」他說著俯身低低地說，「你從未聽說過三K黨？」

「從未聽說過。」

福爾摩斯一頁頁地翻看著膝蓋上的書。「看這裡，」然後他接著開始念道：

> 克．克拉克斯．克蘭（即三K黨），名稱源自於發射來福槍的擊鐵聲。這個恐怖的秘密組織是由一群南方軍人在南北戰爭結束後建立的，並迅速在全國各州成立了分部。其中以田納西、路易斯安那、卡羅來納、喬治亞和佛羅里達等州的分會最為強大。這個組織為了達成它的政治目的，會對黑人選民實施恐怖手段、暗殺，或者將持不同政見者驅逐出境。他們的作法通常是：先給敵方寄去某種奇特但又熟悉的東西，比如，一小節帶葉的橡樹枝、幾顆西瓜籽，或是幾枚橘籽，當作警告。對方收到警告後，可以通過公開的方式宣布放棄原觀點，或逃往境外。但如果不作出任何回應，那就必死無疑，而且死因總是非常離奇且出人意料。該組織紀律嚴密，作案方法具有系統性，被盯上者幾乎無一倖免於難，凶手也從未被查獲。雖然美國聯邦政府和南方上層社會都極力阻止事態擴大，但該組織近年來仍不斷蔓延。直到一八六九年，三K黨的活動才宣告瓦解，雖然之後類似的暴力事件仍層出不窮。

福爾摩斯將手中的書放下，說：「相信你已經注意到了，那個組織的忽然瓦解與奧彭肖將文件攜帶至英國是同時發生的。二者之間很可能存在著因果關係，所以一些仇家不斷地糾纏著奧彭肖和他的家人。你應該能想到，這些日記和記錄可能記載了當初在南方成立這個組織的重要人物，除非找回這些資料，否則他們晚上都無法睡得安穩。」

「那我們看到的那張——」

「正如我們分析的。如果我沒記錯，它說的是『送橘籽給A、B及C。』就是組織發出警告給他們的意思。接著又寫道：『A、B結束』，代表他們已改變了原本的立場，或是逃出境了。最後提到『訪問C』，恐怕這個C已經慘遭不測了。嗯，醫生，我認為，我們能給這個被黑暗籠罩的角落帶來一絲光明，此時此刻，小奧彭肖唯一的一線生機就是照我建議的去做。今晚我們已經沒什麼可以說，也沒有什麼可以做的了。請把小提琴遞給我，讓我們暫時忘卻這悲慘的暴風雨和悲慘的同胞吧，哪怕只有半個小時也好。」

清晨，暴風雨已過，太陽穿過籠罩在這座偉大城市上空的朦朧雲霧，閃射出溫暖的光芒。當我從樓上下來時，福爾摩斯正津津有味地吃著早餐。

「我沒等你，你不會介意吧，」他說道，「我想，小奧彭肖的案子會讓我忙碌一整天呢。」

「你打算怎麼做？」我問。

「這取決於我的初步調查結果。然後我可能要到霍爾森走一趟。」

「不先去那裡？」

「不，先從倫敦開始。你只需拉一下鈴，就有女僕幫你端咖啡來。」

在等咖啡的時候，我隨手打開了桌上的一份報紙，目光立刻被一個標題吸引，我心裡不禁一沉。

「福爾摩斯，」我嚷道，「你晚了一步！」

「啊？」他將手裡的杯子放下，「我就擔心會這樣！事情是怎麼發生的？」顯然，他平靜的外表掩飾不住內心的激動。

「我注意到報導中寫著奧彭肖的名字。這篇報導的標題是『滑鐵盧橋畔的悲劇』，內容是這樣：

昨晚九點到十點間，治安警察庫克正在滑鐵盧橋附近值勤，忽然聽到落水及呼救聲。昨夜風雨交加，伸手不見五指，雖然有好幾個路人幫忙仍無法順利搜救。於是立即發出了警報，在水上警察的協助下，終於從河裡打撈到一具屍體。經調查，此人是居住在霍爾森附近的年輕男士約翰．奧彭肖。據推測，他很可能是急著搭乘滑鐵盧車站的末班火車，慌亂間在黑夜中迷路，在一個渡船的小碼頭邊失足落水。屍體上沒有任何暴力痕跡。因此很顯然，死者是死於意外事故，這也使得市政當局開始關心河濱碼頭的安全問題。」

我們沉默了幾分鐘，福爾摩斯看上去相當沮喪，那副震驚的神情我從沒見過。

「這件事傷了我的自尊，華生。」他終於開口了，「雖然這是種狹隘的情緒，但確實傷了我的自尊。現在，這已變成了我個人的私事。假如上帝給我時間，我一定要親手制裁這群惡徒。他來向我求助，而我竟讓他去送死……」他從凳子上一躍而起，激動的情緒難以自抑，不停地在房中踱來踱去。紅暈浮現在他深陷的臉頰上，修長的十指不安地時握時放。

終於，他大叫道：「真是一幫狡猾的惡魔，他們是怎麼把他騙去那裡的？那堤岸並不在往車站的必經之路上啊！而且那座橋就算在晚上行人也很多，他們怎麼敢在那邊實行陰謀呢！哼，華生，走著瞧！看看最後的勝利屬於誰！我現在就出發。」

「去找警察？」

「不，我來當警察。等我把網織好了，再找他們來捕蒼蠅。可是不是現在。」

這天我一直都在忙我的醫療工作，等回到貝克街已經很晚了，可是福爾摩斯還沒回來。直到快十點的時候，他才無面血色、精疲力竭地回來。他直奔櫥櫃旁，撕下了一大塊麵包，狼吞虎嚥地吃起來，並喝了一大杯水將食物沖下去。

「你餓了。」我說。

「餓死了！我完全忘了吃東西，早餐後就什麼都沒吃過。」

「什麼都沒吃？」

「沒有，根本沒時間想到吃的。」

「有進展嗎？」

「還可以。」

「找到新線索了？」

「他們已經在我的手掌心了，我一定會替小奧彭肖報仇的。哈！華生，讓我們以其人治道還治其人之身，光用想的就很痛快。」

「什麼意思？」

他從櫥櫃中取出一顆橘子，掰開，擠出橘籽放於桌上。從中挑出五個，裝入一個信封。並在信封口蓋內側寫上「S．H．代表J．O」（即夏洛克．福爾摩斯代表約翰．奧彭肖），然後封好，並在信封上寫上「美國，喬治亞洲，薩瓦納，孤星號三桅帆船，詹姆士．柯亨船長親啟」一行字。

「他進港時，這封信會在那裡等著他，」他得意地笑了，「這封信會讓他徹夜難眠。他會以為這是某種死亡預告，就像奧彭肖收到的一樣。」

「柯亨船長是個怎樣的人？」

「他是那幫惡棍的首領。我還會找出其他人，不過他是第一個。」

「你是如何查出來的？」

他從口袋中掏出一大張紙，上面全是些日期和名字。

「我花了一天的時間，」他說，「去查洛伊船務登記冊和舊文件卷宗，調查一八八三年一、二月曾在旁迪切里停泊過的所有船隻離港後的航線。從記錄上看，這兩個月間，曾經停靠過的船隻中，噸位較大的一共有三十六艘。其中有一艘名為『孤星號』的船引起了我的注意，雖然它是在倫敦登記出港，但是卻用了美國一個州的名字來命名。」

「是德克薩斯州吧。」

「我不知道是哪個州，但我知道它曾經是艘美國船。」

「後來呢？」

「我又查了丹地的記錄。當我看到『孤星號』在一八八五年一月抵達那兒的記錄時，我的假設就被證實了。我立即對目前停泊在倫敦的船隻進行調查。」

「結果呢？」

「『孤星號』是上個星期抵達的。我去了艾伯特船塢，查明這艘船今天一早就返航回去薩瓦納了。我給格雷夫森發了電報，得知它不久前已駛過該地。由於風向是朝著正東方，我相信它現在已過了古德溫，接近懷特島了。」

「那你打算怎麼做？」

「他已經在我的掌握之中，還有他的兩個伙伴，而且據我所知，船上除了他們三人以外，其他的都是芬蘭人以及德國人。我還從裝貨的碼頭工人那裡打聽到，他們三人昨夜都不在船上。當他們的帆船抵達薩瓦納時，信應該也到了。同時薩瓦納警方也會接到海底電報，證明這三位美國人是通緝中的殺人嫌犯。」

可是，再嚴密的羅網也可能有漏洞。令我們意外的是，謀殺約翰．奧彭肖的凶手永遠無法收到這幾粒橘籽，也無法明白世界上還有比他們更聰明、更堅決的人正在追捕他們了。那年秋季的暴風又猛又長，很長一段時間，薩瓦納都沒有「孤星號」的消息。後來才聽說，在遙遠的大西洋某處，有人在一次退潮時找到了一根在海上漂泊著的破碎船尾木，上面刻著孤星號的船名縮寫「L．S．」，這就是我們所能知道的全部消息了。

6 歪嘴男人

聖喬治大學神學院已故院長伊利亞．惠特尼的兄弟以薩．惠特尼是一個十足的癮君子，他整日沉浸於鴉片的煙霧之中，難以自拔。據我瞭解，這惡習是他在念大學時產生的一種古怪念頭所引起的。當時他由於讀了英國作家德．昆西對於幻夢和激情的描述，接著就將煙草浸泡於鴉片酊中之後拿來吸，期望獲得書中所描繪的幻境和激情。如大多吸毒的人一樣，他逐漸發覺染上煙癮很容易，戒除就很難了。多年來，他成了這種毒品的奴隸，親友對他既嫌惡又憐憫。我還記得他那副神情：青黃憔悴的臉色、鬆垮垮的眼皮、無神的雙眸和在椅子上蜷成一團的軀體，像具行屍走肉一般。

一八八九年六月的一晚，此刻已是人們打著呵欠準備入睡的時間，有人按響了我的門鈴。我立即從椅子上站起身，妻子放下手中的針線活，有些無奈地望著我。

「有病人！」她說：「看來你又要出診了。」

我也無奈地嘆了口氣。我已整整忙活了一天，剛筋疲力盡地回到家中。

伴隨著門開啟的聲音和急促的說話聲，一陣腳步走過地毯的聲響傳來。緊接著我們房間的大門打開了，一位頭戴黑紗、身著深色呢絨外套的婦女走了進來。

「請你原諒我這麼晚還來打擾！」她說完就抑制不住內心的痛苦，快步奔到我妻子面前，摟著她的脖子，趴在她肩頭哭泣起來。「哦！我有大麻煩了！我好需要幫助啊！」

「咦？」我妻子說著替她掀開了面紗，「是你，凱特．惠特尼！你可嚇了我一大跳，凱特！你剛進來時我沒想到是你！」

「我不知如何是好，只好跑到這裡來。」她通常一有麻煩事，就跑到我妻子這兒來傾訴，如同怕黑的鳥兒不顧一切奔向燈塔一般。

「很高興看到你過來，這樣吧，先喝點水或酒，再慢慢告訴我們發生了什麼事，我先讓詹姆士去休息，你看如何？」

「啊！不，不！我非常需要醫生替我指點迷津。是有關以薩的事，他已經有兩天沒回家了，我好擔心。」

妻子作為凱特的好友，我作為一名大夫，已不止一次聽她訴說癮君子丈夫給她帶來的無窮痛苦。我們盡力安慰她，像是詢問她是否知道丈夫的下落？或是我們有可能幫忙她找到他嗎？

看來似乎有可能。她從別人那兒得到可靠的情報說，他近來煙癮大發，常到市區最東邊的一個鴉片館去「享受」。但依照過去經驗，他從不會在外面逗留超過一天，天色一暗他就會拖著垮了似的身子回家。可這次外出卻有四十八個小時了。他現在肯定正躺在那兒，和碼頭上的一群敗類一起吞雲吐霧呢，也可能正在毒品產生的幻境中呼呼大睡。她確信能在上史文登巷的黃金酒吧找到他，可是她一個年輕嬌柔的女人，怎麼可能闖入那種地方，把神智不清的丈夫由一大群無賴中拖出來？

這就是所有的情形，看來只有一條路可走了，我正考慮是否要陪她一起過去，但轉念一想，她幹嘛去呢？我作為以薩．惠特尼的醫藥顧問，對他還有些影響力。如果我單獨前往，也許事情會解決得更好。我向她承諾，如果他真的在那裡的話，我將在兩個小時之內雇輛馬車把他送回家。就這樣，不到十分鐘，我便暫時拋下了我的軟椅和溫暖舒適的客廳，乘上雙輪小馬車向東疾馳而去。當時，這趟差事對我而言已經夠奇怪了，但後來的發展才更奇怪！

實際上，剛一開始事情倒還順利。上史文登巷是條破陋小巷，隱藏在倫敦橋東邊沿河北岸那些高大的碼頭建築物後面。我在一家廉價服裝商店和一家賣杜松子酒的商店之間，找到一個洞穴般的漆黑空隙，順著一條陡峭的石階走下去，就找到了我要找的鴉片館。我叫馬車在路邊等著，自己順階而下，踩著一個個橫躺在路邊的醉漢間的空隙下去。門上吊著一盞燈光搖曳的油燈。藉著微弱的燈光，我摸索到門口，進了一間又矮又深的屋子，那裡瀰漫著濃濃的深棕色鴉片煙霧，一排排木榻靠牆而放，如同移民船甲板下的水手艙。

藉著微弱的光線，木榻上東倒西歪的人隱約可見，有的低著頭，有的蜷臥著，有的頭頸後仰，有的下巴沖天，他們用失神的目光從各個角落射向新來的客人。在黑影中，到處是忽明忽暗微弱的紅色小光環，這是鴉片在金屬煙斗中燃燒的火光。大多數的人只是靜靜地躺在那兒，也有人喃喃自語，還有人用一種低沉單調的語音竊竊私語，他們都滔滔不絕談著自己的心事，卻根本不理會別人的話。遠處有一只熊熊燃燒的小火盆，旁邊的三腳木凳上坐了一個瘦高個老頭，兩肘支膝，雙手托腮凝望著火盆。

看見我走進屋子，一個臉色蒼白的馬來僕人趕忙遞給我一支煙槍和一份鴉片煙，熱情地招呼我上一張空的木榻。

「謝謝。我只待一下子，」我說，「我有位朋友以薩．惠特尼先生在這兒。我有事找他。」

右邊的床榻上有人在蠕動著，並發出模糊不清的喊聲。順著昏暗的光線看過去，惠特尼正面色慘白，極度憔悴，邋遢不堪地瞪著我。

「老天！是華生！」他說道，看上去一副可悲而可鄙的模樣，他的所有神經似乎都被繃得緊緊的。「我說，華生，幾點啦？」

「快十一點了。」

「今天星期幾？」

「六月十九日，星期五。」

「天哪！我還以為是星期三。今天是星期三啊！你別嚇我！」他將頭埋於雙臂間，痛哭失聲。

「我說了，今天的確是星期五沒錯。你妻子已經等了你整整兩天了！你該感到慚愧！」

「是啊，我該感到慚愧，不過，華生，你一定搞錯了，我在這兒頂多待了幾小時，抽了三管，還是四管？……我不記得了。不過我馬上跟你回去。我可憐的小凱特呀！我不該令她擔心！扶我一把！你雇了馬車嗎？」

「對，在外面等著。」

「那麼，我就坐你的馬車回去吧。可是，我一定欠了不少帳。華生，幫我看一下欠了多少。我頭昏眼花，什麼事都做不了。」

我穿越兩排躺滿人的木榻，一路上憋著氣以免聞到那令人作嘔和頭暈的藥味，到處尋找老闆。當我經過火盆旁那個瘦高個兒時，我猛覺有人拉了一下我的衣襟，有個聲音在低聲說：「慢慢往前走，再回頭看我！」聲音很清晰，低頭一看，那聲音只可能來自面前的這個老頭。但此刻，他依舊在全神貫注地凝視著火盆。他骨瘦如柴，滿面皺紋，佝僂著身子，一杆煙管彷彿是因他手指無力而滑落在了他雙膝之間。我又走了兩步，再回頭看他，結果令我大吃一驚。多虧我竭力克制才沒失聲叫出來。他已轉過身來，因此只有我能看見。他的身軀已經伸開，皺紋也無影無蹤了，無神的雙眼此刻已變得炯炯有神，他坐在火盆邊看著我笑，這個人除了夏洛克·福爾摩斯還有誰？他示意我靠過去，隨即又轉過了身，當他再次面對其他人的時候，又恢復了那副顫抖不止、胡言亂語的老態。

「福爾摩斯！」我低聲問道，「你在這裡做什麼？」

「小聲點，」他面無表情地說道，「我耳朵非常靈。可以的話，拜託你先把那個痴呆的朋友送走，然後我會很樂意跟你聊幾句。」

「外面有輛馬車在等著。」

「那麼，就讓他自己坐車回去好了！你不必為他擔心，看得出他已經沒精神再去惹事了。你可以寫張便條留給你妻子，讓車伕帶回去，說你遇到我了。你先在外面等一下，我五分鐘後就出去。」

想要拒絕夏洛克·福爾摩斯的任何請求都很困難，它們總是十分明確，而且以一種很有技巧的溫和態度提出。不過，我認為，只要惠特尼坐上馬車，我的任務就算完成了，至於接下來的時間，能與老友一起進行一場非比尋常的探險也的確再好不過。對他而言，探險已成為生活中習以為常的事了。我花了幾分鐘寫好便條，並把惠特尼送上了車，替他付了錢，目送他在低垂的夜幕下遠去。不一會兒，一個衰老的身影走出了鴉片館。於是，我就同夏洛克·福爾摩斯走到了街上。他一直彎腰駝背，哆哆嗦嗦，蹣跚地走了大約兩條街之後，才迅速地朝四下張望一下，然後站直了腰，大笑不止。

「華生，我猜，」他說道，「你一定以為我除了注射古柯鹼和一些你從醫學角度加在我身上的小毛病外，又染上了吸食鴉片的惡習。」

「在那裡遇見你的確讓我嚇了一跳。」

「但不會比我發現你更驚訝。」

「我是來找一個朋友的。」

「而我是來找一個敵人的。」

「敵人？」

「對，一個天敵，或者說是我與生俱來的獵物。簡單來講，華生，我正在進行一次艱險的偵查。正如我以前做過的一樣，我想從這些癮君子的胡言亂語中找到一點線索。假若在店內被人認出，那我的小命可就連一小時的煙錢都不值了。前陣子我去那裡偵查過，經營鴉片館那個印度水手曾發誓要宰了我。那棟建築物的後面有個暗門，就在靠近保羅碼頭的角落，它可以說明有些東西曾在月黑風高的夜晚從那裡被運走。」

「什麼！你該不會是說屍體吧？」

「嗯，屍體。華生，假如每一個死在鴉片館的倒楣鬼可以讓我們得到一千鎊的話，那我們早就發了。這是河邊一帶最可怕的死亡陷阱。我擔心內維爾．聖克萊爾進去後就沒有再出來過了。但是我們的陷阱應該就在這兒沒錯。」他把兩根食指放在唇間，發出一聲尖銳的哨音，不久，遠處也傳來同樣音調的哨音，緊接著，傳來了轔轔的車輪聲和答答的馬蹄聲。

「現在，華生，」福爾摩斯說，此時一輛兩旁掛著吊燈的雙輪馬車已從黑暗中駛出來。「你想和我一塊兒去嗎？」

「假如我幫得上忙的話。」

「哦，一個信得過的朋友總是有用的，一個記錄者就更別提了。我在香柏的住所有兩張床。」

「香柏？」

「是的，那是聖克萊爾先生的房子，我處理案子時，借住在那裡。」

「那在什麼地方？」

「肯特郡，靠近李鎮。我們有七哩路要走。」

「我完全一頭霧水。」

「當然，但不久你就會明白全部情況的。上來吧！謝謝你，約翰，不麻煩你了，給你半克朗。明天十一點左右在這兒等我。給馬戴上轡頭，就這樣，再見！」

他只是在馬背上輕抽了一鞭，馬車就飛馳起來，經過條條漆黑靜寂的街道後，路面漸漸變得寬闊了起來，最後馬車從一座加欄杆的橋上疾馳而走，橋下流淌著黑沉沉的河水。放眼前望，是一片堆滿磚塊和泥灰的死寂荒地。只有巡警沉重而有節奏的腳步聲，偶爾傳來那些流連忘返的狂歡者的吵鬧聲，劃破了周圍的寂靜。天空中飄浮著一堆散亂的雲團，若有若無的幾顆星斗從雲縫中閃出微弱的白光。福爾摩斯頭垂於胸前，彷彿進入了夢幻般的沉思。我與他並排而坐，非常納悶這究竟是怎樣的案子，竟使他如此傷神，卻又不忍打斷他的思考。直到我們駛出了好幾哩路，開始接近郊外別墅區邊緣，他才抖了抖肩，點燃了煙斗，露出一副得意的樣子。

「你有沉默的美德，華生。」他說，「這使你成了我的知己。對我來說，有個交談的對象實在太好了，因為我腦子裡正在想的東西令人不怎麼愉快。我不知道那位年輕可愛的女士在門口迎接我時，該跟她說些什麼。」

「你忘了我還一無所知。」

「在到達李鎮前，我們應該有足夠的時間聊聊案情。一切看來似乎極其容易，但我卻無從下手。毫無疑問，好像有一大團線，但我卻找不出線頭。現在，我先把案情完整詳細地講過一遍，華生，也許你能讓我從一片黑暗中找到光明。」

「那就來吧。」

「幾年前，確切的時間是一八八四年五月，一位名叫內維爾．聖克萊爾的富有紳士來到李鎮。他買了一幢豪華的別墅，並把庭院修整得充滿綠意，生活也很奢華，還漸漸和許多鄰居成為了朋友；一八八七年，他與當地一個釀酒商的女兒結婚，生下兩個孩子；他在幾家公司都有股份，但本人並沒有固定職業，他每天清早進城，下午五點十四分準時從坎農街坐火車返家。聖克萊爾先生今年三十七，無不良嗜好，是個好丈夫與好父親，而且在認識的人之間頗受歡迎。補充一點，他的全部負債，據我們能查到的，共有八十八鎊十先令，但他在首都與郡內銀行的存款就達二百二十鎊。所以，他不太可能有財務上的問題。」

「上個星期一，聖克萊爾先生進城的時間比平常早很多。臨走前，他曾說要去辦兩件重要的事，然後會帶一盒積木回來給小兒子。很巧的是，當天他出門不久後，他太太就收到電報，說有個她等了很久的貴重包裹已經到了亞伯丁船運公司的辦事處，請她去取。如果你對倫敦的街道很熟悉的話，你會知道那個辦事處位於佛雷斯諾街。那條街有條岔路通往上史文登巷，就是你我今晚去過的那地方。聖克萊爾太太用過午餐後就進城了，她在商店買了點東西，然後直奔辦事處領出包裹，在她回到車站的途中，她再次經過了史文登巷，他記得那時是下午四點三十五分。目前為止，你都聽懂了嗎？」

「懂了。」

「我不知你是否還記得，星期一那天很熱，聖克萊爾太太在路上慢慢走著，四處張望想找輛小馬車，因為她不喜歡周遭的環境。當她經過史文登巷時，猛聽到一聲喊叫，她發現她丈夫正從二樓的窗口俯身望著她，似乎在向她招手，她被嚇得手足無措。那扇窗戶是敞開的，她看得非常清楚；據她所講，丈夫的表情十分激動，雙手朝著她亂揮，然後突然就從窗口消失了，彷彿身後有一股蠻力把他拖了回去。一瞬間，她用女人獨有的敏銳眼光瞥見一個奇怪的地方：他雖然穿著早上進城時的黑色外套，但他既沒有將衣領翻出來，也沒有打上領帶。」

「她深信丈夫遇上了麻煩，便順台階飛奔而下，不顧一切地闖入了史文登巷的那家鴉片館，也就是剛剛那幢小樓的前屋，當她穿過房間正想上二樓時，那個無賴的印度水手在樓梯口將她擋了回去，接著又來了個丹麥助手，一齊把她推回了街頭。她心中十分疑惑和恐懼，不經思索便沿小巷衝了出去，十分幸運地，她在佛雷斯諾街頭遇到了值班的一名警長和幾個警員。他們陪她回到了那家鴉片館，雖然老闆阻攔再三，他們仍強行對聖克萊爾先生出現過的那個房間進行了搜索。但那間屋子中沒有半點他待過的痕跡，實際上，整層樓除了一個面目醜陋的瘸子以外，沒有半個人影。這傢伙與印度老闆都堅決發誓，說當天下午沒有人到過這層樓。他們的矢口否認，幾乎讓巡警相信是聖克萊爾太太眼花了，就在此時，她忽然驚叫一聲，撲向桌子，掀開桌上那個小松木盒蓋，嘩啦啦地倒出了一堆兒童積木，這是她丈夫臨走時答應帶給小孩的。」

「這個發現，再加上那瘸子表現出的驚慌，讓巡警意識到了事態的危險性。於是，他們又仔細檢查了所有的房間，結果發現，這件事涉及了一件重大罪案。作為起居室的前屋佈置得很簡樸，它通往一間不大的臥室，臥室的窗戶正對著碼頭背後；從臥室的窗戶到碼頭之間有段狹長區域，每當潮水退去時，它便是乾涸的，潮水漲起來時，水位將上升四呎。靠近水面的窗子很寬，是由下開啟的。在警方的搜查中，發現窗框上血跡斑斑，連臥室地板上也散落了幾滴。在前屋的帷幕後，藏著聖克萊爾先生的衣服，除了那件外套，靴子、襪子、帽子和手錶也都在。從這些衣物中找不出任何暴力的痕跡，但聖克萊爾先生卻失蹤了。因為房間沒有別的出口，顯然他是從窗戶逃走的。而窗框上那些令人擔憂的血跡，顯示他游泳逃生的可能性不大，而且這場悲劇發生時，正是潮水最高的時候。」

「至於涉入了這件事情的那些歹徒，那個印度流氓一向惡名昭彰，只是，據聖克萊爾太太說，她丈夫出現於窗口後不過幾秒鐘，她就在樓梯口遇到這名水手，所以他頂多是個幫凶。而他本人則辯說自己什麼都不知道，他對樓上的房客休．布恩的一切都不瞭解。更不知道為何失蹤的聖克萊爾先生的衣物會出現在屋中。」

「這就是那個印度人的情況。至於那個住在樓上的陰險瘸子，我認為他才是最後看見聖克萊爾先生的人。他叫休．布恩，那張奇醜無比的臉在這一帶人盡皆知。他是個職業乞丐，為了躲避警察調查，常裝成賣火柴的小商人。在針線街過去不遠處的左側，你可能注意過，有一個小牆角，他每天就盤腿坐在那兒，把幾盒皺巴巴的火柴放在膝上，露出一副可憐相，吸引過往行人把零錢如雨點般投入他那頂骯髒的皮帽中。在我想了解他之前，就曾多次注意過這傢伙，並對他在短時間內獲得的收入大感吃驚。他的外表很突出，過往的行人都會忍不住看他一眼；蓬鬆的紅髮，慘白的臉上有一條可怕的疤痕，這使他的上唇向外翻過來；下巴像隻虎頭犬；一對深陷的黑眼睛與那頭紅色的頭髮形成鮮明對比；這都使他看起來與普通乞丐顯得十分醒目。而且他也很機靈，因為不管行人將什麼爛東西丟給他，他都有話要說。現在，我們知道這個人住於那間鴉片館樓上，而且也是最後一個看到我們正在找的人的目擊者。」

「但是，一個瘸子！」我說，「他怎麼有辦法對付一個壯年男人？」

「除了走路有點跛以外，他在其他方面仍是個強壯且營養充足的人的。當然，你的醫學經驗也告訴你，一肢殘弱，其他肢體一定格外地健壯。」

「請繼續說下去。」

「聖克萊爾太太一看見窗子上的斑斑血跡就暈了，她留在現場也沒有幫助，於是一位警員先將她護送回家。負責本案的巴頓警長仔細地搜查了所有房間，但並沒發現任何有助於破案的線索。他當時疏忽了一點，就是沒有當場逮捕休．布恩，這讓他有機會與那名印度水手串供。當然，警方也很快意識到了這個失誤，立即逮捕並調查了布恩，但沒有找出任何犯罪證據。事實上，他的汗衫右袖邊緣的確有血跡，但他指稱這是因為他無名指的指甲割傷，血跡就是這麼來的；還說他曾在窗邊待過，那些血跡肯定也是這樣沾上的。他一再否認見過聖克萊爾先生，並發誓他跟警方一樣，不知道為什麼那堆衣服會出現在房間裡。對於聖克萊爾太太堅持說自己看到丈夫出現於窗前，他認為她一定是瘋了，要不就是幻覺。儘管他裝得很無辜，但還是被帶去了警察局。同時，警長希望能在退潮後找到一些新線索。」

「真的找到了，雖然他們沒在淺灘上發現他們害怕找到的東西。只找到了內維爾．聖克萊爾的上衣，而沒發現他本人。那上衣大喇喇地留在潮落後的爛泥上，你猜猜看，外套的口袋裡有什麼？」

「我猜不到。」

「我也認為你猜不到。每只口袋都塞滿了一便士和半便士的銅板，總共有四百二十一個便士和二百七十個半便士。難怪這件外套沒被沖走，可是人就另當別論了。碼頭與房子之間有一個強勁的漩渦，很有可能因為上衣太重沒被沖走，而裡頭的人卻被捲入了河心。」

「可是其餘的衣服都在房間裡，他難道只穿了一件上衣？」

「不，老兄，說來詭異，但似乎就是這樣。假設是布恩把內維爾．聖克萊爾推出了窗外，在無人目擊的情況下，他接著會做什麼？當然是丟掉那堆可以作為證據的衣服。他原本想把它們扔出窗外，但又想起那件上外套會浮在水面。而時間十分緊迫，因為樓下的那位太太正吵著要上來，可能他也已經從那個印度水手處聽說有警察正朝這裡趕來。情急之下，他跑到他藏乞討來的錢的地點，抓起那些沉甸甸的錢幣往衣袋裡塞，確保上衣能沉入水底。當他把上衣扔出去，正想將其他衣服如法炮製時，樓下已傳來了匆匆的腳步聲，他只好慌忙地關好窗戶。」

「的確很可能是這樣。」

「那麼，我們就以這個假設作為前提，來找出更多線索。就像我跟你講的，休．布恩被關進了警局，但警方發現他並無前科，大家都知道他是個職業乞丐，而且非常地安份守己。現在，事情發生了，有很多的疑點必須釐清。內維爾．聖克萊爾到鴉片館做什麼？在那裡發生了什麼事？他現在人在哪裡？休．布恩與他的失蹤有何關係？我不否認，在我所經歷過的案件中，沒有哪一件像這樣看似簡單明瞭，實際上卻困難重重。」

當夏洛克．福爾摩斯正進一步分析案情時，我們乘坐的馬車已駛過這座大城市的邊緣，將那些稀稀落落的房舍甩在了身後。馬車終於行駛在兩旁有籬笆牆的鄉間路上了。他話音剛落，我們又駛過了兩個房舍稀疏的村莊，有幾戶人家的窗戶中透出了微微的燈火。

「我們已進入了李鎮的外圍，」我的朋友說道，「在這短短的旅程中，我們經過了英格蘭的三個郡，先是中撒克遜開始，然後穿過薩里的一角，最後到了肯特郡。你看見那樹叢中的亮光了嗎？那便是香柏。我想一位女士正心急如焚地在燭光下等待著，她肯定已聽見了我們的馬蹄聲。」

「那麼你為何不在貝克街辦理此案呢？」

「因為我要弄清楚一些事實，調查工作必須從這裡開始。聖克萊爾太太非常客氣地備好兩個房間供我使用。你大可放心，她肯定會熱情地歡迎我的朋友兼搭擋。但是我真怕見到她，華生，我沒有一點她丈夫的消息。我們到了。嗚——喝——嗚！」

馬車在一座很大的別墅前停下了，別墅處於庭園中央。一個馬僮跑過來拉住了馬頭。我隨福爾摩斯走上了那條通向門前的彎彎的碎石路。大門打開了，一個皮膚白皙的金髮婦人，亭亭玉立地站在門口，她左手扶門，右手半舉，十分熱情地對我們微笑。她那一身淺色細紗裙的領口和袖口都鑲嵌著少量粉紅色的絲織透明薄紗花邊。在燈光的照映下，如一朵美麗的出水芙蓉。她微彎著腰，頭略前傾，雙唇微啟，目光中充滿企盼。

「怎麼樣？」她叫出聲來，「怎麼樣？」接著，她發現我們是兩人，發出了開心的呼聲，但一看見福爾摩斯無奈地搖了搖頭，立即變成了痛苦的呻吟。

「沒有好消息？」

「沒有。」

「也沒有壞消息？」

「也沒有。」

「感謝上帝！請進！你一定累壞了，辛苦了一整天。」

「這位是我的好友，華生醫生。在之前的幾個案件中，他給予了我很大的幫助，今天很幸運能邀請到他一同調查。」

「很高興見到你，」她說著與我熱情地握手，「我相信你能原諒我們招待不周，因為這件事給我們的打擊太大了。」

「親愛的夫人，」我說，「我已經是個老手了，就算不是，你也不必道歉。如果能幫得上忙，不論是對你或是對我的好友，我都非常樂意。」

「那麼，福爾摩斯先生，」聖克萊爾太太說道，我們已走進了明亮的餐廳，桌上擺著已經冷掉的豐盛飯菜，「我想要問你一兩個簡單的問題，希望你能給我一個明白的答案。」

「當然，夫人。」

「別擔心我的感受。我不會歇斯底里，也不會再暈倒了。我只希望聽到你最真實的意見。」

「是哪方面的？」

「說實話，你認為內維爾還活著嗎？」

夏洛克．福爾摩斯似乎愣住了。「請老實說！」她再次重複道，站在地毯上銳利地望著坐在藤椅上的福爾摩斯。

「那麼，我就老實說了，夫人。我並不這麼想。」

「你覺得他死了？」

「是的。」

「被謀殺的？」

「我不敢斷言，但有可能。」

「那他遇害的時間是哪天呢？」

「星期一。」

「那麼，也許，福爾摩斯先生，你能解釋一下，為什麼我今天會收到了他的一封信！」

福爾摩斯像觸電一般從藤椅上彈了起來。

「什麼！」他大喊道。

「沒錯，今天。」她高舉起一張紙條，微笑著站在那兒。

「我能看看嗎？」

「當然。」

他急忙將紙條在桌面攤開，將燈移近，仔細地細讀起來。我忍不住離開座位，站在他背後仔細地看著那頁紙。信封極粗陋，上面有格雷夫森地區的郵戳，日期是今天，更準確地說應該是前一天，因為現在已過了午夜。

「字跡很潦草，」福爾摩斯自言自語地分析著，「這肯定不是你先生的筆跡，夫人。」

「不是，但裡面的信是他寫的。」

「我認為，無論信封是由誰寫的，他都必須去問清地址。」

「你怎麼知道？」

「你看，這收件人姓名的部分，墨水是寫好後自己乾的，呈深黑色。而其他的字呈灰黑色，有被吸墨紙吸乾的痕跡。如果是一口氣寫完，再用吸墨紙吸乾，那這些字應該色澤一樣，不可能有這種深黑色。這個人寫好姓名後，隔了一會兒才又寫上地址，表明他對地址並不熟悉。這件事雖然不易察覺，但很重要。現在讓我們來看內容吧。哈！信封裡還附有東西！」

「是的，有一枚戒指，可以當成印章的那種。」

「你確定這是你丈夫的字跡？」

「是他慣用的一種字跡。」

「一種？」

「是他匆忙下的筆跡。這與他平日的筆跡不同，但我很熟悉。」

親愛的，別驚慌，一切都會平安無事的。有個極大的錯誤需要花一些時間補救。請耐心等候。

內維爾

「字條是用鉛筆寫在一張撕下的空白書頁上，八開大小，無浮水印。嗯！格雷夫森今天的郵戳，寄信人的大拇指很髒。哈！信封口是用膠水封的，如果沒弄錯的話，這個人當時還在嚼著煙草呢。夫人，你確定這真的是你丈夫親手寫的嗎？」

「確定，是內維爾寫的。」

「這封信是今天從格雷夫森寄出的。那麼，聖克萊爾夫人，看來烏雲散去了，雖然我不敢冒險說危機已經不存在了。」

「但他一定還活著，福爾摩斯先生。」

「除非有人高明地偽裝他的筆跡，試圖將我們導向錯誤的方向。只是，那枚戒指無法證明什麼，它可能是從他身上取下後寄來的。」

「不，不，這的的確確是他的筆跡沒錯。」

「很好。可是，那也可能是他星期一寫的，到了今天才寄來。」

「有可能。」

「如果是這樣，也許已經發生了不少變故。」

「噢！福爾摩斯先生，請別老是澆我冷水。我相信他會平安歸來的，我們心心相印，假如他遭遇不測，我一定感覺得出來的。就在他失蹤的當天早上，我在餐廳覺得心裡很不舒服，於是立刻衝上樓去，果然發現他在臥室割傷了手。連這樣的小事都能敏銳的感應到，又怎麼可能會感覺不到他的死亡呢？」

「我有太多的經驗，不得不承認女人的直覺可能比一個分析推理專家的論斷還有價值。這封信確實是支持你觀點的有力證據。但如果你丈夫真的還在世上，甚至還能寫信給你，那麼他為何不回家呢？」

「我無法想像，也無從想起。」

「他星期一出門前對你說過什麼嗎？」

「沒有。」

「你在史文登巷見到他，是否感到驚訝？」

「相當驚訝。」

「窗戶是開著的？」

「是的。」

「那他或許有喊了你？」

「可能。」

「據我所知，他僅僅含糊地喊了一聲？」

「是的。」

「你認為是呼救嗎？」

「沒錯，他在揮舞著雙手。」

「但那可能只是驚訝的呼聲。可能是意外地見到你後不自覺地揮動雙手？」

「也許吧。」

「你認為他從後面被人拖走？」

「他消失得太突然了。」

「他也可能是往後跳了回去。你有看到屋子裡有別人嗎？」

「沒有，但那個醜陋的人承認他當時在那裡，而且印度人也在樓梯口。」

「沒錯。你看見你丈夫的時候，他穿著平常的衣服嗎？」

「但沒有衣領及領帶。我清楚地看見他的喉嚨。」

「他有向你提過史文登巷嗎？」

「從來沒有。」

「他是否有吸食鴉片的跡象？」

「從來沒有。」

「謝謝你，聖克萊爾夫人。這些問題都是我徹底弄清本案的關鍵。我們該吃點晚餐了，然後早點睡上一覺，也許我們明天還要忙碌一整天呢。」

在一個舒適寬敞的房間中有兩個床位，這是聖克萊爾太太為我準備的。這一夜的奔波已令我疲憊不堪，我迫不及待地鑽進了被窩。但福爾摩斯卻不一樣：當他的心裡有一個疑團時，他可以連續幾天甚至一整週地廢寢忘食，整理已有的線索，多角度多層次地去審視它，直至水落石出，或者承認材料不夠詳盡，才肯罷休。我立即明白，他準備坐在那兒通宵不眠。他脫去了外套和背心，換上寬鬆柔軟的藍色睡衣，隨後便滿屋子亂找，將他床鋪上的枕頭以及沙發、扶手椅的靠墊全聚集起來，把它們拼成一張東方風格的沙發。他盤著腿坐上去，把一盎司的煙絲和一盒火柴放在面前。他叼著歐石南根雕製的煙斗，木然地瞪視著天花板的一端。淺藍色的煙霧從煙斗中冒出來，徐徐上升。他就這樣一絲不動地靜坐在暗淡的燈光下，搖曳的燈光照射著他如鷹般堅毅的面容。我漸漸昏沉入睡，偶爾從夢中驚醒，無端地大叫一聲，發現他依舊這樣坐著。

早晨，夏日眩目的陽光已躍過窗櫺。煙斗仍叼在他的口中，輕煙依舊嫋嫋上升，瀰漫了整個房間，昨夜的那一堆煙絲已被他消耗殆盡了。

「華生，你睡醒了？」他問。

「是啊。」

「來趟晨遊如何？」

「當然好。」

「嗯，那先把衣服穿上吧。大家都還在睡覺，但我知道小馬僮睡在哪兒，很快就能把馬車準備好。」他說著就大笑起來，雙眼光芒閃爍，昨夜的苦思冥想已蕩然無存。

穿衣服的時候，我順便看了看錶，才四點二十五分，怪不得他說大家都還在睡覺呢。我剛穿好外套，福爾摩斯就來告訴我說小馬僮已經在準備馬車了。

「我需要驗證我的一個推論，」他穿好了他的靴子說，「華生，你不認為你正面對著全歐洲最笨的人嗎？我應該被人從這兒一腳踢到查林十字路！但是我認為自己現在已找到揭密的鑰匙了。」

「它在哪裡？」我笑著問。

「在廁所，」他答道，「哦，是真的，我並不是開玩笑。」他見我一臉驚訝的表情，就接著說，「我剛進去過，把它拿出來裝入了旅行袋。我們走吧，朋友，看看它能不能打開那個鎖。」

我們悄無聲息地下了樓，走到了燦爛的晨曦之中。馬車正等候在路邊，那個睡眼朦朧的小馬僮倚在一旁。我們兩個躍上馬車，隨著車輪的轔轔聲，我們已經飛奔在了倫敦大道上了。有少數的農車已經開始活動，滿載著蔬菜往市區去，但道路兩旁一排排的別墅卻寂靜地像夢中的城市。

「從某些方面來看，這是個不尋常的案子，」福爾摩斯說著，揚鞭讓車飛馳起來，「我承認自己曾像地鼠一樣盲目。但事後學聰明總比永遠沒學到要好。」

當我們從薩里走過時，那裡最早起床的人們也還是剛剛睜開惺忪睡眼迎接窗外明媚的陽光。馬車過了滑鐵盧大橋，接著穿越了威靈頓街，然後右轉，到了弓街。福爾摩斯是警察熟悉的人物，兩個站崗的警察向他敬禮，一個拉住馬頭，另外一個則帶我們走進警署。

「誰值班？」福爾摩斯問道。

「先生，是布雷斯崔警長。」

「噢！布雷斯崔，你好。」一個頭戴鴨舌帽，身著盤花紐扣夾克衫的高個兒警官走下了石板通道。「我想與你私下談談，布雷斯崔。」

「當然，福爾摩斯先生。請來我的房間。」

這個房間像一間小小的辦公室，桌上有一本又厚又大的日誌，牆上裝著一部電話。警長在他的桌前坐下。

「我能幫上你什麼嗎，福爾摩斯先生？」

「我是為那個乞丐休·布恩而來的。他被指控涉入李鎮的內維爾·聖克萊爾先生失蹤一案。」

「對，他被拘留在此等候進一步偵訊。」

「我知道。他在你這裡嗎？」

「在牢房裡。」

「他還安份嗎？」

「是的，沒惹麻煩。只是這傢伙簡直髒死了。」

「髒？」

「是的，我們能做的就是叫他把手洗乾淨。他的臉黑得像個補鍋匠。哼，只要判決一出來，他就得照監獄的規定洗澡！我相信，你只要看到他，就會同意他真的該去洗個澡。」

「我想立刻見見他。」

「你想見他？那簡單，往這邊走，你可以先把袋子放在這裡。」

「不，我想我還是帶著它好。」

「那好，請這邊走吧。」他領著我們下了一條通道，接著打開了一道上了閂的門，沿著一條盤旋的樓梯而下，於是我們就到了一條牆上刷有白灰的走道，兩旁各是一排牢房。

「右側第三間就是他，」警長說道，「這裡！」他輕輕的打開牢門上的一個小門，往裡頭看了一眼。

「他還在睡，」他說，「你們可以看得很清楚。」

我們隔著鐵柵向裡張望，見那囚犯臉朝我們躺著，呼呼大睡中。他看上去個子不高，身著與身份相配的粗布衣衫，染過色的貼身內衣從破爛骯髒的上衣裂縫中露出一截。他確實如警長描述的那樣髒到極點，但臉上的汙垢仍然掩蓋不了那醜陋的面容：一道寬闊的舊傷疤從眼角一直延伸到下巴，只要稍微一收縮便將上唇的一角向上扯起，赫然露出三顆黃牙，像隻野獸在嗥叫，那蓬亂鮮豔的紅頭髮低垂著，遮住了前額和雙眼。

「他真是美麗，對吧？」警長調侃道。

「確實需要好好清洗一番，」福爾摩斯說，「我有個主意，而且我還把需要的東西都帶來了。」他邊說著，邊打開了那只旅行袋，另我驚訝的是，他竟然拿出了一大塊洗澡用的海綿。

「哈，哈，你可真幽默！」警長忍不住笑起來。

「現在，如果你肯幫個忙，悄悄打開牢門，我會讓他很快變成一個比較受人尊敬的形象。」

「好啊，有何不可？」警長說，「他這副模樣實在無法給弓街看守所一個好名聲，是吧？」他打開牢門，我們悄悄地跟了進去。那傢伙在翻了個身，又繼續熟睡。福爾摩斯彎著腰，用海綿沾了水，使勁地在囚犯的臉上來回擦著。

「讓我為各位介紹，」他喊叫著，「肯特郡李鎮的內維爾．聖克萊爾先生。」

我這輩子從未見到這樣的場面。這個人的臉皮在海綿的擦拭下，像樹皮剝落一樣整整削掉了一層，那粗糙的棕色皮膚不見了！橫在他臉上的那道猙獰的傷疤不見了！時不時露出冷笑的歪唇也不見了！那堆蓬亂的紅色假髮也被福爾摩斯一把扯掉了。現在，睡在我們面前的是位臉色蒼白、皮膚滑爽、黑色頭髮的人。他相貌英俊，卻一臉苦相。他揉揉惺忪的睡眼，定神打量著眼前一切，一臉疑惑的神情。猛然間，他明白一切已經敗露，不由得尖叫一聲撲向床邊，臉朝下埋入了枕頭中。

「老天！」巡警大叫道，「他就是那個失蹤的人，我看過他的照片。」

「我是啊，」囚犯轉過臉來，一副聽天由命的表情說道，「請問你們打算控告我什麼呢？」

「涉嫌謀殺內維爾．聖……哦，不對，我們無法用這個罪名起訴你，除非此案被定為自殺未遂案。」警長笑著說道，「哈！當了二十七年的警察，從來沒見過這麼妙的一件事情。」

「如果我就是內維爾．聖克萊爾先生，很明顯就沒犯任何罪了。因此，對我的拘留就是非法的。」

「沒犯罪，但犯下了一個天大的錯，」福爾摩斯說，「你應該對你的妻子更誠實點。」

「不是為了妻子，而是孩子！」囚犯痛苦地呻吟著，「上帝保佑，我可不希望他們以自己的父親為恥，天呀！被大家都知道了會有多丟臉！我該怎麼辦才好？」

福爾摩斯靠著他坐在了床邊，和藹地拍拍他的肩。

「如果你想讓法庭來解決此事，」他說，「那就難免被宣傳出去。但是，另一方面，只要你說服警方不起訴你，我認為他們也沒有理由將此案上報。我認為布雷斯崔警長會記錄下你說的話，然後呈交有關當局。案子根本不會驚動法庭。」

「願上帝保佑你！」囚犯激動地高喊著，「我寧可坐牢，或者，唉，甚至被處死，也不能讓我這令人羞恥的秘密被當成家庭的汙點留給孩子們。」

「你們是第一批聽到我故事的人。我的父親是切斯特菲小學的校長，我在那兒接受了很好的教育。青年時代，我酷愛旅行和表演，後來成了倫敦一家報社的記者。有一次，總編策劃了一系列關於都市中乞丐的生活報導，我胸有成竹地接下了這項任務。這也是整件事的源頭，因為只有靠著裝扮成乞丐混入他們之中，才能收集到最真實的第一手資料。我愛演戲，當然懂得化妝術，而且我的化妝技巧還曾在劇院的後台小有名氣呢。於是我將這爐火純青的技巧應用於自己的臉上，盡量將自己裝扮成最令人憐憫的模樣，我用接近膚色的橡皮泥製作了那塊逼真的傷疤，嘴唇一角也弄成外翻的模樣，並戴上一頭紅色的假髮，再穿上相襯的衣衫，在市區的商業地帶開始，扮成一個表面上賣火柴，其實是乞討的乞丐。就這樣，我在街上待了七個小時，晚上回家時，很驚訝地發現我討到了整整二十六先令四便士。」

「報導寫完後，我也就將此事忘得一乾二淨了。直到有一次，我替朋友的一張票據作擔保，後來居然接到一張要我賠償二十五鎊的傳票，因為我無力支付，急得如熱鍋上的螞蟻，才又想起了這件事。我懇求債主給我半個月時間籌措資金，又向老闆請了幾天假。接著我就喬裝成乞丐去城裡行乞。十天過後，這筆錢被我湊齊了，還清了債。」

「這樣一來，你們就能理解我為什麼這樣做了。當時我就明白了，我只要在臉上抹抹油彩，然後把帽子放在身前，就這麼靜坐著，一天就有兩英鎊的收入，這可是我辛苦工作一個星期才有的收入啊，我就這麼輕易地掙到錢了。自尊心和金錢相比，真是難於取捨。我在經過好長一段時間的掙扎後，還是選擇了金錢。於是我辭去了記者工作，數年如一日地坐在我一開始選的乞討位置，我憑著一副可怕的容貌，去打動每個善良路人的心，讓他們在我的口袋裡塞滿了銅板。只有一人知道我的秘密。就是我寄宿的那間史文登巷裡骯髒鴉片館的印度老闆。我每天早晨都在他那裡打扮成一個骯髒的乞丐，晚上又在那兒回復成衣冠楚楚的紳士。我給這個印度人很高的房租，要求他替我嚴守秘密。」

「沒多久，我就有了一筆很大的積蓄。我並不是說任何乞丐都能在一年內，靠著在倫敦街頭行乞賺到七百英鎊，這還只是我的平均進帳呢！我與別的乞丐不同，我精於化妝術，又擅於表演，並且有很好的反應能力，甚至這些技術隨著時間越來越精湛了，這便是城裡人很照顧我的原因。各式各樣的錢幣每天源源不斷地流進我的口袋，假如一天沒賺到兩英鎊，就算是太倒楣了。」

「錢賺得越多，我的野心就越大。我在郊外買了座房子，並娶妻生子。從沒有人懷疑過我真正的身份。我的嬌妻也只知道我是個生意人，卻並不清楚我具體的工作內容。」

「上星期一，我結束了一天的乞討，剛回到鴉片館樓上的房間換衣服，我不經意地瞥了一眼窗外，竟然發現我的妻子正站在街上看著我，這讓我驚慌失措，忍不住叫了出來，趕緊用手臂遮住面孔，然後立即去找我的伙伴——也就是那個印度老闆，央求他不要讓任何人上樓來。後來，我聽到她在樓下與印度人交涉的聲音，明白她一時半刻還不會上來。於是，我迅速地換上乞討時的那身衣服，臉上也重新抹上了油彩，戴好假髮，這個打扮令我的妻子無法識破。不過，我很快又想到這房間也許會被搜索，我出門時穿的那些體面衣服可能會洩露秘密。我急著把窗戶打開，緊張之下，把早上在家割破的傷口又弄破了。我平日裡討來的錢都被放在一個皮口袋，我把其中的一些拿出來塞進了上衣口袋中，然後把裝滿銅板的衣服拋出了窗外，它立刻沉到了泰晤士河的河底。我正想把其他的衣服也處理掉，但已有警察衝上樓，根本就來不及了。不過，令我欣慰的是，我很快了解到，沒有人認出我就是內維爾．聖克萊爾先生，警察把我當作謀殺他的嫌疑犯逮捕了。」

「我不清楚是否還有什麼地方需要我解釋。當時，我就狠下心保持乞丐的形象，只要沒人認出我就行，臉上再髒也不管了。我明白我的妻子十分焦急，於是就趁獄警不注意時，把戒指交給了前來探視我的印度人，並匆匆寫下幾行字，叮囑妻子不用擔心。」

「她昨天才收到那封信。」福爾摩斯說。

「我的天啊！這一個星期她肯定急死了！」

「那個印度人也被警方監視了，」布雷斯崔警長說，「我知道他很難在不被人發覺下寄出這封信。也許他把它轉交給了某位顧客，而那傢伙可能忘了好幾天才想起來。」

「就是這樣，」福爾摩斯點頭表示同意，「我已經沒有任何疑問了。但你有因行乞被檢舉過嗎？」

「很多次，但是那點罰款算得上什麼。」

「它必須停止，」布雷斯崔說道，「如果你想要警方幫你隱瞞此事，你就不能讓休・布恩再次出現！」

「我已經發過誓了。」

「這樣的話，我想我們就不必再深究了。但如果發現你再犯，那我們警方將會把這些公布出去。福爾摩斯先生，非常感謝你解決了這件事。我真希望知道你是怎麼解開這一切的。」

「這個答案，」福爾摩斯說道，「是靠著五個枕墊和一盎司的煙草想到的。華生，我想假如回去貝克街的話，也許能剛好趕上早餐。」

7 藍寶石案

聖誕節後的第二天清晨，我滿懷節日的興奮與喜悅去拜訪老友夏洛克．福爾摩斯。他正懶散地斜躺在長沙發上，身上那件紫紅色的睡衣給這單調的屋子多少添了一點亮麗的色彩，他的右側擺著一個煙斗架，面前那堆皺掉了的報紙很明顯剛被他翻看過。沙發旁的那張木椅靠背上掛著一頂破爛骯髒的硬氈帽，已經有好幾條裂縫，簡直無法戴了。椅墊上擺著他的放大鏡和一把鑷子，顯然那頂破氈帽剛被仔細檢查過。

「你在工作，」我說，「我想我打擾了你。」

「不會，我很高興有位朋友來一起探討我的研究結果，這只是件無關緊要的事。」他用拇指了指那頂帽子，「但是，與它相關的幾個問題卻很有趣，甚至能讓我們獲益不少。」

我在他的那張扶手椅上坐下，雙手靠近劈啪作響的火爐取暖，現在已經是寒冬了，窗玻璃上結滿了晶瑩剔透的冰霜。「我猜，」我說，「雖然這頂帽子已經不堪入目，但卻與某件命案息息相關，它一定是牽引你去解開謎團並且懲罰罪犯的線索。」

「不，不，沒有罪案，」夏洛克．福爾摩斯笑道，「只是在這樣一個幾平方英里的土地上擠了四百萬人口，難免會發生些稀奇古怪的小事件。在如此稠密的一群人的各色行動與反應中，什麼事都有可能發生；許多小問題即使不是犯罪，也可能變得奇怪而令人吃驚，我們早已有過很多類似經驗了。」

「的確很多，」我說道：「在我最近記錄的六個案件中，有三個在法律上完全不構成犯罪。」

「一點都沒錯，你是指尋找艾琳．艾德勒的相片、瑪麗．薩瑟蘭小姐奇案以及歪唇男人這幾件案子吧，這些也歸類在無犯罪的案件之中。你知道門警彼得森嗎？」

「是的。」

「這就是他的戰利品。」

「他的帽子？」

「不，不，是他找到的。目前還不知道它的主人是誰，但千萬不要因為它是一頂破爛帽子而小看它，而應該看成一個需要腦力才能解決的難題。我先談談這頂帽子的來歷吧！它是在聖誕節早晨和一隻大肥鵝一起上門的，我相信那隻鵝正在彼得森的爐子上烤得噴香呢！經過是這樣的：在聖誕節黎明四點左右，彼得森，你知道的，他是個純樸誠實的人，在參加完一個宴會後，便從托坦罕法院路走回家。在微弱的煤氣燈光下，他看到前面有一個身材高大的人，肩上扛著一隻鵝，步履有些蹣跚地走著。在經過古治街轉角處時，彼得森忽然發現前面那人和幾個流氓爭吵起來。他的帽子被打落在地，於是舉起了棍子來反擊，卻不小心砸碎了身後的玻璃櫥窗。彼得森立刻衝上前想幫忙，但那人發現自己打碎了櫥窗，愣了一下，又瞥見一個穿著像是警察制服的人向他跑來，於是就丟下鵝落荒而逃，很快地消失在托坦罕法院路背面那條彎曲小巷的深處；那幫惡霸見彼得森過來也立刻作鳥獸散了。於是，彼得森成了那個戰場上唯一的勝利者，並且撿到了兩件戰利品——舊氊帽一頂、聖誕肥鵝一隻。」

「那些東西他一定物歸原主了吧？」

「我親愛的朋友，這就問題所在。沒錯，鵝的左腿上確實綁著一張『獻給亨利．貝克夫人』的小卡片，那頂帽子的內襯上也找得到『H．B．』的縮寫。但城裡姓貝克的人成千上萬，名叫亨利．貝克的人也有好幾百個，想從裡頭查出失主再把東西還給他，簡直就是大海撈針。」

「那麼，彼得森怎麼做呢？」

「那天早上他把這頂破帽和那隻肥鵝拿到我這裡來，因為他知道我對再小的問題都有興趣。那隻鵝一直留到早上，雖說天氣很冷，但最好還是趕快把牠吃掉，免得壞了。所以，彼得森就把牠帶回去執行最後的使命，而我則保留了那位失去聖誕大餐的不知名男士的氊帽。」

「他沒有在報上登啟事？」

「沒有。」

「那麼，你有什麼線索？」

「只有推斷出的那麼多。」

「就憑這頂帽子？」

「沒錯。」

「開玩笑的吧？憑這頂破帽子能發現什麼？」

「這是我的放大鏡，我你知道我的方法。看看你能從這頂帽子看出多少主人的個性。」

拿著這頂破爛氈帽，我無可奈何地將它翻過去檢查著。它是一頂普通的圓形黑氈帽，質硬而破舊不堪，已無法再戴了；內襯是紅色絲綢，已經褪色得很嚴重；沒有商標，但正如福爾摩斯所說，在帽子內側潦草地寫著「H．B．」的縮寫字母。帽緣上有個扣帽環，大概是為了防止被風吹走，不過卻沒有鬆緊帶；另外，儘管主人為了掩飾那幾塊褪色的補丁，而用墨水將它們塗成了黑色，但依舊看得出到處都是裂縫，而且灰塵滿布、汙跡斑斑。

「我看不出什麼來。」我邊說邊把氈帽還給我的朋友。

「華生，正好相反，你全看出來了。只是你無法做出結論來，你對自己的推理缺乏自信。」

「那麼，請你告訴我，你能由這頂帽子知道什麼呢？」

他拿起帽子，以他那特有的、表現出他鮮明個性的思考方式注視著。「這頂帽子能引起人聯想的東西或許有點少，」他說，「不過，有幾點推論還是很清楚的，另外還有幾點很大機率是正確的。帽子的外觀表明，它的主人是個有學問的人，而且最近三年中還算富有，雖然他目前狀況不佳。他過去頗有遠見，可惜今非昔比，再加上經濟的窘困，使得他精神十分頹廢，而且似乎是受了某種壞影響，大概是酗酒，使得他的妻子已不再愛他了。」

「天哪！福爾摩斯！」

「但無論如何，他還拚命保留一點自尊，」他繼續往下說，根本不理睬我的制止。「他向來深居簡出，從不鍛鍊身體，是個頭髮斑白的中年人，最近兩天剛剪過頭髮，並且抹了檸檬味髮霜；從帽子可以推斷出這些較明顯的事實。然後，順帶一提，他家中應該沒有煤氣。」

「你一定在開玩笑，福爾摩斯。」

「完全沒有。現在，我已經把結論告訴你了，你還看不出來它們是怎樣得來的嗎？」

「我從不懷疑自己很笨，但我不得不說，我不懂。例如，你怎麼知道這個人很有學問？」

福爾摩斯立刻將帽子扣在頭頂，帽子蓋過額頭架在鼻梁上。「這是個容積問題，」他說，「一個人有這麼大一顆腦袋，裡面一定裝了不少東西。」

「那麼，他經濟窘困呢？」

「這頂帽子是三年前的，這種帽沿捲起的帽子是當時流行的款式；帽子質料很好，你看這條羅紋絲綢箍帶和高貴的內襯就知道了。這個人在三年前能買如此昂貴的帽子，表示當時一定很富有，但後來一直沒買新的帽子，表示目前經濟一定不好。」

「嗯，這樣的確很清楚。但關於遠見跟精神頹廢又是怎麼回事？」

夏洛克．福爾摩斯笑了，「這就是遠見。」說著，他將手指放到扣帽環裡。「外面賣的帽子從來不會附這些東西。他為了預防帽子被風吹落而訂製了一個，表示他有一定程度的遠見；不過，鬆緊帶被弄壞後卻沒有換一條新的，顯然他的遠見大不如前，而且也證明他的精神日益頹廢。另一方面，他努力用墨水掩飾汙痕和補丁，表示他還在努力維護最後一點自尊。」

「很有道理。」

「另外像是頭髮灰白、中年人、剛修剪過頭髮、抹有檸檬髮霜，這些都是仔細觀察了帽子內襯後推斷出來的。從放大鏡中看得到一撮撮被理髮師整齊剪下的髮屑，它們都黏在一起，散發著淡淡的檸檬髮霜味。帽子上的這些灰塵，不是街道上那種夾雜著砂粒的塵土，而是屋內常有的棕色絨塵。這表明它大部分時間掛在屋內，帽子內側的汗跡顯示戴帽的主人很容易出汗，因此，一定不是個經常鍛鍊身體的人。」

「但是他的妻子——你說她不再愛他了。」

「這頂帽子好幾個星期沒有清潔過了。親愛的華生，如果你的妻子讓你戴上積著幾星期灰塵的帽子出門去拜訪朋友，我怕很不幸的，你已經失去妻子的愛情了。」

「但他可能是個單身漢。」

「不，那天晚上他帶著一隻鵝作為禮物要向妻子示好，還記得鵝腿上繫著的卡片吧？」

「你對每個問題都有合理的解釋，但你怎麼知道他家裡沒有煤氣呢？」

「帽子上沾到一滴脂油，甚至兩三滴，都可能是偶然沾到的；但是當我發現上面至少沾到五滴時，我就肯定這個人必然常接觸燃燒的脂油。例如夜間上樓時，一手提著帽子，另一手則拿著融化中的蠟燭。無論如何，這些脂油都不是來自煤氣管口，你滿意了嗎？」

「嗯，真是太聰明了。」我笑著說，「不過，就像你剛才說的，這其中並無犯罪行為，除了丟了一隻肥鵝，也沒有別的損失。這一切看來都是白費力氣了。」

夏洛克．福爾摩斯正準備回答我，這時房門被猛地推開了，看門人彼得森滿臉通紅地闖了進來，一副吃驚且不知所措的茫然神情。

「那隻鵝！福爾摩斯先生！那隻鵝，先生！」他喘得上氣不接下氣。

「哦，牠怎麼了？難道又活了過來，拍著翅膀從廚房飛走了？」福爾摩斯從沙發中轉過身來，以看清楚來人激動的表情。

「看看這個！先生，看看我太太從牠的嗉囊中找到什麼！」他伸出手來，掌心展示著一顆絢麗奪目的藍色石頭，比一粒黃豆略小，但是它無比的晶瑩無瑕，就如一道電光在他手掌凹處閃爍著。

夏洛克．福爾摩斯輕吹了一聲口哨，站起身來，「天哪，彼得森！」他驚嘆道，「這的確是個珍貴的發現啊！我想你應該知道自己找到了什麼。」

「一顆鑽石，先生？一顆寶石。它切割玻璃就像切泥一樣。」

「這不只是一顆寶石，而是『那顆』寶石。」

「該不會是摩卡伯爵夫人那一顆藍寶石吧！」我失聲叫出來。

「一點也沒錯。這幾天我一直都關注著《泰晤士報》上關於這顆寶石的報導。我很清楚它的形狀與大小。在世上，它絕對是獨一無二的。它的價值只能靠猜測，但是報上懸賞的一千英鎊肯定還不及它市價的二十分之一。」

「一千英鎊！我的天哪！」門警驚得一下子跌坐在椅子中，瞪大著雙眼盯著我們。

「那是懸賞，我確切地知道，由於某種情感上的因素，伯爵夫人甚至願意用她一半的財產換回這顆寶石。」

「如果我沒記錯的話，它是在『四海飯店』中遺失的。」我說。

「沒錯。十二月二十二日，也就是五天前，一個叫約翰．霍納的水管工人，被指控偷走了伯爵夫人放在珠寶盒中的這顆寶石。因為證據確鑿，現在全案已提交法庭。我想我這裡應該還有一些事件記錄。」他在那堆廢報紙中不停地翻找著，一張張地察看報頭日期，最後抽出一張攤平後對摺，然後讀出了其中的一段：

四海飯店寶石竊案

約翰．霍納，二十六歲，水管工人，被指控在本月二十二日竊走摩卡伯爵夫人珠寶盒中的貴重藍寶石。旅館的高級職員詹姆士．賴德所作證詞如下：竊案發生當天，他曾帶約翰．霍納去焊接夫人化妝室內鬆動的第二根爐柵。他與約翰．霍納待在房裡一段時間，然後就被叫走了。等他重新返回化妝室時，發現霍納不見了，梳妝台卻被人粗魯地撬開，一只精巧的摩洛哥珠寶盒被翻倒在台上，裡面空無一物。事後才聽說伯爵夫人習慣把寶石等貴重物品收藏在這個盒子裡。賴德立即報案，警方當晚就逮捕了霍納，但在他身上及家中都找不到這顆寶石。伯爵夫人的女僕凱瑟琳．庫薩克可以作證，她曾親耳聽到賴德發現寶石失竊時的驚叫，還證明她當時跑進房間時所見情形與證人上述的完全吻合。B區的布雷斯崔警長說道，霍納在被捕時曾拚命抵抗，而且情緒激動地辯稱自己是無罪的。鑑於犯人有竊案前科，地方法官拒絕立即處理此案，並將它提交至巡迴裁判庭。霍納在整個過程中顯得激動萬分，在聽到判決時昏了過去，最後被抬出了法庭。

「哼！警方和法庭提供的資訊就這些。」福爾摩斯若有所思地說，順手將報紙扔到桌上。「現在需要釐清的是，從寶石從珠寶盒中被偷走，到進了托坦罕法院路上那隻鵝的胃裡，這中間到底發生了什麼事情？你看，華生，我們的小推論一下子變得重要許多，而且其中沒有犯罪的可能性也大大降低了。這就是那顆失竊的寶石，寶石來自那隻鵝，鵝又來自亨利．貝克先生。我已經從破帽子分析了這位先生的特徵，現在我們要儘快找到他，並且確定他在這個神秘案件中扮演的角色。我們必須先試試一個最簡單的方法，毫無疑問，就是在所有的晚報上刊登啟事。如果這個方法失敗了，我會再嘗試別的途徑。」

「你打算怎麼寫？」

「給我一支鉛筆和那張紙。然後，就這樣：

在古治街角拾得一隻鵝與一頂黑氈帽。請亨利．貝克先生於今晚六點半至貝克街二二一號取回。

這樣夠清楚明瞭了。」

「不錯。但是他會看到這則啟事嗎？」

「嗯，他一定會很注意報紙的，因為對於一個窮人來說，這個損失挺大的。顯然，他發現自己打破了玻璃窗，又看到彼得森忽然出現，驚嚇之餘什麼都沒想，拔腿就跑，但是事後肯定十分懊悔自己丟下那隻鵝。還有，在啟事中寫出他的名字更容易讓他知道，就算他自己不看報紙，也會有認識的人通知他。現在，彼得森，趕快拿去報社把它刊出來。」

「哪家報紙，先生？」

「哦，《環球報》、《星報》、《寶馬報》、《聖詹姆士報》、《標準晚報》、《回聲報》以及你想得到的任何報紙。」

「好的，先生。那這顆寶石呢？」

「哦，對了，先由我保管，謝謝。然後我說，彼得森，你回來時順便買一隻肥鵝給我。我們必須給那位先生一隻鵝，以代替正被你家人大快朵頤的那隻。」

門警走後，福爾摩斯在光線下認真地鑑賞著這粒寶石，口中不住地發出讚嘆聲。「太美了，」他說，「你看，它散發的光彩多麼耀眼！當然，它又是罪惡的根源，每一顆珍貴的寶石都不例外，它們總是魔鬼最愛的餌。那些更大更古老的寶石，每一個切面都代表了一個血淋淋的事件。這顆寶石是在中國南方的廈門河岸被發現的，還不到二十年。它的奇特之處在於它不像同類寶石那樣呈鮮紅色，而是罕見的蔚藍色，但它同時又具有紅寶石的所有特徵。雖然它問世的時間很短，卻已有了不祥的歷史。這顆不到四十晶重的碳結晶，導致了兩起謀殺案、一起潑硫酸案、一起自殺案以及幾起竊案。誰會把這麼美妙的飾品和絞刑跟監獄聯想在一起呢？我會把它鎖入保險櫃，並且寫信告訴伯爵夫人說它在這裡。」

「你認為霍納是無辜的嗎？」

「還很難說。」

「那麼，你覺得那位亨利．貝克與此事有關？」

「我認為他可能是清白的。他絕對不會想到自己手中的鵝比一隻用黃金打造的鵝還要貴重。不管怎樣，只要我的啟事有回音，便能用一個最簡單的方法弄清這一點。」

「在那之前就什麼都不能做了嗎？」

「不能。」

「既然這樣，我就去處理我的醫務了，但我會在你提的傍晚那個時間過來，因為我非常想知道這件曲折的案件會怎麼發展。」

「很高興聽你這麼說。我會在七點吃晚餐，有一隻山鷸。由於發生這樣的事，我考慮請哈德森太太特別檢查一下牠的嗉囊。」

我被一個病人耽擱了，當我趕到貝克街時，已經超過六點半。走近房子時，發現一個魁梧的男人，穿著一件配蘇格蘭帽的上衣，上衣的紐扣嚴嚴實實地扣至下巴，站在氣窗射出的半圓亮光下。就在我走到門邊時，門正好開了，於是我們一道走進了福爾摩斯的房間。

「我相信你就是亨利．貝克先生吧。」福爾摩斯說著站了起來，露出一臉親切和藹的微笑。「請坐到壁爐邊的這張椅子，貝克先生，今夜可真冷哪！我知道你夏天的血液循環比冬天要好多了。啊，華生，你來得正是時候。這是你的帽子嗎？貝克先生。」

「是的，先生，毫無疑問是我的帽子。」

他那魁偉的軀體上，長著一顆很大的頭顱。他的臉很寬闊，神情間透著一股聰明，棕色的落腮鬍子由上至下漸漸變成了灰白色。鼻子和雙頰略呈紅色，伸出的手微微有些發抖，這些特徵完全符合福爾摩斯先前作出的推測。那件褪色的黑色大禮服的紐扣全部扣上了，領子也被豎起，細長的手腕赤裸地露出禮服袖口或襯衫。他用緩慢且時而間斷的方式說法，用詞非常謹慎，看得出是個受過教育但不得志的傢伙。

「我們已經保存這些東西好多天了，」福爾摩斯笑著說，「我們一直期待你登出啟事告知你的住址，我不懂你為什麼不登啟事呢？」

客人慚愧地笑了笑。「我的經濟狀況已經大不如前了，」他嘆了口氣接著說，「我斷定那幫流氓早就搶走了我的鵝和帽子，就算刊登啟事也是徒然。所以，我不想白白浪費錢。」

「理所當然。順帶一提，關於那隻鵝，我們不得已把牠吃了。」

「把牠吃了！」我的客人激動得幾乎跳起來。

「是的，先生。如果我們不吃掉的話，那隻鵝會壞掉的。不過，我架上的這隻鵝與原本那隻大小差不多，而且很新鮮，你應該也會感到滿意的。」

「哦，當然，那當然。」貝克先生鬆了口氣答道。

「不過，你那隻鵝的羽毛啊、腳啊、嗉囊之類的東西，我們都還留著，如果你想——」

這個人猛然大笑起來。「那些東西也許能當成那次冒險的紀念品。」他說，「除了這個用途，我想不出這些『斷章殘片』還可以用來做什麼。不用了，先生，如果你不介意，我只想把注意力放在你架上的那隻好鵝上面。」

夏洛克．福爾摩斯很快地瞄了我一眼，微微聳了聳肩膀。

「那麼，這是你的帽子，還有這隻鵝。」他說道，「順便問一下，你能否告訴我，你是在哪裡買到那隻鵝的？我對家禽有很大愛好，很少看到這麼好的鵝。」

「當然，先生。」他將那隻鵝夾在腋下，站起身說，「我有很多朋友常出入博物館附近的阿爾法酒館，因為我們白天都待在博物館裡，你懂的。今年，那位好心的店主溫迪蓋特先生成立了一個肥鵝俱樂部，參加的人只要每星期繳交幾便士給俱樂部，就可以在聖誕節那天得到一隻肥鵝。我按時繳了便士，後面發生的事你已經都知道了。非常感謝你，先生，因為蘇格蘭男帽不適合我的年紀與嚴肅的外表。」他自負地向我們行了個禮，然後大步的走了。

「有關亨利．貝克先生的就這麼多了。」福爾摩斯說著起身關上了房門，「顯然他對這件事毫不知情。你餓了嗎？華生。」

「不怎麼餓。」

「那麼，我們晚餐就隨便吃吧。趁著線索還很新，繼續追查下去。」

「當然好。」

這是個寒冷的冬夜，寒氣直透入骨。我們都穿上長大衣，圍上毛巾，將自己全身武裝起來。天空中沒什麼雲彩，黑色朦朧的天幕上群星閃耀著寒光，行人們呼出的氣體在面前凝成一道道冷霧，就如同許多手槍發射的硝煙。我們的腳踏著凍僵的大地，敲出陣陣清晰而響亮的聲音。我們大步流星地往前趕，過了醫師區、溫波街、哈雷街，又穿過威格莫街來到了牛津街頭，不到一刻鐘我們就趕到了博物館附近那家叫阿爾法的小酒館。這間酒館很小，位於往荷伯恩的那條街的轉角。福爾摩斯推門進去，從穿著圍裙滿面春風的老闆手中接過兩杯啤酒。

「如果你的啤酒跟你的鵝一樣的話，那就好極了。」

「我的鵝？」這個人似乎相當驚訝。

「對。就在半小時前，我才跟亨利．貝克先生談過。他是你們俱樂部的成員之一。」

「哦，是的，我明白了。但是你知道嗎？先生，那些鵝不是我們的鵝。」

「真的？那是誰的？」

「嗯，是我從柯芬園的一名銷售員那邊買來的，總共兩打。」

「是嗎？我認識他們之中的幾個人，是哪一個呢？」

「他的名字叫貝肯里奇。」

「哦！我不認識他。嗯，老闆，祝你健康發財，再見。」

「我們立刻去找貝肯里奇。」我們重新走進寒冷的夜晚。他扣著外衣繼續說道：「記住，華生，雖然這條鏈子的一端連的是一隻鵝這種普通的東西，但是另一端卻連著一個至少得蹲七年苦牢的傢伙，除非我們能證明他是無辜的，不過也有可能肯定了他的罪行。無論如何，有一條重要的線索被警方忽略了，而碰巧又落入了我們手中。讓我們順著這條查下去吧。往南，快點！」

穿過荷伯恩街，轉進安德爾街，再經過曲折的貧民區來到了柯芬園市場。一間較大的商販寫著貝肯里奇的名字，店主是個頗壯碩的漢子，有著精明的臉孔，並留著整齊的落腮鬍，正在幫一個小男孩裝上窗板。

「晚安，今晚可真冷啊！」福爾摩斯上前搭話。

店主點了點頭，並用懷疑的眼神打量著他。

「看來，鵝已經賣光了。」福爾摩斯環顧著四周空空的大理石櫃，有些惋惜地說。

「明天早上可以給你五百隻。」

「那沒用了。」

「嗯，那邊亮著煤氣燈的攤位還剩下幾隻。」

「呃，可是有人推薦我到你這裡買。」

「誰？」

「阿爾法酒館的老闆。」

「哦，是的，我曾賣給他兩打。」

「那些鵝的味道好極了。你是從哪兒進的貨呢？」

我嚇了一跳，因為這個無關緊要的小問題竟然激怒了那名攤販。

「聽好！先生，」他頭一揚，插著腰說，「你到底想幹什麼？講個明白！」

「我已經講得很明白了，我想知道你賣給阿爾法酒館的那些鵝是從哪裡來的。」

「是嗎！我不會告訴你的，你想怎樣？」

「沒什麼大不了的，但我不明白你幹嘛發這麼大的脾氣？」

「發脾氣！如果你也像我一樣老是被煩，你也會發脾氣的！我付了鈔票，也拿了東西，交易應該就結束了。可就是有人成天纏著我問『鵝在哪裡？』『你把鵝賣給誰了？』要不就是『多少錢你才肯賣那些鵝？』如果你聽到幾隻鵝可以惹來這麼多麻煩，一定會以為世界上只剩下這幾隻鵝！」

「嗯，我跟那些人沒有任何關係，」福爾摩斯平靜地說，「如果你不願意告訴我們，那這個打賭就作罷了。但是我看家禽的眼光是很準的，我敢出五英鎊，賭我吃的那隻鵝是在鄉村養大的。」

「那好，聽著！你輸了五英鎊，因為那是在城裡飼養的。」老闆有些幸災樂禍。

「不可能。」

「就是這樣。」

「我不信。」

「你覺得你會比我更懂家禽嗎？我從小就在應付牠們了。我告訴你，所有那些送到阿爾法酒館的鵝全部都是在城裡飼養的。」

「你說服不了我的。」

「要打賭嗎？」

「那你輸定了！我肯定自己是正確的。但我還是跟你賭一個金幣！這只是為了教訓一下你的頑固！」

店主陰險地笑著。「把帳本拿來！比爾。」他說道。

小男孩取來一個薄薄的小帳本和一本滿是油漬的大帳本，並在吊燈下將它們攤開。

「喂，太過自信的先生，」店主人說，「我以為我的鵝全賣光了，但是在我們關店前，你會發現我的店裡還剩最後一隻。看到這個小帳本了嗎？」

「怎樣？」

「這是我的進貨人的名單。你看見了吧！聽著，這一頁全是鄉下人的名單，他們名字後的號碼是他們帳戶歸類的分類號碼。注意看這裡！看到用紅墨水寫的另外那一頁了嗎？這是城裡供貨人的名單。現在，看第三個人的名字，你自己唸唸吧！」

「奧克夏太太，布里斯頓路一一七號——二四九。」福爾摩斯唸道。

「沒錯。現在再來查大帳本。」

福爾摩斯翻到大帳本的二四九頁。「找到了，奧克夏太太，布里斯頓路一一七號，雞蛋和家禽供應者。」

「注意最後一筆帳是什麼？」

「十二月二十二日，二十四隻鵝，七先令六便士。」

「沒錯，就是這裡。那下面呢？」

「賣給阿爾法的溫迪蓋特先生，十二先令。」

「你現在無話可說了吧？」

夏洛克．福爾摩斯作出懊惱地樣子掏出一枚金幣，扔到大理石櫃台上。然後帶著一種無法形容的厭惡神情轉身離去。走到幾碼外後，他站在一個路燈柱下開心大笑起來。

「如果你遇到那種一臉落腮鬍，而且口袋中露出運動雜誌的人，總是能用打賭的方式引他上當，」他說，「我敢保證，就算把一百鎊擺在他面前，他也不會像打賭般輕易地說出情報。哦，華生，我猜我們已經很接近答案了。現在唯一需要決定的是，我們應該今晚就去找這位奧克夏太太，還是明天？從那個粗魯的傢伙口中可以聽出，顯然還有我們以外的人在打聽這件事，我想應該——」

忽然，一陣喧嘩打斷了他的話，聲音是從我們剛離去的那家攤位中傳出的。我們回頭望去，發現攤前吊燈那昏黃的光暈中站著一個身材矮小的傢伙。那個叫貝肯里奇的老闆擋住店門，正朝這個畏縮的人憤怒地舞動著拳頭。

「我受夠了你跟你的鵝，」他叫喊著，「你們全都下地獄去吧！如果你再糾纏不休的問我這些無聊的問題，我就要放狗出來咬你！如果你把奧克夏太太帶來，我會跟她說。但你是哪位？我跟你買了鵝嗎？」

「不，但是，那其中有一隻是我的呀！」矮個子低聲哀求。

「那好，你去找奧克夏太太要吧！」

「她叫我來找你。」

「哦，那你可以去找普魯士國王申訴呢！我才不管，我受夠了，給我滾！」他惡狠狠地向前撲去，矮個子嚇得一溜煙跑掉了。

「哈！這下省得跑一趟布里斯頓路了。」福爾摩斯壓低聲音對我說，「跟我來，看看從這傢伙身上能問到些什麼。」穿過燈火輝煌的店鋪前那三三兩兩的人群，我的同伴緊走幾步追上了那個矮個子，他輕輕地拍了拍那人的肩膀。那矮個子猛一轉身，我可以看到煤氣燈的燈光讓他的臉露出死一般的蒼白。

「你是誰？想幹什麼？」他的聲音有些發顫。

「抱歉，」福爾摩斯溫和地說，「剛才我無意間聽到你問那個攤販的問題，我想我可以幫你。」

「你？你是誰？你怎麼會知道這件事？」

「我叫夏洛克．福爾摩斯。我的工作就是設法知道別人不知道的事。」

「但是你不可能知道這件事。」

「抱歉，我知道所有的一切。你拚命尋找一隻鵝，而那隻鵝被奧克夏太太賣給了貝肯里奇老闆，又被老闆給了阿爾法酒館的溫迪蓋特先生。溫迪蓋特先生又把它們分給了俱樂部的成員。亨利．貝克先生是其中一位。」

「天哪！先生，你就是我要找的人啊！」矮個子激動得雙手發抖，大叫著，「我無法跟你解釋我為什麼那隻鵝這麼感興趣。」

夏洛克．福爾摩斯伸手攔住一輛擦肩而過的四輪馬車。「既然如此，與其在這冷颼颼的市場，倒不如找個溫暖的房間，好好的討論此事，」他說，「不過，在我們進一步討論前，請告訴我，我想知道我有幸幫了誰的忙。」

矮個子頓了頓，斜眼瞥了一下，對福爾摩斯說道：「我叫約翰．羅賓森。」

「不，不，真的名字，」福爾摩斯依舊和氣地說，「用化名談正事不太好。」

矮個子那張毫無血色的臉漲得通紅。「呃，好吧，」他說，「我的本名是詹姆士．賴德。」

「沒錯，你是四海飯店的主管，請上車。」福爾摩斯仍舊相當平靜。「待會我就告訴你你想知道的一切。」

這個小伙子呆呆地站在原地，不住地打量著我們。又是驚喜又是疑慮的神情，顯示出一股吉凶未卜的不安情緒。但最後他還是上了車。一路上，我們都沉默無語。這個新伙伴雙手不停握緊又放開，又再握緊；呼吸也很急促。雖然他極力故作鎮定，仍藏不住內心的恐慌。半小時後，我們到了貝克街的公寓。

「到了！」我們進屋後，福爾摩斯輕鬆快樂地說道，「在冬季，這熊熊燃燒的爐火讓人覺得很溫暖很舒服。賴德先生，你很冷吧？請坐在那張柳條椅中。在研究你的問題之前，我得先換雙拖鞋。行了，你說你想知道那些鵝的下落，是嗎？」

「是的，先生。」

「或者，應該說『那隻』，你只對一隻鵝有興趣，就是白色、尾巴有一圈黑毛的那隻。」

賴德激動得猛地站了起來：「哦，先生！」他顫抖地說，「你能告訴我牠到哪裡去了嗎？」

「在我這裡。」

「這裡？」

「是的，而且牠的確是隻不可思議的鵝。我毫不意外你對牠那麼地感興趣，牠死後竟然還下了一顆蛋——一顆舉世罕見的，光彩奪目的小藍蛋。我將它保存在我的博物館裡。」

聽到這兒，我們的客人顫顫巍巍的站了起來。他右手抓住壁架，以防摔倒。福爾摩斯打開了保險箱，拿出那顆藍寶石，這顆石頭在他的掌中猶如天幕中最燦爛的寒星，光芒四射。賴德直盯著寶石，不知道該不該承認。

「遊戲結束了，賴德。」福爾摩斯還是那麼平靜，「站穩啊！老兄，別跌進火爐了。華生，將他扶到椅子上。他沒膽子鎮定自若地認罪。給他一點白蘭地，好了，現在他看起來像個活人了，真是個沒用的傢伙！」

不久，他又掙扎著站起來，搖搖晃晃的幾乎摔倒。我灌了他幾口白蘭地後，他臉上有了些血色。他又重新坐下來，驚恐不定地注視著譴責他的人。

「這個案子的每一部分我幾乎都弄清楚了。所以你只需要補充一些就夠了。不過，不過這一些可以讓一切水落石出。賴德，你聽說過摩卡伯爵夫人的藍寶石？」

「是凱瑟琳．庫薩克告訴我的。」

「我知道了，原來是夫人的侍女。這麼巨大的一筆財富誘惑的確很大，就像它曾經誘惑過更多聰明人一樣；但是你的方法卻不如他們天衣無縫。在我看來，賴德，你是個奸詐的惡棍，你瞭解水管工人霍納有竊盜前科，因此警方很容易懷疑到他頭上。然後你怎麼做？你跟你的同謀庫薩克在夫人的房間動了點手腳，再找霍納來修理，等他離開後你再進去撬開了珠寶盒，偷走藍寶石，然後報警。讓這個不幸的人被逮捕。然後你——」

賴德撲通一聲跪在地上，抓住我朋友的膝蓋。「看在上帝的份上，放我一馬吧！」他尖叫道，「想想我的父母！他們會心碎的！我從來沒有做過壞事，以後也不敢了！我發誓，我可以按著聖經發誓！哦，別把我送到法院，看在耶穌的份上，不要！」

「坐回椅子上去！」福爾摩斯嚴厲地說，「現在知道要求饒了，但你卻讓可憐的霍納被送上了被告席，他可是毫不知情！」

「我可以逃走，福爾摩斯先生。我會離開這個國家，先生，這樣對他的起訴就無效了。」

「哼！這個問題待會再談。現在還是來談談這件事的真相吧。寶石是如何藏到鵝肚裡的？鵝又怎麼會被賣到市場上？從實招來，因為這可能是你最後的機會。」

「我一定會老實說的，先生。」賴德舔了舔乾裂的嘴唇，說道。「霍納被捕後，我認為最好立刻帶走這顆寶石。因為我不知道警方什麼時候會懷疑起我，來對我及我的屋子進行搜查。旅館中沒有一個地方是安全的，於是，我假裝有事出去，到了我姐姐家，她嫁給了奧克夏先生，住在布里斯頓路，在那裡飼養家禽賣給市場。由於心虛，路上的每一個人看起來都像是警察或偵探；雖然晚上很冷，但我到達克里斯頓路前，早已汗流滿面了。姐姐問我怎麼回事，為什麼臉色如此蒼白。我說旅館發生了寶石竊案讓我非常沮喪。然後我走到後院去抽煙，考慮下一步該怎麼做。」

「我交過一個朋友，他叫莫茲利。這個人做過許多壞事，剛在潘思鎮服完刑。有一天他遇到我，向我大肆吹噓他的作案手段以及銷贓途徑。我知道他會對我誠實，因為他有一兩個把柄在我手上。於是我決定去他在凱本的家，我可以信任他，他也會告訴我如何把寶石換成錢，可是要如何安全到達那邊呢？離開旅館後的惶恐心情還沒完全消失，我可能隨時被逮捕搜身，而寶石就在我的外套口袋裡而已。我呆望著牆邊那群搖晃而過的鵝思考著。忽然，靈機一動，我覺得這個方法一定能瞞天過海。」

「幾週前，姐姐答應讓我挑一隻鵝作為聖誕禮物。我知道姐姐說話算話，我決定現在就拿走我的聖誕禮物，這隻鵝可以安全地藏著寶石到凱本去。院子裡有個小棚子，我從那裡選了一隻鵝——一隻肥胖的大白鵝，尾巴有一圈黑羽毛。我抓進牠，費力扳開它的嘴，將寶石盡可能地塞到我手指所及之處，鵝一口將它吞了下去，我可以感覺到它已經進了肚裡。那隻鵝拚命地拍著翅膀掙扎，姐姐出來看發生了什麼事。我轉身回答她時，鵝卻從手中掙脫，拍著翅膀跑回鵝群中去了。」

「『你抓鵝幹嘛？詹。』她問。」

「『呃，』我搪塞地說，『我在摸哪隻最肥，你不是要送我一隻當作聖誕禮物嗎？』」

「『哦，』她說，『我們已經替你留了一隻，我們把牠叫做「詹」。就是那邊又大又白的那隻。這裡一共有二十六隻鵝，一隻給你，一隻我們自己留著，其他的全部賣到市場。』」

「『謝謝你，瑪姬，』我說，『如果每隻都一樣的話，我還是想要我剛才抓的那隻。』」

「『那隻足足重了三鎊！』她說，『那是特地為你養的。』」

「『沒關係，我還是要這隻，現在就拿走。』」

「『好吧，隨便你。』她有些生氣了，『你要哪一隻？』」

「『那隻白的，尾巴有一圈黑毛，就在那一群鵝裡頭。』」

「『嗯，很好。我馬上宰了牠讓你帶走。』」

「她把鵝處理好交給我，福爾摩斯先生。我帶著鵝一溜煙地去了凱本。我把一切都告訴了我的伙伴，遇上這種事情，他是相當可靠的人選。他高興得差點窒息。當我倆顫抖著雙手切開鵝肚時，我的心跳彷彿頓時停住了，因為裡頭根本就沒有那顆藍寶石。我知道一定是弄錯了，於是不顧一切的跑回姐姐家，但一到院子裡，發現那裡已經沒有一隻鵝了！」

「『瑪姬，那些鵝呢！』我大聲叫道。」

「『送到批發商那裡去了，詹。』」

「『哪個經銷商！』」

「『柯芬園裡的貝肯里奇先生。』」

「『是不是還有一隻鵝尾巴也有黑圈？』我問，『就跟我選的那隻一樣！』」

「『沒錯，詹。我們有兩隻那樣的鵝，連我自己都無法區分。』」

「就這樣，我立刻明白了是怎麼一回事。我飛也似地跑到貝肯里奇那裡。可是他早已把鵝賣掉了。他一個字都不肯跟我說那些鵝的下落。你今晚也聽到了，他總是那樣回答我。姐姐以為我瘋了，我自己有時候也會這麼想。現在，我已經被貼上了小偷的標誌，甚至還沒摸到讓我出賣靈魂的財富。上帝幫助我！上帝幫助我！」他雙手蒙住臉失聲痛哭。

過了很長一段時間的沉默，只有他沉重的喘息及福爾摩斯用手指敲擊桌面的聲音。忽然，我的朋友站起身來，猛地摔開房門。

「滾！」他吼道。

「什麼，先生？上帝保佑你！」

「廢話少說，快滾！」

樓道上一陣重重的腳步聲後，又一聲沉重的關門聲。最後，街上響起了奔跑的腳步聲。

「畢竟，華生，」福爾摩斯說著抓過壁櫥上的那只泥煙斗，「我不是警方聘來的偵探。假如霍納有危險就另當別論，但是這傢伙不會再以證人的方式出現，起訴肯定無法成立了。我想我包庇了一個罪犯，但很可能也喚醒了一顆泯滅的良知。這傢伙不會再做壞事了，他嚇壞了。如果把他送進監獄，他可能會不斷地再犯。而且現在正是寬恕的季節。命運把一個奇怪的問題交到我們手上，它的解答就是最大的報酬。如果你願意的話，華生，我們可以開始另一個調查，一樣跟一隻鳥有關。」

8 花斑帶案

對於夏洛克・福爾摩斯的破案方法，我仔細研究了整整八年，也記錄下了七十餘個案例。這些案例中，有許多是悲劇的結局，也有些喜劇，但都是些怪異離奇的案子，沒有一則是平淡的。因為，說他工作是為了賺錢，不如說他是出於對這份職業的熱愛與痴迷。所以，一般說來，除了那些獨特甚或於近乎荒誕的案情外，他對於其他案件是不屑一顧的，更不要說親自參與偵查。不過，在這眾多紛繁複雜的案例之中，沒有哪一件能與聞名於薩里郡史托克莫蘭的羅伊洛特家族那離奇的案件相提並論。這個案子發生在我與福爾摩斯相識之初，那時我們同住在貝克街的一間公寓，都是單身漢。我原本很早就可以將它記錄下來，但我曾莊重地宣誓要嚴守秘密，所以直到上個月，本案的女主角不幸早逝，那段誓言才算失效了。現在，該是公布真相的時候了，因為我知道有些關於格林斯比・羅伊洛特醫生的死的謠言逐漸流傳開來，意識到保密比揭示真相來得危險。

那事發生於一八八三年四月初的某日。早上，我剛睜開眼，就看見夏洛克・福爾摩斯已穿戴好衣帽正站在我床邊。平時，他總愛睡懶覺，但那時我瞄了一眼壁爐上的鐘，發現時針才剛指到七點十五分。我很疑惑地瞪了他一眼，心裡滿不高興。因為我的生活一向都很有規律，最不喜歡被別人擾亂。

「對不起，華生，把你吵醒了，」他說，「可是今天早上你只好認命了。哈德森太太被敲門聲吵醒，她遷怒似地把我叫起來，現在換我來吵醒你了。」

「哦，出事了？失火了嗎？」

「不。有個委託人。似乎是一位相當激動的年輕女士，她堅持見我一面，現在正在客廳中等候呢。你想想看，一位年輕女士大清早就在城裡徘徊，甚至把你從夢中吵醒，那肯定是遇到了緊迫的事情，不得不立刻找人協助。如果這恰好是一件有趣的案子，我相信你會想從頭參與它，所以，我認為無論如何都該告訴你，給你一個機會。」

「我的朋友，我的確不想因為任何原因失去它。」

觀察福爾摩斯進行專業性的調查工作，聆聽他嚴密的邏輯推理是我最大的樂趣。他的推論敏捷異常，就像只是靠直覺反應的，但卻總有相當嚴密的邏輯基礎，他就是這樣解答了委託人一個又一個的疑難問題。我急忙翻身下床，幾分鐘後就跟著我的朋友到了樓下的客廳。我發現窗前正端坐著一位穿黑衣、蒙厚面紗的女士。一見我們走進屋子，她站了起來。

「早安，小姐，」福爾摩斯快活地作著自我介紹，「我叫夏洛克．福爾摩斯。這位是我的好友兼同伴華生醫生。你可以把打算告訴我的內容也讓他知道，不必顧慮。哈！哈德森太太真細心，你看，她幫我們把壁爐的火生好了。請坐近火爐吧！小姐。我看到你已冷得發抖了，我叫人給你送杯熱咖啡來。」

「我不是因為冷才發抖。」那位女士低聲地說著，一面照著福爾摩斯的建議移動位置。

「那是為什麼呢？」

「是恐懼，福爾摩斯先生。太可怕了！」她說著掀起了面紗。那張蒼白如紙的面孔上，一雙美麗的大眼睛驚魂未定，酷似被獵人追逐的小鹿，那一副焦慮無助的沮喪神情令人憐憫和心疼。從身材與面容來看，她頂多不過三十歲，但頭上中卻提早地出現了幾根白髮，使那張焦慮沮喪的臉更顯憔悴。夏洛克．福爾摩斯迅速地將她上下打量了一番。

「請不要害怕，」他微微向前探了探身體，輕拍著她的手臂安慰道，「我相信我們很快就能把問題解決。我想你今天早上是坐火車來的。」

「你認識我？」

「不，我只是發現你左手套裡的回程車票。你一定很早就起程了，而且在抵達車站前曾坐著雙輪小馬車在泥濘的路上走了很長一段路。」

女士猛地一驚，不安地凝視著我的同伴。

「親愛的小姐，這並不神秘，」他輕鬆地笑了笑解釋道，「你外套的左手臂至少有七處濺了泥漿，它們都是新的。除了雙輪小馬車以外，沒有別種車輛會這樣濺起泥漿，而且，只有當坐在車伕的左邊時才會這樣。」

「不管你的理由是什麼，你完全說對了。」她說，「我是在六點鐘之前離家的，六點二十抵達利德海，然後坐第一班到滑鐵盧的火車。先生，我已經無法承受這種壓力了，再這樣下去，我會瘋掉。沒有人可以幫我，完全沒有，只有一個人在乎我，可是這個可憐的傢伙根本愛莫能助。福爾摩斯先生，我久仰你的大名，是費倫托許太太告訴我的，你曾在她最無助的時候伸出了援手。我從她那裡要到了你的地址。噢！先生，難道不能也幫幫我嗎？至少也為墜入黑暗的我點亮一盞燈吧。目前我沒有能力支付酬勞，但我在一個月或六個禮拜內就會結婚，到時我可以自由支配我的收入，絕不會賴帳的。」

福爾摩斯轉身走到辦公桌前，從抽屜中取出了一本小小的筆記本，翻看著。

「費倫托許，」他喃喃自語，「哦，是的，我想起來了，那是一個關於貓眼石頭飾的案子。華生，那是認識你之前發生的事呢。小姐，我很樂意為你效勞，就如同協助你朋友時一般。至於報酬，對我來說，工作本身就是很好的報酬；不過你有義務在你有能力的時候，支付我為這件案子所付出的費用。現在，我請你將這件事的一切細節告訴我們。」

「唉——」客人嘆息著說，「最糟糕的是，我無法明白解釋我的恐懼，甚至我的疑慮只是是來自於一些小事，而這些小事在別人的眼裡都是微不足道的。所有的人，甚至於我最想向他求助的那個人，都認為我說的一切只是一個神經質女人的胡思亂想而已。雖然他並沒這麼說，但我能從安慰的話語和迴避的眼神中覺察到。福爾摩斯先生，聽說你能看穿人心的各種邪惡。請你指點我，在這樣危險的環境中該怎麼做才好？」

「我很專心聽著，小姐。」

「我叫海倫．史都納，我現在與繼父住在一起，他是位於薩里郡西部邊界的史托克莫蘭的羅伊洛特家族最後一個在世的人。羅伊洛特家族是英國最古老的撒克遜家族之一。」

福爾摩斯點點頭說：「我知道這個名字。」

「這個家族曾是英國最富有的家族之一。它的產業北面延伸過界直達伯克郡，西面到漢普郡。但到了上個世紀，由於連續四個繼承人的荒淫浪蕩成性，終於在喬治三世在位最後那幾年將家產敗光了，只剩下幾畝土地和一座有二百多年歷史的古老宅邸。最後的一位貴族在屋裡苟延殘喘地活了下去，但他的獨生子，也就是我的繼父，意識到自己必須另謀生路，於是從親戚那裡借了一筆錢讀書，並獲得了醫學學位，還去了加爾各答。在那裡，憑著精湛的醫術和堅韌不拔的性格，他建立起很大的事業。不幸的是，由於家裡發生竊案後，他在狂怒之餘失手打死了當地的男僕，差點被判了死刑。總之，他因此被關了很長一段時間，之後他回到英國，變得異常狂暴又失意潦倒。」

「羅伊洛特醫生在印度娶了我的母親。那時她還很年輕，是孟加拉炮兵團司令史都納少將的遺孀。母親再婚時，我與雙胞胎姐姐茱莉亞才兩歲；她有一大筆收入，一年不下一千英鎊，這筆錢在我們仍與羅伊洛特醫生同住時完全歸他，但有一個條件，那就是在我們結婚後，每年可以得到一筆金錢。回到英國不久，我母親死了，就是八年前發生在克魯附近的那場火車事故。羅伊洛特醫生於是放棄了在倫敦重新開業的計畫，帶著我們回到了史托克莫蘭那棟祖先留下的古宅。我母親留下的大筆遺產足以使我們過得舒適，對我們而言，幸福的生活中似乎沒有什麼缺憾。」

「但就這段日子中，我們的繼父發生了可怕的變化。剛開始，鄰居們對於史托克莫蘭的羅伊洛特後代的到來都感到十分高興，也十分熱情。然而，他卻一反常態，不僅不與鄰里來往，還時常窮凶極惡地與他們無理取鬧。他還時常把自己關在屋子中，足不出戶。他們的家族中似乎遺傳著這種古怪狂躁的脾氣，而且我認為，熱帶的天氣可能使我繼父的脾氣變得愈加乖戾。不久，就發生了一系列令人尷尬的爭執，甚至還有兩次鬧到了警局裡。於是，村裡的人開始對他都望而生畏，遠遠地一見到他，就趕緊退避三舍。因為，他不只是脾氣古怪，還力大無比，根本無人能制服他。」

「就在上個星期，他還將一個鐵匠抓起來，擲過欄杆丟進了河裡。我把我手邊能湊到的所有錢都花光了才平息了此事，以免它被到處宣揚。他沒有任何朋友，只認識一些四處流浪的吉普賽人，他允許那些吉普賽人在那幾畝家族留下的荊棘地上紮營；作為回報，他常到他們的帳篷中接受殷勤款待，甚至與他們出去流浪好幾個星期。他特別熱愛印度動物，他在當地往來的生意人會把一些動物送來給他。直到現在，他還養著一隻印度豹和一隻狒狒，牠們能在他的土地上自由奔跑，村子裡的人對牠們的懼怕不下於牠們的主人。」

「你們可以想像，在這種糟糕的處境下，我們姐妹的生活有多麼地枯燥且不幸，我們根本就沒有朋友。沒有一個僕人想留下來，在很長的一段日子裡，我們包攬了所有的家事。我姐姐過世時只有三十歲，但早已像我一樣頭髮斑白了。」

「你姐姐已經死了？」

「是在兩年前死的，我正想跟你談談她的死。你能理解，我們在那樣子的生活下，幾乎接觸不到與我們同齡或地位相當的人。幸好，我們還有一位阿姨，她是我母親的妹妹荷諾莉亞・威斯特法小姐，就住在哈羅附近，繼父偶爾會同意我們去她家作客。茱莉亞在兩年前的聖誕節去了那裡，遇到一位半退役的海軍少校，後來與他訂了婚。姐姐回家後，告訴了繼父訂婚之事，他並沒有反對。但就在婚禮前兩個禮拜，卻發生了一件可怕的事，它奪走了我生命中唯一的伴侶。」

福爾摩斯一直微閉著雙目仰靠在椅背上，頭枕著靠墊。這時，他半睜著眼看了看他的委託人。

「請將細節說得詳細些。」他要求道。

「這不難。那可怕的一切已經深深地烙印在我的腦海。我說過，那棟大宅邸十分古老，只有一側有人住。這邊的臥室設在一樓，起居室位於屋子的中心。在那些臥室中，第一間是羅伊洛特醫生的，第二間是我姐姐的，第三間就是我的。每一間房間都不相通，但它們的房門都開向同一條走廊。我解釋得夠清楚嗎？」

「夠清楚了。」

「這三間臥室的窗戶都開向草坪。姐姐慘遭不幸的那天晚上，羅伊洛特醫生很早就回房了，但我們知道他還沒睡，因為姐姐被他那印度雪茄的濃烈煙味薰得受不了。所以，姐姐不得不來到我的房間，她在我那裡待了一段時間，我們聊著即將到來的婚禮。到了十一點，姐姐要回去，她走到房門時，忽然停下來回頭看著我。」

「『告訴我，海倫』她問道，『你有沒有在半夜裡聽過吹口哨的聲音？』」

「『從來沒有。』我說。」

「『我想你也不可能在夢裡吹口哨吧？』」

「『當然不可能，為什麼這樣問？』」

「『因為過去幾個晚上，大概凌晨三點左右，我總會聽到低沉而清晰的口哨聲。我一般都睡得不很熟，所以很容易就被吵醒了。我分辨不出聲音來自何處，可能是隔壁房間傳來的，也可能是來自草坪。我只是想問你有沒有聽到。』」

「『沒有，我沒聽過，肯定是草原上那些討厭的吉普賽人。』」

「『很有可能。但是假如來自草坪的話，你怎麼會沒聽到呢？太奇怪了。』」

「『哦，也許是我睡得太熟了。』」

「『算了，反正這不重要。』她對我笑了笑，隨手關上房門走了。不久後就聽到了她鎖門的聲音。」

「是嗎，」福爾摩斯問，「你們晚上睡覺習慣鎖門嗎？」

「是的。」

「為什麼？」

「我記得我提過，醫生養著一隻印度豹和一隻狒狒。不鎖門的話會沒有安全感。」

「原來如此。請繼續。」

「那天晚上我睡不著，有種不祥的預感在我腦中揮之不去。你知道，我和姐姐是雙胞胎，我們的心靈緊密地聯繫在一起。那是個暴風雨的夜晚，窗外狂風呼嘯，強勁的雨點猛烈地拍擊著窗戶玻璃。忽然間，一聲女人驚恐的尖叫衝破了夜空。天哪！那是姐姐的聲音。我從床上猛地彈了起來，裹上披巾就衝出房門。當我開門時，隱約聽到了姐姐說的低沉的口哨聲，接著又聽到了鏗鏘一聲，像是金屬碰撞的聲響。我由走廊跑去，發現姐姐的房門沒鎖，掛著的鉸鏈來回晃動著。我驚恐的注視著，不知道房門裡會出現什麼！藉著走廊裡微弱的燈光，我看到姐姐出現在門口。她的身體搖晃不定，蒼白的臉上滿是驚懼的神情，她伸出雙手摸索著尋求救助。

我撲上去想抱住她。這時，她無力地摔在了地上，彷彿正在承受劇烈痛苦一般在地上打滾，四肢不停地抽搐。一開始，我以為她還沒認出我，但當我彎腰想去碰她時，她突然發出了一聲撕心裂肺的慘叫，那聲音讓我終身難忘。『噢！海倫！天啊！是條帶子！有斑點的帶子！』她似乎還想要說些什麼，費力地將手指向了醫生的房間，但又開始抽搐了起來。我趕緊跑去叫繼父，正遇到他穿著睡衣匆匆走出房間。他趕到姐姐身旁時，姐姐已經不省人事了。儘管他給姐姐灌下了許多白蘭地，並請來了村中的醫生，但已回天乏術了，姐姐已氣若遊絲，直到死前再也沒甦醒過來。我親愛的姐姐就這樣悲慘地死去了。」

「等一下，」福爾摩斯說，「你確定有聽到口哨聲和金屬撞擊聲嗎？你能發誓嗎？」

「驗屍官在調查的時候也曾這樣問我。我敢保證，我確實是聽到了。不過，在猛烈的風雨聲以及老屋子吱嘎的響聲中，也可能是我聽錯了。」

「你姐姐還是白天的穿著嗎？」

「不，她穿著睡衣。她的右手還握著一根燃燒過的火柴，左手則拿著火柴盒。」

「這說明在出事時，她點燃火柴觀察過四周，這很重要。驗屍官作了什麼結論？」

「驗屍官調查得非常仔細，因為羅伊洛特醫生在那一帶臭名昭彰，但最後還是找不出任何滿意的死因。我能證實，房門是從裡面反鎖，窗戶也用帶鐵條的老式百葉窗關得緊緊的。我們也曾仔細地檢查過牆壁，四面都很結實；對地板也作了徹底的檢查，沒發現任何疑點。壁爐煙囪很寬，但被四個U形釘鎖住了。所以，我敢肯定，姐姐遭遇不幸時，房裡只有她一人。另外，她的身上找不到任何暴力的跡象。」

「有沒有可能是中毒？」

「醫生曾作過化驗，但並沒有查出什麼。」

「那麼，你覺得她是怎麼死的呢？」

「我相信，她死於極度的驚嚇和休克。但我想不出是什麼東西讓他如此害怕。」

「那時草原上還有吉普賽人嗎？」

「有，那裡隨時有吉普賽人。」

「嗯，你從她死前提到的『帶子』、『有斑點的帶子』，能聯想出什麼嗎？」

「有時我想那只不過是她神智不清下的囈語，有時又覺得她可能是指一群人，可能就是指草原上的吉普賽人。他們之中許多人都習慣戴有斑點的頭巾。她可能在無意識中使用了那個奇怪的詞語。」

福爾摩斯搖了搖頭，這樣的想法似乎完全無法令他滿意。

「這其中大有隱情，」他說，「請繼續。」

「那之後又過了兩年，我的生活比以前更加孤寂難耐。一直到最近，約一個月之前，一位認識多年的好友向我求婚，他的名字是阿密泰——波西．阿密泰，就是住在瑞丁附近的克蘭華特中的阿密泰先生的次子。繼父對這件事沒有異議，於是我們決定春天完婚。兩天前，房子西側開始進行一些整修，我臥室的牆被鑿穿了，因此我暫時搬進姐姐去世時的房間，睡她睡過的那張床。昨天夜裡，我醒著躺在床上，回想著她的可怕遭遇，忽然間，我聽到了一聲她死前的那種口哨聲，你能想像我當時有多麼驚恐！我猛地跳起來點亮了燈。房間裡什麼也沒有，但我早已被嚇得魂飛魄散，再也不敢睡了！於是我穿上衣服，坐在床上等著，天一亮就偷偷地溜了出來，在對面的皇冠酒店租了一輛馬車直奔利德海。從那時起，我的早上就只剩下到這裡請求幫助這唯一目的。」

「明智的選擇，」我的朋友說，「但你把一切都告訴我了嗎？」

「是的，全部。」

「羅伊洛特小姐，你沒有，你在袒護著你的繼父。」

「為什麼？你是什麼意思？」

福爾摩斯看看她，將她放在膝上的手臂的黑色蕾絲袖口往上一推。她那白嫩的手腕上赫然出現五個小灰點——四隻手指和一隻拇指的印痕。

「他虐待你。」福爾摩斯說。

女士羞紅了臉，掩住受傷的手腕低聲地說：「他是個粗暴的人，也許他根本不知道自己的力氣有多大。」

接著是一陣沉默。福爾摩斯雙手托腮，凝視著劈啪作響的爐火也一聲不響。

「這個案子很嚴重。」他終於開口，「在採取行動之前，還有許多細節有待查清。不過，我們已經沒有時間了。假如我們今天就去史托克莫蘭，有沒有辦法背著你繼父檢查那些房間呢？」

「正巧，他說今天要進城去處理一些要緊的事情，很可能一整天都不會回家，這樣就不會有任何人妨礙你們了。現在家中還有一位管家，不過她又老又笨，要把她支開再容易不過了。」

「太好了。你不會反對走一趟吧？華生。」

「那當然。」

「那麼我們兩人都去。小姐，你自己怎麼打算？」

「既然進了城，我想順便辦一兩件事。我會坐十二點的火車回去，等候你們到來。」

「那就這麼約定了，我們中午後不久就到。我自己也有些小事要處理。要留下來吃些早餐嗎？」

「不，我得走了。向你們傾訴之後我覺得輕鬆多了。今天下午我會在家等著你們。」她拉下黑色面罩遮住臉，隨即輕巧地走出了屋子。

「有關這件案子你怎麼想？華生。」夏洛克．福爾摩斯往後一仰，半躺在搖椅上問道。

「依我看，這是個邪惡又凶險的陰謀。」

「是夠邪惡又凶險了。」

「如果這位女士所言屬實，地板和牆壁都檢查過，門窗和煙囪又無法通過，那麼她姐姐在死前，房內應該只有她一個人。」

「可是，如何解釋深夜的口哨聲？又如何解釋被害者死前的奇怪言語？」

「我想不出。」

「當你把深夜哨聲和那群跟醫生交情匪淺的吉普賽人連在一起的話，事實上我們有理由相信，醫生試圖阻止他繼女的婚事。那句提到一條帶子的臨終囈語，以及海倫．史都納小姐所聽到的金屬撞擊聲，很可能是把扣百葉窗的鐵條放回去時發出的聲音。我想這兩個線索很有可能是這件神秘案件的破案關鍵。」

「那麼，那些吉普賽人扮演了什麼角色呢？」

「我無法想像。」

「我對這段推理可以舉出一大堆反證來。」

「我也一樣。正因如此，我們今天才要親赴史托克莫蘭。我要看看這些反證是無法辯駁的，還是能夠被推翻。一切的真相到底為何？」

福爾摩斯的發言冷不防被打斷了。因為我們的門忽然被人撞開了，一個高大的男子堵在了門口。他那一身古怪的裝束，讓人分辨不出他是專家還是農夫。一頂黑色的大禮帽扣在頭上，長長的禮服卻配一雙有綁腿的高統靴，手中還舞動著獵鞭。他長得又高又壯，以至於他的帽子都快碰到了門楣，他的肩寬幾乎塞住了整個入口。一張大臉被陽光炙烤得發黑，他帶著邪惡的神情來回打量著我們。同時那對深陷的眼睛射著凶光，加上那高高細細的鼻子，使他看起來像一頭凶猛的飛禽。

「你們哪個是福爾摩斯！」他問。

「我就是，先生。不過，請問你是哪位？」我的朋友平靜地問。

「我是史托克莫蘭的格林斯比．羅伊洛特醫生。」

「是的，醫生，」福爾摩斯和藹地說，「請坐。」

「少來這一套！我的繼女來過了，我一直跟在她後面。她跟你們說了什麼？」

「這種天氣在這個季節中算是挺冷的。」福爾摩斯喃喃自語。

「她跟你們說了什麼！」老頭咆哮了起來。

「但我聽說番紅花會開得很好。」我的朋友繼續說。

「哈！你想敷衍我，是吧？」這位不速之客向前邁了一步，手中的獵鞭被他舞得呼呼生風，他惡狠狠地說，「我知道你，你這無賴！你是福爾摩斯，一個愛管閒事的傢伙！」

我的朋友笑了笑。

「福爾摩斯，愛管閒事、多嘴的人！」

他笑得更厲害了。

「福爾摩斯，你這個蘇格蘭場的小丑！」

福爾摩斯痛快地哈哈大笑。「你真幽默，」他說，「出去時記得把門關上，因為會有一股很強烈的過堂風。」

「我把話講完自然就會走！你休想壞我的好事！我知道史都納小姐來過，我一直跟在她後面。我可不是好惹的！看著！」他疾步向前，一把抓住火鉗，他那褐色的雙手一用力，火鉗竟立刻被折彎。

「小心點！別招惹我！」他咆哮著將變形的火鉗扔進了壁爐中，隨即大步地踏出了屋子。

「真是個友善的人，」福爾摩斯笑著說道，「我的個子的確沒有他魁梧。但如果他願意再多留一會兒的話，我會讓他明白我的臂力並不比他遜色。」說著，他撿起那條火鉗，一用力，又將它恢復了原狀。

「他竟然想得到把我當成警察來侮辱我！不過這也讓我們的工作多了幾分樂趣。我只希望那位年輕的朋友別又不小心被這個粗魯的傢伙盯上了。現在，華生，先吃早餐吧，吃完我要去法院一趟，希望能找到一些有用的資料。」

夏洛克・福爾摩斯再回來時，已接近一點鐘。他手裡拿著一張寫滿潦草文字的藍紙。

「我找到了那名死去妻子的遺囑，」他說，「為了確定它真實的意義，我計算出了遺囑真正的價值。當他妻子去世時，總價值接近一千一百英鎊，但由於近來農產品價格不斷下跌，現在，價值頂多只剩下七百五十英鎊。而每個女兒結婚時都可分得二百五十英鎊。因此，很顯然，只要兩個女兒都結婚，羅伊洛特醫生剩下的那份就非常微薄了，甚至就算只有一個女兒結婚，都會讓他陷入經濟拮据。今早的調查沒有白費，它表明了羅伊洛特醫生有很明顯的動機去阻止女兒結婚。華生，如果我們不立即採取行動，那就危險了，尤其那老頭已經知道我們會干涉此事。如果你已收拾好了，那我們就馬上雇輛馬車去滑鐵盧車站。如果你能把你的左輪手槍帶著，我會十分感激的。一支艾利二號是對付一位能輕易彎曲火鉗的傢伙最好的武器。一把手槍和一支牙刷，我們大概就需要這些了。」

在滑鐵盧，我們剛好趕上一趟去利德海的火車。下車後，我們又在車站旅店雇了一輛輕巧的雙輪馬車，在舒適的薩里單行車道上行了約五六哩。那天天氣特別好，藍天白雲，陽光燦爛，一路上都是剛吐嫩芽的排排綠樹，空氣中滿溢著清新濕潤的泥土氣息。對我而言，這春意盎然的景色與我們目前即將著手的不祥調查無疑是個很鮮明的對照。我的朋友坐在馬車前部，雙臂交叉抱在胸前，他的帽沿正好擋住了雙眼，頭埋於雙臂陷入了沉思之中。猛然間，他抬起頭來，指著對面的草地，拍拍我的肩膀說：

「看那裡！」

一大片樹木蔥鬱的園地，沿著緩緩的斜坡向上延展，在最高處居然長成了密密的叢林。一座老邸宅灰色的山牆和高高的屋頂就從樹叢頂端聳立而出。

「史托克莫蘭？」他說。

「是的，先生。那是格林斯比．羅伊洛特醫生的房子。」馬車伕答道。

「那裡還有一些建築物，」福爾摩斯說，「那就是我們的目的地。」

「那邊是村子，」馬車伕指著左邊遠遠的一簇屋頂說，「不過，假如你們要去那幢房子的話，從這邊的階梯，再走上穿過空地的小徑會近一點。就是那裡，那位女士走的那條路。」

「那位女士，我想就是史都納小姐，」福爾摩斯手搭車篷，擋住燦爛的陽光，仔細地看了看，「沒錯，我想我們最好照你的建議做。」

於是，我們跳下馬車，付過車錢，馬車便吱吱嘎嘎地駛回利德海去了。

「我還想到，」當我們走上台階時，福爾摩斯說：「最好讓這個人誤以為我們是建築師，或是來辦正事的人，免得他四處亂說。午安，史都納小姐。你看我們一直都很守信用。」

這位今晨才見過的年輕委託人，趕忙幾步奔過來迎接我們，臉上掩飾不住興奮與快樂。「我一直很焦急地等著你們，」她熱情地握住我們的手，大聲說道：「一切都很順利。羅伊洛特醫生進了城，傍晚前應該不會回來了。」

「我們很榮幸的見過了醫生。」福爾摩斯說道。接著，他向小姐敘述了事情經過。史都納小姐聽了臉色立刻變得慘白。

「天哪！」她大叫道，「他跟蹤我！」

「看來是這樣沒錯。」

「他太狡猾了，我永遠不知道什麼時候才能脫離他的監視。他回來後會怎麼說呢？」

「他得先顧好自己，因為他會發現自己遇上了更狡猾的對手。今晚，你一定要把門鎖好，千萬別讓他進去。如果他使用暴力，我們會送你到哈羅的阿姨家。現在，時間緊迫，請立刻帶我去檢查房子。」

這座建築物是用灰色石頭砌成的，石壁上已長滿青苔；整座房子中央部分聳起，兩側向外曲折延伸，猶如蟹鉗般伸向兩側；其中一側的窗戶全都破了，用木板封住；屋頂也坍了一大塊，一副荒涼殘敗的模樣。中央部分維修得較好，右手邊那排看來最新，窗戶上簾幕低垂，一縷煙從煙囪中嫋嫋升起，顯示這家人就居住在這部分。靠牆邊擺放著一些鷹架，牆上的石頭也被鑿開了，但是我們造訪時沒有看見工人。福爾摩斯在那塊修剪過的草坪上踱來踱去，仔細地檢查著窗戶的外部。

「我想這間就是你本來的臥室，中間那間是你姐姐的，而最靠近主樓的那間就是羅伊洛特醫生的房間？」

「沒錯。但我現在住在中間那間。」

「我知道，是因為你的房間正在整修。順帶一提，那面牆看起來沒有必要整修。」

「的確沒有。我認為那只是為了逼我從房間搬出來而已。」

「嗯，看來大有文章。那麼，三間房門外的走廊的那一側，應該也有窗子吧？」

「對，但很小，沒有人鑽得進去。」

「你們晚上將房門鎖上後，要想從走廊那側進房是不可能的了。現在，請你回房裡將窗板扣牢好嗎？」

史都納小姐照著做了。福爾摩斯很認真地查看了開著的窗子，然後設法打開百葉窗，但無法成功，連一條能讓刀子伸進去撬開窗閂的縫隙也沒有。接著，他又用放大鏡仔細檢查了鉸鏈，但它們是純鐵的，而且緊緊地嵌在堅硬的石牆中。「唔，」他迷惑不解地拍著腦門說，「我的推理顯然有錯。如果窗戶被閂上了，任何人都無法鑽進去。好了，我們再去看看屋裡的情況，希望能找到其他線索。」

穿過一道窄小的側門，就進入了被粉刷一新的走廊，那三間臥室的房門都開向這條走廊。福爾摩斯根本就沒打算檢查第三間，於是我們直奔第二間臥室，也就是史都納小姐現在的臥室，她姐姐當年慘遭不幸的地方。這間屋子很小，裡面陳設十分簡樸，它是按照鄉村舊式邸宅的樣式修建的，天花板很低，有一個開口式壁爐。一個帶抽屜的褐色櫥櫃立在房間的一角，另一角則擺放著一張罩著白床罩的小床，窗子左側是一座梳妝台，旁邊有兩把藤椅，再加上屋子正中央那塊四方形的威爾頓地毯，這便是整個屋子的全部陳設了。四周牆上嵌板已被蟲蛀了，並且褪了色，顯得異常陳舊，也許是當初建造房子時就存在了。福爾摩斯搬了一把椅子放在牆角，靜靜地坐在那兒，但他的眼睛卻沒有停止觀察，他將屋子上下前後都仔仔細細地打量了一番，他觀察得相當仔細，沒有漏掉屋中的任何一個細節。

「這條拉鈴接到什麼地方？」最後，他指著床邊懸著的一條粗鈴繩問道，那條繩的尾端已垂到了枕頭上。

「它通到管家的房間。」

「它看起來比房裡其他東西還新？」

「沒錯，它是兩年前才裝的。」

「我想是你姐姐要求的？」

「不，我從來沒看她用過。我們總是習慣自己親自去拿需要的東西。」

「是嗎，看來似乎沒必要在這裡裝一根鈴繩。抱歉，我得檢查一下地板。」說著，他便拿著他的放大鏡趴了下去。他迅速地來回爬著，細心地觀查著木板的裂隙。接著，他同樣檢查了屋裡的嵌板。最後，他來到床前，凝視了好一會兒，又上下瞧了瞧牆壁。最後他拉住繩子用力一扯。

「啊！是假的。」他說。

「不會響嗎？」

「不會，它根本沒接上電線。這很有趣，你可以看見繩子就繫在那個小通風口的鉤子上。」

「這太荒唐了！我從來沒注意到。」

「太奇怪了！」福爾摩斯握著鈴繩喃喃自語，「這房間有一兩點令人困惑。例如，建築師竟然笨到將通風口接到隔壁的房間，明明花同樣的工夫就可以將它通到戶外的。」

「那也是新做的。」這位小姐說。

「是和鈴繩同時裝的嗎？」福爾摩斯問。

「是的，那時候裝修了不少東西。」

「這些東西太奇怪了！假的拉鈴，沒意義的通風口。如果你不介意的話，史都納小姐，我們想去檢查最裡面的那間房間。」

格林斯比．羅伊洛特醫生房間比他繼女的來得大一些，但是屋內的陳設一樣簡陋。一張行軍床、一個滿滿的小書架，上面擺的大多是技術類書籍。床邊有把扶手椅，靠牆擺放著一張普通的木椅，再加上一個圓桌和一只鐵的大保險櫃，看得到的差不多就這樣了。福爾摩斯在房間裡慢慢繞了一圈，將那些家具、雜物都逐一地檢查了一遍。

他敲敲保險櫃問：「這裡面裝了什麼？」

「我繼父的文件。」

「哦，那你看過裡面的東西了？」

「只有一次，是幾年前。我記得裡面裝滿了紙張。」

「裡面不會有隻貓吧？我只是舉例。」

「不會的，真是奇怪的想法。」

「那，看看這個！」他拿起保險櫃上放著的一小盤牛奶。

「不，我們沒有養貓。只有一隻印度豹和一隻狒狒。」

「哦，是的，當然！反正，印度豹跟大貓也差不多。但是我敢說，一盤牛奶還遠遠不夠滿足牠的需要。還有一點我必須搞清楚。」他蹲在木椅前，聚精會神地查看起椅面來。

「謝謝你，這樣就差不多了。」他說著站起身來，將放大鏡裝進了衣服口袋。「哈，這裡有件有趣的東西！」

吸引他目光的東西是掛在床角上的一條狗鍊，這條鍊子末端繞回來打了個結，盤成了一個圓圈。

「你怎麼想，華生？」

「這是一條普通的鍊子，但我不懂它為什麼要打個結。」

「這太詭異了，是吧？噢，天哪！這個世界太邪惡了，尤其當一個聰明人想犯罪，那就更可怕了。我想我已經觀察夠了，史都納小姐，如果你同意，我們到草地上走走吧。」

我從未見過福爾摩斯在離開調查現場時露出的那種嚴肅表情。我們在草坪上來回走了幾趟，無論是史都納小姐還是我都不願打斷他的思路，直到他自己從沉思中醒來。

「這十分重要，史都納小姐，」他說，「你必須完全按照我的每一個吩咐做。」

「我一定會。」

「情況太緊迫了，絕不能有一絲懷疑。你的性命可能取決於你聽話與否。」

「我保證，我把我自己完全交到你手上。」

「首先，我的朋友與我，今晚必須待在你的房間裡。」

史都納小姐和我一起驚訝地望著他。

「是的，不得不這麼做。讓我解釋一下。我猜那間就是村裡的旅店？」

「是的，是皇冠旅店。」

「很好，從那邊看得見你的窗口嗎？」

「絕對沒問題。」

「你看見繼父回來時，必須假裝頭痛，把自己關在房裡。然後，當你聽到他進房睡覺時，你就打開百葉窗，解開窗上的鐵扣，把枱燈放在那裡做為信號，接著帶上你晚間需要的用品偷偷溜回原先的臥室。我相信，房間雖然還在整修中，但要住一晚還是沒問題的。」

「嗯，好的，沒問題。」

「剩下的就交給我們了。」

「可是，你們打算怎麼做呢？」

「我們會在你的房間一晚，並且找出那個怪聲音的來源。」

「我相信，福爾摩斯先生，你已經有了答案了。」史都納小姐拉著我朋友的袖口說。

「也許是。」

「那麼，我求你告訴我，姐姐是怎麼死的？」

「我希望等掌握了更確切的證據後再告訴你。」

「你至少可以告訴我，我的想法是對是錯，她是否死於驚嚇？」

「不，我不那麼認為。我想是某種更具體的原因。現在，史都納小姐，我們必須離開了。如果讓羅伊洛特醫生回來看到我們，這次計畫就白費了。再見吧，勇敢點，只要你能照著我說的去做，我們就能很快地除去威脅著你的危險。」

夏洛克．福爾摩斯和我很輕易地在皇冠旅店訂下一間臥室和一間起居室。房間在樓上，透過窗戶正好可以看見史托克莫蘭莊園有人居住的廂房。傍晚時分，羅伊洛特醫生的馬車經過，他那龐大的身形在瘦小的駕車男孩旁特別顯眼。小男孩在開鐵門時花了點工夫，我們立刻聽到醫生狂怒地咆哮起來，並看到他揮舞著拳頭。後來，馬車又朝前繼續行駛，過了一陣子，樹林中突然有了一道亮光，看得出是房子裡的燈被點亮了。

「華生，你知道嗎？」我們在漸暗的房裡坐了下來，福爾摩斯說，「我一直猶豫今晚該不該帶你去，因為這次行動顯然相當危險。」

「我能幫上忙嗎？」

「你的助益或許是無法衡量的。」

「那我非去不可。」

「太謝謝你了。」

「你發現到危險。很明顯的，你在屋子裡比我看見了更多東西。」

「不，你看到了所有我看到的，但我也許比你推斷出更多結論。」

「除了鈴繩以外，我看不出有什麼特別的。事實上，就連那根鈴繩的目的，我到現在都還猜不出來。」

「你也看到通風口了吧？」

「是的，但是我不覺得在兩個房間之間開了個洞有什麼大不了的，那個洞小到連一隻老鼠都過不去。」

「還沒到史托克莫蘭之前，我就知道我們能找到一個通風口。」

「天哪！福爾摩斯！」

「哦，是的，我是這麼想的。你也許還記得史都納小姐提到她姐姐時，說過她聞得到羅伊洛特醫生的雪茄味道。因此，我馬上想到這兩個房間一定有相通的管道。而且它一定非常小，不然驗屍官在調查時一定會注意到。所以，我斷定是一個通風口。」

「但是那東西又可以做什麼呢？」

「嗯，至少在時間點上有很可怕的巧合，一個通風口被鑿好了，一條繩子被掛上了，一位睡在床上女士死了。這還不能引發你的聯想？」

「我還是看不出這之間的關連。」

「你有發現那張床哪裡不對勁嗎？」

「沒有。」

「它被釘死在地板上了。你看過有床被這樣釘住嗎？」

「好像沒有。」

「那位女士無法挪動那張床，所以，那張床總是正對著通風口，並挨著一條繩子，我們稱它為繩子，因為它根本就不是一條鈴繩。」

「福爾摩斯，」我大叫道，「我好像能領悟到你的暗示了。我們剛好趕上，來得及阻止一宗陰險狠毒的罪行發生。」

「太陰險狠毒了。一個醫生誤入歧途往往會是最頂尖的罪犯，他既有知識又有膽量。帕瑪和普理查就是這一行的高手。這傢伙十分高明，不過，華生，我想我們比他更高明。今晚結束前我們不免要受一番驚嚇了，現在就安靜地抽一下煙吧，也讓我們有幾小時可以想些愉快的事。」

九點左右，樹叢中的燈突然滅了，莊園方向陷入了一片黑暗之中。兩個小時慢慢過去，當十一點鐘響時，我們的正前方突然點起了一盞燈，發出了明亮的光線。

「信號來了，」福爾摩斯猛地跳了起來說，「是中間那扇窗。」

我們外出時，順便交代了老闆幾句，解釋說我們要夜訪一個老朋友，也許今晚不回旅館了。不久後，我們就走在了漆黑的路上，一陣冷風拂過我們的面頰，昏黃的燈光透過朦朧的夜色在我們前方閃爍，指引我們去完成那危險的使命。

圍牆因年久失修，有好幾處的缺口，我們很容易地進了庭院。穿過樹叢，又越過了草坪，正要越窗而入時，突然，從一叢月桂樹中跳出了一個醜陋且畸形的小孩，它四肢扭曲地摔到草地上，又飛快地越過草地，在黑暗中消失了。

「老天！」我低叫出聲，「你看見了嗎？」

的耳朵。

福爾摩斯也和我一樣，被嚇了一大跳。他激動地抓緊了我的手腕。接著，他輕輕地笑了，把嘴唇湊近了我的耳朵。

「那是個不錯的家庭成員，」他低聲說，「就是那隻狒狒。」

我完全忘了醫生寵愛的那些奇特動物，還有一隻印度豹呢！也許我們隨時都會發現牠爬上我們的肩頭。老實說，直到學著福爾摩斯脫下鞋跳進臥室後，我的心裡才真正鬆了一口氣。我的伙伴靜悄悄地關上了百葉窗，並將燈移到了屋裡，他四處照了照，將它擱在桌上。室內毫無變化，與白天所見一模一樣，他踮著腳走到我面前，將手做成喇叭狀，用我恰好聽得到的音量，對著我的耳朵說：

「一點點聲音都會讓我們的計畫失敗。」

我點了點頭以示知道了。

「我們必須坐在黑暗中。不然他可能會透過通風口發現燈光。」

我又點頭示意。

「千萬別睡著了，這可是生死攸關的時刻。準備好你的手槍，隨時都可能派上用場。我坐床邊，你坐在那張椅子上。」

我掏出手槍，放在桌角。

福爾摩斯把他帶來的細長手杖放在身邊的床上。還放了一盒火柴及一截蠟燭，然後吹熄了燈。於是，我們就這樣在伸手不見五指的黑暗中靜坐。

這恐怖的一夜令我終生難忘。我聽不見一絲聲響，甚至連呼吸也聽不到。但我很清楚，我的同伴正睜大眼睛，坐在離咫尺之遙的地方，等候著即將發生的那未知的一切。他也與我同樣處於高度的緊張狀態。百葉窗阻擋了外界的一切光線，屋內一片漆黑；貓頭鷹的鳴叫偶爾傳進屋來。有一次，竟從聽到窗外一聲像是貓叫似的長嗥，我明白是那隻印度獵豹在四處亂竄。我們也能聽到低沉的鐘聲從遠處教堂裡傳來，每一刻似乎都漫長無比！十二點、一點、兩點、三點，我們一動不動地在那兒等待著可能發生的一切。

突然，通氣孔中射來一束亮光，瞬間即逝！接著飄來一陣煤油燃燒的氣味和金屬被加熱的氣味，顯然有人在隔壁點亮了一盞燈。同時，傳來物體被輕輕移動的聲響，隨即又安靜下來，但是氣味卻越來越濃烈了。我屏息靜氣呆坐了半個小時，猛然間，一種非常輕柔舒緩的聲音又從隔壁傳了過來，猶如水壺燒開後嘶嘶冒氣的聲響。這聲音剛一傳來，福爾摩斯便從床邊彈起，劃亮一根火柴，用他細長的手杖死命地抽打那根鈴繩。

「看到了嗎？華生！」他大聲問我，「你看到了嗎？」

我什麼也沒看見。就在福爾摩斯劃亮火柴的同時，我聽見了一聲清晰而低沉的哨聲。不過，那突如其來的亮光刺得我無法看清楚我的朋友正在抽打什麼。但我能看見他臉色慘白，滿是驚恐和憎惡的神情。

此時，他已停止了抽打，正專注地盯著那個小小的氣孔。突然，一聲絕望而恐怖的尖叫聲劃破了寂靜的黑夜，它越來越大聲，交織著極其痛苦、憤怒和絕望的哀號，那是我有生以來不曾聽到過的聲音。我後來才知道，這喊聲驚醒了周圍所有的村民，甚至將遠在教區的人們也從夢鄉中驚醒！這聲音令我們毛骨悚然，我呆立著，無所適從地望著福爾摩斯，他也毫無主意地盯著我。直到黑夜又恢復了寂靜。

「那代表什麼？」我不安地問。

「那代表一切都結束了。」福爾摩斯答道，「或許這是最好的結局。帶上手槍，我們去羅伊洛特醫生的房裡看看。」

他點上燈，表情嚴肅地走過了走廊。他敲了兩次羅伊洛特醫生的臥室門，都沒有回應。於是他轉動房門把手，推門直入，我手握左輪槍緊隨其後。

在我們面前，出現了一幅奇怪的景象。桌上亮著一盞油燈，遮光板半開半閉，一束明亮的燈光直射著鐵保險櫃那半掩的門。羅伊洛特醫生則坐在桌旁的椅子上，他披著一件長長的灰色睡衣，灰色睡衣下赤裸的雙腳套在紅色的土耳其式無跟拖鞋裡，腿上放著我們白天見到的那把長鞭。他下巴朝上，雙眼僵直地瞪著天花板一角，眼中流露出恐怖的神情。他的脖子上繞著一條特別的黃色帶子，上面有著褐色的斑點，似乎纏得很緊。我們走近他，他既沒出聲也沒動靜。

「那條帶子！那條花斑帶！」福爾摩斯壓低了嗓門激動地說。

我向前跨了一步，這時，我發現那條異樣的帶子開始蠕動起來，從他的髮際出現了一個蹲踞著的腦袋及漲得鼓鼓的頸子，看得出是一條令人作噁的蛇。

「沼澤毒蛇！」福爾摩斯叫喊著，「全印度最毒的蛇。醫生被咬後十秒內就死了，實在是報應啊，圖謀者終會掉進他替別人挖的陷阱裡。我們先把這東西關回牠的窩裡去，然後再把史都納小姐帶到安全的地方，最後通知警方。」

說話間，他已從死者膝蓋上拿起鞭子，將繩圈套住了毒蛇的脖子，把牠拉開了，然後，他伸長手臂捉住牠，將牠丟進了保險櫃，並關上了櫃門。

這就是史托克莫蘭的格林斯比．羅伊洛特醫生死亡的真相。這個故事已夠長了，我沒有必要再說明我們如何把事情告訴那位嚇壞了的小姐、如何將她送去了她那在哈羅的姨媽家、警方如何做出一番冗長而緩慢的調查，然後認定醫生在是玩弄自己危險的寵物時不慎喪命的。剩下幾個關於案子的疑點，福爾摩斯在隔天的回家途中都作出了解答。

「我曾經，」他說，「做出了一個錯誤的推論，這說明在證據不足下擅作結論是多麼危險的一件事。吉普賽人的存在，以及那可憐的女士臨終時講的『帶子』，無疑是在匆忙中從火柴的微光中看到的，這讓我一開始就跟錯了線索。我足以自豪的，是當我到了現場，瞭解到那威脅既不可能來自窗戶，又不可能來自房門時，就立即調整了我的思路。那個無意義的通風口和那根假的鈴繩迅速吸引了我的注意力，後來我又發現床是被固定在地上的，於是，我立刻懷疑那條繩子是用來讓某種東西由通風口爬到床上的橋樑，我馬上想到了蛇，尤其我們已經知道醫生養著一批來自印度的動物；考慮各種線索後，我就確定了我的想法是對的。想用一種化學無法檢測的毒物致人於死，這只有受過東方式訓練且又極其殘忍的聰明人才想得出來。由他的角度來看，這種迅速致死的手段絕對是天衣無縫；的確，只有非常厲害的驗屍官才能從濃密的髮間查出兩個毒牙留下的小黑點。我又想到了口哨聲，顯然，他必須在天亮前被害人看到蛇之前將牠召回。我們見到的那一小碟牛奶，可能就是用來訓練牠的。他將蛇在最適當的時間放入通風口，然後順著繩子爬到床上去。蛇或許會咬人，或許不會，她可能整整一個星期都逃過一劫，但遲早會成為受害者。」

「在進入他的房間前，我就已經推斷出了這些。我後來仔細檢查了他的椅子，發現他常常站在上面，顯然是為了搆到通氣口。那只保險櫃、那碟牛奶以及那條打了結的鍊子，使得剩下的任何疑慮都被消除了。史都納小姐所聽見的金屬撞擊聲，一定就是她繼父把毒蛇關進保險櫃時的聲音。一旦作出結論，你就知道了我會如何去找出證據。我聽到那畜牲發出的嘶嘶聲，相信你也一定聽到了。於是，我立刻點亮火柴然後狠狠地抽打牠。」

「這使牠從氣孔又鑽了回去。」

「而且使牠轉回去攻擊牠的主人。我那一陣猛打激怒了它，所以它見人就咬。毫無疑問，我對於格林斯比・羅伊洛特醫生之死，負有間接的責任。只是我並未因此感到良心不安。」

9 工程師拇指案

福爾摩斯與我交往密切的那段日子裡，他所偵破的眾多案例中，僅有兩例是由我介紹的——一件是哈瑟利先生大拇指案，另一件是瓦伯頓上校發瘋案。雖然後者能讓一位敏銳而獨到的旁觀者得到較佳的思維範疇。但另一件案子從一開始就非常特別，而且情節十分戲劇化，所以，我認為更值得介紹給大家。儘管在此案中，我朋友自豪的推理演澤法沒有派上用場。我相信，這個故事已不止一次在報紙上登載過。但是，就如其他的報導文章一樣，只用了半欄的篇幅介紹了故事的概況，根本無法像事情發生在你眼前一般，由一個個新發現引導出一條條新線索，使渾沌不明之處逐漸清晰，最終真相大白。這件事發生已有兩年多了，但當時的情景讓我留下了很深的印象，直到現在我依然記憶猶新。

我現在要敘述的這件事發生在一八八九年夏季，我剛結婚，並回到了醫務工作上。雖然我還會不時地去看看福爾摩斯，並說服他放棄那豪放不羈的脾氣來我家作客，但最終還是將福爾摩斯一個人留在了貝克街的公寓中。我的診所距離帕丁頓車站不遠，因此常有鐵路工人來我這裡看病。其中一位是老面孔，由於我治好了折磨他多年的痼疾，他不厭其煩地替我宣傳，並且努力地把每個找得到的病人都介紹到我這裡來。

某天清晨七點左右，我被女僕急促的敲門聲吵醒。她說，有兩個從帕丁頓車站來的人正在診療室等候。我匆忙換好衣服下樓。因為根據經驗，來自鐵路的病患一般都極為嚴重。我下樓時，我的老朋友，那位被我醫好的車站人員，正從診療室走出來，並隨手關緊了門。

「我把他帶來了，」他將大拇指向背後指了指，小聲地說，「他還好。」

「他怎麼了？」我納悶道，他的舉動就像剛把一頭怪物關進了診療室一樣。

「是個新病人。」他又悄悄地答道，「我想我最好親自帶他來，這樣他就溜不掉了。他就在裡面，安然送達。我得走了，醫生，我也得值班，就像你一樣呢！」這位總是替我帶來顧客的忠實介紹人講完就走了，我甚至來不及向他道謝。

我走進診療室，看見一位衣著樸素的先生正坐在桌旁。他那一身花呢衣服已被洗得微微發白，一頂軟帽放在桌上的幾本書上。他一隻手上纏著一條手帕，上面血跡斑斑。他很年輕，應該不超過二十五歲，有一張強健而結實的臉，但臉色卻死一般地蒼白。給我的印象是，他剛遭受到某種極大的打擊，正在竭力控制自己的痛苦。

「很抱歉一大早把你吵醒，醫生。」他說，「但我在夜裡出了個很嚴重的意外。今天早晨我乘火車到了帕丁頓車站，打聽附近哪裡有醫生時，被一位好心人熱情地送到了這裡。我已經把一張名片拿給了女僕，我看見她把它放在一旁的桌子上。」

我拿起名片看了一眼，「維克特．哈瑟利先生，水力工程師，維多利亞街十六號A四樓」，這就是我這位訪客的姓名、身份以及地址。「抱歉，讓你久等了，」我說著坐了下來，「聽你提到自己剛坐了通宵的車，夜裡坐車本身就是一件枯燥乏味的事。」

「哦，我的這一晚並不枯燥乏味，」他說著笑了，以一種尖銳的聲音笑了出來，身體靠著椅背左右擺動著，我憑醫生的直覺判斷這樣的笑聲似乎不太妙。

「停下來！」我喊道，「保持理智！」我從玻璃水瓶裡倒了一杯水給他。

然而我所做的毫無用處，他已陷入歇斯底里的狀態。這是一個性格堅強的人在遭受某種危難後爆發出的自然反應。不一會兒，他清醒了過來，看起來滿頭大汗，精疲力竭。

「我做了件蠢事！」他喘著粗氣說。

「一點也不，喝下它。」我往水杯中倒了點白蘭地，他那蒼白的臉開始微微有些顏色了。

「這下好多了！」他說，「現在，醫生，請看看我的大拇指吧，或者應該說我的大拇指原來在的地方。」

他取下手帕，將手伸了過來。看著它，連我這樣膽量大的人也不由得戰慄起來！除了四隻前伸的手指外，一個恐怖的血紅斷面在拇指的部位，原來的拇指已連根斷了。

「天哪！」我叫道，「這太嚴重了！肯定流了不少血。」

「是的，流了很多血。當時我暈了過去，我猜我昏迷了很長一段時間。等我醒過來，發現它還在流血，於是用手帕的一端纏住了手腕，並用一根小樹枝固定住。」

「做得很好！你應該當個外科醫生！」

「你知道，這也是水力學的問題，算是我的專業範圍呢。」

「這是被很沉重的利器所傷的。」我邊檢查傷口邊說。

「像是切肉刀之類的。」他說。

「是意外吧？我想。」

「絕對不是。」

「什麼！那是蓄意的？」

「事實上，非常地蓄意且凶殘。」

「你嚇壞我了。」

我用海綿細心地擦洗乾淨傷口，又給它塗上藥，最後用消過毒的棉花和繃帶包紮好。處理過程中，他不時咬住下唇，但仍毫無畏懼的靠在椅子上。

「感覺如何？」包紮完畢後，我問道。

「好極了！你的白蘭地和繃帶讓我像重生了一樣，我原本十分虛弱，但是我的確遇到了許多事。」

「你最好先別想那些事。顯然，那使你緊張。」

「哦，不，不是現在。我以後一定會告訴警方我的遭遇，但是，老實說，要是沒有這個傷勢當作證據，他們肯定不會相信我的話。因為整件事太離奇了，而且我也沒有其它的證據。而且就算他們相信我，我能提供的線索也是相當有限的，我懷疑事情能否得到公平的處理。」

「哈！」我說，「如果你真的想讓問題真相大白，我建議你在報警前，先去找我的朋友福爾摩斯先生談談。」

「哦，我聽說過這個人，」我的客人回答道，「如果他願意調查此案，我會十分感激，但我還是會去報警。你能把我介紹給他嗎？」

「不只這樣，我還能親自帶你去他那邊。」

「那真是太感謝你了。」

「我們可以叫一部馬車同去，現在去或許趕得上跟他共進早餐。你有力氣嗎？」

「有，在把故事講出來之前，我放鬆不下來。」

「那我的僕人先負責叫車，我馬上回來。」我匆匆上樓，向妻子簡單地解釋了一下。五分鐘之內，我已經和這位新朋友坐上了馬車，直奔貝克街而去。

正如我所料，夏洛克．福爾摩斯正身著睡衣在起居室裡懶散地靠著椅子，一邊讀著《泰晤士報》上的啟事欄，一邊抽著他的餐前煙，煙斗中是他前一天抽剩的，先經過小心的烘乾再堆放在壁爐架上。他平靜溫和地接待我們，並吩咐房東煎了培根和雞蛋，與我們共進了一頓豐盛的早餐。飯後，他讓我們這位新朋友坐在了沙發上，並在他的頭下墊了一個枕頭，然後放了一杯摻水白蘭地在他手邊。

「看得出，你的遭遇非同一般，哈瑟利先生。」他說，「請躺在那兒，別拘束。然後盡你所能的把一切詳細告知，如果覺得累了就休息一下，喝點酒保持精神。」

「謝謝，」我的病人說，「從醫生替我包紮好後，我就感覺自己變成另外一個人了，再加上你的這頓早餐，使我回復得差不多了。我盡量不佔用你寶貴的時間，這就開始向你們講述我那奇異的經歷吧。」

福爾摩斯慵懶地坐在他那張大扶手椅中，臉上那疲憊的神情遮掩了他的敏銳和熱情。我剛好與他相對而坐，我們靜靜聽著這位客人講述他那稀奇古怪的經歷。

「你們知道，」他說，「我舉目無親，又是單身漢，一個人住在倫敦。我的職業是水力工程師，在格林威治一家有名的凡納&麥德森公司做了七年學徒，累積了不少專業的經驗。兩年前我見習期滿，剛好我的父親去世，我得到了一筆遺產，決定獨立開業，於是在維多利亞街租了一間辦公室。」

「我相信每一個剛創業的人都會發現這是個艱困的經驗，對我而言更是如此。兩年中，我只接到三個諮詢案件以及一件小工程，這就是我兩年來的所有業務，總收入為二十七英鎊十先令。每天，從早上九點到下午四點，我都坐在辦公室中等著客人上門，最後我絕望了，漸漸相信當初不應該開業的。」

「然而，就在昨天我剛要下班的時候，我的辦事員說有一位先生想跟我談生意，他遞進來一張名片，上面印著『萊桑德．史塔克上校』的名字，接著上校本人也進來了。他身材略高，十分瘦削，我從未見過那麼瘦的人。他的整個臉瘦得只剩鼻子和下巴了，高高凸起的顴骨上緊貼著薄薄的一層臉皮。不過，他這副病容似乎是與生俱來的，並不是有病，因為他目光炯炯，步伐輕靈，舉止有力。他的衣著整潔樸素。他的年齡，據我判斷，在三十到四十之間。」

「『你是哈瑟利先生？』他說，帶著德國的口音，『有人向我推薦你，哈瑟利先生。他說你不僅精通業務，而且是個謹慎的人，能嚴守秘密。』」

「我向他鞠了一躬，就像每個年輕人一樣，對這種恭維的話語毫無抵抗力。『我能冒昧地請問是誰如此看重我嗎？』」

「『哦，或許現在還是先別告訴你。他還說了，你既是沒有親人，又是單身漢，一個人獨居在倫敦。』」

「『的確，』我回答道，『但恕我失禮，我不認為這些與我的專業資歷有什麼關係。聽說，你是來找我洽談業務的。』」

「『確實是這樣。但是你會發現我所說的都是針對這一點。我有一件專業的工程要委託你，但最重要的是保密，絕對地保密。你知道的，當然，我們相信獨居的人比與家人同住的人要更容易做到這點。』」

「『如果我答應保守秘密，那你可以百分之百信任我。』我說。」

「在我說話時，他的眼睛始終盯著我。那種猜疑、不信任的眼光，我這輩子還未遇到過。」

「『所以你是答應了？』最後他說道。」

「『是的，我答應。』」

「『不管在事前、事情進行時，以及事後都完全保持沉默？不論是口頭，還是文字，都絕對不跟人提起？』」

「『我已經答應過了。』」

「『很好。』他忽然跳起來，以很快的速度衝到門口，將門用力推開，只見門外的走道上空無一人。」

「『沒問題了。』他邊往回走邊說，『我知道有些員工會對老闆的事感到好奇。不過現在很安全，我們可以進一步來談話了。』他將椅子靠近我，然後再次用多疑的眼神打量著我。」

「對於這個瘦子的古怪行為，我開始感到反感甚至懼怕，連那份害怕失去客人的心理都不能阻止我露出不耐煩的情緒。」

「『一個晚上酬勞五十基尼，你覺得如何？』他問。」

「『十分滿意。』」

「『我說的是一晚，實際上也許用不了一個小時，我只是想問你關於一台故障的水力壓印機的意見。你只需要告訴我們毛病在哪兒，我們就能自己修好它。你覺得這樣的工作如何？』」

「『工作似乎很輕鬆，而且報酬不少。』」

「『說得沒錯。我要你今晚就乘末班車前往。』」

「『去哪裡？』」

「『到伯克郡的艾佛。那是一個接近牛津郡的小地方，距離瑞丁不到七哩。有一班從帕丁頓出發的火車可以讓你在十一點十五分左右抵達那邊。』」

「『很好。』」

「『到時我會坐馬車來接你。』」

「『還要坐馬車？』」

「『是的，我們那兒十分偏僻，離艾佛車站足足有七哩遠。』」

「『那午夜前可能無法趕到了。我想應該沒有回程的車了吧，只能住在那裡。』」

「『是的。我們會替你安排住宿的。』」

「『這也太麻煩了，不能挑一個更方便的時候去嗎？』」

「『我們認為你最好晚上來。就是因為麻煩，我們才肯對你這樣默默無聞的工程師開出一個足以請來頂尖人物的行情價。當然，假如你想推掉這個案子，現在也還不遲。』」

「我想得到那五十個基尼，它們對我很有用。於是我說：『不，我很樂意接受這筆生意。但是，我希望能更具體的了解工作內容。』」

「『不錯，這很正常，我們如此地強調保密理所當然會勾起你的好奇心。在你了解工作內容之前，我們不會請你做任何事的，我想，我們不會被竊聽吧？』」

「『你放心好了。』」

「『那麼，事情是這樣的，你也許知道，漂白土是一種很珍貴的礦產，全英國只有一兩個地方出產。』」

「『我聽說過。』」

「『不久前，我在距離瑞丁約十哩的地方買了一小塊地，那塊地非常小，但我卻很幸運地發現，它下面有漂白土的礦床。經過探勘後，查明儲量並不多，不過它左右兩側卻連接更大的礦床，遺憾的是，這兩個礦床位於我鄰居的地皮下。這些善良的人們完全不知道他們的腳下埋藏著跟黃金一樣值錢的寶藏。當然，為了大賺一筆，我打算在他們知道自己土地真正的價值前，先買下這些土地。不幸的是，我手頭缺乏足夠的資金。因此我將秘密告訴了幾位好友，他們建議我先悄悄開採自己的小礦，這樣就能賺到錢來買地，我們已經這樣做了一段時間。為了提高效率，我們安裝了一台水壓機。這台機器，正如我剛才所說，它故障了，我們希望能得到你的指點。但是，必須嚴守這個秘密，萬一有人發現我們請水力工程師來過小屋，他們就會開始追問此事。要是洩露了真相，我們就不可能再買下那些土地了。這也是我一再要求你保密的原因。我希望我已經解釋得夠清楚了。』」

「『我明白了，』我說，『但有一點我不懂，挖漂白土怎麼會用到水壓機？據我所知，漂白土是像挖砂礫那樣開採的。』」

「『哦！』他漫不經心地說，『我們有我們自己的一套方式。我們先將土壓成磚塊，這樣在運輸時就不易曝露真相，這只是一點小細節。現在我已經把全部的秘密都告訴你了，哈瑟利先生，可見我是多麼信任你。』他說著站起身來，『那麼我們十一點十五分在艾佛見。』」

「『我一定到。』」

「『記住！千萬別告訴任何人。』最後，他又用多疑的眼神注視了我好久。好一會兒後，才用他那冰冷的手與我握別，然後急匆匆地出了房門。」

「後來我靜下心來想了一下，你們可以想像，我對這天上掉下來的差事感到十分驚訝。當然，一方面我很高興，因為對方提出的酬金至少是我預想的十倍，而且後續可能還有更多的案子；但另一方面，客人的容貌與舉止給我留下了極差的印象，而且漂白土的這個理由不足以解釋為什麼必須讓我深夜前往，也無法解釋他為何如此擔心洩密。但是，為了豐厚的報酬，我還是決定豁出去了。我在飽餐一頓後便駕車趕往帕丁頓，然後搭上了火車，並且謹記他要求我守口如瓶的命令。」

「在瑞丁，我不只要換車，還要換車站，但總算是趕上了開往艾佛的最後一班車，十一點過後準時到達那個燈光昏暗的小站。我是唯一在那站下車的乘客。月台上除了一個提著盞油燈打瞌睡的搬運工就沒別人了。當我一走出票口，就看見早上那位顧客在黑暗的角落等著我。他看到我出來，不吭一聲拉了我的手臂鑽進一輛敞開著車門的馬車。他關上了兩邊車窗，敲敲了一下木框，於是馬車便向前疾馳而去。」

「只有一匹馬？」福爾摩斯插話道。

「是的，一匹。」

「有沒有看到它的顏色？」

「有。在我跨入車廂時，藉著車燈的光看見那是匹栗色馬。」

「它看上去很疲憊還是很有精神？」

「噢！很有精神，而且毛色光亮。」

「謝謝，抱歉打斷了你。請繼續你的有趣故事。」

「我們就這樣出發了，馬車行駛了至少有一個小時。雖然萊桑德．史塔克上校告訴我路程只有七哩，但從我們行進的速度與時間來判斷，我猜至少有十二哩遠。途中他都一言不發地坐在我身邊，我瞄了他好幾次，發現他一直緊緊地盯著我。那條鄉間小路的路況很差，車子晃動得相當厲害，我試著朝窗外看看這是哪裡。但窗戶是毛玻璃，除了偶爾能見到模糊的燈光外，什麼都看不清楚。為了抒解旅途的沉悶，我偶爾會找個話題聊天，但上校只是隨口敷衍一下，因此也就聊不起來了。最後，馬車停止了顛簸搖擺，開始駛上了平穩的礫石路，不久就停下來了。萊桑德上校跳下馬車來，我也緊隨其後，他一轉身將我猛地拉進了面前大敞著的門。我彷彿一跨出馬車就踏進了大廳，以致於連瞥一眼房子外觀的機會都沒有。我雙腳才剛跨過門檻，大門就在身後重重地關上了。還隱約能聽見馬車離去時吱吱嘎嘎的車輪聲。」

「屋子裡一團漆黑，上校一邊喃喃自語一邊摸索著找火柴。忽然間，走廊盡頭打開了一扇門，一道明亮的黃色光柱直朝我們射過來。那道光越來越明亮，原來是一個女人手拿油燈高舉過頭，頭伸出門口窺視著我們。那是一個十分美麗的女人，她黑色的衣服反射著燈光，顯得高貴而華麗。她對上校說了幾句外語，從語調聽得出她應該是在問些什麼。當我的同伴不耐煩的回答了一聲後，她似乎露出異常驚訝的神色，手裡的燈差點掉下來。史塔克上校上前在她耳邊悄悄嘀咕了幾句，然後就將她推回房間，然後提著燈朝我走來。」

「『或許你不會介意在房間裡等個幾分鐘，』他邊說邊推開了另一扇門。這是個小房間，安靜而樸素。房間正中放著一張圓桌，上面散置著幾本德文書。史塔克上校把燈放在門邊的小風琴上。『我不會讓你等太久。』說完，他隨手帶上門，在黑暗中消失了。」

「我翻了翻桌上的書，雖然我不懂德文，但我還是能看出其中的兩本跟科學有關，其他幾本是詩集。我走到窗邊，想看看外頭的風景，但我發現窗戶被一扇橡木百葉窗牢牢地擋起。這間屋子很安靜，走廊某處掛著的舊鐘不時地發出聲響，襯托出周遭的死寂。我不禁惶恐起來：這些德國人是誰？他們在這窮鄉僻壤的村子裡做什麼？這裡又是哪裡？我只知道是在距艾佛十哩左右的地方，但卻搞不清楚東西南北。」

「瑞丁以及一些大城市也在這十哩的範圍內，但是由於周遭一片寂靜，我可以很確定這裡是鄉下沒錯。我在房裡來回踱步，嘴裡哼著歌曲，希望能減輕心中的不安，並提醒自己的確是為了賺那五十個基尼而來的。」

「忽然，在一片的寂靜中，房門無聲無息地打開了。那女人在站在門邊，她身後的走廊完全是漆黑的，房內昏暗的燈光映著她美麗而熱切的臉，我看得出她驚恐萬分，這景象令我不寒而慄。她顫抖著舉起一隻手指放到唇邊，示意我不要出聲，並低聲用一句不太標準的英文對我說了幾個字，眼睛一邊瞥著後方，就像是隻受了驚嚇的鳥兒一般。」

「『是我就會走，』她努力保持鎮定，『是我就會走，我不會待在這裡，這裡沒有好事要你做。』」

「『可是，女士，』我說，『我有工作要做，我得檢查完那台機器後才能走。』」

「『那不值得你等，』她接著說，『你可以從那扇門走，沒人會攔你。』她見我依舊微笑著搖搖頭，突然拋開了她的矜持，向前邁了一步，雙手用力緊握，『看在上帝的份上！』她低聲說，『快離開！不然就太遲了！』」

「然而我一向很固執，遇到阻礙時，就更要去做。我想起了那五十個基尼，那疲憊的旅途，以及這個似乎不太愉快的夜晚。這些全都白費了嗎？為什麼我要在完成任務並拿到報酬前就偷偷溜走呢？我認為這個女人可能是有偏見或是哪兒不對勁，因此雖然她的舉動帶給我不小的震驚，我卻依然堅持的搖了搖頭，拒絕了她的請求。她還想繼續懇求我，這時，樓上傳來了一聲的關門聲。緊接著樓梯上響起了腳步聲。她側耳聽了一下，絕望地攤了攤手，便無聲無息地消失了。」

「來的人是萊桑德．史塔克上校與另一個人，那人身材矮胖，雙下巴的褶皺上長著鬍鬚。上校介紹他是佛格森先生。」

「『這位是我的秘書兼經理人，』上校說，『對了，我記得我剛才明明把門關好了，因為我怕有風吹進來。』」

「『正好相反，』我撒了個謊，『是我打開的，因為房裡有點悶。』」

「他多疑地打量了我一下。『那好，現在開始辦正事吧！』他說，『佛格森先生跟我會帶你上去看機器。』」

「『我想我最好先戴上帽子。』」

「『哦，不必了，就在房子裡。』」

「『什麼？你們在房子裡挖漂白土？』」

「『不，不。我們只是在屋裡壓磚坯而已。別管這個了，你要做的只是檢查機器，然後給我們指出哪裡有毛病。』」

「我們一起上了樓，上校拿著燈走在最前，胖經理與我緊隨其後。這間屋子就像一座迷宮，有著許許多多的通道與狹窄的盤旋樓梯，低矮隱蔽的小門錯綜複雜地混在一塊兒。每個門檻多年來早已被過路人踩得凹了下去。底層的地板上沒有鋪地毯，也沒有擺放過家具的痕跡，由於灰泥脫落，整個牆體顯得斑斑駁駁，在溼氣下長出了一塊塊的青苔。雖然，我盡可能表現得若無其事，但那位女士的警告卻一直在耳邊迴盪，雖然我沒有理會她的警告，但我還是小心地留意這兩位伙伴的舉動。佛格森似乎是個陰沉的人，但從他所說不多的話中，聽得出他應該是我的同胞。」

「最後，萊桑德．史塔克上校在一扇低矮的門前停住了，他打開門鎖。裡面是一個四四方方的小房間，擠不進三個人，於是佛格森留在外面，我跟上校走了進去。」

「『我們現在，』他說，『已經到了水壓機內部，如果有人現在啟動它，將會發生不太有趣的事。這個小房間的天花板，實際上就是活塞的底部，它下降時會產生好幾噸的壓力在金屬地板上。外面有幾個橫向的小水柱承受力量，然後將力量加倍並傳導，這些過程你應該很熟悉。這部機器運作還算正常，但在轉換時不太靈活，而且壓力好像減弱了一些。或許你可以仔細檢查一下，並且告訴我們怎樣修好它。』」

「我接過他手中的燈，逐一檢查機器的各個部位。這部機器的確龐大，能產生巨大的壓力。但是，當我到外面壓下操蹤桿時，聽到了颼颼的風聲，我立刻明白有地方漏了，這會使得水會從旁邊一個汽缸流回。檢查之後，我發現傳動桿前端的橡皮圈變形了，以致活塞在運作的時候不能完全密閉，這就是壓力減弱的原因。我將問題向上校指出，他十分專心地聽我的分析，並提出了好幾個實際的問題。我一一解答後，又回到機房內。在強烈的好奇心驅使下，我仔細地觀察著這部機器。只看一眼，我就明白所謂的漂白土全是胡說八道，因為沒有人會笨到用這麼強力的引擎去完成那樣的目的。四周的牆面是木質的，但地面卻是一個大鐵槽。我注意到，它上面積了很厚的一層金屬沉澱物。我疑惑地彎下腰去，正想用手指刮一點來瞧瞧時，忽然聽見一聲德文的喃喃驚叫，我一抬頭，發現上校那張死灰般的臉正俯看著我。

「『你在那做什麼？』他問。」

「我對他編造一個故事來欺騙我感到十分憤怒。『我正在欣賞你的漂白土，』我譏諷地說，『我認為，如果我能知道這台機器的真正用途，或許能提供你更好的建議。』」

「話才剛說完，我就對自己的魯莽後悔不已。他的表情忽然變得僵硬，灰色陰沉的雙眼射出了惡毒的光芒。」

「『很好，』他說，『你將會知道這台機器的一切！』他後退一步，砰地關上了小門，然後轉動了插在鎖孔中的鑰匙。我頓時明白發生了什麼，趕緊撲向小門，使勁拽動門把，可是門早已被關死，任憑我拳打腳踢，它仍然聞風不動。」

「『喂！』我絕望地喊著，『喂，上校！讓我出去。』」

「在一片死寂中，我忽然聽到了一種聲音，我的心臟差點跳了出來，那正是操蹤桿拉下的聲響以及水缸的運作聲，他啟動了引擎！油燈仍然擺在剛才檢查溝槽時放置的地板上。在昏暗的燈光下，我看見那黑色的天花板正緩慢且搖晃地對著我壓下來。沒有誰比我更清楚，它的壓力足以在片刻間把我磨成一灘肉泥！我衝向門，一邊狂叫，並用指甲摳著鎖，但一切都是徒勞！我哀求上校讓我出去，但機器聲的轟隆聲掩蓋了我的喊叫，天花板距離我的頭頂只剩一兩呎了，我一舉手就能摸到它那堅硬粗糙的表面！絕望中我忽然想到，我死亡時的痛苦將取決於我的姿勢，假如我趴在地上，重量首先會壓在脊椎上，我一想像骨頭被壓斷時發出聲音，就不由得渾身戰慄了起來。或許換一種姿勢會死得更舒服點，但我有勇氣臉朝上躺著，眼睜睜看著那奪命的黑屋頂緩緩壓在我身上嗎？這時，我已經無法直立了，就在這刻不容緩之時，我的眼睛看到了一樣東西，它給了我一個活下去的希望。」

「我說過，天花板和地板是鐵的，但牆壁卻是木質的。我飛快地四處環視，看到兩塊木板間透出一條極細的黃色光線。我把一小塊木板往後推去，那光也越來越明亮了，就在那一剎那，我簡直不敢相信這裡真的有一扇救命之門！我一反應過來，就立刻連滾帶爬地從那兒撞了出去，半昏迷的癱倒在牆外。木板立刻又在我身後闔上，但是那盞燈被輾碎的聲音，以及緊接著兩塊金屬撞擊的聲音，說明了我是如何千鈞一髮的逃過一劫。」

「有人用力拉著我的手，把我叫醒了。我發現自己躺在一條狹窄的走廊石地上，一個女人彎著腰俯視著我，她右手舉著一截蠟燭，左手用力地拉我。她就是那位好心人，那個警告被我愚蠢地拒絕的好心人！」

「『快！快！』她氣喘吁吁地叫著，『他們馬上就會找到這裡！他們會發現你沒死在裡面。噢！別再猶豫了，快！』」

「這次我沒有漠視她的忠告。我掙扎著站起身來，跟著她沿著走廊踉踉蹌蹌地奔去，接著又跑下了一條盤旋式樓梯。樓梯下面有一條寬敞的通道。就在我們跑到那裡時，聽見了兩個奔跑的腳步聲與叫喊聲。一個人似乎在我們剛待過的那層，另一人在下面一層，兩個人互相應答著。我的同伴停住了腳步，不知所措地環顧著四周，然後她推開了一扇門，銀色的月光透過房間的窗戶照了進來。」

「『這是你唯一的機會，』她說，『很高，但你應該可以跳下去。』」

「她說話時，我發現通道盡頭出現一點亮光，萊桑德·史塔克上校一手提燈，一手握著屠刀一樣的凶器。我急忙穿過臥室，把窗戶推開。外面是一個花園，在月光下顯得溫馨而寧靜，高度頂多三十呎。我爬上窗台，但有些猶豫，我很想知道我的救命恩人和追逐我的敵人之間會發生什麼事情，如果她遭到欺凌，那我會不顧一切地回去幫她。這一念頭剛閃過腦海，上校已來到了門口，他推開她，但她用雙臂死死抱緊他，想將他拖住。」

「『弗里茲！弗里茲！』她用英語大叫著，『你還記得你上次作出的承諾嗎？你說這種事絕對不會再發生了！他不會說出去的！天哪，他不會說出去的！』」

「『你瘋了！愛麗絲，』他咆哮著，拚命想甩開她。『你會毀了我們！他知道太多了，讓我過去，我命令你！』他把她摔到一邊，奔到了窗邊，用那把凶器砍向我。他砍下時，我的雙手還抓著窗框，身子懸在外面。我感到一陣劇痛，不自覺地放開雙手，於是我掉進了花園。」

「我嚇壞了，但是摔下來並沒有受傷，我急忙使盡力氣跑進樹叢。我很清楚，我的處境還十分危險。正當我拚命逃跑時，感到一陣暈眩，於是低頭瞥了一眼那隻傳來劇痛的手，才發現我的拇指被砍掉了，血正汩汩地從傷口湧出。我立刻掏出手帕裹緊它，突然一陣耳鳴，我便昏倒在玫瑰花叢中。」

「不知道昏迷了多久，總之應該不短，因為當我甦醒過來時，旭日正冉冉東升。我全身都被露水浸濕了，袖子也被傷口流出的血水浸透。傷口的劇痛立即勾起我昨晚的記憶，我跳起身來，覺得我可能還沒脫離離險境，但令我意外的是，周圍既沒有房子，也沒有花園。我正躺在公路旁的樹籬邊上，不遠處有一棟長形的建築物。於是我向它走去，才發現它就是我昨夜下車的那個車站。要不是手上有個可怕的傷口，我甚至會以為所幾小時內發生的一切都是場惡夢而已。」

「我恍恍惚惚地進了站，打聽到一小時內會有一班開往瑞丁的車。我認出值班的人員跟我昨晚來的時候是同一位。我問他有沒有聽過萊桑德．史塔克上校這個人，他似乎從未聽過；我又問有沒有看到昨晚把我接走的那輛馬車，他又搖了搖頭；再問附近有沒有警察局，他回答說三哩外有一間。」

「我當時很虛弱，覺得三哩路實在太遠了，於是我決定回城後再去報警。我到達時才剛過六點鐘，因此我先去包紮傷口。然後醫生很好心的帶我到這裡來，現在，我將這件案子交給你了，我會完全聽從你的安排。」

聽完這段奇遇後，我們兩人坐在那裡沉默了好一陣子。然後，夏洛克．福爾摩斯從書架上取下了一本厚重的剪貼簿。

「這裡有一則廣告，你們一定會有興趣。」他說，「大約一年前，這則廣告曾出現在各大報紙上。你們聽著：『失蹤：傑瑞米．海林先生，二十六歲，水力工程師。本月九日晚上十點離家後，從此下落不明。身穿——』之類的。哈！我想這就是上一次上校要修理機器的時候。」

「天哪！」我的病人失聲叫起來，「這就解釋了那位女士說的話了。」

「是的。很明顯，上校是個殘酷的傢伙，他絕不允許任何人阻礙他的計畫，就像那些海盜搶劫船隻後從不留下活口一樣。好了，現在分秒必爭，如果你還撐得住的話，我們在前往艾佛鎮之前還得去一趟蘇格蘭場。」

大約三小時後，我們在瑞丁上了火車，前往伯克郡的小村落。我們一行共五人，除了我和福爾摩斯外，還有那位水力工程師、蘇格蘭場的布雷斯崔警長，以及一位便衣刑警。火車發動後，布雷斯崔在座位上攤開了一張該郡的地圖，以艾佛為中心畫了一個圈。

「好啦！」他說，「這個圈是以村落為中心、半徑十哩畫成的。我們要找的地方一定就在圓周的附近。我記得你說的是十哩，先生。」

「馬車整整走了一個小時。」

「你認為他們把昏迷的你從那麼遠的地方抬回車站？」

「他們一定有這麼做，因為我在迷糊中記得自己被抬起來送到某個地方。」

「我無法理解的是，」我說，「為什麼他們發現你昏倒在花園裡時沒有對你下手？也許是那個女人的哀求軟化了那個惡徒的心。」

「我可不這麼想，我這輩子從沒見過那麼冷酷的一張臉。」

「哦，這一切很快就會水落石出的。」布雷斯崔說，「好了，我已經把範圍圈出來了，我目前唯一關心的是，要去圓周上的哪一點揪出那個傢伙。」

「我想我能指出來。」福爾摩斯平靜地說。

「真的？現在？」警長不相信地叫了起來，「你這麼快就有結論了！那好，讓我們看看誰想法與你最接近。我猜是南邊，因為那一帶最荒僻。」

「我認為是東邊。」我的病人說。

「我想是西邊，」便衣警察說，「那邊有很多很偏僻的小村子。」

「那我就說北邊，」我說，「那一帶沒有山，我們的朋友並不記得馬車曾經爬過坡。」

「真是的，」警長笑了，「各式各樣的意見，剛好沿著圓繞了一圈！你投誰一票呢，福爾摩斯先生？」

「你們都錯了。」

「但我們不可能『全』都錯了！」

「是的，你們全都錯了。這就是我說的那一點，」他指著圈心，「這就是他們的藏身之處。」

「但是那十二哩的路程怎麼說？」哈瑟利喘息著問道。

「去六哩，回來六哩，這太簡單了。你自己說過，當你上車時，那匹馬是乾淨且有精神的。如果牠已經在顛簸的路上走了十二哩，怎麼可能有這麼好的狀態？」

「的確，這是個不錯的詭計，」布雷斯崔若有所思地點頭，「毫無疑問的，這也說明了這群人的邪惡本性。」

「一點也不錯，」福爾摩斯接著說，「他們是大規模鑄造偽幣的嫌犯。那台機器正是用來鑄造汞合金以代替銀。」

「我們已經注意這幫狡猾的罪犯好長一段時間了。」警長說，「他們製造數以千計的半克朗硬幣。我們一路追蹤他們到瑞丁，但後來就追不下去了。因為他們很會隱蔽行蹤，完全是箇中高手。現在，感謝老天給我們這個機會，我想這回一定可以逮到他們了。」

但這位警長錯了，這些罪犯註定不會交到正義的手中。當火車駛進艾佛車站時，我們看見鄰近的一小叢樹後升起一柱濃煙，就像一片巨大的駝鳥毛遮蓋了田園上空。

「有房子失火了？」當火車駛出車站時，布雷斯崔問道。

「是的，先生！」站長回答道。

「什麼時候的事？」

「聽說是夜間開始的，先生。而且火勢越來越猛，現在已經成了一片火海。」

「是誰的房子？」

「貝契爾醫生的。」

「告訴我！」工程師插嘴問，「貝契爾醫生是德國人嗎？很瘦，而且鼻子又尖又長？」

站長大笑著說：「不，先生。貝契爾醫生是英國人，在這一教區裡，他穿得最好也最講究。但是有位先生跟他同住，那是位病人，據我所知是個外國人，他的身體狀況看起來像是需要多吃點伯克郡的牛排。」

沒等站長說完，我們全部不約而同的朝火場方向跑去。道路一直通往一座小山丘，路的盡頭出現了一座高大的白色建築。火舌從每個窗口和縫隙向外竄出。花園前面中停著三輛救火車，它們正徒勞地向屋內噴著水。

「就是這裡！」哈瑟利激動地叫嚷著，「就是這條沙石路！那是我躺過的玫瑰花叢！我就是從那邊的第二扇窗戶往下跳的！」

「唉，至少，」福爾摩斯說，「你已經報了斷指之仇。很顯然，是你的油燈，它在被機器壓碎時點燃了四周的木質牆板。但他們當時急著追你而沒及時發現，現在你可以注意那些人群，看看裡面是否找得到你昨晚的朋友。不過，我相信他們早已逃到百哩之外了。」

福爾摩斯的懷疑成真。從那天起，那個漂亮的女人、狠毒的德國人以及陰沉的英國人就從世界上銷聲匿跡了。當天早晨，有位農民目擊一輛馬車，上面載著幾個人和幾只沉重的大鐵箱，朝瑞丁方向飛奔而去。但所有犯人的線索到了那裡就消失了，就連經驗豐富的福爾摩斯也無從查找。

救火員被這間房子奇怪的佈局搞糊塗了，他們更無法理解二樓窗台上的那一截拇指是怎麼回事。直到黃昏降臨，大火才終於被撲滅，但屋頂已經坍塌，整間房屋已完全毀壞。除了一些彎曲的汽缸和鐵管外，那台差點要了這位不幸朋友性命的巨大機器，竟然沒有留下任何痕跡。在附近一間小屋裡查獲了大量的鎳與錫，但沒有找到任何硬幣，這或許能夠解釋馬車上的那幾個鐵箱子。

我們在鬆軟的泥土上發現了足跡，這解開了我們這位水力工程師如何從花園被送到路旁之謎。很明顯，他是被兩個人合力抬過去的。一人的腳印很小，另一人則很大。看起來，最有可能的答案是那個英國人，因為他沒有他的同伴那樣大膽、凶殘，他幫著那女人將不省人事的工程師抬出了險境。

「唉，」當我們坐車返回倫敦時，工程師哭喪著臉說：「我可真是倒楣透了！我失去了我的拇指，也沒拿到那五十基尼，而我得到了什麼呢？」

「經驗，」福爾摩斯笑著說，「這一切可能會帶來間接的效益，你知道的；一旦它傳出去，將為你的公司帶來極佳的聲望。」

10 單身貴族案

聖西蒙男爵的婚姻，以及它的奇特結局，已經很久不再是他身處的社交圈中最有趣的話題了。新的醜聞取代了它，更刺激的情節將人們的注意力從四年前這樁戲劇性的案子吸引走。但是，我相信這件案子的完整經過從未對一般大眾公開過。而我的朋友夏洛克．福爾摩斯為了弄清此事曾費了不少心血。所以，我覺得如果不對這件奇事做出描述，似乎就不能算完整的記錄了他的事蹟。

那是我結婚前的幾週，我與福爾摩斯還住在貝克街的公寓內。有天下午他散步回來，發現有封信擺在桌上。那天我一直留在屋內，因為外頭下起了陰雨，並伴著強勁的秋風，當年從阿富汗戰役中帶回來的紀念品，留在我體內的那顆子彈所在之處，又開始隱隱作痛起來。我半臥在安樂椅中，雙腳翹在另一張椅背上，周圍堆滿了報紙，我一直把這一天的報紙都讀完，才把它們仍在一邊，無精打采地盯著桌子上那封信上面的巨大盾形標誌和字母圖形，懶洋洋地猜著會是哪位貴族寄來的。

「那裡有一封很時髦的信，」他進來時，我說，「如果我沒記錯的話，你早晨收到的信一封來自魚販，另一封來自海關人員。」

「沒錯，我的信件的確形形色色，」他笑著說，「而且越是普通的人寫信就越有趣。反而是現在這封信，看起來像是不受歡迎的社交傳喚信件，這種信令人心煩或是想說謊應付掉。」

他拆開信瞄了一眼內容。

「嘿，你知道嗎，其實這可能是一封很有意思的信呢！」

「那麼，不是普通的社交信件囉？」

「不是，顯然是很正經的事。」

「而且是來自一位貴族委託人？」

「英國最尊貴的貴族之一。」

「朋友，恭喜你了。」

「老實告訴你，華生，我只在乎案件本身是否有趣，而不在乎委託人的身份地位。而且，這件案子裡，委託人反而不希望提及自己的身份。你最近很關心時事，對嗎？」

「可以這麼說。」我沮喪地指了指屋角那一大堆報紙說，「我沒有別的事可做。」

「那真是太好了，你或許可以告訴我一些最新的消息。我除了犯罪新聞和尋人啟事外，其他的一概不看。尋人廣告一向能給人很多啟發。如果你對最近的新聞很熟悉的話，一定也瞭解有關聖西蒙男爵和他婚禮的事情吧？」

「噢，是的，我對它非常感興趣。」

「那太好了，我手中的這封信正是聖西蒙男爵寫的。我唸給你聽，作為交換，你要把報紙上的情報告訴我，讓我知道所有這件事的相關報導，信上是這麼寫的：

親愛的夏洛克．福爾摩斯先生：

巴克華特男爵告訴我，可以完全信賴你的判斷與決定。因此，我決定登門拜訪，並向你請教一件與我的婚禮有關的痛苦事件。蘇格蘭場的雷斯垂德先生已經著手調查，但他說並不介意你的加入，他甚至覺得這樣或許對他有所幫助。我將於今日下午四點造訪，如果你屆時另有安排，希望先行延後，因為這件事太重要了。

聖西蒙

這封信是從格羅夫納大樓寄出的，用的是鵝毛筆。尊貴的男爵右手小指上還不小心沾了一滴墨水。」

「他說四點鐘來。現在已經三點了，還有一個小時。」

「那就需要你的幫忙了，我得利用時間把這件事弄清楚。我先查一下這位委託人是什麼樣的人，你可以先把報紙按日期順序排列好。」他從壁爐架旁邊的一排參考書中取出一本紅皮書籍，「找到了。」他坐了下來，將書攤在膝蓋上，「羅伯特·沃辛罕·德維爾·聖西蒙男爵，巴爾摩羅公爵的次子，哦！勳章：天藍色，三顆鐵蒺藜嵌於黑色盾形微章的中帶上。生於一八四六年，現年四十一歲，這年齡結婚夠成熟了。曾在上一任內閣出任殖民地事務副大臣。他的父親，那位公爵，曾任外交大臣。他們是金雀花王朝的直系血親，母親則是都鐸王朝一系。哈！這些都不重要。我還是必須借助你，華生，才能得到一些更實用的情報。」

「找到這些資料一點都不難，」我說，「因為那是最近發生的事情，而且留給我很深的印象。但我一直沒能告訴你。因為我知道你正忙著調查一樁案子，你不喜歡受到打擾。」

「哦，你是說格羅夫納廣場的家具貨車那件小事，那已經解決得差不多了——儘管案子在我剛接手時就非常清楚。麻煩你把報上的那些消息告訴我吧。」

「這是我找到的第一條消息，它刊在《晨郵報》的啟事欄，日期是幾個星期以前：

巴爾摩羅公爵的次子，也就是羅伯特·聖西蒙男爵，與美國加利福尼亞州舊金山的阿洛伊修斯·杜蘭先生之獨生女哈蒂·杜蘭小姐的婚事，日前已準備就緒，如傳聞屬實，婚禮將在近日舉行。

就這些。」

「簡明扼要。」福爾摩斯說著，將自己又長又瘦的雙腿伸向火爐。

「當週的一份社交報紙作了更詳細的報導：

要求對婚姻市場採取保護政策的呼聲日漸高漲，因為目前的自由貿易原則顯然極不利於本國的產品。大不列顛貴族的勢力一一落入了大西洋彼岸的表兄弟手中。上禮拜，被這些嫵媚動人的入侵者帶走的俘虜名單中，又增加了重要的一員。聖西蒙男爵在被愛神之箭遺忘了二十年後，公開宣布了他與加州百萬富翁的女兒海蒂·

杜蘭的婚事。杜蘭小姐的優雅體態與超凡脫俗的美貌，在西伯里宮舉行的盛宴上吸引了所有人的目光。她是獨生女，據悉她的嫁妝遠超過六位數，未來可望繼續提高。眾所皆知，由於巴爾摩羅公爵近來被迫出售自己的藏畫，而聖西蒙男爵更是僅存樺樹地的一些微薄資產。因此雖然這位加州的女繼承人透過聯姻使自己從一位女共和黨員一躍成為不列顛貴族夫人，但顯然她並非唯一獲利者。」

「還有別的嗎？」福爾摩斯禁不住打起了呵欠來。

「哦，是的，還有很多。後來《晨郵報》又報導婚禮將十分簡樸，訂於漢諾佛廣場的聖喬治大教堂舉行，只有六位親密好友受邀，婚禮後參加的人將回到阿洛伊修斯．杜蘭先生在蘭開斯特門的一幢佈置好的新居。兩天後——也就是上週三，又有一份簡短的聲明，說婚禮已順利舉行。新婚夫婦的蜜月將在彼得菲爾德附近的巴克華特男爵別墅度過。這些是新娘失蹤前僅有的報導了。」

「什麼之前？」福爾摩斯驚愕地問。

「那位女士失蹤之前。」

「他什麼時候不見的？」

「就在婚禮的早餐時。」

「原來如此，這比我所想像的精采多了，應該說太戲劇化了。」

「是的，我覺得十分離奇。」

「她們通常會在婚禮前失蹤，或是在蜜月期間。但我還沒看過婚禮剛結束就馬上跑掉的。請告訴我細節。」

「我得提醒你，這些細節可能很不完整。」

「也許我們能讓它們變得完整一點。」

「現在唸的這一段是昨天早報上刊登的，標題是《上流社會婚禮中的怪事》。

發生在羅伯特．聖西蒙男爵婚禮上的不幸意外，讓他們全家陷入驚恐。婚禮正如昨日報上簡短的報導一樣，在前日上午舉行。但是直到今天才證實了幾日以來流傳的奇聞怪事。儘管雙方親友都盡力掩蓋此事，但此事早已成為大眾關注的焦點。任何試圖掩飾的努力都已宣告失敗。

婚禮是在漢諾佛廣場的聖喬治大教堂舉行的，十分簡樸且未張揚。參加人員僅有阿洛伊修斯．杜蘭先生、巴爾摩羅公爵、巴克華特男爵、尤斯特男爵以及克拉拉．聖西蒙小姐（新郎的弟弟及妹妹）以及艾莉西亞．威丁頓夫人。婚禮一結束，所有人即前往位於蘭開斯特門的阿洛伊修斯．杜蘭先生的寓所，那裡已備好早餐等候。似乎有位女士在一行人進屋後意圖強行闖入，引發了一些小麻煩，該名女士的真實姓名無從得知，她宣稱自己對聖西蒙男爵有所要求。在經過一連串的拉扯糾紛後，該女士最終被男管家及僕人逐出。很幸運地，新娘在這場令人不快的插曲發生之前已與其他人入內共進早餐，之後她突感不適而回房。她的長時間離席引發了眾人議論。於是新娘的父親上樓查看，卻由女僕處得知，她只回房取了一件長外套和一頂無邊軟帽，就匆忙下樓了。另一名男僕則說他曾見一位女士穿著上述服裝離開屋子，但他不認為那就是他的女主人，他還以為她仍與客人在一起。阿洛伊修斯．杜蘭先生在確認女兒失蹤後，立即連同新郎向警方報案，警方迅速展開調查，有望迅速解決此事。然而直到昨天深夜仍沒有女士的消息。有謠言指出新娘可能遇害，並傳出警方已逮捕了前一日鬧事的女子。一般相信，他是出於嫉妒或類似動機而涉入了新娘的失蹤事件。」

「就這些嗎？」

「另一份早報上有一篇很短的報導，不過很有啟發性。」

「裡頭是說——」

「芙羅拉．米勒小姐，那個上門騷擾的女人，目前已被捕。她曾是阿雷格羅的芭蕾舞者。她與新郎相識多年，其他就沒什麼特別的情報了。關於這整件案子的報導，我已經全部告訴你了。」

「看來這會是個很有意思的案子，無論如何我都不想錯過它。門鈴響了，華生，現在四點剛過，肯定是我們那位高貴的委託人來了。別走！華生，我非常希望有個見證人，負責檢查我的記憶。」

「羅伯特．聖西蒙男爵！」小僮僕推開門，大聲報告。他後面跟進來一位紳士，天生一副討喜且有修養的面容。蒼白的面孔上一個高挺的鼻子，嘴角略帶急躁，一雙大眼睛自然地流露出統治者具有的鎮靜神色。他舉止敏捷，但整個外表給人與年齡不相稱的感覺。他走路的姿態更讓人不敢恭維，有些彎腰駝背不說，甚至有些屈膝。頭髮也是一樣，當他摘下那頂帽沿高捲的帽子時，立刻露出了兩側灰白而頂端稀疏的頭髮。他的衣著考究，甚至稱得上浮華：高領、黑色大禮服中襯以純白背心，配上黃色手套，黑漆皮鞋和顯眼的淺色綁腿。他緩緩走進房間，右手不停撥弄著繫在他金邊眼鏡上的繩帶。

「你好，聖西蒙男爵。」福爾摩斯站起身來，向他鞠了一躬。「請坐這張藤椅吧。這位是華生醫生，他是我的朋友兼同事。請靠近火爐一點，現在，讓我們好好討論這件事。」

「真是件痛苦的事！你能夠想像的，福爾摩斯先生，這給我帶來了極大的痛苦。我知道你曾處理過好幾件類似的棘手案件，先生，當然，我想它們不會與我來自相同的社會階層。」

「沒錯，越來越低了。」

「什麼？請再說一遍。」

「上一次接到這類案子，委託人是位國王。」

「真的！我沒想到，是哪位國王？」

「斯堪的那維亞國王。」

「什麼？他的妻子也失蹤了嗎？」

「我想你能夠明白，」福爾摩斯溫和地說，「我對其他委託人的事是絕對保密的，就像你的事一樣。」

「當然！絕對應該如此！沒錯！原諒我的好奇。有關我的案件，我願意提供任何有助於破案的資訊。」

「謝謝你，報紙上的相關報導我都看過了，我只有這些資料來源。我想，我可以將這些報導內容都視為正確的吧，例如有關新娘失蹤的這一篇。」

聖西蒙男爵接過報紙看了看，說：「沒錯，這些完全屬實。」

「但在任何人在提出自己的觀點之前，都得瞭解更為詳實的情況。我想通過提問的方式從你那裡獲取我所需要的情報。」

「沒問題，你問吧。」

「你第一次見到哈蒂·杜蘭小姐是什麼時候？」

「一年以前，在舊金山。」

「你當時在美國旅行嗎？」

「是的。」

「那時候你們就訂了婚？」

「沒有。」

「你們當時只是朋友？」

「我很高興能與她來往，她也知道我喜歡與她來往。」

「她父親很富有？」

「他被譽為太平洋彼岸的頭號富翁。」

「他是如何發跡的？」

「開礦。幾年前他還是個窮光蛋。後來他發現了金礦，全力投資開採，很快就致富了。」

「那麼，你對這位小姐——你的妻子的性格有什麼看法？」

這位貴族更頻繁地擺弄他的眼鏡，同時直直地盯著壁爐，「你知道，福爾摩斯先生。」他說，「在她父親暴富之前，我妻子已滿二十歲了。那個時候，她生活得自由自在，整日在高山叢林中遊蕩，所以她的思想不是來自學校，而是大自然所賦予的。她是英國人眼中的頑皮姑娘，個性剛強，狂野而又任性，而且我行我素，任何傳統都無法約束她。她十分衝動，幾乎像火山一樣暴躁；決定事情十分地乾脆而且從不退縮。然而，如果不是我覺得她本質上還算得上一位高貴的女性的話——」他乾咳了一聲，說：「我是不會讓她擁有我這高貴的姓氏的。我深信，為了這一榮譽，她能犧牲一切，而且唾棄任何不名譽之事。」

「你有她的照片嗎？」

「我帶來了。」他將錶鏈上的小金盒打開，給我們看了一個絕頂美人的正面。那不是照片，而是個十分精美的象牙袖珍像。她那光亮的黑髮，黑葡萄般晶瑩的大眼睛以及那張優美的小嘴，被藝術家表現得淋漓盡致。福爾摩斯凝視著那幅畫像好一會兒，然後才關上盒蓋，將它還給了聖西蒙男爵。

「那麼，這位小姐來到倫敦，你們又繼續交往？」

「是的，她陪同父親來參加倫敦歲末的社交活動，我與她見了幾次面，並訂了婚約，然後正式結婚。」

「據我所知，她帶來了十分豐厚的嫁妝？」

「很可觀的嫁妝，但在我家族中並不少見。」

「當然，這些嫁妝就歸你了，因為這樁婚姻已經成立？」

「我還沒空去研究此事。」

「當然當然。你在婚禮前一天見過杜蘭小姐嗎？」

「是的。」

「她情緒還好嗎？」

「從沒見她的心情那麼好，她一直在憧憬著未來的生活。」

「真的？太有趣了。那麼結婚當天呢？」

「她開心極了——至少一直持續到婚禮結束後。」

「你有注意到她當時有何異樣嗎？」

「呃，老實說，這還是我第一次見識到她的脾氣，實在變得太快了。不過這只是一件小事，應該不會跟案子有什麼關聯。」

「儘管如此，還是請你告訴我們。」

「唉，純粹是孩子氣。當我們走向教堂的置物間時，她掉了她的捧花；那時她正經過教堂的第一排座位，捧花掉進了座位裡。不過只耽擱了一下，而且座位上的紳士立刻幫她把花撿起來，花束看來也無損傷。但當我談起這件事時，她的語氣變得相當粗魯；而且在回家的馬車裡，很荒謬的，她竟然還在為了這件小事心浮氣躁。」

「是嗎？你說前排坐著一位紳士，也就是說婚禮時也有閒雜人士在場了？」

「沒錯，教堂是開放性的，我們無法拒絕他們。」

「這位先生是不是你妻子的朋友？」

「不，不，我只是出於禮貌稱他為紳士，他看上去很普通，我甚至沒有注意他的長相。呃，我們是不是離題了？」

「所以，聖西蒙夫人的心情在婚禮前後反差很大。後來她回到父親家中時又做了些什麼？」

「我看見她和她的女僕說了些話。」

「她的女僕是誰？」

「她叫愛麗絲，美國人，跟她一起從加州來的。」

「是她的心腹？」

「這麼說太誇張了。不過她的主人的確給了她太多自由，但是，當然，美國人對這種事情的看法不同。」

「她跟愛麗絲講了多久？」

「嗯，一下下而已，那時我還有別的事要忙。」

「所以沒有聽到她們的談話內容嗎？」

「我妻子似乎說了一句『奪走他的地』之類的話，她常說些類似的俚語，我完全不懂那是什麼意思。」

「美國的俚語有時意味深長。講完話後，她還做了什麼？」

「她走進早餐的房間。」

「你挽著她走進去的？」

「沒有，她獨自進去的。她一向是不拘小節的。後來，在我們坐下約十分鐘時，她匆忙地站了起來，低聲說了幾句表示歉意的話，就離座而去，而且沒有再回來。」

「但是那位女僕，愛莉絲，據我所知，曾作證說女主人進了自己的房間，在禮服外罩了一件長外衣，戴了頂軟帽就出去了。」

「沒錯，她後來被人發現與芙羅拉．米勒一起走進海德公園，就是那個被拘捕的女人，她在婚禮當天曾到杜蘭先生的家裡鬧了一場。」

「啊，沒錯，我想知道這位年輕小姐的一些特徵，以及你與她的關係。」

聖西蒙男爵聽到此，揚了揚眉毛，聳聳肩說：「我們友好地交往了好多年——非常地友好。她以前住在阿雷格羅。我對她很不錯，她應該知足了。但你瞭解女人的貪欲嗎?福爾摩斯先生。芙羅拉十分可愛，而且瘋狂地迷戀著我，但她性情很急躁。當聽說我即將結婚時，她接二連三地寄給我好幾封可怕的信。而且老實說，我之所以如此低調地舉行婚禮，就是害怕她會跑到教堂鬧事。那天我們才剛從教堂回到杜蘭先生家，她忽然出現在門口，並且試圖闖進來，她還對我的妻子說出一些難聽的話，甚至恐嚇她。不過，我早預料到會發生這種事，事前就安排了兩名便衣警察把守大門。所以，她很快就被趕了出去。當她明白無理取鬧也沒有用處時，就只好安靜下來了。」

「你的妻子有聽到這些嗎？」

「沒有，感謝上帝，她沒聽到。」

「但後來有人看見她與那個女人走在一起。」

「沒錯。因此蘇格蘭場的雷斯垂德先生才把它看得相當嚴重。他認為我的妻子很有可能被芙羅拉誘騙出去，然後掉進了她設計好的陷阱之中。」

「哦，這種推測也有道理。」

「你也這麼認為？」

「我並沒有十分肯定，你自己也不認為是這樣吧？」

「我瞭解芙羅拉，她很善良，甚至連一隻蒼蠅都不忍傷害。」

「但是，嫉妒能改變人的性格。請你說說看，你自己有什麼看法？」

「呃，老實講，我來這裡是想找出答案，而不是來提出我的看法。我已告訴了你全部實情。但既然你問了，那我就說吧，我認為是這件婚事使我的妻子受了刺激，她一時無法適應自己社會地位的變化，以致精神有點錯亂。」

「簡單的說，就是她精神忽然錯亂了？」

「哦，事實上。當我想到她居然放棄了——我不是說我，我是指那麼多人夢寐以求的身份、地位等等！我就無法再作出其他解釋了。」

「哦！是的，這也是個很有可能的假設。」福爾摩斯微笑著說，「現在，尊貴的聖西蒙男爵，我想我已經得到了足夠齊全的資料。最後再請教一點，你們坐在早餐桌的位子能看到窗外嗎？」

「可以看見路的另一邊和公園。」

「很好，我就不浪費你的時間了，有需要會再與你聯絡。」

「如果你能幸運地解決這個問題，請立刻跟我聯絡。」委託人說著已站起身來。

「我已經解決了。」

「啊？什麼意思？」

「我說我已經解決了這個問題。」

「在哪裡？我的妻子？」

「這只是細節方面，我很快就會告訴你。」

聖西蒙男爵失望地搖搖頭，說：「或許我應該找個比你我都更為聰明的幫手。」說完，他莊嚴地鞠了個躬走了。

「真是榮幸，聖西蒙男爵將我的頭腦與他相提並論。」福爾摩斯大笑著站了起來，「講了這麼久的話，我得來杯威士忌，再抽支雪茄。其實，早在男爵進來前，我就已經給這個案件下了結論。」

「天哪！福爾摩斯！」

「我處理過好幾宗類似案件，但它們都沒有發生得如此突然。剛才的詢問過程只是為了證實我的推斷，旁證往往有很強的說服力。套句梭羅說過的話：『就像在牛奶中發現了一條鱒魚』。」

「但是我聽到的資料跟你一樣多。」

「只不過，你缺乏類似案例的相關知識和經驗。幾年前在亞伯丁發生過類似的案件，普法戰爭後的第二年在慕尼黑也有類似的案子；這次的案件只不過是其中之一而已，哦，啊哈！雷斯垂德來了！午安，雷斯垂德！架子上有酒杯，盒中有雪茄，請便。」

這位公家偵探身穿一件水手常穿的粗呢上衣，打著一條領巾，手中提了一隻黑色帆布包。打過招呼後，他坐了下來，隨手點了一支雪茄吸了起來。

「怎麼了？」福爾摩斯對他眨了眨眼，「你看起來不怎麼開心。」

「我的確不開心，就是聖西蒙男爵那件討厭的婚禮事件，我完全查不到線索。」

「真的？真讓我驚訝。」

「誰處理過這麼一團糟的事情！完全理不出個頭緒，一整天都在忙這件事。」

「而且還讓你渾身溼透了。」福爾摩斯說著摸了摸他穿著的水手上衣袖子。

「是啊。我正派人在塞彭廷湖打撈呢。」

「老天，你想幹嘛？」

「尋找聖西蒙夫人的屍體。」

福爾摩斯靠著椅背大笑不止。

「你要不要也去特拉法加廣場的噴水池裡打撈一下？」他問。

「什麼？這話是什麼意思？」

「因為你有相同的機率在那裡找到那位女士。」

雷斯垂德白了我的朋友一眼，「看來你已經全都知道了吧！」他憤恨的說。

「嗯，我剛剛才聽到事情的相關經過，不過，我已經有了結論。」

「哦，真的？那你認為塞彭廷湖與此事毫無關係？」

「我是這麼認為的。」

「那可能得請你解釋一下，我們在湖中找到的這些東西是什麼。」雷斯垂德咄咄逼人地說道，一邊拉開了帆布包，從裡面倒出一件絲質婚紗、一雙白緞鞋和新娘用的面紗。這些東西的顏色都變了，而且被水浸得溼透。「還有，」說著又拿出了一只嶄新的結婚戒指，放在這堆東西上面。「這裡有個小問題等著你解答呢，大偵探福爾摩斯先生？」

「哦，是嗎？」我的朋友說道，一邊向空中吐著煙圈，「你從湖裡撈到的？」

「是的。這些東西就浮在湖面，是管理員發現的。已證實是屬於夫人的。我認為，屍體肯定就在衣物附近。」

「照你這麼說，每個人的屍體都應該出現在衣櫥附近了。那你說說看，你希望由這些推斷出什麼結論？」

「得到芙羅拉．米勒與失蹤有關的證據。」

「恐怕你很難找到。」

「你現在還敢這麼肯定？」雷斯垂德剛消下去的火氣又竄上來了，「我想，福爾摩斯先生，你的推理方式有些不切實際。在短短兩分鐘內就犯了兩大錯誤，無庸置疑，這些衣服與芙羅拉．米勒小姐有關。」

「何以見得？」

「在這衣服的口袋中發現了一個名片盒，盒中裝著一張便條。就是這張。」他生氣地將便條重重放在了面前的桌上，「聽著：『一切準備妥當後你就會看到我。立刻就來。F．H．M．』。我的推論是，芙羅拉．米勒把夫人騙了出去。顯而易見，她和她的同伙策劃了這件事。這張有她姓名縮寫的便條就是鐵證，一定是芙羅拉趁大家不注意時塞給夫人的，以引誘她掉入圈套。」

「分析得很好，雷斯垂德，」福爾摩斯笑了起來，「你可真不簡單，給我瞧瞧。」他隨手拿起那張便條，便立即被上面的文字所吸引了。最後，他發出了滿意的嘆息，「這張便條的確很重要。」

「哈！你也這麼認為嗎？」雷斯垂德又得意起來。

「絕對是的，我衷心地向你祝賀。」

雷斯垂德驕傲地站起來，低頭看了一眼，「怎麼？」他失聲叫出來。「你看錯面了！」

「正好相反，這才是正確的一面。」

「正確的一面？你瘋了！這面才是鉛筆寫的便條。」

「這面看起來像是旅館的帳單。我對它比較有興趣。」

「那上面什麼也沒有，我早已看過了。」雷斯垂德說，「『十月四日，房間八先令，早餐二先令六便士，雞尾酒一先令，午餐二先令六便士，葡萄酒八便士。』我看不出這些對破案有什麼用。」

「你很可能看不出來，但它的確非常重要。而這張便條，當然也很重要，或者說至少這些姓名縮寫很重要，所以還是要恭喜你。」

「我浪費夠多時間了！」雷斯垂德站了起來，「我信賴務實的調查工作，而不是火爐旁高談闊論。再見了，福爾摩斯先生，來比比看到底是誰先破案。」他將地上這一堆濕淋淋的衣服塞進提包，起身走向門口。

「給你一個提示，雷斯垂德先生，」當他的對手就要跨出房門之際，福爾摩斯慢條斯理地提醒他，「我就告訴你事實吧，聖西蒙夫人是位虛構的人物，不止現在沒有，而且永遠也不會有這麼一個人。」

雷斯垂德悲哀地看了看我的朋友，然後轉向我，在自己額頭上敲了三下，嚴肅地搖了搖頭，匆忙走掉了。

他剛關門走出去，福爾摩斯就站起身來，拿過大衣，披在身上說：「他提到務實的調查，的確很有道理。所以，華生，我必須把你留下，你還是再看一點報紙吧。」

夏洛克．福爾摩斯離開了五個鐘頭，但我卻也並不寂寞。因為不到一小時，來了一個食品鋪的人，他帶了一個非常大的扁盒子，跟一個同來的年輕人一起打開了盒蓋，出現在我面前的東西令我大吃一驚；一些極其美味的冷盤從裡頭被拿出來，整齊地擺放在我們簡陋寓所的紅木桌上，包括兩對山鷸，一隻野雞，一塊烤鵝肝餅和幾瓶陳年佳釀。排放好這些美酒佳肴後，那兩位訪客就如天方夜譚裡的精靈般消失了。除了說明東西已付帳並指明送到這個地址外，他們沒有再做任何解釋。

接近九點時，福爾摩斯便輕快地走進房來。他兩眼炯炯有神，但神情嚴肅。我很清楚，他已經證實了自己的推論。

「看來晚餐已經準備好了。」他搓著雙手微微有了點笑意。

「你好像有客人。他們擺了五份餐具。」

「是的，我相信有一些客人會來，」他說。「奇怪的是聖西蒙男爵怎麼還沒來？哈！我聽到他的腳步聲了，就在樓梯上。」

果然是聖西蒙男爵，他匆忙地走了進來，他比稍早更用力的玩弄著他的眼鏡，他那一派貴族的氣息中夾雜著焦躁不安的情緒。

「看來我的送信人順利找到了你。」福爾摩斯說。

「是的，坦白說，信中的內容令我很震驚。你有證據嗎？」

「非常的充分。」

聖西蒙男爵一聽便手按前額跌坐在了椅子上。

「如果公爵知道他家中的一員蒙受如此羞辱，」他低聲嘀咕，「他會怎麼說呢？」

「這只是一場意外，我不認為它是一種羞辱。」

「唉，你是用旁觀者的立場來看的。」

「這不是任何人的錯。我不知道這位女士除了這麼做以外，還能用什麼更好的方法去解決。當然她的確太衝動了，這也是令人遺憾之處。她沒有母親，在這種緊要關頭沒人能商量。」

「這是侮辱！先生，公然的侮辱！」聖西蒙男爵用手指敲著桌面。

「你必須體諒這可憐的女士，她的處境真是太為難了。」

「我絕不會原諒她！我非常憤怒，我被人無恥的利用了。」

「我想我聽到門鈴了，」福爾摩斯說，「是的，樓梯頂端的走廊上有腳步聲。如果我沒辦法說服你原諒這位女士的話，聖西蒙男爵，我請來了一位辯護人，他應該能夠說服你。」他說著起身開了門，一位女士和一位先生走了進來。「聖西蒙男爵，」福爾摩斯認真地說，「請允許我向你介紹。這是法蘭西斯·海·摩爾頓先生和他的夫人。這位女士，我想，你已見過。」

這兩位客人剛一進門，我們的委託人就從椅子上彈了起來，僵在了那裡。他眼睛看著地面，將手插進胸前，一副尊嚴被冒犯的模樣。那位女士趕忙向前幾步，伸出手來，可他依舊垂著眼皮，不願看她。或許這麼做是為了堅定自己的決心，因為她那懇求的神情令人不忍。

「你生氣了，羅伯特，」她說，「唉，你的確有理由生我的氣。」

「把你的道歉收回去。」聖西蒙男爵的語氣中充滿妒意。

「啊，是的，我知道我很對不起你。我在走之前應該先給你個交代才是，但我當時心煩意亂，不知如何是好。從我在教堂中看見法蘭克開始，我的腦中就一片空白。我真奇怪自己竟然沒有摔倒或昏倒在聖壇前。」

「也許，摩爾頓太太，你會希望我與我的朋友在你解釋的時候迴避一下？」

「容我講一句，」那位陌生的先生說，「我們對這件事真是保密過火了。對我來說，我願意讓整個歐洲和美國都知道這件事的真相。」這位先生矮小而健壯，皮膚黝黑，鬍子刮得很乾淨，看起來十分能幹且靈敏。

「那麼我就開始講這個故事吧。」那位女士平靜地說道，「一八八四年，我與法蘭克在落磯山附近的麥奎爾營區相識，我父親在那裡經營著一個礦場。後來我與法蘭克訂了婚約，但有一天父親挖到了一處蘊藏豐富的礦脈，一夕致富。而法蘭克的礦場的卻漸漸枯竭，甚至一無所有。法蘭克越來越窮，而父親卻是越來越富有，因此最後我父親執意解除婚約，他把我帶到了舊金山。但法蘭克也不願放棄，他跟到了舊金山，並偷偷與我約會。但這不是長久之計，如果父親知道了肯定會怒不可遏；我們兩人商量之後，決定讓法蘭克出去賺錢，直到與我父親的財富相當就回來娶我。而我也答應等他一輩子，有生之年絕不跟別人結婚。『那我們何不立刻結婚呢？』他說，『那樣我會更放心，但在我回來之前絕對不會說自己是你的丈夫。』於是，我們決定結婚，他去安排了一切，並請來一位牧師替我們舉行了婚禮。婚禮一結束，法蘭克就去了遠方，而我則回到家中。」

「沒多久，我就聽人說法蘭克到了蒙大拿，然後又去了亞利桑那，接著，又聽說他去了新墨西哥。但後來，報紙上刊載了一個消息，說一個礦場營地被阿帕契族印第安人攻擊，並登出了死亡名單，法蘭克的名字就在其中。我看到後當場昏了過去，接著便一病不起。父親擔心我的病情，找遍了舊金山所有的名醫。一年過去了，還是沒有法蘭克的消息，我漸漸相信他真的死了。後來，聖西蒙男爵到了舊金山，然後我們又去了倫敦，接著就順理成章的訂了婚約。我的父親很開心，但我卻知道，這個世上再也沒有一個男人能夠取代法蘭克在我心中的地位。」

「當然，如果我嫁給聖西蒙男爵，我一定會盡到妻子的責任。雖然我無法勉強我的愛情，但卻能支配自己的言行。我懷著盡力做個好妻子的願望，與他並肩走向聖壇。但是，就在我緩緩步向聖壇時，我不經意的一回頭，忽然發現法蘭克就站在第一排盯著我。我當時還以為看到了他的鬼魂，但定神再看後，發現他依然站在那裡，眼神中流露著幾分疑惑，似乎在問我看到他感到高興還是難過？我當時只覺一陣天旋地轉，我懷疑自己怎沒當場昏倒。牧師的話就像隻蜜蜂在耳裡嗡嗡作響，使我更加不知所措。我不知道該怎麼辦，難道要打斷儀式，在教堂鬧出一場風波嗎？我又看了他一眼，他似乎明白了我的心思，因為他將手指按在嘴唇上，示意我不要聲張。接著，他掏出一張紙片，草草寫了幾個字，我知道他是在寫便條。於是，當婚禮結束我再次經過他身旁時，故意把捧花掉在他面前，他則趁著撿花時把便條塞到了我手中。紙條上只寫了一行字，要我收到信號後就立刻前去相會。我的心裡沒有一絲疑慮，我現在首要的責任是履行對他的義務，因此決定照他的話做。」

「我回家後，把事情告訴了我的女僕，她在加州時就認識他，並且一直幫著我們。我叮嚀她不要走漏風聲，只要替我收拾一下，並將我的外衣準備好。我也考慮過向聖西蒙男爵解釋清楚，可是在他的母親和那麼多有頭有臉的人物面前，我實在開不了口。於是我決定先悄悄溜走，以後再找適當的機會向他解釋。我入座不到十分鐘，就看見法蘭克出現在窗外馬路上，他對我示意，然後就走進了公園。我趕緊把東西帶上，偷偷溜了出去。恰好這時走過來一個女人，她擋住了我的去路，嘮嘮叨叨地講了一些聖西蒙男爵的事，從我聽到的幾句話中，我可以察覺到聖西蒙男爵在婚前似乎也有些私人的秘密。但是，我根本不想瞭解這些，我拚命地擺脫了她，追上了法蘭克。我們雇了一輛出租馬車，直奔他在戈登廣場租的住所。在等待了這麼多年後，我終於找回了真正的婚姻。原來，法蘭克一直被阿帕契人囚禁起來，後來他找到機會逃了出來，歷經艱辛回到了舊金山，才知道我以為他死了而來到倫敦；他追了過來，終於在我第二次婚禮的當天早上找到了我。」

「我在報紙上看到消息，」這名美國人解釋。「但報紙只登出了名字與教堂，沒有提到女方的住址。」

「接下來，我們就商量該怎麼辦，法蘭克主張把事情公開，但我對這一切感到愧疚，我很希望自己從此銷聲匿跡，再也不要見到他們之中的任何人，或許只給父親留張紙條，讓他知道我還活著。我一想到那些上流人士正坐早餐桌旁等著我回去，內心就油然生出一股罪惡感。因此法蘭克將我的禮服及物件捆成一團，扔到了無人的地方，讓我們不會被追蹤到。我們預計明天就動身去巴黎，但就在今晚，好心的福爾摩斯先生不知怎地竟找上門來，他分析了事情的嚴重性，並指出法蘭克的主張才是正確的。如果我們讓一切變成謎團，那才是更大的錯誤。然後，他提議給我們一個機會，單獨跟聖西蒙男爵解釋，因此我們立刻就趕到這裡來了。現在，羅伯特，你已經聽到了整件事情的經過，如果我給你帶來了傷害，我非常抱歉，我只希望你不要覺得我很卑鄙。」

聖西蒙男爵依舊保持著他那僵硬彆扭的姿態，沒有絲毫放鬆的表示，他一直抿緊嘴唇、緊鎖著眉頭聽著夫人的陳述。

「抱歉，」他不悅地說，「我不習慣以這種公開方式來討論我的私事。」

「所以你不肯原諒我？你不願意在我離開前與我握手言和？」

「哦，當然，如果這能讓你心裡好受點的話。」他伸出手來，冷冷地與她握了一下。

「我原本希望，」福爾摩斯建議，「你能與我們一起共進一頓友善的晚餐呢！」

「我認為這個要求太過份了一點。」男爵的態度依然生硬，「雖然我被迫接受了最近發生的種種不愉快，但也別期望我用笑臉去面對它們。我想，如果你們不介意的話，我祝你們有個愉快的夜晚。」他向我們鞠了個躬，轉身大步走出了屋子。

「那麼我很希望，至少我有這個榮幸請兩位做為我的座上佳賓。」夏洛克．福爾摩斯說，「交一個美國朋友總是令人心情舒暢的。摩爾頓先生，我們相信，很久以前的某位君王和某位執政者所犯下的錯誤，絕對無法阻止我們的後代在米字旗和星旗的飄揚之下，成為同一個大世界的子民，我也是其中之一。」

「這真是件有趣的案子。」客人走後福爾摩斯對我說，「因為它清楚說明了，乍看下極其神秘的一件事，卻可以有非常簡單的解釋。那位女士敘述的事實聽起來再稀鬆平常不過了，但卻被某些人看成是件離奇的事件，例如蘇格蘭場的雷斯垂德先生。」

「那你的判斷從一開始就沒錯嗎？」

「一開始，我就察覺了兩點。第一、那位女士剛開始是十分配合婚禮的；第二、她在回家後就立刻反悔了。那麼，顯然這段期間內出了什麼事，讓她改變了心意。但那可能是什麼樣事呢？出了教堂後，她沒機會跟任何人接觸，因為新郎一直陪在她身旁。那麼，她是否遇見了熟人？如果是這樣，那麼此人肯定來自美國。因為她在英國的時間很短，不可能交上對她影響如此深的朋友，讓她僅僅看到了對方就下定決心。你看，逐一排除其他的可能性後，我們得到了結論，就是她很可能看見了某個美國人。然後再想，這個美國人是誰？為什麼對她有這麼大的影響力？如果不是她的情人，就是她的丈夫。我瞭解她年輕的歲月是在嚴苛艱難的環境下度過的。到目前為止這些推論，都是在聖西蒙男爵陳述之前就得到的；後來聖西蒙又提到前排坐了位男人，以及新娘的態度發生變化。顯然，她將手中的捧花掉落，是為了拿到那張字條；她又向心腹女傭求助，還提到侵佔土地——這是採礦者之間慣用的一句話，用來控訴別人侵奪既有的礦權，這下情況就非常清楚了。她跟那男人走了，那人不是她的情人，就是她的丈夫，我認為後者比較有可能。」

「那你是怎麼找到他們的？」

「這原本很困難，但我們的朋友雷斯垂德幫了個大忙，也許他還不知道自己手裡握著多麼寶貴的資料。當然，名字的縮寫很重要，但是更重要的是，我得知此人在一個星期內，曾在倫敦最高級的一間旅館住過。」

「你怎麼知道是最高級的旅館？」

「從帳單上昂貴的價格推斷的。八先令一晚的房租和八便士一杯的紅酒，指出這是間昂貴的旅館，倫敦市內找不到幾間這麼高級的旅館。在我到諾森伯蘭大街查詢的第二家旅館中，發現了登記簿上有位名叫法朗西斯．H．摩爾頓的先生於前一天剛離開，看了他名下的記錄後，發現跟收據上一模一樣的帳目。他的信件被指定轉到戈登廣場二二六號。因此我找到了那裡，碰巧遇到了這對情侶在家。於是，我就冒昧地向他們提出了一些建議，告訴他們，從各種角度來看，都應該向社會大眾，特別是向聖西蒙男爵解釋清楚。我請他們到這裡與男爵見面，然後，你也看見了，我也使男爵按時來赴約了。」

「但是結局不很理想。」我遺憾地說，「他的心胸不夠寬廣。」

「哎，華生。」福爾摩斯忍不住笑了，「如果你在經過一連串的追求和婚禮的準備後，發現自己一瞬間失去了妻子和大筆財富，你的心胸也不會太寬的。我想我們對於聖西蒙男爵不應該過份苛求，並且慶幸自己不會遇到相同的遭遇。把椅子拉過來吧，把我的小提琴遞給我，我們還有一個問題要解決，就是如何消磨這個淒涼的秋夜。」

11 綠玉冠案

「福爾摩斯！」一天早晨，我正站在窗前觀賞街景。「有一個瘋子朝這裡走過來，他的家人竟然放任他到處遊蕩，真是可悲！」

我的朋友慵懶地從扶手椅站起，雙手插在睡衣口袋中走到我身後，循著我的眼光望去。二月的清晨清澈而明亮，昨天的那場雪積了一地，在陽光下發出耀眼的光芒。貝克街心的雪已被來往的車輛壓成了一條褐色的帶子，但兩旁的雪依然白得剛落下一樣。灰色的人行道已剷了雪並清掃過了，卻仍舊很滑，所以行人也就比平日少了許多。事實上，由大都會車站過來的人，就只有這位瘋子了。他的一舉一動很古怪異常，吸引了我的注意。

他看起來五十歲左右，長得高胖，五官緊湊厚實，散發著威風；穿著相當奢侈時髦：一件黑色大禮服、一頂發亮的禮帽，一雙雅緻的棕色高統靴配著綁腿，加上講究的銀灰色褲子。不過，但在這身莊嚴的外表下，他卻表現出極不搭調的可笑舉止。他拚了命地向前跑，而且偶爾踢一下腿，猶如一個不習慣過度使用雙腿的人在疲憊下做出的動作。他的雙手還神經質地上下揮舞著，腦袋晃來晃去，臉也抽搐得極為難看。

「那傢伙在幹嘛？」我喃喃地說，「好像在查門牌號碼。」

「我相信他是來找我們的。」福爾摩斯搓著雙手，一副躍躍欲試的模樣。

「我們？」

「是的，我猜他是有事想請教我的意見，我看得出來。哈！我說得沒錯吧？」正說著，就見那個人已氣喘吁吁衝到我們的門前，接著是一串急促的門鈴聲。

過了一會兒，他出現在我們房裡了。他仍舊喘著粗氣，並不停地比手劃腳，可是眼中滿是憂鬱絕望的神情。見此情景，我們感到既震驚又同情，笑意也從臉上消失了。他還無法緩過氣來，只能猛烈地抓扯頭髮，身體也不住地顫動，完全像是失去了理智。接著，他跳了起來，用頭使勁地去撞牆，我們兩人嚇得趕緊攔住他，把他拽到屋中央。夏洛克·福爾摩斯費力地將他按到安樂椅中，並坐在一旁輕拍著他的手背安撫他，見他稍微安份下來後，便開始柔聲地勸著他。

「你到這裡來，不就是想將你的故事告訴我嗎？」他說，「你太急了，而且也累了，我們等你精神恢復後再聊，我很樂意調查你交給我的任何問題。」

至少有兩分鐘，那人一動不動地努力做著深呼吸，他的胸部劇烈地起伏，看得出他正盡力調整自己的情緒。隨後，他掏出手帕來擦了擦汗，閉上了嘴向我們轉過頭來。

「毫無疑問的，你們一定認為我瘋了。」

「我看得出你遇到了不小的麻煩。」福爾摩斯平靜地說。

「上帝知道我有天大的麻煩！大到讓我失去理智，這件可怕的事來得太突然，雖然我是個人品端正的人，但這件事可能會讓我蒙受恥辱。私人的苦惱還可以說是命運使然，但要是兩件事同時降臨，而且是用這麼可怕的形式降臨，真足以讓我的靈魂戰慄起來！除非有辦法解決這件事，否則不僅僅是我個人，還可能牽連到這個國家最尊貴的人。」

「請鎮靜點，先生。」福爾摩斯安慰他說，「你得先告訴我們你是誰，還有你究竟遇到了什麼麻煩？」

「我的名字，」我們的客人說，「你們可能聽過，我是針線街霍德&史帝文生銀行的亞歷山大·霍德。」

我們的確熟知這個名字，他就是倫敦第二大私人銀行的主要投資者。究竟是什麼樣的事，讓倫敦的第一流公民處於這樣可悲的地步？我們好奇地等著，直到他控制住自己的情緒，對我們講述他的故事。

「時間太緊迫了，」他說，「所以，當警察建議我來找你求助時，我立刻就衝了過來。一下地鐵，我就一路跑到了這裡，因為馬車在雪地上走不快，這也就是我這麼喘的原因，我平時太少運動，現在好多了，我會把事情盡量簡明扼要地告訴你們。」

「當然，你們都知道，要把銀行經營好就必須做出有效的投資，同時增加與各界的聯繫及客戶的數量。其中最有效的方法是，在可靠的擔保下把資金借貸出去。近年來，我們做了不少這類交易，許多名門貴族用藏畫、圖書或者金銀器皿作為抵押向我們借了大筆款項。」

「昨天上午，我正在銀行辦公，職員給我遞來了一張名片。我看到名字嚇了一跳，因為那個人是——呃，甚至是對你們，我也只能說他是個家喻戶曉的人，一個全英國最尊貴、最崇高的人。當他進來，我正想對他說自己很有榮幸之類的話，他卻立刻講起正事，像是急著想完成這件不愉快的工作。」

「『霍爾德先生，』他說，『我聽說你們有貸款業務。』」

「『有足夠的擔保時，我們公司會這麼做。』我恭敬地回答道。」

「『我需要五萬英鎊，』他說，『當然，我可以從朋友那借到十倍於此的數目。但我寧願透過正常的管道，而且由我親自辦理。你能理解，以我的地位平白接受恩惠並非明智之舉。』」

「『我能否知道這筆錢你需要周轉多久？』我問。」

「『下星期一我有一大筆借款到期，到那時就可以償還你借給我的金額以及利息。但是對我而言，最重要的是我必須立刻拿到這筆錢。』」

「『要不是這筆錢對我個人來說負擔過重的話，』我說，『我很樂意將我私人的錢借給你。另一方面，如果以銀行的名義來放款，為了對投資者公平，即使是你也不能破例，我必須比照任何的規定辦理。』」

「『我寧可照規定來，』他說著拿起座椅旁的那只摩洛哥方形黑皮箱，『你肯定聽說過綠玉冠吧？』」

「『帝國最貴重的寶物之一。』我說。」

「『沒錯。』他打開箱蓋，裡面立即光芒四射。柔軟的粉色天鵝絨托著華麗的寶物。『上面共有三十九顆巨大的綠寶石，而且這黃金雕鏤更是難以估價。這頂王冠的價值至少超過我貸款金額的兩倍。我準備將它留在這裡做為抵押品。』」

「我雙手托著這只盒子，茫然地望著面前這位尊貴的委託人。」

「『你懷疑它的價值？』他問。」

「『一點也不。我只是懷疑……』」

「『懷疑我把它留在這是否恰當？你可以放心，如果我無法確定自己能在四天內贖回它，我是絕對不會這麼做的，這只是一種形式。這抵押品夠了吧？』」

「『太足夠了。』」

「『你要明白，霍爾德先生，我這麼做是因為大家對你的口碑極佳，這表明了我對你的信賴，我不僅要求你言行謹慎以避免傳出任何流言。最重要的，你必須盡一切所能的保護好這頂王冠。不需要我多說，你應該知道只要它受到一點點損壞，馬上就會引起轟動的大醜聞。任何的損壞與弄丟它一樣嚴重，因為那些綠寶石都是世間獨一無二的，根本無法替換。總之，我以最大限度的信賴將它留下來，星期一上午我再來親自取回它。』」

「因為委託人急著離開，我不好再說什麼，當即就叫了我的出納，付給他五十張一千英鎊的鈔票。當辦公室再次回復安靜，我面對桌上這只昂貴的箱子，不禁為自己承擔的重責大任焦慮了起來。它可是件國寶啊，如果發生任何的意外，都將引起無法想像的後果。我開始後悔答應保管它，但為時已晚。我只得把它鎖進了我的私人保險箱，繼續工作。」

「傍晚下班時，我又覺得，將如此珍貴的寶物單獨留在辦公室實在太不安全了。以前就發生過保險箱被撬開的事件，我怎麼能肯定它不會發生在自己身上呢？如果真的遇到了那可怎麼辦！所以，我決定往後幾天都隨身攜帶這個箱子，寸步不離，這樣就萬無一失了。於是，我叫了輛馬車，帶著寶物回到我在史翠森的家。我把它鎖進了我樓上更衣間的大櫃子中，這才稍稍放下心來。」

「現在我要提一下我家中的情況。福爾摩斯先生，我希望你能了解整個狀況。我的馬伕和雜役睡在屋外，因此可以略過不提。我有三個女僕，她們都跟了我多年，忠誠絕對不容置疑。另外一位，露西．帕爾，是個次等的侍女；她雖然只待了幾個月，但她的個性很好，做事能力也很不錯。她是個漂亮的女孩，吸引了不少追求者在附近逗留，這是我能從她身上找到的唯一缺點。但是，不管從哪個角度來看，她都是個標準的好女孩。」

「福爾摩斯先生，有關僕人的情況就這些。我的家庭很小，不需要花太多時間描述。我是個鰥夫，只有一個獨生子，叫亞瑟。他總是令我很失望，而且失望到極點了。毫無疑問的，這全是我的錯，每個人都說是我寵壞了他，也許是吧。自從我的愛妻過世後，他便是我唯一摯愛的家人了，我不忍心看到笑容從他的臉上消失，哪怕只有一下子。我從沒拒絕過他的要求。假如我能嚴厲點，或許對我們兩個都有好處，但我的原意是為了他好啊。」

「理所當然，我希望他能繼承我的事業，但他並不是那塊料。他固執而放蕩，老實說，我根本就不放心他經手大筆的金錢。他年輕時曾加入一個貴族俱樂部，由於他的舉止風流瀟灑，很快就結交了一幫揮霍成性的紈袴子弟。他沉溺在牌桌以及賽馬場上，一次又一次地央求我讓他預支零用錢去償還賭債。好幾次，他下定決心要與那幫壞朋友絕交，但每次又被他的朋友喬治·伯恩韋爾爵士拉回了賭場。」

「事實上，我毫不驚訝喬治·伯恩韋爾這種人對他的影響力。亞瑟常帶他來我家，我承認連我都無法抗拒他那迷人的風度。他比亞瑟稍大，是個玩世不恭的人物，去過各種地方，見過各種事物，能言善道，而且長相俊美。可是，一旦撇下他的那富有魅力的外表不談，靜下來思考，我能夠從他那輕浮的言語以及那閃爍不定的眼神，看出這個人不值得信任。不僅我這麼想，可愛的小瑪麗也這麼認為，她擁有洞察人性的直覺。」

「現在，就只剩下瑪麗還沒講到了。她是我的侄女，五年前我哥哥死後，她成了孤兒。於是我收養了她，視如己出。她溫柔、美麗、可愛，是家裡歡樂的源頭。她是個天生的經理人才及管家，卻又不失女性的嫻靜與溫柔；她是我的得力助手，我無法想像沒有她會怎樣。只有一件事，她不肯遵從我的意思。我的兒子兩次向她求婚，他迷戀著她，但兩次都被她拒絕了。我認為如果有人能把我兒子引入正途的話，那肯定只有她了；若是這樣，這場婚姻就可以改變他的一生。但是現在，老天！一切都太遲了！太遲了！」

「現在，福爾摩斯先生，你已經知道生活在我的屋簷下的所有人了，以下就是我痛苦的開始。」

「當天用完晚餐後，我們在客廳喝著咖啡，我把王冠的事告訴了亞瑟和瑪麗，並說那件寶物就鎖在家中，只是沒有向他們提到委託人的名字。先前送咖啡來的露西．帕爾已經離開了房間，不過我不確定她是否有把房門關好。瑪麗和亞瑟都希望一睹這頂有名的皇冠，但我認為最好還是不要動它。」

「『你把它放在哪裡？』亞瑟問。」

「『就在我的大櫃子裡。』」

「『好吧，但願夜裡不要遭小偷。』他說。」

「『我已經把櫃子鎖起來了。』我回答道。」

「『哦，隨便弄把鑰匙都能打開它。小時候我就用貯藏室櫃子的鑰匙打開過。』」

「他常常胡說八道，所以我也沒有特別在意他所說的。那晚他跟我進了房間，一臉沉重。」

「『嘿，老爸，』他垂著眼皮道，『能不能給我二百英鎊？』」

「『不，不行！』我嚴厲地回答道，『我在金錢方面對你夠慷慨了。』」

「『你一向對我很好，』他說，『我需要這筆錢，否則我就不能去俱樂部了。』」

「『那樣最好！』」我對他說道。」

「『沒錯！但你總不能讓我不名譽的退出吧，』他說，『我丟不起那個臉，我一定得弄到這筆錢。如果你不給，那我就會想其它的辦法！』」

「我十分惱怒，因為這已是他這個月第三次開口要錢了，『你休想從我這裡拿走一個便士！』我大聲嚷道。他聽了以後，向我鞠了個躬，一言不發的走了。」

「他離開房間後，我打開櫃子檢查寶物是否還安全，然後再次鎖上。接著，我巡視屋子各處，看看一切是否正常。這個工作本來是由瑪麗負責，但那晚我想要親自檢查。我下樓時，發現瑪麗一人站在走廊窗戶旁。她見我下來，就將窗戶關上並鎖好。」

「『告訴我，爸爸，』她說，她看起來有些緊張，『是你同意侍女露西今晚出去的嗎？』」

「『沒有啊。』」

「『她剛剛從後門走進來。我肯定她去了側門那裡跟誰見面，但我覺得不太安全，應該禁止。』」

「『你明早就跟她說，或是你需要我出面跟她說也行。你確定門窗都鎖好了嗎？』」

「『都關好了，爸爸。』」

「『那好，晚安！』我親了她一下，便回房休息，很快就進了夢鄉。」

「我盡量把一切細節都講出來，福爾摩斯先生，如果有哪裡說得不夠清楚，請隨時問我。」

「正好相反，你講得非常清楚。」

「接下來的這個部分，我希望講得更詳細一點。我向來睡得不熟，心中那份憂慮又使我比平日更容易驚醒。大約深夜兩點時，我被屋子裡某個聲音吵醒，它馬上就停了，但我已被吵醒過來，朦朧中我似乎聽到某處的窗戶被輕輕關上了。我躺在床上認真聽著。突然，我驚恐地發現隔壁房間裡傳出輕微的腳步聲。我溜下床，滿懷恐懼地從門縫望進去。」

「『亞瑟！』我尖叫起來，『你這個流氓！小偷！你居然敢碰那頂王冠！』」

「煤氣燈的亮光依舊閃著，我那不爭氣的孩子只穿著睡衣褲站在燈旁；手裡拿著那頂王冠。他似乎正用力地扭著它。聽到我大叫，他立即鬆手將它放下來，臉色慘白。我把王冠一把奪過來仔細地檢查，發現原本嵌在一個金角上的三塊綠寶石不見了！」

「『你這壞蛋！』我怒吼道，我真的氣炸了，『你毀了它！你讓我丟盡了顏面！被你偷走的那些寶石呢！』」

「『偷？』他也叫了出來。」

「『對，你這個小偷！』我大吼著，使勁搖動著他的肩膀。」

「『沒有掉，不可能會掉啊！』他說。」

「『有三塊綠寶石不見了！你知道它們在哪裡！除了小偷，你還想要我罵你是個騙子？我剛才不就親眼看到你還想弄下另一顆嗎！』」

「『罵夠了沒？』他說，『我再也無法忍受了，我不會再說任何一個字！因為你侮辱我。等天一亮我就離開屋子，自己出去謀生！』」

「『你應該被警察抓走！』我又憤怒又難過地吼道，『我一定會把事情查清楚！』」

「『休想從我身上找到什麼。』他以一種我意料之外的憤恨回道，『如果你想報警，那就去吧！』」

「我盛怒的大吼大叫驚醒了整間房子的人，他們全都趕來了。瑪麗是第一個衝進我房間的人，她一見到那頂王冠和亞瑟的臉就知道發生什麼事了，她尖叫一聲後，倒在地上不省人事。我立刻叫女僕去報警，請他們立即來調查此事。當警長帶著一名警官趕到我家之前，亞瑟怒氣衝衝地叉著手站在原地，問我是否打算把他送進監獄。我回答說，這已經不是家事了，因為王冠是國家的資產，它被毀損或失竊都算是公眾事務，我只能將一切交由法律處理。」

「『至少，』他說，『你不會讓我馬上被捕吧？如果能讓我離開屋子五分鐘，對你我都好。』」

「『那樣你就可以趁機逃掉了，或是把贓物藏起來。』我說。但一想到我現在的處境是多麼可怕，我就轉而哀求亞瑟，希望他顧及不只我個人的榮譽，以及那位地位崇高的客人，別讓這件事演變成震驚全國的大醜聞。只要他能告訴我這三顆消失的寶石在哪裡，就能避免一切不幸。」

「『你要面對現實啊，』我說，『你是現行犯被捕，拒絕認罪只會加重你的刑責，如果你願意彌補這一切，告訴我們綠寶石的下落，那我們可以既往不咎。』」

「『把你的仁慈留給真正需要寬恕的人吧。』他用鄙夷的眼神向我一笑，然後轉過身去。看來他是鐵了心了，我說什麼都無法影響他，這下只剩下一條路可以走了，我讓警長進來逮捕了他。調查工作旋即展開，不僅搜了他的身上，還搜了他的房間以及屋子裡各個可能的角落，但連個影子都沒有看到。儘管我們對他威逼利誘，這可惡的孩子就是不吭一聲。今天早上，他被關進了監獄；而我在辦完了警方的所有手續後，就直奔你這兒來，希望能藉著你的智慧和才華，來偵破這件竊案。警方已坦承他們目前毫無進展，只要你開口，我不在乎酬勞多寡，我已經提出了一千英鎊的懸賞獎金。上帝啊，我該怎麼辦啊！我在一夜之間失去了一切，我的名譽、寶石、以及我的兒子！噢！我該怎麼辦才好！」

他雙手抱頭，全身顫動，就像承受著巨大痛苦的孩子那般自言自語著。夏洛克・福爾摩斯眉頭緊鎖，雙眼凝視著跳動的爐火，一動不動地靜坐了好幾分鐘。

「你們家的客人多嗎？」他最後問道。

「不多，除了我的投資伙伴以及他的家人，還有最近亞瑟的朋友喬治・伯恩韋爾爵士偶爾來過以外，我想沒有其他人了。」

「你常出門應酬嗎？」

「亞瑟常去。瑪麗和我大部分時間都待在家裡，我們對此不太感興趣。」

「對一個年輕女孩來說這可不尋常。」

「她生性嫻靜。此外，她也不年輕了，她已經二十四歲了。」

「聽你描述，她似乎對這件事相當震驚。」

「非常震驚！甚至比我還震驚。」

「你們都認定偷王冠的是亞瑟？」

「毫無疑問，我們都親眼看見他手中拿著王冠。」

「這個證據還不夠充分。王冠的其他部位有損壞嗎？」

「有，它被扳彎了。」

「那你不認為，你的兒子其實是想把它扳回來嗎？」

「上帝保佑你！我知道你這麼說是為了替我們父子脫罪，但這太困難了。他在現場做什麼？如果他是無辜的，那他為什麼不替自己辯解？」

「一點也沒錯。但反過來說，如果是他做的，他為什麼不捏造個謊言呢？他的沉默可以有兩種解釋。這件案子有幾點很奇怪。警方是怎麼解釋吵醒你的那些聲音？」

「他們認為那可能是亞瑟關上房門時發出的聲音。」

「真是胡說八道！意思是說他在犯案時需要把門重重摔上，好把全屋子的人都吵醒囉？那麼他們對於失蹤的綠寶石有什麼看法？」

「他們還在敲家裡所有的牆壁，搜查每一件家具，希望能找到它們。」

「他們有沒有想過要到屋外找找看？」

「有，他們花了一番工夫，把整個花園都翻過來一遍了。」

「那麼，先生，」福爾摩斯說，「難道你還看不出來，這件事不像你和警方所想像的那麼簡單嗎？你們以為這只是個單純的竊案，可是在我的眼中它卻十分複雜。想想你的結論是什麼：你認為你兒子冒著很大的風險下了床，走到你的更衣間，打開大櫃子拿走那頂皇冠，費盡力氣弄壞了一小部分，再走到別的地方，把三十九顆綠寶石中的三顆藏了起來，最後再冒著被人發現的風險，把另外三十六顆又放回房裡。我問你，這個結論合理嗎？」

「不然還有什麼可能呢？」這位銀行家無奈地攤開雙手說。「如果他是清白的，那他為什麼不辯解？」

「這就是我們必須去弄清楚的地方。」福爾摩斯回答道，「現在，如果你願意，霍爾德先生，我們一起出發去史翠森吧，花個一小時仔細檢查一下細節。」

我的朋友堅持我一道前往，這正合我意，我的好奇心以及同情心已經被剛才聽到的故事激起。我得承認，對於這名銀行家的兒子是否涉案這點，我與他不幸的父親看法一致，也覺得事實再清楚不過了。但我對福爾摩斯的判斷力很有信心，只要他對這個結論還有疑慮，那就一定還有一線生機。整段路上，他都默默地坐著，低垂著頭，下巴埋在胸前，帽沿被拉下來遮住眼睛，就這麼呆坐著沉思。而我們的委託人，也因看到了一絲希望而振作起來，他居然跟我閒聊起了他的銀行業務。坐了一小段火車，又走了一點路，我們終於來到了費爾班克，也就是這位大銀行家的樸素住宅。

費爾班克是用白石砌成的一棟房子，遠離馬路。一條雙向車道穿過積雪的草坪，通向緊閉的兩扇大鐵門。右面是一小叢灌木林，與一條有狹窄小徑相連，這條小徑從馬路邊一直通往廚房門，是送貨商的出入口。左邊則是一條通往馬廄的小道，由於馬廄不在住宅範圍內，因此成了一條不常用的公共道路。福爾摩斯要我們待在門口，他沿著屋子慢慢地轉了一圈，穿過了前院，又走過小販的通道，以及花園四周與後面通往馬廄的道路。由於花費的時間太長，霍爾德先生和我乾脆先進了屋，坐在餐廳的壁爐旁等著他。

門打開了，走進來一位年輕的女士。她中高個兒，卻十分婀娜苗條，有著深色的頭髮與眼睛，尤其跟她蒼白的皮膚一對比更顯分明。我想我從未見過臉色如此蒼白的一張臉，就連她的嘴唇也沒有一絲血色，眼睛哭得紅腫起來。她默默地走了進來，她的樣子比早上銀行家表現出得更為痛苦。但顯然她是個性格堅強且有自制力的女人，這樣的對比令我大感驚訝。她對我視而不見，自顧自地走到她叔父身邊，以女性特有的溫情撫摸著他的頭。

「你要他們放了亞瑟，是不是，爸爸？」她問。

「不，沒有，我的乖女兒，這件事必須徹底查清楚。」

「我保證他是無辜的。你知道我的直覺一向正確。我明白他沒有做錯，你會後悔自己對他這麼無情的。」

「如果他是無辜的，那他為什麼不發一語？」

「不知道。或許是你的懷疑令他非常惱怒。」

「我怎麼能不懷疑？我的的確確看見他把王冠拿在手裡！」

「噢！他只是拿起來看看而已。噢！求求你，求求你相信我，他是無辜的。忘掉這件事吧，想到親愛的亞瑟被關進監獄，那太可怕了！」

「在找回寶石之前，我絕不罷手——絕不！瑪麗，你對亞瑟的情感讓你看不清這件竊案的嚴重性。但我絕會善罷甘休，我從倫敦請來了一位先生協助我調查。」

「就是這位先生？」她轉身盯著我問道。

「不，是他的朋友。他希望我們不要打擾他，他現在正在馬廄前的小路那邊。」

「馬廄前的小路？」她黑黑的眉毛向上一挑，「他想在那裡找到什麼？哦！就是他吧！先生，我相信你一定能證明我的觀點。那就是，我的堂兄亞瑟是清白的。」

「我同意你的觀點，而且我相信，有你的幫忙，我們更能證明它。」福爾摩斯進來了，他走到門口的墊子上，將鞋底的雪敲下來。「真是榮幸，我想這位就是瑪麗·霍爾德小姐。我可以請教你幾個問題嗎？」

「先生，如果有助於澄清這件可怕的案件，請儘管問。」

「你昨天晚上有沒有聽見任何聲音？」

「沒有，直到叔父的說話聲吵醒了我，我才趕緊下樓。」

「昨夜是你負責關上所有門窗，你確定全都閂上了嗎？」

「是的。」

「今天早上還是閂好的？」

「是的。」

「家裡有個女僕，她是不是有了情人？昨晚你曾對你叔父說過，她跑去見了那個人？」

「是的，她就是在客廳接待客人的那個女孩，也許她聽到了叔叔那些有關王冠的談話。」

「我懂了。你在暗示她有可能把這件事告訴了她的情人，然後兩人計畫了這件竊案。」

「這些空談有什麼意義呢？」銀行家有些耐不住性子了，「我告訴過你們，我親眼看見亞瑟手裡拿著王冠。」

「別急，霍爾德先生。我們必須重新探討這件事。關於這個女孩，霍爾德小姐，你看見她從廚房的門回來是吧？」

「是的。我去查看門是否有關好時，正巧看見她溜進來。我還發現那個男的躲在外頭暗處。」

「你認識他？」

「哦，認識！他是替我們送蔬菜的販子，叫做法蘭西斯·波士柏。」

「他是站在——」福爾摩斯平靜的問，「門的左側。也就是說，離通往門的小路還有一段距離？」

「是的，一點都沒錯。」

「而且他還有一隻木腿？」

美麗的小姐那雙說話的眼睛突然顯得有些害怕。「怎麼會？你簡直就是個魔術師啊，」她說，「你怎麼知道的？」說著她笑了。可是福爾摩斯專注的臉上並未以笑容回應。

「現在我希望能上樓看看。」福爾摩斯說，「很可能還得再去屋外一回，或許上樓前我應該先檢查一下樓下的窗戶。」

他快速地走過一扇扇窗戶，只在那扇由大廳可望見馬廄小道的大窗戶前略作停頓。他打開那扇窗，掏出隨身攜帶的放大鏡仔細地檢查了窗台。「現在我們上樓吧。」最後他說道。

這位銀行家的更衣間是個陳設簡單的小房間，一塊灰色的地毯上放著一個大櫃子和一面長鏡。福爾摩斯走向大櫃前，仔細瞧著這把鎖。

「他用哪一把鑰匙打開的？」他問。

「就是我兒子說的那把——貯藏室小櫃的鑰匙。」

「你自己的那一把呢？」

「就是放在梳妝台上的這把。」

福爾摩斯用它打開了櫃子。

「這個鎖不會發出聲音，」他說，「難怪沒把你吵醒。我想綠玉冠就裝在這盒子裡吧，我得好好看一看。」他輕輕掀開盒蓋，將王冠小心翼翼地捧出來放在桌子上。這真是件舉世無雙的珍寶，三十六顆綠寶石的美麗光彩我此生未見。王冠的一角有處裂痕，上面鑲著的三顆寶石已不翼而飛。

「現在，霍爾德先生，」福爾摩斯端詳著皇冠說，「王冠這一角與失去了三塊寶石的那一角是對稱的，我能請你把它扭斷嗎？」

「我做夢也不敢這麼做！」銀行家嚇得搖著手退後幾步。

「那我來，」福爾摩斯使勁用力一扳，但王冠卻聞風不動，沒有任何變化。「是可以稍微扳彎沒錯，」他說，「但是，就算是我這麼有力的手指，都扳不斷它了。而且，你覺得如果我弄斷它會怎樣？霍爾德先生，一定會發出手槍發射般的巨響。你說，如果有人在離你床鋪幾碼內扳斷它，你會什麼都沒聽見嗎？」

「我無法想像，我完全搞糊塗了。」

「也許真相總會慢慢弄清楚的。你認為呢？霍爾德小姐。」

「我與叔父一樣毫無頭緒。」

「當你看到你的兒子時，他有穿鞋子或拖鞋嗎？」

「除了襯衫和長褲外什麼也沒穿。」

「謝謝。這次的調查實在很幸運，有了這麼多材料還不能弄清楚怎麼回事的話，就只能怪我們自己了。霍爾德先生，現在我想再到外頭檢查一遍。」

他要求獨自出去，因為他不希望留下太多不必要的足跡，那會讓他的調查難度升高。約一個小時後，他回來了，滿腳都是積雪，而他的表情依然令人難以捉摸。

「我想我已經調查過所有地方了，霍爾德先生，」他說，「現在我要回去了，這樣對你最好。」

「但那些寶石呢，福爾摩斯先生？它們在哪兒？」

「我不知道。」

「我再也找不回它們了！」銀行家絕望地扭著雙手叫道，「那我的兒子呢？還有希望嗎？」

「我還是堅持我的觀點。」

「那看在上帝的份上，告訴我！昨晚發生在我家的神秘竊案到底是怎麼一回事？」

「如果明早九點到十點鐘之間能來貝克街一趟的話，我會很高興地為你解答。我記得沒錯的話，你已經將整件案子全權交給我，所以，只要是為了找回那些寶石，你應該不會限制我花費的金額對吧？」

「我願意用我全部的財產去換回寶石。」

「很好。我會在這段時間內查清所有的事。再見了，說不定傍晚之前我還會來這裡一趟。」

我心裡明白，我的同伴對這個案件已經有了結論，雖然我連一個模糊的概念也沒有。歸途中，我試圖從他嘴裡套出一點消息，他卻總是顧左右而言它，我只好失望地放棄了。我們回到貝克街的時候還不到三點。他匆匆回到自己房裡，幾分鐘後扮成了一個流浪漢走出來。他的衣領上豎起，破爛的外衣被磨得發光，打了一條髒兮兮的紅領帶，再加上腳上的那雙破皮靴，看起來維妙維肖。

「看起來還不錯，」他得意地瞄了鏡子說，「我真希望你可以跟我一起來，華生，但這次恐怕不行。我可能抓住了最關鍵的線索，但也可能是白忙一場，不論如何，謎底馬上就會揭曉了。我盡量在幾個小時內趕回來。」他從食品櫃中的一大塊牛肉上割下一小片，塞進麵包中，然後帶著它出發了。

他回來時，我剛喝完午茶。看得出他的心情不錯，手中提著一隻舊靴子，他把靴子往牆角一扔，然後去倒了一杯茶。

「我只是路過而已，」他說，「馬上就要再出門。」

「去哪裡？」

「哦，西區那邊。這一趟可能要很久。如果我回來晚了，就不用等我。」

「進展如何？」

「哦，馬馬虎虎，沒什麼好抱怨的。我又去了史翠森一趟，但我沒進屋去。這個疑點真是太有趣了，我可不能讓它從我手中溜走。不管怎樣，我不該坐著這邊閒聊，我得把這身破衣服換掉，回到我原本受人尊敬的那副模樣。」

從他的神情和言語中，我知道他心中的滿意程度要勝過他所表現出的。他的眼裡閃著自信的光芒，蒼白的臉上也浮起了紅暈。他急著上樓，過了幾分鐘，大門碰的一聲關上，他又出門繼續他熱愛的追捕行動。

我一直等到了午夜，見他沒有回來的跡象，於是就先去睡了。當他抓住極重要的線索時，往往會幾天幾夜不回家，我早已習慣了。我不知道他是幾點回來的，但當我隔天下樓吃早餐時，發現他已經在餐桌旁邊喝咖啡邊看報了，精神抖擻，儀容整潔。

「請原諒我沒等你就先開動了，」他說，「但你應該記得我們的客人今天一早就會來赴約。」

「啊，已經九點多了。」我回答說，「門鈴響了，我相信一定是他來了。」

那的確是我們的金融界鉅子朋友。我看到他的模樣嚇了一跳。他昨天還是寬闊且莊重的臉龐，現在整個垮了下來，頭髮似乎也更白了，他無精打采的拖著腳步走進來，整個人顯得比昨日狂暴的樣子更痛苦。他一進門，就重重地跌坐在我推過去的扶手椅中。

「不知道我到底造了什麼孽，上帝竟然如此折磨我，」他痛苦地說，「就在兩天前，我還是個事業有成、無憂無慮的人。但是現在，我卻被打入了恥辱和孤獨的深淵。真是雪上加霜，我的侄女，瑪麗，也棄我而去。」

「棄你而去？」

「是的。今天早上，我們發現她的床沒有睡過，房間空了，只留下一張給我的便條放在大廳的桌子上。我昨天晚上很難過，但我並沒生她的氣，我說，如果她嫁給我的兒子，也許他的品行就不會這麼差。也許我這麼說太自私了，她的便條中就針對了我這番話：

我最親愛的叔叔：

我覺得我給你帶來麻煩，如果我選擇了另一種做法，這些不幸的事件就絕不會發生。有了這種想法，我再也不能心安理得地留在你的家中，因此我必須永遠離開你。我已經替未來作好了打算，請別為我擔心。最重要的是，不要來找我，因為那是沒有用的，而且對我也沒有好處。不論是生是死，我都永遠是——

你親愛的瑪麗

她這張便條是什麼意思？福爾摩斯先生！你覺得是指自殺嗎？」

「不，不，絕非如此。這可能是最好的結局。我相信，霍爾德先生，你的煩惱已經接近尾聲了。」

「哈！你這麼說，表示一定查到了些什麼，福爾摩斯先生，你查到了什麼？綠寶石在哪裡？」

「花一千英鎊買回一顆，你不會覺得太貴吧？」

「我願意付十倍價錢！」

「這倒沒必要，三千英鎊足夠了。另外還有一點小小的報酬。你帶支票了嗎？這裡有筆，最好能開一張四千英鎊的支票給我。」

銀行家茫然地拿過筆，如數開好了支票。福爾摩斯走到他桌前，拿出一小塊三角形金塊，上面鑲著三顆綠寶石，將它們扔在了桌上。

只聽我們的委託人發出一聲喜極的尖叫，一把搶過來緊緊抓著它。

「你找到了！」他激動得語無倫次，「我得救了！我得救了！」

他的喜悅就與他剛才的苦惱一樣的強烈，他將那一塊寶貝緊緊揣在胸口。

「另外你還欠了一樣東西，霍爾德先生。」福爾摩斯嚴肅認真地說。

「噢！」他拿起筆來，「你說多少，我會照付。」

「不，不是欠我的，你欠了那個高貴的孩子一個道歉——你的兒子。如果我有兒子的話，當我看到自己的兒子做了與他同樣的事情，我會非常驕傲。」

「所以不是亞瑟拿走的？」

「我昨天告訴過你，現在，我再重複一次，不是他拿的。」

「你能肯定！那我得立刻趕去他那裡，告訴他事情的真相。」

「他已經知道了。我查明事實後就去找他談過，他本來不願意告訴我事情經過，於是換我講給他聽，他聽完只好承認我是對的，而且又補充了幾個我不清楚的細節。不過，你今天早上遇到的事情，可能會讓他回心轉意，將一切吐露出來。」

「看在上帝的份上，趕快告訴我是怎麼回事吧！」

「我會告訴你，而且我還會解釋我是如何一步步查清的。首先，我要跟你講一個事實，這有些難以啟齒，你可能無法接受，那就是：喬治．伯恩韋爾爵士與你的侄女瑪麗有勾結，他們現在已經一起逃走了。」

「我的瑪麗？不可能的！」

「遺憾的是，不僅可能，而且還是事實。當你們將喬治帶進家中時，你與你的兒子其實都不瞭解他的真面目。他是英國最危險的人物之一——一個窮困潦倒的賭徒、凶殘成性的流氓，沒有道義與良知的惡人。但你的侄女對此毫無察覺，當他拿出對成千上百個女人使出的那套，信誓旦旦地向她表白時，她感到非常陶醉，以為全天下只有她能打動他的心。這個魔鬼很瞭解如何利用這些甜言蜜語，她成了他犯罪的工具，而且每晚都跑出去與他約會。」

「我不能，也絕不會相信這種事！」銀行家的臉變得灰白。

「那麼，我來告訴你那一晚家裡發生了什麼事。你的侄女認為你回房後，悄悄地溜下來，與她的情人在那扇朝向馬廄小道的窗邊談話。他在那裡站了很久，在雪地上留下了深深的腳印。她向他提到了那頂王冠，這個消息激起了他強烈的貪欲，於是他要她按他的計畫行事。我從不懷疑她愛你，但有些女人對於情人的愛會讓她不顧一切。我認為她就屬於這類人。當她看到你下樓，還來不及聽完他的指示，就慌忙關上窗子，並告訴你那侍女與裝了義肢的情人幽會的事，那倒是真的。」

「你的兒子，亞瑟，跟你講完話後就上床睡了，因為對俱樂部的那筆債耿耿於懷而難以入眠。深夜時分，他聽見有輕輕的腳步聲走過他的房門，所以就下床查看，卻驚訝地發現堂妹偷偷摸摸地沿著走廊竟入了你的更衣間。這孩子驚嚇了，趕忙披了一件衣服躲在暗處，想要弄個明白。這時，她又從房裡出來了。藉著走道那昏暗的燈光，他發現她手中拿著那頂王冠。接著她走下樓梯，他也跟了過去，躲在你門邊的布簾後面。從那裡可以目睹大廳中所發生的一切，他看到她靜悄悄地開了窗，把王冠遞給了外面的人。然後又關好窗，從他藏身的布簾前走過，匆匆地回到房間。」

「只要她還在場，他就不可能採取任何行動，因為這會害了他心愛的女人。但她一離開，他馬上意識到這件事的嚴重性，必須立刻加以補救。他急忙下樓，穿著原來的衣服，打開窗戶，光著腳跳進雪地裡，沿著小路上的足跡追了過去。他看見一個黑影在月光下飛奔，於是喬治．伯恩韋爾爵士被亞瑟抓住了。兩人爭奪了起來，他們各自抓著王冠一角不放。扭打一陣後，你兒子打中了喬治爵士，割傷了他眼部上方。就在此時，忽然聽見一個東西斷裂的聲響，然後你兒子發現自己終於把王冠搶到了手，於是趕緊跑回來，關上窗，上樓進了你的更衣間，這時才發現王冠在爭奪過程中被扯壞了，正當他試圖將它扳回來時，你出現了。」

「這可能嗎？」銀行家喘著氣問道。

「他原以為能得到你最真誠的感謝，沒想到等著他的卻是一陣不由分說的辱罵，這激怒了他。他不能說出事情的真相，以免害了自己心愛的人，於是他採取了一種具有騎士風度的行為，將一切守口如瓶。」

「難怪她見到那頂王冠就尖叫一聲昏倒了。」霍爾德先生如夢初醒般地叫道，「哦，老天！我真是瞎了眼！沒錯，他曾請求我讓他離開五分鐘！這孩子是想去爭奪現場找回掉落的寶石啊！我錯怪了他，真是太殘酷了！」

「我到了你家以後，」福爾摩斯繼續講述著，「就立即仔細地察看了四周，看雪地上是否留有線索便於我調查。我知道，從前一天傍晚以後都沒有再下過雪，而且天氣很冷，地上保留了當時的足跡。我察看過商販進出的那條小道，發現那裡已被踩得無法辨認了。不過，就在離那裡不遠之處，也就是廚房門過去一點，一個女人和一個男人曾在那裡說話，這男人的足跡顯示他有一隻木腿；我甚至可以肯定有人打斷了他們的約會，因為那女人是匆匆跑回去的，她的足跡腳尖較深，腳跟較淺，同時那個裝義肢的男人又等了一會兒才走開。我當時就猜測，這可能是那名侍女與她的情人所留下的，因為你跟我提過，經過調查後發現事實正是如此。我又到花園轉了一圈，除了一些可能是警察留下的雜亂腳印外別無所獲。但當我走到通往馬廄的小路時，在雪地上看到了一個曲折且複雜的故事。」

「兩行穿靴子的男人腳印留在了地上。還有兩行是屬於赤腳留下的腳印，這讓我很高興。根據你所提供的情報，我斷定這雙赤腳印就是你兒子留下的。靴印包含了來回兩個方向，但其中一道卻是快步奔跑留下的。你兒子的某些腳印踩在了靴子的腳印上，顯然他是隨後追過去的。順著足跡走，最後通到了大廳的窗戶前，那雙靴子似乎在這停了很久，因為周圍的雪都被踏化了。接著我到了另一頭，大概在沿著小路走一百碼處，我發現穿靴人在那裡轉過身來，路上的雪也被踐踏得十分凌亂，像有過一番打鬥；在雪地上發現的幾滴血跡，證明了我的猜測沒錯。接著穿靴人沿著路跑下去，地上的血跡顯示了受傷的人是他。當足跡延伸到小路盡頭的公路時，因為道路已被清掃過，線索於是中斷。」

「當我進了大廳，我曾用放大鏡仔細地檢查了窗台與窗框，看出有人從那進出過，我能分辨別出溼腳留下的足跡輪廓，這時我已經可以推斷出發生過什麼事了。一個男子曾等候在窗外；有個人把王冠拿到這裡來；你的兒子目睹了一切；他追蹤了竊賊並發生爭鬥；他們各抓住王冠一角把它扯壞了，因為一個人的力氣是做不到的；你兒子最終奪回了王冠，卻讓對方抓走了一小塊。到目前為止我都瞭解，至於那名男子是誰？又是誰將王冠拿給他？」

「我常講的一句格言，當你把不可能的情況都排除後，剩下的情況不論多麼不可思議，都一定是真相。現在，我知道不是你拿的，那剩下的可能就只有你的侄女和侍女。如果是侍女，你的兒子怎麼肯會為她頂罪？這沒有道理。但是，他愛著他的堂妹，這也是他一直死守秘密的最佳解釋——尤其這個秘密並不光彩。你說過，自己曾看見她站在那扇窗邊，而且當她一看見王冠就昏倒了，我的猜測到此立刻變成肯定的。」

「那麼，誰會是她的共犯呢？當然是她的情人，不然還有誰在她的心中的地位能勝過對你的敬愛呢？我知道你們一向深居簡出，朋友不多，而喬治．伯恩韋爾爵士就是其中之一。我以前聽說他在女人圈中的臭名，所以穿著皮靴並搶走寶石的人一定就是他。雖然他明白亞瑟知道了真相，卻仍然有恃無恐。因為不管亞瑟說了什麼，都一定會危及自己的家庭成員。」

「再來，憑你們自己的智慧，你們應該知道我的下一步是什麼了。我打扮成流浪漢的樣子到了喬治爵士的家裡，設法結識了他的僕人，得知他的主人前一晚傷到了頭部。我還花了六先令從他手中買回了他主人扔掉的舊靴子。我帶著這雙靴子回去史翠森對照了一下，發現它們與那些腳印完全吻合。」

「昨晚我有看到一個衣衫襤褸的流浪漢蹲在那條小路上。」霍爾德先生恍然大悟。

「一點也沒錯，那就是我。我明白我已經找到了犯人，於是就回家換了衣服。我現在的一舉一動都得十分謹慎，為了避免醜聞傳開，必須避免讓事情鬧到警局。同時我也很清楚，這個狡猾的惡棍一定也看得出我們的這個弱點。我去見了他，當然，一開始他矢口否認。等我將事件的每一個細節告訴他後，他竟從牆上取下防身棒威脅我。我早把他摸得一清二楚，因此在他揮棍前，我已經用槍頂住了他的腦袋，他這才變得老實一點。我告訴他，我們只是想用錢買回那幾顆綠寶石——一千英鎊一顆，這個小偷終於露出了懊悔的神情。『什麼！該死的！』他說，『我把它們用三顆六百鎊的價錢賣了！』，我向他保證不控告他，以換取收購者的住址。然後，我找到了那人，在一番討價還價後以一千英鎊一顆買回了寶石。接著我就去監獄探望你兒子，告訴他一切都解決了。終於，在辛苦地奔波一整天後，在凌晨兩點左右回到了我心愛的床。」

「這是你拯救英國免於一件公開醜聞的偉大日子。」銀行家顯然是一身輕鬆，他欽佩地說，「先生，真不知該如何表達我的感激之情，但你將發現我絕不會辜負你所付出的辛勞。你的智慧真是讓我眼界大開。現在，我得趕快去看我親愛的兒子，為我所做的一切道歉。至於你所說的有關可憐的瑪麗一事，真讓我心碎。即使聰明如你，也無法說出她在哪裡吧！」

「我想，我可以這麼說，」福爾摩斯回答道，「喬治．伯恩韋爾爵士在哪裡，她就在哪。而且，同樣肯定的是，無論她犯的罪是什麼，他們一定很快就會受到嚴懲。」

12 紅櫸莊案

「對於一個因為喜愛藝術而將之作為職業的人。」夏洛克・福爾摩斯將《每日電訊報》的分類廣告往桌上一扔，「常常能從最不起眼和最為平凡的小事中獲得極大的樂趣。華生，我很高興，目前為止，你在勤勤懇懇記錄我們所破案件的工作中，都抓住了這一真理。而且，我要說的是，你並沒有過於突顯那些轟動一時的大案件，反而偶爾會花心思潤飾那些平凡瑣碎的案件。而這些案件才真正給了我充分發揮推理和邏輯綜合才能的機會，這也正是我專業的領域。」

「不過，」我笑著說，「我卻無法拒絕讀者希望我用更駭人聽聞的方式記錄的要求。」

「或許，你真的有錯，」他說著，一邊用火鉗夾了塊燒得通紅的木炭，點燃他那櫻桃木製的煙斗。每當他想與人爭論而不是沉思時，他習慣以木製煙斗代替原來的泥煙斗。「其實，你犯的錯在於你總試著將每一件記述加上生命與色彩，而不是嚴謹地呈現事物間的因果推論，這才是案件中最有價值的地方。」

「就我的看法，在這些案件上我對你做了十分公正的記錄。」我有些不滿地答道。因為我對他的自負有些反感，這種強烈的個性我不止一次在他的言談間見到。

「不，這不是自私或自負，」他說，他常常針對我的想法而不是我的言語做出回答。「假如我要求對我的工作技巧做出公正的記錄，那是因為它是一件不具人格的東西——不包含我在內的東西。犯罪很普遍，邏輯卻很難得。所以，你應該記錄的是邏輯，而不是罪行。然而你卻把一件嚴肅的案件降格成一系列的奇譚怪事。」

那是一個初春的早晨，天氣還很寒冷。用過早餐後，我們分坐在貝克街住所內的火爐兩旁。透過窗玻璃，我看見一陣陣淡黃色的濃霧，淹沒了排排暗褐色的房子。對面的窗戶也在濃霧中成為一圈圈的模糊黑點。我們屋子裡點著煤燈，光線照在白色桌布上，桌上的瓷器和金屬器皿發出點點亮光，餐桌還沒有收拾乾淨。一整個早晨，福爾摩斯都沉默地瀏覽著報紙上的廣告欄，在他身邊堆了好大一疊的報紙。最後他看來放棄了尋找，有些鬧脾氣似地批評我寫作上的缺點。

「還有，」他略略緩和了一下，盯著躍動的爐火抽著長煙斗說，「也算不上是駭人聽聞，因為在這些讓你如此著迷的案件中，有很大一部分在法律上不能算是犯罪。像我幫助波希米亞國王的小事件，瑪麗．薩瑟蘭小姐的離奇經歷，歪嘴男人之謎，以及單身貴族的案件，都無法歸入法律範圍。要是你不用這種聳動的方式呈現，恐怕只會讓文章變得更無聊。」

「可能是吧，」我不服氣地回答說，「但我用的方法卻是新穎而有趣的。」

「呿，我親愛的朋友，對於那些大眾——那些無法從牙齒來辨識紡織工，或從左手拇指來辨識排字工的人而言，他們哪會在乎分析與推理的奇妙之處呢！但是，說實在的，如果你真的寫得太瑣碎，我也不能怪你，畢竟已經很久沒有重大案子了。人們，或是說犯罪者，已經不再有過去那種冒險精神和創意了。至於我的職業，看來也將淪為幫人尋找遺失的鉛筆，或是替寄宿學校的女學生出主意之類的工作了。不管怎樣，我想我將宣告停業。今天早上收到的這張便條，真的可以說是我事業的谷底了。你看！」他將已揉成團的信件扔了過來。

這封信是前一晚由蒙塔奇區寄來的，內容如下：

親愛的福爾摩斯先生：

我非常急切地想請教你，關於我是否該受聘成為一個家庭教師的事。如果你方便的話，我將於明天十點半到訪。

維奧萊特．杭特

「你認識這位女士嗎？」

「不認識。」

「現在已經十點半了。」

「是的，毫無疑問，這就是她的門鈴聲。」

「搞不好事情比你想像的還有趣。還記得藍寶石那個案子嗎？那案子原本也是一時興起，後來卻發展成嚴肅的犯罪調查。這個案子或許也會這樣。」

「嗯，但願如此。答案很快就會揭曉了，因為如果我沒猜錯，這位就是我們提到的女士了。」話還沒說完，就看見一位年輕的小姐走了進來。她衣著樸素而整潔。神采奕奕的面頰上有些雀斑，整個人看起來聰明伶俐且朝氣蓬勃，像個很有主見的女人。

「原諒我的打擾。」當我的朋友起身致意時，她說，「但是我遇到了一件奇怪的事。由於我舉目無親且沒有任何朋友可以請教，我想或許你能好心告訴我該怎麼做。」

「請坐，杭特小姐，我很高興盡我的力量協助你。」

看得出來，福爾摩斯對這位新委託人的言談舉止頗有好感，他以探索的眼光打量了她一番，然後垂下眼皮，指尖合攏，靜靜地聽她陳述事情的經過。

「我在斯賓塞．蒙羅上校家中當了五年的家庭教師，」她說，「但兩月前，上校被調到了新斯科細亞省的哈利法克斯，他將他的幾個孩子也一同帶去美洲，我因此失業了。我曾登報求職，也回覆了一些求職廣告，但都失敗了。我那筆小小的積蓄漸漸花完，我完全不曉得該怎麼辦。」

「西區有一家很有名的家庭教師介紹所，叫作威斯特維，我每星期都會去那碰碰運氣，希望找到合適的工作。威斯特維是這家公司創始人的名字，實際的經理人是史托伯小姐。她坐在自己的辦公室裡，而我們這些求職的女性則在一間接待室等候，依次進入她的辦公室，她則查閱登記冊，尋找是否有適合求職者的工作。」

「就在上週，當我像往日那樣排隊進了那間辦公室時，我發現屋內除了史托伯小姐一人以外，還多了一個相當肥胖的男士，那人鼻梁上架著一副眼鏡，肥厚的下巴層層疊至喉部。當我一走進辦公室，他激動的從椅子跳了起來，把頭轉向了史托伯小姐。」

「『她可以！』他說，『我找不到比她更好的了。太好了！太好了！』他很是熱情，不住地搓著雙手。他看起來十分親切和藹，令人看了相當舒服。」

「『你來找工作是嗎，小姐？』他問。」

「『是的，先生。』」

「『做家庭教師？』」

「『是的，先生。』」

「『你的希望薪資是多少？』」

「『我之前在斯賓塞．蒙羅上校那裡是一個月四英鎊。』」

「『啊，呿，呿！小氣，真是太小氣了！』他那雙肥胖的手在空中舞動著，顯得很激動。『怎麼會有人付那麼少薪水給這麼一位有魅力又有能力的女士呢？』」

「『我的能力，先生，或許比你想像的要少，』我說，『我對法文、德文都懂一些，還有音樂、繪畫——』」

「『呿！呿！』他喊道，『這都不是問題，關鍵在於是否具有一位女性該有的舉止與氣質！如果你沒有，那就不適合教育一個未來可能成為國家棟樑的孩子；但如果你有，哼，那麼，怎麼會有人委屈你接受不到三位數的薪水？在我這裡的待遇，小姐，起薪為一年一百英鎊。』」

「你可以想像，福爾摩斯先生，像我這種身處窮困之中的人，這樣的待遇簡直令人難以置信！這位先生似乎看出了我的疑惑，打開皮夾拿出了一張鈔票。」

「『這是我的習慣，』他說，眼睛笑得瞇成了兩條線，在滿是皺紋的臉上發出兩點光，『先預付一半薪金給我的年輕小姐，好讓她們支付車馬費和置裝費。』」

「在我的印象中，還不曾見過如此體貼而周到的男士。當時我還欠雜貨店老闆一些錢，這筆預付的薪金猶如雪中送炭。但是，整個過程總讓我感到有些蹊蹺。因此在我答應這份差事前，希望能得到更多的資訊。」

「『我能請問你住在哪裡嗎，先生？』我問。」

「『漢普郡，那是個美麗的鄉村。我住在紅櫸莊，距離溫徹斯特不過五哩。那兒真的很美，我親愛的小姐，一幢可愛的鄉村老屋。』」

「『那麼我的工作呢？先生，我希望知道確切的內容。』」

「『我有個小孩，六歲大，特別淘氣。呀！如果你看到他用拖鞋打蟑螂，啪！啪！啪！在你還沒來得及眨眼前已經打死了三隻！』他往後一仰，靠在椅背上大笑起來。」

「我對這孩子玩耍的方式有點驚愕，但是他父親的大笑讓我覺得這只是個玩笑罷了。」

「『那麼，我唯一要做的，』我說，『就是照顧這個孩子？』」

「『不，不，不只這個，不只這個，我親愛的小姐，』他大聲說道，『你主要的工作，聰明的你一定猜得到，那就是遵從我妻子的一切要求，她會叫你做一些一個女士本來就該做的事。看來應該沒問題，是吧？』」

「『我很高興自己幫得上忙。』」

「『的確如此。談談衣服吧，例如說，我們是比較時尚的人，你知道的——時尚但好心。假若我們希望你穿上某件衣服，你不會反對我們這小小的要求對吧？』」

「『不會。』我說，對他的話感到相當震驚。」

「『或是叫你坐在這邊，坐到那邊，這不會冒犯到你吧？』」

「『哦，不會。』」

「『或是叫你在來我家之前把頭髮剪得很短呢？』」

「我幾乎不敢相信我聽到的話。就像你看到的，福爾摩斯先生，我的頭髮相當濃密，而且閃著栗子般的漂亮光澤，它常被人說很美麗。我無法想像把它剪掉會怎樣。」

「『這恐怕不行，』我說。他一直熱切地注視著我。聽到這句話，他的雙眼掠過一道憂鬱的神色。」

「『這恐怕十分重要，』他說，『那是我妻子的小癖好。女士們的癖好，你懂的，小姐，她們的癖好必須顧及。所以你不願意把頭髮剪短了？』」

「『是的，先生，我真的做不到。』我再次表明我的態度。」

「『唉，好吧，這件事只好作罷了。真是可惜，你的各方面都令我很滿意。既然如此，史托伯小姐，我最好看看你的幾位年輕小姐。』」

「那位女經理一直忙著看文件，沒有插過一句話。她很不耐煩地瞪了我一眼，我不禁懷疑，我的拒絕是否讓她失去了一大筆佣金。」

「『你還想把名字繼續留在登記簿上嗎？』她問。」

「『如果可以的話，史托伯小姐。』」

「『呵，老實說，似乎也沒什麼用，因為你連這麼好的機會都拒絕了。』她尖刻地說，『你很難指望我們再找一個這麼好的工作給你。再見了，杭特小姐。』她按了一下桌上的鈴，立刻進來一個僕人把我帶了出去。」

「嗯，就這樣，福爾摩斯先生，當我回到住所，發現櫃子裡的食物所剩無幾，桌上還有兩三張帳單，我開始懷疑自己是不是做了一件蠢事。畢竟，如果這些人有奇怪的癖好，而且也要求別人遵從那些怪異的習慣，那麼他們肯定會作出相當大的補償的。在英國，很少有家庭老師能拿到一百英鎊的年薪；除此之外，我的頭髮對我又有什麼用呢？很多人剪短了頭髮反而更好看，或許我也應該加入她們。第二天，我開始感到後悔，又過了一天，我更加覺得自己的決定是錯的。正當我幾乎克服了心理障礙，準備回到介紹所詢問那個空缺是否還在時，我收到了那位先生寄來的親筆信。我帶來了，我唸給你聽：

親愛的杭特小姐：

我從好心的史托伯小姐那兒問到了你的地址，因此我寫了這封信，想知道你是否能夠重新考慮你的決定。我的妻子聽了我的描述後感到很有興趣，她急切地盼望你的到來。我們願意支付你一季三十英鎊，也就是一年一百二十英鎊，以補償我們的癖好給你帶來的不便。畢竟，那些要求並不過分。我的妻子喜愛一種特別的鐵青色，希望你早晨在室內穿這種顏色的衣服，但不需要你自己掏錢去買，因為我女兒愛麗絲（她現在人在費城）就有一件這樣的衣服，我想應該很合身。還有，關於坐這裡或坐那裡，或者要你按照特別的方式消遣，那應該也不會帶來不便。至於你的頭髮，毫無疑問，的確很可惜，我不得不說，在上回短短的見面中，我也為它的美麗驚嘆不已。但恐怕我必須堅持這一點，我希望增加的薪資足以彌補你的損失。有關照顧孩子方面，那是相當輕鬆的。請你務必答應，我會坐馬車到溫徹斯特接你。請讓我知道你搭乘的列車班次。

傑夫羅・盧卡索

寄自溫徹斯特市紅櫸莊

這就是我剛收到的信，福爾摩斯先生，而且我也決定接下這份工作。但是，我想在踏出最後這一步之前，將整件事情交給你斟酌一下。」

「哎，杭特小姐，如果你已決定，那應該就沒問題了。」福爾摩斯微笑著建議。

「你不勸我拒絕它？」

「我承認這不是個我會建議姐妹去做的工作。」

「這是什麼意思，福爾摩斯先生？」

「哦，我沒有足夠的資料，我不知道。或許你自己已經有了一些結論？」

「嗯，在我看來，似乎也只有一種解釋。盧卡索先生看起來很和藹，脾氣也很好，有沒有可能他的妻子是個瘋子，而他又希望保密，免得妻子被送進精神病院，於是用盡各種方法滿足她的奇怪幻想，防止她發作？」

「這是個可能的答案——事實上，就現有的資訊判斷，這是最可能的一個答案。但不管怎樣，這都不是一位年輕小姐該去的好人家。」

「但是那薪水！福爾摩斯先生，那麼多薪水！」

「嗯，是的，薪水還不錯，甚至太高了，這就是讓我覺得不放心之處，他們明明可以輕易的找到一年四十鎊的人，為什麼還願意付你一百二十英鎊的年薪？這裡頭肯定有很深的隱情。」

「我認為如果把情況都告訴你，萬一以後我需要你的幫助，你能夠心裡先有底。而且，有你做我的後盾，我會感到放心些。」

「嗯，你可以這麼想。我向你保證，你的案子很可能是幾個月來我最感興趣的一個，裡頭有很多戲劇化的情節，如果你發現自己處於任何的疑慮或危險——」

「危險！你察覺到什麼樣的危險？」

福爾摩斯嚴肅地搖搖頭。「如果我知道是什麼的話，那就不危險了。」他說，「但不論任何時間，白天或夜晚，只要給我發一通電報，我立刻就去幫你。」

「這就夠了。」她輕鬆地站起身來，面部的憂慮神色全不見了。「現在，我可以放心地去漢普郡了。我會立刻回信給盧卡索先生，晚上再去剪掉我可憐的頭髮。明天就出發去溫徹斯特。」她對福爾摩斯說了些感激的話，對我們了晚安後，匆匆離去了。

「至少，」望著她那快速而堅定的背影，我說，「她是位能照顧自己的年輕小姐。」

「而且她必須這樣。」福爾摩斯嚴肅地說，「如果過了很久還沒有她的消息，就表示我的判斷大錯特錯了。」

過不了不久，我朋友的預言就應驗了。兩個星期中，我發覺我的思緒總是圍著她的事轉，不知道這個孤獨的女士迷失到什麼樣的人生經驗岔路去了。不尋常的薪資、怪異的條件、輕鬆的工作，沒有一件是尋常的。只是我無法判定這只是單純的癖好還是潛藏陰謀，那個人是個慈善家還是惡棍。至於福爾摩斯，我看到他眉頭深鎖地獨自苦思，一坐就是半個鐘頭；一旦提起這事，他總是揮揮手打斷我的話。「資料！資料！資料！」他總是不耐煩地大叫，「沒有泥，叫我怎麼砌磚！」可是最後又會喃喃的說，絕不會讓自己的姐妹去幹這份工作。

某天深夜我們終於收到了電報。那時，我正想回房睡覺，而福爾摩斯準備好做一整晚那令他沉迷的化學研究。當我回房前，他正彎著腰認真地鼓搗著那些瓶瓶罐罐和藥品。第二天早上，我下樓吃早餐時，發現他還坐在原來的位置。他打開了一個黃色的信封，看了一下內容，隨手將它扔給了我。

「查一下火車時刻表。」他說完，轉身繼續他的化學研究。

電報內容簡短而緊急：

明日中午請到溫徹斯特黑天鵝旅館。請務必前來！我已無計可施了！

杭特

「你能跟我一起去嗎？」福爾摩斯抬頭看了我一眼問道。

「沒問題。」

「那就查一下時刻表。」

「九點半有一班，」我看了我的時刻表說道，「十一點半到達溫徹斯特。」

「好極了。那我只好先把我的丙酮分析擱著，因為明早我們可能需要保持最佳的身體狀態。」

第二天上午十一點，我們已經在開往英國舊都的火車裡了。一路上，福爾摩斯只是自顧自地看著早報。當火車進入漢普郡區域後，他才放下報紙，開始欣賞車窗外的美景。這是春季最美好的日子，藍天上白雲悠悠飄動，燦爛的陽光灑滿大地。儘管初春的天氣依然冷冽，卻令人神清氣爽。一片樸實的鄉村景致一直延伸到奧爾德休特周圍的起伏丘陵。在一叢叢的新綠中，不時露出紅色或灰色的農家小屋頂。

「真是既清新又美麗，不是嗎！」從煙霧瀰漫的貝克街走出來的我，不禁對這世外桃源般的自然風光發出興奮地呼喊。

福爾摩斯卻神色嚴峻地搖了搖頭。

「你知道嗎，華生，」他說，「我看待每一事物都一定會由自己的專業出發，像我這樣對任何事都帶著偏見，實在不是一個完美的性格。你看這些散落在樹叢中的房子，它們留給你的印象是美麗的。但我看它們時，唯一出現在腦中的想法是它們孤立而隔絕，假如在這裡發生了罪案，將難以受到法律的管束與懲罰。」

「老天！」我叫了起來，「你怎麼能將犯罪與這些美麗的房舍聯想在一起！」

「它們總是使我充滿某種恐懼。根據我的經驗，華生，我相信，在倫敦最低微、骯髒的小巷中所發生的犯罪行為，一定不會比在這令人心曠神怡的小鄉村裡發生的來得可怕。」

「你真是嚇到我了！」

「但是這個理由相當充分。在城市中，輿論的壓力在某些方面能彌補法律的不足。不管是在多麼惡劣的小巷中，受虐孩童的哭叫聲或醉漢的打鬧聲，都會不可避免的激起鄰居同情與義憤。而且城市裡處處有司法機關，只要一通知就可以讓它採取行動，犯罪和被告席僅有一線之隔。但是回頭看看這些孤零零的屋子，每一棟都建在單獨的土地上，裡頭住著一群對周遭漠不關心的人們，他們對法律知之甚少。你想想，那些兇殘的暴行、暗藏的陰謀，很可能就在這裡重複上演著而不為人知。如果這位向我們求助的小姐是住在溫徹斯特的話，我就不會替她擔憂了。但她可是住在五哩之外的鄉村啊。幸運的是，顯然她還沒有受到威脅。」

「沒錯，如果她還能到溫徹斯特見我們，說明她還是自由的。」

「是的，她還有人身自由。」

「那可能會是什麼事呢？你能解釋嗎？」

「我已經想出了七種解釋，每一種都符合我們已知的事實。但究竟哪一種是正確的，得視我們得到的新消息而定了。哦，那是教堂的鐘塔。我們很快就會知道杭特小姐想告訴我們的一切了。」

「黑天鵝」是這一帶很有名的旅店，離車站很近。我們趕到那裡時，發現那位年輕的小姐正等著我們，她已訂好了一個房間，午餐也準備好了。

「真高興你們來了，」她熱情地說，「你們兩位真是太好心了。我已經不知如何是好，你們的指點對我非常重要。」

「請告訴我們你遇到了什麼麻煩。」

「我會講的，而且會講快一點，我答應過盧卡索先生三點以前趕回去。我今天早上向他請假進城，但他並不知道我的目的。」

「請把所有事情按照先後順序告訴我們。」福爾摩斯將自己那雙瘦長的腿靠近火爐，專心傾聽。

「首先我得說，整體而言，盧卡索夫婦實際上從沒虐待過我，這樣講對他們比較公平。但是我無法理解他們，而且在他們面前我心情總是放鬆不下來。」

「你無法理解什麼？」

「他們的行為背後的理由。但是我會將一切經過告訴你們；我剛到這裡時，盧卡索先生駕著他的馬車來接我，並帶我回到紅櫸莊，那裡的環境確實如他所說的，十分美麗，不過房子卻不怎麼樣。那是一幢四方形的大房子，刷成粉白色，但在濕氣侵蝕下變得斑駁。房子四周有些平地，三面圍繞著樹林，另一面則是一片空地，延伸到南安普敦公路旁，那條公路距離前門約一百碼。前面這塊空地歸這家人所有，周圍的樹林則是薩瑟頓領主的保護地。一叢銅色山毛櫸正對大門，這地方因此得名。」

「盧卡索先生駕車載我回去，他仍像之前一樣親切友善。當晚，他介紹了他的妻子和小孩。福爾摩斯先生，我在你們貝克街所作的那個猜測完全錯了，盧卡索太太並沒有瘋。她比她的丈夫年輕許多，不超過三十歲，看上去文靜但臉色蒼白，至於盧卡索先生，我猜應該已超過四十五歲。我從他們的談話中得知兩人結婚七年了，他原本是個鰥夫，與前妻只生了一個孩子，也就是之前提到住在費城的女兒。盧卡索私下告訴我，她之所以離開，是因為她對繼母莫名的反感。我不難想像，他女兒已經二十多歲了，當她與父親的年輕妻子相處時，一定相當不自在。」

「在我眼裡，盧卡索太太無論是心靈還是外貌都挺平庸，給我的印象不好也不壞，是個無足輕重的人。看得出她對丈夫和兒子的愛是摯熱的，哪怕他們露出一丁點需求，她那雙左顧右盼的淡灰色眼眸就立即能察覺到，並盡可能地加以滿足。他丈夫待她也極好，他們看起來就像一對幸福美滿的夫婦。但是，這個女人仍有一些讓她苦惱的秘密，她常常滿面愁容地陷入沉思。我好幾次意外地發現她在流淚，不過我想一定是她那調皮搗蛋的孩子讓她生氣了，因為我從未遇到過這樣一個被寵壞了的頑劣小鬼。他的個子比同齡小孩要小，腦袋卻出奇的大。他整天處在憤怒或陰鬱之間，唯一的消遣就是虐待小動物。在捉老鼠、小鳥以及昆蟲方面，他真是個天才。不過，我不想多談這小傢伙。福爾摩斯先生，實際上，他與我的故事沒什麼關係。」

「我對所有細節都有興趣，」我的朋友說，「無論你認為是否相關。」

「我盡量不漏掉任何重要的情節。在那個家中，最讓我不高興的是僕人們的外表和言行。僕人只有兩個，是對夫婦。男的叫托勒，既魯莽又笨拙，有著灰白的頭髮與鬍鬚，且滿身酒氣，我已經看過兩次他醉得一塌糊塗，但是盧卡索先生卻毫不介意的樣子。托勒的老婆高大強壯，容貌醜陋，跟盧卡索太太一樣沉默少言，但是遠不如她友善。這對夫婦是最令人厭惡的組合，幸好我大部分時間都待在育兒室和我的房間裡，這兩個房間位於屋子一角。」

「到紅櫸莊的頭兩天，過得還算順心。第三天，盧卡索太太剛吃完早餐，急著下樓來，在他丈夫的耳邊悄悄說了些什麼。」

「『哦，對了，』他聽完後轉身面向著我，『我們很感謝你，杭特小姐，為了遷就我們的癖好而把美麗的頭髮剪短。我可以保證這絲毫無損你的美麗。現在，我們要看看那套鐵青色的衣服是否適合你。它已經放在你的床上，如果你願意穿上它，我們夫婦將無比感激。』」

「那件等著我穿的衣服呈現一種特殊的深藍色。質料非常高級，但顯然是穿過的舊衣服。我穿上後覺得特別合身，似乎就像為我量身訂做的。盧卡索先生和夫人在客廳等著，看到後露出了開心的表情，但那股反應又激動得有些過頭。客廳佔了整個房子的前半部，裝了三扇落地窗，有張椅子放在中間那扇窗前，椅背朝外。他們要求我坐在那張椅子上，接著，盧卡索先生在客廳一角來回踱步，開始講起一系列我從未聽過的滑稽故事，你們無法想像他有多滑稽，我笑得直不起腰來。奇怪的是，盧卡索夫人好像沒有一點幽默感似的，笑也不笑，只是帶著一副憂鬱焦急的神情，兩手放在腿上端坐著。大約過了一個小時，盧卡索先生突然停住，說差不多該開始工作了，我可以把衣服換下，到育兒室去照顧小愛德華了。」

「兩天後，又上演了一樣的情形。我再次換了那件衣服，坐在窗邊，聽雇主講著沒完沒了的可笑故事，然後笑得筋疲力竭。然後，他遞給我一本黃皮小說，要我把椅子移動一點，以免遮擋了窗外的光線。他請求我大聲唸給他聽，我翻開書唸了大約十分鐘，當我正唸到一句話的中間時，他忽然讓我停住，並叫我去換衣服工作。」

「你可以想像，福爾摩斯先生，我不禁開始好奇，這種奇怪的表演到底有何目的。我觀察到，他們總是很小心，避免讓我的臉正對窗戶，因此我越來越想知道我的背後到底發生了什麼事。剛開始似乎沒辦法，但我不久就想到了一個妙計。有一次我打破了小鏡子，忽然靈機一動，偷偷藏了一塊碎片在手帕裡。接下來一次的表演中，我一邊笑著，一邊把手帕舉到眼前，稍微調整手帕中的鏡子角度，就能看到發生在我背後的事了。起初我很失望，因為背後什麼也沒有，至少就我觀察是這樣。但第二次，我發現有名男子站在南安普敦路上，他穿著灰色服裝、留著小鬍子，似乎正朝我這裡張望。那是條交通要道，平日裡總是人來人往的。可這個男人卻不靠著我們土地的圍欄，全神貫注地注視著我們這裡。我放下手帕，瞄了盧卡索夫人一眼，發現她那銳利的目光正逼視著我。儘管她沒說什麼，但我知道，她肯定已經發現我有一面鏡子，也看到了我身後的情形。她起身轉向她的丈夫。」

「『傑夫羅，』她說，『那條路上有一個無禮的人，正盯著杭特小姐。』」

「『是你的朋友嗎，杭特小姐？』他問。」

「『不是，我在這裡沒有熟人。』」

「『哎呀！那真是太無禮了！請你轉身示意他走開吧。』」

「『不要理他比較好。』」

「『不，不。那會讓他老是跑來閒晃。請你轉過頭去，揮揮手讓他走開。』」

「於是我照辦了，盧卡索太太也拉下了窗簾。這事發生在一週前。從那以後，我就再也沒有坐到窗邊，或穿那身藍衣服，也沒有再看過那個男人站在路上了。」

「請繼續，」福爾摩斯饒有興趣的說，「你的故事太有趣了。」

「恐怕你會認為整件事雜亂無章，因為我所講述的事情或許各不相干。到紅櫸莊的當天，盧卡索先生就領著我去熟悉環境。當我們走近廚房外的一間小屋時，我可以很清楚地聽見鐵鏈碰撞聲以及某種巨大動物走動的聲音。」

「『你看裡面！』盧卡索先生指著兩塊板子之間的縫隙說，『牠真是個美麗的東西對吧？』」

「我順著他的手指望過去，只看到兩隻發亮的眼睛和一團蜷伏在黑暗中的模糊身軀。」

「『別害怕，』看到我驚恐的模樣，他笑了，『那是我養的獒犬，叫做卡羅。雖然主人是我，但事實上只有我的僕人老托勒能制服牠。我們一天只餵牠吃一頓，這樣就不會吃得太飽，可以一直保持清醒與飢餓。每天晚上，托勒會把牠放出來，晚上要是有誰闖進來被牠的尖牙咬到，就只能求上帝保佑了。所以，看在上帝的份上，晚上你可千萬別外出，否則你也可能會沒命的。』」

「這可不只是恐嚇而已。因為兩天後的晚上，大約凌晨兩點左右時，我醒來後不經意地向窗外望去。屋前綠茵茵的草坪在月光下有種朦朦朧朧的美感，我站在窗前，沉醉於這如夢如幻的夜景中。忽然，我發現在紅色山毛櫸樹叢中有什麼東西在動。當牠走出陰影時，我清楚地看到了牠的全貌，就是那隻狗，像一隻小牛那麼大的巨狗！全身暗褐色，顎骨寬而低，骨骼碩大突兀，張著一張血盆大口。牠悠閒地走過草地，消失在另一處陰影中。這個恐怖的衛兵令我不禁打了個冷顫。我想，就算是小偷也不會像牠那麼讓我害怕。」

「我還要告訴你一件更奇怪的事情。你知道，我在倫敦把頭髮剪短了，我把剪下的頭髮編成一條大辮子，放在箱底。有天晚上，小孩睡著後，我閒得發荒，於是開始收拾房裡的家具和自己的雜物。房裡有個舊衣櫃，上面有兩個抽屜空著，最底下的那個則被鎖住。我的衣物塞滿了上面兩個抽屜，但還有很多東西要放，所以對於最下面的抽屜被鎖上感到十分懊惱。忽然我想到，搞不好它是不小心被鎖上的，於是我掏出了一串鑰匙試著打開它。恰好第一把鑰匙就把它打開了。我拉開了抽屜，那裡面只有一件東西，一件你們做夢也想不到的東西，就是我的那條髮辮！」

「我將它拿起來細看，那罕見的色彩與光澤，以及密度和粗細都跟我的頭髮一樣。一件不可能的事卻發生在我眼前。我的頭髮怎麼可能被鎖入抽屜呢？我用顫抖的雙手搬出我的箱子，倒出裡面所有的東西，在箱底找到了我的頭髮。我將二條髮辮放在一起，我向你們保證，它們真是一模一樣。這不是很奇怪嗎？我感到莫名其妙，但百思不得其解。我將從抽屜拿出來的頭髮放回原位，也沒對盧卡索夫婦提起這件事，因為我覺得沒有得到允許就打開上鎖的抽屜是不應該的。」

「你也發現了，福爾摩斯先生，我天生就喜歡觀察事物，因此我很快就對整間屋子有了清楚的印象。有一側的房間好像完全沒有人住，正對托勒夫婦的住處有扇門一直通到那一側，但這扇門一直是鎖住的。有一次我上樓去時，看見盧卡索先生握著一串鑰匙從那扇門走了出來，臉上的神情與平日友氣的外表有天壤之別。他的雙頰血紅，眉頭深鎖，太陽穴因激動而青筋暴露。他匆匆地鎖好門，從我身旁走過，沒有跟我說一個字或看我一眼。」

「這激起了我的好奇心。因此，當我帶孩子到屋外散步時，就順便繞了點路，經過可以看到那一側窗戶的路上。那裡有四扇窗子，排成一排，其中有三扇很髒，第四扇則是拉下了百葉窗，它們顯然都已廢棄不用。我來回漫步著，不時朝這些窗口望去，盧卡索先生這時走出了房子，和往常一樣愉快地朝我走過來。」

「『嗨！』他微笑著說，『如果我剛才走過你身邊時沒打招呼，請你千萬別認為我無禮，我親愛的小姐。剛才我正想著一些生意上的麻煩事。』」

「我向他表示我並不介意，『順便問一下，』我說，『你們房子另一側好像有不少空房間，其中還有一間窗戶緊閉著。』」

「他聽了我的話似乎感到十分吃驚。」

「『我很喜歡照相，』他說，『那幾間房間就是我的暗房。不過，老天！你可真是位細心的小姐，誰會相信呢？誰會相信呢？』他以半開玩笑的語氣調侃著。但他的眼神並沒有任何幽默的神色，而是充滿了懷疑和惱怒，他絕對不是在開玩笑。」

「哦，福爾摩斯先生，自從我知道房裡有些神秘的東西那一刻起，我就急切地想要挖掘真相。與其說是好奇，倒不如說是因為某種責任感——當我這麼做可能會發生一些好事。人們常說女人有種直覺，或許就是這種直覺給了我這種想法，不論如何，我就是這麼想的。我無時無刻尋找機會進入那扇門。」

「就在昨天，我終於等到了機會。我可以告訴你，除了盧卡索先生外，托勒和他的妻子也會進入這幾間廢棄的房間。有一次，我發現托勒拿著一個黑色的大布袋走過那扇門。最近他常常喝得酩酊大醉，昨夜醉得尤其厲害；我上樓時，看見鑰匙還插在門上，毫無疑問是他忘在那兒的。當時盧卡索先生和太太都在樓下逗孩子，因此我有了絕佳的機會，我輕輕轉動鑰匙，開了門，然後偷偷溜了進去。」

「門裡面是一條小小的通道，沒有地毯，也沒有壁紙。通道盡頭轉彎處是個直角，轉過去就發現有三扇並排的房門。第一和第三扇大開著，裡面都是空房，骯髒又陰暗。其中一間有兩扇窗，另一間則僅有一扇，都滿布灰塵，因此光線不足顯得很昏暗。中間那扇門緊閉著，一根鐵床上的粗鐵條橫在中央，鐵條一頭被鎖在牆上的鐵環中，另一頭則用粗繩綁著。門本身也上了鎖，上面沒有鑰匙。這扇鎖得牢牢的門與外面緊閉的那扇窗屬於同一個房間，從門底的縫中透出的微弱光線，可以看出屋裡並不暗，很明顯的，房間上面開有天窗可以讓光線進入。當我站在走廊上觀察著這扇奇怪的房門，猜想裡頭藏著怎樣的秘密時，忽然聽見房內響起了腳步聲。而且由門下的昏暗光線中，看得見房裡有個人影來回走動著。看到這個，我心中頓時升起一股強烈的恐懼。福爾摩斯先生，我嚇得失去了理智，彷彿有隻可怕的手在後面拽著我的裙角，我拔腿就跑。衝過了走廊，穿過門，我與等在外面的盧卡索先生撞個正著。」

「『呵，』他微笑著說，『原來是你，果然。我看到門開著就想說一定是你。』」

「『噢，嚇死我了！』我喘著氣說。」

「『我親愛的小姐！親愛的小姐！』你無法想像他的態度多麼親切熱心，『什麼事把你嚇成這樣？我親愛的小姐。』」

「但是他的聲音有些虛偽，他偽裝得太過頭了，我立刻對他起了戒心。」

「『我真是太蠢了，居然進了那間空屋，』我答道，『可是裡面太安靜了，而且在昏暗的光線下陰森得可怕，所以我嚇得趕緊跑出來了！天啊，裡面可真是靜得讓人不寒而慄啊！』」

「『只有這樣？』」他目光犀利的盯著我。」

「『怎麼了？不然還有什麼？』我問。」

「『你覺得我為什麼要把門鎖住？』」

「『我想我不知道。』」

「『就是不想讓不相干的人進去，你懂了嗎？』他仍然親切地微笑著。」

「『如果我知道，一定會……』」

「『很好，那現在你知道了，如果你敢再踏進這扇門，』頃刻間，他臉上的微笑變成了令人害怕的獰笑，惡狠狠地瞪得我，『我會把你丟給那隻大狗。』」

「我立刻嚇得不知所措，甚至想不起我後來做了些什麼。我想，或許我立刻衝出了他的懷抱逃回房間了。我什麼都想不起來，直到發覺自己渾身顫抖著躺在床上。然後，我馬上想起了你，福爾摩斯先生，如果沒有人給我建議的話，我再也無法待下去了。我怕那間房子、那個男人、那個女人、那些僕人、甚至是那個孩子，他們每個人都令我害怕不安。如果我能把你請來，那就再好不過了。當然我也可以逃離那間房子，但我的好奇心與恐懼一樣強烈，我希望能查明真相。於是我穿好衣服，戴上帽子，去了半哩外的郵局給你發了電報。回去時感覺輕鬆多了，但一走近大門，又忍不住恐慌起來，擔心那隻狗已經被放了出來。不過我想起托勒那天晚上喝得爛醉如泥，而整棟房子只有他能對付這隻凶暴的東西，所以肯定還沒有人把牠放出來。我順利地溜進屋子，想到第二天就可以見到你，讓我高興得睡不著。今天一早，我很輕易地請了假來到溫徹斯特。但是我必須在三點前回去，因為盧卡索夫婦要外出訪友，今晚不在家，需要有人看著孩子。現在，我已經把事情經過講完了，福爾摩斯先生，如果你能告訴我這一切究竟是怎麼回事，我會很高興的，更重要的是我該怎麼辦。」

福爾摩斯和我一樣，對這個有趣的故事如痴如醉。他站了起來，雙手插進口袋裡，神情凝重地來回踱步。

「托勒還沒醒嗎？」他問。

「是的。我聽見他太太對盧卡索夫人說她已經束手無策了。」

「很好，而且盧卡索夫婦今晚要外出？」

「是的。」

「那裡有沒有一個上了大鎖的地窖？」

「有，酒窖。」

「在我看來，你在整個事件中表現得十分勇敢且機靈，杭特小姐。你能再做一件事嗎？如果不是因為你是位出色的女性，我絕對不會提出這個要求的。」

「我願意試試，是什麼事？」

「我與我的朋友七點會到紅櫸莊，那時盧卡索夫婦應該已經走了。至於托勒，我希望他還沒有醒，所以就剩下托勒太太了。如果你能把她騙到地窖裡打雜，然後將她反鎖在裡面，那麼我們的行動就沒有任何阻礙了。」

「我一定做到。」

「好極了！這樣我們就能搞定一切了。顯然，這件事只有一個合理的解釋，他們雇用你是為了假扮某個人，而這個人就被囚禁在那間房裡，我肯定就是那個女兒，也就是愛麗絲．盧卡索小姐，我記得他們說她去了美國。毫無疑問，他們之所以選中了你，是因為你的身材和頭髮與她幾乎完全相同。她的頭髮被剪掉了，可能因為生過病的緣故，而那條髮辮無意間被你給找到了；當然，為了看起來一樣，他們也要求你把頭髮剪掉。那位在路上張望的男人肯定是她的男友，也可能是她的未婚夫。然後，當你穿了那女孩的衣服，外型又那麼像她，他很自然地將你誤認成她。他由你的舉手投足之間，深信盧卡索小姐過得十分快樂，再也不需要他的關懷了。晚上將狗放出來，則是為了阻止他與她接觸。這一切都很清楚明瞭。在這個案子中，最嚴重的應該是那個小孩的個性。」

「這跟孩子有什麼關係？」我突然叫道。

「我親愛的華生，做為一個醫生，一定明白想瞭解孩子的個性，必須從研究父母親著手，你難道不知道反過來也是一樣嗎？我常常從研究孩子來深入瞭解他父母的真正性格。那個孩子的個性有著異乎尋常的殘忍，而且毫無理由。無論這種個性是來自他那笑裡藏刀的父親，還是沉默寡言的母親，對於那個被他們監禁的可憐女孩而言都是個災難。」

「我相信你是對的，福爾摩斯先生。」我們的委託人大聲說道，「回想起我在這個家中經歷的每件事，我確信你的分析是正確的。噢！我們不能再浪費時間了，快去救那可憐的小姐吧。」

「我們必須小心謹慎，因為我們的對手是個相當狡猾殘忍的人。七點之前我們還無法行動，七點就會準時到達那裡，用不了多久就能揭開這個謎團了。」

我們相當準時，到達紅櫸莊時正好七點，將馬車停在路邊的小旅店裡。紅山毛櫸的深色葉子在夕陽的餘輝下反射出金屬色的光澤，即使沒有杭特小姐微笑著站在門口，我們也認得出這就是我們要去的房子。

「搞定了嗎？」福爾摩斯問。

樓下某個地方傳來了猛烈的撞擊聲。「那是酒窖裡的托勒太太，」她說，「她的丈夫還躺在廚房地毯上打鼾。這是他的鑰匙，與盧卡索先生的一模一樣。」

「你做得太棒了！」福爾摩斯熱情地讚嘆著，「現在，請你帶路，我們很快就能看見這樁陰謀的結局了。」

我們走上樓，開了門鎖，沿著一條通道走下去，直到杭特小姐所講到的那扇鎖住的房門前。福爾摩斯割斷繩索，挪開中央的鐵條，然後逐一嘗試每一把鑰匙，但全部鑰匙都沒有用。房內沒有任何聲音，福爾摩斯的臉沉了下來。

「我相信還來得及，」他說，「我想，杭特小姐，你最好別跟我們一起進去。現在，華生，你用肩膀頂住門，讓我試試看這樣撞不撞得開。」

這是一扇早已老舊搖晃的木門，我們合力一撞立刻應聲而開。衝進去一看，裡頭早已空了，僅留下一張簡陋的小床、一張小桌及一筐衣服。屋頂的天窗敞開著，被監禁的人已不知去向。

「這裡想必發生過一些惡行，」福爾摩斯說，「這傢伙已經猜到杭特小姐的意圖，搶先一步把他的受害者移走了。」

「但是，怎麼移走的？」

「從天窗，我們很快就會知道的。」他攀上了屋頂，「嗯，原來如此，」他喊道：「這邊的屋簷架著一具長梯子，這就是他的方法。」

「不可能啊！」杭特小姐嚷道：「盧卡索夫婦出門時，這兒根本就沒有梯子。」

「他又回來做了這些事。我說過，他是個狡猾而殘忍的傢伙。如果說，現在聽到的那陣樓梯傳來的腳步聲是他的，我也不會太意外。我想，華生，最好將你的手槍上膛。」

話才剛說完，已經有個人堵住了門，一個肥胖而魁梧的人，手中握著一根棒子。一看見他，杭特小姐尖叫了起來，縮在牆邊。但是福爾摩斯立刻跳上前，面對著他。

「你這個惡棍！」他說，「你的女兒呢？」

這胖子的小眼睛四下打量著，又抬頭看著敞開的天窗。

「我才要問你呢！」他厲聲叫道，「我們這群賊！偷窺者和賊！這下被我抓住了，不是嗎？你們已經在我的掌握之中，我會讓你們好看！」他轉身飛奔下樓去了。

「他去放狗了！」杭特小姐恐怖地大叫起來。

「我有左輪手槍！」我說。

「最好把前門關起來。」福爾摩斯說。接著，我們一起衝下樓，才剛到大廳，就聽見了巨犬可怕的狂吠聲，接著是一陣淒厲的尖叫，聲音中帶著恐怖的焦慮，令人感到毛骨悚然。一個滿臉通紅的老人揮舞著胳膊從邊門跌跌撞撞地走出來。

「老天！」他大聲呼喊，「有人放了狗！牠已經兩天沒餵了，快，快，不然就來不及了！」

我與福爾摩斯飛奔出去，托勒則緊隨其後。轉過屋角，發現那隻飢餓的龐然大物正緊咬著盧卡索先生的喉嚨，他則痛苦的在地上掙扎。我跑上前朝那畜生的腦袋轟了一槍，牠倒了下去，但鋒利的白牙仍然緊緊咬住他那滿是褶皺的肥厚頸部。我們費了九牛二虎之力，才把人和狗分開。盧卡索被抬進屋子，儘管還有氣息，卻早已血肉模糊了。我們將他安置在客廳的沙發上，並讓驚魂未定的托勒去找他的太太，我盡我所能的替他止痛。大家圍聚在盧卡索周圍。這時，房門開了，一位高大而枯瘦的女人走了進來。

「托勒太太！」杭特小姐喊道。

「是的，小姐，盧卡索先生回來後先把我放了出來，接著他就跑去找你。噢，小姐，只可惜你沒告訴我你的計畫。否則我會告訴你，你所做的是白費力氣。」

「哈！」福爾摩斯敏銳地注視著她，說，「顯然，托勒太太對這件事一清二楚。」

「是的，先生，我的確十分清楚，我正打算告訴你們一切經過。」

「那麼，請坐下說。因為這件事還有幾點我尚未弄清楚。」

「你很快就會明白了，」她說，「假如我能早點從地窖出來的話，我早就可以告訴你們的。要是這件事鬧上法庭的話，你要記住，我會站在你們這一邊，我也是愛麗絲小姐的朋友。」

「她在家從來不快樂，自從她父親再婚，愛麗絲小姐就更加悶悶不樂。她不被關愛，不能對任何事情發表意見。但是直到她在一個朋友家中遇到富勒先生前，一切都還未變得不可收拾。據我所知，按遺囑，愛麗絲小姐有權支配自己的財產，但是她相當寬容，從不曾提及自己的這項權利，將一切都交由盧卡索先生管理。他知道自己可以控制她，但如果她有了丈夫，他肯定會要求自己應有的權利，而這權利將受法律保障。於是，她那自私貪婪的父親，認為該阻止這件事發展下去。他要求女兒簽署一份文件，聲明不論她結婚與否，他都有權支配她的金錢。她不肯簽，他就一直脅迫凌虐她，直到她得了腦膜炎，有六週的時間，她徘徊在死亡的邊緣。然而最終她康復了，卻已瘦得不成人形，還不得已剪掉了那頭美麗的長髮；即使如此，那位年輕人仍然盡一個男人所能的深深愛著她。」

「嗯，」福爾摩斯說，「我想你已經好心的把一切都告訴我們了，接下來發生的事應該很清楚了，我敢肯定，盧卡索先生想出了監禁自己女兒的方法。」

「是的，先生。」

「然後從倫敦找來了杭特小姐，試圖擺脫富勒先生對她的糾纏。」

「就是這樣，先生。」

「可是富勒先生具有一個好水手不屈不撓的特質，他監視著這棟房子。而且利用某種方法，例如金錢或其它方法，說服了你，說明你們兩人的利益是一致的。」

「富勒先生是一個出手大方而且和善的人。」托勒太太平靜地說。

「他還設計讓你的好丈夫喝得爛醉。並且等你的主人一出門，就把梯子架好。」

「你說的沒錯，先生，就如同你看到的那樣。」

「我相信我欠你一個道歉，托勒太太。」福爾摩斯說，「你為我澄清了一系列的難題。哦，村裡的外科醫生和盧卡索太太回來了。所以我想，華生，我們最好送杭特小姐回去溫徹斯特，因為我擔心，我們的存在頗為尷尬。」

就這樣，那個門前植著紅銅色山毛櫸的不祥宅邸之謎就此揭開。盧卡索先生撿回了一條命，卻已成了殘廢之人，靠著他那位忠誠的妻子細心護理得以苟延殘喘。夫婦倆仍然與兩個老僕人住在一起，可能是因為他們對這家人的過去太清楚，因此盧卡索夫婦難以辭退他們。富勒先生和盧卡索小姐則在逃走後的第二天，在南安普敦持特殊許可結了婚。富勒先生現在是政府派赴模里西斯島的官員。至於維奧萊特．杭特小姐，我的朋友福爾摩斯的表現頗令我失望，一旦她不再是案件的關係人，他就對她沒有任何興趣了。她現在是華索一所私立學校的校長，我確信她在那裡的事業相當成功。

回憶錄

1892～1893

The Memoirs of Sherlock Holmes

福爾摩斯聲望如日中天
各國奇案紛紛找上門
塵封的信件揭露名偵探誕生之謎
福爾摩斯兄弟聯手偵破跨國綁架案
死亡的威脅卻也一步步迫近
萊辛巴赫瀑布畔的決鬥
終使一代名偵探的推理成為絕響

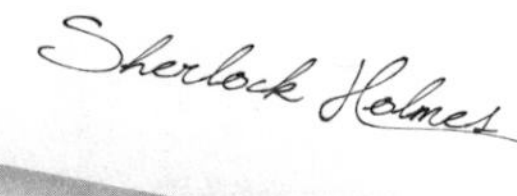

1 銀色火焰

這天清晨，當我們共進早餐時，福爾摩斯說道：

「我的朋友，我可能必須走一趟了。」

「走一趟？去哪裡？」

「去位於達特穆爾的金斯皮蘭。」

我聽了後並不感到奇怪。說實話，唯一令我感到意外的是，最近整個英國都在關注一樁古怪離奇的案子，而福爾摩斯卻對此視而不見。他成天皺著眉頭，埋頭思考，在房間裡來回踱步，將一斗接一斗的煙葉點燃，沉浸在刺鼻的煙味中，對我的任何提問以及言論都充耳不聞。賣報人每天按時將各類報刊送來，他也是匆匆一瞥之後便扔開了。不過，雖然他始終保持著緘默，但我明白，他的大腦正在為某個難題而高速運轉著。目前，眾人都急於破解一個謎一樣的突發事件，急切渴望夏洛克．福爾摩斯能用其智慧分析推理法來解決，這便是在韋塞克斯盃錦標賽上離奇失蹤的名駒「銀色火焰」以及馬師被害案。因此，當我的朋友忽然表示，他預備前去調查這樁充滿戲劇性的案子時，我不但不感到意外，反而正中下懷。

「假如不是很麻煩的話，我倒樂意與你同行。」

「我的朋友，一路上有你相伴，那是十分令人愉快的。我認為你此行一定會有所收穫，這件案子十分特別，它有許多與眾不同之處。現在趕往帕丁頓應該不會誤點，等上了火車我再向你詳細敘述。哦，希望你能帶上那個雙筒的望遠鏡。」

一個鐘頭之後，我們已在頭等車廂上座朝埃克塞特疾馳而去，福爾摩斯頭戴一頂有護耳的帽子，擋住了他那稜角分明的面龐，他的面前擺著一大堆剛剛在車站買的報紙，他正逐一瀏覽。瑞丁站早已被甩到我們身後，他將最後一份報紙塞進座位底下的空隙裡，把煙盒掏出來遞給我。

「這輛車的速度很快，」我的朋友注視著窗外，看了一眼錶後說道，「目前的時速足有五十三哩半。」

「每隔四分之一哩便有一根路杆，但我沒有數它。」我說道。

「我一樣沒留意。但鐵道一側每隔六十碼便有電線杆，因此十分便於計算。我猜關於『銀色火焰』離奇失蹤和馴馬師約翰·史崔克遇害一案，你已略有所聞吧。」

「我的資訊僅止於新聞報導和電訊。」

「對此案而言，推理藝術的價值在於用來查明那些不起眼的事實，而非搜尋新的證據。這樁慘案令人費解，非比尋常，而且牽涉到很多人的切身利益，令我們頗為耗費假設、猜想及推測。關鍵在於，我們要從那些經過記者、評論家瞎猜粉飾後的線索中尋找鐵一般的事實——那些無可爭辯的事實。我們的使命是立足於確鑿的事實之上，尋求答案，並讓與此案相關的關鍵問題浮出水面。週二晚上，格雷戈里警長和馬匹的主人羅斯上校分別發給我電報，警長希望我能與他攜手合作，共同偵破此案。」

「週二晚上！」我吃驚地說道，「可現在已是週四的上午了。你昨天為何不出發呢？」

「當然，我的朋友，這都怪我，也許我創造了不少錯誤，而與你的回憶錄的讀者們所想像的並不一樣。實際上，我認為這匹聞名全國的名駒不可能隱藏太久，尤其是在像達特穆爾的北面這麼人跡罕至的地區。昨天我時刻盼望能獲得『銀色火焰』重新出現的消息，而我相信謀害馴馬師的凶手和偷馬賊肯定是同一個人。誰知直到現在，除了年輕的費茲羅伊·辛普森被捕之外，此案竟無進展。我意識到該出手了。然而，我認為昨天我並未白白浪費。」

「看來，你心中已經有譜了。」

「至少我已經掌握了此案的一些重要事實。我能一一向你列舉。我認為，將一樁案子的思路徹底理清的良法，便是聽某人敘述它的詳情。除此之外，倘若我不將已掌握的情況和盤托出，那麼也就很難獲得你的幫助。」

我吸了口雪茄，朝椅背上靠了靠，我的朋友身子前傾，將瘦削的食指放在左手上比畫著，把引發這趟旅行的離奇事件概況逐一說明。

「失蹤的馬駒叫『銀色火焰』，屬索莫密種，」我的朋友說道，「與牠大名鼎鼎的祖輩一樣，一直保持著傲人的成績。牠目前五歲，曾在多場賽馬會上奪冠，令牠的主人羅斯上校倍感驕傲。此案發生之前，牠獲得了韋塞克斯錦標賽的第一，在賽馬迷之間的賠率為三比一。牠是備受馬迷關注的名駒，並且屢次給嗜好賽馬者帶來財運，因而就算賭金比例如此懸殊，仍有愛好者在牠身上押下鉅額賭注。因此，採用非常手段使這匹名駒無法參加下週二的比賽，顯然也牽涉到了不少人的根本利益。」

「毫無疑問，人人都知道這個情況，因此這匹馬在羅斯上校位於金斯皮蘭的馴馬基地受到了各種保護。負責馴馬的約翰·史崔克曾是這兒的騎師，由於逐漸發福，羅斯上校後來找人替換了他。史崔克在羅斯上校那擔任了五年騎師，之後的七年負責馴馬，一直都是個誠實忠心的僕人。馴馬師手下管理著三名小馬伕。上校的馬廄面積不大，裡面養了四匹馬。其中一名小馬伕整晚都待在馬廄內，其餘兩名都在草料棚內睡覺。他們的人品都不錯。約翰·史崔克早已成家，在距馬廄兩百碼處有座小型別墅。他目前沒養孩子，雇了名女僕照料起居，日子過得還算愜意。當地十分荒涼，北面半哩地之外，矗立著數幢別墅，它們由塔維斯托克鎮的建築商投資建造，專供渴望到達特穆爾呼吸新鮮空氣的旅行者以及療養病人租住。朝西面再走兩哩便是塔維斯托克鎮，越過荒原，差不多也是兩哩遠的地方，便是梅波頓馬廄，它的主人是巴克華特勳爵，這裡由一個叫希拉斯·布朗的人管理。荒原上的其他方向則極度荒涼，除了為數不多的吉普賽人以外，根本就無人居住。慘案是在週一晚上發生的，這便是大概情況。」

「當晚，和平時的習慣一樣，馬匹們在訓練和洗刷完之後，九點鐘便鎖進了馬廄。一個名叫奈德·杭特的小馬伕負責當夜的守衛。剩下的兩名小馬伕則到馴馬師那兒，一起在廚房吃晚餐。九點剛過，別墅的女僕愛迪絲·巴克斯特便將一大盤咖哩羊肉送去奈德那裡當做晚餐。巴克斯特沒準備飲料，因為按照規定，門警在工作時不准喝任何飲料，而馬廄內有自來水管。由於天色已暗下來，通往馬廄的小路又在荒原之上，因此女僕拿了盞提燈。」

「當這個女僕走到距馬廄不足三十碼處時，忽然一個男人從黑暗處冒出來，叫住了她。在提燈昏黃的亮光下，愛迪絲・巴克斯特注意到此人的穿戴不像個平民。他身著灰色的呢質套服，頭上戴著高頂呢帽，腳穿纏著綁腿的長統皮靴，手持一根相當重的手杖。可是讓她最難忘的，莫過於那張過於慘白而惶恐不安的臉。她估計這個人應該超過三十歲。」

「『請問這是哪裡？』他詢問道，『要不是看見這盞燈，我可能要在野地露宿了。』」

「『這裡是金斯皮蘭馬廄附近。』愛迪絲・巴克斯特說道。」

「『啊，真的！太幸運了！』他情不自禁地嚷道，『據我所知，馬廄每晚都會有一名小馬伕守夜。也許你正打算送晚餐去給他。我猜你不至於高傲得不屑賺錢來買件新衣，對吧？』他將一張折疊過的白色紙片從背心裡掏出來，『請你今晚務必把它交到小馬伕手中，到時你會有足夠的錢挑選一件最華麗的新上衣。』」

「他一臉嚴肅的表情，讓女僕十分驚恐，連忙從他面前跑開了，直奔窗口，她向來都是從這兒將飯菜遞進去。窗戶開著，小杭特已等在桌前。女僕正打算將剛才的怪事告訴他，那個陌生的男人就走了過來。」

「『晚上好，』那個人試圖朝馬廄內探望，說道，『我想和你講句話，』那名女僕發誓，就在此刻，她看見了這名陌生人手中抓著張紙條，有一角露在外面。」

「『你來這裡有何貴幹？』杭特問道。」

「『一件能讓你的口袋漲得鼓鼓的事，』那人說道，『這裡面關著兩匹名駒，都是韋塞克斯盃錦標賽的奪標熱門，牠們是銀色火焰和貝爾德。只要你將有價值的訊息告訴我，一定能從中受益。據說在八分之一哩的短程賽中，貝爾德能將銀色火焰甩在身後至少一百碼，而你們都看好貝爾德，在牠身上下注，是這樣嗎？』」

「『所以你也是個該死的馬探子！』杭特嚷道，『我會讓你知道，像你這種傢伙在金斯皮蘭會受到什麼樣的禮遇。』他立刻解開了套在狗脖子上的繩索。女僕連忙朝小別墅跑去，她不時回頭張望，她看見那個男人仍弓著身子朝窗內窺視。不過，當一分鐘後小馬伕牽著獵犬奔出來時，陌生人已經不見了，雖然小馬伕牽著狗在馬廄周圍找了一圈，但也沒發現這個人的蹤跡。」

「稍等一下，」我不得不打斷福爾摩斯的敘述，說道，「當杭特牽著獵犬離開馬廄時，有記得鎖門嗎？」

「精彩，我的朋友，精彩！」福爾摩斯小聲說道，「我也注意到了這個細節，因而昨天專門為此發了封電報到達特穆爾詢問此事。杭特在離開時是將大門鎖好了的。此外我還要特別說明一點，那扇小窗是無法讓一個人鑽進去的。」

「小馬伕等另外兩個同伴回來後，便讓人去給約翰．史崔克報信，讓他馬上知道這件事。當史崔克聽完彙報後，儘管對陌生人的來意捉摸不透，卻顯得十分驚慌。此事令他極度驚恐，因此，當他太太在夜裡醒來時，看見史崔克正準備出去。他向太太解釋道，因為不放心那些馬匹而難以入睡，他想去馬廄瞧瞧牠們是不是都安然無恙。史崔克太太聽見窗外滴答的雨聲，希望丈夫放棄外出，但他仍置妻子的央求於不顧，匆匆穿上雨衣出去了。」

「次日清晨七點，當史崔克的妻子醒來時，竟發現丈夫徹夜未歸，連忙起床將女僕喚醒，一同前往馬廄。他們發現金斯皮蘭馬廄的大門敞開著，杭特蜷縮在椅子上昏迷不醒，名駒已沒了蹤影，史崔克也不知去向。」

「她們立刻叫醒仍在草料棚內酣睡的兩個小馬伕，由於他倆睡得太熟，根本不知道夜裡發生過什麼事。杭特顯然吸入了大量的麻醉劑，無法叫醒，四個人只好將他留在原地，全部出去找尋離奇失蹤的名駒和史崔克。眾人推測一定是他將馬匹帶去晨練了，但眾人爬上馬廄附近的山坡四處張望，卻沒有看到荒原上有馴馬師和名駒的影子。他們發現了一樣東西，這才意識發生了什麼不幸的事件。」

「距離馬廄差不多四分之一哩處，史崔克的外套飄落在一大叢金雀花中。不遠處的荒原上有個土坑，他們在那兒發現了不幸慘死的史崔克的屍體。他的頭部明顯遭受鈍器的猛擊，已被敲得面目全非；臀部上有道長長的傷口，創口很整齊，看得出是由某種銳器割傷的；右手緊握著一把小刀，上面有血塊凝結，看來他曾和凶手纏鬥過；他還握著一根紅黑紋的絲綢領帶，據女僕講，昨夜碰到的那個男人戴的正是這種領帶。被麻醉的小馬伕甦醒後，也證實領帶的確是那個陌生人的。他斷定是那個人趁著在窗口講話的時候，將麻醉藥撒在了咖哩羊肉中，這樣馬廄便沒人看守了。至於失蹤的『銀色火焰』，由案發現場泥地中的痕跡可證明，當時牠也在現場，但清晨時就不見了。雖然上校開出重金懸賞，當地的吉普賽人也都知道此事，但仍無一點音信。最後經過化驗，在杭特沒吃完的咖哩羊肉中發現了大量的麻醉藥，當晚史崔克家也吃了一樣的晚餐，所有人都安然無恙。」

「這就是這件案子的概況，我在陳述時刪掉了所有推測，盡量避免不必要的修飾。此外，我認為有必要講一講警署對此案的處理情況。」

「處理本案的格雷戈里警長是個經驗豐富的警員。倘若在他的天賦中再多一些悟性和想像力，那麼他一定能在警署中步步高升。他趕到案發現場，很快就找出了那名嫌疑犯，並將他逮捕。做到這一點並不困難，因為那個陌生人就住在我曾提到的出租別墅中。據說他名叫費茲羅伊．辛普森。他出身於一個貴族家庭，並接受過良好的教育，後來他在賽馬場上輸光了家產，淪落到靠著在倫敦運動俱樂部賣馬票糊口。查閱費茲羅伊．辛普森的下注記錄，發現他整整押了五千鎊賭『銀色火焰』輸。被警方逮捕後，他坦言自己前往達特穆爾的目的是為了打聽銀色火焰及位居第二的德斯巴勒的情況。第二名的馬屬於梅波頓馬廄，由希拉斯．布朗看管。對於那一夜的事情，他並未予以否認，但解釋自己並無不軌企圖，不過是渴望獲得最新情報罷了。當警方向他出示被害者手中那條領帶時，他的臉色頓時變得慘白，他無法解釋為何領帶會出現在凶案現場。他的外套濕透了，由此看來當晚他也曾淋雨外出過，而他用檳榔木製成的手杖嵌有鉛頭，倘若用它來敲人，足以發揮出武器般的威力，讓不幸的史崔克受創致死。但換一個角度分析，辛普森全身上下都完好無傷，但馴馬師匕首上凝結的血跡卻說明他曾與對方搏鬥並使之受傷。總的來看，案情就是如此。我的朋友，倘若你可以發現一個啟發性的問題，那我將十分感激。」

夏洛克．福爾摩斯以其獨特的方式將案情陳述得十分清楚，令我有一種身臨其境之感。雖然我已瞭解了很多情況，仍無法由此推斷出多條線索間的關係，以及這樣的關係意味著什麼。

「有沒有可能，」我講出自己的推測。「史崔克在頭部受到重創之後，不小心用刀割傷了自己呢？」

「不只是有可能，應該就是這樣，」我的朋友說道，「如此一來，唯一對嫌犯有利的證據就消失了。」

「再說，」我說道，「我還不知道警方的看法。」

「恐怕他們的看法與我們的剛好相反。」福爾摩斯又將話題拉了回來，「據我瞭解，警方的推論是，嫌犯將小馬伕麻醉之後，拿出事前配好的馬廄大門鑰匙打開了門，把『銀色火焰』牽走。很明顯，他的目的是為了盜馬。由於沒有馬轡頭，辛普森解下了脖子上的領帶拎住馬嘴，接著，便任由大門開著，將馬帶到荒原之上，碰巧遇見了史崔克，也可能是被史崔克追上，於是兩人發生了爭執，雖然史崔克抽出刀子自衛，可辛普森卻毫髮無損，反而揮舞著沉甸甸的手杖將史崔克的腦袋敲碎了。接著，辛普森將名駒藏在了一個安全的地方，也可能牠在雙方廝打時掙脫韁繩逃跑了，至今仍在荒原上四處遊蕩。以上便是警方的看法。雖然很多推測都顯得牽強，但也沒有更合理的解釋。無論如何，在我抵達凶案現場後，會設法查清真相，在此之前，我的確無法在現有情況下有所突破。」

當我們趕到塔維斯托克鎮時，已是日落時分。小鎮如同雕刻於盾牌之上的花紋一樣，矗立於達特穆爾廣闊平原的中央。站台上有兩個紳士在等著我倆，其中一個模樣英俊，魁梧高大，有一雙淺藍色的炯炯有神的眼睛，以及捲曲的鬍鬚和頭髮。另外一個十分機警，顯得能幹老練，個子瘦小，身披一件禮服式大衣，腳穿一雙帶綁腿的長統靴，一臉的鬍子修剪得整整齊齊，眼眶上夾了一個單片眼鏡，此人便是鼎鼎大名的羅斯上校。和他在一起的是格雷戈里警長，他在英國的偵探界中無人不知。

「尊敬的福爾摩斯先生，對於你的到來，我感到十分榮幸，」羅斯上校說道，「格雷戈里警長已全力以赴地調查此案，我希望能盡我所能替不幸的史崔克報仇，並找回『銀色火焰』。」

「有任何新的進展嗎？」我的朋友詢問道。

「真抱歉，警方的收穫不大，」格雷戈里說道，「車站外停著一輛四輪敞篷馬車，你大概希望在太陽下山前趕到現場看看，大家可以邊走邊聊。」

僅僅一分鐘後，我們便已登上了舒適的馬車，輕車熟路地穿行於這個位於德文郡的古樸城市。格雷戈里警長的腦海中裝滿了線索，沒完沒了地講解著。我的朋友大部分的時間都保持著緘默，只有偶爾插個嘴。我興致勃勃地聆聽著他們的對話，上校卻將帽簷蓋在眼皮上，抱著雙臂倚著靠背。警長有條理地說明自己的看法，和我的朋友在路上作的那番推論幾乎完全吻合。

「費茲羅伊．辛普森已被恢恢的法網套牢，」警長說道，「我個人認為他便是真凶；當然，我很清楚目前掌握的證據還遠遠不夠，若能再發現新的線索，便可將原有的證據一一推翻。」

「馴馬師刀上的血跡又怎麼說？」

「警方的分析是，他在倒地時碰巧劃傷了自己。」

「在火車上，華生醫生也提出過同樣的推測。如果能證實這點，將對嫌犯相當不利。」

「這是顯而易見的。費茲羅伊．辛普森既無凶器，又無受傷的痕跡。但是，所有證據都對他極為不利。他非常在意『銀色火焰』的情況，又有在杭特晚餐下藥的嫌疑，那夜他還曾冒雨外出，並且有根相當重的手仗，而脖子上的領帶也莫名其妙地被慘死的馴馬師握在手裡。我認為，我們有充足的證據指控他。」

夏洛克．福爾摩斯搖搖頭。「這樣的證據對於一個精明的律師而言，是不堪一擊的。」我的朋友說道，「他盜馬的動機是什麼？如果他想殺掉那匹馬，為何不乾脆在羅斯上校的馬廄裡下手？他是否真的有馬廄鑰匙的複製品？他從哪間藥店買來大量的麻醉藥？還有，一個外地人能將名駒藏在哪兒？他唆使女僕愛迪絲．巴克斯特將紙條轉交給守門的杭特，他對這件事又有何解釋呢？」

「他後來說那只不過是張面額十鎊的紙幣。而在他的皮夾裡的確有張這樣的鈔票。你剛剛提到的問題並沒有想像中的那麼難以解釋。他在塔維斯托克鎮裡不算是外地人，每當盛夏來臨他都會到小鎮住個幾回。至於馬廄的鑰匙，既然門已被打開了，鑰匙可能被隨手丟在荒野。麻醉藥則可能是他在倫敦購買的。名駒也許被藏在某個廢棄的礦井中或是荒原的窪地裡。」

「對於丟失的領帶，又如何解釋呢？」

「他不否認領帶是自己的，但強調早已遺失了。還有些線索能說明正是他將『銀色火焰』牽出了馬廄。」

夏洛克．福爾摩斯豎起了耳朵。

「在距凶案現場不到一哩的位置，我們找到了不少腳印，看來案發當夜有群吉普賽人曾在當地出沒過。次日，也就是週二，他們就撤走了。於是我們可以假設，辛普森與吉普賽人之間達成了某種協定，當自己被盯上時，他就將馬交給那伙人代為保管。你敢說那些吉普賽人就沒有嫌疑了嗎？」

「這種假設當然有可能。」

「目前警方正著手尋找那些流浪在荒野上的吉普賽人。而在塔維斯托克鎮方圓十哩的範圍內，沒有哪間小屋或馬廄躲過了我的盤查。」

「據說離羅斯上校的馬廄不遠就有一間？」

「是的，我們對此非常重視。因為那間馬廄裡馴養的德斯巴勒是賽場上第二名的名駒，盜馬案對他們而言自然是有利的。聽說負責馴馬的希拉斯·布朗在本次比賽中下了大注，而且，他對不幸的受害者充滿敵意。只是，調查後我們斷定布朗和此案並無關係。」

「辛普森與馴養德斯巴勒的馬廄有利益關係嗎？」

「沒有任何關係。」

雙方陷入了沉思，我的朋友朝座椅的後背靠了靠。數分鐘後，我們乘坐的四輪馬車在路邊一幢紅牆長簷的別墅前停下，穿過不遠處的馴馬基地，有排灰色的瓦房。四周是緩緩起伏的坡地，滿地都是乾枯的古銅色鳳尾草，遠處與天邊相接，除了塔維斯托克鎮那些零星的塔尖阻隔著荒野之外，別無它物。在荒野的西面，有幾座房舍孤獨地矗立著，這便是梅波頓馬廄。我們陸續下了車，福爾摩斯仍一動不動地坐在原位。他放眼望著天際，凝神思考著。我不得不過去拍他的手臂，提醒他下車。

「抱歉，」他對一臉驚訝的羅斯上校說道，「我正在做白日夢。」他雙眼放光，努力克制著自己激動的情緒，我估計，他已發現了某些線索，只是不清楚他思維的方向。

「或許你急著到凶案現場看看？尊敬的福爾摩斯先生。」格雷戈里警長問道。

「呃，我希望先留在這裡，有幾個小問題急待證實。我想，被害人的屍體應該抬回來了吧？」

「沒錯，安置在二樓。預計明天開始驗屍。」

「馴馬師史崔克跟隨你很久了吧？上校。」

「是的，作為一名僕人，我認為他是最棒的。」

「格雷戈里警長，受害人口袋中的物品你都逐一檢查並記錄了嗎？」

「那堆東西暫放在客廳裡，如果你認為有必要就去看看吧。」

「太好了。」

大家進入前廳，圍坐在屋子中央的木桌前，格雷戈里將一個錫製的方盒子打開，從裡面拿出了幾件東西。其中包括一截只有兩吋長的蠟燭，一個ADP牌子的石南根煙嘴，一個火柴盒，一個以海豹皮縫製而成的煙絲袋，內裝了半盎司的長板煙絲，一個串在鏈子上的銀製懷錶，幾頁紙張，一個金屬文具盒，五枚一英鎊金幣，一把象牙刀柄的鋒利小刀，看上去很精緻，刀柄刻有倫敦韋斯刀具公司的標誌。

「這是把別緻的小刀，」我的朋友說道，將刀子拿在手裡打量著，「我看刀刃上還有血漬，這大概就是馴馬師握在手中的那把刀吧？華生，我猜你一定對這種刀具十分熟悉。」

「我們稱它為眼翳刀。」我說道。

「沒錯。刀的作工精細，是常用於手術的刀具。有人攜帶著它冒雨外出，卻不將它放進口袋，似乎有些奇怪。」

「小刀有個軟木的圓鞘，我們在離屍體不遠的地方找到了它，」格雷戈里說道，「馴馬師的太太說小刀一直放在梳妝台前，他臨走時帶走了它，看起來算不上是件好武器，但在當時是他手邊僅有的利器了。」

「極有可能。那幾張紙呢？」

「有三張是草料商的收據：一張是他的主人羅斯上校的指令；還有一張是女裝店的發票，金額是三十七英鎊十五先令，由龐德街的雷修里爾夫人開出。購買人是威廉．德比希爾先生，史崔克太太說他是她丈夫的朋友，因此他的信件偶爾會從自己的地址轉收。」

「這位紳士對自己的太太可真大方，」我的朋友說道，「一件價值二十二基尼的服裝可不便宜。只是，這裡已經沒什麼好調查的了，我們去凶案現場吧。」

當眾人走出客廳時，一位女士正在長廊裡等候，她走向我們，用手扯了扯格雷戈里的袖管。她清瘦、憔悴，看來不久前曾受過驚嚇。

「找到凶手了嗎？抓到了嗎？」她上氣不接下氣地詢問道。

「暫時還沒有，史崔克夫人。但夏洛克·福爾摩斯先生已答應參與調查，他剛從倫敦趕來，我們會盡力而為的。」

「我確信我不久前曾在普利茅斯的公園看過你，史崔克夫人。」我的朋友說道。

「不，先生，你記錯了。」

「天哪！怎麼可能，我敢發誓，你當時穿著一件用鴕鳥羽毛裝飾的淺灰色外套。」

「我可沒有這樣的外套，先生，」她回應道。

「那我明白了，」我的朋友說道，他欠欠身，便和格雷戈里一道朝外面走去。不一會兒。便抵達了位於荒野之上的凶案現場，離窪地不遠便是那叢曾掛著馴馬師外套的金雀花。

「據我所知，當晚並沒有刮風，」我的朋友說道。

「是的，但是雨很大。」

「既然如此，外套就不可能被吹到花叢之上，很可能是被誰放上去的。」

「是的，肯定是被人放上去的。」

「這很重要。窪地附近有不少腳印。看來，從凶案發生那天起，已有不少人來過這裡。」

「屍體附近曾有張蓆子，每個人都站在上面。」

「好極了。」

「袋子裡裝有一隻史崔克的靴子、一隻辛普森的皮鞋及名駒的一只蹄鐵。」

「親愛的格雷戈里警長，你真是高明！」我的朋友伸手接過袋子，朝窪地走去，將蓆子拖到中央，接著便站上去伏下身子，用手托住身體，伸長脖子觀察周圍被踩踏過的土地。「啊哈！瞧這兒有什麼？」我的朋友忽然嚷道。那兒有根燒過的火柴棒，它被泥土包裹著，看上去如同一根小木棍。

「真是出人意料，我竟然忽略了這個細節。」格雷戈里一臉沮喪地說道。

「它被泥土埋著，你沒找到並不奇怪，我發現它是因為我存心在尋找它。」

「天啊！難道你料到會有一根火柴？」

「我認為這並非沒有可能。」

夏洛克．福爾摩斯將靴子從袋子裡取了出來，與地面的足跡進行對比，接著便伏在坑旁，緩緩朝金雀花和羊齒草叢中爬去。

「這兒大概已沒什麼痕跡了，」格雷戈里說道，「附近一百碼範圍內我都仔細檢查過了。」

「是的！」我的朋友從地上爬起來說道，「既然如此，我就不該多此一舉了。但我有興趣在日落前，在這片野地上走走，這樣有利於展開明天的工作，我認為，那塊蹄鐵或許是件好東西，因此我打算將它裝進我的衣袋中。」

羅斯上校不時地看錶，顯得很不耐煩，也許他對福爾摩斯井然有序、從容不迫的調查方式並不認同。

「希望你能與我一起回去，格雷戈里警長，」上校開口說道，「我急於知道你對一些事情的看法，最重要的是，我是否有必要公布『銀色火焰』將退出比賽。」

「沒有必要，」我的朋友毫不猶豫地說道，「牠一定能按時出賽。」

羅斯上校點頭表示滿意。

「聽你這樣講，我十分欣慰，福爾摩斯先生，」上校說道，「請你在散完步之後，到史崔克的小別墅找我們，然後一同坐車回塔維斯托克鎮。」

格雷戈里和羅斯上校離開了，留下我和我的朋友漫步於荒原之上。夕陽沉沉地墜落在梅波頓馬廄背後，一望無垠的原野沐浴著金燦燦的光芒，每一株羊齒草和黑莓上都閃耀出晚霞的影子。然而福爾摩斯卻無心享受這動人的景致，陷入一片深思中。

「親愛的華生，依我看，」他最後說道，「還是先將誰是殺人凶手的問題放在一旁，找到那匹名駒才是當務之急。目前，我們假設牠在凶案發生的時候或案發之後脫韁而逃，牠能跑去哪兒呢？馬是一種群居的動物，依牠的本性判斷，最有可能去的便是金斯皮蘭馬廄或梅波頓馬廄。牠不可能四處亂跑的，因為那樣一定會被人發現。有沒有可能被吉普賽人拐走呢？吉普賽人總是會盡量避開各種事端，因為他們最怕被警方盯上。而且即使抓住這匹名駒，也無法安全脫手。帶著這樣一匹馬在路上走，無疑相當危險，最終肯定什麼也得不到。」

「可是，那匹馬到底在哪？」

「我剛才說過，牠很可能是跑到那兩個馬廄去了。如果金斯皮蘭沒有，就肯定在梅波頓。我們順著這個推測追查下去，看看結果如何。格雷戈里講過，這一帶的土質既乾燥又堅硬，但朝梅波頓一側地勢越來越低，放眼望去那邊是條狹長的窪地，週一的雨夜裡肯定十分潮濕。如果『銀色火焰』真的照我想的，曾經從那裡穿越，那麼要找到牠的足跡一定不難。」

我們興致勃勃地邊走邊聊，數分鐘後，便抵達了那片低窪地帶。福爾摩斯要我朝右側走，而他自己則走向了左側，但我僅僅走了數十步，便被他叫住，並招手要我過去。他在一片鬆軟的泥地裡發現了一串蹄印，與他口袋中那塊蹄鐵完全吻合。

「看來假設是十分必要的，」我的朋友說道，「這正是格雷戈里所欠缺的專業素質。我們對已知線索提出假設，並順藤摸瓜，事實證明了假設的合理性。看來我們只能順著這個想法往下走了。」

又濕又軟的窪地轉眼便走完了，我們又穿越了四分之一哩的乾燥荒原，地勢明顯傾斜，地上再次出現了清晰的蹄印，之後的半哩地又消失了。等我們接近離梅波頓馬廄不遠的地方，蹄印再度出現。我的朋友很快找到了它們，他一臉成功的喜悅，站在那兒伸手比畫著。就在蹄印一側，出現了一個男子的足跡。

「名駒起初是獨自行進的。」我提醒道。

「沒錯。剛開始牠獨自行進。嘿，你怎麼解釋這件事？」

令人吃驚的是這兩行腳印忽然轉向了金斯皮蘭一側。我的朋友吹響了口哨，我們順著足跡追蹤下去。福爾摩斯目不轉睛地看著腳印，但我不經意地看了看旁邊，我發現那兩行足跡又繞了回去。

「你太棒了，華生，」當我告訴福爾摩斯時，他說道，「你的發現令我們省了不少力氣，否則就要走冤枉路了。我們順著足跡往回走吧。」

不多時，那兩行腳印便消失在通往梅波頓馬廄的柏油路面上。我們剛走到大門口，就被一個馬伕攔住了。

「閒人不許在此逗留，」那人說道。

「我只想問一個問題，」我的朋友將兩根手指插進衣袋裡說道，「我明天早上能見到這裡的主人希拉斯·布朗嗎？五點會不會太早？」

「祝你好運，先生，假如清晨來，他不會拒絕見你的，因為他通常都起得很早。不過他已經過來了，你還是問他本人吧。不，先生，不，別讓他看到我收了你的錢，他會趕我走的。」

我的朋友連忙將一枚半克朗的金幣放回了口袋，一個凶悍的老人大步地走出門來，手裡握著一根皮鞭。

「什麼事？道森！」他嚷嚷道，「別講廢話！幹活去！至於你們，想幹什麼！」

「我想跟你聊個十分鐘，尊敬的先生，」我的朋友一臉和氣地說道。

「我沒功夫跟流浪漢瞎扯！這兒不歡迎陌生人。快滾，否則我會把狗放出來！」

我的朋友身體微微前傾，對老人耳語了幾句。他頓時暴跳如雷，滿臉通紅。

「胡扯！」他叫道，「一派胡言！」

「很好。你是希望在這邊理論呢，還是借用你的客廳小坐片刻？」

「哦，進來吧！如果你想的話。」

夏洛克·福爾摩斯的嘴角掛著一絲不易察覺的笑意。「你不會等太久的，華生，」他說道，「現在，布朗先生，悉聽尊便。」

二十分鐘後，我的朋友和布朗一道走了出來，這時落日的餘暈已被墨藍色的天際吞沒。我從來未見過像布朗先生這樣能在一瞬間徹底轉變態度的人。他臉色慘白，兩隻手抖個不停，一頭汗水，那條曾經耀武揚威的獵鞭無力的擺動著。他一臉猙獰的神情已消失殆盡，畏畏縮縮地緊隨福爾摩斯前行，如同一隻忠實的獵犬跟在主人身旁一樣。

「你的吩咐我一定照辦，一定的。」他戰戰兢兢地說道。

「別出差錯，」我的朋友回過頭對他說道。彷彿他的目光有魔力一般，令老頭十分惶恐。

「哦，不會的，絕不出錯，牠會準時出現。我是否應該改變牠呢？」

我的朋友沉思了片刻，頓時放聲大笑起來，「不，不需要。」他說道，「我會寄信告訴你。別玩花樣，否則——」

「不，請相信我，請相信我！」

「嗯，我想我能相信你。對了，我的信明天會到。」布朗伸出了顫抖的手，福爾摩斯視而不見，頭也不回地朝金斯皮蘭走去。

「像希拉斯．布朗這種一下子囂張，一下子畏縮的混蛋，還真不多見呢。」當我們邁著疲憊的步伐往回走時，我的朋友說道。

「那麼，馬在他那裡沒錯？」

「他原先裝瘋賣傻，試圖將事情推得一乾二淨。但我將他曾做過的事講得明明白白，因而他深信那天清晨我看見了一切。你肯定也留意到了地上的方頭鞋印，它並不多見，卻完全與布朗的靴子吻合。此外，沒有一個僕人敢做這樣的事。那個馬伕不是說他一向早起嗎？我告訴他，他是如何發現一匹徘徊於荒野之上的馬匹，又如何跑過去，當確定那是著名的『銀色火焰』時，又是多麼地喜不自禁，因為除了這匹名駒，再也沒有馬贏得過他下注的那一匹，沒想到得來竟毫不費功夫。接著我告訴他，他曾經想過把馬送回去，可是中途起了邪念，想讓名駒無法參加比賽，於是便把牠帶了回來，藏在梅波頓馬廄。當我把所有細節講出來後，他所想的就是如何保全自己了。」

「但警方曾經搜查過馬廄。」

「哦，一個像他一樣的騙子肯定有不少辦法。」

「但你怎麼能放心的把馬留在他那裡？他曾一度想傷害那匹馬啊。」

「親愛的華生，他會像保護自己的眼睛一樣保護那匹名駒。因為他很清楚，除非那匹馬毫髮無傷，不然他絕對不會被原諒的。」

「我認為羅斯上校是個有仇必報的人。」

「此事的決定權不在上校的手中。我會根據事態變化來決定公布多少案情。這種自由只有私家偵探才有。老兄，也許你也注意到了，羅斯上校的態度有些傲慢，我打算捉弄他一回，先別讓他知道名駒的下落。」

「在你同意之前，我什麼都不會說。」

「這件事與殺人兇手的問題擺在一起，顯然是不足掛齒的。」

「你準備調查兇殺案了嗎？」

「正好相反，我們今夜就趕回倫敦。」

福爾摩斯的決定令我十分意外。我們抵達德文郡不過數小時罷了，況且調查進展順利，他卻半途而廢，令我十分不解。在返回被害人別墅的路上，不管我如何追問，他都三緘其口。警長和上校早已等在那兒。

「我們計畫搭乘末班車回倫敦，」我的朋友說道，「達特穆爾特有的清新空氣令人十分陶醉。」

格雷戈里警長一臉驚訝的表情，羅斯上校則充滿蔑視地動了動嘴角。

「看來你沒有信心找出殺人兇手。」上校開口說道。

我的朋友無奈地聳聳肩。「這可不容易，」他說，「但我肯定，『銀色火焰』不會耽誤週二的比賽，讓騎師作好參賽的準備。另外，請給我一張死者的照片，可以嗎？」

格雷戈里將一張照片從信封裡取出來，交給了我的朋友。

「親愛的警長，你備齊了所有我要的東西。我還有個問題要問女僕，請你留在這兒等一等。」

「恕我直言，這位來自倫敦的偵探令我感到失望，」福爾摩斯剛剛離開，羅斯上校就毫不客氣地說道，「請他來似乎沒什麼意義。」

「可是他保證你的馬將會參賽。」我說道。

「沒錯，他保證，」上校聳聳肩說道，「希望確實如此，否則我會認為他在吹牛。」

當我正想反駁他的話，我的朋友已走了進來。

「各位，」我的朋友說道，「我已經準備好去塔維斯托克鎮了。」

敞篷馬車停在門口，一名小馬伕禮貌地替我們開了車門。我的朋友大概又注意到了什麼，他上前扯了扯那個男孩的袖管。

「這邊的圍場中養了群綿羊，」我的朋友小聲問道，「是誰負責看管的？」

「是我，先生。」

「近來牠們有什麼異狀嗎？」

「呃，沒什麼特別的，只是有三隻羊的腳跛了，先生。」

福爾摩斯不由自主地搓著手，露出了淺淺的笑意，看來他對於這個答案十分滿意。

「大膽的推測，華生，大膽的推測，」我的朋友握了握我的胳臂，說道，「格雷戈里，也許你應該留意一下羊群的怪病。趕路吧！馬伕。」

羅斯上校仍是一臉懷疑的表情，但格雷戈里顯然有所領悟，他似乎在思考著什麼。

「你認為那很重要嗎？」警長詢問道。

「非常。」

「還有其他忠告嗎？」

「當晚那些狗十分反常。」

「那些狗什麼都沒做。」

「這就是反常之處。」我的朋友解釋道。

四天很快過去了，福爾摩斯和我打算前往溫徹斯特市觀看馬賽。羅斯上校仍然和上次一樣在車站等候我們，用他那輛寬敞的馬車載著我們直奔韋塞克斯盃錦標賽場。羅斯上校的態度頗為冷漠，一臉陰鬱的表情。

「我還是沒有看到我的馬。」羅斯上校說道。

「我相信如果你見到自己的馬，一定認得出牠吧？」我的朋友說道。

羅斯上校幾乎無法控制自己憤怒的情緒。「我這二十多年來都在馬場度過，從來沒有聽過這麼荒謬的問題，」他說道，「小孩子都認得出牠的白色額頭，跟那斑點的右前腳。」

「賠率多少了？」

「說到這個就奇怪。昨天賠率還是十五比一，沒想到今天就變成了三比一。」

「哈！」我的朋友笑道，「看來有人走漏了風聲，毫無疑問。」

當四輪馬車抵達看台附近時，我注意到了公告牌上已列出了參賽馬匹的詳細資料。

韋塞克斯金盃賽

參賽者需繳納五十英鎊，限四至五歲的馬匹參賽。冠軍將獲得金盃和一千英鎊獎金，亞軍獲得三百英鎊。季軍獲得兩百英鎊。賽距：一哩零五弗隆。

一、黑鬼。馬主：希斯．牛頓先生。騎師著咖啡色外套，頭戴紅帽。

二、拳擊手。馬主：瓦德羅上校。騎師著深藍色外套，頭戴玫瑰紅帽。

三、德斯巴勒。馬主：巴克華特勳爵。騎師著黃色外套，頭戴黃帽。

四、銀色火焰。馬主：羅斯上校。騎師著紅色外套，頭戴黑帽。
五、伊莉絲。馬主：巴爾摩羅公爵。騎師著黑黃雙色條紋外套，頭戴黃帽。
六、拉斯珀。馬主：辛格福特動爵所有。騎師著黑色外套，頭戴紫帽。

「我們讓另一匹馬退出比賽，因為你向我保證過，」羅斯上校說道。

「啊，什麼？銀色火焰參賽？」

「賭注五比四，銀色火焰獲勝！」馬迷們嚷道，「五比四，銀色火焰獲勝！德斯巴勒，德斯巴勒，賠率五比十五！剩下的馬，通通五比四！」

「六匹賽馬都有編號，」我扯著嗓門兒說道，「牠們出場了。」

「出場了？那我的馬應該也上場了，」羅斯上校情緒激動地叫道，「但我沒看到牠！那些馬的顏色都不對。」

「剛過去了五匹馬，最後那匹肯定就是了。」

話還沒說完，一匹慓悍矯健的馬匹衝出了圍欄，從我們面前跑過。這匹栗色的馬正載著一位身著紅衣頭戴黑帽的騎師。

「那匹馬不是我的，」羅斯上校說道，「牠渾身上下沒有一根白毛。你在搞什麼，福爾摩斯先生？」

「嘿！嘿！先看看牠的實力如何，」福爾摩斯不動聲色地說道，他用我帶來的雙筒望遠鏡關注著賽場，足足看了幾分鐘。「太厲害了！剛起跑就領先！」他忽然又叫道，「轉彎了，牠們朝這邊來了！」

我們坐在馬車上觀戰，六匹馬直奔這邊而來，場面十分壯觀。所有賽馬都離得很近，甚至可以用一張地毯將牠們全部蓋住，途中，來自於梅波頓馬廄的賽馬一度領先。但是當牠們從我們面前跑過時，德斯巴勒似乎有點力不從心了，而上校的栗色馬卻勇往直前，直奔終點，將所有對手甩在了六匹馬身長之外。巴爾摩羅公爵的伊莉絲則拿下了季軍。

「牠的確是我的馬，無論如何。」羅斯上校將手搭在眼皮上眺望，上氣不接下氣地說道，「老實說，我的確是一頭霧水。難道你打算將秘密帶回倫敦嗎？福爾摩斯先生。」

「哦，羅斯上校，很快便會真相大白。現在大家可以順道去看看冠軍，牠就在那兒，」我的朋友說道，此刻我們已進入了馬柵之內，這兒除了馬主人以及友人之外，不允許任何人進入，「只需要用點酒精清洗一下，銀色火焰便會露出真面目。」

「真是太令人驚訝了！」

「我從盜馬賊那裡發現了牠，便私自決定讓牠參賽。」

「尊敬的福爾摩斯先生，你真是高深莫測。牠看上去十分健康、狀態很好。今天牠表現得很出色，可以說是牠的代表作。我對自己懷疑你的能力感到相當慚愧，你幫我找回名駒，真是功不可沒，如果能將謀害馴馬師的凶手繩之以法，那就更完美了。」

「這件事並不難。」我的朋友不快不慢地說道。

我和羅斯上校一臉驚異地盯著福爾摩斯，上校連忙詢問道：

「抓到凶手了？他在哪裡？」

「他在這裡。」

「這裡？哪裡！」

「目前正跟我在一起。」

羅斯上校的臉漲得通紅。「我並不否認你幫了我的大忙，先生，」羅斯上校說道，「但是我不得不把你的一番話視為侮辱或惡作劇！」

我的朋友忍不住笑了笑。

「我發誓，我並未暗示你與凶手有何關連，羅斯上校，」我的朋友說道，「真凶就站在你的背後。」他走上前去，伸手摸了摸銀色火焰光滑的脖子。

「我的馬！」我和上校異口同聲地叫道。

「沒錯，就是牠。但我必須說明，牠殺人是出於自衛，牠不應該受到任何處罰。而史崔克也不是一個誠實的人。鈴聲響了，我也想發點小財，現在還來得及下注。我們回頭再聊吧。」

當晚我們一行三人乘普爾曼客車回到倫敦，一路上福爾摩斯仔細敘述了週一晚間發生在達特穆爾馬廄的事，以及他的思考，我們都出神地聆聽著，我猜，上校一定也嫌旅途太短了，和我一樣意猶未盡。

「我必須承認，」我的朋友說道，「我由新聞報導衍生的推斷是錯誤的。但有些蛛絲馬跡，若不是被別的旁枝末節擋住的話，原本是十分具有啟發性的。我初到現場時，也認為辛普森就是殺人凶手。沒錯，當時我也意識到證據並不充分。就在我乘車經過死者家門前時，我忽然意識到那盤咖哩羊肉具有非同小可的意義。你們大概沒忘記，當大家下車時，我依舊坐在那兒出神。我吃驚地想著，自己為何會忽略如此重要的一條線索。」

「我承認，」羅斯上校說道，「事到如今我還是想不通那盤咖哩羊肉有什麼問題。」

「在我整個的推理過程中，那盤羊肉是關鍵的一環。粉末狀的麻醉藥肯定有氣味。它的味道即使不刺鼻，但也能讓人有所察覺。如果將它混在日常的飯菜中，吃的人一定會發現，很可能會把它倒掉。可是咖哩卻能將麻醉藥的異味掩蓋住。費茲羅伊．辛普森絕對不可能讓史崔克家照著他的意思在那一晚吃咖哩。或者我們假設，案發當晚辛普森帶來了麻醉藥，碰巧遇到女僕端的菜餚可以蓋住它的異味，這也太荒謬了。於是，我排除了辛普森的嫌疑。因此，我開始懷疑史崔克夫婦。只有他們有權決定晚餐的菜色。杭特那盤菜中的麻醉劑是最後才投進去的，因為其他人吃了以後並沒有異樣。可他們夫婦是如何下藥卻不讓女僕察覺的呢？」

「在查清此事前，我明白那條狗沒有發出聲這一點的重要性，因為很多問題都是順著可靠的推測浮出水面的。透過辛普森的小插曲我瞭解到，馬廄內拴著條獵犬，可是，有人進了馬廄，並帶走了名駒，牠卻毫無反應，沒有吵醒在草料堆中睡覺的兩個小馬伕。因此無疑的，這個不速之客是這隻獵犬很熟悉的人物。」

「我幾乎斷定，這個午夜訪客正是約翰．史崔克，他牽走了銀色火焰。目的何在呢？肯定不是好事，否則他也不必將杭特麻醉，但我一時也找不到答案。從前曾有這樣的案例，馴馬師經他人之手押重注在自己的馬匹上，賭牠輸，然後設法讓牠真的輸掉比賽。比如，騎師可以透過控制賽馬的速度不讓自己的馬匹獲勝。當然還有一些更卑鄙的招數，會是什麼呢？於是我提出要查驗死者隨身攜帶的物品。」

「果然，不出我所料，各位想必都記得，死者的手裡牢牢握著一把精緻的小刀，我想任何一個正常人都不會把它當成武器。華生醫生曾向我們介紹過，這種小刀是外科手術中的精密器具。當晚，史崔克正打算當一回外科醫生呢。憑著羅斯上校豐富的賽馬經驗，一定能明白，若在馬的後腿踝骨輕輕一劃，就會割傷肌腱，那是不易察覺的。受傷的馬匹雖然會逐漸有些跛腳，但多數人都會認為是過度訓練所致，或是因為風濕病，一個善良的人絕不會聯想到可怕的陰謀。」

「混蛋！無恥之徒！」羅斯上校咬牙切齒地咒罵著。

「現在史崔克將馬牽到荒原上的動機已十分清楚了。由於馬兒受創之後，肯定會野性大發，驚聲嘶叫，那有可能會驚醒另外兩個小馬伕。因而他有必要將牠帶到野外。」

「我真是瞎了眼了！」羅斯上校嚷道，「難怪他的口袋裡裝著火柴和蠟燭。」

「沒錯，看過警長收集的死者遺物後，我不但幸運地推測出了他的作案方法，甚至連動機也一清二楚。羅斯上校，你的閱歷如此豐富，當然明白沒有人會隨身帶著別人的帳單，人們總是習慣親自處理財務問題。因而我敢斷言，史崔克還有一個家，女裝店的帳單使我意識到，此案還涉及一個揮金如土的女人。儘管你對自己的員工十分慷慨，但也難以理解他們會闊綽地花掉二十基尼替女人買新衣。我試圖從史崔克的妻子那裡瞭解相關的情況，但她顯然對此一無所知，看來她與此案無關，這一點令我十分滿意。我將女裝店的地址記了下來，相信只要向店家出示史崔克的相片，就能揭開那位謎一樣的德比希爾先生的面紗。」

「於是，一切都浮出了水面。史崔克將名駒帶到窪地裡，為了不引起別人的注意，他只點了根蠟燭。而辛普森在跑開時不慎將領帶遺失了，史崔克撿到了它，可能想用來包紮馬的傷口。在窪地裡，他走近馬匹的背後，點燃了蠟燭，但由於忽然亮光一現，名駒受了驚，本能地意識到危機，於是猛力一踢，蹄鐵剛好踢在了史崔克的額頭上。而史崔克為了能成功完成這個精密的工作，雖然外頭下著雨，仍然把大衣給脫了，所以他在倒地時，大腿被自己手中的刀給劃傷了。我的說明還算清楚吧？」

「太精彩了！」羅斯上校讚嘆道，「太精彩了！就像親眼看到一樣。」

「當然，我對於馴馬師被馬踢死的推測是十分大膽的。可我認為，像史崔克這樣狡詐的傢伙，他是不會輕易向名駒下手的，之前肯定經過反覆試驗。他會在哪裡嘗試踝骨肌腱手術呢？我想到了羊群，於是腦海中閃過一個念頭，包括我本人都異常驚訝，小馬伕告訴我的情況竟與我的推測完全吻合。」

「回到倫敦城之後，我到那家女裝店走了一趟，老闆一眼認出史崔克就是那位出手闊綽的德比希爾先生，他的太太年輕時髦，對華麗的服飾十分鐘愛。我可以斷言，正因為如此史崔克才會債台高築，終於鋌而走險。」

「剩下一個問題，其他我都瞭解了，」羅斯上校說道，「你在哪裡找到馬的？」

「哦，牠掙脫轠繩逃走後，被一個好鄰居收留了，對此你應該多一些寬容。看來我們已經到了克萊芬站，如果我沒看錯的話，十分鐘內就能抵達倫敦車站。也許你有興趣到我們的住處去抽根煙，羅斯上校，那樣的話我很樂意告訴你其他細節，你想必會覺得很有趣。」

2 黃臉人

夏洛克．福爾摩斯的超凡智慧，使那些離奇古怪的案件充滿了戲劇性，逐漸讓越來越多的讀者都融入了故事中。我所發表的每一篇小說都是以這些案件為素材，無意間也烘托了他那無與倫比的成就。這些並不是為了增加福爾摩斯的聲望——嚴格地說，每當陷入絕境時，他的非凡才幹和旺盛精力都令人嘆服——而那些連福爾摩斯都無法解決的問題，更是讓所有人束手無策，而我的故事便永遠無法劃上句號。當然，他也有出錯的時候，但往往最終都能迷途知返。曾經有五六件這樣的案子，最引人入勝的有兩件，其中一件是馬斯格雷夫典禮案，另一件便是我現在準備講的。

福爾摩斯對某些體育活動的熱情並非為了鍛鍊身體，普遍說來，可不是人人都懂得駕馭自己的體力。但無庸置疑，在相同重量的人之間，福爾摩斯是最傑出的拳擊手，雖然他始終認為漫無目的的鍛鍊等於白白消耗體力，因此對各種賽事毫無熱情，除了某些和他的職業相關的個案。儘管如此，他仍能保持旺盛的精力和極大的熱情。很明顯，他是一個十分特殊的人物，他的養身之道也不足以讓人借鑑。他的生活習慣十分簡單，無論是飲食還是起居，都可以用簡樸來形容。除了偶爾會使用古柯鹼以外，也沒有其他不良嗜好了。每當生活陷入枯燥，既無案可查又沒什麼有價值的報導，他只能借助藥物的力量，求得片刻的解脫。

初春的某日，福爾摩斯竟然心血來潮，和我一起去公園呼吸新鮮空氣。稚嫩的綠芽從榆樹梢上冒了出來，花瓣樣的新葉佔滿了栗樹枝頭。一路上我全都沉默不語，兩個小時漸漸過去了，只有知心的朋友才懂得享受這樣的寧靜。我們回到貝克街的寓所時，已經四點多了。

「對不起，先生。」一個年紀很輕的僕人開門說道，「剛剛有位紳士來拜訪你。」

福爾摩斯頗有怨言地看了看我。

「散步根本就是浪費時間！」福爾摩斯說道，「看來，客人已經離開了？」

「沒錯，先生。」

「你是否將他請到房間呢？」

「有的，他沒有拒絕。」

「那位紳士待了多長時間？」

「差不多有三十分鐘，先生。他不停地在房間裡踱步，看上去十分不安。我一直守在門口，對房裡的動靜一清二楚。他可能等得有些發火了，嚷道：『難道他永遠不回家了嗎？』。我安撫道：『請你再稍等一會兒』。他沉默了片刻之後說道：『我要去外面吹個風，再待下去恐怕連氣都喘不過來了，晚點我再來。』接著他就離開了，我根本留不住他。」

「好吧，好吧，你做得不錯。」我跨進房門後，福爾摩斯說道，「怎不讓人發火，我的朋友。我正飢渴地期待著一件大案子。從這個人的表現不難看出，這件案子很重要。咦！桌子有一支煙斗，大概是那位紳士留下的。這支石南根煙斗材質不錯，它那長長的煙斗柄是用一種被煙草商稱為『琥珀』的材料製成。我從未統計過整個倫敦有多少人使用由天然琥珀製成的煙嘴，據說如果裡面沒有包著蒼蠅便是假的。很明顯，這個人十分愛惜這支煙斗，可是他竟然把它忘了，看來他十分焦躁不安。」

「為什麼你知道他十分愛惜這支琥珀煙斗呢？」

「哦，我知道這支煙斗只值七先令六便士，不過你看，它被修了兩次，琥珀煙嘴這裡有一處，木柄上還有一處。你應該注意到，修補用的材料是銀，那比煙斗本身還要貴。這位紳士寧願花更多的錢去修理，也不肯換一支新的，難道還不能說明這一點嗎？」

「你還發現了什麼？」當福爾摩斯再次將煙斗翻轉過來，用深沉的目光看著它時，我忍不住問道。

我的朋友將煙斗托起，伸出瘦長的食指敲了敲，如同一位正在授課的動物學教授。

「千萬別小看煙斗，」福爾摩斯說道，「也許你認為鐘錶和鞋帶最能說明一個人的個性特徵，但除此之外還有一樣東西同樣能說明問題，那就是煙斗。然而我們從這只煙斗上所能發現的線索並不多。這位紳士顯然家境富裕，體格健壯，牙齒很好，是左撇子，有點粗心。」

福爾摩斯用眼角的餘光看著我，滔滔不絕地講著，我知道他正在分析我是否明白他推理的根據。

「一個人使用售價七先令的煙斗，就算得上富有嗎？」我問。

「他抽的是格羅夫納的板煙，每兩售價十一便士，」福爾摩斯將幾根煙絲從煙斗中倒出來，看了看後說道，「他就算只花這個價格的一半，也足以買到夠好的煙絲，因此，看得出他生活富裕。」

「除此之外呢？」

「他常在煤氣燈和油燈上點煙。煙斗的一側已被烤焦了。如果使用火柴根本不會留下這樣的痕跡，可是在煤氣燈上點煙就無法保證了。你看，被烤焦的只有煙斗的右邊，於是我估計他是個左撇子。你可以嘗試在燈上點煙，你不難發現，由於你善於用右手，因而靠近火焰的肯定是左側。當然還有不同的點煙方式，不過這種是最常見的。因而我認定他慣用左手。由於琥珀煙嘴一部分被咬破，因而我推測他的牙齒不錯，而且體格健壯。如果我的耳朵沒什麼問題的話，我聽見他的腳步聲了，我們馬上就可以告別枯燥的生活了。」

不久，房門被推開了，一位魁梧的年輕紳士走了進來。他身著一套考究的灰色西裝，手裡拿著頂質地很好的咖啡色寬沿呢帽。看起來三十歲出頭，也可能更大一點。

「抱歉，」他十分困窘地說道，「我知道應該先敲門，當然，應該敲門。因為我最近十分不安，如果有什麼冒犯之處，還請見諒。」他伸出手輕撫前額，就像要昏倒一樣，身子一斜便栽倒在了椅子上。

「我猜你已有一兩個晚上沒闔過眼了。」我的朋友溫和地說道，「缺乏適當的休息比辛苦工作或是縱情玩樂還要使人緊張。不知我能幫你做些什麼？」

「我需要借助你的智慧，福爾摩斯先生。我已束手無策，我的生活幾乎要崩潰了。」

「你想向我諮詢一些問題？」

「不僅如此。你一生閱人無數，見多識廣，我只能求助於你。我如同一隻迷途的羔羊，不知該怎麼辦。請你幫助我。」

他語無倫次，聲音顫抖，上氣不接下氣，他看上去似乎連講話都很吃力，由始至終竭力保持著快要崩潰的理性。

「這件事十分麻煩，」他說道，「俗話說家醜不可外揚。特別是話題涉及自己妻子的行為，這實在令人尷尬，簡直難以置信……但是，我已經束手無策了，不向人求助根本解決不了問題。」

「尊敬的格蘭特．蒙羅先生——」我的朋友平靜地說道。

年輕的紳士一下子從座位上彈了起來。

「老天！」他叫道，「你居然知道我是誰？」

「如果你不讓別人知道自己的姓名，」福爾摩斯和藹可親地說道，「那就不該將姓名寫在帽子裡，如果你一定要這樣做，那麼在拜訪陌生人時就別讓對方看見帽子的裡面。說實話，我們曾在這間房裡承接過形形色色的離奇事件，而我和我的朋友華生醫生很榮幸地幫助過部分走投無路的人，使他們重新擁有了寧靜的生活。我想你一定也能如願以償。為了節省時間，現在就請你將整個事件敘述一遍。」

格蘭特．蒙羅用手輕撫著前額，似乎正承受著痛苦的煎熬。從他的神態我不難看出，他是個性格內向、善於控制情緒、天生驕傲、寧可承受痛楚，也不肯表露出來的人。終於，他伸出拳頭用力作了一個手勢，彷彿揭開秘密前的序曲。

「事情是這樣的，福爾摩斯先生，」他說，「我是個已婚的人，我與妻子在三年前結婚。這幾年來，我跟她就像許多恩愛的夫妻一樣，過著甜蜜的生活。我們的觀點、言行和思考方式都很接近，從未有過任何分歧。但從上週開始，我們之間產生了隔閡。我很驚訝地發現，自己對她的某些思想和生活習慣感到十分陌生，如同面對一個萍水相逢的女人。我們漸行漸遠，因此，我想瞭解原因。」

「在我講得更深入之前，有一件事我必須先告訴你，福爾摩斯先生。艾菲十分愛我，千萬別誤會了這一點。她全心全意地愛我，不能比現在更愛！我知道，我感覺得到，我絲毫不懷疑這一點，因為一個男人可以很輕易地察覺一個女人的愛。但是我感到我們之間存在著某個秘密，在謎底揭開之前，我們無法回到從前那樣。」

「格蘭特．蒙羅先生，我希望儘快講到重點，」福爾摩斯有些按捺不住了。

「先說說我妻子的經歷。我與她初次相遇時，她還很年輕，雖然才二十五歲，卻是已故的希伯倫律師的遺孀，人們稱她為希伯倫夫人。她很小的時候便移居美國，在亞特蘭大定居，據說她的前夫是當地有名的律師，從來不用煩惱沒有顧客。不幸的是，那個地區曾經流行過黃熱病，她的丈夫與唯一的孩子都因此去世，我親眼見過那位律師的死亡證明。從此，她恨透了美國，於是回到故鄉，與住在密德塞克斯的平納的單身姑媽一起生活。我要特別聲明的是，希伯倫留給她大約四千五百鎊的遺產。由於那位律師生前將大筆資產做了不錯的處置，因此一年能獲得約百分之七的利息。我們相遇時，她才回國半年，我倆一見傾心，幾週後便步入了禮堂。」

「我是個蛇麻零售商，一年至少有七百鎊的收入。我們在諾伯里定居，租了一棟小別墅，年租八十英鎊，日子過得十分愜意。我們的小屋附近都是鄉村，但距離市區不算太遠；不遠處有兩座房子和一間小旅館，另外還有一間小別墅與我們隔田相望；除了這些，就只有快到車站的路上才看得到幾棟房子。由於工作所需，我必須在特定季節進城辦事，但是夏季不常。因此夏季我們總是在鄉間縱情享樂，夫妻倆一直過得無憂無慮，直到後來，一件討厭的事讓我們的生活蒙上了陰影。」

「還有一點我必須先交代清楚。我們結婚時，艾菲將所有財產都轉給了我。我並不想這樣做，因為我擔心如果生意陷入困境，一切就完了。但是她堅持如此，我只好同意了。然後，大概在六週前，她跑來找我。」

「『親愛的』，她說道，『當你接收我的財產時，你曾答應過，當我隨時需要錢都可以向你開口。』」

「『當然』，我答道，『那些錢本來就是你的』。」

「『那樣的話，』她講，『我需要一百英鎊。』」

「我有點意外，因為我認為她僅僅是想買一件新外套什麼的。」

「『你要用它們做什麼？』我問。」

「『噢！』她忍不住笑道，『你說過你只是負責管帳的，管帳的不應該有疑問，你懂的。』」

「『假如你真的有需要，我當然會給你錢。』我說道。」

「『是的，我的確很需要。』」

「『但你不肯告訴我你要用錢做什麼？』」

「『過幾天再說吧，現在不行，親愛的。』」

「我只好答應了。這是第一次艾菲有秘密瞞著我。我將支票交給她後，便再沒有為此花過心思。雖然這事和後面所發生的事毫無關連，可我認為講得完整一些會更好。」

「對了，我剛剛曾經提到，在我的別墅附近，有一座相仿的房子。兩幢住宅隔田相望，但如果你想到那邊去，只能順著大路走，之後再穿過一條小道。那間住宅周圍是一片枝繁葉茂的蘇格蘭樅樹，我經常漫步到那附近。毫無疑問，樹林中新鮮的空氣是十分令人陶醉的。這棟小屋已經八個多月沒有人住，真是可惜。它的周圍開滿了清香撲鼻的金銀花，穿過一條老式長廊，便是一幢華麗的兩層小樓。每當我走到這裡，總忍不住渴望能成為它的主人，那是多麼美妙的事呀。」

「唉，就在上週一晚餐後，我獨自一人在那條路上散步，正好有輛空的運貨車拐進了小路，並且在長廊邊的草坪上堆放著地毯以及一些別的玩意。看來，這座漂亮的別墅終於有主人了。可能我當時的模樣顯得有些遊手好閒，站在房前不停張望著，其實我只是對新鄰居有點好奇罷了。就在這時，我看到二樓的一扇窗前有一個人正在盯著我看。」

「雖然我並沒有看清楚那張臉，福爾摩斯先生，但仍不由自主地冒出了一身冷汗。我沒有辦法舉出任何特徵，但是我感覺他的臉不太正常，甚至不像人的面孔。我忍不住向前跨了幾步，希望能將那個人看得更仔細。可是當我接近時，那人已躲到了暗處，如同在一瞬間消失一般。我在原地待了五分鐘，希望把這件事想通。我甚至無法判斷對方是男是女，我無法看清楚。但這張臉的顏色卻是與眾不同的，它給我留下了深刻的印象。它呈青灰色，和石灰土差不多，看上去刻板僵硬，有點可怕。我雖然忐忑不安，但仍忍不住想再看看那個人。我跨上台階敲門，很快就有一個高瘦的女人出來開門，她長得十分難看，讓人害怕。」

「『你有啥事？』她問道，帶著濃濃的北方口音。」

「『我住在對面的小別墅，』我禮貌地伸手指了指我的住宅，說道：『我想你們可能會需要一些幫忙——』」

「『哎，如果需要，我會告訴你。』她說完就砰的一聲將門關了。我就這樣被新鄰居粗暴地拒於門外，十分生氣，於是便轉身離開了。那一夜，雖然我努力忘記傍晚的一幕，但那個粗暴的女人的模樣以及窗口那張可怕的面孔卻始終在我腦海中揮之不去。我想了一下，決定不讓妻子知道此事，因為她膽小且容易衝動，我不想使她感到不安。不過，在我們就寢前，我輕描淡寫地告訴她對面的小別墅已經有人入住了，她什麼也沒說。」

「我從不失眠。家人曾取笑我說，如果晚上有雷聲能把我驚醒那才奇怪。但這一夜，我不清楚是這件事的影響還是有別的原因，我始終迷迷糊糊的，睡得並不好。我依稀聽到臥室裡有腳步聲，等意識逐漸清醒後，我發現艾菲正在穿衣服，她順手拿起斗篷披上，還戴了帽子。我口齒不清地嘀咕了兩句，因為她的舉動太反常了。當我將惺忪的眼睛投向艾菲的面孔時，她的臉在飄忽不定的燭光下讓我驚訝得說不出話，那張臉上的表情十分陌生，但又十分真實。她面色蒼白，呼吸短促，當她繫斗篷帶時，還瞄了我一眼，看看有沒有吵醒我。接著，她躡手躡腳地打開了臥室門，她一定以為我睡死了，不多時，我又聽見了大門開關時發出的吱嘎聲。我猛地坐起來，伸手敲擊床欄，因為我懷疑這根本就是一場夢。之後我摸索著枕頭下面找出了錶，當時是半夜三點。艾菲在半夜三點偷偷溜出去做什麼呢？」

「我一人在床上坐了整整二十分鐘，心裡充滿了疑問，但卻無法解釋。我覺得莫名其妙，越想越感到古怪。正一頭霧水時，聽見大門又發出了尖銳的響聲，我的妻子回來了。」

「『艾菲，你半夜出門做什麼？』我焦急地問道。」

「聽見我的質問，她嚇得花容失色，大叫一聲。她的反常行為已讓我不安。現在的反應更讓我懊惱，我能體會出隱藏於她內心深處的愧疚。艾菲是個開朗真誠的女性，當她的怪異舉動被自己的丈夫發現時，竟如此緊張畏縮，這使我的心都涼了一半。」

「『你醒了，親愛的！』她叫了出來，臉上露出一絲勉強的笑容，『哎！我還以為沒有東西可以把你吵醒呢！』」

「『你去哪裡了？』我臉一沉地問道。」

「『我明白你的驚訝，』她一邊說，一邊伸手解開斗篷帶時，指頭顫抖不已，『哦，我也是第一次這麼做。其實，我只是感覺有點悶，想呼吸一點新鮮空氣而已。如果我一直待在臥室，恐怕早就昏倒了。我剛剛在大門口站了幾分鐘，現在感覺好多了。』」

「艾菲在解釋的時候，目光始終不敢與我對上，她的音調聽起來怪怪的。毫無疑問，她在說謊。我什麼都沒有說，面朝牆壁，十分難過，千百種的懷疑和惡意的假設充滿了我的大腦。艾菲刻意掩飾的真相到底是什麼呢？她這種反常的行為到底有什麼目的？我知道，在揭開謎底之前，我是無法平靜的。只是，當她向我撒過一次謊後，我再也不想從她那兒探聽什麼。那一晚我輾轉難眠，心裡充滿了疑惑。」

「次日，由於我心緒很亂，於是便取消了進城談生意的計畫。艾菲看上去也很煩躁，她似乎隨時注意著我，我從她焦慮的眼神裡感受到，她正為自己得不到我的信任而不知所措。吃早餐的時候，我們都一言不發，之後我便出門去走走，希望戶外清新的空氣能幫助我理清思路。」

「不知不覺我已走了一個鐘頭，到了水晶宮。當我返回諾伯里時，已是下午一點了。我順道經過新鄰居的門前，便放慢了腳步，希望能再次見到那張令人生疑的臉。福爾摩斯先生，你無法想像我看見了什麼，這實在令我瞠目結舌，門忽然被打開了，艾菲從裡面走出來。」

「我目瞪口呆地站在那兒，但當我們四目交接時，艾菲看上去比我更驚慌。當時，她彷彿猶豫著想回到房裡去。但她很快意識到躲藏是解決不了問題的，便強忍慌張的神情朝我走來，她那蒼白的臉色和嘴角僵硬的笑容，形成了強烈的對比。」

「『呃，親愛的』，她說，『我來拜訪新鄰居，看能不能給他們一些幫助。你為什麼這樣看我？親愛的，難道你在生我的氣嗎？』」

「『看來，』我說道，『你昨晚就是到了這裡。』」

「『你是什麼意思？』她叫道。」

「『你昨晚來過，我很確定。他們是誰？你為什麼要在半夜和他們碰面？』」

「『我從來沒有來過。』」

「『你怎麼能睜眼說瞎話！』我大叫道，『你講話的語調跟平常都不一樣了。我曾經隱瞞過你什麼嗎？我得進去房子，我要把事情搞清楚！』」

「『不！不！親愛的，看在上帝的份上！』她幾乎失控，上氣不接下氣地喊道。當我大踏步來到那扇門前時，她使出一股蠻力拉住我的衣袖，使我倒退了幾步。」

「『我求你不要，親愛的，』她大叫，『我發誓會把一切都告訴你，但必須要等幾天，就算你現在進去也是沒用的！』雖然我甩開了她，但她很快又抓緊我，並不顧一切地苦苦哀求。」

「『相信我，親愛的！』她嚷道，『就相信我這一次！你不會後悔的。我隱瞞那些事情是為了你好，我們一生的幸福都看這一次了。回家去吧！你會發現一切都很好，如果你堅持進去，那我們倆之間就完了。』」

「她看上去十分誠懇，卻如同站在絕望的懸崖邊，她使我猶豫不決，只能一動不動地站在那兒。」

「『如果你想重獲我的信任，就必須做到一件事，只有一件事！』，我開口說道，『馬上停止這一切活動。你可以保持沉默，但你要用行動證明自己的誠意，包括夜裡不能溜出家門，不做讓我懷疑的事，只要你同意，我就答應不再提起這件事。』」

「『我就知道你會相信我的，』她吐出了一大口氣，大聲說道，『我做得到。回家吧，讓我們離開這裡。』」

「她始終拽著我的袖口，把我朝大路拉去。我忍不住再次回頭張望，二樓的窗戶裡，有張呈金屬灰色的臉正盯著我們。難道這個古怪的人和艾菲有什麼瓜葛？那麼昨天那個將我拒於門外的醜陋女人和我妻子又有何關係呢？無數的疑問塞滿了我的胸口。我明白，如果不將這個謎團解開，我將永遠無法正常生活。」

「此後的兩天時間，我足不出戶，艾菲也信守承諾，從未離開家門半步。可是，到了第三天，我有足夠的理由認為，她雖然發了誓，卻無法擺脫那股奇怪的引力，她已經背棄了自己的丈夫以及責任。」

「這天我為了生意上的事進了城一趟，以往我都會坐三點十六分的那趟火車回家，然而這一次我乘坐的是兩點四十分的火車。我剛推開家門，就看見女僕神色慌張地往客廳跑。」

「『夫人呢？』我問。」

「『可能是去散步了。』她回答說。」

「我心中頓生疑雲，我跑上樓發現她的確不在房間裡。當我不經意地朝窗外張望時，竟看見剛剛那個女僕正飛快地穿過田野，朝小別墅那邊跑去。我頓時明白了一切。艾菲又偷偷跑到那裡去了，她還和女僕串通。如果我回家，就立刻通知她。我氣得渾身顫抖，一口氣奔出家門，決定徹底查清這件事。我看見艾菲和女僕一起順著小路匆忙地返回，但我並沒有理睬她們。那座小別墅裡隱藏的某個秘密，如同一片陰影一樣籠罩著我的家庭，我決心阻止這一切，無論後果是什麼。我跨上台階，連最基本的禮節都不管了，推開門便衝了進去。」

「廳房裡一片死寂。有隻黑糊糊的大貓正蜷縮成一團趟在籃子裡。爐火上有個水壺冒著熱氣。可是我卻沒發現那個醜陋女人的身影。我穿過走廊進入一個房間，裡面同樣空空如也。之後我又跑到樓上，樓上的房間同樣空無一人。我的天！整間別墅竟然一個人都沒有。室內的擺設和牆上的畫都顯得俗氣而粗糙，除了那間出現古怪面孔的臥室佈置得雅致而舒適。當我的目光落在壁爐上方時，我的胸口猛地燃起一團令人痛楚的烈焰，那兒竟掛著一幅艾菲的全身像，而且還是三個月前我讓她去拍的那張。」

「我在房間裡待了片刻，確定沒人之後，便重新走出戶外，心裡像被灌滿了鉛一樣沉重。我跨進家門時，艾菲走到廳房，但我的內心正承受痛苦的煎熬，十分憤怒，根本不想理睬她，便與她擦肩而過進了書房。就在我準備關門的時候，她跟了上來。」

「『對不起，我沒有信守承諾，親愛的，』她說道，『但我相信你知道真相後，一定會原諒我。』」

「『那麼，告訴我吧。』我面無表情地說道。」

「『我做不到，親愛的，我做不到。』她大聲叫喊著。」

「『假如你不肯說出新鄰居到底是誰，你把照片送給了誰，那我們只能放棄對彼此的信任了。』我說道，然後打開房門，離開家中。福爾摩斯先生，這件事發生在昨晚，之後我們沒有再見過面。這件事很奇怪，我已把知道的一切都講了。這是我們夫妻以前第一次的爭執。我十分慌張，不曉得該怎麼辦。今天清晨，我忽然想到了你，於是便急急忙忙地趕來了，希望可以得到你的幫助。如果你還有什麼不明白，可以問我。當然，最重要的還是要請你指點迷津，讓我早日脫離痛苦的深淵。」

福爾摩斯聚精會神地聽完了他的敘述。他十分激動，說得時斷時續。我的朋友用手托腮，一言不發地坐在那兒思索著。

「告訴我，」福爾摩斯開口說道，「你能確定看到的那張奇怪面孔是男人嗎？」

「不，我沒有近距離看過那張臉，因此無法確定。」

「可是你對它相當反感。」

「它的顏色很怪異，而且表情十分僵硬。當我一靠近就忽然消失了。」

「你的妻子是什麼時候開口向你要一百英鎊的？」

「差不多兩個月前。」

「你見過她前夫的照片嗎？」

「沒有，他過世不久後，亞特蘭大發生了一場大火，她的所有文件都在火災中化為灰燼。」

「但你卻見過他的死亡證明。」

「是的，她在火災過後領到了一份副本。」

「你見過她在美國的朋友嗎？」

「沒有。」

「她收過美國寄來的信嗎？」

「沒有。」

「非常感謝。我需要一些時間進行思考。假如那座小別墅始終空著，問題就麻煩了。當然，我認為昨天屋主很有可能已經得到了警告，知道你會闖進去，因此先躲起來了，但現在或許已經回去了。調查這一切並不難。我希望你能儘快回去，再看看小別墅的情況。假如你確定屋裡有人，不要去打草驚蛇，給我和華生發一封電報就行了。電報發出後一小時，我們就能抵達諾伯里，一切都會真相大白的。」

「可是如果別墅裡仍然空無一人呢？」

「假如真是這樣，那你等我明天到達後再商量，再見！對了，最重要的是，在事實沒有浮出水面之前，別再自尋煩惱。」

「我看這不是件好差事，華生，」當福爾摩斯將年輕的紳士送出門後，回來說道：「你怎麼想？」

「我感到不太樂觀。」我回答說。

「是的，除非我的推測有誤，否則事情背後肯定有詐。」

「幕後黑手是誰呢？」

「哦，當然是那個將艾菲的相片掛在壁爐上方、並擁有那唯一一間舒適臥房的人。我的朋友，我相信窗口那張顏色怪異的臉就是本案的突破口，我會盡力調查這件案子的。」

「你已經有結論了？」

「是的，不過只是一種假設。但如果事實證明這個假設不成立，那我會感到相當意外。小別墅裡的人正是那個女人從前的丈夫。」

「你怎麼會這麼想？」

「若非如此，她也不會那麼害怕，而且堅持不讓格蘭特．蒙羅先生進入小別墅了。依我推斷，事情是這樣的：艾菲曾在美國結婚，可當她的律師丈夫患了某種讓人害怕的疾病，或是染上了某種惡習，讓人們退避三舍或者本身的能力大不如前了。於是她選擇了逃避，回到故鄉英國。改名換姓，渴望獲得全新的生活。她給蒙羅先生看的死亡證明可能是別人的。經過三年的婚姻生活，她以為自己擺脫了過去的陰影，但最後還是被她的前夫、或者是跟他前夫有關的某個無恥女人找到了。對方威脅艾菲要揭穿她的過去，她向丈夫索要一百英鎊的目的也與此有關，可她仍然無法阻止他們上門。當蒙羅先生告訴妻子有了新鄰居時，她很清楚對方是誰。她惶恐不安，便在丈夫熟睡後離家去找他們，希望對方不要破壞自己的寧靜生活。可不巧，蒙羅先生發現了。她只好承諾再也不到小別墅去。可僅僅過了兩天，那股希望擺脫過去陰影的強烈渴望，使她再次跑去找對方談判，這回她還送了對方希望得到的那幅相片。雙方正在交涉，女僕匆匆忙忙地跑來報信，告訴他男主人回家了。她當然清楚丈夫會緊追過來，於是催促屋裡的人從後門逃進了樅樹林。一棟空屋就這樣呈現在蒙羅先生的眼前。我想今晚當他回去時，房裡肯定有人。你覺得如何？」

「這全部都是你的猜測。」

「但它與蒙羅先生的敘述並無矛盾。如果能發現與事實衝突的新線索，到時再調整思路也並不晚。在蒙羅先生從諾伯里發來電報前，我們只能寸步不離待在房間了。」

沒等多久，我們剛用過茶點，電報便送來了。電文如下：

小別墅裡有人在。那張古怪的面孔也出現在窗口。七點鐘會有一趟火車，等你到達再處理。

當我們走下站台時，格蘭特·蒙羅先生已萬分焦急地等候在那兒了，在路燈下，他的面色顯得很蒼白，並且渾身不住地顫抖著。

「那些人都在小別墅裡，」他不由自主地伸手拽著福爾摩斯的袖筒說道，「我從別墅經過，看見了房裡透出的燈光。現在是作出了斷的時候了。」

「那麼，你有什麼計畫？」我們正穿越一條掩藏在樹蔭下的馬路，福爾摩斯打破了沉默。

「我要衝進那幢別墅，親眼確認他們究竟是誰。我希望兩位可以當我的見證人。」

「看來你已經下定決心了，儘管你的妻子曾經告誡你千萬別干涉這件事。」

「沒錯，我已經決定了。」

「好吧，我想你這麼做是對的。勇敢面對真相比胡亂臆測要好多了。我們最好馬上進去，當然，從法律的角度來看，我們的做法是不妥的，但是我認為值得。」

這一晚夜色十分昏暗，我們穿過大路轉進一條兩旁插了樹籬的小道，天空開始飄起綿綿細雨，年輕的紳士匆匆地往前趕，我們則幾乎是跌跌撞撞地尾隨其後。

「亮著燈光的就是我家，」一片桔黃色的燈光透過樹叢閃視著，格蘭特．蒙羅用手指著說道，「那邊便是我提到的那棟別墅。」

這時，我們順著小路轉了一道彎，小別墅已近在眼前。有一縷暖黃色的光線落在門口的泥地上，很明顯門是虛掩的，二樓的一扇窗戶也透出了明亮的燈光。我們抬頭張望，有個黑影從窗前掠過。

「那就是我說的怪物！」年輕的紳士叫道，「你們馬上就能親眼看到他。進去吧！讓我們把謎底揭開。」

我們剛靠近大門，忽然有個女人從暗處冒出來，站在那縷黃色的亮光裡。由於四周很黑，我無法看清她的面孔，可她高高舉起雙臂，像是在懇求我們。

「看在老天的份上，別這樣！親愛的，」她大聲說道，「我猜到你今夜會來，冷靜的想一下吧，親愛的！再相信我一次，你不會後悔的。」

「我相信你太多次了，艾菲，」他嚴厲地喊道，「別拉我！我非進去不可。我會和朋友一起處理這件事！」他一掌將妻子推開，我們緊隨其後跨上了台階。他剛剛將門推開，便有個老婦人衝過來，試圖阻止他，但也被他推開了，很快我們便上了樓。年輕的紳士衝進了那間被燈光照得很亮的房間，我們也跟了進去。

臥室的佈置舒適而溫暖，兩支蠟燭在桌上靜靜地燃燒著，還有兩支放在壁爐上。屋子的一個角落中，好像有個小女孩坐在桌子前。當我們進門時，她迅速將臉轉向一邊，但我們仍注意到她穿的紅色上衣，一雙長長的白手套遮住了她的手臂。當她轉過臉來盯著我們看時，我忍不住驚恐地叫了出來，那張臉是一種無法形容的怪異青紫色。不過這件怪事馬上就得到了解答，福爾摩斯露出笑容，他將手伸到女孩的耳後，撕下了一張假面具，她竟然是個煤炭一樣黑的非洲女孩。見我們驚訝的表情，她開心地露出了一口白牙。看到她這副滑稽的模樣，讓我也忍不住大笑起來。但格蘭特．蒙羅卻傻傻地站在那兒，用一隻手抓住了自己的脖子。

「上帝！」他大叫道，「這是怎麼一回事？」

「讓我告訴你這是怎麼一回事。」艾菲表情莊重而自豪地環視著屋子裡的人，說道，「是你逼我的，我不得不放棄自己的作法，把一切都說出來。現在我們必須有一個妥善的解決之道。我的前夫的確在亞特蘭大過世了，但孩子活下來了。」

「孩子？」

艾菲將胸前的銀鎖掏出來說道：「你從來沒看它打開過。」

「我以為它無法打開。」

她輕觸按鈕，盒蓋便彈開了。盒子裡有張男士的肖像，儒雅英俊，只是他的模樣具有明顯的黑人特徵。

「這就是我的前夫約翰．希伯侖，一位亞特蘭大家喻戶曉的律師，」艾菲說道，「他是這個世界上最高尚的人。為了與他結合，我背離了自己的種族，但他在有生之年讓我過得非常幸福，我從未後悔。遺憾的是，我們的骨肉遺傳了非洲祖先的血統，一點都不像我。作為黑人和白人的混血兒，出現這種情況並不奇怪，我的女兒露西比自己的父親更黑。但不論她的膚色怎樣，她畢竟是我的親生女兒，是母親可愛的孩子。」聽到這兒，小女孩忍不住跑過去親暱地靠在母親身旁。「只是她的體質很虛弱，長途跋涉可能會導致水土不服，因此我只好讓從前的女僕，一位忠心耿耿的蘇格蘭女人照料。我從未將她視作累贅。但自從遇見你，親愛的，我很清楚自己的心被你俘虜了，對於小露西的事我難以啟齒，求上帝寬恕，我太害怕失去你，因而喪失了坦白的勇氣。我只能放棄一個，我是多麼怯懦呀，竟然捨棄自己的孩子而選擇了你。這三年我一直忍受著痛苦的煎熬，把秘密藏在心底，我只能從女僕那兒獲得消息，知道小露西平安無事。可是，我最終還是無法控制住對女兒的思念之情。雖然我曾經反覆告誡自己，但仍然無濟於事。我很清楚這樣做的危險有多大，但也無法打消將孩子接來的念頭，哪怕只有幾週時間。所以我給女僕寄了一百英鎊，讓她知道這裡有座空置的小別墅，她可以搬過來，就這樣神不知鬼不覺地把事情辦妥了。為了不引起懷疑，我告誡女僕將孩子的手和臉都包裹起來，並且別讓她白天外出，就算有誰透過窗戶看到她，也不至於引起議論，說這裡住著一個黑人小孩。可能是我太過於謹慎，才使一切顯得不尋常。我擔心你發現真相，反而欲蓋彌彰。」

「當你告訴我有了新鄰居時，我實在沒有耐心等到早晨，激動的情緒使我無法入眠，因為我知道你一向睡得很熟，因此才偷偷出去。沒想到你居然醒了，於是各種麻煩便接踵而至。隔天你發現了這個秘密，但是你很大方，並沒有追查。三天後，你終於怒火中燒地從大門闖入，當時小露西跟著女僕從後門溜走了。現在，真相大白了，不知道你打算如何處置這一切？包括我和我的孩子？」艾菲雙手緊握，期待著丈夫的回答。

十多分鐘過去了，年輕的紳士終於開口了。他的舉動成了我日後一段美妙的回憶。他將小女孩抱起來，吻了吻她的面頰，接著，左手挽著妻子，右手抱著小露西，轉身朝大門走去。

「我們可以回家後再慢慢商量，」他溫柔地說道，「我不是個完美的男人，艾菲，但我認為，我比你想像中要好一點。」

我和福爾摩斯跟在他們後面走出了小路，此時，他扯了扯我的袖管。

「我認為，」他說道，「諾伯里已經不需要我們了，回倫敦吧。」

這一夜他都沒有再提起這件案子，只有在拿著燭台走進臥室時說道：

「我的朋友，假如今後我在辦案時能力不夠，或太輕信自己的判斷，你就在我的耳邊輕聲說出『諾伯里』，那樣我會十分感激的。」

3 證券商的書記

結婚之後，我從老法奎爾先生那裡買下了一間位於帕丁頓的診所。老法奎爾先生的事業一度興旺，但隨著他逐漸衰老，再加上舞蹈病的摧殘，生意每況愈下。收入由原來每年一千二百鎊跌落到三百多鎊。顯然，人們對他的醫術冷眼相看了，畢竟一名醫生如果無法醫治好自身的疾病，是很難使人信服的。這位醫學前輩身體越來越差，收入也更微薄。因此，我頗為自信地認為，靠著自己旺盛的精力，用不了幾年，便能讓這個診所的人氣起死回生。

診所開張三月來，我幾乎忙得不可開交，很難得和夏洛克．福爾摩斯碰面。由於我十分繁忙，因而沒時間去貝克街，而我的朋友除了偵探工作之外，也常常足不出戶。初夏的一個早晨，用過早餐之後，我正仔細翻閱著《英國醫學雜誌》，突然，一陣刺耳的鈴聲傳來，接著我便聽見了福爾摩斯那洪亮而高亢的聲音，使我倍感意外。

「嘿，我親愛的華生！」福爾摩斯大步流星地走進來道，「很高興見到你，我想華生夫人應該已經從『四簽名』一案受到的驚嚇中回復了吧！」

「謝謝，我們都很好，」我熱情地握著福爾摩斯的手說道。

「而且我希望，」福爾摩斯坐在一張搖椅上說道，「你還記得我們的推理技巧，可不要因為醫務的原因把它給忘掉了。」

「正好相反，我昨晚才將原來的筆記重新讀了一次，並且還就案件的成果作出了分類。」

「我相信你不會滿足於這些分類。」

「一點也不，我還希望能夠體驗更多的經歷！」

「那麼，今天一起去？」

「今天！當然！如果你想。」

「而且是像伯明罕那麼遠的地方？」

「當然，如果你想。」

「那你的診所？」

「我常幫一個鄰居在他外出時完成他的工作，這次該他補償我了。」

「當然，沒有比這更好的了！」福爾摩斯瞇著雙眼觀察著我的表情，「你最近身體不太好，這都怪夏日裡令人討厭的感冒。」

「前幾天我患了重感冒，有三天沒出門。不過，現在已經痊癒了。」

「說得不錯，你看上去仍然健壯。」

「你怎麼知道我生過病？」

「親愛的伙伴，你知道我那套方法。」

「嗯，你推理出來的？」

「沒錯。」

「從哪裡？」

「從你腳上的拖鞋。」

我低頭瞧了瞧自己腳上這雙新漆皮拖鞋，「怎麼可能——」還沒來得及問完，福爾摩斯已經開始回答了我的問題。

「你的鞋是新買的，那個標有店員代號的小圓紙片還留在上面。如果鞋子曾經弄溼，紙片一定會脫落的。我注意到這一隻的鞋底被燒變形了。很明顯，你是在烤火時燒焦鞋底的，要不是因為生病的緣故，你怎麼會在炎熱的六月烤火呢？」

福爾摩斯的推論有個共同點，那就是解釋後聽起來十分簡單。他從我的表情中看出了一切，竟略帶嘲諷地笑了笑。

「也許我不應該告訴你原因，那比較能增添想像空間。現在，決定去伯明罕了？」

「是的。能告訴我案子的來龍去脈嗎？」

「我的委託人正坐在門口的四輪馬車上心急如焚地等著。等上了火車我會將一切都告訴你。現在出發沒問題吧？」

「請等一下，」我急忙給鄰居留下一張便條，再上樓向新婚的妻子說明原因，最後在門外的石梯上追到了我的朋友。

「你的鄰居跟你是同行。」福爾摩斯朝我鄰居門前的黃色銅牌看了看後說道。

「沒錯，他也經營了一間診所，和我差不多。」

「很早以前就有這家診所？」

「這兩家診所是和房子同時建成的。」

「我想，你的生意要比那家好吧。」

「的確如此。你怎麼知道的？」

「很簡單，兩個診所同時修建，而你門前的台階比另一家的磨凹了三吋。坐在車上的那位委託人是霍爾·派克洛夫特先生，讓我介紹你們認識。嘿！馬伕，快到火車站，我們剩下的時間不多了。」

派克洛夫特先生儀表堂堂、魁偉英俊，此刻他正坐在我對面，看上去大膽熱誠，有一小撮捲曲的黃色鬍子，頭戴了一頂精緻的緞面大禮帽，身穿一身潔淨的黑色外衣，顯出城市青年的風度來。他應該來自倫敦東面的貧民區，正是被稱作「倫敦佬」的那一類人，英國著名的義勇軍團也是由他們組建；在整個英倫三島，那些傑出的體育家和優秀運動員大多出自這個階層。他的圓臉給人愉快、坦率的印象，但他那下垂的嘴角卻怎麼也掩飾不了內心的憂傷。在往伯明罕的頭等車廂內，他講述了他的麻煩，他因為這件事找上了福爾摩斯。

「我們還得花上七十分鐘才能抵達，」福爾摩斯說道，「派克洛夫特先生，請把這件趣事講給華生聽聽，要盡量說得詳細明白。多聽一遍對我是有用的。我的朋友，這件案子也許非常重要，也可能平淡無奇。但它至少具有我們所熱衷的非凡和奇異性，我們還是讓霍爾．派克洛夫特來談談吧！」

年輕人充滿期盼地望著我。

「不幸的是，」年輕人說，「我想我真的上當了。如果我為此丟掉我的飯碗，而結果卻是一場騙局的話，那我就真是太蠢了。沒錯，看上去我好像並沒上當，而我目前也無法證明自己已經上當了。華生先生，我不善言辭，這件事是這樣發生的：

從前，我在德雷伯廣場邊的考克森&伍德豪斯商行工作，今年年初，公司捲入了一樁委內瑞拉的公債券案，從此開始走下坡，後來公司徹底破產，包括我在內的二十七名雇員全被辭退。我在那兒工作已經五年了，老考克森先生對我評價不錯，還給我一張推薦書。我四處尋找工作，但卻一無所獲。過去在考克森商行時，每週薪俸三鎊，當時我存了七十鎊，我靠著這點微薄的積蓄活到了現在。我已無法維持生活了，甚至買不起應徵工作用的信封以及郵票。為了找一份工作，我不知去過多少家商鋪，鞋子已經磨破了，仍然無法擺脫困境。」

「後來，我聽說位於倫巴底街一間規模很大的證券行──莫森&威廉商行急需一名職員。我可以肯定，這是倫敦實力最雄厚的商行，也許你對它未必熟悉。由於他們規定只能以郵寄信函應徵，雖然我沒抱很大希望，但還是把我的申請書及推薦書一併寄去了。令我感到意外的是，我很快收到回信，對方說，請我下週一到公司面試，如果我的儀表合格的話，那麼我就被正式雇用了。薪水是每週一鎊，職位與考克森商行差不多。我聽說，這家公司錄取員工並沒有認真篩選，經理只是隨意在成堆的申請書中抽出一份。無論如何，這次意外的走運，令我興奮不已。」

「我現在要談到的便是整件事的離奇之處。我目前的住處位於離漢普斯頓不遠的波特住宅區十七號。我得到錄取通知的那個晚上，獨自一個人在屋裡吸煙，突然房東太太進屋遞給我一張名片，上面印著『財政代理人，亞瑟．平納』。我雖然有些詫異，但還是請她把那個人帶了進來。對方中等身材，有一頭濃密的黑髮和同色的眉毛、黑色的眼睛、發亮的鼻梁。他步伐矯健，說話果斷，似乎是個習慣和時間賽跑的人。」

「『請問你就是霍爾．派克洛夫特先生嗎？』他問。」

「『是的，我就是。』我一邊回答，一邊拉了一把椅子給他。」

「『以前曾在考克森&伍德豪斯商行工作過？』」

「是的，有什麼問題嗎？』」

「『而現在是莫森商行的書記員？』」

「『是的。』」

「『我聽說你是位理財高手，有許多不平凡的業績。你還記得帕克嗎？考克森商行的經理，他對你讚譽有加。』」

「這樣一來，我心裡踏實了許多。沒想到這些城市人如此抬舉我，不過我的業務能力確實還不錯。」

「『你記憶力一定不錯吧？』他問。」

「『是的，』我誠懇地答道。」

「『你失業後還有在留意市場行情嗎？』」

「『我一直都非常留意。每天早上做的第一件事就是到證券所關心當天的行情。』」

「『你真是個出色的年輕人。』他稱讚說，『你不介意我測試你一下吧？我看看，埃爾郡的股票價位是多少？』」

「『在一百零六鎊五先令到一百零五鎊十七先令半之間，先生。』」

「『那麼，紐西蘭統一公債的價位呢？』」

「『目前是一百零四鎊。』」

「『英國布羅肯．希爾呢？』」

「『七鎊到七鎊六先令。』」

「『太棒了！』他高喊道，『這和我掌握的行情完全吻合。你在莫森商行做一個書記實在是大材小用呀。』」

「這個陌生人的一番恭維，令我十分驚訝。我說：『平納先生，平常很少有人像你這樣為我著想。能夠到莫森商行上班，我已經感到十分榮幸。』」

「『呸！兄弟，你應該有更好的成就，這個職位並不適合你。現在，我告訴你我的作法，一個人的待遇會按照他的能力來衡量，那可不是莫森商行能比的！那麼，你什麼時候開始上班呢？』」

「『下週一。』」

「『你不希望有更高的職位嗎？我可以打賭，你根本用不著去那個地方。』」

「『不去莫森商行？』」

「『當然，先生，到了那時，你將會是法國中部的五金公司的經理，該公司在法國境內共有一百三十四間分公司。此外，在聖雷莫及布魯塞爾還各有一間分公司。』」

「『我從來沒聽說過這間公司。』我有些吃驚地問道。」

「『也許你沒聽說過。公司一直經營不錯，因此用不著大肆宣傳。它的創辦人，也就是現任總經理，同時也是董事會成員，請我替他物色一位才華出眾，做事能幹的人，最好是薪資不特別高，任勞任怨而精力旺盛的年輕人。在一次談話中，帕克向我推薦你，於是我來到這裡。在試用期間我們會付給你一年五百鎊。』」

「『一年五百鎊！』我簡直不敢相信。」

「『這只不過是你實際收入的一部分；此外，你還可以從你的代理商那裡提取百分之一的營業額作為傭金。這筆收入遠高出你的年薪。』」

「『可是我從來沒有接觸過五金業。』」

「『天哪，孩子，你不是懂會計嗎？』」

「我差點從椅子上摔下來，大腦一片空白。忽然，一個疑點湧上我的心頭。」

「『我必須老實告訴你，』我說，『雖然莫森商行的年薪只有二百鎊，至少它很安全，反觀你們的公司，我對它還一無所知——』」

「『哦，聰明！太聰明了！』他興奮地叫道，『你正是我們要找的人，雖然不容易說服，但肯定沒錯。現在，這裡有張一百鎊的支票，如果你覺得我們能夠合作的話，這些錢就當作是一部分的預支薪水吧。』」

「『你很大方，』我半信半疑地接過支票，『那麼，我什麼時候開始上班呢？』」

「『明天下午一點，伯明罕見，』他說，『我這裡有張便條，你可以帶著它去市政府街一二六號之B的臨時辦公室找我的兄弟。雖然我已經同意了，但還需獲得他的認可才有效。』」

「『謝謝你，平納先生。』我激動得有些聲音顫抖。」

「『這沒什麼，年輕的朋友。這是你用智慧換取的。但有一些細節，我認為有必要先行辦理，當然這只是形式上的手續罷了。請你在這張紙上寫明：我自願擔任法國中部五金公司經理一職，年薪不少於五百鎊。』」

「我依照他的要求做了，他將紙條裝進了衣袋中。」

「『還有一件事，』他說道，『你打算怎麼對莫森商行解釋呢？』」

「我幾乎把這件事忘了，『我明天會寫辭職信給他們。』我答道。」

「『老實說，我不希望你這麼做。我曾為了你的事和莫森的老闆鬧翻了，我向他打聽你的情形，他的態度非常粗魯，責備我不該挖角他們的人才，並說這是非常卑鄙的作法。

我反駁道：「那你們應該給他多一點薪水，好留住他。」

他自信地說：「他寧可要我們的微薄薪水，也不會要你的那一份。」

我說：「我賭五鎊，你們絕對再也聽不到他的回音了。」

「賭了！」他說，「我們把他從貧民窟救出來，他不會這麼輕易背叛我們的。」』」

「『真是太無禮了！我根本不認識他，』我叫道，『既然如此，我何必在乎他怎麼想呢？我就照你的意思不回信了。』」

「我們就這樣談妥了。他從椅子上站起來：『我很高興能替我兄弟物色到這麼傑出的人才。請記好，地址是市政府街一二六號之B，下午一點鐘見。一百鎊是預支薪金。晚安，願你一切順利！』」

「這便是事情的全部細節。華生醫生，也許你能理解，我當時有多麼興奮，我暗自慶幸，那一夜怎麼也睡不著。第二天，我搭火車去了伯明罕，當時時間還早。我將行李寄放在一家位於新大街的旅店裡，接著便照地址開始尋找五金公司的辦公地點。」

「一二六號之B位於兩家大商店之間的一個通道上，它的盡頭有一條彎曲的石梯，沿梯上去有一些房間，被一些自由業的人或公司租下來當成辦公室。牆上掛有公司的名牌，但我卻沒找到法國中部五金公司的名牌。我立刻懷疑，這是否是一件經過精心策劃的騙局。就在這時，一個人走過來招呼我，這人和我昨晚所見到的那位長得很像，尤其是他的身材和聲音，但他鬍子剃得光光的，髮色很淺。」

「『請問是霍爾·派克洛夫特先生嗎？』那人問。」

「『我是。』我回答說。」

「『噢！我一直在等你，你比預定的時間早了不少。我今早才剛接到我哥哥的來信，他在信中對你稱讚不已。』」

「『我剛才正在尋找你們的辦公室。』」

「『這裡是上星期剛租下來的，還沒有來得及掛牌。好吧，我們進辦公室談談。』」

「我跟在他後面，來到了這棟大樓的頂樓，房頂蓋著簡陋的石板瓦，在兩間滿是灰塵，空蕩的小屋裡，擺放著一張小桌和兩把木頭椅子，一本帳簿擺在桌上，地上有個紙簍，此外什麼都沒有了。我曾在腦海中多次想像，落地窗簾，潔淨的地毯，一塵不染的辦公室，寬敞的環境裡擺著一排排辦公桌，職員們忙碌著……」

「『別沮喪，派克洛夫特先生。』那人注意到我略帶驚疑的表情，安慰我道，『羅馬非一日能建成，我們的公司擁有雄厚的資金，並不需要特地突顯辦公室。請坐，讓我看看你的信。』」

「我將信函給了他，他認真地閱讀了一遍。」

「『看來你給我哥哥亞瑟留下了不錯的印象，』他滿意的說，『他看人的眼光一向很準，他喜歡倫敦人，而我信任伯明罕人，但我決定正式錄用你了。』」

「『我的工作有哪些？』我問。」

「『你主要負責管理巴黎的大倉庫，最近將有一批英國生產的陶器銷往法國。你要保證一百三十四間代理店貨源充足。這筆交易將在一週內完成，這幾天你需要待在伯明罕做些事。』」

「『什麼樣的事？』」

「他沒有直接回答，只從抽屜裡拿出一本紅色的大簿子。」

「『這是巴黎的工商名簿，』他說，『每個人的名字後面有行業名稱，我希望你把它帶回去，挑出所有五金商人的名字。這很重要。』」

「『看起來上面好像已經分類過了？』」

「『那些東西毫無用處。這種分類無法滿足我們的需要。抓緊時間，希望你能在週一的中午以前將名單交來。再見了，年輕有為的先生。只要你始終保持工作熱情和效率，你會發現公司是十分慷慨的。』」

「我帶著這本厚厚的工商名簿回到旅館。公司給我的第一印象似乎不是很有錢，從它的辦公室可以看得出來；但他正式錄取了我，還預支了一百英鎊，這讓我感到矛盾。不過，我還是開始認真地抄寫名簿。那個星期天我都是在書桌前度過的，然而直到週一我才僅僅寫完以H開頭的字母。我無奈地去找老闆，我們仍在那間如同被搶劫過的房間裡會面。他說可以再給我兩天時間，星期三一定要完成。但兩天的時間仍然不夠，於是我堅持到了星期五，就在昨天。我終於將名單完成交給老闆了。」

「『你做得很好！也許我低估了這項作業的難度。你要知道，它對於我們太實用了。』」

「『我花了很多時間。』我說。」

「『現在，』他說，『我還需要一份家具店的名單，它們都銷售瓷器。』」

「『我明白了。』」

「『明天晚上七點到這裡來，告訴我你的進度。記得要好好休息，工作一天後，去日光音樂廳享受片刻的音樂，是相當不錯的。』他在微笑時，我注意到他左上的第二顆門牙處嵌著一顆有點歪斜的金牙，令我感到毛骨悚然。」

福爾摩斯激動地搓著手，我驚訝地看著年輕的委託人。

「你們也認為這很奇怪吧，」他繼續解釋道，「之前那個人來倫敦拜訪我時，當他確定我不會去莫森商行上班時，也咧開大嘴笑了起來，我在他嘴裡同樣的位置上也看到了一顆歪斜的金牙。天呀，那閃閃發亮的金牙在此刻顯得多麼可怕，而且他們聲音和模樣格外相似，除了那些可以利用假髮或剃刀偽裝的地方，他們幾乎沒有區別。也許人們更會認為他們是雙胞胎，但怎麼可能連嵌金牙的位置都一樣呢？他把我送了出來，我匆匆回到旅館，想沖個冷水清醒一下大腦。他為什麼要把我騙到伯明罕來？還有那封可疑的信，那過於簡陋的辦公室，這些都一直困擾著我，這令我大傷腦筋。我想請教福爾摩斯先生，所以連夜搭車回到了倫敦城裡，請二位與我一道去伯明罕弄清真相。」

當年輕人講完了一段離奇的經歷後。我們兩人都一言不發。過了一會兒，福爾摩斯瞥了我一眼，面帶笑容地回味著整個故事，如同一位品酒家在啜飲一口美酒後，就想抒發點感慨一樣。

「這很有意思，有些地方使我著迷。我們去一趟法國中部五金公司的辦公室，拜訪一下亞瑟．平納先生，這是一次蠻有情調的旅程，華生，對吧？」

「好主意，可是我們該如何找到他呢？」我問。

「這還不簡單，」霍爾．派克洛夫特激動地說道，「我告訴他我有兩位朋友想找工作，這樣就可以順理成章地拜訪總經理了。」

「如果是這樣，但願我可以從他的小把戲中尋找到線索來。只是我不太明白，是什麼原因使你的勞動價值在他眼裡顯得如此可貴？也許——」福爾摩斯輕輕地咬了咬他的指甲，然後迷惑地朝窗外望去，直到我們抵達新大街。

晚上七點，我們前往市政府街的那間辦公室。

「太早去也沒有用，」我們的委託人說道：「他只在約定的時間過來，顯然，其他時間這個房間都被閒置不用。」

「這點很有啟發性。」福爾摩斯強調道。

「啊，我看到他了！」派克洛夫特喊道，「那個朝辦公大樓走過去的人就是他了，跟我來，我可以很輕易地認出他來。」

他指了指那位身材矮小，皮膚黑亮，衣著整潔的人，他正朝街對面匆忙奔去。我們看清楚他時，他正穿過公共汽車和馬車，朝一個叫賣晚報的男孩跑去，接著，便拿著報紙進了一道門。

「他走進辦公室了！」霍爾．派克洛夫特說道，「就是我進去的那間。走吧，我會設法讓一切看上去自然一些。」

我們跟著他爬上了五樓，那間辦公室的門正虛掩著，派克洛夫特上前敲了敲門。房間裡傳來叫我們進去的聲音。裡面確實空蕩蕩的，我們在對街見過的男子正伏在室內唯一的桌子上，手中還拿著剛買來的晚報。他仰起頭注視著我們，臉上的表情看上去十分痛苦，露出一種只有在生死關頭才會有的恐懼。他的額頭上冒著冷汗，面頰蒼白，一雙眼睛睜得很大，目不轉睛地盯著書記員，彷彿他只是個陌生人，我發現我們的委託人也異常地驚奇，似乎他從未見過老闆這樣的表情。

「你生病了嗎？平納先生。」霍爾說道。

「是的，這幾天我有些不舒服，」平納努力保持著鎮定，他不自覺地舐著嘴唇，「你帶來的這兩位紳士是？」

「這位是哈里斯先生，來自於伯蒙西；這位是普萊斯先生，本地人；他們都非常出色，可是最近卻失業了，希望能在公司裡找到一份工作。」

「原來是這樣，歡迎你們！」平納先生努力擠出一絲笑容，「哈里斯先生，你的專業是什麼？」

「我曾經是個會計師。」福爾摩斯接過了話頭。

「很好，我們太需要這種人才了。那麼，普萊斯先生，你呢？」

「我做過書記員。」我回答道。

「看來條件確實不錯，如果我們作出決定會立刻通知你們的。現在請你們離開吧，看在上帝的份上，讓我安靜一會兒！」

他在講最後幾句的時候語調很重，好像再也耐不住性子了。我和福爾摩斯對看了片刻，我們的委託人朝桌邊靠過去。

「平納先生，你忘記了，我是按照你的指示來的。」他提醒道。

「沒錯，派克洛夫特先生，沒錯。希望你能稍候片刻，」他冷靜地說道，「請你在這裡稍等片刻，你的朋友如果願意，也可以在這裡等，我有點事情要處理，三分鐘後就回來。」他站了起來，充滿紳士風度地朝我們鞠躬，接著便從房間的另一扇門出去了，並隨手關上了門。

「他是不是想逃跑呢？」福爾摩斯朝我們耳語道。

「不會，那扇門只是通往套房。」委託人說道。

「沒有別的出口？」

「當然。」

「裡面有什麼呢？」

「空蕩蕩的，什麼也沒有。」

「那他進去做什麼？我真不明白，為什麼他會嚇成這個樣子？什麼樣的事能把他嚇得魂不附體呢？」

「也許他已經猜到我們的身份。」我提醒道。

「很有可能。」派克洛夫特也附和道。

「他不是被我們嚇壞的，因為我們進屋前他就已經神情緊張了，可能是——」福爾摩斯正分析著，裡面突然傳來一陣急促的敲門聲，福爾摩斯不得不打住了話頭。

「他為什麼敲自己的門？」派克洛夫特滿臉迷惑地問道。

同樣的聲音不斷傳來，而且音量正逐漸加大。我們都盯著那扇門。福爾摩斯注視著發生的一切。緊接著，我們聽見了一連串從喉嚨裡發出的呻吟聲，以及一陣敲打木頭發出的咚咚聲。福爾摩斯不顧一切地向前衝去，用力推門，但門已被反鎖了。於是我們也一起把門撞開，進了房間後，發現裡面一個人影也沒有。

我們感到迷惑不解，但沒過多久便在門邊的牆角找到了一扇小門。福爾摩斯衝過去，把門推開一看，地板上有件外套和一個背心，而那位法國中部五金公司的老闆已在門後的掛鉤上自縊了。他的身體扭曲成一個恐怖的角度，膝蓋彎曲著，腳後跟不自覺地敲打著木門，正是這種聲音打斷了剛才的談話。我攔腰將他托起，我的朋友和委託人解開了勒進他皮膚的彈性褲帶。我們將他搬到外面的房間。他氣若遊絲地躺在那兒，嘴唇青紫，和幾分鐘前判若兩人。

「他能活過來嗎，華生？」福爾摩斯問。

我俯身替他檢查。他的脈搏散亂而微弱，呼吸卻不像剛才那麼短促，眼皮不自覺地顫動著，翻開眼瞼只能看見白色的眼球。

福爾摩斯將手放在口袋中，低著頭站在桌前。

「還是讓警察處理這件事吧，這個案子就交給他們了。」福爾摩斯抬起頭說道。

「我怎麼都想不通，」派克洛夫特不住地搔著頭。「他為什麼要大老遠的把我請到這裡，然後……」

「嘿！顯而易見！」福爾摩斯有些不耐煩地講，「一切只是為了一次突擊行動。」

「你已經明白了所有的事？」

「這並不難，華生，你怎麼看？」

「我還是覺得莫名其妙。」我搖了搖頭。

「只要將所有片段連起來思考，就不難得出結論。」

「那你是如何推論的呢？」

「有兩點要特別注意。首先，那個人要求我們的委託人寫了一份聲明，說明他在這家虛構的公司就職，這意味著什麼？」

「我還是不明白。」

「這份聲明有什麼意義？通常這類約定都可以口頭形式達成，他們沒有必要標新立異。朋友，只有可能是他們急著弄到你的筆跡，而又沒有別的途徑。」

「我的筆跡有什麼用途？」

「問得好，有什麼用途？解決了這個疑問，整件案子就有眉目了。為什麼？只有一個理由能解釋，那就是有人要借用你的筆跡，而且不惜花一百鎊購買。現在我們來瞧瞧第二點，它和前一點有關聯。這便是平納不希望你辭職，而且要讓莫森商行以為，素未謀面的霍爾．派克洛夫特先生會在週一上午到公司上班。」

「老天！」派克洛夫特大叫道，「我真是瞎了眼！」

「知道他們如何利用你的筆跡嗎？如果有一個人在幾天之內學會了你的筆跡，那他就可以理直氣壯地以你的名字到莫森商行上班，他的筆跡會和申請書上的完全吻合，沒有一絲破綻。我可以肯定，應該沒有莫森商行的人見過你。」

「沒有任何人。」派克洛夫特呻吟道。

「沒錯，關鍵在於不能讓你改變主意，於是他們要設法穩住你，並且阻止你和莫森商行的人接觸，否則你極有可能會知道真相。因此他們寧可花掉一大筆錢，取得你的信任，讓你高高興興地來到中部地區。整日忙碌於『工作』中，根本沒有時間回倫敦，否則他們導演的小把戲很容易被識破。這是毫無疑問的。」

「但是這個人為什麼要假扮他的哥哥？」

「這太明顯了。作案的只有兩個人，其中一個已冒名頂替你到莫森商行上班了，另一個則喬裝成兩兄弟的樣子，他無法再找來第三者假扮成員工，而且他也不想這麼做。就算你發現他們的長得一樣，也會歸因於兩人血緣相近，好在你發現了他的金牙，這才起了疑心。」

「我的天！」派克洛夫特在空中揮舞著拳頭，「我被人愚弄了！那個假冒我的人在莫森商行做了些什麼！我們該怎麼辦！福爾摩斯先生，告訴我該怎麼做！」

「我們得向莫森商行發一封電報。」

「他們禮拜六晚上十二點關門。」

「沒問題。一定還會有守門人或是服務員——」

「噢！對！我想起來了，我聽城裡的人說過，莫森商行有一支警備隊，因為商行裡保存了許多高價的證券。」

「我們趕緊去發電報吧！看看是否真的有一個冒名頂替的人潛入了商行。不過，我還有最後一個問題，這位『總經理』為什麼一見到我們就自殺呢？」

「報紙！」一陣嘶啞的聲音從身後傳來。那人已經坐了起來，面色如死人一般，雙眼有了一絲活力，他用指撫弄著自己脖頸上深深的勒痕。

「報紙！當然！」福爾摩斯興奮地叫起來，「我太笨了！我反覆思考來訪的事，卻忽略了報紙。毫無疑問，謎底就在報上。」他一頁頁地翻看，激動地大叫起來。「看，」他說道，「這是倫敦的《旗幟晚報》。看這裡——市區內發生搶案。莫森商行發生有組織的搶劫。有人喪命，兇手落網。華生，你來唸唸看。」

該報導刊在報紙的頭版，毫無疑問是一件要案，以下是全文內容：

倫敦今天下午發生一起重大搶劫案，一人死亡，凶犯落網。前日，著名的莫森&威廉證券行為確保大量有價證券的安全，成立了專門的警備隊。該行經理意識到責任重大，便添購了當今最先進的新式保險櫃，安排一名全副武裝的警衛人員日夜值勤。公司近日錄取了一位名叫霍爾·派克洛夫特的新職員。據查，此人竟是惡名昭彰的大盜及偽幣商貝丁頓。此人與其兄弟剛服完五年刑期出獄。目前尚不清楚罪犯是如何利用假名騙得公司的任用，他借此獲取了各種鎖具的鑰匙模型，並查出了保險庫和保險櫃的秘密。

通常莫森商行會在星期六中午後休假。下午一點二十分，警署的圖森警官看到一個人提著毛氈質地的手提包從商行出來時，感到十分驚訝。由於此人非常可疑，因此他便緊隨其後，兩人接著展開了搏鬥，罪犯雖拚死抵抗，但由於波洛克警官及時趕到，終於制服此人。這才爆出一起重大的搶劫案。警官從那個手提包中搜到了各種鉅額股票，包括價值十萬英鎊的美國鐵路債券及礦業等公司的證券。在搜查犯罪現場時，警官在保險櫃中發現一名扭曲的警衛屍體，如果不是圖森警官的警覺性高，直到下週一之前都不可能發現屍體。警衛的致命傷在後腦，他被人用火鉗襲擊。警方判定，貝丁頓謊稱有東西遺忘在大樓內，返回時將警衛殺害，並迅即將誘人的鉅額證券洗劫一空，接著便打算潛逃。他的兄弟與他狼狽為奸，但從目前進行的調查看來，其弟似乎並未涉入此案，但警方目前仍在追蹤其弟的下落。

「這下警方可省下不少麻煩了，」福爾摩斯回過頭來瞧了一眼那名惡徒，他早已絕望地蜷縮在一旁。「人類真是一種奇妙的動物啊，華生，這些十惡不赦的人居然也有感情，當他知道哥哥將被絞死，自己立刻跑去上吊。不過，我們必須配合警方調查完這件事。華生和我將會守在這裡，派克洛夫特先生，請你去報警。」

4「光榮蘇格蘭」號

冬日的一個傍晚，福爾摩斯與我坐在壁爐的兩側正對著，他說道：「我的朋友，我手裡有幾份文件，我建議你花些時間閱讀一下。它們與『光榮蘇格蘭』號三桅帆船一案有關。當老治安官崔佛看了這些文件後，便活活嚇死了。」

福爾摩斯將一個深色的圓形小紙筒從抽屜中拿出來，拉開了帶子，遞了張灰色的紙給我，那是一封倉促寫下的短信，上面寫著：

The supply of game for London is going steadily up. Head-keeper Hudson, we believe, has been now told to receive all orders for fly-paper and for preservation of your hen-pheasant's life.

（倫敦的野味需求量穩定上升。我們相信擔任總管的哈德森目前正奉命接收所有黏蠅紙的訂單，用來保護你雌雉的性命。）

當我看完這封令人一頭霧水的訊息，抬起頭來剛好與福爾摩斯四目交接，他忍不住隱隱發笑。

「你可能有些莫名其妙吧？」他問道。

「我不懂這段訊息有哪裡恐怖，在我眼裡這只不過是些胡言亂語罷了。」

「我也這樣想。但實際上，當健壯的老崔佛看過此信後，就像被流彈打中一樣，倒在地上斷了氣。」

「你激起我的好奇心了，」我說道，「但你剛才為什麼說，我有特殊原因必須研究此案呢？」

「因為它是我偵探生涯的起點。」

長久以來，我都渴望去理解，到底是什麼力量促使福爾摩斯義無反顧地踏上了偵探這條路，但他始終對此保持緘默。此刻，他低頭靠在椅子上，將那份文件放在膝頭上展開，接著便將煙斗點燃吸了一會兒，並翻來覆去地審視著文件。

「我以前從未向你提起維克特．崔佛嗎？」福爾摩斯開口問道，「他是我兩年大學生活中唯一的摯友。我向來缺乏交際能力，我的朋友，長時間地獨處是我生活中唯一的樂趣，我總是悶悶不樂地練習和嘗試不同的思維方式，因而不太和同齡人往來。我對體育活動也不太感興趣，除了拳術和擊劍，而即使是學習方法也是與眾不同，因此，沒有與人交往的必要。維克特．崔佛是唯一和我往來的人。我們的相識源於一場意外，那天清晨，當我正朝小教堂走去時，他的狗咬傷了我的腳踝。」

「交往從平淡開始，卻讓人記憶猶新。我臥床休養了整整十天。崔佛幾乎每天都來探望我。剛開始大家只是客套幾句，沒幾天，我們便不知不覺地延長了談話時間。當假期來臨時，我們已是無話不談的朋友。他朝氣蓬勃，精力旺盛，血氣方剛，在很多方面都與我不同，不過也有共同之處。偶爾我也能從他身上發現那種鬱鬱寡歡的性格特徵，因而我們更覺親密。之後他的父親邀請我去渡假，地點在諾福克郡的一個名叫敦尼索普的村莊，我在那裡待了一個月。」

「老崔佛擁有成片的土地，又是當地的治安官，財富和地位是不言而喻的。敦尼索普位於布羅德城外，在朗麥爾的北面。老治安官的府邸是座舊式的、十分寬敞的磚瓦房，房樑由櫟木打造，一條平坦的道路直達門口，兩旁種滿了枝葉繁茂的菩提樹。不遠處有一些沼澤地，這裡對於狩獵者而言無疑是一片樂土，除了捕獵野鴨之外，還有不少魚兒等著有耐心的垂釣者。有間小巧精緻的藏書閣，據說是過去的屋主留下來的。除此之外，這裡還有個手藝不錯的廚師。在這樣的地方待一個月，除非你是一個十分挑剔的人，否則不可能感到不滿足。」

「老治安官的太太已經過世，維克特．崔佛是獨生子。」

「據說，我朋友曾有一個姐妹，不過由於突患白喉，死在了前往伯明罕的路上。老治安官是個十分有意思的人。雖然他唸過的書不多，但頭腦和四肢都很發達。他曾經到過很多地方，也算見了不少世面，一路上的所見所聞都被他牢記於心。他看上去很健壯，一頭灰白色的頭髮總是亂糟糟的，身材粗短，一張淺褐色的臉上留下了歲月的痕跡，眼睛呈藍色，目光咄咄逼人得近似於凶殘。可在當地他卻是慈祥、和藹的化身，據說他在法庭上審理案件也以寬容著稱。」

「在我剛到後不久的一個黃昏，晚餐後大家聚在一起品嘗葡萄酒，維克特突然將話題帶到了我的推理及觀察習慣上。當時我已將其歸納整理成一種方法，儘管我還沒意識到這對於我此生的巨大影響。老崔佛的眼神說明他懷疑兒子的那一番話，把這一切僅僅當成雕蟲小技罷了。」

「『正巧，福爾摩斯先生，』老治安官笑瞇瞇地說道，『我本人就是一個絕佳的主題，不知道你能從我身上捕捉點什麼東西？』」

「『我擔心會令你失望，』我回應道，『我估計在過去的一年裡，你始終擔心受到某人的襲擊。』」

「老治安官嘴角的笑意立刻消失得蕩然無存，他非常吃驚，瞪大眼睛看著我。」

「『沒錯，的確如此』，他說道，『維克特，』老人對著兒子說道，『你知道的，自從常在附近沼澤盜獵的那些混蛋被我們驅逐後，他們就發誓要置我們於死地，而不幸的愛德華·霍利先生的確遭到了偷襲。自此我便十分警惕，時刻提防意外的發生，但令我感到不解的是，你是如何瞭解這一切的呢？』」

「『你的手杖很精緻，』我說道，『通過觀察刻在手杖上的文字使我斷定，它是你在今年購買的。但你卻花了不少力氣在杖頭開了一個洞，還把熔化的鉛液灌進去，使它變成具有攻擊力的武器。我猜除非是有危險威脅著你，否則你不會這樣做。』」

「『除此之外呢？』他興致勃勃地問。」

「『你年輕時曾是一名拳擊手。』」

「『非常正確。可你是如何判斷的呢？你注意到我的鼻子被打歪了？』」

「『不，不，』我說道，『我注意到了你與眾不同的耳朵。像你這樣寬厚扁平的耳朵，只有拳擊家才有。』」

「『你還發現了什麼？』」

「『你的手上佈滿了老繭，看來你曾在礦場工作過。』」

「『我的第一筆財富來自於金礦。』」

「『你到過紐西蘭。』」

「『非常正確。』」

「『還有日本。』」

「『沒錯。』」

「『你曾有個名字縮寫是J．A．的密友，但後來你卻努力將他從記憶中抹去。』」

「此刻老治安官正緩緩地站起來，用一雙瞪得大大的眼睛逼視著我，他的目光瘋狂而怪異，接著便栽倒在地上，他的臉碰到了桌上的一堆硬果殼，頓時失去了知覺。」

「我的朋友，你不難想像，此刻我和維克特是何等驚訝。但他沒過多久便甦醒過來，正當我倆幫他鬆開領口，並將洗手杯裡的冷水撒在他額頭上時，他舒了口氣爬起來。」

「『哦，好孩子，』他勉強擠出一絲笑容說道，『希望你們沒被嚇壞。雖然我看上去十分強健，但其實心臟很差，一件小事就能令我暈倒。福爾摩斯先生，雖然我並不明白你是如何掌握這些推斷方法的，但我認為，無論是那些存在於故事中的偵探，還是現實生活中的偵探，在你面前，都只能算是孩童罷了。我想，你完全可以把它當成終身職業。你應該牢記一個飽經滄桑老人的忠告。』」

「我的朋友，希望你不要懷疑這點。那個時候，我只是將觀察和推斷當作一種樂趣，第一次渴望將這種業餘愛好當成終生職業，正是在聽了老崔佛的一番勸告之後，他對我才能的過高評價促使我產生了這樣的念頭。只是，當時這位老人忽然病發讓我十分不安，因而沒有心思去考慮其他事。」

「『但願我的話沒有勾起你不愉快的回憶。』我說道。」

「『哦，你的確讓我有些感觸。可我還是不明白，你是如何推斷的，你掌握了什麼資訊？』雖然老崔佛的話中含有半開玩笑的成份，但他眼中仍流露出驚魂未定的神情。」

「『這並不難，』我解釋道，『前日我們乘坐小艇出遊，當你將袖管捲起來抓魚時，我注意到刺在你臂彎處的字母J．A．，字形很好辨認，可是筆劃卻變模糊了。字的周遭又被墨跡染黑，說明你曾嘗試將其抹掉。因此我推斷，對於J．A．你原本非常熟悉，但最終卻希望將它忘掉。』」

「『你果然眼力不凡啊！』老人終於嘆了口氣，說道，『這件事和你講的大致吻合。只是它不值得我們繼續談論。所有的鬼魅都沒有我老友那不散的陰魂可怕。我們去撞球室，悠閒地享受片刻煙草的香味吧。』」

「自此之後，儘管老人對我十分關切，但他的眼神始終夾雜著一絲疑慮。甚至連維克特都注意到了這一點，『我父親可被你嚇壞了，』老人的兒子說道，『他最困惑的是，到底哪些事你瞭解，而哪些事你又不瞭解。』據我觀察，儘管老人盡力掩飾著自己的不安，可他的不安是那麼強烈，以至於在言談舉止間都有所流露。當我斷定自己給他帶來困擾時，便準備向這家人辭行。原先計畫第二天就動身，就在這時碰到了一件意外，後來的情況證明它十分重要。」

「那天的陽光很好，大家都坐在草地的靠背椅上，享受著布羅德的美景，一個女僕匆匆過來告訴老崔佛先生有客人求見。」

「『他是誰？』老人詢問道。」

「『他不肯說。』」

「『那麼，他有何貴幹？』」

「『他只說和你是舊識，想和你聊聊。』」

「『好吧，帶他到花園來。』沒多久，女僕便將一個枯槁瘦弱的男人帶進來，他樣子俗氣，步伐緩慢，穿了件胸前敞開的夾克，袖管上黏著塊柏油汙跡，裡面是件紅格襯衣，棉質的內衣，腳穿一雙破舊不堪的長統靴。他那張瘦削的臉龐呈棕色，雖然總掛著微笑，卻掩飾不住狡猾的本質，一排亂糟糟的黃牙露在外面。他的手上全是皺紋，半握著拳頭，流露一個水手的氣質。當他懶洋洋地穿過花園朝我們靠近時，我注意到老治安官不自覺地打了個嗝，他站了起來，迅速走進房裡，轉眼間又走出來，當他從我旁邊走過時，一股濃濃的白蘭地味撲面而來。」

「『嗨，老兄，』他說道，『你有事找我？』」

「那名水手瞇著隻眼盯著老崔佛，臉上仍掛著笑容。」

「『你沒忘了我吧？』水手開口問道。」

「『哎！我的天，這不是哈德森嗎。』老人吃驚地說道。」

「『正是我，親愛的先生，』水手說道，『嘿，我們應該有三十幾年沒見了吧。你倒是過得享受，可是我卻過著有一餐沒一餐的日子。』」

「『唉，過去的時光我一直沒忘，』老人提高聲量說道，並朝水手走去，壓低音量嘀咕了幾句，接著再次扯著嗓門說道，『先去廚房把肚子填滿，我會幫你找到一個合適的位置。』」

「『多謝，先生，』水手用手輕撫了一下額頭說道，『我才剛從航速八海哩的貨輪上下來，跟著它瞎跑了兩年，船上人手緊缺。我想好好休個假，想來想去，只好到你這裡或是貝多斯先生那邊看看了。』」

「『啊！』老人失聲叫道，『你知道貝多斯先生在哪？』」

「『感謝老天！先生，我對老朋友們的下落瞭若指掌。』水手猙獰地笑道，接著便緊隨女僕去了廚房。老人含糊不清地向我倆解釋說，此人曾與他搭乘同一艘船前往礦場。說完他便獨自進屋去了，將我們留在了花園裡。一小時後，當我們走進房間時，看見老治安官一動不動地睡在餐廳的沙發上，早已爛醉如泥。這件事在我腦海中留下了極差的印象。因此當我隔天踏上歸途時，絲毫沒有留戀之意。因為我感覺自己若繼續留在那，只會讓維克特．崔佛感到為難。」

「長假的第一個月就這樣過去了。我重新回到了位於倫敦的住所，花費整整七週進行了幾個有機物的化學實驗。不過，就在深秋假期快要結束的某天，維克特給我發來了急電，請我立刻趕回敦尼索普村，他急需我的幫助和建議。我毫不猶豫地放下手邊的事，再次踏上了那片北方沃土。」

「當我走出車站時，他已乘著一輛雙輪馬車焦急地等在那兒，我發現，短短兩個月時間，竟將他變成一副受盡煎熬的模樣，十分消瘦，往日的開朗與活潑已蕩然無存。」

「『我父親已命在旦夕。』他開口說道。」

「『上帝！』我叫道，『發生了什麼事？』」

「『他受到了極大的精神刺激，中風了。我臨走前他已經生命垂危，不知道現在怎樣了。』」

「華生，你能想像，當我知道這一切時有多麼吃驚。」

「『怎麼會變成這樣？』我問。」

「『唉，這便是問題的關鍵所在。你先上車，我們一邊談。你大概還記得那個叫哈德森的人吧？」

「『是的。』

「『你知道這個被我們請進門的傢伙是怎樣一個人嗎？』」

「『不知道。』」

「『聽我說，朋友。他是個惡魔！』他提高音量說道。」

「我目瞪口呆地看著他。」

「『沒錯，他的確是惡魔的化身。從他踏進家門起，我們父子便永無寧日了。那一夜後父親就沒有再抬起過頭，如今他已站在了死亡的懸崖邊，他的心都碎了。這全怪魔鬼哈德森。』」

「『那麼，他有什麼樣的力量？』」

「『哎！這正是我找你來的原因。像我父親那麼慈愛、仁厚的老人，為什麼會被一個惡棍逼上絕境呢！當然，福爾摩斯，你的到來使我感到十分高興。我十分信任你的推斷及分析能力，我想你一定有辦法解決我們的困境。』」

「雙輪馬車行駛在平坦而潔淨的鄉間大道上，我的前面便是布羅德一望無際的原野，它在夕陽的餘輝裡時隱時現。穿過左側那片茂盛的小樹林，我依稀看見老崔佛府邸那高聳的煙囪以及旗杆。」

「『我父親安排哈德森當一名園丁。』維克特說道，『那傢伙抱怨工作太累，於是就讓他當了管家。崔佛家的人彷彿只能跟著他的指揮捧轉圈圈，他成天遊手好閒，為所欲為。女僕們常向父親訴苦。說哈德森言語下流，嗜酒如命。父親便增加女僕們的薪水，希望能平息她們的不滿。哈德森常帶著父親心愛的獵槍，划著小艇去遊獵。而每當他出門時，臉上總掛著蔑視的表情，如果不是看他太老了，我早就揍了他二十次。朋友，聽我說，這些日子我靠著克制與忍耐撐過來，如今我回過頭想，假如我拿出真性情，事情或許不會演變成這麼糟。』」

「『唉，家裡的情況一天不如一天。那個混蛋越來越目中無人，他居然敢在我面前傲慢的跟我父親講話，我怒氣沖沖地將他推出了門外。他一言不發地走開了，一雙凶殘的眼睛和泛著青色的臉龐，流露出恐嚇的神情。事後，或許是我可憐的父親與他作了某種交涉，隔天父親竟命令我向那個混蛋道歉。你一定猜到了，我斷然拒絕，並質問父親為何要將一個放肆無禮的壞蛋留在崔佛家。」

「『我爸爸說道：「唉，維克特，你沒有錯，可你不明白我的苦衷啊。你遲早會明白的，我的孩子。不論結果如何，我都會盡力讓你知道真相。可是現在你難道想讓年邁的父親更悲傷嗎？維克特。」』」

「『我父親情緒激動，整天悶在書房裡，我透過窗口發現他不停地在寫些什麼。』」

「『一天傍晚，哈德森忽然宣布他將離開這裡，我感到如釋重負。用完餐後，我們坐在餐廳裡，他醉醺醺地走進來，含糊不清地講出了自己的打算。』」

「『他說道：「諾福克令我很不愉快，我準備去漢普郡，我相信貝多斯先生會跟你一樣好客。」』」

「『「哈德森，我不希望你帶著不愉快的回憶走出這個大門。」我父親毫無尊嚴地說道，這讓我感到渾身的血液都沸騰了。』」

「『「但你的兒子還沒向我道歉！」他斜視著我，面無表情地說道。』」

「『父親開口說道：「維克特，你不能否認，你對可敬的哈德森的確有失禮之處。」』」

「『我回應道：「我倒覺得崔佛家對他的忍耐已超越了應有的界限。」』」

「『那個混蛋咆哮道：「哈！這是你的肺腑之言，對吧！好極了，老傢伙。我們走著瞧！」』」

「『他懶洋洋地走出房門，半小時後便跨出了我家大門，從此父親便一直處於惶恐不安的狀態。每個夜晚我都能聽見父親在房內來回踱步，就在他稍稍釋懷的時候，災難降臨了。』」

「『到底發生了什麼事？』我追問道。」

「『十分奇怪。昨夜父親收到一封信。郵戳是福丁橋的。他看完信後，兩手不自覺地輕拍腦袋，一副失魂落魄的模樣，並不停地在房裡繞圈子。我讓他靠在沙發上，他的眼皮和嘴角都朝一邊歪斜。我猜父親是中風了，便派人將福德罕醫生請來，我倆合力將父親扶上床，但他的癱瘓症狀越來越明顯，毫無恢復意識的可能，我擔心回去時已見不到他了。』」

「『少嚇我了，崔佛！』我提高音量說道，『不過，我很想知道那封可怕的信裡寫了些什麼？』」

「『沒什麼。這便是最古怪之處。它的內容瑣碎而荒唐。啊，老天，這就是我所擔心的！』」

「話剛說完，我們便彎過了林蔭道的轉角，注意到在昏暗的燈光下，所有的窗簾都遮得密不透風。馬車靠近門口，維克特一臉悲傷，一名身著黑衫的紳士走出來。」

「『福德罕醫生，我父親過世多久了？』維克特問道。」

「『差不多就在你離開家的時候。』」

「『他有醒過來嗎？』」

「『彌留之際醒了一會兒。』」

「『有什麼話留給我嗎？』」

「『他提到有些紙放在日式櫃子的抽屜裡。』」

「維克特和醫生一起朝老人的房間跑去，我獨自待在書房裡，整個事件不停地在我腦海中翻騰，我的情緒從未像現在這樣低落過。老崔佛曾是名旅行家、拳手，並開採過金礦，怎麼會被一個橫眉怒目的莽夫牽著鼻子走？此外，為何當我提到刺在他手臂上的姓名縮寫時，竟然忽然昏死過去？而一封來自福丁橋的信件甚至要了他的命？我想起福丁橋在漢普郡，而那位貝多斯先生，也就是哈德森的下一個可能的目標，就住在漢普郡。很可能是哈德森寄來了這封信，說自己揭發了老崔佛過去犯下的罪行。或者信由貝多斯寄出，提醒老崔佛，過去的同伙會揭發那個秘密，很明顯的。但是信的內容真的像維克特形容的那樣，荒唐而瑣碎嗎？他也許沒有看懂裡頭的內容。這麼說來，信中很有可能使用了暗語，真正的含意只有當事人明白。我應該立刻瞧瞧這封信。假如我的推斷沒錯，我一定能將它破解。我在黑暗中沉思了一個鐘頭，最後一名掛著淚痕的女僕送來一盞燈，維克特隨後而至。他努力保持著鎮定，但臉色蒼白，手裡握著幾頁紙，就是現在鋪在我膝上的這些。他將燈移到桌子的邊緣，在我對面坐下，將那封草草寫下的短信拿給我看，也就是你剛看到的——倫敦的野味需求量穩定上升。我們相信擔任總管的哈德森目前正奉命接收所有黏蠅紙的訂單，用來保護你雌雉的性命。」

「當我第一次閱讀這封信時，臉上的表情和你一樣困惑。接著，我又十分認真地研讀了一遍。正如我所預料的，這些看似空洞的話裡隱含著暗語。比如像『雌雉』和『黏蠅紙』就可能是他們統一使用的密碼。這樣的暗語十分靈活，能夠隨意訂定，外人無法破解它。但我並不這樣認為，因為哈德森一詞的出現證實了我的猜想。並且我知道這封信不是哈德森寄來的，而是貝多斯先生。我嘗試將信件反過來念，但『life pheasant's hen』這些單字無法連貫。接著我又用跳著讀的方式，可不管是『the of for』，或是『supply game London』都毫無意義。」

「沒過多久，我意外地找到了破解謎題的金鑰匙，我順著語句閱讀，嘗試捨去兩個單詞，終於看懂了其中的涵義，於是，對於這封信將老崔佛逼上絕路也就不感到奇怪了。」

「這封信簡明扼要，目的是發出警告。我馬上讓維克特知道了信的內容：

The game is up. Hudson has told all. Fly for your life.

（一切都完了，哈德森揭發了一切。快逃命吧！）」

「維克特兩手捂著臉，顫抖不已。『一定就是這樣了，我想，』他說道，『這簡直是奇恥大辱，比死還要令人絕望。但「總管」以及「雌雉」又代表什麼呢？』」

「『它們沒有意義，但假如我們無法和寄信人取得聯繫，這倒是條重要線索。你注意這封信的開頭——『The... game ... is』，他事先擬好了內容，接著又將兩個有相關的單字填上去。他不自覺地挑了自己熟悉的名詞。毫無疑問，他要不是喜歡打獵，就是喜歡飼養家禽。你聽說過貝多斯這個人嗎？』」

「『嗯，你倒是提醒了我，』他說道，『每當秋季來臨，可憐的父親便會受邀到貝多斯那裡狩獵。』」

「『看來這封信的確出自他手，』我說道，『目前最重要的是，我們應該查明哈德森到底掌握了什麼秘密，讓兩個地位顯赫的人猶如驚弓之鳥。』」

「『唉，朋友，我擔心真相會令父親名譽掃地！』維克特嘆道，『當然，我不需要瞞著你。父親的聲明在這裡，他是在受到哈德森威脅後匆匆完成的。我在日式櫃子裡發現了它，是醫生告訴我的。請你唸給我聽，因為我實在沒有勇氣面對它。』」

「華生，維克特交給我的幾頁紙在這兒，當夜我便在書房中唸給他聽，今天我想讓你也聽一聽。你注意看，封皮上寫有『「光榮蘇格蘭」號三桅帆船航海記錄。該船於一八五五年十月八日啟航，從法爾莫斯出發，於該年的十一月六日沉沒，位置在北緯十五度二十分，西經二十五度十四分。』內頁是以信函方式作的記錄——」

我親愛的好孩子，儘管那不堪回首的恥辱已將我逼得窮途末路，但我仍可以坦然地講，我對法律毫無畏懼，也不會為了失去官位而痛心疾首，更不怕世人鄙夷的目光。但只要一想起你看我的那充滿愛意和崇敬的目光，我便會心如刀割，我的行為令你蒙羞。然而，如果那件一直折磨著我的災禍仍然降臨，我十分希望你能閱讀這篇記事，到時你便會明白我該遭受怎樣的責罰。但假如這只是一場虛驚（願仁慈而無所不能的上帝恩准！），而你又得到了這張紙，我誠懇地請求你，看在老天的面上，想想你慈愛的母親，想想我們多年以來的父子深情，將它付之一炬吧！永遠忘掉。

當有一天你必須面對這封信，那肯定是往事已經敗露，我或許會身陷囹圄，又或許已經長眠地下了（你清楚我的心臟有多脆弱）。但不管是哪一種情形，我都不必再隱瞞此事。以下記錄的都是事實，是肺腑之言，請求你的寬恕。

我的兒子，父親的原名叫詹姆士．阿密泰奇（字母縮寫為Ｊ．Ａ．），當時還很年輕。看到這，你大概對我那天的暈厥恍然大悟了吧。我是說數週之前，當你的朋友向我提到那個名字縮寫時，對我而言如同化名的秘密被揭穿一樣。當年，我是倫敦銀行的職員，由於犯法，被處以流刑。維克特，請別太苛責你的老父親。當時我欠了筆賭債，無法逃避，無奈之下我挪用了一筆公款。我原以為可以在被察覺前將帳目填平。然而可怕的事情發生了，我日夜期待的款項無法到手，銀行又突然查帳，於是我的罪行便敗露無遺了。此案其實並沒有非常嚴重，但三十年前對罪犯的懲罰遠不如今天寬容。於是就在我迎來二十三歲生日的那一天，也同時迎來了悲慘的判決——與另外三十七名重犯一同被押上「光榮蘇格蘭」號帆船，流放到澳大利亞。

當時是一八五五年，正值克里米亞戰爭期間。原本用來運送犯人的船隻都被派到黑海為軍方輸送物資，因此官方只能找來一些又小又舊的船來載運犯人。「光榮蘇格蘭」號三桅帆船原本是販運中國茶葉的貨船，款式陳舊，船體較寬，船頭沉重。它遠遠比不上新式帆船的速度。這艘船載重量為五百噸，從法爾莫斯出發時，船上大概有百餘人，包括三十八個重犯，二十六個水手，十八個士兵，一個船長，三個大副，一個醫生，一個牧師以及四個獄警。

正規囚船的房間隔板由厚型橡木製成，但「光榮蘇格蘭」號的隔板卻薄得不堪一擊。而當大家剛被押上碼頭時，有一個人引起了我的注意，他當時被關在我隔壁靠近船尾的牢房裡。他很年輕，眉清目秀，鼻子細長，沒一根鬍鬚，嘴很癟。他洋洋自得地昂首闊步，最特別的是他那六呎半高的身材，幾乎沒有人能高過他的肩頭。當所有的面孔都流露出悲觀和焦慮的神情時，他卻顯得果敢堅定而精力旺盛，的確非比尋常。直視著這樣一張臉，如同在狂風暴雨中看見了爐火。當我發現他被關在隔壁，十分開心。一個靜謐的夜晚，我的耳膜聽見了很輕的問候聲，轉頭望去，竟是他將囚室的隔板鑿了個小孔，這令我更加歡喜。

他說道：「嗨，老兄！怎麼稱呼？犯了什麼罪？」

我回答了他，並向他問了同樣的問題。

他說道：「叫我傑克．普蘭登蓋斯特吧！我敢打賭，在我們分開前，你會知道我這個人的厲害之處。」

對他的案子略有所聞，就在我出事前，他成了全國轟動一時的人物。他有很好的出身，並且十分能幹，卻染上了可怕的惡習，利用高明的詐欺手段騙光了倫敦富商的錢。

此刻他十分驕傲地說道：「哈！你也知道我的案子。」

我回答道：「當然，並且記得十分詳細。」

他問：「你覺得這件案子有什麼特別的？」

我說道：「有什麼特別？」

他說道：「我騙來的鉅款差不多有二十五萬鎊，不是嗎？」

我說道：「聽說的確有這麼多。」

他說道：「但他們並沒追回贓款，你聽說了嗎？」

我回應道：「沒有。」

他接著問：「嘿！你猜得出這些錢的下落嗎？」

我答道：「猜不到。」

他加大音量說道：「這一大筆錢仍在我手裡。千真萬確！我名下的財產，比你的頭髮還要多。孩子，如果你有了錢，又知道如何管理和運用，那麼你就能為所欲為了。哈！你別以為一個能夠為所欲為的人，會心甘情願地待在這個充滿惡臭的破船艙裡與老鼠跟蟲子為伍，然後坐以待斃。休想！老弟，他不但要讓自己解脫，還會拯救朋友。你可以依賴他，你可以靠他，他一定會救你脫離苦難！」

他用這樣的語調講了一番話。剛開始我並不以為然。但沒多久，他再次試探了我，並以《聖經》宣誓，他已秘密擬定了一個劫船計畫。早在登船以前，便和十二個囚犯串通好，傑克．普蘭登蓋斯特負責策劃，並拿金錢打通關節。

他告訴我說：「有一個誠實可靠的人，是我的同伙，你完全可以信任他，就像信任自己一樣。錢都在他那兒。你猜他現在在哪邊？哈！你見過隨船的牧師吧？就是他，完全正確！他穿了件黑色上衣，以高貴的身份登上這艘船，提箱裡的鈔票足以使整船的人都聽他指揮。二十六個水手都聽他的號令。就在這些人受雇前，他搶先用金錢征服了他們。他還用同樣的方法使兩名獄警及二副梅里爾成為他的心腹，假如他認為有必要，甚至連船長都能收買。」

我問：「我們要怎麼做？」

「你說呢？」他說道，「你們要讓那些士兵的軍服被染得鮮紅，超過裁縫們做的。」

我說道：「但他們有武器。」

他說道：「老弟！大家都會有武器，一人兩把手槍。我們還有二十六名水手做我們的強大後盾，假如這樣還無法劫船，那你們都該被送到女子寄宿學校去了。今晚你與左邊的鄰居聊聊，看他可不可靠。」

我按他的話做了，將計畫告訴了那個年輕人，他的處境和我一樣，犯了製造偽幣罪。他的名字叫伊凡。不過他現在也已改名換姓，在英國南方過著富有的生活。他毫不猶豫地參加了，因為這是我們拯救自己的唯一機會，因而當囚船即將橫渡海灣時，全體囚犯除了兩人以外全都參與了。其中一個患了黃疸病，沒有戰鬥力，另外一個則信心不足，有可能會出賣我們。

起初，我們的劫船行動進行得十分順利。那群水手都是無賴，是幹這種勾當的最佳人選。假冒的牧師忙碌地穿梭於各囚艙之間，給大家打氣，他有個從不離身的黑色背包，看上去像裝滿了《聖經》。三天過去了，每個囚犯的床下都藏著兩把手槍、一支銼刀、二十顆子彈以及一磅重的炸藥。二副梅里爾和兩名獄警隨時聽候普蘭登蓋斯特的調遣。船上仍與囚犯對立的，只剩下船長、兩名大副、馬丁中尉以及他手下的十八個士兵、兩名獄警和一個醫生。雖然風險並不大，不過大家仍然十分謹慎，打算在夜間突襲。就在這時，忽然發生的一件意外，迫使我們不得不提前動手。

就在啟航後三週的一個傍晚，醫生到一間囚艙應診。他將手伸進罪犯的鋪下，無意間碰到了手槍。假如他能沉著應對，反而可以瓦解我們的計畫；誰知他膽小如鼠，立刻面如土色，尖叫起來，那名患病的罪犯立刻警覺到發生了什麼，當場將他制伏。他的嘴被堵上，牢牢地捆在床上無法報警。醫生進入囚艙時打開了門鎖，大家便由此前呼後擁的登上了甲板。兩個士兵被擊斃，一個下士跑過來看，也被我們擺平。官艙的門口有兩個士兵，他們並未朝我們射擊，或許手裡槍沒有實彈，我們趁兩人慌亂地套上刺刀時解決了他們。當大家朝船長室奔去時，房間內傳出了一聲槍響，推開門一瞧，船長已經倒在血泊中，腦漿四濺。牧師正靜靜地站在擺著航海圖的桌子另一側，手裡握著正在冒煙的手槍。兩名大副束手就擒，眼看就要成功了。

船長室的隔壁是官艙，大家滿懷喜悅地奔進去，長椅上擠滿了人，大家暢所欲言，為即將到來的新生活狂喜不已。這間船艙到處都是貨物，牧師抱起一箱，從裡頭取出了二十瓶葡萄酒。大家敲破瓶頸，倒滿每只酒杯，正欲舉杯豪飲，忽然傳來一陣槍響，室內頓時煙漫霧瀰漫，模糊了所有人的視線。待煙霧散去，艙內已是滿目瘡痍。威爾遜和其他八人倒在了血泊中掙扎，就算是現在，當我回憶起那褐色的酒液和鮮紅的人血時，仍感到反胃不已。大家都被嚇呆了。要不是有普蘭登蓋斯特在場，恐怕大家早已沒命。他像一頭被激怒的公牛，咆哮著衝上甲板，剩下的人全都緊隨其後。中尉率領十名士兵站在船尾，官艙頂上裝有可以改變方向的天窗，就在酒桌上方，只要掀開一點，他們便能透過縫隙朝室內射擊。就在他們準備重新填上火藥時，我們蜂擁而上。他們雖頑強抵抗，但終因寡不敵眾，在五分鐘後被我們擊退。上帝啊！破舊的帆船如同一個海上墳場！普蘭登蓋斯特如同一個失去理智的魔頭，將士兵一個個地拎起來，不論死的活的，全部扔進了海裡。一名中士儘管受了重傷，仍然令人吃驚地游了一段時間，直到一位善人用槍轟掉他的腦袋。戰鬥結束之後，除了兩個大副、兩名獄警和膽小的醫生外，所有敵人都被幹掉了。

如何處置這幾個俘虜，成了一個棘手的問題。大多數人都為了重獲新生而狂喜，因此打從心底裡不想再看到死亡。再說，與手持武器的士兵戰鬥是一回事，屠殺手無寸鐵的俘虜又是另一回事。包括我在內的八個人，五名囚犯和三名水手，都說不願再見到有人犧牲，可普蘭登蓋斯特等人卻不以為然。他的堅持殺掉他們以免除後患，不要讓任何一個活口回到證人席上控告他們。這件事差點讓我們被監禁起來，最後他承諾，假如我們願意，可以搭小船離開。我們欣然接受這個提議，因為這血腥的場面實在令人厭惡，我們意識到在這樣一場殺戮後，肯定有更可怕的事等著我們。於是，我們每個人得到了一套水手服裝，一枚指南針，一桶飲用水，一些醃牛肉和餅乾。普蘭登蓋斯特拿出一張大西洋的航海地圖，說假如遇到船隻便稱自己是水手，原來的船隻在北緯十五度，西經二十五度的地方失事了。說完他便放下纜繩，讓我們隨波逐流。

我的好孩子，現在就是故事的高潮之處。當叛變發生時，水手曾經落帆讓船逆風而行，我們下船後，他們便乘著東北風揚帆而去。我們的小艇在平靜的海面上行駛。整艘船上只有伊凡和我受過良好的教育。我們一同查閱航海地圖，找出目前的方位，並選擇適當的目的地。這個問題十分關鍵，因為佛得角群島位於北方五百哩，非洲西岸則在東方七百哩。當風向轉北後，大家認為前往獅子山最好，於是掉轉了船頭。當我們回頭張望，「光榮蘇格蘭」號已沒了蹤影，只剩下桅杆依稀可見。就在這時，忽然有股濃烈的黑色煙幕騰空而起，如同漂浮在天際間的一棵樹。幾秒後，一聲震耳欲聾的巨響傳來，等煙霧散去，三桅帆船的殘骸早已消失無蹤。我們朝它沉沒的地點全速前進，那漂蕩於海面的煙幕說明了船已失事。

我們過了很久才抵達船難地點，大家十分擔心來得太晚，已無人可救了。海面上漂浮著一隻小船的殘骸和幾片斷桅殘杆，可以判斷出的確是失事地點，可仍未發現任何活人的影子。就在我們徹底絕望的時候，突然聽見了求救聲，原來是個橫躺在船骸上的人。他被我們救上小艇，是個被燒傷的年輕水手，叫哈德森。他渾身無力，無法講話，直至次日清晨才說出了事情經過。

當我們離開後不久，普蘭登蓋斯特便帶領眾人肆無忌憚地屠殺俘虜。兩名獄警被他槍斃後丟到了海裡，三副也沒逃過一劫。他還親手將醫生的喉嚨割斷。這時還剩下大副一人，當普蘭登蓋斯特拎著還在滴血的屠刀走過來時，他掙脫了繩索，穿過甲板，奔進了尾艙。十二個囚犯將他團團圍住，他握著一盒火柴坐在火藥桶旁，桶已被打開，這艘船載了成百桶的火藥。大副警告道，若有人輕舉妄動，他就會讓所有人同歸於盡。話還沒說完便爆炸了。哈德森認為是某個囚犯開槍引爆了火藥桶，而不是大副點燃的。無論如何，囚船在經歷了一場暴動之後沉沒了。

我的好兒子，與我相關的可怕事情大致如此。次日，我們被一艘開往澳大利亞的「豪茨柏」號雙桅船搭救了，船長相信我們的確是失事船隻的乘客。「光榮蘇格蘭」號貨船被海軍總部當作海難記錄在案，而事實真相成了一個謎。過了一陣子，「豪茨柏」號在雪梨靠岸，我和伊凡使用了化名到金礦場工作，在一個人種多元的地區，我們很容易地掩飾了真實的身份，接下來的情況就無需多說了。我們後來都發了橫財，暢遊一番後，便以大英旁國殖民地公民的身份衣錦還鄉，並投資置產。二十幾年以來，我們富足幸福，安居樂業，渴望將那不堪回首的往事永遠埋葬。前不久，哈德森找上門來，我立刻認出他便是那個被救的水手，內心十分惶恐。不知他是如何找到我的。他抓著我們的把柄，貪得無厭地勒索。你終於理解了，為何你父親極力討好他，我的內心被不安與恐懼填滿。儘管他跑去找了另一個獵物，但仍不肯放過我。

「這些文字很難辨認，當時老人一定顫抖不止，『貝多斯在密信中說道，哈德森揭穿了所有秘密。上帝！可憐我們吧！』」

「這便是我唸給維克特聽的全文，華生。這件案子的確富有戲劇性。小崔佛受此打擊之後，痛不欲生，最終選擇到台拉栽培茶樹，據說他過得很好。至於貝多斯和哈德森，那之後便不知去向了。警方並未收到任何告發信，明顯然貝多斯誤認哈德森已經將威脅付諸行動了。有人說哈德森就藏身在附近，警方則推測他在殺害貝多斯後逃走了。但我不這樣看，很可能是貝多斯走投無路下，把哈德森殺了，攜款逃離了英國。這便是本案的情況，醫生，假如你在收集資料的過程中需要它們，我很樂於提供。」

5 馬斯格雷夫典禮

在福爾摩斯的性格特徵中，有一個不尋常的地方，這常常使我感到苦惱。儘管他邏輯思維嚴謹，十分敏銳，衣著整潔而樸素，但他的生活卻毫無規律，作為室友的我常感到困擾。我並不是說自己的生活習慣完美無缺。由於當初在阿富汗時，我每天都必須面對雜亂無章的工作，再加上性情中有些放蕩不羈的成份，因而常常表現得粗心馬虎，雖然以一個醫生而言是不好的，但總之還算不上太糟。尤其當我注意到有人將捲好的煙葉插入煙斗，將別的煙葉置於波斯拖鞋上，將一堆等待回覆的信函用小刀插在壁爐上的木台中間時，我就不禁浮現一絲優越感。除此之外，我一直將手槍的射擊練習視為一種戶外娛樂，但每當我的朋友玩興來時，便毫不在乎地坐在扶手椅上，拿出手槍和幾匣子彈，彷彿像是被維多利亞女王的愛國精神激勵了一般，將對面那堵牆用彈痕修飾得星羅棋布，我認為，這既非改善室內環境的良方，也非改善建築物外觀的上策。

貝克街的寓所內到處都是犯罪份子的遺物和化學試劑，這些玩意常被放在令人意外的地方，可能忽然出現在裝黃油的盤子裡，也可能是在更令人感到詫異的地方。然而最令我頭疼的是福爾摩斯那堆積如山的文件。他不習慣銷毀過去的文件，尤其是一些記錄了他經辦案件的卷宗，每隔一兩年才至少會集中精力整理一次。這並不奇怪，就像在我時斷時續的回憶錄中某處提及的那樣，只有當我的朋友成就了偉業並被傳為佳話時，他才可能有那種興致。但這樣的熱度轉眼便煙消雲散了，接踵而至的是一副冷漠的表情，通常在此刻，只有書籍和小提琴能撫慰他孤寂的心靈，每天除了從桌前到沙發之外幾乎足不出戶。時間悄無聲息地消逝，房間裡的卷宗越堆越多，到處都是成捆的文件，他從沒想過要將其銷毀，而且只要他不開口，也沒有人敢將它們移動。

那年冬天的某一晚，我和福爾摩斯坐在溫暖的爐火前，我不假思索地提出，請他將所有摘要寫進備忘錄後，花兩個鐘頭將房間整理一下，讓房間更適合居住。雖然他面帶慍色，卻無法反駁這個合理的要求，他走進臥室，沒多久又回到客廳，拖著一只大鐵皮箱。箱子被他放在客廳的空地上，他坐在箱子前的一張矮凳上，掀開了蓋子。我注意到鐵箱中裝有三分之一的文件，全部用紅繩子結成了小捆。

「我的朋友，這裡的案件多得數不清，」福爾摩斯打趣地瞪了我一眼，說道，「我認為，要是你知道這些文件的內容，你一定會希望我把整理好的再拿出來，而不是繼續往裡塞。」

「所以，那是你早期的破案記錄？」我詢問道，「我一直想把它們記錄下來。」

「沒錯，華生，當我還是個無名小卒時便辦了不少的案子。」我的朋友充滿感情色彩地拿出成捆的文件。「並非每件案子都成功，華生，」他說道，「但其中也有不少趣聞。這件是塔爾頓謀殺案，這件是范貝里酒商案，這裡是一個俄國老女人的冒險故事，還有鋁拐杖案和瘸子黎各拉提與他惡毒老婆的檔案。而這裡——哦！是一樁非常有意思的案子。」

他將手伸到箱底，摸索出一個木製的小匣子，匣蓋能左右移動，類似小孩的玩具盒。我的朋友從盒子裡拿出一團皺巴巴的紙，一把舊式的銅鑰匙，一根被線球纏住的木釘以及三塊鏽跡斑斑的圓形金屬片。

「嘿，華生，你看到這些東西會想到什麼？」他滿臉笑容地觀察著我的表情。

「真是個怪異的收藏品。」

「非常怪異，不過藏在它背後的故事更為怪異。」

「看來這堆遺物頗有淵源。」

「是的，就像它們自身一樣。」

「這是什麼意思？」

我的朋友將裡頭的物件逐一取出，在桌上一字排開，之後便坐在椅子上目不轉睛地看著它們，雙眼流露出滿意的神色。

「這些，」他說，「是為了讓我能牢記馬斯格雷夫典禮案而留下的。」

福爾摩斯曾不止一次向我提起此案，但從未詳細敘述過。

「假如你能仔細談談這件案子，我會非常開心。」

「那這滿屋子的文件就不用管了？」我的朋友調皮地問道，「你的希望又落空了，華生。但我也非常希望你將此案收入你的筆記本，因為它無論在國內外，都可算是獨特而罕見的。假如你老是把精力放在我那些微不足道的成就上，而忽略了這件奇案，那就太令人遺憾了。」

「我想你一定還記得『光榮蘇格蘭』號帆船案，我曾談起過那個人不幸的遭遇，透過與他的對話，使我頭一回意識到應該將偵探作為我終身的職業。到目前為止，大眾對我的名字已不再陌生，不管是警方還是普通市民，都將我視為奇案的最高法庭。就在我們相識之初，當時我正調查那件後來被你命名為『血字的研究』一案，儘管我的生意算不上好，但也有不少主顧。你難以想像，創業之初一切都是舉步維艱，我經過了多少努力才有今日的成就。」

「當年我剛到倫敦時，暫住在大英博物館附近的蒙塔格街，閒暇時便鑽研各類科學，為將來打下基礎。當時就有不少人上門請我查案，他們大多是由我過去的同學引薦的。因為在我的大學中後期，周圍的人常常把我的思維方式作為談論的焦點。馬斯格雷夫典禮案是我偵破的第三個案子。而當時我所遇到的許多離奇事件及最終證明是十分重要的辦案經驗，促使我朝偵探事業邁出了堅定的第一步。」

「我有一個叫雷金納德．馬斯格雷夫的同學，我與他有過一面之緣。由於他有些驕傲自滿，因而在學生之間人緣並不好。可是我始終相信他那驕傲的外表之下，掩藏著一顆無比怯懦的心靈。他的相貌具有典型的貴族少爺特徵，高高的鼻梁，大眼睛，清瘦的身材，從容而優雅。實際上他的確具有貴族血統，而且是英國一個最古老家族的後裔。早在十六世紀，他的祖先便從北部的馬斯格雷夫家族裡分離出來，最終在蘇塞克斯的西部定居，他們居住的赫爾斯頓莊園據說是當地最古老的住宅。出生在這樣的地方，讓我每看見他那張機靈而毫無血色的臉，就會不自覺地聯想到直線條的窗格、灰色的拱形道路及舊式古堡的所有遺跡。曾經有一兩回我和他隨口聊了起來，我清楚地記得他對我的推理及觀察方法感到十分有興趣。」

「我和他差不多四年沒見面了，有天早上他到我住的地方來找我。他的外表沒什麼變化，衣著講究，如同一位來自上流社會的年輕人，那種少見的儒雅氣質仍和過去一樣。」

「『你最近過得怎樣？馬斯格雷夫。』我倆激動地握手之後，我問。」

「『也許你已聽說了我父親過世的消息，』他說道，『可憐的父親已經去世兩年了。管理赫爾斯頓莊園的責任便落到了我的肩上。由於我是本區議員，因而經常忙得不可開交。不過，福爾摩斯，據我所知你那些非凡的才能已運用到了現實生活裡？』」

「『沒錯，』我說道，『那些小聰明已成為我謀生的工具了！』」

「『那真是幫了大忙了，因為我目前正需要你指點迷津。我在赫爾斯頓遇到不少怪事，警方對此毫無辦法，那毫無疑問是件棘手且難以言表的案子。』」

「你大概能夠想像我是多麼急於聽他講述事件的經過，我的朋友，由於數月來我都在無聊中虛度光陰，因而一直期盼著能有這樣的機會。我深信，這些讓別人束手無策的事情，在我手中一定能迎刃而解，終於可以大顯身手了。」

「『請告訴我詳情，』我說道。」

「雷金納德．馬斯格雷夫坐在我的對面，點燃了我遞過去的香煙。」

「『你應該明白，』他講，『雖然我還沒有家室，但莊園裡仍有非常多的僕人，因為它既凌亂又偏僻，必須有大量的人力來整理。我並不打算請他們離開，而且每當捕獵野雞的那段季節臨近，我的別墅常有家宴舉行，會留賓客暫住，因而不能沒有人手。莊園內共有八名女僕，一名廚師，一名管家，一名僮僕以及兩名男僕。除此之外，馬廄和花園中還有一群雜役。』」

「『在莊園裡服務最久的人是布倫頓管家。當初我的父親雇用他時，他還只是不合格的小學教師。不過他十分好勝，精力頗佳，沒多久便被重用。他身材中等，面目俊秀，有個光亮的額頭；雖然已在我家服務了二十多年，可是年紀還不到四十歲。儘管他通曉數國語言，並擅長演奏各種樂器，但卻安於低層階級而無怨言，令人不解。我看得出他對自己目前的境況十分滿意，根本沒有改變的意願。只要是造訪過赫爾斯頓莊園的人，都能對他留下深刻的印象。」

「『但他也不是完美的人，他跟唐璜有點像。不難想像，想在一塊貧瘠的土地上扮演浪子是十分容易的。他剛成家時生活還算平靜，但自從太太去世後，他便開始製造永無止境的麻煩。幾個月前，布倫頓和莊園的下女瑞秋．豪威爾斯訂了婚，大家都以為他會有所收斂，但他很快就把這位小姐甩了，與獵場管理人的女兒珍妮．查爾斯糾纏在一起。雖然瑞秋是個好女孩，性格卻像威爾斯人一樣衝動。她因此罹患腦膜炎，直到昨天痊癒之前，都像個漆黑的幽靈在屋內亂走。這就是那座古老莊園裡發生的第一樁戲劇性的事件。而之後發生的第二件事，使得我們迅速忘掉了上一件，那是由布倫頓管家背信以及被解雇所引發的事件。』」

「『這件事並不複雜：我曾提到，布倫頓十分聰明，問題正是出在這兒，正因他有個非凡的頭腦，讓他對於那些事不關己的事充滿好奇心。我從不覺得一個人會被好奇心所害，直至那個偶然事件發生。』」

「『我介紹過，我的莊園原本十分凌亂。上週的某一天，準確來說是在週四的晚上，當我用過晚餐後，很不明智地喝了一杯濃咖啡，久久無法入眠，直到凌晨兩點仍然睡意全無。於是從起床點燃蠟燭，打算拿一本小說來消磨時光。我想到那本書放在撞球室裡，因此我穿好睡衣離開臥室去拿。』」

「『我必須先下樓，然後穿過一截走廊，才能到達撞球室；在走廊的最前端，是槍庫房和書房。我抬頭朝走廊的盡頭望去，竟有一道忽閃著的亮光從書房射出來，你大概不難想像我當時有多驚訝。睡前我才親手熄滅了書房的燈，並把門關好。我的直覺告訴我肯定是遭了小偷，走廊的牆上掛著許多古代兵器，我取下一把斧頭，接著，扔掉蠟燭，躡手躡腳地穿過走廊，朝門內偷看。』」

「『書房裡的居然是布倫頓管家。他衣裝整齊地端坐在安樂椅上，雙膝上放著一張類似地圖的紙，單手托腮，正陷入沉思。我目瞪口呆地站在門外，暗中觀察他的動靜。我借著書桌上那支燭台微弱的亮光，看見他忽然站起身來，朝另一張書桌走去，打開鎖拉出抽屜，從容地拿出一份文件，又再次坐回椅上，將文件在燭光下鋪開，目不轉睛地研究起來。見他那副鎮定自若的模樣，我忍不住怒火中燒，便推開門大踏步走上前去。他抬頭見到我，立刻從椅子上跳了起來，臉色鐵青，匆匆忙忙地將正在研究的那張疑似海洋地形圖的文件放入懷中。』」

「『「很好！」我說道，「你就是這樣回報主人對你的信任，明天立刻滾出這裡！」』」

「『他一臉愧疚地欠了欠身。啞口無言地走出門去。燭台依舊燃燒著，我靠近燭光，看看那張被管家仔細研究的文件到底是什麼。令我奇怪的是，那只是份不重要的文件，記載了一些古老儀式上使用的問答詞而已。這種古老儀式是本家族所特有的，稱為「馬斯格雷夫典禮」。它在本家族中已有幾個世紀的歷史，並沿襲至今，只要是我們家族的成員，在成年之際都會舉行這樣的儀式——不過這僅僅是馬斯格雷夫家族的私事，如同我們特有的家徽一般，頂多能吸引考古學家的目光，但卻毫無現實意義。』」

「『也許我們應該再談談桌上的那份文件。』我提醒道。」

「『假如你認為它是一條線索，』他略帶遲疑地說道，『好的，我往下講。布倫頓並沒有帶走書桌的鑰匙，於是我用它重新鎖好了抽屜，正欲轉身離開，忽然看他又折了回來，這令我十分驚訝。』」

「『他情緒激動地喊道：「尊敬的馬斯格雷夫先生，雖然我身份卑微，但也十分重視名譽，這樣的臉我可丟不起，要我承受這種恥辱還不如去死！先生，假如你一定要將我逼上絕路，那麼你會付出相對的代價，我會拋棄生命，這是真的！先生，假如這裡因此無法容得下我，那請看在老天的份上，給我一個月的時間，到時我會像自動離職一樣走出莊園的大門。先生，解雇我沒關係，但我不能當著大家的面被趕出門去！」』」

「『「你不配擁有那些，布倫頓，」我回答道，「你的行為實在太不光彩了。不過，看在你在莊園任職這麼久的份上，我也不希望你顏面無存。但一個月太久了，就給你一週時間吧，你可以隨便編一個藉口。」』」

「『他悲哀地叫道：「才一週？馬斯格雷夫先生。兩週——至少得有兩週！」』」

「『「一週！」我重複道，「這對你已經相當寬容了。」』」

「『他垮著一張臉步出房間，就像一個心碎的人。我吹熄了蠟燭，重新回到臥室。』」

「『之後的兩天內，布倫頓表現得十分勤奮，克盡職責。我對於那件事則絕口不提，十分好奇地等著看他如何體面地收場。他平常總在用過早餐後來向我請示這一天的工作安排，但第三天他並沒有出現。當我走出餐廳時剛好遇見女僕瑞秋．豪威爾斯。我曾講過，瑞秋大病初癒，十分虛弱，氣色極差，於是我告訴她可以再休息一段時間。』」

「『我對她說道：「你應該回到床上去，等身體恢復了再開始工作。」』」

「『她用一種古怪的表情盯著我看，使我不得不懷疑她的病症並未痊癒。』」

「『她說道：「我早就恢復了，先生。」』」

「『我回應道：「這種事應該聽從醫生的建議。你立刻放下手中的工作，下樓時順便跟管家講一聲，我有事找他。」』」

「『她說道：「布倫頓已經離開了。」』」

「『我問：「離開了！去哪裡？」』」

「『她說道：「沒錯。可是沒有人見到他。他的房間空著。哦，對了！他離開了，他離開了！」女僕一面語無倫次地講著，一面靠著牆壁發出尖銳的笑聲，她陷入一種歇斯底里的狀態，這讓我手足無措，我趕緊按鈴找來其他僕人。瑞秋被僕人們扶回了房間。每當我再次詢問管家的去向時，她依舊會失聲大叫，並不停哭泣。是的，管家的確失蹤了。他房裡的床鋪昨晚沒有睡過，自從他前一晚回到房間後，便沒有人再看過他。無法得知他是如何離開的，因為門和窗戶直到清晨都是閂上的。他的錶、衣物，還有錢，統統都留在房間裡，只是他經常穿著的一套黑色衣褲不見了。他的長統靴留在房內，看來他是套著拖鞋走的。可是大半夜的，布倫頓能上哪兒去呢？此時此刻他又在做什麼？』」

「『我們將整座莊園仔細地搜了一遍，連地下室還是閣樓都沒放過，但還是沒有他的影子。正如我描述的一樣，這座老宅邸如同一個巨大的迷宮，尤其是那些年代久遠的廂房，早已荒廢了。當我們不厭其煩地檢查過每一個角落之後，竟連一點蛛絲馬跡都沒找到。我對他捨棄所有財物離開的做法感到難以置信，再說，他還能去哪呢？我報了警，但也沒有結果。前天夜裡曾下過一場雨，雖然我們檢查了莊園周圍的小路和草坪，仍然沒有發現什麼。這些便是事情的始末。之後又發生了其它事情，我的注意力不得不從這個謎團上移開。』」

「『女僕瑞秋的病情加重了，兩天以來她時而焦躁，時而神智不清，我安排了一名護士照料她。就在管家離奇失蹤後的第三夜，護士見瑞秋已經酣睡，也靠在椅背上打盹，未料次日清晨睜開眼，卻發現她已不知去向。房間的窗戶開著。護士趕緊通知我，我急忙帶著兩名僕人出去尋找瑞秋。女僕的去向很好分辨，因為她是由窗戶出去的，我們順著她留下的足跡輕鬆地穿越草坪，直抵湖岸邊，然而足跡卻在鋪滿石子的小路上消失了，小路通往一片大地，一旁的小湖泊共有八呎深，你不難想像我們發現足跡在這裡消失時的心情。』」

「『理所當然，我們立刻開始打撈作業，最終未能發現那位小姐的屍體。另一方面，卻出人意料地撈起一件東西；那是個麻布袋，裡面塞了一大堆生鏽的金屬，以及毫無光澤的玻璃及鵝卵石。湖裡除了這堆莫名其妙的東西外，別無它物。儘管昨天全部人都拚命搜索，但仍然沒有管家和女僕的線索。警方盡了全力，也是無功而返。於是我想到了你，除此之外已別無它法。』」

「你大概可以想像，華生。我是以多麼急切的心情在傾聽這一切，並努力尋找它們的關聯性，盡力找出整個事件的脈絡。管家失蹤了，女僕跟著也失蹤了，兩人曾經訂過婚，之後男方背棄了誓言。瑞秋是威爾斯人，性格暴躁易怒。當布倫頓不見了以後，她立刻陷入歇斯底里的狀態。那一袋亂七八糟的東西是她扔到湖裡的。這些都是有價值的線索，可沒有一條線索可以揭示事件的本質。這一系列事件的源頭是什麼？目前能看到的，僅僅是一連串離奇故事的結尾部分。」

「『我必須看一下那份文件，馬斯格雷夫，』我說道，『為了它，布倫頓甘願失去工作。』」

「『那個典禮十分荒唐，』他答道，『但畢竟是祖先留下的。如果你想看，我準備了一份典禮問答詞的複製品。』」

「他將我現在拿著的這份手冊交給了我，這便是那個古老家族的每個成員在成年之際都要遵守並服從的古怪儀式的問答記錄。原文是這樣——」

它屬於誰？

已經離去的人。

它應該屬於誰？
將要來的人。
哪兒有太陽？
橡樹上。
哪兒有陰影？
榆樹下。
如何測量它？
北面十加十，東面五加五，南面二加二，西面一加一，下面便是。
我們用什麼才能換取它？
我們的一切。
為何我們要交出去呢？
為了誠信。

「『原稿上並無日期，但從字母的拼寫判斷應該是十七世紀中葉。』他解釋道，『只是，我恐怕這對於案件本身意義不大。』」

「『不過，』我說道，『它為我們帶出了另一個難解之謎，並且比剛才的謎團更加有趣。或許當你解開其中一個謎，另一個也呼之欲出了。很抱歉，馬斯格雷夫，按我判斷，布倫頓可能是個智商極高的人，他的頭腦比主人家族的十代子孫都更為清醒。』」

「『我不懂，』我的同學說道，『在我看來這份文件並無什麼實際上的意義。』」

「『但我認為它具有十分重大的現實意義，你的管家應該也這樣想，也許那一夜你出現在他面前時，他早已看完了整份文件。』」

「『當然有可能。我們從未浪費力氣把它藏起來。』」

「『這正是他所希望的。他當時正在整理自己的記憶，就我所知，那個時候他應該拿著一些草圖、地圖和原稿核對中，看見你後，他便慌慌張張地將圖塞入懷裡。』」

「『沒錯。但是他研究馬斯格雷夫家族的古老習俗幹嘛呢？這些空洞的問答詞又能說明什麼？』」

「『我想，查清這一切並不難，』我說道，『假如你不反對，我們一同乘坐頭班列車前往蘇塞克斯，要想做更深入的調查就必須親臨現場。』」

「當天下午，我們抵達了赫爾斯頓。也許你曾看過這座古堡的照片以及介紹，所以我就不在上面著墨太多；唯一有必要說明的是它是座呈L形的建築群。較長的那排住宅看上去年代還不久遠，較短的部分看上去則十分古老，其餘房舍都是在它們的基礎上建築而成的。在古老房舍中間那沉重而低矮的門框上，刻有一六〇七年字樣。但專家們普遍認為，從房樑以及石牆分析，真實的年代要比這更加久遠。老式住宅的窗戶很小，每堵牆都砌得又厚又高，因此馬斯格雷夫家族的人在上一個世紀又修建了新房。如今老房子除了用來當作酒窖和倉庫外，已毫無用處。茂盛的古樹將整座古堡圍在中間，看上去幽靜而雅致，馬斯格雷夫提到的小湖泊就在林蔭道旁，距古堡大約兩百碼遠。」

「華生，我可以肯定，那三個謎團並非是獨立的，其實最終的謎底都一樣，假如我能領會『馬斯格雷夫典禮』的話，有價值的線索便會浮出水面，根據它便能查明管家和女僕離奇失蹤的真相。因而我將全部精力都投入其中。布倫頓為何那麼急於探知儀式所使用的問答詞？顯然他清楚其中所隱含的奧秘，但這一切卻從未引起馬斯格雷夫家族近十代主人的關注。管家期待著能從中獲利。那麼，這裡面究竟蘊藏著什麼樣的秘密呢？它是否會徹底改變布倫頓的命運呢？」

「我將儀式仔細地看了一遍，便一目了然了，那種測量方法暗示著某個位置，假如可以找出那個位置，便能揭開謎底了，而這個家族的祖先認為一定要用這樣的奇妙方式來讓他的後代牢記秘密。要想找到準確的位置，我們一定要先找到兩個座標：榆樹和橡樹。橡樹很容易找，它位於古堡的正前方的車道左邊；橡樹叢裡則有一棵十分古老，是我這輩子從沒見過的高大樹木。」

「『當初族人起草這份文件時，橡樹便在這裡了嗎？』馬車駛過橡樹旁時，我問道。」

「『大概在一〇六六年諾曼人用武力征服英國時，這棵樹就在了，』我的同學回答說，『它的周長足足有三十三呎。』」

「『這裡有老榆樹嗎？』我追問道。」

「『那前面曾有棵古老的榆樹，不過十年前被雷劈斷了。我們不得已鋸掉了樹幹。』」

「『它的遺址在什麼地方？』」

「『哦，離這兒不遠。』」

「『還有別的榆樹嗎？』」

「『老榆樹就那一棵，其他的都是後來種的。』」

「『我十分希望可以到那棵老樹的原址去看看。』」

「我和他駕著輛單馬車，還未進屋，便先來到了草地上的一個凹陷處，那裡就是那棵老榆樹的舊址。位置恰好在古堡和橡樹之間，看來進展得很順利。」

「『我想應該沒人知道它的高度吧？』我問。」

「『我現在就能講出來，它有六十四呎高。』」

「『你怎麼知道的？』我驚訝地問。」

「『從前的家庭教師常要我算三角習題，高度通常是未知數。當我還小時，便對莊園的所有樹木和房屋進行過測算。』」

「『真是太幸運了。沒想到我需要的資料就在你的腦袋裡。』」

「『請問，』我說道，『布倫頓曾經問過與榆樹有關的事情嗎？』」

「我的同學瞪大眼睛看著我。『我突然想起了一件事，』他答道，『幾個月前，有一次管家跟馬伕發生爭執時，的確來問過我這個問題。』」

「真是太好了，華生，看來我的思路沒錯。我仰起頭看了看太陽，已經西斜，據我估計，最多一小時後，便能到達老橡樹的頂端，否則何必要用樹幹當座標呢？於是，當太陽觸及橡樹頂端時，我開始推測榆樹的影子最遠會落到哪裡。」

「這是一道難題，福爾摩斯，因為榆樹已經不在了。」我說道。

「是的，但我想，要是連管家都找得到，那就更不可能難得倒我。況且，這件事並不像想像中那麼難。我和委託人一同走進了那間書房，做了一個木製的釘子，我將一條長繩捆在上面，以一碼為距離打上了結，然後將兩支釣魚竿捆在一起，全長六呎。接著，我與馬斯格雷夫再次來到老榆樹的遺址。這時太陽剛好越過橡樹的頂端。我將捆好的釣魚竿插在泥地上，以便記錄陰影的方位，並測量其長度，陰影剛好九呎長。」

「計算做起來並不難。我已經知道六呎長的釣竿的投影是九呎，那麼六十四呎高的榆樹落下的陰影就有九十六呎。而釣魚竿的陰影朝向肯定和榆樹的相同，我測量了這個長度，幾乎快到莊園的牆角了。我把木釘釘在了這裡。我的朋友，當我很快注意到木釘旁兩吋處的地面有一個錐形的孔時，你大概能夠想像我有多麼興奮。我想這個小孔肯定是管家測量時留下的，我正在重複他做過的事。」

「從這裡我開始嘗試用步測法，首先我利用小型的指南針鎖定方向，沿著莊園的牆根朝北面走了二十步，在那兒釘下另一個木釘。之後我又小心翼翼地朝東面走十步，再往南走四步，便來到了老宅子的門前。依據典禮的要求，又往西面走了兩步，我踏上了由石板鋪成的道路上。」

「華生，我突然感到了極度的失望。我甚至懷疑自己的計算出了根本上的錯誤。夕陽的餘暉將道路照得發亮，我注意到地面古老的灰色石板，已被路人踩得變了形，但仍被水泥緊連著，長期以來都沒被搬動過。這裡肯定不是布倫頓的目的地。我輕叩石板，從聲音判斷石板下並無裂縫或洞穴。不過，幸好委託人已漸漸明白了我的用意，和我一同興奮地用計算結果核對手稿。」

「『下面便是，』他大叫道，『你看這句：下面便是。』」

「我曾把問答詞的這一句話當作是挖掘的意思，但我馬上意識自己想錯了。『看來，通道接往地下室？』我激動地問道。」

「『沒錯，它和老宅子一樣歷史悠久，前面便是，那扇門就是入口。』」

「通往地下室的石階迂迴曲折，我的同學用火柴點亮了牆角一隻木桶上的手提油燈。轉眼間一切都一目了然，我們終於找到了這個地方，而且看得出最近還有別的人來過。」

「這兒是木材倉庫，但那些曾被隨意散置在路面的木樁，現在通通被放到了兩側，地下室的中央空出了一塊空地。就在空地上有塊笨重的大石板，石板上掛著一個鏽跡斑斑的鐵環，環上繫了一條黑白相間的格子圍巾。」

「『我的天！』馬斯格雷夫叫道，『那條厚圍巾是布倫頓的，我發誓我看他繫過。這個混蛋到底想做什麼？』」

「按照我的建議，我們找來了兩位警察。之後我拉緊圍巾，將石板提起來，但只能掀起一點，後來在一個警察的協助下，我們好不容易將石板挪開，看到腳下露出一個陰暗的地窖。我的委託人單膝跪在入口處，將手提油燈伸進去。」

「地窖大概寬四呎，深七呎，一側放著一只矮木箱，包有黃銅的箍子，木箱是開著的，一把形狀怪異的古老鑰匙被插在鎖孔裡。箱面被厚厚的灰塵覆蓋著，由於潮濕和蛀蟲的侵蝕，木材已經腐爛，箱中佈滿了青灰色的黴菌。一些看起來像古代硬幣的圓形金屬片散亂地放在箱底，就像我現在拿著的這個，此外別無他物。」

「可是，我們的注意力很快從木箱上移開，因為我們看見了一團黑漆漆的東西。那是一個人，蜷縮在箱子邊，身著黑衣蹲在地上，額頭緊貼箱子的側面，雙手緊緊抱著木箱。這人怪異的姿勢使得渾身血液都湧到了頭部，誰也無法看清楚這張豬肝色的扭曲面容。我們將屍體拖了過來，馬斯格雷夫根據他的頭髮、身材以及服飾，辨識出這人正是離奇失蹤的布倫頓。看來他已死亡好幾天了，但全身卻沒有傷痕足以表明他的死因。屍體被搬到了地面，一個更大的難題擺在了我們的面前，它和先前遇到的那些一樣棘手。」

「華生，我必需坦言，當時我對自己的表現感到十分失望。當我根據問答詞裡的暗示發現目標時，曾期望可以藉此解開謎團。但我待在這裡，卻仍無法明白這個古老家族策劃這一系列措施，到底是為了防範什麼。沒錯，我們查清了管家的下場，但緊接著還要調查他的死因；而那名失蹤的女僕又和此事有何關聯。我靠在牆根處的一只木桶上，陷入了沉思。」

「碰到這種情形，你當然清楚我的做事風格，華生。我設身處地的推想，並衡量了布倫頓的智商，努力思考假如自己遇到這樣的情形會如何處理。如此一來，一切就變得簡單多了，因為他的智商極高，完全不用考慮他在觀察分析時會有太大的誤差，他清楚這裡有寶物，便一步步找來了，由於石板很重，憑著自己的力量無法移開。接下來怎麼辦？假設他有親信在莊園外，如果求助於此人，就必須打開大門讓他進來，一旦被發現將產生不必要的騷動。最好是找莊園裡的人。但布倫頓可以找誰呢？瑞秋曾深愛過他。儘管他曾經狠狠傷過她的心，他仍相信那女人至始至終地愛著他。大概他曾多次討好她，於是兩人重修舊好，接下來便決定一起行動。兩人也許在夜裡一起進入了地下室，一齊將石板掀開。現在描述起這一切，就如同我親眼所見一般。」

「只是要掀開這塊笨重的石板，對於兩人而言，尤其有一個是女人，還是相當困難的，即使是我加上一位健壯的蘇塞克斯警察仍然感到吃力。如果兩個人仍然無法搬開石板又怎麼辦呢？我重新站了起來，認真查看四周堆放著的木頭樁。我意料之中的東西終於出現了。那是根差不多三呎長的木棒，它的一端有壓痕，此外還有幾塊類似的木頭，它們的側面都被壓得變形了，看上去像是被笨重的東西壓過。由此不難推測，他們在盡力提起石板的同時，將幾根木棒塞到了縫隙間，當這個縫隙大到足以鑽進一個人時，便將一根木頭立起支撐著石板，以免它落下。由於木棒承受著石板的全部重量，因而有一端便有了壓痕。到目前為止，我的推斷都沒有矛盾之處。」

「問題的關鍵在於我怎樣推斷那個夜晚所發生的一切。很明顯，只有管家鑽進了地窖，因為地窖只能容納一個人。瑞秋焦急地在上面等。接著管家便打開了箱子，並將裡面的東西往上面遞，當時他們並沒有被人發現，但接下來到底發生了什麼事呢？」

「我想，當暴躁衝動的瑞秋意識到布倫頓的命運掌握在自己的手裡時，她忽然想起了自己受過的創傷，或許布倫頓對她的虧欠遠比我們想像的還要多，於是她胸中燃起了復仇之火。當然，也可能只是木棒滑落了，石板因此重重地蓋上，管家被活活關在了他親手挖掘的墳墓中，而女僕只不過是隱瞞了實情？還是她親手推倒了木棒，讓洞口重新封閉？不論如何，總之在我腦海中，彷彿浮現那個女人緊抱著財寶，瘋狂奔走在迂迴的石階上，對從身後傳來沉悶的求救聲充耳不聞，還有雙手拚命敲擊石板的響聲，害死這個愛情騙子的僅是一塊石板。」

「因此，隔日早上她渾身顫抖，臉色慘白，並表情古怪地狂笑不止；原因就在這兒。但木箱裡到底裝著什麼呢？瑞秋與它有何關聯？沒錯，那些從湖泊裡撈起的水晶和古舊金屬片。肯定是箱子裡的東西。她找了個機會將其投入湖中，希望毀滅證據。」

「我一動不動地坐在原地足足二十分鐘，深入地思考著案情。委託人仍站在一旁，臉色發白，移動著手上的提燈，朝石洞內探視。」

「『這些硬幣是查理一世時期的，』他將幾枚古金幣從箱子裡拿出來，說道，『這跟典禮文獻的完成時間完全一致。』」

「『這裡應該還有同時代的其他東西，』我忽然意識到問答詞前兩句所暗示的意義，叫道：『我們應該看看從湖泊中撈出來的東西。』」

「我們重新走進書房，他將一堆破爛擺在我跟前。我看得出他很不在乎這些玩意兒，因為石塊已毫無光澤，而金屬差不多都鏽成了黑色。但在我隨意用袖管擦拭了其中一塊後，它便如同火星一般射出了光芒。金屬物件的形狀類似於雙環，只是已扭曲變形，失去了原有的風貌。」

「『你大概知道，』我說道，『保皇黨在查理一世死後仍在英國各處進行武力對抗，最後他們在逃亡時，將大量珍寶藏起來，打算等戰亂平息後再回國尋找。』」

「『我的祖先，拉爾夫．馬斯格雷夫爵士，是一名出色的騎士，他曾在查理二世流亡期間擔任他的左右手。』馬斯格雷夫說道。」

「『哦，這就對了！』我回答道，『我想最重要的環節就在這裡。我應該向你表示祝賀，雖然這些寶物的來歷帶有悲劇色彩，但卻是價值連城的歷史遺產呀！它的意義遠高過本身的價值。』」

「『所以，這是什麼玩意兒？』我的同學睜大眼睛追問道。」

「『不是什麼玩意兒，而是大英帝國一頂古老的王冠。』」

「『王冠！』」

「『毫無疑問。你回想一下問答詞的前兩句，它是怎麼說的——「它屬於誰？已經離去的人。」這裡暗示的正是被處死的查理一世。接下來——「它屬於誰？將要來的人。」那個人就是查理二世，由此可以推測當時查理二世正準備到赫爾斯頓的古堡來。我以為，絕對沒錯，這頂破舊不堪的王冠正是斯圖亞特家族的。』」

「『它為什麼會在湖裡呢？』」

「『哦，目前我還無法回答這個問題，請給我一些時間。』接下來，我便向他敘述了所有的假設和論證的結果，直至一輪明月攀上雲端，我的故事才講完。」

「『查理二世回到英國後，為何沒有取走王冠？』我的朋友將那堆東西裝回麻布袋後，問道。」

「『這個嘛，你提出的問題也許永遠沒有人能回答。大概是由於唯一知道秘密的馬斯格雷夫剛好過世了，而他忘了向後人講明典禮的含義。從古至今，這份典禮代代流傳，最後，某個人無意間看出了其中的奧妙，並為此犧牲了性命。』」

「馬斯格雷夫典禮的整個故事就是這樣，華生。赫爾斯頓永久性地保存著那頂王冠，只是他們經過了一番複雜的法律程序，並花掉了很大一筆錢，才擁有了王冠的保存權。我想，如果你向他們報上我的名字，他們會慷慨地讓你觀賞那頂王冠。至於那個女僕，最終了無音訊，大概是攜著那些可怕的回憶流亡國外了。」

6 賴蓋特之謎

一八八七年的春季，由於過度操勞，夏洛克．福爾摩斯終於病倒了，目前仍未恢復。近來莫普迪斯男爵的超級大案以及荷蘭——蘇門答臘公司的案子令公眾印象深刻。由於這類案件與政經的關係密切，因此我不便將其收入回憶錄中。但如果以另一種角度來看，這兩件案子又十分罕見而曲折，讓福爾摩斯有幸借助一種與眾不同的工作方法，同時證實這種方法是他偵探生涯中所運用過最重要的一種。

我翻閱記錄，注意到四月十四日收到的一封電報，這封來自里昂的電報讓我知道，我的朋友正病懨懨地躺在杜朗旅館的房間裡。我在一天內趕到他那裡，見他病得不算嚴重，這才稍微鬆了一口氣。只是，就算他擁有鋼鐵般堅不可摧的體質，在經過六十多天的疲勞工作，身體也不得不累垮。這些日子以來，他每天至少工作十五個小時，並且據他所說，有五天幾乎是通宵達旦地工作。但再巨大的成功也無法使他擺脫疲憊不堪的狀態，當他的名聲遠播整個歐洲，賀電如雪片般從四面八方飛來時，我注意到他仍然十分沮喪而痛苦。甚至連一個愚弄了三國警察的高明騙徒敗在他手下時，他都無法從神經痛的折磨中回復。

三天後，我們重新回到了貝克街的住所。看來，福爾摩斯急需轉換一個生活環境，這種時候渡個假享受一下田園風情也不錯。海特上校是我在阿富汗時的老朋友，曾請我替他療傷。他日前購置了一幢宅子，就在薩里郡的賴蓋特一帶，並常常請我去聚會。不久前他曾說，假如我的朋友也樂意前往，他會好好招待我們。當我婉轉地說出我的計畫時，福爾摩斯欣然表示同意，因為他瞭解到對方也是單身漢，而且他的行動將不受任何限制。回到貝克街的七天之後，我們動身前往上校那兒。海特是個閱歷豐富、豪爽灑脫的老軍官，他與我的朋友很投緣，這一切都在我的意料之中。

就在我們抵達當晚，用過晚餐後，我們圍坐在海特的藏槍室中。我的朋友愜意地靠在沙發上，上校正向我展示他珍藏的東方武器。

「順便一提，」海特忽然說道，「我打算拿一把手槍到樓上去，以免警報響起。」

「警報！」我嚇了一跳。

「沒錯，近日這個區域發生過意外，讓我們十分不安。我們郡內有個叫阿克頓的老富豪，上週一他的家裡被一群惡霸闖入，雖然並未遭受多大的損失，但那些壞蛋仍然逍遙法外。」

「沒有留下任何線索嗎？」福爾摩斯問道，雙眼注視著上校。

「目前沒有一點線索。但這件事並不嚴重，僅僅是村裡發生的一件小案罷了，當你偵辦過那麼引人注目的跨國大案後，它自然無法吸引你的目光了。福爾摩斯先生。」

我的朋友示意海特不要誇讚自己，但臉上仍掛著微笑，看來沒有人抗拒得了讚美之詞。

「有什麼特別的嗎？」

「我認為沒有。那些傢伙將書房翻了一遍，雖然花了不少功夫，卻一無所獲。書房的所有抽屜都被拉開，各類書籍被亂七八糟扔得滿地。失竊的只有一本荷馬的詩集、一捆線團、兩把鑲金蠟燭台、一塊象牙做的紙鎮，以及一支小型的橡木晴雨計。」

「還真是不尋常的一件事！」我感嘆道。

「唉，那些盜賊顯然沒什麼大腦，看到什麼都偷。」

我的朋友躺在沙發上哼了哼。

「本地警察應該從中找出線索，」福爾摩斯說道，「哦，這很明顯是——」

但我立刻伸手警告他。

「你是來這裡休養的，伙伴。在你的大腦擺脫疲勞之前，千萬別去想新的問題。」

福爾摩斯無奈地聳聳肩膀，朝海特瞄了一眼，之後我們便聊起了一些雞毛蒜皮的小事。

不過，一切都是命中註定。事實證明，我作為醫生對福爾摩斯的告誡是徒勞的。隔天早上，那樁案件使得我們無法再置身事外，我們必須調查它，美好的春天假期正在變質。當我們坐在餐桌前時，海特的管家不顧一切地跑了進來。

「你聽說了嗎？海特先生，」他上氣不接下氣地說道，「坎寧安家出事了！先生。」

「肯定是遭小偷了吧！」上校端著熱騰騰的咖啡，加大聲音說道。

「有人被殺了！」

海特不由自主地驚呼道：「老天！誰死了？是治安官坎寧安還是他兒子？」

「不是他們，先生。子彈射穿了馬車伕威廉的心臟，他死了，先生。」

「凶手呢？」

「那個盜賊飛一般地逃走了，消失得無影無蹤。他從廚房的窗戶進入室內，被馬車伕看見了。為了保護主人的財物，威廉付出了他的生命。」

「什麼時候發生的？」

「昨夜十二點，先生。」

「天呀，待會兒我們過去看看，」海特說著又重新坐回到位子上，沉著地繼續吃著早餐。「太不幸了，」待管家離開之後，他繼續說道，「老治安官在我們這一帶是個有頭有臉的人物，並且十分正派。他現在想必十分難過，因為威廉是個忠實的僕人，已經服侍他好些年了。凶手肯定跟闖入阿克頓家的盜賊是同一群人。」

「而且偷了一些奇怪的東西？」我的朋友略加思索後說道。

「沒錯。」

「嗯！其實這是全世界最簡單的一件事，只是，乍看之下十分古怪，對嗎？人們普遍認為，幾個在鄉村作案的竊賊一定會不斷改變下手的地點，根本不可能在數日之間在同一地點連續作案兩次，並且手法不變。當昨晚你提到要用手槍進行防範時，一個念頭忽然閃過我的腦子——這裡大概是全國竊賊最不常去注意的地區了。現在看來，我的看法並不成熟。」

「小偷很有可能是本地人，」海特說道，「因為受害的兩家人正是本地的富豪，如果我的推測沒錯，這並不是巧合。」

「也算得上是最富有的嗎？」

「沒錯，阿克頓和坎寧安家在本地都是首屈一指的富豪。只是近幾年兩家被一件官司纏身。我估計，這場訴訟一定耗掉他們不少財力。老阿克頓要求分有坎寧安一半的地產，這可是律師們從中獲利的大好機會。」

「假如這兩年案子都是本地的罪犯所為，那麼要抓住他並不難。」我的朋友打了個呵欠後說道，「好了，華生，我不會干預此事。」

「弗勒斯特警官想見你，先生。」管家忽然推開了門，說道。

一名年輕精明的警察走進了餐廳。

「早安，上校，」他開口說道，「我並不想打擾各位，只是我知道倫敦貝克街的那位福爾摩斯先生恰好在這兒。」

海特伸出手朝福爾摩斯那邊一指，年輕警官立刻禮貌地點了點頭，說道：

「希望你能協助我們，尊敬的先生。」

「命運總是和你作對，親愛的華生。」我的朋友滿面笑容地說道，「你進來前，我們正在討論此案呢，警官。也許你能將情況講得更仔細一些。」當他像平時那樣很自然地朝椅背上靠時，我很清楚愉快的假象已化為泡影。

「前一個案子，警方並沒有掌握什麼線索。但坎寧安家的這一件，我們發現了不少線索，對調查工作十分有利。可以肯定，這兩件竊案是由同一人所為的。有人目擊到了。」

「天呀！」

「沒錯，先生，凶手開槍射中馬車伕威廉．柯旺後，便一溜煙逃走了。透過臥室的窗口，老坎寧安先生看見了那個人，他的兒子艾力克．坎寧安站在窗邊的走廊上也看見了他。警報是在十一點四十五分發出的。當時治安官剛睡下，而艾力克先生則換了睡衣在那兒吸煙。他們同時聽到了威廉的叫聲，於是艾力克趕緊下樓去看發生了什麼事。他看見後門大開，樓道的盡頭有兩個男人在扭打。隨著一聲槍響，其中一個倒地了。殺人凶手迅速穿過花園的籬笆，一溜煙便沒影了。老坎寧安先生從臥室的窗口看到，那個人在大路上狂奔，但很快就消失了。艾力克先生急著救助奄奄一息的傷者，因而錯過了追趕凶手的機會。據他提到，那人中等身材、穿了件深色外套，但沒看到長相，警方正根據這些線索加緊調查，假如他不是本地人，我們會很快查出他的下落。」

「馬車伕臨終前有留下遺言嗎？」

「什麼也沒來得及說。威廉和他的母親都住在僕人專用的房間中。由於他老實厚道，我們推測，他去廚房大概是為了看看那裡是否有異常。沒錯，前日發生的阿克頓案，使這裡的人都變得十分警覺。當竊賊剛把門撬開，馬車伕便發現了他。」

「威廉離開房間時沒對母親交代什麼嗎？」

「那位老婦人年事已高，耳朵又聾，我們無法和她進行交流。經過這場變故，她幾乎已被嚇傻了。當然，她原本就不算精明。可是，我們有一條十分重要的線索，請你看看這個。」

警官將一片撕破的紙從記事本中取出來，將它放到膝蓋上。

「威廉死前抓著這張紙片。我們推測它是某頁紙張的一角。你注意看，紙片上註明的時間剛好和威廉的遇害時間吻合。瞧，也許是死者從竊賊手中搶過一角，也許是竊賊從死者手裡奪去一半。紙條的內容彷彿是與人約會的短信。」

我的朋友拿起了紙片。上面寫著：

d at quarter to twelve

learn what

maybe

（……在十一點四十五分……得知……或許……）

「警方目前暫時將其視作約會的訊息，」警官說道，「於是也可以推測：儘管馬車伕威廉看上去十分忠厚老實，但也不能排除他與盜賊內外勾結的嫌疑。也許他待在那兒是為了與竊賊會合，甚至是引狼入室，只是兩個人產生了分歧。」

「這些文字十分有意思，」我的朋友認真地察看著紙條，說道：「它顯示了案情比我想的還要複雜。」他雙手托腮陷入了沉思，看見這位來自倫敦的大偵探一副傷腦筋的模樣，年輕的警官流露出了欣喜的神色。

「你曾提起，」我的朋友片刻之後說道，「馬車伕和竊賊可能有勾結，紙片便是雙方約會的信函，這個見解倒很獨特，這種可能性是完全存在的。但紙條的內容說明——」他再次雙手托腮，思索了片刻。當他重新仰起頭時，我驚訝地發現他又恢復了以前精力充沛，兩眼放光，面色紅潤的模樣，並且一躍而起。

「聽我說，」他說道，「我打算作一次暗訪，以便掌握更多的細節。它十分有趣。假如你不反對的話，海特先生，我希望暫別親愛的華生和你，和警官一同去驗證我的一些假設。只需要三十分鐘就夠了，回頭見。」

一小時三十分鐘悄無聲息地過去了，年輕的警官獨自回到了上校的家。

「福爾摩斯先生正在田野上散步，」他解釋道，「他認為我們都應該去看看那座院子。」

「他是指坎寧安家？」

「沒錯，先生。」

「為什麼？」

警官無奈地聳他肩，說道：

「我不知道，先生。我這樣講是出於好意，我猜福爾摩斯先生尚未痊癒。他的情緒過於激動，而且行為也很古怪。」

「對此你不必擔心，」我說道，「我時常看見，當他像失去理智一樣瘋瘋癲癲時，往往心中已經有譜了。」

「別人會覺得他的方法有問題，」警官反覆強調，「真是瘋了。只是他急於開始工作，上校先生，假如你們已準備妥當了，那我們現在就動身。」

當我們看見福爾摩斯時，他正兩手放在褲袋裡，低著頭在田間踱步。

「此事越來越有意思了，」他說道，「華生，你安排的春季旅行收到了良好的效果。這真是一個奇妙的清晨。」

「我想，你已經查看過了凶案現場，」海特說道。

「當然，警官和我一起去的。」

「有新發現嗎？」

「哦，我們發現了很多有趣的東西。我們邊走邊聊，我會詳細說明一切的。我們首先見到了不幸的威廉的屍體。他的致命傷在胸口，正如警官描述的一樣是子彈造成的。」

「那麼，你認為有值得懷疑的地方嗎？」

「哦，每個細節都應仔細考察。我們並沒有白費力氣。之後我們拜訪了坎寧安父子，因為他們兩人親眼目睹了罪犯逃離現場的全過程。這一點十分重要。」

「沒錯。」

「接著我們去看望了那位可憐的母親。不過她年邁體衰，根本無法提供任何線索。」

「可是，你到底發現了什麼呢？」

「我可以斷定這是一樁奇案。也許我們的再次造訪會使案情更明朗些。警官，你的看法和我的一致，威廉手中那張字條所記錄的時間，與其死亡的時間吻合，這是一條十分重要的線索。」

「我同意你的看法，福爾摩斯先生。」

「這條線索確實很有價值。寫下便條的那個人，和要求馬車伕威廉在一個特定時間起床的是同一個人。但還有一半紙條到哪兒去了呢？」

「我也希望找到另一半，因此曾經仔細地搜查過地面。」警官解釋道。

「對方應該是從威廉的手裡奪去了一塊。可是那人為何要急著地搶走它呢？也許紙片足以揭示其罪行。他會將奪來的那一半放在哪裡呢？他迅速將它塞入了口袋，因此並未留意到有一角仍握在死者手裡。假如我們能找到紙片的另一半，毫無疑問，對我們揭開謎底會起到關鍵的作用。」

「當然，但我們在找出凶手之前，又怎麼可能拿到凶手口袋中的東西呢？」

「對，對，這的確是個問題。此外還有一點也很明顯，那封短信是寫給馬車伕本人的。將短信交給他的當然不會是寫信人，否則的話，他還不如親口告訴他。那麼，負責傳遞短信的人是誰？難道是郵差送來的？」

「我查過，」警官說道，「當天下午，威廉收到一封郵局寄來的信。他把信封毀掉了。」

「好極了！」我的朋友拍拍警官的肩，激動地說道，「你已見到了送信的郵差，跟你共事真是太棒了。到了，這個房間是專門給僕人住的，海特先生，假如你有興趣，我願意將凶案現場指給你看。」

那是一間精緻的小屋，我們從它的門前經過，然後穿越一條兩側橡樹林立的大道，在一座建於安妮女王時期的華麗古宅前停了下來，門上刻有馬爾普拉凱戰役的發生年份。我們跟著福爾摩斯繞了一圈，最後在門前停了下來。門口正對著花園，一道籬笆將花園和外面的大道隔開。廚房外有名警察在那站崗。

「請開門，警官，」我的朋友說道，「據說，小坎寧安先生當時正站在樓梯上，他看到了馬車伕與凶手搏鬥的全過程，兩人所處位置正是我們目前所站的地方，老治安官從二樓左側第二個窗口目睹了凶手朝矮樹叢左側逃亡的過程。父子倆的陳述基本一致。他們都曾說起矮樹叢。之後小坎寧安先生衝下樓，試圖搶救傷者。看，這裡的地面堅硬，根本沒留下蛛絲馬跡。」福爾摩斯正解釋著，有兩位先生繞過宅子，由通往花園的小路朝我們走過來。其中年長的一位，臉上被歲月刻下了深深的印痕，表情剛毅，目光鬱鬱寡歡；另一個是時髦的年輕人，他神情愉快，面帶笑容，得體的衣著使他看上去很英俊，和我們正在展開的調查形成了鮮明的對比。

「看來調查還在繼續。」那人看著福爾摩斯，說道，「倫敦來的偵探當然不可能失敗。只是，看來短時間內你也無法破案。」

「哦，你該多給我們一點時間，」我的朋友輕鬆地說道。

「你肯定需要時間。」年輕人說道，「只是，我一點也看不出有何破綻。」

「目前掌握了一條線索，」警官回應道，「我們相信，如果能找出……上帝！福爾摩斯先生，你怎麼了？」

福爾摩斯雙眼上翻，臉上流露出可怖的神情，臉因痛苦而扭曲變形。他呻吟了一聲，便一頭栽倒在地上。他忽然犯病，並且如此嚴重，我們都被嚇壞了。大家趕緊將他抬進廚房，放在一把寬大的木椅上。他的呼吸有些困難，過了一會兒才重新站起來，一臉羞愧的神情。

「華生醫生很清楚，我剛從病床上爬起來，目前正處於恢復階段。」我的朋友十分抱歉地說道，「神經性的疼痛往往很難控制。」

「如果需要，你可以乘我們的馬車回去？」老治安官關切地說道。

「不，來一趟並不容易，還有一點小問題我想調查清楚。這件事並不難。」

「是關於哪方面的問題呢？」

「依我看，當不幸的馬車伕進入廚房時，很可能竊賊已經在屋裡。你們理想地假設，門雖然被撬開了，可竊賊並未進屋。」

「判斷這一點都不難，」治安官表情嚴肅地說道，「當時我兒子還沒睡，假如有什麼動靜，他不可能沒聽到。」

「當時他在哪？」

「我坐在更衣間抽煙。」

「能把更衣間的窗戶指給我看嗎？」

「靠左邊的那扇窗戶，和我父親房間相鄰。」

「當時兩個房間肯定都亮著燈？」

「對。」

「有些情況很不合邏輯，」我的朋友面帶笑容地說道，「對於一個經驗豐富的竊賊而言，當他由屋外看到兩盞燈光，瞭解到屋內至少還有兩個人沒睡時，卻還貿然闖入，這不是很奇怪嗎？」

「他肯定是個冷血的罪犯。」

「哦，當然，要不是這件案子如此怪異，我們也不會向你求教，」艾力克說道，「只是，你認為竊賊在遇見威廉前就進入了屋內，我認為這根本無法成立。房間裡井然有序，而且並沒有遺失任何東西。」

「沒有這麼簡單，」我的朋友說道，「你應該注意到，這是一個很不簡單的竊賊，他有自己獨特的作案手法。我們來看看他在阿克頓家裡挑了些什麼玩意？兩支燭台，一團毛線，此外還有一些亂七八糟的東西。」

「好吧，一切都拜託了，福爾摩斯先生，」治安官說道，「我們會盡力配合你或警方的工作。」

「我希望，」福爾摩斯說道，「你能拿出一點錢當成賞金，因為如果想通過官方途徑爭取這筆款項，將會耗費不少手續，而且沒有完全的把握。我擬了一份懸賞告示，假如你同意的話就簽字吧。我認為五十鎊已經有足夠的吸引力了。」

「五百鎊我也樂意，」老坎寧安先生從福爾摩斯手中接過紙和筆，「可是，上面寫的與事實不太符哪！」

「倉促下筆的關係。」

他快速看過底稿後說道。

「你瞧！『鑑於上週二晚間零點四十五分發生的一件搶劫未遂案，』慢點。先生，具體時間是十一點四十五分。」

福爾摩斯一向擅長將事實絲毫不差地掌握。我知道面對這樣的差錯，他一定很痛心，並對此感到十分尷尬。但近日他被疾病折磨得相當淒慘，眼前的這個疏忽足以說明他的身體仍需調養。他感到十分困窘。警官將眉毛揚了揚，艾力克則忍不住大笑起來。老治安官馬上糾正了錯誤，並將底稿遞還給了我的朋友。

「馬上拿去印刷吧，」老治安官說道，「我相信你的做法一定有高明之處。」

福爾摩斯卻小心翼翼地將紙片折好，夾進了筆記本中。

「目前，」他說道，「我們應該一同仔細檢查這座房子，看看這名奇怪的竊賊是不是真的什麼都沒拿走。」

在門口，我的朋友認真查看了那扇被撬過的門。很明顯，凶手是用一把類似鑿子或小刀的工具插入鎖具，將其弄開的。木頭上留下清晰可見的利器痕跡。

「看來，你們沒用門閂。」我的朋友問。

「我們原以為沒有必要。」

「宅子裡有養狗嗎？」

「當然，但牠被我們用鐵鏈鎖在房子的另一側。」

「僕人們通常幾點睡覺？」

「十點前後。」

「據說死者平時也在這個時間就寢？」

「沒錯。」

「真奇怪，就在被盜的那一晚，他卻剛好還沒睡。嗯，假如你願意帶路的話，我希望可以在住宅內外四處看看，坎寧安先生。」

我們順著廚房一側的青石板走廊往前走，接著登上一座木製樓梯，來到了這幢房子的二樓。我們來到了樓梯的平台上。與它相對的是另外一道更加華麗的樓梯，直接通往前廳。走過這個平台，便是會客室及幾間臥房，其中就有坎寧安父子的房間。我的朋友不疾不徐地往前走，留意著整座宅邸的樣式。透過他觀察時的神情，我知道他正捕捉著某條線索，但我卻無法推測他所捕捉的到底是什麼。

「聽我說，福爾摩斯先生，」老坎寧安已經流露出一種不耐煩的神情，他說道，「也許根本沒必要這樣做。緊鄰樓道的便是我的臥房。隔壁那間是我兒子的。我希望你能想想，假如竊賊曾上過二樓，我們的父子有可能渾然不覺嗎？」

「或許，你應該將注意力放在自己的周圍，搞不好在哪邊隱藏著新線索，」艾力克・坎寧安冷笑道。

「我還要再打擾片刻，請你們諒解。現在，我想知道從臥房的窗口大約能看多遠。我明白，這個房間是小坎寧安先生的，」我的朋友將房門推開說道，「這個更衣間就是警報發出時他所在的地方吧！它的窗戶朝裡開嗎？」他徑直穿過臥室，打開另一房扇門，朝室內環視了一周。

「我想你應該感到滿意了？」治安官尖酸刻薄地說道。

「非常感謝，我已經看過了所有我認為有必要看的地方。」

「哦，假如你認為有必要，我允許你進入我的臥房。」

「如果你不介意，我很希望這麼做。」

老坎寧安先生聳聳肩，將我們領進了他的臥房。房間裡的裝飾、陳設十分簡單、普通，是一個很平常的房間。當大家朝窗口聚攏時，福爾摩斯卻慢吞吞地踱著步，以致我與他落在了人群的後方。床頭有瓶水和一盤橘子，當我們從床前經過時，我的朋友故意將身子朝我的前方一探，將所有東西都弄翻在地。盛水的玻璃器皿被摔得粉碎，橘子朝四周滾去，我目瞪口呆地站在原地！

「怎麼搞的！華生，」我的朋友沉著臉說道，「地毯被你弄得一團糟。」

我驚慌失措地彎下腰，開始撿起橘子，我明白，福爾摩斯將責任推給我，肯定有他的道理。大家都過來幫忙，將桌子重新擺好。

「啊！」警官叫道，「他不見了！」

我的朋友已經消失了。

「大家在這等一下！」小坎寧安說道，「我看他的腦袋有問題，走吧！父親，看他躲到哪裡去了！」

他們走出了房間，丟下我和海特、警官面面相覷。

「嗯，我認為艾力克先生說的沒錯，」警官說道，「他的病似乎還沒好，但我又覺得——」

話還沒講完，忽然聽到外面傳來一聲尖叫，「救命！救命呀！殺人了！」我聽出這正是夏洛克・福爾摩斯的聲音，不禁嚇出一身冷汗。我瘋狂地奔出臥房朝樓梯平台衝去，求救聲逐漸變得嘶啞低沉，那模模糊糊的聲音來自小坎寧安的臥房裡。我不顧一切地闖進去，直奔更衣間。福爾摩斯被坎寧安父子死死地按在地上，他的喉嚨被艾力克・坎寧安掐著，而治安官正鉗著他的手腕。我們三人趕緊將他們拖開。福爾摩斯搖搖欲墜地爬起來，臉白得像紙一樣，看上去已耗盡了體力。

「逮捕他們，警官。」福爾摩斯上氣不接下氣地說道。

「罪名是什麼？」

「謀殺了馬車伕威廉・柯旺。」

警官張大眼盯著福爾摩斯，彷彿不相信自己的耳朵。

「哎，別鬧了，福爾摩斯先生，」警官最後說道，「我知道你並不是認真的……」

「嘿！老兄，看看他們的表情！」福爾摩斯大喊道。

沒錯，這是兩張我從未見過的滿懷愧疚的臉。老治安官那張原本堅定的臉上，流露出痛苦憤怒的神情，呆若木雞地站在原地。時髦的小坎寧安此刻也沒了儒雅之氣，雙眼射出如困獸般咄咄逼人的凶光，就像一尊凶神。警官沉默不語，徑直走到大門外，拿出了警笛。兩名警官立刻趕來。

「我別無選擇，坎寧安先生，」警官說道，「這一定是場誤會，不過你馬上會明白……啊！你在幹嘛？把它放下！」他抬起了手，打落了小坎寧安手中的槍枝。

「別動！」福爾摩斯沉著地將手槍踩在腳下說道，「它會在法庭派上用場的。但真正重要的證據在這裡呢！」他將揮了揮手中的一個小紙團。

「另一半紙條！」警官喊道。

「沒錯。」

「你在哪發現的？」

「就在我預料的地方，等一下我會向各位作案情陳述。海特上校，我想你可以與華生一起先回去，一小時後我們再碰面。我還要跟警官一起偵訊這兩人，不過請放心，我們一定可以一起吃午餐。」

福爾摩斯這次很準時，一個小時剛過他就走進了海特上校的吸煙室。一位身材矮小的老先生和他同行，據福爾摩斯介紹，這位就是阿克頓先生，上一樁竊案的受害人。

「當我在陳述案情時，我很樂意讓阿克頓先生也知道，」我的朋友說道，「當然，他本來也十分關注此案。尊敬的上校，你應該很後悔邀請了我這樣的麻煩人物吧？」

「不，」海特激動地說道，「我想這是瞭解你辦案手法的最佳機會，我十分榮幸。不可否認，結果令我十分意外，到目前為止我仍是一頭霧水。我甚至連一點端倪都沒瞧出。」

「我擔心當你們瞭解真相之後會失望。但對於任何一個重視我辦案手法的人，我都會坦誠相待。不過，剛才在更衣間被襲擊，我需要先來杯白蘭地壓壓驚，海特上校。我感到筋疲力盡。」

「看來你不會再遭受神經痛的折磨了。」

福爾摩斯縱聲大笑。「這個最後再聊，」他說道，「我將整件案子依順序講解一下，並把幾個關鍵的地方告訴大家。有任何問題的話，我會逐一解釋。」

「對偵探工作而言，其藝術性就在於你必須從繁複的事實中，尋找有價值的線索。否則的話，你的注意力不但無法集中，而且還會被打亂。因此，在此案剛剛接手時，我便深信握在死者手中的紙片是本案的關鍵線索。」

「在展開討論之前，我希望大家注意，假如小坎寧安的陳述屬實，也就是凶手在作案後立刻逃跑的話，那他肯定沒有時間撕下那張紙片。但若排除了凶手的可能性，那麼撕的人就只剩下小坎寧安本人，因為當老坎寧安下樓時，已有幾名僕人來到了現場。這是顯而易見的，但警方卻沒注意到，因為在他們眼中，坎寧安父子根本是受害人。那個時候，我下定決心消除任何偏見，朝事實所指引的方向邁進。因此從一開始，我便懷疑小坎寧安先生在案子裡扮演的角色。」

「死者手中的那張紙片是十分重要的線索。這裡是警官交給我的那張紙條，現在，你們能否從中看出什麼嗎？」

「這是一種不規則的字體。」上校說道。

「親愛的先生，」我的朋友說道，「顯然，它出自於兩個人之手。請你們留意『at』和『to』中下筆很重的字母t，再瞧瞧『quarter』以及『twelve』裡下筆較輕的t，這樣應該能馬上發現真相。僅由這四個單字就能推斷出，『learn』和『maybe』是一個手勁大的人寫的，而『what』則是由手勁較小的人寫的。」

「老天！真的是這樣，」海特嚷道，「可是為什麼一封信要由兩個人寫呢？」

「顯然與邪惡的勾當有關。因為兩個人都不信任對方，因此他們決定，不論做什麼事都必須同時參與。看得出，寫下『at』以及『to』的那個人便是主謀。」

「你憑什麼這麼說？」

「透過分析兩個人筆法就能得到答案。當然，有一個更直接的理由。當你仔細留意這張紙時，你便會發現，那個手勁大的人先寫完了一部分內容，然後才讓另一人在空白處填上剩的內容。而他留下的空白並不太夠，你們看，後者在『at』及『to』間寫下的『quarter』，字母十分擁擠，這足以說明我推斷的正確性。而那個先寫的人，無疑就是主謀。」

「太漂亮了！」老阿克頓先生讚嘆道。

「這很容易看出來，」福爾摩斯說道，「現在，我們將注意力移回本案的重點之上。你們或許不知道，筆跡專家能夠靠一個人的字跡，精確地推測出他的年齡，如果沒意外的話。而所謂的『意外』，就是像體虛和疾病的因素。這種情況下就算對方是個年輕人，他留下的筆跡也會帶有老人的特徵。在此案中，對比了兩人的筆跡後，可以發現其中一個蒼勁有力，而另一人雖然稍顯衰弱，雖然字母t的一橫筆跡很淺，但整體還算清晰。由此我們便能推測，兩人之中，一個很年輕，另一個雖然上了年紀，卻並不算太衰老。」

「太漂亮了！」老紳士再次讚嘆道。

「此外，還有一個十分有趣的現象。他們兩人的字跡有些許相似之處，肯定有血緣的關係。最明顯的就是把『e』寫成希臘字母的『ε』，其他還有一些小細節也指向同一個結論，因此，我相信兩個人一定來自同一個家族。這些只是我從這張紙片分析出的結果，還有二十三個不同處，相信筆跡專家更有興趣。而全部的線索使我深信，這封信出自坎寧安父子之手。」

「當我得出這個結論之後，接著便準備調查整個犯罪過程的細節，希望能由此有所進展。在警官的陪同下，我到坎寧安家走了一趟，並見到了我需要的一切。我斷言：威廉胸口的致命傷是凶手站在四人以外的距離開槍射擊所致，死者的胸口沒有火藥的痕跡。於是，小坎寧安說凶手在與死者搏鬥時扣了扳機，就一定是謊言。此外，坎寧安父子異口同聲指稱凶手朝大道方向逃去。很巧的是，外面是一條寬闊且潮濕的水溝。而水溝周圍並無腳印，因此我判斷這對父子再度說了謊，凶案現場從未有陌生人來過。」

「關鍵在於動機。為了查清這個問題，我認為我有必要調查發生在阿克頓先生家的第一件竊案。從海特先生的口中我瞭解到，坎寧安和阿克頓家正在打官司。於是，一個念頭在我腦海中閃過——他們進入阿克頓家的書房，是想竊取和訴訟相關的文件。」

「對！」老阿克頓說道，「完全正確，這正是他們的目的。我有充分的理由，循法律途徑分得坎寧安家一半的產業。但假如他們找出我的證據，則很有可能勝訴。只是，很幸運地，那份資料已經交給了我的律師，鎖進了保險箱。」

「你看，」我的朋友微笑著說道，「這樣的嘗試魯莽而危險，八成是小坎寧安做的。他們大失所望，因而故弄玄虛，偷走了奇怪的物品，讓大家把整件事看成普通的竊案。雖然顯而易見，但也有難以解釋的地方，因此我急需找到另一半紙條。我認為是小坎寧安從威廉手中奪去了紙條，並順手放入了他的睡衣口袋。否則，他還能把它放在哪兒呢？重點是，它現在還留在口袋裡嗎？能找到它的話，破案進度將會大大提前。因此我邀請大家到坎寧安家去。」

「也許大家還記得，我們在廚房外遇到了坎寧安父子。當然，眼下還不能打草驚蛇，讓他們警覺到紙條的事，否則他們一定會果斷地銷毀它。當警官正準備提到這條重要線索時，我索性裝作暈倒，才岔開了話題。」

「我的天哪！」海特笑道，「原來那是裝出來的！害我們一直為你著急。」

「從職業角度來看，這招非常漂亮，」我提高音量說道，並吃驚地看著這個常用一些變幻莫測的方法將我整得一頭霧水的傢伙。

「我稱它為一種實用藝術，」福爾摩斯說道，「等我恢復之後，又巧妙地騙取了老坎寧安的筆跡，我故意將案發時間寫錯，目的就是要讓他親筆糾正，他寫下了『十二』（twelve），於是我就能和紙條上的『twelve』進行對照。」

「哦！我真是太蠢了！」我叫道。

「看得出，你當時對我十分同情，」我的朋友笑著說道，「我想你當時很擔心我的健康，我很抱歉。接著，大家一起上了二樓。我走進臥室，發現睡衣就掛在門後面，於是故意打翻東西，引開大家的視線，趁機跑去檢查了睡衣的口袋。它果然就在某個人的上衣口袋中，就在此時，那對父子將我按到了地上，我想，要不是大家及時趕到，我一定會被他們當場殺死。當時，我清楚地意識到自己的喉嚨被兒子掐住，而父親鉗住了我的手腕，目的正是為了奪回紙片。瞧，他們清楚我已經掌握了所有的真相，而原本應該是天衣無縫的事，卻轉眼將他們推入了絕境，於是他們便不顧一切了。」

「之後，為了釐清犯罪動機，我偵訊了老坎寧安。他很誠實，但他的兒子卻無可救藥，假如讓他繼續拿著那把槍，他一定會殺死我們或自殺。老坎寧安意識到自己身處絕境，於是講出了實情。我想，阿克頓先生家失竊的那個晚上，當坎寧安父子突然闖入那所住宅時，威廉緊跟在後，並得知了這個天大的秘密。他威脅要告發父子二人，並以此進行勒索。只是他低估了善於玩弄伎倆的小坎寧安，這個危險人物發現那樁轟動全村的竊案可以當做一個很好的幌子，用來除掉這個多嘴的人。他們用計將馬車伕騙出來，然後殺死了他。其實他們只要獲得那張紙片，並在犯案時謹慎一些，一切就會是天衣無縫。」

「那另一半紙條呢？」

福爾摩斯把一張缺角的紙條擺在大家面前。

If you will only come aroun
to the east gate you will
very much surprise you and
be of the greatest service to you and also
to Annie Morrison. But say nothing to anyone
upon the matter.

（如果你……來到東邊的門口你將……一件令你吃驚的事而且……這樣對你及安妮．莫里森也最好。不過別對任何人提起。）

兩張紙片拼起來就成了：

如果你在十一點四十五分來到東邊的門口，你將得知一件令你吃驚的事，而且或許這樣對你及安妮．莫里森也最好。不過別對任何人提起。

「這便是我所渴望得到的，」福爾摩斯補充道，「只是，目前我仍不清楚小坎寧安、馬車伕以及信中提到的安妮．莫里森之間有何關聯。但從整個作案過程來看，這個陷阱挖得非常巧妙。我認為，當大家注意到字母p以及q的下端所具有的共同特徵時，一定十分高興。老坎寧安寫的i上面都沒有點，這也很有意思。華生，你安排的這一次鄉間渡假效果奇佳，我想明天回到倫敦後肯定會精神百倍的。」

7 駝背人

新婚數月之後的某個夏夜，我坐在靠近壁爐的地方對著本小說打瞌睡，手裡拿著快要燃盡的最後一斗煙，今天的工作的確讓我感到筋疲力竭了。我的妻子已經上樓了，聽見前廳大門傳來了上鎖的聲音，我明白僕人們也就寢了。我站起身來，將煙斗中的灰燼敲了出來，這時外面傳來了門鈴聲。

我看了一眼錶，差十五分鐘就到十二點了。這種時段不應該有客人拜訪，肯定是急診病患，說不定需要護理一整夜呢！我一臉不悅地來到前門，打開大門。令我十分意外的是，門口的石梯上竟站著我的朋友夏洛克．福爾摩斯。

「嗨，朋友，」他說道，「我並不喜歡這麼晚來打擾。」

「請進，我的朋友。」

「你看上去很意外，毫無疑問，同時也鬆了一口氣，我想。嘖！你居然還抽阿卡迪亞合成煙，這可是你婚前的習慣！從灑在你衣裳上的蓬鬆煙灰判斷，我的猜測一定沒錯。你始終習慣穿軍裝，這很明顯。我的朋友，若你總是將手帕塞在袖子裡，那你就永遠不是一個真正的老百姓。今夜我能在這兒留宿嗎？」

「十分歡迎。」

「你曾向我提起，說家裡有間專為男客準備的客房，我想它目前正好空著。空著的衣帽架向我暗示了這一點。」

「若你願意住下，我非常開心。」

「謝謝。那好，我現在就將架上的一個掛鉤佔為己有了。真抱歉我注意到曾有不列顛工人進過屋子，他們通常是來解決麻煩的，希望你的排水管沒有問題。」

「嗯，他是來維修煤氣管線的。」

「嘿，他的靴子在你的地板漆布上留下了很深的腳印，正好被燈光照著。不用了，謝謝，剛剛我已經在滑鐵盧用過晚餐了，但我很樂意與你一起吸斗煙。」

我順手將煙斗遞過去，他一言不發地坐在我對面吸著煙。我很清楚，若不是有大事發生，他不會深夜造訪，於是，我只能靜靜地期待他打破沉默。

「我想你最近工作很忙。」他特意轉過頭望了我一眼，說道。

「是的，一整天都沒停過，」我答道。「對你而言，提出這種問題十分愚蠢，」我接著說道，「但我想不通你怎麼知道的。」

福爾摩斯得意地笑了笑。

「這並不難，」他說道，「當一個擅長於推理的人將結果講出來時，往往會引起旁人的驚詫，這是由於大多數人都將推理的基礎，也就是某些細節給忽視了。華生，你在描寫案情時經常使用誇張手法，並打下一些伏筆，隱藏某些情節不讓讀者知道，很自然就產生了奇異的效果。目前，我與你的讀者們一樣困惑，有件難解的奇案，雖然我抓住了某些線索，卻還沒有找到決定性的證據，來讓我的理論趨於完善。但是我一定能找到它，我的朋友。我一定能發現它！」福爾摩斯兩眼炯炯有神，清瘦的面頰也泛起了淺淺的紅光。此刻，他拋開了矜持，一副熱情率真的模樣，但是，這一切很快便消失了。當我再次看他時，他的面孔流露出類似於印第安人的刻板表情，若在旁人看來，一定認為他已喪失人性，如同一件沒有生命力的石器。

「這件案子有些特異之處值得留意，」福爾摩斯說道，「或者可以這樣講，本案隱藏著一些不常見的特點。透過調查，我想，破案並非遙遙無期。假如在這重要關頭能獲得你的幫助，那就太好了。」

「我很樂意助你一臂之力。」

「明天你能去像奧爾德休特那麼遠的地方嗎？」

「傑克森醫生應該會幫我代班。」

「很好。我打算在滑鐵盧車站坐十一點十分的車。」

「那還有充分的時間準備。」

「那麼，假如你還不累，我想將案情以及此行的目的告訴你。」

「你上門之前我的確有點疲倦，不過現在已經沒有一絲睡意了。」

「我不會遺漏任何有價值的細節，當然還要注意簡明扼要。也許你已從報紙上獲悉此案，目前我正在調查芒斯特皇家步兵團的巴克利上校謀殺疑案。」

「我完全不知道這件事。」

「這樣說來，雖然這件案子在當地鬧得沸沸揚揚，但在其他地區並未受到足夠的關注。此案發生在兩天之前。概況是這樣的：

你知道，芒斯特步兵團位於愛爾蘭，它在英國軍隊中享有很高聲譽，在克里米亞以及印度兵變中建立了顯赫的戰功。那之後的多場戰鬥也獲得不錯的成果。直至本週一晚上之前，這支部隊都是由詹姆士．巴克利上校統率。巴克利上校智勇雙全，作戰經驗十分豐富，起初他只是名普通士兵，但由於在印度平叛表現得異常勇猛，得到了拔擢，從此青雲直上。」

「上校結婚的時候還只是一名中士，他的妻子是南茜．德沃伊，父親曾擔任該團的上士。由此不難想像，當時這對年輕伉儷在軍隊環境中備受排擠。不過，他們很快扭轉了局面，據說，巴克利夫人在團裡的女眷中頗有人緣，而巴克利也受到同級軍官的廣泛尊敬。我要特別強調的是，她長得很美，雖然她結婚已有二十載，但歲月並沒有奪走她美麗的容顏。」

「上校的婚姻生活，看似一直很幸福。墨菲上校向我提供了不少情況，據他所知，這對夫妻從未吵過架。整體來看，他認為巴克利上校對妻子的愛比她對他更加深刻。只要離開妻子一天，巴克利上校就會茶不思飯不想。另一方面，她對丈夫也是忠貞不二，並且愛著對方，但她缺乏女人該有的柔情，當然，這並不影響他們在軍團裡頭的人眼中的幸福形象。僅從夫妻二人關係來看，的確找不到可能引發悲劇的苗頭。」

「上校似乎具有雙重人格。平日他開朗而驃悍，是個典型的老軍人；但有時卻會散發著粗暴、具有強烈報復心的性格特徵，不過他從未對妻子發過火。此外，我還和另外五名軍官聊過，除了墨菲上校外，還有三名軍官也注意到，巴克利上校常會露出意志消沉的神情。據墨菲上校所講，當上校和同僚們坐在餐桌前談笑風生時，彷彿有隻隱藏在暗處的手，會突然把上校臉上的笑容抹去。在出事的前幾天，他表現得十分沮喪，情緒低落到了極點。這種消沉加上一些迷信，便是他的同僚所觀察到的。迷信的表現像是故意獨處，尤其在日落之後。這一些兒童般的心理狀態，毫無疑問地引起了大家的猜測和議論。」

「芒斯特步兵團是由過去的一一七團整編而成，第一營長年駐紮於奧爾德休特。那些已有家室的軍官通常都在軍營外有住所。巴克利上校多年來居住於一幢被稱為『中國』的別墅裡，離軍營僅十哩遠。別墅西側三十碼便是公路。房子四周建有庭院。平常除了兩個女僕打理家務外，還有一名車伕。由於上校夫婦沒有孩子，平常也很少有客人在『中國』留宿，因此別墅裡只有上校夫婦及三名僕人同住。」

「現在我就將上週一晚上九點至十點間發生在別墅裡的事告訴你。」

「巴克利夫人似乎是羅馬天主教徒，她十分熱中聖喬治慈善協會的運作。該協會的活動通常在瓦特街的小教堂裡舉行，主要工作是向窮人發放舊衣物。當晚八點，協會有場會議，巴克利夫人匆忙地用完晚餐，便參加會議去了。就在她離開家門的時候，車伕看到她向丈夫作了一些簡單的交代，說自己馬上就會回來。之後她便來到鄰近的一幢別墅前，邀請年輕的莫里森小姐同行。會議在四十分鐘後結束，九點十五分巴克利夫人在莫里森小姐的門前與她告別，然後回家。」

「『中國』別墅有間寬敞的客廳，它正對著馬路，落地窗外是一片嫩綠的草地。草地足足有三十碼長，邊緣處有一面裝了鐵欄杆的圍牆與馬路相隔。巴克利夫人當晚先進入了客廳，由於客廳晚上用不到，因此窗簾並未放下來。但是巴克利夫人親手點上燈，之後按響了鈴，請一名叫珍·史都華的女僕幫她泡杯茶，這並不是她的日常習慣。當時巴克利上校正在餐廳，知道妻子已經回家，便去客廳找她。車伕親眼看見上校穿過長廊進入客廳，從此再也沒有出來。」

「十分鐘後，當女僕端著給夫人的茶來到客廳室門口時，嚇了一跳，她竟然聽見夫妻倆在激烈地爭吵。她發現門被反鎖了，因此跑去找女廚師，三個僕人一同奔向走廊，室內的爭吵聲仍然很激烈。他們證明當時只有上校夫婦的聲音。上校講話斷斷續續，音調很低，因此三個人都無法聽清楚他講的話。相反地，夫人的音量很大，聽起來十分悲傷，聽得很清楚。『你這懦夫！』她重複吼道，『現在怎麼辦！現在怎麼辦！把我的青春還來！我永遠不想再看到你了！你這懦夫！你這懦夫！』她語無倫次地說道。接下來，屋子裡便傳出了上校可怕的吼叫，同時還傳來轟隆的倒地聲，夫人不由得發生了一聲撕心裂肺的尖叫。尖叫聲不斷從客廳裡傳出來，車伕意識到有悲劇發生了，便企圖破門而入。可是他無法將門打開，兩個女僕則早已不知所措，根本出不了力。忽然，他靈機一動，便跑出大門，經過草地來到客廳的落地窗前。據說，有一扇窗戶在夏季一直開著，它成了車伕輕鬆進入客廳的入口。這時上校夫人已經沒了聲音，她昏厥過去了，倒在沙發上；巴克利上校倒在一片血泊中，雙腿翹著擱在沙發的一個扶手上，頭部緊貼地面，接近壁爐的擋板。」

「車伕看得出上校已經回天乏術，於是想先把門打開，但他遇上了一個意料之外的難題；門裡並沒有鑰匙，他翻遍了整個客廳也沒找到。於是，他只能沿原路返回，去請來一名醫生和一名警察。巴克利夫人理所當然成了嫌疑犯，但由於她失去知覺，便被抬回了臥室。上校的屍首被移到沙發上，之後，凶案現場受到了仔細的搜查。」

「不幸的巴克利上校受到的致命一擊，就在他的後腦勺，很明顯這道兩吋左右的傷口是用某種鈍器擊傷的。要找出凶器並不困難，就在地板上靠近屍體的地方，有根雕花的硬木棒，它的一端嵌著骨柄。上校生前一直喜歡收集各類兵器，那些收藏品來自於他到過的不同國家的戰場。警方推測那根雕花木棒正是一件戰利品，三個僕人卻說家中之前並沒有這根棒子，如果它被混雜在一大堆珍貴的收藏品中的話，也不能排除被忽視的可能。警方在現場並未發現什麼有價值的線索。只是有一點令人疑惑：那把遺失的房門鑰匙，並不在客廳裡，也不在巴克利夫人或死者的身上。後來，他們找來一名奧爾德休特的鎖匠，才將房門打開。」

「案情大致就是這樣，我的朋友，墨菲少校請我在週二早上動身，前往奧爾德休特協助警方破案。可能你也認為此案十分有趣，但經過我的觀察後發現，此案比我設想的還要離奇。」

「在對現場進行勘查之前，我曾詢問過三個僕人，他們的描述和我剛剛講的完全一致。那個叫珍・史都華的女僕還想起了一條有價值的線索，你大概還記得，當她聽見爭吵聲，便徑直去找其他兩個僕人商量。據她所說，當她獨自站在門口時，巴克利夫婦將音量壓得很低，她根本無法聽清楚談話內容，她只是根據音調判斷有二人在吵架。但是，經過我的反覆追問，她回憶起當時巴克利夫人曾兩次提到一個叫大衛的人。這有助於我們推斷巴克利夫婦爭執的原因。請注意，死者的名字是詹姆士。」

「此案中還有一點讓警方和僕人們留下了不可抹去的印象，那就是死者的表情。據說，巴克利上校的表情極度驚恐，幾乎已變得不正常。那種恐怖的表情，使得若干名目擊者都差點被嚇暈。臨死前，他大概已預感到了自己的命運，因此相當驚恐。當然，警方的解釋也能吻合，上校或許意識到自己的妻子要殺他。雖然致命傷在後腦勺，但也不奇怪，當時他可能轉身想逃。目前巴克利夫人神智不情，她患了急性腦炎，我們無法從她那裡問到任何事。」

「警方還說，那一晚與巴克利夫人同行的鄰居莫里森小姐，絲毫不知夫人回家後與丈夫爭吵的原由。」

「華生，當這些線索都被裝進我的腦海後，我一斗接著一斗地抽著煙，陷入沉思，努力區分哪些線索是重要的，哪些則是無關緊要的偶發事件。顯然，此案中最難解釋而又最奇怪的一點，就是那把離奇失蹤的鑰匙。眾人將客廳幾乎翻了過來，卻毫無結果。因此，鑰匙一定是被人帶走了，這是顯而易見的。但又不在上校夫婦身上，因此可以判斷，至少還有一個人進過客廳，而這個人只能從面向草皮的窗子進入。看來，只有通過對客廳以及草坪的再次檢查，才能找出這個神秘的第三者留下的蛛絲馬跡。對於我的辦案手段，你是最清楚的。我在調查過程中用盡了所有的方法，終於被我找到了痕跡。結果大出我的意料之外——的確有人進入過客廳，也的確是從馬路那邊穿越草皮進入的。我找到了五個清晰的腳印，有一個是翻越圍牆時留下的；有兩個在草地上，另外兩個比較模糊，留在靠近落地窗戶的地板上。穿越草地時他顯然奔跑過，因為他的腳印前深後淺。但真正使我驚訝的不是這個人，而是和他同行的伙伴。」

「同行的伙伴！」

福爾摩斯將一張大張的薄紙從口袋中取出來，十分小心地攤在自己的膝蓋上。

「你覺得這是什麼？」他問道。

紙上印有某種小動物的爪痕。爪痕的大小如同一個點心匙，牠共有五隻腳趾，每隻趾頭的前端都有長長的爪尖。

「是一隻狗。」我推測道。

「你聽過狗會爬窗簾的嗎？我從窗簾上找到了一模一樣的爪痕。」

「那麼，是隻猴子。」

「這可不像猴子的爪痕。」

「所以牠是什麼？」

「牠不可能是猴子，也不可是能是貓或狗，更不是我們所熟悉的其他小動物。我嘗試描繪出這種動物的模樣，以我所推斷的爪痕的大小和距離。這四個爪痕是牠站立不動時留下的。牠的前爪與後爪間有十五吋長，如果再加上頭和頸部的距離，就足足有兩呎長，假如有尾巴還會更長。但我們不能忽略了其他尺寸，當牠走動時，每一步有三吋長。你應該可以想像，這傢伙身子長，四肢短。雖然我沒有發現牠的毛，但大致的體型，肯定和我描述的一樣，牠會爬到窗簾上，表示牠是一種肉食動物。」

「為什麼？」

「因為牠爬上了窗簾，上面掛了一個金絲雀的鳥籠，牠一定是想捉那隻鳥。」

「所以那到底是什麼動物？」

「哦，假如我能準確叫出牠的名字，那肯定對破案大有幫助。大致上，可能是類似鼬鼠之類的動物，只是牠比我見過的那些還要更大。」

「但牠與本案有何關聯呢？」

「目前還不清楚。不過，你應該注意到了，我已經掌握了很多線索。我們可以想像，這個人從馬路經過時，透過矮牆和客廳沒有拉上的窗簾，以及室內亮著的燈光，他看到上校夫婦在爭吵。我們還瞭解，他帶著一隻不尋常的動物，越過矮牆，進入客廳，也許就是他用鈍器打死了上校，也有可能是上校見到他後，過於驚嚇而跌倒，導致頭部撞到了爐角。最後，我們還掌握了一個最難以解釋的線索，就是這個不速之客在離開時，順手拿走了鑰匙。」

「你的推斷，使案情更加複雜化了。」我說道。

「沒錯，以上的分析的確使此案更加混亂。經過仔細分析，我得到的結論是，我最好換一種角度來重新調查。只是，我的朋友，我耽誤了你的休息時間，等明天坐上往奧爾德休特的火車後，我再把其他情況仔細地告訴你。」

「謝謝，但你講了這麼多，我已經欲罷不能了。」

「情況是這樣的：上校夫人七點三十分出門時，夫婦之間還十分融洽。我想我曾提到過，她雖然缺乏女性的溫柔，根據車伕描述她當時的口氣仍是十分平和的。但現在，值得注意的是，她回家後直接走進了客廳，夜晚上校很少會去那裡；正如所有女人一樣。她在情緒激動下請女僕準備茶水。之後。當巴克利上校來客廳找她時，她情緒失控地指責著上校。因此，我推測從七點三十分至九點這段時間裡，肯定發生了什麼事情，導致巴克利夫人完全喪失了對丈夫的感情。而年輕的莫里森小姐一直在她身邊，所以，雖然莫里森小姐矢口否認，但她肯定清楚一些內情。」

「我曾懷疑，也許這個年輕的小姐和上校有染，她在那天晚上向巴克利夫人坦白了。這樣可以解釋巴克利夫人為何怒氣衝衝地回家，也能說明這位年輕小姐否認的原因，這種假設也能符合僕人們聽到的爭吵內容。但上校夫人卻提到一個叫大衛的人，且上校對夫人的專情也是有目共睹的，因此這個假設便與事實矛盾，更別提那個不速之客了，他與這個說法毫無關聯。這讓我的調查陷入了瓶頸，不過，總而言之，我還是先將上校與莫索森小姐和上校有染的假設放到一邊，只是我仍堅信這位小姐清楚上校夫人憤怒的原因。我的作法並不複雜，就是直接去找莫里森小姐，老實地跟她說，我確定她瞭解一些內情，並且讓她明白，若不將事情說清楚，她的朋友——上校夫人，將作為一名嫌疑犯接受審判。」

「這位小姐文靜而瘦弱，雙眸含羞，一頭淺黃色的長髮，看上去機智聰明。聽完我的話，她坐在那兒思索了片刻，之後便轉身面對著我，十分堅決地表明自己的態度，並提供了一些有價值的情報。我簡要地複述一下。」

「『我曾承諾會為夫人保守秘密，我必須守約，』年輕的小姐說道，『但可憐的夫人被當成了謀殺親夫的犯人，而她此刻又昏迷不醒，假如我能幫上她的忙，那麼我寧可放棄誓言，把那一晚所發生的事都講出來。』」

「『我們離開瓦特街的小教堂時大約是八點四十五分，回程時必須經過哈德森街，這條路十分寧靜。街道的左側有盞路燈。當我們走近路燈時，我注意到前面有個人正朝我們走來，他是個駝背人，肩膀的一側扛著一個像是小箱子的東西。他的身子佝僂得厲害，行走時雙膝無法伸直，是個殘疾人。當我們擦身而過時，他在燈光下抬頭看著我們，忽然停了下來，並驚呼道：「老天，是南茜！」上校夫人的臉頓時變得毫無血色。假如那個可憐醜陋的男人沒一把扶著她，她已經摔倒在地了。我想喊警察，但令我意外的是，上校夫人對這個人很和氣。』」

「『「三十年來，我一直以為你死了，亨利。」夫人顫抖著聲音說道。』」

「『「我的確死了。」那個人說道。他的音調使人驚悸，他的面色陰沉，那可怕的眼光直到現在我都經常夢到。他的面頰乾癟得像被吸乾水份的蘋果，鬍鬚和頭髮呈灰白色。』」

「『「請你先離開一下，親愛的，我想單獨和他講幾句話，沒什麼好擔心的。」上校夫人故作輕鬆地說道，但她的臉色依然像死人般煞白，嘴唇抖得都快無法講話。』」

「『於是我只好先迴避了，他們交談了幾分鐘。接著，巴克利夫人一臉憤怒地朝我走來，我注意到那個弱不禁風的駝背人待在路燈下，似乎正朝空中揮舞著拳頭，彷彿憤怒到了極點。後來她沉默不語，直到我要進家門時，她才緊緊抓住我的手，請求我保守秘密。』」

「『「他是我的一個老朋友，過得很潦倒。」她說道。我承諾不將此事告訴任何人，她吻了吻我的面頰，從那一刻起，我們沒有機會再碰面。我已將所知道的一切都講出來了。之前我沒有向警方提及此事，是因為我還未意識到它的重要性，不知道巴克利夫人的處境已如此不堪。現在我明白了，將真相講出來對她比較好。』」

「這些就是莫里森小姐所講的，我的朋友。你當然能理解，這一切對我而言，如同在伸手不見五指的夜色裡看到了一線曙光。先前幾件毫無關聯的事，立刻顯現出了本來的面貌。對於本案的整個過程，我幾乎已看到了眉目。目前急待解決的問題是，找出那個叫亨利的駝背男人，他在上校夫人心中的份量自然不在話下。假如這個人還未離開奧爾德休特，那找到他並不困難，當地人口不多，一個駝背人當然會引起注意。為了找到他，我耗去了一整天的時間，直到今天傍晚，我的朋友，我終於找到他了。他叫亨利．伍德，寄宿在遇見上校夫人的那條街上。他到當地僅有五天。我假扮成登記員，受到女房東的熱情接待，打聽到這個人以變戲法維生，每天傍晚就到一些民間的軍人俱樂部表演。他有一隻小動物，隨身帶在小箱子中。女房東好像有點怕，因為她之前沒見過這種動物。據她所說，那隻動物能配合他要些把戲，她知道的只有這麼多。另外她還談到，她很驚訝這樣一個受盡煎熬的人，竟能堅強地活著，偶爾會講一些令人摸不著頭腦的話，這兩天夜裡，女房東聽見他在房間裡哭泣呻吟。他並不怎麼缺錢，只是他在繳納房子的押金時，拿出來的竟然是枚類似兩先令的銀幣。女房東拿出來給我看，原來是枚印度的盧比。」

「華生，此刻你一定明白：我為何深夜造訪。很明顯，當兩位女士與駝背人分手後。他便尾隨其後，他透過敞開的窗戶看到了上校夫婦在激烈爭吵，接著就翻牆進去，而被他裝在箱子裡的動物也跑了出來。這些推測完全成立。但客廳內究竟發生過什麼事，這世上恐怕只有那個駝背人能說明白。」

「難道你要去問他？」

「沒錯，只是我缺少一個證人。」

「也就是我？」

「假如你不會感到為難的話，那當然。如果他願意將整件事坦白就再好不過，但倘若他保持沉默，那麼，我們也沒別的辦法，只好求助於警方了。」

「你憑什麼肯定，當我們趕到時他還沒離開呢？」

「別擔心，為了防止這種情況，我已經讓貝克街的小幫手去盯著他，不管他想逃到哪，都無法離開那孩子的視線。明天我們就去見他，他一定還在哈德森街，我的朋友。如果我再不讓你休息，那就真的太沒人性了。」

次日中午，我們乘車抵達了凶案發生地，由於福爾摩斯對當地已很瞭解，很快便趕到了哈德森街。雖然我的朋友擅長於將個人情緒隱藏起來，但顯而易見，他正努力壓抑著一股興奮的情緒。我的內心也很激動，對此事感到新奇且有趣，和福爾摩斯一同工作總會有這種感受。

「就是這條街，」我們面前是一條兩側矗立著一些磚瓦結構的二層建築物的短街道，我的朋友說道，「瞧！辛普森來彙報情況了。」

「他還沒離開，福爾摩斯先生。」一名個頭很小的流浪小孩朝我們奔來，大聲說道。

「做得不錯，辛普森！」我的朋友摸了摸那孩子的頭，說道，「快走，我的朋友，就在這間屋子裡。」福爾摩斯將一張名片遞了進去，聲明有重要事情。很快地，我們便見到了那個男人。雖然氣溫很高，但他卻靠在爐火前，整個小屋熱得跟烤箱一樣。他的背彎得很厲害，身體蜷縮成一團躺在椅子上，流露出一種令人厭惡的神情。但當他將頭轉過來時，我看出那張臉雖然黝黑而乾燥，但肯定曾是個英俊的模樣。他那雙泛黃的眸子充滿懷疑地瞪著我們，既沒有起身也沒有講話，僅示意我們坐下。

「如果我沒說錯，你就是曾在印度待過的亨利．伍德，」我的朋友和氣地說道，「由於巴克利上校不幸被害，我們順便來探訪你。」

「我對此一無所知。」

「這便是我要調查的。我想你應該很清楚，假如不將真相查清楚，你的故友巴克利夫人將會被推上謀殺案的被告席。」

駝背人大吃一驚。

「你到底是誰？」他叫道，「我不明白你是如何瞭解此事的，但你敢發誓自己說的都是事實嗎？」

「當然，只要她的意識一恢復，就會馬上被逮捕。」

「老天！難道你是警察？」

「不。」

「那，關你什麼事？」

「任何人都有責任維護正義。」

「你可以相信我所說的，她是清白的。」

「所以凶手是你。」

「不，不是我。」

「那是誰殺了巴克利上校？」

「是上帝殺了他。不過，我得說，如果我能親手讓他的腦袋開花，我一定會這麼做的，他是罪有應得。要不是他的罪惡感讓他忽然暴斃，我一定會不惜讓雙手染滿鮮血。你要我告訴你一切，嘿，我幹嘛不說呢？反正沒什麼好羞恥的。」

「一切得從頭說起，先生。我知道自己的模樣醜陋，看上去就像個駱駝，連肋骨都是歪斜的。然而，過去一一七步兵團裡最英俊的人就是下士亨利．伍德。當年我們的部隊駐紮在印度一個叫柏哈蒂的地方，巴克利和我在一個連，都是士官；而南茜．德沃伊的父親是陸戰隊的一名上士，她是軍團裡公認的美人。有兩個年輕人為她傾倒，而她選擇了其中一個，也許你們覺得縮在爐火前的可憐蟲令人厭惡，當我說南茜愛上了我英俊的容貌時，你們肯定在暗自偷笑吧？」

「唉，雖然我們相愛，但德沃伊上校卻將女兒許配給了巴克利。我當時年少輕狂，行事冒失，而巴克利受過良好的教育，正要被升為軍官。南茜對我忠貞不二，假如當時印度沒有因為兵變而陷入一片混亂，我幾乎就要成為她的丈夫了。」

「足足上萬名的叛軍將我們包圍，他們如同洪水猛獸般圍著一隻不堪一擊的鼠籠。我們全被困在了柏哈蒂，包括一一七軍團，半個連的炮兵，一個錫克教的連，還有一些當地平民和女人。兩星期後，我們耗盡了全部的飲用水。當時尼爾將軍的部隊正向內地遷移，因此問題來了，他是我們唯一的救星，但我們沒有把握與他們碰頭，因為這裡有很多婦女兒童，顯然是不可能殺出血路的。於是，我請求部隊讓我突圍去求援，軍隊批准了我的要求，我便與巴克利中士商議。他對當地地形相當熟悉，還替我繪好了路線圖，以避開叛軍的路線。當晚十點，我踏上了征途。這裡有上千人急待救援，然而當我越過城牆時，牽掛的只有一個人。」

「有條乾涸的小河是計畫中的必經之路，我們原來期望它能幫我避開叛軍崗哨的視線，但當我匍匐著拐進河道的彎處時，竟落入了六個叛軍設好的圈套裡，他們在黑暗裡靜靜地等著我。一瞬間我便被打暈，捆住了手腳。但真正讓我大受打擊的是，當我甦醒後聽見士兵的交談，從那一知半解的言語中聽出，竟然是我的戰友、那個為我繪製路線圖的傢伙，派一個土著僕人向敵人報了信。」

「唉，我想不用講得更多了，你們應該很清楚巴克利的為人了吧。次日，尼爾將軍的軍隊便抵達了柏哈蒂，叛軍不堪一擊。但他們在逃跑時帶走了我，之後的數年間我沒有再見過任何一個白人。我受盡煎熬，企圖逃跑，被抓住後更是遭到非人的折磨。你們不難想像，我是怎麼變成現在這副樣子的。當時有些叛軍把我帶到尼泊爾，輾轉到了大吉嶺，他們被當地的百姓消滅，我又成了那些人的奴隸。當我再次出逃時，並沒有往南邊跑，而是向北到了阿富汗。我成了一個流浪漢，幾年後才回到旁遮普。我常和土人生活在一起，跟他們學習變戲法，以此維生。我想到自己的模樣，實在沒有臉回到英國，面對過去的同事。雖然我憎恨那個人，但也不想回國。我寧可讓美麗的南茜和所有人都認為伍德下士已經死了，也不肯讓眾人知道他還活著，像個黑猩猩一樣靠著拐杖蹣跚而行。他們都以為我死了，這正合我的心意。我知道南茜嫁給了巴克利，而且巴克利官運亨通，但就算這樣我也不想講出實情。」

「當一個人年紀越來越大，便再也無法忍受思鄉之情。前些年，我開始渴望重新見到英國的田園風光和翠綠的大地。終於，我決定在有生之年回故鄉看看。我存了點錢，作為回國的旅費，並經常出沒於軍隊駐紮的地方，因為我對軍旅生活十分瞭解，清楚他們需要怎樣的歡樂，並以此維生。」

「你的故事很有趣，」我的朋友說道。「據說前幾天你和巴克利夫人偶然相遇，並認出了對方。我推測，之後你便跟在她後面，透過窗戶看見夫婦二人的爭吵，可能上校夫人正大聲責罵自己的丈夫。你忍不住穿過草皮，闖進了客廳。」

「你說的沒錯，先生，他看到我，臉色變得十分難看。接著便後仰摔倒，一頭撞在壁爐的爐板上。其實在他倒下去前就已經暴斃了，我能從他臉上的表情看出這一點，如同透過火看出下面的文字一般。我的視線彷彿子彈一樣打在了他的心臟上。」

「然後？」

「南茜暈了過去，我連忙從她手中拿出門鑰匙，想打開門求救。然而我立刻意識到這個情況對我十分不利，不如逃離現場。假如我被警方逮捕，我的秘密將會全部被公開。我趕緊將鑰匙放進口袋，放下拐杖，把爬上窗簾的泰迪捉下來。我重新把牠關進了箱子，迅速逃離了現場。」

「泰迪是誰？」我的朋友問道。

駝背人俯下身子，將打開一個放在牆角的籠子，一隻可愛的紅褐色小動物從裡面溜出來。牠的身軀柔軟而小巧，四肢類似鼬鼠，有個尖細的鼻子和雙漂亮的紅色眼睛，如此美麗的眼睛在其他動物上是看不見的。

「貓鼬！」我不由自主地喊道。

「嗯，的確有這種說法，也有人稱牠叫作『埃及鼬』。」駝背人說道，「我都叫牠『捕蛇小子』，泰迪能以驚人的速度捉住眼鏡蛇。我還養了一條被拔掉毒牙的蛇，泰迪表演的捕蛇節目在軍人俱樂部很受歡迎。還有什麼不明白的嗎？先生。」

「這樣就夠了！假如巴克利夫人遭遇更大的不幸，我們會再來的。」

「假如真的變成那樣，我會自動出現的。」

「如果事態沒有那麼糟，我認為不必將死者不光彩的過去公諸於眾，你應該能瞭解，三十年以來，他一直為了自己的惡行遭受良心的譴責，沒什麼不好。哎，墨菲少校正在對街。再會了，伍德。我想知道昨天到現在又有什麼事情發生。」

墨菲少校還沒轉彎，我們終於追到了他。

「福爾摩斯先生，」軍官說道，「你大概聽說這件事純屬意外了吧。」

「怎麼回事？」

「醫生剛剛完成驗屍工作。他證實，巴克利上校死於中風，瞧，多麼簡單的一件案子。」

「哦，再簡單不過了，」福爾摩斯愉快地說道，「我的朋友，我們走吧，奧爾德休特已經不需要我們了。」

「還有一點，」到了車站時，我突然想起一個問題，「如果說兩個男人一個叫詹姆士，而另一個叫亨利，那誰是大衛呢？」

「關於這個，親愛的華生，如果我真的像你所想的那麼厲害，那我早就從這個字推斷出整個故事了。那只不過是個表示斥責的口語。」

「斥責？」

「沒錯，你知道的，《聖經》裡的大衛也曾像巴克利上校那樣犯過錯。還記得烏利亞跟拔示巴的小故事吧？我擔心自己快把《聖經》的內容給忘了。可是你能在《聖經》裡的《撒母耳記》前兩章中找到這個故事。」

8 住院病人

我將回憶錄中許多不連貫的記載粗略地翻了翻，希望借此闡明夏洛克．福爾摩斯在智能上的不尋常之處，然而卻無法找到一個我認為恰當的例子。因為儘管福爾摩斯在案件的偵破過程中，大量運用了其獨特的分析推理法，事實也往往證實他那獨樹一格方法的重要性，可是就案件本身而言，卻大都平淡無奇，毫無動人之處，我感到實在沒有必要為此佔用讀者寶貴的時間。此外，也時常發生以下這種情況：我的朋友被一件充滿戲劇性、情節一波三折的案子所吸引，並參與了偵查工作，儘管他發揮了一定的作用，卻無法使我這個傳記作者的欲望獲得滿足。我以前整理記錄過一件小案子，標題為《血字的研究》，接著還有一則和「光榮蘇格蘭」號三桅帆船沉沒相關的案件，它們對史學家而言永遠具有如礁岩與漩渦般怵目驚心的作用。以下我要敘述的案件，儘管福爾摩斯並未起到關鍵的作用，但由於它實在太過古怪離奇，因此使我深深領會什麼叫欲罷不能。

七月盛夏的一個陰雨天，住所的窗簾半掩著，我的朋友舒適地蜷縮在沙發上，將一封早晨剛收到的信重複閱讀著。因為我曾在印度服役過，因而養成了懼冷而耐熱的體質，即使溫度計顯示現在已高達華氏九十度，我卻沒有感到任何的不適，除了今天的報紙太過平淡無奇外。議會宣佈布會，許多人逃離了都市，我也憧憬著到新森林或南海享受一趟旅行，由於積蓄微薄，這個計劃不得不稍作延後。而對於夏洛克．福爾摩斯而言，不管是碧波蕩漾的海濱還是清新怡人的鄉間，都勾不起他任何興趣。他樂於潛伏在這座有五百萬人口的都市，關注那些懸而未決的案子所引發的任何一個猜疑或傳聞。他的眼裡容不下大自然之類的玩意兒，他唯一做出的改變，就是到鄉間去探望他的兄長。

我注意到福爾摩斯十分專注，並不想開口講話，於是我只好將那些乏味的報紙丟開，靠在椅背上，陷入思索。突然間，我的伙伴出聲驚醒了我。

「你是對的，華生，」他說道，「用這樣的方式來解決紛爭，實在是荒謬透頂。」

「荒謬透頂！」我提高音量說道，忽然回過神來，他如何洞悉我心中所想的呢？我將身體坐直，一臉茫然地盯著他。

「怎麼了，福爾摩斯，」我嚷道，「這真是太讓我意外了。」

夏洛克．福爾摩斯見我一臉茫然的表情，竟愉快地笑起來。

「還記得嗎，」他說道，「我曾唸過一個愛倫．坡的故事給你聽，其中有一段描寫一個具有嚴密推理能力的人，他能洞察同伴的心跡，而你卻以為這只是虛構的情節。為了說服你，我只好證明一次給你看，因為我也常常這樣做，可你卻不太相信。」

「我當時並沒有發表任何看法啊！」

「也許你沒說出來，親愛的華生。但你的神情間寫滿了疑惑。因而，當你將報紙扔開，陷入思索中時，我很興奮地讀出了你的想法，於是立刻打斷你的思考，來證明我講的是對的。」

我對他的解釋仍感到不太滿意。

「在愛倫．坡的故事裡，」我說道，「推理者是以被觀察者的動作為線索，從而找到答案。假如我的記憶力沒問題的話，當時有堆亂石絆倒了那個對象，他抬起頭仰望星空，也許還有別的動作。但我一直都坐在這兒，你從哪兒獲得線索呢？」

「你對自己並不誠實。每個人的臉部都有表達情感的功能，而對你而言，五官絕對是最忠實的僕人。」

「你是指，我的表情洩露了我的思想？」

「沒錯，尤其是眼睛。也許你已忘記了自己是如何陷入深思的？」

「嗯，我忘了。」

「好，讓我解釋給你聽。你把報紙丟到一邊，正是這個動作吸引了我的注意力。接下來，有半分鐘時間你都顯得茫然無措。後來你一直凝視著自己剛裱了框的那副戈登將軍肖像，透過觀察你臉部表情的變化，我知道你在思考某一件事。但你的思想並未走遠，過了一會兒，你的目光又落到了那副沒有框的亨利．畢傑的肖像上。最後，你望了望牆壁，心中的想法已表露無疑。你在思考，假如將那幅畫也裱起來，剛好可以裝飾那面空白的牆壁，把兩張肖像掛在一起。」

「你對我的思路真是窮追不捨！」我驚呼道。

「到目前為止我都未出過什麼差錯。後來你思維的重心又重新回到沒有框的畫上，你目不轉睛地凝視著那幅肖像，也許是想透過畢傑的五官剖析他的性格特徵。最終你的眉頭舒展開了，但目光仍注視著畫像，你的表情告訴我你在沉思，很明顯你在追憶畢傑的歷史。我認為這時的你所聯想到的，包括在南北戰爭時他作為北方代表所承擔的重任，因為我記得你曾對他的不幸遭遇表示出極度憤慨。由於你對此事的反應比旁人強烈，因此我斷定當你想到這個人時不可能忘掉這些。沒過多久，我發現你將注意力從那幅畫挪開，我以為是內戰佔去了你的思考空間。當你雙眼放光，嘴唇緊閉，雙拳握緊，我可以肯定你正為雙方作戰時的英勇氣概所折服。不過，你的表情又變得陰沉，並無奈地搖著頭。你聯想到浴血奮戰直到最後一息的軍人，以及戰爭的殘酷。你緩緩地撫摸自己的舊疤痕，嘴角流露出淺淺的笑意，我明白，你腦海中冒出一個念頭，如此解決國際紛爭的確又可笑又荒謬。我贊同你的觀點，的確十分荒謬，我十分樂意聽到你認為我的推斷很正確。」

「十分正確！」我說道，「經你解釋後，我還是感到驚訝不已。」

「這只是些膚淺的觀察，華生，我向你保證。要是你不提出置疑，我根本就不可能引開你的注意力。今夜天氣涼爽，一起出去走走如何？」

我早已對這間狹小的客廳厭煩透頂，於是毫不猶豫地答應了。我們漫步在河濱及艦隊街足足三小時，將一幅幅千變萬化，宛如潮汐的景象盡收眼底。我的朋友所特有的洞察力和無與倫比的推斷力，還有那些理論，都令我充滿了好奇，可以說深深著迷。當我們回到寓所時，差不多十點了。房子前停著一輛轎式的四輪馬車。

「嗯——一位醫生，一位普通的醫生，」我的朋友說道，「最近才開始營業，看來事業做得還不錯。我看，他大概有事想跟我們商量。還好沒有錯過！」

對於夏洛克．福爾摩斯的推理調查方法，我十分善於理解和領會。就在馬車內的燈光下，掛了一個裝滿各式醫療器具的竹籃，我明白我的朋友正是由此作出判斷的。房間裡亮著燈，看來這位夜訪者的確是來拜訪我們的。我十分納悶，這位同行究竟遇上了什麼難題，會選擇在夜裡上門呢？我跟在福爾摩斯身後跨進了住所大門。

一名留著土黃色落腮鬍鬚、尖嘴猴腮、臉色刷白的男人，見我們兩人進屋，立刻從壁爐邊的椅子上站起身來。他的年齡頂多三十三、四歲，可是臉色極差，神情黯然，看來工作奪去了他的青春，耗盡了所有精力。他如同一個敏感的紳士，舉手投足間都流露出靦腆羞怯的性格特徵，當他起身時，一隻白皙而瘦弱的手搭在壁爐台上，那隻手完全不像外科醫生的，反而像藝術家的。他身穿一件黑色的禮服大衣，搭配一條不顯眼的領帶，內衣的顏色也很深，看上去暗淡而樸素。

「晚上好，醫生，」我的朋友熱情地說道，「我很高興沒讓你等太久。」

「看來，你與我的車伕聊過？」

「不，我只是看了一眼桌上的燭台。請坐，請問我能幫你做些什麼？」

「我是波西．崔弗林醫生，」委託人講，「住址是布魯克街四〇三號。」

「你是一篇關於不明神經損傷的論文作者嗎？」我詢問道。

當他聽到這話時，臉因興奮而紅了起來。

「很難得聽到別人提起這篇著作，據出版商講，這本書並不暢銷，我還以為沒人聽過呢！」委託人說道，「我猜，你大概是我的同行吧？」

「我曾是一名外科軍醫，現在已退役了。」

「我對神經的疾病充滿了興趣。我渴望能專攻這一領域，只是，每個人都應該先將本份做好。當然，這些都不是重點，福爾摩斯先生，我明白你非常寶貴自己的時間，最近我在布魯克街的住處發生了一連串怪事。今晚，我感到事態已迫在眉梢，我必須盡快向你求助，一刻也不能等。」

我的朋友坐在了扶手椅上，將煙斗點燃。

「我非常歡迎，」福爾摩斯說道，「請將那些困擾你的事仔細說出來吧。」

「其中有些根本不值一提，」委託人說道，「為了這樣的事來打擾你，我感到很慚愧。可此事的確令人匪夷所思，並且最近又變得更複雜，我實在無法分辨每條線索的價值，只好統統告訴你，由你來判斷。」

「我不得不先從我的大學生活談起。我曾就讀倫敦大學，我想，若我將教授對我的評價講出來，你們一定不會以為是我在自誇吧？他認為我非常有前途。畢業後，皇家大學附屬醫院為我提供了一個不太重要的研究職位，這對我而言再好不過了。我所研究的強直性昏厥病理學受到了廣泛的關注，我那篇以神經損傷為主題的論文，榮獲布魯斯．平克頓獎章及獎金。我的話一點都不誇張，當時所有人都認為我的前途不可限量。」

「然而，資金不足成了我通往醫學巔峰最大的障礙。你也許有所耳聞，若一名專家想擴大知名度的話，就一定要將業務擴展到卡文迪西廣場著名的十二街區上。於是，鉅額的資金、房租、設備成了一個難題。除此之外，還需要一筆足以維持生活的款項，以及馬匹和馬車。要實現這一切實在難如登天。或許我只要省吃儉用個十年，將收入一點一滴存下來，總有一天能將醫療執照掛出去。但令人始料未及的是，一次突發事件為我打開了另一扇門。」

「那名突然來訪的紳士叫布萊辛頓。我們素未謀面，那天早上他忽然走進我的房間，開門見山地講明來意。」

「『你就是那位年輕有為，而且剛獲獎的崔弗林先生？』他問。」

「我默默地點頭。『請你誠實地回答我的問題，』他又說道，『這樣對你最好。你才華洋溢，是可造之材，是嗎？』」

「聽到這一連串的誇獎和提問，我忍不住笑起來。」

「『我想我應該承受得起這個評價。』我回應道。」

「『你是否有不良習慣？例如酗酒？』」

「『沒有！先生。』我提高音量答道。」

「『很好！真是非常好！但我感到十分疑惑，既然你如此優秀，為何不開業行醫？』」

「我無奈地聳聳肩。」

「『當然，當然！』他連忙說道，『這很正常。儘管你的大腦充滿知識，可是存款卻十分微簿，是吧？如果我出資讓你到布魯克街開店怎麼樣？』」

「我瞠目結舌地看著他。」

「『哦，我是以自身的利益為出發點，而不是你的，』他提高音量說道，『我可是坦承相告了，如果你沒有異議，那我也沒有。我打算投資幾千鎊，你明白，我認為這麼做值得。』」

「『但是，為什麼？』我連忙追問。」

「『哦，這就跟一般的投資生意沒兩樣，只是更保險一些。』」

「『那我該做些什麼呢？』」

「『別急，我會一一交代清楚的。我會幫你租個房間，雇幾名僕人，添購家具。並負責管理所有事務。你唯一的工作便是坐在診療室中接待病人。我會提供一切你所需的東西，包括生活費。你可以獲得診所收入的四分之一，其餘的四分之三則歸我。』」

「福爾摩斯先生，那個名叫布萊辛頓的陌生人提出的建議就是這樣，對於我們雙方如何達成最終共識的過程我就不再贅言了，否則你一定會不耐煩的。最後的結果是，我在三月二十日這天搬進新家，並按雙方的協定開始營業。而布萊辛頓先生也以病人的身份搬來與我同住。他離不開醫生，因為他的心臟十分衰弱。他佔用了二樓兩個最好的房間，分別作為臥室和客廳，他性格孤僻，平常足不出戶，也沒有什麼朋友。他的日常生活毫無規律可言，但在某些方面卻十分有規律。比如每晚對帳都很準時。在我賺取的診療費中，他會從每基尼中抽取五先令三便士給我，剩下的統統歸他所有，被他裝進了自己房間的保險櫃中。」

「我完全可以自信地說，他永遠不會後悔這筆投資的。開業之初，生意就露出了成功的跡象。由於我過去在醫院工作時便有良好的口碑，再加上幾個病例中的出色診療，讓我快速成名，數年間，布萊辛頓便成了一名富翁。」

「福爾摩斯先生，這便是事情經過以及我與投資人之間的關係。我接下來敘述的問題，便是我今夜登門造訪的原因。」

「數週前，我的投資人到樓下找我。我感到他的情緒十分激動，他談起幾件發生在倫敦城西區的竊案，我認為，他當時顯然是反應過度了，他反覆強調，住處的門窗應當加固，刻不容緩。在那一週，他常常將頭探出窗戶張望，一副魂不守舍的模樣，甚至連他習以為常的午餐前的散步也取消了。他的舉止流露出自己正為某件事惶恐不安，但當我詢問他時，他竟變得十分暴躁，於是我只好沉默。隨著時間經過，他的恐懼感似乎慢慢消退，他回到往常那樣。但前不久又發生了一件事，使他再度陷入那種可悲的脆弱的狀態。」

「事情的起因，是我在兩天前收到一封信，上面既無地址又無日期，我現在就唸給你們聽：『有位俄羅斯裔貴族現僑居英國，急切盼望前往波西．崔弗林醫生的診所就醫。數年來，強直性昏厥病一直折磨著他，崔弗林醫生在這一領域的探索和研究可謂權威，他將於明晚上六點十五分登門造訪，倘若崔弗林醫生應允，請等候病人的到來。』」

「我感到十分有興趣。因為研究這種病最大的困難在於，它非常難遇到。你不難想像，當病人在約定的時間內來訪時，我已在診所恭候多時了。」

「那位俄羅斯貴族年邁瘦弱，十分謹慎，相貌相當普通，與我想像中的俄國貴族有所出入。而他的隨行者卻給我留下了深刻的印象。他年輕高大，膚色黝黑，英俊得令人驚嘆，只是眉間透出一股殺氣，胸膛和四肢如海克力斯般健壯有力。當他們跨進診室後，他便寸步不離地將老人扶到椅子前，每一個動作都顯得那麼體貼細心，從他的外貌實在難以想像。」

「『醫生，未經允許便貿然進入，非常抱歉，』他的英文講得不太流利，『他是我的父親，對我而言，沒有什麼比他的健康更重要的了。』」

「我對他的孝順感到十分動容。『也許，你應該不介意診療時在一旁待命。』我說道。」

「『不，絕不，』他驚呼道，『我無法承受那樣巨大的痛苦。看到父親被疾病折磨的樣子，我一定會崩潰。我的神經非常敏感。如果你不反對，在你為他治療時，我先在門外等候。』」

「我點頭同意，他便出去了。我開始向病人詢問病史，並將其詳細記錄下來。他的智力平平，似乎不太懂英文，因此回答多數問題時都相當含糊不清。可是，就在我埋頭記錄時，他的回答忽然停下，我抬起頭，驚訝地看著他僵硬地坐在原處，肌肉的緊繃程度和反應力等情況都與我從前掌握的同類病例毫無差別。過去我曾使用烷基亞硝酸吸納劑治療這種疾病，成效良好，現在正是試驗其療效的良機。但我把藥瓶放在了樓下的實驗室中，於是，我撇下病人，獨自下樓拿藥。差不多五分鐘後，我回到了診療室。但房中已空無一人，病人消失了，你能想像我當時多麼錯愕。」

「我直奔候診室，可是那個年輕人也不見了。前門被關上，但並未上鎖。診所雇的僮僕剛來不久，比較呆板。平日裡他都待在樓下，只有聽見我按鈴，才會跑進診室將患者送出去，但他沒有聽見任何動靜。這件事如同一個難解之謎。不久，我的投資人從外面散步回來，我並未向他提及此事，說實話，最近我總在躲著他。」

「我以為不會再見到這對俄國父子了，因此，當今晚同一時間他們又出現在診所時，你不難想像我的驚訝。」

「『我對於昨天的不辭而別感到十分抱歉，醫生。』患者說道。」

「『老實說，我的確十分納悶。』我說道。」

「『哦，這件事的確有必要解釋一下，』他說道，『我每次發病後恢復意識，都會對周遭的一切感到陌生，甚至想不起自己身處何地。我彷彿記得自己在一個陌生的房間中，當你離開後，我便昏沉沉地走出去，一直走到了街上。』」

「『至於我，』那個年輕人說道，『我看見父親從診療室走出來，以為已經診斷過了。直到回家後，我才瞭解實情。』」

「『好吧，』我釋然地笑了笑說道，『我只是感到有些迷惑不解，除此之外也沒什麼關係。那麼，先生，如果你可以先到門外稍候的話，我會立刻開始我的工作。』」

「老紳士十分耐心地回答我所提出的問題，大約三十分鐘後，我動筆寫下了處方，接著，他便在兒子的攙扶下離開了。」

「我曾提到過，我的投資人通常會在這個時段出門散步。沒多久，他回來上了樓，忽然間，如同瘋了一般從樓上衝下來，闖進診療室。」

「『誰進過我的房間？』他大叫。」

「『沒有人。』我說道。」

「『說謊！』他憤怒地喊道，『你自己來看！』」

「我並未計較他粗暴的態度，因為恐懼感幾乎控制了他所有的理智。當我與他踏上樓梯時，他示意我看幾個印在淺色地毯上面的腳印。」

「『你覺得這腳印是我的嗎！』他怒吼道。」

「這個腳印的尺寸比他的更大一些，並且很明顯剛印上去不久。我已經講過，中午曾下了一場傾盆大雨，而前來應診的患者只有那對俄國父子。看來，多半是等在門外的年輕人，心懷不軌，趁著我在房內工作脫不開身，溜上樓進了我投資人的臥室。房裡什麼也沒掉，也不曾被翻過，但那些陌生的足跡足以說明，的確有人上過樓。」

「雖然這件事的確有些令人不安，但我的投資人的情緒顯然過於激動了。他居然坐在椅子上不停地大喊大叫，我根本無法和他溝通。他建議我來向你求教，我立刻意識到，這樣做或許最好。儘管他的反應大得有些誇張，但顯然其中必有蹊蹺。也許當你出現在他面前時，他會逐漸平靜下來，我的馬車就停在門口，當然我並不期望你能立刻解釋清楚所發生的一切。」

我的朋友津津有味地傾聽著這綿長的敘述，毫無疑問，他被深深地吸引了。他如平常那樣面無表情，但他的一雙眼睛逐漸瞇成了一條細縫，從煙斗裡升騰的嫋嫋煙霧也更濃了，使得崔弗林醫生離奇的故事中每一個情節都更顯曲折。醫生的故事剛剛講完，我的朋友便起身，將我的帽子遞過來，並順手從桌子上抓起自己的帽子，跟著醫生一道朝門外走去。十五分鐘不到，我們便已抵達醫生位於布魯克街區的寓所。有個聽差將我們引進門，轉瞬間我們便踩在了樓梯厚實而寬闊的高級地毯上。

一瞬間的意外，使我們不得不停下來。樓梯的燈光忽然熄滅，一團漆黑中有個顫抖而尖細的聲音喊道：

「我有槍！我鄭重提出警告，再走一步我就不客氣了。」

「克萊辛頓先生，這太過份了。」醫生大喊道。

「哦，是你呀，醫生，」那個聲音頓時放鬆了，「但是另外兩位先生，他們想幹嘛？」

看來躲在暗處的克萊辛頓先生已將我和福爾摩斯審視了一番。

「很好，很好，完全沒問題，」那人最終說道，「請到樓上來，先生們，我對剛剛的失禮感到十分抱歉。」

他一面說道，一面點亮了樓梯間的汽燈，一張奇特的面目出現在我們面前。從他的聲音和外貌觀察得出他的確過於緊張了。他十分胖，但很明顯過去的一段時間，他曾經更加肥胖，因為他的雙頰有如獵犬的臉一樣，墜著兩隻鬆鬆垮垮的肉袋。他面無血色，土黃色的稀疏頭髮由於情緒不穩而統統豎了起來。他緊握著一把手槍，當我們靠近時，才塞入了口袋中。

「晚安，福爾摩斯先生，」他說道，「你能來真是太好了，我十分感激。你的建議對我而言真是太重要了。我猜醫生已將事情的原委都告訴你了，有人非法進過我的房間。」

「是的，」我的朋友說道，「那兩個人是誰？他們打擾你有何目的？」

「哦，哦，」這位心臟病患者神色慌張地說道，「的確，這很難猜測。你當然知道我無法回答這個問題，福爾摩斯先生。」

「那麼，你完全不知道？」

「請進。勞煩你進房看一下。」

這位住院病人將我們引進一個寬敞而舒適的房間。這便是他的臥室。

「請看這裡，」他伸手指了指放在床頭的一隻大黑箱說道，「我並不富裕，福爾摩斯先生，也許崔弗林醫生已說明了一切。除了診所的投資外，我此生再也沒有進行過別的投資。我並不相信銀行，那些銀行家不值得信任，福爾摩斯先生。請務必替我保守秘密，我的全部家產都在這個箱子裡。不言而喻，當我知道有人非法進入這個房間時，是多麼不安，這將影響我的一生！」

福爾摩斯用疑惑的目光打量著他，最後搖了搖頭。

「如果你故意騙我，我將無法給你任何幫助。」我的朋友說道。

「但我已經把所有都告訴你了。」

我的朋友流露出厭惡的神情，他揮手，轉身說道：「再會，崔弗林醫生。」

「沒有任何建議能給我？」住院病人用顫抖的聲音嚷道。

「我唯一的建議便是請說實話，布萊辛頓先生。」

僅僅一分鐘後，我們便重新回到了大街上，朝貝克街方向走去。我們從牛津街走到哈雷街，這時福爾摩斯才開口講話。

「不好意思，華生，讓你跟我為了這個笨蛋白跑一趟，」他說道，「但整體來看，這個案子的確十分有趣。」

「我什麼也沒發現，」我坦言道。

「哦，很明白，至少有兩個人，或許不止，他們出於某種動機，堅決地要找到那個布萊辛頓。我可以斷言，正是那個自稱俄國貴族的年輕人連續兩次溜進他的臥房，而那個年邁的同伙，則巧妙地與醫生周旋，使他無法干預此事。」

「但醫生目睹了患者發生強直性昏厥？」

「那不過是唬人的伎倆，我的朋友，對此，我認為沒有必要向那位專業人士透露太多。偽裝成這種患者並不難，我也曾經嘗試過。」

「然後呢？」

「非常巧的，布萊辛頓兩次都不在家。那兩個人之所以會在這個時段來就診，是因為他們確信此刻診療室內並無其他人。可是，布萊辛頓通常會在這個時間出門散步，看來他們對他的日常作息並不清楚。他們如果只是想要進行偷竊，那麼肯定有充裕的時間作案。除此之外，布萊辛頓的眼神裡充滿了恐懼，幾乎是魂不附體了。如果這兩個人是他的死對頭，他不可能不知道。因而我斷定。他對那兩個人的背景十分清楚，出於某種個人的原因，他隱瞞了真相，也許明天他會改變主意，向我們吐露實情的。」

「搞不好不只有這種假設，」我問道，「當然，雖然不太可能，但也勉強說得通，會不會是崔弗林醫生居心不良，偷偷鑽進了布萊辛頓先生的房間，事後編造了一個俄羅斯貴族父子前來就診的故事呢？」

汽燈的亮光折射到福爾摩斯臉上，看得出我的一席話使他露出了笑容。

「華生，」他說道，「剛開始我的思路也和你一樣，但醫生的敘述很快被我證實了。在樓梯的地毯上，我發現了那個『兒子』留下的足跡，因此我不必再進臥室去。我推測，那個年輕人腳穿一雙方頭鞋，而布萊辛頓的鞋子是尖頭的，醫生的腳掌比那個足跡短一吋三，因而我斷定，的確有這樣一個年輕人。先聊到這吧，今夜我們還能安然入睡。要是明日沒有新消息從布魯克街傳來，我反而會感到意外。」

我朋友的預言轉眼便以一種略帶戲劇性的方式得到了驗證。隔天早上七點半，屋子裡灑滿了金色的晨光，福爾摩斯穿著睡衣來到我的床前。

「有輛馬車在等著我們，華生。」他說道。

「哦，發生了什麼事？」

「布魯克街的那件事。」

「有新消息嗎？」

「可能發生了悲劇，但也未必，」他一面說道，一面闔上了窗簾，「你看，這張紙片是從筆記本上撕下來的，是由鉛筆寫的，很潦草——『看在老天的份上，請快來。波西・崔弗林』。華生，當這位醫生下筆時，他的處境已十分糟糕。走吧，事情十分緊急，我的朋友。」

十五分鐘後，我們再次走進了這間診所。崔弗林醫生惶恐不安地奔出來。

「我的天！竟然會發生這種事。」他用手緊捂著太陽穴，情緒激動地喊道。

「怎麼回事？」

「布萊辛頓自殺了！」

福爾摩斯吹了聲口哨。

「他在夜裡上吊自殺了。」

在醫生的引領下，我們走進了候診室。

「我感到手足無措，」他提高音量說道，「我報了警，警察目前還在現場，我嚇壞了。」

「你什麼時候發現他的？」

「他要求女僕每天早上送杯茶到他房裡去。差不多七點的時候，女僕端著托盤進去，便發現他自殺了。就在房間的中央，他綁了根繩子在結實的汽燈吊鉤上，接著便爬上黑木箱……」

福爾摩斯若有所思地站在那兒。

「如果你沒有異議，」我的朋友最終說道，「我準備到樓上調查此事。」

我和福爾摩斯徑直朝二樓走去，醫生緊隨其後。

我們剛一進房門，就被眼前的景象嚇呆了。我曾描述過那位投資人鬆弛的面部肌肉，他幾乎已喪失了人形，尤其是掛在一個搖搖晃晃的鉤子上時，顯得更加難看。他的頸部被拉長，使我想起被拔光了毛的雞脖子，對比而言，他那肥碩的軀體就顯得格外刺眼。他身著一件長長睡袍。衣擺的下端，僵硬地懸著一對腫脹的腳跟。屍體旁有一位看似精明的偵探正在作筆錄。

「哦，尊敬的福爾摩斯先生，」我們剛一進門，警長便熱情地招呼道，「很高興你能來。」

「早安，蘭納警長，」我的朋友回應道，「我想，你不會把我當成貿然闖入的嫌犯吧？這件案子發生之前的情形你瞭解了嗎？」

「當然，已聽說了一點。」

「你怎麼看呢？」

「據我觀察，此人處於極度的恐懼中。你看，他曾在床上睡了很久，床單的壓痕清晰可見。你知道，多數自殺案件都發生在清晨五點前後，他很可能是在這個時間自殺的。我想，他是通過慎重的考慮後才作出的決定。」

「從死者肌肉的僵硬程度看，他至少已經死亡了三個鐘頭。」我說道。

「房間內有何異常之處嗎？」我的朋友詢問道。

「有些螺絲和一把螺絲起子被丟在洗手台。另外，死者大概抽了很多煙。這四個雪茄煙頭是我在壁爐上發現的。」

「哈！」我的朋友說道，「你有發現煙嘴嗎？」

「沒有。」

「煙盒呢？」

「有，就在他外套的口袋中。」

福爾摩斯揭開煙盒，嗅了嗅盒子裡僅存的一支煙。

「哦，這支是哈瓦那雪茄，而你發現的那些原產地在荷蘭的東印度殖民地，它的品種很特殊。你瞭解，這種煙葉都由稻草包裹著。是各種雪茄品牌中最細的一種。」福爾摩斯掏出了放大鏡仔細觀察那些煙頭。

「有兩支使用了煙嘴，另外兩支沒有，」他解釋道，「其中兩個煙頭被一把不算鋒利的小刀削過，另外兩個則是被牙齒咬掉的。蘭納先生，這個自殺現場是偽裝的，它是一樁精心策劃的殘忍謀殺案。」

「不可能！」蘭納警長叫道。

「為什麼？」

「怎麼會有人用把人吊起來這麼笨拙的謀殺方式呢？」

「這正是我們要瞭解的問題。」

「凶手可能從哪進來？」

「從正門。」

「早上門是鎖著的。」

「他們離開後才鎖上的。」

「你怎麼知道？」

「我發現了一些有關的痕跡。稍等片刻，我便能說明詳情。」

我的朋友來到門前，輕輕轉動門把手，有條不紊地將其檢查了一遍。接著他取出了插在門上的鑰匙，仔細查看了一番。緊接著他依次檢查了床、椅子、地毯、壁爐台、死屍以及繩子。終於，他滿意地點點頭，要求我和警長協助他，割開繩索，將不幸的死者放下來，並蓋上了床單。

「繩子是從哪拿來的？」福爾摩斯問道。

「從這裡割的，」崔弗林醫生將很大一捆繩子從床下拖出來，說道，「他總是擔心火災，因此準備了繩索，假如樓梯起火，他就能從窗口逃生。」

「這東西反而給了凶手許多方便，」我的朋友思忖著說道，「的確，案情十分明朗，假如在下午之前我還無法破案，那倒是一樁怪事。我需要壁爐台上的這張死者遺照，它對於我展開調查有一定幫助。」

「但是你什麼都還沒告訴我們！」醫生叫道。

「哦，此案的前因後果已經很明白了，」他說道，「其中牽涉到三個人——一老、一少，加上第三者，關於這個人，目前我還不太清楚。前面兩個人則不用說，就是那對偽裝的俄國父子，因而我們可以說對這兩人瞭若指掌。還有一個同伙將他們引進了這間屋子。假如你肯接受我的建議，蘭納警長，你應該先把聽差抓起來。

據你所說，醫生，他剛剛受雇不久。」

「他已經失蹤了，」醫生說道，「剛剛廚師和女僕還在找他。」

我的朋友無奈地聳聳肩。

「他並不是整齣戲的主角，」福爾摩斯說道，「他們三人上樓的時候都踮著腳尖，老的走前面，年輕人緊隨其後，剩下那人走在最後——」

「天哪！福爾摩斯。」我忽然失聲叫道。

「哦，對於相互重疊的腳印，是相當好辨認的。我能分辨出昨晚那些人留下的足跡。接著，他們到了二樓，站在死者的房門前，他們注意到門已上了鎖。不過，其中一人拿出鐵絲伸進鎖孔。哪怕沒有放大鏡，你們也能清楚地看到留在鎖孔周圍的刮痕，可以判斷他們當時用力的方向。」

「他們闖進布萊辛頓的臥室後，首先要做的便是堵住他的嘴。他有可能正在熟睡，也有可能因為過度驚嚇而無法出聲。這幢房子的牆壁非常厚，不難想像，就算他叫出一兩聲，也未必會引起其他人的注意。」

「擺平他以後，看得出他們聚在一起商量對策，整個過程或許就像一場審判。它花費了一段不短的時間。推測出這一點並不難，因為他們留下了四個雪茄煙頭。那個老者穩坐在藤椅上，他使用了雪茄煙嘴。年輕人坐得較遠，衣櫃的前面有他敲下的煙灰。第三者在房裡走來走去。我猜，受害人當時正筆挺地坐在床前，但我暫時還無法肯定這一點。」

「接著，他們開始行動，把受害人吊了起來。他們對此早有準備，隨身攜帶著滑輪當作絞架用。看來，水池裡的螺絲起子和螺絲釘便是安裝絞架時留下的。最後他們發現了掛燈的吊鉤，於是省下了不少麻煩。他們俐落地把事情做完，然後就逃走了。那個神秘的第三者最後鎖上了門。」

所有人全神貫注地傾聽我朋友的敘述，這些情形都是他根據一些不易覺察的跡象推測而來，就在他一一破解案情時，我們仍辛苦地緊追著他的思路。最後，警長開始追緝失蹤的聽差，而福爾摩斯則與我一起回貝克街吃早餐。

「三點左右我會回來，」我的朋友用過早餐後說道，「醫生和警長到時會來貝克街，我打算利用那之前的時間將某些模糊的細節查清楚。」

客人們如約而至，但福爾摩斯直到三點四十五分才回來。從他的神情可以看出，事情的進展還算順利。

「有新線索嗎？警長。」

「我們抓到了那個男孩，先生。」

「好極了，我也找到了那些人。」

「那些人！」大家異口同聲地喊道。

「沒錯，我已調查清楚了這些人的底細。我的推測果然不錯，那個自稱布萊辛頓的人跟那幾個尋仇者，都是警察總部出了名的罪犯。三名凶手分別叫做比多、海沃德和莫菲特。」

「原來是沃辛頓銀行搶案的搶匪。」警長說道。

「沒錯。」我的朋友說道。

「布萊辛頓應該就是薩頓了。」

「完全正確。」我的朋友說道。

「哦，那案情就十分清楚了。」警長說道。

但崔弗林醫生和我仍一頭霧水，面面相覷。

「各位肯定對沃辛頓銀行搶案記憶猶新。」福爾摩斯說道，「此案中有五個重要角色——除了剛剛提到的四人，還有一個叫做卡特萊特。搶案中有一名銀行職員托賓遇害，搶匪們奪走了七千英鎊。當時是一八七五年，之後五人紛紛落網，卻因證據不夠而無法定案。最後惡劣的布萊辛頓，也就是薩頓，出賣了其他人，他成為控方證人。主嫌卡特萊特被處以絞刑，其餘三人分別被判了十五年徒刑。數日前他們剛剛出獄，大家不難想像，他們下了多大的決心要找到仇人，替死去的同黨復仇。他們偽裝成病人混進診所，偏偏連續兩次都與仇人失之交臂，不過，第三次他們得手了。崔弗林醫生，還有不明白的地方嗎？」

「我懂了，」醫生說道，「看來，那天他一副驚慌失措的模樣，全是因為他從報紙上獲悉那些人已刑滿出獄。」

「沒錯，他提起那些竊案只不過是想掩人耳目了。」

「他為什麼不告訴你真相呢？」

「哦，我的好醫生，首先他很清楚那些人報復欲望有多強，因此他必須隱瞞身份。再說，他的秘密難以啟齒，他沒有勇氣揭露這一切。只是，儘管他是個無恥之徒，卻始終受到大英帝國法律的保護，因此我可以理解為，雖然正義的法律之盾無法處置他，另一把正義之劍仍會讓他得到懲罰。」

關於布魯克街區醫生和那位住院病人的情形大致如此。自那一夜起，三個凶手便從警方的視野中徹底消失了。據蘇格蘭場估計，三名嫌犯很有可能搭乘「諾拉克蕾娜」號輪船逃走了。那艘載著許多船員的巨輪在多年前遇難，地點就在波多北方的葡萄牙海岸。而那個被捕的小聽差，最後因證據不足而釋放，此案最終被列為疑案，俗稱布魯克街奇案，各類報刊都未對此進行過詳細報導。

9 希臘譯員

儘管夏洛克．福爾摩斯與我認識很久，關係非常密切，但他幾乎從不提及自己的家人，以及他過去的經歷。他如此寡言少語，更顯得不近人情，甚至會使我產生一種念頭，認為他過於孤僻，是個絕對理性缺乏感情的怪人，儘管他擁有超常的智慧，但卻不太懂得感情。他似乎不想結識新朋友，對女人更是毫無興趣，這使他性格特徵中絕對理性的一面表露無遺，更不可理喻的是，他對自己的家人絕口不提。因此我曾經推測，他或許失去了所有親人，孤身一人。但那天，他竟意外地向我提起了他的兄長。

那是夏季的一個傍晚，喝過茶後。我們開始天馬行空地聊了起來，從高爾夫俱樂部到天文知識，最終說起了人類的隔代遺傳以及遺傳性向，中心議題是：若某個人成為傑出人物，那麼他的成功因素有多少來自過去的訓練，又有多少來自遺傳影響。

「以你為例，」我說道，「由你所講的不難看出，無論是你獨特的推斷能力還是敏銳的洞察力，都源自於長期的系統訓練。」

「從某個角度看的確如此，」我的朋友略有所思地說道，「我的祖先是地主，我認為，他們生活習慣依附於本身的階級。當然，我的某些性格特徵源自於家族的血統，我想這與我的祖母有關，她的兄長是法國著名的美術家維爾內。基因中的藝術成分通常會以十分奇特的形式遺傳。」

「但你如何肯定它來自於遺傳呢？」

「因為單從推理藝術的角度分析，我還遠不及我的兄長邁克洛夫特。」

這簡直就是一樁特大的新聞。我想，如果英國還有另一個這樣的天才，那麼警方和大眾怎麼會渾然不知呢？我猜是夏洛克．福爾摩斯過於謙遜，因此才會這樣評價自己的兄長。我的朋友對我的議論一笑置之。

「親愛的朋友，」我說道，「我並不認為謙遜是種美德。對邏輯學者而言，事實便是事實，無論是誇大或貶低自己的才能，都與真理背道而馳。因此，當我談到邁克洛夫特的洞察力比我更強時，你不該懷疑我這番話的真實性。」

「你的兄長比你大多少？」

「七歲。」

「他為何一直默默無聞呢？」

「哦，他在自己的生活圈內已受到廣泛關注。」

「在哪？」

「嗯，例如說，在第歐根尼俱樂部中。」

我從來沒有聽過這個俱樂部，臉上的表情或許說明了一切，福爾摩斯看了看錶說道：

「第歐根尼俱樂部可謂本城最荒誕的地方，而我的兄長是個十足的怪人。他通常會在下午四點四十五分至七點四十分出現在那裡。現在，剛過六點整，假如你願意踏著這美妙夜色出行的話，我十分高興讓你見識兩個奇人。」

僅僅五分鐘後，我們便走出了貝克街，朝攝政廣場走去。

「也許你正納悶，」夏洛克．福爾摩斯說道，「我的兄長擁有如此優異的才能，為何卻未從事偵探工作？事實上，他不可能成為偵探。」

「可我以為你提到……」

「我是指在洞察力及推理方面他比我更高明。如果頂尖的偵探藝術只需要坐在家裡推理就好，那邁克洛夫特早就成為蓋世大偵探了。但實際上他既沒有從事偵探行業的熱情，也缺乏精力。如果你讓他設法驗證自己的推理，他會認為太麻煩，寧可讓旁人以為那只是臆測，也不肯花力氣去證明自己的論點。我常向他提出問題，事實證明他給我的答案通常都十分正確。當然，當案件要提交給司法機關時，必須拿出有力的證據，那時他肯定會驚慌失措。」

「看來，他並未從事偵探業了？」

「當然。我視為終生職業的偵探工作，對他而言單純是一種愛好罷了。數學才是他最擅長的，他常在政府的各個部門作帳目查詢。邁克洛夫特的居所位於波爾大道，他每天都走過轉角前往白廳辦公。他從來不運動，也很少去其他地方，除了到對面的第歐根尼俱樂部消遣外，沒有任何娛樂。」

「我無法想起這間俱樂部的名字。」

「也許你的確不知道。倫敦的居民很多，有的人害羞內向，有的人厭世嫉俗，這些人不太合群，但他們十分樂意到優雅的環境小坐，翻翻最新的雜誌。第歐根尼俱樂部應運而生，它成了那些不善於交際的群眾的集散地。俱樂部不允許會員互相搭話，除了會客室以外，其他地方都嚴禁交談，如果被發現違規超過三次，將會被俱樂部開除。我的兄長是創立者之一，我認為那地方的氣氛很輕鬆。」

談話間，我們已走到了聖詹姆士街的盡頭，波爾大道已近在咫尺。我的朋友在卡爾頓附近的一扇門前停下，提醒我保持安靜，接著我們才走進了大廳。透過嵌在門上方的玻璃，我看見一個既寬敞又華麗的房間，許多人在室內閱讀報紙，各自守著一隅。我跟著福爾摩斯走進一個小房間，這兒恰巧能看到波爾大道，他獨自出門，不久便帶進來一個人。我猜他就是夏洛克．福爾摩斯的兄長。

邁克洛夫特的身材比他弟弟要高大得多。他很胖，儘管臉龐寬大，但某些輪廓卻與兄弟十分相似。他那淡灰色的雙眸炯炯有神，彷彿時常凝神靜思，這樣的神情我只有在夏洛克專注於某件案子時見過。

「非常榮幸，先生，」他說道，一隻如海豹前掌般的肥厚的大手朝我伸來，「由於你一絲不苟地記錄案情，讓夏洛克得以聲名大躁。順便一提，兄弟，我還以為你上週會為了莊園主人住宅案來找我商量呢！我看你似乎有些力不從心。」

「哦，那件案子已經處理完了。」夏洛克．福爾摩斯愉快地說道。

「當然，犯人應該是亞當了。」

「是的，是亞當。」

「我一直堅信這一點。」兩兄弟一起在窗前坐下。「若想對整個人類進行研究，這裡就是最好的場合，」邁克洛夫特說道，「瞧，就以朝我們走來的那兩人為例，他們可是最佳範例！」

「那個撞球計分員跟另一個人？」

「一點都沒錯，你如何看待另外那個人的？」

那兩人正站在窗戶對面。我注意到，其中一人的衣袋上沾有粉筆灰，無疑是打撞球時留下的標記。還有個人膚色黝黑，身材瘦小，帽沿蓋住了後腦勺，臂彎夾了個包裹。

「一個退伍軍人，我想。」夏洛克．福爾摩斯說道。

「而且才剛退伍。」邁克洛夫特補充道。

「看得出，在印度服過役。」

「還是個士官。」

「隸屬皇家炮兵隊，我猜。」我的朋友說道。

「是個鰥夫。」

「但是有一個小孩。」

「不只一個，兄弟，不只一個。」

「拜託，」我愉快地講，「這些夠多了。」

「毫無疑問，」我的朋友回應道，「從他威武的神情威武，還有飽經日曬的膚色，不難推斷出他是個軍人，而且比士兵更高階，還有剛從印度回來。」

「而從腳上還穿著炮兵靴，看得出他才剛退伍。」邁克洛夫特補充道。

「他走路的姿勢與騎兵不同；眉毛兩側膚色深淺不一，看得出平常帽子是斜戴的；他的體格不適合當一名工兵。從這些可以斷定他當過炮兵。」

「再注意他那副悲傷的神情，很明顯他剛剛失去了摯愛的親人。從一個大男人上街購物來推測，大概是失去了妻子。瞧！他挑選的商品是給孩子的，一只撥浪鼓，看來他有個年幼的孩子。他的太太或許死於難產。他臂彎下夾了本童書，顯然他沒有忘記另一個小孩。」

我終於頓悟為何福爾摩斯一直堅持他兄長的洞察力更勝他一籌。他深長地看了看我，嘴角掛著一絲笑意。他的兄長將鼻煙從玳瑁盒中取出來，用一條紅手帕拂去沾在身上的煙灰。

「我想起一件事，親愛的夏洛克，」邁克洛夫特說道，「我這裡有一件令你高興的事，一個非比尋常的難題，我正積極地進行分析。但若要我給它畫上一個完美的句號，我的確力不從心。但它卻給了我一個良好的推理環境。如果你有興趣瞭解——」

「親愛的邁克洛夫特，我當然樂意。」

邁克洛夫特將一張紙從筆記本上撕下，匆匆寫了一行字，按響了鈴，將紙條遞給了服務生。

「我叫人請梅拉斯先生過來。」他說道，「他是我樓上的鄰居，我們略有交情，他碰上難題時總會求助於我。據我瞭解，梅拉斯先生有希臘血統，並會幾國語言。他現在正擔任一位下榻於諾森伯蘭街大飯店的東方富豪的嚮導。我想由他親自敘述自己的奇遇更為恰當。」

數分鐘後，一個粗壯矮胖的男人走進了房間，從一頭黑亮的頭髮與橄欖色的面龐，不難看出他來自於南方，但講話卻像一名受過良好教育的本國人。他與我的朋友熱情地握手。當他知道大名鼎鼎的夏洛克．福爾摩斯樂意傾聽他奇特的遭遇時，他那雙黑漆漆的眸子頓時射出興奮的光芒。

「我現在要告訴你的這件事，警方或許會認為是無稽之談，」他情緒低落地說道，「這是由於這種事件前所未聞。但我明白，直到我找到那個臉上貼了膏藥的不幸傢伙前，心中的大石頭是無法落地的。」

「我願意傾聽。」我的朋友說道。

「現在是週三晚上，」希臘人說道，「哦，那此事發生在週一晚上，也就是兩天前。我是一名職業翻譯員，我的鄰居應該已向你們介紹過。我可以翻譯多種語言——幾乎所有語言。不過由於我出生在希臘，且使用希臘原名，所以我向來以翻譯希臘語為主。數年來，在倫敦所有的希臘譯員中，我算是首屈一指的，我的名字在各家旅館中有口皆碑。」

「當旅客太晚抵達，或是外國人有什麼麻煩，常會在意料之外的時段邀請我幫忙翻譯，這很稀鬆平常。週一晚上，年輕時髦的拉蒂默先生上門拜訪，希望我能坐他那輛停在門口的馬車一起出去，他解釋說，有位來自希臘的朋友將前來作客，他只會英文，對其他語言一竅不通，因此急需一名翻譯。他說他家在肯辛頓，離這裡有點遠；感覺他十分焦急，一走出大門，他便一把將我推進馬車裡。」

「當我進入車廂時，頓時產生了疑慮，因為我注意到這不是一輛普通的馬車。車體十分寬敞，儘管裝飾略顯陳舊，但仍看得出十分講究，倫敦城內那些簡陋的四輪車根本無法比擬。我的雇主在我對面坐下，我們一路經過查林十字路、沙弗茲柏里街及牛津街。我正想開口跟他說，去肯辛頓不用繞這麼大一圈，但拉蒂默先生一個匪夷所思的舉動讓我頓時閉上了嘴。」

「他將一根灌滿鉛、看起來很恐怖的粗頭短棒從懷中取出來，試著左右揮舞了幾下，似乎是想測試它的重量與威力，接下來便不動聲色地把它放到了一旁的座椅上，並將所有的窗戶關緊。令我十分驚訝的是，我看到窗戶上貼了紙，彷彿是不想讓我看到窗外。」

「『抱歉遮住了你的視野，梅拉斯先生，』年輕人說道，『因為不希望你把路線記下來。如果你順原路返回，對我而言將會不太不便。』」

「你們大概能想像，我當時有多麼詫異。我對面坐著的可是個虎背熊腰的年輕人，就算他不拿武器，我也打不過他。」

「『你這麼做太離譜了，拉蒂默先生，』我語無倫次地說道，『我提醒你，你的行為已超出了法律允許的範圍。』」

「『當然，的確有冒犯之處，』他說道，『但你會得到補償的。不過，梅拉斯先生，我認為有必要提醒你，今晚無論何時，如果你企圖報警或做出任何奇怪的舉動，將危及你自身安全。你應該明白，沒有人知道你在這裡，另外，不管是在馬車上還是我的府邸，你都無法逃脫我的控制。』」

「儘管他語調平和，但在我聽來仍十分刺耳，充滿了恐嚇的氣氛。我一言不發地靠在椅背上，十分納悶，他為何要用這種手段綁架一名翻譯。但無論如何，我意識到反抗是徒勞的，於是只能聽天由命了。」

「馬車繼續走了兩個鐘頭左右，我對目的地一無所知。偶爾能聽見馬車輾過石板路發出的響聲，有時馬車又十分平穩，可能正駛過一條柏油路。除此之外，我對當時所處的位置及環境都無從判斷。窗戶被紙黏得密不透風，看不見一絲亮光，正前方的玻璃也被一塊藍布窗簾擋住了。我出發時剛好是七點十五分，而當馬車停下來時，我手錶上的指標正指向八點十五分。年輕人打開了車窗，我注意到面前是一扇矮矮的拱形大門，掛著一盞亮著的燈。我趕緊下車，門打開了，接著我走進了院子，依稀記得有一大片草地，兩側有許多樹木。我無法判斷，這裡是鄉間，還是私人別墅。」

「大廳有盞彩色玻璃的油燈，火光很弱；我注意到房間很大，牆上掛了不少畫，除此之外什麼都看不清。借著微弱的燈光，我能看見開門的人個子很小，面容枯槁，大約四十歲，微微有點駝背。他轉過臉來看著我，反射出一道光，我這才看清楚他戴了一副眼鏡。」

「『這位就是梅拉斯先生？哈羅德。』他問道。」

「『是的。』」

「『你做得十分周到，十分周到！尊敬的先生，我們邀請你來並無惡意，但若不請你來，這件事又無法辦成。假如你能老實合作，一定會獲得相當的回報，但假如你想玩什麼花樣，那就要祈禱上帝保佑你了。』那個人講話時顯得很不安、聲調顫動，還不自然地發出了咯咯的乾笑聲，不知什麼原因，他比那個叫哈羅德的年輕人更使人害怕。」

「『我能為你們做些什麼？』我詢問道。」

「『待會將有一位希臘紳士來訪，你代替我們向他提問，並將他的答覆告訴我們。當然你必須照實翻譯我們的對話，千萬不要多嘴，否則——』他又從喉嚨發出一串乾笑，『否則，你就會永遠從世上消失。』」

「說完他便打開了門，示意我走進一個陳設華麗的房間，只是屋裡的燈光很暗。這是一個極為寬敞的房間，我的腳踩在軟綿綿的地毯上時，立刻感覺出它的高級。我注意到室內的擺設，有幾張絲絨座墊的軟椅，與一個白色的大理石壁爐台，它的旁邊似乎是一具日式鎧甲，一把扶手椅擺在燈下，那位年長者伸手示意我坐下。時髦的年輕人朝廳外走去，沒多久便從另一扇門走進來，他的身後跟了一位穿了睡衣的人，靜靜地走向我們。當那個人靠近微弱的燈光時，我才看清楚他的長相，登時感到全身毛骨悚然。他異常憔悴，臉色蠟黃，兩隻鼓鼓的大眼睛十分明亮，看得出他身體不太好，但精力還算旺盛。除了他弱不禁風的身體，更令我吃驚的是他臉上貼滿了各種形狀的膏藥，嘴上還有一塊黏著膏藥的紗布。」

「『石板帶來了嗎，哈羅德？』當那孱弱的男人跌坐在椅子上時，年長者問道：『他的手鬆綁了嗎？很好，嗯，拿支筆給他。梅拉斯先生，你可以提問了，請他將答案寫在紙上。第一個問題，他準備好在文件上簽名了嗎？』」

「那人眼中噴出憤怒的火光。」

「『絕不！』他將答案寫在了石板上。」

「『沒有商量的餘地嗎？』我一字不漏地將那個惡棍的話翻譯出來。」

「『除非我親眼見到她在我認識的希臘牧師公證下舉行婚禮。』」

「那個老壞蛋露出了陰險的笑容。」

「『那麼，你知道自己會有什麼下場了？』」

「『我毫無牽掛。』」

「以上敘述的僅僅是這次奇怪談判的片斷，我無奈地不停勸他讓步，在文件上簽名；他則一次比一次更堅定地拒絕。忽然，一個念頭閃過我的腦海。我在提問前不露痕跡地附上自己的話，剛開始時只加一些無關痛癢的話，看那一對惡徒能否聽懂。我看出他們無法察覺，便放開膽量地提問。以下便是我們的對話：

『太固執對你沒有好處。你是誰？』

『我不在乎。我只是倫敦的一名過客。』

『你的命運掌握在自己手中。你到這裡多久了？』

『隨你高興。三個禮拜。』

『那些財產不可能變成你的。他們對你做了什麼？』

『我絕不讓一群惡棍稱心如意。他們不讓我吃東西。』

『簽了名就能重獲自由。這棟房子是幹嘛的？』

『我絕不簽名。我不知道。』

『你這樣對她毫無好處。你叫什麼名字？』

『我要聽到她親口說出。克雷提達。』

『簽了名就能見到她。你來自哪裡？』

『那我就永遠不見她。雅典。』」

「如果再給我五分鐘，福爾摩斯先生，我就能把一切問清楚。誰知當我正要問出最關鍵的問題時，忽然有一個女人把房門推開，走了進來。我沒有看清楚她的長相，只感覺她身材窈窕，頭髮黑亮，穿著一件寬鬆的淺色睡袍。」

「『哈羅德，』她的英語極不標準，『我無法再待在這裡了，這裡實在太寂寞了，甚至——啊！上帝，那是保羅！』」

「她無意間用希臘語說出了最後兩句，還沒說完，那名男子用力扯下了嘴上的膏藥，失聲叫道：『蘇菲！蘇菲！』並一頭撲進了女人的懷抱。但是，就在這時，哈德羅一把拉開那女人，將她推到門外。另一個年長者輕而易舉抓住了虛弱的受害人，從另一扇門推了出去。頓時屋子裡只剩下我，我從座位上站起來，忽然有個想法——我可以注意一下周圍的環境，藉此判斷出自己在哪。只是，幸好我並未付諸行動，因為當我一抬頭，便看到那個年長者正在門口站著，用充滿疑心的眼神盯著我。」

「『好了，梅拉斯先生，』他開口說道，『你應該察覺得到，我們邀請你一同參與了一場私人會議。我們原本有個精通希臘文的朋友，以前都是由他來翻譯的；不巧的是他最近因故回國了，我們不得不勞駕你。我們急需一名希臘翻譯，據說你在同業間的口碑不錯，能邀請到你深感榮幸。』」

「我只能點點頭。」

「『這裡是五鎊，』他朝我走來，說道，『算是略表謝意。但別忘了，』他伸手指著我的胸口，乾笑著說道，『如果你洩露了此事，當心，願上帝憐憫你可憐的靈魂！』」

「我實在無法用語言表達這個人是何等的猥瑣和令人厭惡。當時他靠近燈光，我才終於將他瞧了個仔細。他看上去枯槁而憔悴，又稀又細的一撮鬍鬚貼在嘴角，講話時頭不自覺地朝前伸，眼皮和嘴唇顫動著，就像患了舞蹈病一樣。我甚至在想他時常發出的咯咯乾笑聲是否也源於神經的疾病。可是，真正令人感到可怖不安的，在於他有一雙鐵灰色眼珠，時時閃射出殘酷、毒辣的凶光。」

「『假如你沒有保守秘密，我們一定會知道，』他說道，『我們有自己的眼線。馬車已等在外面了，我的朋友會送你回去。』」

「我連忙從前廳出去，坐上馬車，並再次回頭望了滿園的花木，年輕的先生緊跟在我身後，一語不發地坐在我對面。在很長的一段時間裡，我們都沒有交談，車窗依舊糊著紙，直至深夜，馬車才停了下來。」

「『請在這裡下車吧，梅拉斯先生，』他說道，『抱歉，這邊離你家還有段距離，沒辦法。假如你想跟蹤我，那將會危及你自身的安全。』」

「說罷，他便推開了車門，我還未站穩，馬車已疾馳著揚長而去。我瞠目結舌地望著四周。這裡是郊外，周圍全是黑鴉鴉的灌木叢。遠處依稀有燈光，有一排屋舍；另一側亮著紅色的火車信號燈。」

「我坐過的那輛四輪馬車早已不見蹤影。我怔怔地站在原處四下張望，不知自己身在何方，就在此時，我注意到有個人影朝我靠近，直到他靠近，我才看清楚是一名鐵道工人。」

「『你能告訴我這是哪裡嗎？』我詢問道。」

「『旺茲沃思的公有地。』」

「『有回倫敦的火車嗎？』」

「『往前走一哩，就會看到克拉瑪樞紐車站，』他說道，『還好有末班車，可以送你去維多利亞車站。』」

「終於，我的歷險記宣告結束。福爾摩斯先生，除去以上我向你描述的事實外，無論是對當事人還是地址，我都一無所知。但我明白他正在做一件不光彩的勾當。如果可以，我希望解救那個無助的人。次日凌晨，我便將一切都告訴了你的兄長，接著便報了案。」

一段古怪離奇的故事講完了，大家沉默不語地坐在原地。最後福爾摩斯看了看他的兄長。

「你有做任何處置嗎？」他問道。

邁克洛夫特將一份《每日新聞》從桌上拿起來，上面寫道：

> 來自雅典的希臘籍紳士保羅．克雷提達，不懂英文；此外還有一位同國女士蘇菲；二人均失蹤，倘若發現其下落，麻煩告知，將有酬謝。X二四七三號

「所有的報紙都刊登了這則啟事，還沒有任何消息。」邁克洛夫特說道。

「問過希臘使館嗎？」

「當然，但他們一無所知。」

「看來，只能發一通電報給雅典警方了。」

「夏洛克是我們家族最有活力的傢伙，」邁克洛夫特對我說道，「嗯，你們應該會接手這問案子，如果有好消息請通知我。」

「當然，」夏洛克．福爾摩斯站起來回應道，「你一定能及時瞭解事情的進展，並負責告知梅拉斯先生。假如我是你，梅拉斯先生，在這段時間裡一定會保持警覺，因為那幫人看過報紙後，就會瞭解你出賣了他

們。」

我和福爾摩斯踏著月色回家，經過郵局時，他進去發了數封電報。

「看吧，華生，」福爾摩斯說道，「今晚果然沒有白費。我所承辦的案件中有不少是從邁克洛夫特那裡接來的。剛剛我們所聽到的怪事，儘管答案只有一個，但卻頗具特色。」

「你有可能解決它嗎？」

「嗯，我們已掌握了不少線索，這樣還解決不了才奇怪呢！我想你的腦海中也設想了一些可能的假設吧。」

「當然，很模糊就是了。」

「那你是怎麼看的？」

「據我分析，顯然，那個叫哈羅德．拉蒂默的年輕人誘拐了名為蘇菲的希臘女子。」

「從哪裡？」

「雅典，大概吧。」

福爾摩斯搖了搖頭，「那個年輕人對希臘文一竅不通，那位小姐卻能用英語流利地表達。由此推斷，她在英國時間待了一段時間，而哈羅德卻未必去過希臘。」

「好吧，那我們假設她來到了英國，哈羅德希望她和自己私奔。」

「這種假設還比較合理。」

「最終她的哥哥，我猜他們是親人，前往倫敦進行干預。他毫無防備地掉進了那兩人挖的陷阱。這兩個傢伙囚禁他，並使用暴力，想迫使他簽署某些文件，以便得到那位女士名下的財產。她的哥哥或許受託替她管理財產，因而拒絕簽字。為了使溝通沒有障礙，那兩個惡人急需一名翻譯，梅拉斯先生因此被他們選中，大概過去的確還有一名翻譯。那位女士對兄長的事一無所知，她在一個偶然的機會下發現了真相。」

「非常好！華生，」我的朋友提高聲調說道，「我相信這已很接近事實。我們已掌握了許多線索，唯一擔心的就是他們在情急之下使用暴力。如果時間還足夠的話，我們就能順利逮到他們。」

「但我們如何找到那間房子呢？」

「哦，如果我們的推測沒錯，那位女孩的全名是蘇菲・克雷提達，由此找到她應該不難。這對我們而言是最重要的線索，因為她的哥哥在本地完全就是個陌生人。很顯然，哈羅德纏上蘇菲已經有段日子了——至少有數週之久。因此當她的兄長在希臘得知一切後，便心急如焚地趕到英國。假如他們一直被軟禁在同一個地方，那邁克洛夫特登的啟事很有可能收到回音。」

我們一邊聊著，不知不覺回到了住所。福爾摩斯先上樓，他推開房門，瞠目結舌地站在那裡，我的目光掠過他的雙肩，不禁也感到納悶。沒想到邁克洛夫特竟坐在椅子上吸煙。

「快進來！夏洛克。快進來，先生。」他看著吃驚的我們愉快地笑道，「你沒料到我竟然有如此旺盛的精力過來，對吧？夏洛克，因為這件案子實在太吸引我了。」

「你怎麼過來的？」

「我坐馬車超過了你們。」

「事情有進展了？」

「我刊登的啟事有回音了。」

「噢！」

「沒錯，就在你們離開後幾分鐘。」

「結果如何？」

邁克洛夫特拿出一頁紙。

「就在這裡，」他說道，「是用闊尖鋼筆寫在黃色高級紙上的，寫信的是個虛弱的中年男子。上面寫著『先生：本人自報上獲悉尋人啟示，答覆如下。對那名希臘女子的際遇，我知之甚詳，如能屈尊前來寒舍，我將完整敘述她的悲慘遭遇。我目前暫住貝肯漢的密爾托。你的朋友J・戴凡波特』。」

「信是從下布里斯頓寄出的，」他兄長補充道，「你覺得我們應該立刻去拜訪他嗎？夏洛克。然後聽取一切詳情？」

「親愛的邁克洛夫特，解救那位被害人比瞭解那姑娘的處境迫在眉睫。我認為應該立刻找蘇格蘭場的葛雷森警長直接前往貝肯漢。我們都很清楚，那個希臘男子已命在旦夕，隨時都有可能不保呀！」

「最好順便找梅拉斯先生來，」我提出了建議，「我們需要一位翻譯。」

「很好！」我的朋友說道，「叫僕人立刻找一輛馬車來，馬上動身。」他一邊講話一邊將書桌的抽屜拉開，拿出手槍塞入口袋中。

「是的，」他注意到我看他的表情，便說道：「我必須說，從現有的情報來看，我們要面對的是一群危險的匪徒。」

當我們趕到波爾大道時，天已漆黑了。然而梅拉斯先生卻不在家，據說剛被一位紳士請去了。

「你知道他們去哪裡了嗎？」邁克洛夫特追問道。

「我沒問，先生，」開門的女人答道，「我看見他們乘同一輛馬車離開了。」

「那位紳士有說他的名字嗎？」

「沒有。」

「他看上去是不是很年輕，皮膚黝黑而英俊，身材高大？」

「哦，不，先生。他身材中等，戴了副眼鏡，臉頰消瘦，但生性豪爽，因為他總是一臉笑容。」

「快走！」夏洛克．福爾摩斯喊道，「事態嚴重！」在我們趕往蘇格蘭場的路上，他說道，「那些人再次挾持了梅拉斯先生。那天晚上他們發現梅拉斯個性膽小，因此他們可以輕易地威脅他。當然，他們目前還需要他擔任翻譯，但是等事情結束後，他很可能會遭到滅口，因為他洩露了消息。」

我們急切盼望轉搭火車到貝肯漢，至少比馬車的速度快。可是，在蘇格蘭場我們又花了一個多鐘頭，才等到葛雷森警長辦妥合法搜索私宅的手續。當我們趕到倫敦橋時已經九點四十五分，十點三十分來到貝肯漢車站，再乘車穿過半哩地，終於抵達了密爾托。那是座陰森的大宅院，背後緊鄰馬路。付了車費後，我們讓馬車先離開，大家順著車道朝門口走去。

「所有的窗戶都沒有燈光，」葛雷森說道，「看上去像沒有人住。」

「鳥兒全飛走了，留下一個空的鳥巢。」我的朋友說道。

「為何這樣講？」

「一輛載滿了行李的四輪馬車剛離開不到一小時。」

警長笑了笑，「我也能在燈光下看清地上的輪痕，但你怎麼知道有行李？」

「你也許注意到了馬車來時留下的輪痕，但馬車離去的輪痕明顯變深了，因此我斷定，車上承載著重物。」

「你的確觀察得比我仔細，」葛雷森聳了聳肩，「儘管破門而入不太容易，但值得一試，如果沒有人應門的話。」

警長使勁地按了門鈴，又拚命拍打門環，但裡頭毫無反應。福爾摩斯離開了原地，過了幾分鐘後又回來。

「我把一扇窗戶打開了。」他說道。

「還好你不是個小偷，福爾摩斯先生，」看著了福爾摩斯靈巧地拉開窗栓，葛雷森說道，「好吧，這下子我們只好不請自入了。」

我們從窗口依序爬入室內，眼前是間寬敞的房間，從陳設來看無疑是梅拉斯先生前天來過的地點。葛雷森點亮了提燈，借著燈光我們看到了梅拉斯先生曾提到的兩扇門、窗簾、油燈及日式鎧甲。兩個玻璃杯擺在桌上，此外還有一些剩菜和一只空的白蘭地酒瓶。

「那是什麼？」我的朋友警覺地問道。

我們凝神靜聽。一陣微弱的呻吟聲自頭頂的某個地方傳來。福爾摩斯連忙朝門口跑去，衝進前廳。因為這個絕望的聲音來自樓上，他跑了上去，我和葛雷森緊隨其後，邁克洛夫特儘管體態臃腫，也緊緊跟著。

我們面前有三個房門。那哀淒的聲音來自中間一間房。呻吟聲一下像是輕聲囈語，一下又變得十分刺耳。門被鎖著，但鑰匙還插在上頭。我的朋友毫不猶豫地打開門鎖，正要衝進去，卻立刻用手緊按咽喉，退出門外。

「在燒炭！」他喊道，「等一下，它馬上會散去。」

我們伸長脖子張望，室內有個黃銅腳架正燃燒著深藍的火焰，地上映出一個青灰色的光環，在昏暗的光線下我仍能看見兩個人影緊緊地蜷縮在屋角，開門的一瞬間，一股令人窒息的毒氣冒出來，大家頓時感到呼吸困難，並不停地咳嗽。我的朋友朝頂樓跑去，大口地呼吸著新鮮空氣，接著，回到房間，推開窗，將那個黃銅腳架拋入了花園。

「再等一下就能進去了。」我的朋友立刻又跑出來，上氣不接下氣地說道，「有蠟燭嗎？這種情況下火柴應該點不燃。邁克洛夫特，拿著燈在外面等，我們進去救他們出來，走吧！」

我們奔向那兩個中毒者，將他們連拖帶拉地帶到前廳。燈光下我發現他們都失去了意識，面部浮腫，嘴唇泛青，雙眼外凸。他們的面目已嚴重變形，要不是其中一位的黑色鬍鬚和肥碩體態，我們根本無法認出他就是不久前才在第歐根尼俱樂部見過的那位希臘譯員。他從頭到腳都被捆得密不透風，眼皮處有遭人毒打的淤青。旁邊的另一人同樣被綁著手腳，儘管身材高大，但已不成人樣，臉上貼滿了亂七八糟的膏藥。當我們放下他時，他已不再呻吟，我清楚，我們來得太晚了。不過，梅拉斯先生還有救，在白蘭地和阿摩尼亞的刺激下。幾十分鐘後，他漸漸清醒過來，我為此感到滿意，我明白他已逃脫了死亡的險境。

梅拉斯簡單地敘述了事情的經過，從而證明我們推斷的正確性。那個惡人踏進他的家門後，便從袖裡抽出一根棒子，並威脅要當場殺死他，無奈之下，梅拉斯只好跟著他回到賊窩。看來，那個老愛乾笑的惡人對於這名精通數國語言的倒楣傢伙而言，具有一種無法抵抗的震懾力，因為梅拉斯被嚇得渾身顫抖，且面如土色。他被迫再次前往貝肯漢充當翻譯，這一次比前一回更具戲劇性，那一老一少兩個惡棍竟威脅說，如果不聽話就要要殺死他。但他們依舊拿這個希臘人沒有辦法，只好重新將他關起來。接下來，他們回頭找梅拉斯算帳，罵他登報出賣自己，他們拿棒子敲昏了他，直到我們營救他後才醒來。

這便是希臘譯員奇案的全部內容，至今它的謎底都未全部揭開。後來我們從回覆廣告的紳士那裡查清，那名希臘女子出身豪門，來英國拜訪朋友。她在異國認識了一個叫哈羅德．拉蒂默的小子，此人知道她的家世背景後，便說服她一同私奔。女孩的友人得知此事後，趕緊通知了她在雅典的哥哥。於是他心急如焚地趕到英國，卻落入了這兩個惡棍的陷阱中。較老那個人名叫威爾遜．肯普，是個臭名昭彰的壞蛋。當兩人發現被害人在此地沒有親友，而且語言不通後，便將他軟禁起來，利用暴力和斷糧的方式逼迫他簽字，以掠奪這對希臘兄妹的鉅額財產。女孩對於哥哥被囚禁一事毫不知情，為了避免被她識破，他們便在受害人臉上貼滿膏藥，以免被認出。可是，靠著那股女人特有的直覺，她在譯員到場的那天碰巧認出了哥哥。只不過，這個不幸的女孩自己也失去了自由，在這座空蕩蕩的大宅裡，除了駕車的一對夫妻外再沒有別人，而那對夫妻又是這兩個壞蛋的忠實僕人。當這些壞蛋見事情敗露，又拿那個希臘人沒辦法，便帶女孩一道離開了這棟租來的房子。同時，他們決定報復這兩個出賣他們的人以及不聽話的人。

數月後，一段摘自《布達佩斯報》的奇聞寄到了貝克街，文章講述兩名英籍男子和一名女士結伴而行，慘遇橫禍，兩名男子皆被殺害。匈牙利警方研判二人是因為爭風吃醋，最後互刺身亡。但我很清楚，福爾摩斯有著不一樣的看法，對他而言，除非找到那個希臘女孩，否則無法瞭解她為兄長報仇雪恨的真相。

10 海軍協定

我結婚的七月盛夏十分令人難忘，因為我很榮幸地參與了我的朋友福爾摩斯承辦的三件要案的偵破工作，並進一步對其思維方式進行探索。我將案件的標題寫在了日記本中：《第二塊血跡》、《海軍協定》以及《疲憊船長》。由於《第二塊血跡》的影響太大，它牽涉了許多達官顯貴，以致我不敢貿然將它公開。不過，在我的朋友承辦的所有案件中，只有此案最能突顯他那無與倫比的分析推理法給我留下的深刻印象。有份完整的談話記錄我仍保留至今，談話的三方分別是夏洛克．福爾摩斯、巴黎警署的杜布格先生以及來自丹齊格的著名專家弗里茲．馮．魏德本，在這段記錄中，福爾摩斯詳細地向他們作了案情陳述。這兩位先生都曾為此案耗費了大量心血，但事實證明他們僅僅接觸到一些旁枝末節的問題。若想瞭解該案的詳情，恐怕要請尊敬的讀者等到下個世紀了。因而我目前的工作重點將放在第一個案子上，在某段時間內此案也牽扯到大英帝國的命運，而某些情節更使它顯得與眾不同。

我有一位老同學叫波西．費爾普斯，中學時代我們交情很深。儘管他高我兩個年級，但實際年紀與我相仿。他是個才華橫溢的優等生，曾囊括學校設立的所有獎項，基於他那出色的表現，畢業後獲得了獎學金，進入劍橋大學就讀。我聽說他的家世非常顯赫，早在孩提時代，我便知道霍爾德赫斯特勳爵是他舅舅，一位大名鼎鼎的保守黨政治家。家族背景並沒讓他在校園內佔盡優勢，反而成了被大家戲弄的理由，他們常拿球場上的球門打他的腿，藉以取樂。不過，當他畢業後，情況就完全不同了。我依稀聽某人提起過他憑藉家族勢力以及自身的才幹，謀得了外交部的一份差事，之後他便逐漸從我的記憶中消失，直到收到以下這封信：

親愛的華生：

我想「蝌蚪」費爾普斯肯定還留在你的記憶中，當時我就讀五年級，而你三年級。也許你對我後來的去向略有所聞，是的，在舅父的幫助下我獲得了一個外交部的職位，十分受人尊敬和信賴。可是世事無常，災難忽然降臨，它毀了我大好的前程。

為免使你不耐煩，我先不在信裡贅述。假如你願意接受我的請求，那麼我將親自向你陳述這一切。九週以來我深受神經錯亂所苦，目前正逐漸恢復，只是還很虛弱。不知你能否請求夏洛克．福爾摩斯先生前來找我？儘管當局斷定此事已無力回天，但我仍想知道福爾摩斯先生的看法。麻煩你請他過來，馬上來。我在惶惶不安中艱難度日。希望他能明白，之前我未能及時向他求助，並不是懷疑他的才能，而是由於從天而降的災難奪走了我的理智。我的意識已逐漸恢復，但為了避免舊疾發作，我盡量不去想太多。我目前仍很虛弱，你不難看出，我只能請人代筆。誠懇希望福爾摩斯先生能如約而至。

你年輕時的好友
波西．費爾普斯
寄自沃金．布里爾布雷

我看過了後萬分震驚，他在信中多次請求福爾摩斯去看看他，多麼令人同情。我的內心無法平靜，就算此事再難，我也會盡力而為。我對福爾摩斯的職業熱情毫不懷疑，只要能取得委託人的充分信任，他便會以助人為本。我和新婚妻子的看法是：儘快將這封信交到福爾摩斯手中，一刻也不能延誤。於是，剛剛用過早餐後，我便迫不及待地朝貝克街趕去。

福爾摩斯仍穿著睡衣，聚精會神地坐在牆邊的桌前做化學實驗。一個曲線形的蒸餾瓶在本生燈紅色的火苗上沸騰著，一個兩升容積的量具正不停地吸納著蒸餾水。我進門時，福爾摩斯仍埋著頭，我想這個實驗肯定對他十分重要，於是耐心地坐在了扶手椅上。他對著幾個瓶子來回檢查，拿起玻璃吸管從不同的瓶中吸入少量液體，最後將一根試管的溶液潑在桌面上，並拿了一張石芯試紙在右手中。

「你來得太巧了，華生。」夏洛克．福爾摩斯說道，「假如試紙依舊維持藍色，那代表沒有意外發生，但如果變成紅色，則說明試管裡的液體含有劇毒。」試紙浸濕後，轉眼間便化為污濁而暗沉的紅色。「哈！和我想的一樣！」他提高音量說道，「華生，請再稍候片刻。煙葉就放在波斯拖鞋中。」他站起來朝書桌走去，匆匆寫下數份電報，讓小聽差去發送，接著便在我旁邊的椅子上坐下，抬高膝蓋，用手環抱著瘦長的小腿。

「只是樁毫無特點的謀殺案，」福爾摩斯說道，「我認為，你帶來的新案子更有趣。朋友，不然你也不會來，發生了什麼意外嗎？」

我從口袋中掏出那封信，福爾摩斯接過去聚精會神地閱讀起來。

「信上並沒明講發生的事情，對嗎？」他一面將信還給我一面說道。

「的確如此。」我說道。

「不過筆跡很特別。」

「不是本人寫的。」

「沒錯，這是女人的筆跡。」

「明明是男的！」我喊道。

「不對，這是女人的筆跡，並且是個不尋常的女人。你明白，在調查開始前，我們就知道波西．費爾普斯正與一個人在一起，而這個人在各方面都與常人不同。此案激起了我的熱情，假如你有興趣，現在就可以一起動身，去沃金瞧瞧這位被惡運纏身的外交官，以及代他寫信的女士。」

我們的運氣不錯，恰巧趕上了滑鐵盧車站的頭班車，短短幾十分鐘後，我們已走進了沃金的歐石南和冷杉樹林間。原來，被稱為布里爾布雷的大宅邸是這片遼闊土地上僅有的建築，它離車站只有數分鐘的路程。我們將名片遞了進去，被帶進一個陳設雅致的會客廳裡，幾分鐘後，一位十分健壯的男士周到地招呼我們。儘管他已差不多快四十歲了，但愉快的目光和紅潤的面頰，使人不禁聯想到一個天真無邪的兒童。

「非常榮幸，」他一一和我們握手說道，「整個早上波西都不停地詢問兩位的情況。唉，我不幸的老友，哪怕是一根救命稻草他也不會放過！他的雙親請我來接待二位，因為這件事已讓他們痛苦不堪。」

「我們對案情還一無所知，」我的朋友說道，「我想你應該不是他的家人吧。」

他驚訝地看著我們，接著便低頭一看，忍不住笑出聲來。

「當然，你已經注意到我刻在項鏈吊墜上的『J．H．』縮寫，」他說道，「我還以為你有什麼高招呢！我是約瑟．哈里森，由於我妹妹安妮即將成為波西的妻子，因此我也稱得上是他的家人吧。安妮現在正在波西的房間裡，待會你們便能見到她，她已在波西的病榻前苦苦支撐了兩個月。你們最好馬上立刻進去，因為波西已經等不及了。」

波西的臥房和會客廳在同一樓。房間裝飾得既像臥室又像客廳，到處擺滿盛開的鮮花。一個年輕人病懨懨地躺在沙發椅上，他的臉色臘黃、十分虛弱。長沙發離窗戶不遠，夏日清新的空氣和醉人的花香從窗口撲面而來。一位年輕的女士坐在他旁邊，當我們走進房間時，她站了起來。

「我應該迴避嗎，波西？」她輕聲詢問道。

波西緊緊拉著她的手不肯讓她離開。

「你能來真是太好了！親愛的華生，」波西熱切地說道，「你留了鬍子，和以前不太一樣了。我猜你也一定認不出我。那麼，這位先生肯定就是你那位著名的朋友夏洛克．福爾摩斯先生了？」

我盡量簡捷的介紹兩人認識，大家一起坐下。約瑟．哈里森先生離開了房間，但他的妹妹安妮卻不得不留在原地，因為她的手一直被波西緊握著。她相貌出色，儘管身材不夠高挑苗條，甚至顯得不太勻稱，可她擁有一張動人的橄欖色臉龐，一雙充滿義大利風情的烏溜溜的大眼睛，一頭如雲的黑亮秀髮。跟她那嬌豔的容貌相比，更使波西那副毫無血色的面容顯得憔悴和衰弱。

「我知道你們時間寶貴，」波西坐起身說道，「因此我會盡量簡明扼要地敘述此事。我是個樂觀而事業有成的男人，並且即將步入婚姻的禮堂，福爾摩斯先生。但一場從天而降的災難毀掉了我的光輝前程。」

「華生大概已向你介紹過了，在我的舅父霍爾德赫斯特勳爵的提攜下，我的事業一帆風順，並即將獲得晉升。我的舅父目前擔任大英帝國的外交大臣，他多次委託我重任，我都辦得十分周到，也獲得了他的絕對信任。」

「就在兩個多月前，準確地講是五月二十三日，他請我到他的辦公室去，在對我的機智和才幹進行了一番稱讚後，他說有件十分重要的任務要交給我。」

「他將一個淡灰色的紙卷從辦公桌裡拿出來說道：『這是大英帝國與義大利簽定的一份秘密協定的原稿，很不幸地，某些相關的消息已被報紙廣為傳播。目前最迫切的問題是，我們不能再洩露任何相關的資訊。俄、法等國的大使館正不遺餘力地打探文件的下落。如果不是急需一份副本，我根本不會讓它離開我的私人辦公室。你的辦公室裡有沒有保險櫃？』」

「『有，尊敬的閣下。』」

「『好的，那就把協定鎖進你辦公室的保險箱吧。千萬牢記，你必須在下班後獨自留在辦公室裡，一絲不苟地謄寫副本，絕不能被人偷窺。工作做完後便將原稿與副本一併鎖進保險櫃中，明早全部交到我手上。』」

「我接過文件，然後——」

「抱歉，打斷一下，」我的朋友說道，「當時辦公室裡只有你和霍爾德赫斯特勳爵兩個人嗎？」

「沒錯。」

「辦公室很大？」

「長寬各三十呎。」

「你們是在房間中央交談？」

「沒錯，幾乎在正中央。」

「講話的音量大嗎？」

「勳爵向來習慣小聲講話，而我幾乎一言未發。」

「非常感謝，」福爾摩斯雙眼微閉，說道，「請往下講。」

「我牢記舅父的吩咐，耐心地等著另外幾位同事離去。最後只剩下查爾斯．哥羅特一人在辦公。接著我外出吃晚飯，把他單獨留在那裡，等我回到辦公室時，他已離開了。我希望能儘快完成工作，因為剛剛帶你們進來的約瑟·哈里森先生當時也在城內，他打算搭十一點鐘的那趟火車回到沃金，而我也打算搭這一班車。」

「我看了看協定的內容，便明白舅父的叮嚀並非危言聳聽，它的確非常重要。大致看過之後我便知道，此協定確定了大英帝國對於同盟國採取的立場，它還假設當法國海軍在地中海的優勢壓倒義大利時，大英帝國應採取什麼樣的對策。這是一份純粹的海軍協定。文件的末尾處有雙方代表的簽字。我看過後便著手抄寫。」

「協定由法文寫成，內容很長，共有二十六條款項。儘管我抓緊每一分鐘，但當指針指向九點時，我才寫到第九條，我想，我應該趕不上十一點的火車了。由於晚餐吃得不太好，再加上整日的疲勞，我覺得頭昏腦漲，十分困倦，於是想喝一杯咖啡提提神。辦公室的樓下有個小小的警衛室，門警整晚都在，他們通常會為加班的人煮咖啡。因此，我毫不猶豫地拉響了鈴。」

「令我意外的是，應聲前來的居然是個老太婆，她模樣粗俗、個子很高，腰間繫了一條看不清原本顏色的圍裙。她自我介紹道：她是門警的太太，她本人也做些雜事。於是我吩咐她煮一壺咖啡來。」

「我繼續往下抄，又寫了兩條後，感到睏得不行了，於是站起來在房裡踱步，活動一下手腳。那個老太婆一直沒有送咖啡過來，我感到很奇怪，便走出房門，沿著走廊往前走。我的辦公室門外是一條很長的走廊，較為昏暗，是我離開這裡唯一的路徑。走廊的最前端是條拐彎樓梯，直通樓下的警衛室。在樓梯上有個不大的平台，此外還有條通道與之相連，整個樓梯呈T字形。第二條通道的末端通往側門，是僕人們專用的路，當然也是公務員從辦公室走到查理街的捷徑，這裡有份平面圖。」

「謝謝，我想我懂了。」福爾摩斯說道。

「你應該注意我接下來所講的關鍵之處。我沿著樓梯往下走，來到大廳，竟發現門警正在呼呼大睡，警衛室裡酒精燈的火燃得正旺，咖啡正沸騰著溢到地上，我取下咖啡壺，熄滅了火苗，並將睡得正酣的門警推醒。安裝在他頭上的電鈴忽然響了起來，他立刻驚醒了。」

「『哦，是費爾普斯先生！』他睡眼惺忪地看著我說道。」

「『我下來看咖啡煮好了沒。』」

「『還在煮，我不小心睡著了，先生。』他看著我，又抬起頭看看仍然響個不停的電鈴，一臉困惑。」

「『如果你在這裡，先生，那又是誰按的鈴呢？』他詢問道。」

「『按鈴！』我喊道，『誰的鈴？』」

「『那是你辦公室的鈴。』」

「我頓時感到有隻冰冷的手握住了我的心臟，這麼說來，有人正在我的辦公室裡，而那份重要的協定仍擺在桌上。我瘋狂地朝樓上跑去，走廊裡沒有半個人影，福爾摩斯先生。辦公室裡也沒人。所有的一切都保持著原樣，只有那份協定的原稿不翼而飛了，桌上只有副本。」

福爾摩斯直挺挺地坐在那兒，不停地揉搓著雙手。很明顯，此案已經深深地吸引了他。「哦，那你當時怎麼做？」他面無表情地問道。

「我馬上意識到竊賊是由側門進入辦公大樓的。如果他從正門進來，我肯定會遇到他。」

「你認為他有可能事先藏在辦公室或走廊上嗎？你剛剛也提到走廊的光線昏暗。」

「絕對不可能。不管是走廊還是辦公室，連隻小老鼠都無處藏身，完全沒有掩蔽。」

「好的，請繼續。」

「門警見我一副驚魂未定的模樣，意識到有大事發生，便跟著上了樓。我們跑下僕役專用的樓梯，通往查理街的側門關著，但並未上鎖。我把門推開，朝街上跑去。我十分清楚地記得當時是九點四十五分，因為我聽

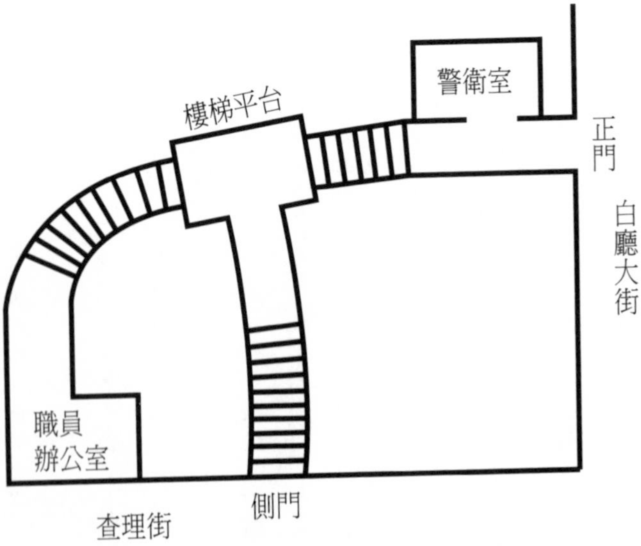

外交部大樓平面圖

見不遠處的鐘剛敲過三下。」

「這條線索很重要。」我的朋友一面將它記在自己的襯衣袖口的一側。

「四周一團漆黑，天空飄著綿綿細雨，查理街上空蕩蕩的，但街道末端的白廳路卻是一片熱鬧景象，和往常一樣車水馬龍。我們甚至連帽子都忘了戴，便朝行人處狂奔，就在右側的轉彎處，一名警察正在巡邏。」

「『發生了竊案，』我上氣不接下氣地說道，『剛剛有份機密文件在外交部被盜了。有沒有什麼人從這裡經過？』」

「『我已經在這裡待了十五分鐘了，先生，』警官解釋道，『是有一個人從這裡經過，一個披著佩斯利披肩的老太婆，個子很高。』」

「『哦，她是我的太太，』門警說道，『還有其他人經過嗎？』」

「『絕對沒有。』」

「『看來，竊賊一定是從左邊的轉角跑了。』門警拉著我的衣袖喊道。」

「我根本不相信他，也許他是刻意想要引開我的視線，我的疑心大起。」

「『老太婆往哪裡去了？』」

「『我沒留意，先生，雖然我看見她經過，卻沒有理由一直盯著她呀。她看上去十分匆忙。』」

「『什麼時候？』」

「『哦，幾分鐘前。』」

「『有沒有五分鐘呢？』」

「『不到五分鐘。』」

「『先生，時間都被你一點一滴地浪費了，現在應該分秒必爭，』門警大叫道，『你應該信任我，這件事跟我太太毫無關係，快去街道的左邊。好吧，你不去的話，我去。』話還沒講完，他便掉頭跑走。」

「但我立刻追上他，緊緊扯著他的袖子。」

「『你家在哪裡？』我詢問道。」

「『布里斯頓街常春藤巷十六號，』他說道，『但你千萬別讓假線索蒙住了視線，費爾普斯先生。也許我們可以在街道左側打聽到一點情報。』

「我當時想，他講的話也有一定道理，於是我們與那警察一同朝街道左側趕去，大街上人車絡繹不絕，人人都希望趕快回家，避開這討厭的陰雨之夜，沒有人有空去留意其他路人，因此我們什麼都沒打聽到。」

「我們無奈地返回辦公大樓，重新搜查了樓梯和走廊，但什麼線索都沒發現。平常辦公室外的走廊上都會鋪一層淺色的漆布，如果有人經過很可能會留下足跡。我們耐心地檢查，但什麼都沒發現。」

「那一晚始終下著雨嗎？」

「沒錯，雨是從七點開始下的。」

「嗯，但是如果那個老太婆在九點鐘走進辦公室，還穿著一雙靴子，怎麼可能不留下腳印呢？」

「我很高興你能想到這點，當時我也意識到了這個問題。做雜事的老太婆總習慣在警衛室內脫下靴子，換上一雙絨布拖鞋。」

「我懂了。你的意思是，儘管那一夜陰雨綿綿，卻沒有發現一個足跡，是吧？所發生的這一切的確極為關鍵。接下來你們又做了些什麼？」

「我們將辦公室查看了一番。這間屋子沒有暗門，而窗戶距地面也有至少三十呎。兩扇窗戶都緊閉著，並且從內側插上窗閂。地面鋪有厚厚的地毯，根本不會有地道，而天花板上刷有普通的白灰。我斷定，不管竊賊是誰，他一定是從房門逃走的。」

「壁爐呢？」

「哦，那裡並沒有壁爐，只有暖爐。那個拉鈴裝在我辦公桌的右前方，若要使用它就必須站在附近。但竊賊為何要拉響電鈴呢？這一點令人想不透。」

「此事的確非同小可。接下來你們又做了什麼？我猜，你們檢查了那個房間，找尋犯人留下的蛛絲馬跡，例如煙頭、手套、髮夾或是別的小玩意，對吧？」

「但什麼都沒找到。」

「室內有特殊的氣味嗎？」

「呃，我們沒有注意到這一點。」

「嗯，在如此非同尋常的場合下，哪怕是一絲淡淡的煙草味也是十分重要的線索。」

「我沒有吸煙的習慣，因此，假如室內有煙草的味道，我一定會立刻發現的，但當時的確沒有煙味。目前掌握的唯一線索是，門警的太太——做雜事的坦蓋太太曾匆匆忙忙地離開外交部的辦公大樓，對此，門警也無法自圓其說，他只解釋說妻子總是在這段時間回家。目擊坦蓋太太離開的警察和我都認為，假如的確是那個老太婆盜走了文件，那麼必須在她與買家接洽之前抓住她。」

「此刻我們已通知了蘇格蘭場，福布斯偵探迅速趕到了現場，不遺餘力地展開調查工作。我們叫了一輛雙人座的馬車，僅花了三十分鐘後便趕到了門警的家裡。一位年輕的女士開了門，自稱是門警的大女兒。她說坦蓋太太還未到家，並請我們在客廳休息。」

「十分鐘後，門外傳來了敲門聲。這時我們犯了一個大錯，不過也怪不得別人。當我們等著那個年輕姑娘去開門時，只聽見她說道：『有兩位客人，媽媽，他們正在等你。』緊接著走廊上便傳來了一陣急促的腳步聲。福布斯偵探猛地推開房門，我們門後的廚房，看到老太婆正在裡面。她用充滿敵意的目光打量我們，最後，忽然看清了我，滿臉驚詫的表情。」

「『啊，原來是外交部的費爾普斯先生！』她說道。」

「『嘿！嘿！你以為我們是誰？為何要逃？』偵探問道。」

「『我以為你們是那些舊貨商人，』她解釋道，『我們與那些商販有些糾葛。』」

「『這個解釋不怎麼好，』福布斯先生回應道，『我們懷疑你拿走了外交部一份十分重要的文件，事後急著趕回來處理此事。請你跟我們回蘇格蘭場接受調查。』」

「坦蓋太太的反應很激烈，她對此提出了抗議，並擺出頑抗的架勢，可只是白費力氣。我們租了一輛可供三人坐的四輪馬車，她只好跟我們上了車。臨走前，我們對整間廚房進行了徹底搜查，特別是燒得正旺的火爐，因為我們擔心剛剛老太婆趁我們不在將文件丟進了火中。可是，那兒連一點灰燼的痕跡都沒有。當馬車一到警察局，我們便找來了女警搜身。我心急如焚，過了好久警察才將報告送來，說他們並未發現文件的蹤影。」

「此時此刻，我逐漸意識到自己的處境，文件遺失到現在，我一心想著把它找回，卻沒想自己正瀕臨絕境。我原本相信能夠立刻找回文件，可事實證明我必須面對一個不堪設想的可怕後果。既然我已無計可施，我開始有時間思考自己極為不利的處境。這確實非常可怕，也許華生已向你介紹過了，我從少年時代起便是個敏感而膽怯的男孩，這是性格所致。我想起了提拔我的舅舅以及他在內閣中的同僚，想起了是我令他蒙羞，並給整個家族帶來恥辱，而我作為這場災難的犧牲者，將會有什麼下場？整個國家的外交利益高於一切，不允許任何一點差錯。我的前途徹底毀滅了，毀在了一件奇恥大辱之上。我的理智已禁不起任何刺激，我當時可能當眾歇斯底里地發作了一番。我只依稀記得有幾個同事將我團團圍住，並努力安撫我。一名同事用馬車將我送到滑鐵盧車站，直到我搭上前往沃金的列車他才離去。我想，要不是剛好碰巧遇上鄰居費里爾醫生，那位同事一定會把我送回家。費里爾醫生十分細心地照料我，碰見他實在很幸運，因為上車之前我曾昏厥過，一路上幾乎是個喪失理智的瘋子。」

「也許你能想像，當醫生按響門鈴將我的家人從夢鄉中驚醒時，他們完全無法接受這樣殘酷的現實。我可憐的母親和安妮心幾乎都要碎了。在車站時福布斯偵探曾向費里爾醫生講述了事情的原委，醫生便向我的家人複述了一遍，但那也於事無補。所有人都清楚，我不可能迅速痊癒，因此約瑟不得不將這個舒適的臥房騰了出來，將它佈置成一間病房。我這一躺就是九個星期，福爾摩斯先生，我的神經完全錯亂，語無倫次，若沒有哈里森小姐的耐心照料和醫生的關心，我想現在沒辦法與你們正常交談。當我精神異常時，什麼事都可能做得出來，因此除了白天安妮小姐照顧我之外，又請了一名護士負責我夜晚的安全。最近這三天來，我逐漸恢復了理智，記憶也開始變得清晰起來。但偶爾我又會想說，如果能永遠忘記這件事就好了。我發了一封電報給負責此案的福布斯警長，請他到沃金來，他告訴我，儘管用盡了所有方法，也查不到有價值的線索；雖然對門警夫婦進行了最嚴密的搜查，也無法將謎底揭開。接著蘇格蘭場又將懷疑的目光投向了我的同事哥羅特，也就是案發當晚曾在辦公室加班的那個年輕人。懷疑他的理由有兩點：一是他下班後曾在辦公室逗留，二是他擁有法國姓氏。但實際上，他離開辦公室前我根本還沒開始抄寫；他的家族有胡格諾教派的血統，但不論是他的生活還是情感，他都跟我們一樣是個道地的英國人。不管從哪個角度分析，都沒有理由將他視為嫌疑犯。此案就這樣停滯不前。你是我唯一的希望了，福爾摩斯先生。假如連你也束手無策的話，我的地位和榮譽就全毀了。」

我的同學由於講了太多的話，感到十分疲乏，他斜靠在躺椅上，護士端來了一杯具有鎮靜作用的藥水。福爾摩斯雙眼微合，向後仰首，沉默地坐在那兒，在旁人眼裡，他看起來毫無精神，可我明白此刻他的大腦正高速運轉著。

「你說得很詳細，」他最後說道，「我想提的問題已所剩無幾。但有個關鍵問題沒有提到，有第三者知道你執行這項任務的事嗎？」

「沒有。」

「例如，哈里森小姐知道嗎？」

「不知道。當我受命後直到執行這項任務的期間，都未回過沃金。」

「也沒有別的親友去探望過你？」

「沒有。」

「你的親友熟悉辦公大樓的路線嗎？」

「哦，是的，我曾向他們介紹過。」

「嗯，當然，既然你沒有提過機密文件的事，那也就沒必要盤問他們了。」

「我什麼都沒說過。」

「你知道門警的事嗎？」

「不知道，只知道他是軍人出身。」

「哪個軍團？」

「哦，我記得是……冷流警衛隊。」

「非常感謝。或許，福布斯先生會向我提供更多的情況。警方很擅長歸納事實，卻不太會善用事實。嘿，多好的玫瑰啊！」

他繞到沙發背後，站在窗前，輕輕扶起一株被壓彎了的玫瑰，用欣賞的目光打量著那朵嫣紅的花。對我而言，無疑又發現了福爾摩斯性格特徵中新的一面，因為他對於自然界向來都是冷漠以對。

「宗教是所有事物中最需要借助推理的。」福爾摩斯斜倚著百葉窗，說道，「在推理學者的努力下，推理法逐漸被確立為一門嚴謹的學科。而我由推理法分析出，人類對上帝最高的信仰，恰好寄託在嬌豔欲滴的鮮花中。除此以外的玩意兒，像是才幹，還是夢想，甚至是食物，那些只是用來生存的工具。可嬌嫩的花朵就不一樣了。它那浸人心脾的芬芳和動人的色澤都不遺餘力地點綴著生命本身，而非人類生存的基本需求。那些非凡的品質皆來源於人類仁慈的天性。因而我再次強調，人類總是將希望寄託於鮮花之中。」

我的同學和他的情人目不轉睛地望著滔滔不絕的福爾摩斯，顯然他的一番論證令他們感到極度失望。福爾摩斯手持鮮花一言不發，數分鐘後，安妮小姐終於打破了沉默。

「你認為有機會解決這件懸案嗎？福爾摩斯先生。」她用一種刺耳的語調問道。

「哦，懸案！」陷入沉思的福爾摩斯彷彿大夢初醒，說道，「若將它視為普通的竊案，那是極不明智的。但我承諾，我會對此展開調查，並讓大家知道我的調查結果。」

「你掌握了哪些線索？」

「你向我提供的共有七條，但我必須先經過一番測試才能斷定它們的價值。」

「你懷疑誰？」

「我懷疑我自己。」

「什麼！」

「我懷疑自己過早下結論。」

「那你還是回倫敦測試你的結論吧。」

「你的建議非常好，哈里森小姐，」我的朋友起身回應道，「我認為，華生，我們未必能破解這件案子，請你不要抱太大的希望，費爾普斯先生。這件事十分的撲朔迷離。」

「我的病在再次見到你之前都不會好。」波西・費爾普斯大聲說道。

「儘管不一定能帶來好消息，但我明天會在同一個時間來拜訪。」

「上帝會保佑你的，」外交官喊道，「知道還有一線希望，讓我的生命彷彿被注入力量一樣。對了，舅父給我寄來了一封信。」

「哈！他怎麼說？」

「他的語氣平淡，不怎麼嚴厲。我想是看在我身體虛弱的份上才沒有責備我。他多次解釋這件案子事關重大，還說如果我能康復並彌補這一重大過失，就還有迴旋的餘地，否則我的未來只能面臨被革職的命運。」

「哦，他考慮得很周全，並且合乎情理，」我的朋友說道，「華生，我們該告辭了，回倫敦後還要忙上一整天呢。」

約瑟・哈里森先生駕著一輛馬車將我們送往車站，不多時我們便搭上了前往普茲茅斯的列車。一路上福爾摩斯都沉默不語，直至過了克拉馮車站他才說道：

「不管你從鐵路的哪一端進入倫敦，都可以從高處眺望那些房舍，這是件令人倍感愉快的事情。」

我把這番話視為福爾摩斯的幽默，因為這裡根本沒有動人的美景，但他又解釋說：

「你看矗立於大青石上的那片大房子，就像飄浮於灰色海面上的瓦礫島一樣。」

「那是寄宿學校。」

「我的朋友，那是燈塔！未來的希望！承載著無數的光輝燦爛的種子，它們將會創造一個更加繁榮富強的英國。我猜費爾普斯那傢伙不喝酒？」

「沒錯。」

「跟我想的一樣，但我們必須做好最壞的打算。可憐的外交官已身陷絕境，問題的關鍵在於我們是否能拯救他。你對哈里森小姐有什麼看法？」

「她是個堅強的女孩。」

「嗯，但她很善良，如果我沒看錯的話。哈里森兄妹的父親是個鐵器製造商，他們住在離諾森伯蘭不遠的地方。兄妹倆是家裡僅有的孩子，在去年冬天的旅行途中，安妮和費爾普斯訂下了婚約，接著她在兄長的陪同下來到費爾普斯家，和未婚夫的雙親見面。碰巧發生了這個不幸事件，她留在沃金照料未婚夫，而她的兄長發現這裡非常舒適，便也沒有離開。瞧，我對此案已進行了獨立調查。可是今天一整天，我還要繼續調查。」

「那我的工作——」我說道。

「哦，如果你覺得你的工作比我的還重要的話。」福爾摩斯用一種粗魯的語氣說道。

「我的意思是這段時間是一年中的淡季，偶爾歇業並無大礙。」

「非常好，」我的朋友說道，他的心情又變得愉快起來，「現在就一起研究案情吧。我認為首先應該去拜訪福布斯偵探。他或許能提供一些有價值的線索，我們可以因此找到此案的突破口。」

「看來，你已掌握了一些線索？」

「是的，我們手裡有幾條線索，但在展開進一步調查之前，我還無法判斷其價值。連作案動機都不明的案件是最讓人迷惑的。可是竊賊一定有犯罪動機，誰能從中獲利？俄、法大使館，打算將協定賣給這兩國大使的那個人，以及外交大臣。」

「霍爾德赫斯特勳爵！」

「嗯，當一位政治家認為有必要時，會毫不猶豫地製造機會讓這樣特殊的一份文件消失。」

「即便是像霍爾德赫斯特動爵這樣一位重視榮譽的大臣？」

「什麼都可能發生，我們應該保持警惕。待會就去拜會霍爾德赫斯特動爵，看高貴的外交大臣能告訴我們些什麼，當然，我同時還展開了別的調查工作。」

「別的調查？」

「是的，在沃金火車站我發了電報給所有倫敦的報社，它們將同時刊登這則廣告。」

福爾摩斯將一頁從記事本上撕下來的紙遞給我，上面有幾行用鉛筆寫的字：

五月二十三日晚間九時四十五分，有位乘客在位於查理街的外交部大樓附近下了馬車，請知道馬車號碼的人速與貝克街二二一號之B取得聯繫，賞金為十英鎊。

「你確定竊賊是坐馬車來的？」

「這並不重要。波西．費爾普斯曾說無論是走廊還是辦公室都無處藏身，如果他是對的，那竊賊肯定來自於外面。可是他在一個陰雨綿綿的晚上走進辦公大樓，待了幾分鐘，卻沒有在漆布上留下一個濕潤的足跡，因此他乘馬車的可能性非常大。嗯，我幾乎可以斷言，這個人的確是乘著馬車而來。」

「的確很合理。」

「這條線索能幫助我們獲得某種結論。對了，還有門房裡突然響起的鈴聲，這一點非常耐人尋味。那個人拉鈴的動機是什麼？是為了虛張聲勢？或者還有其他人與竊賊一同進入辦公大樓，為了預防竊案發生而拉響了鈴。也可能是無意間碰到的？或是──」福爾摩斯再度陷入了深思中，我很瞭解他的心情，此刻他肯定又意識到某種全新的可能。

三點二十分，我們終於抵達了終點，在小餐館中隨便吃了點東西後，便馬不停蹄地趕往了蘇格蘭場。福爾摩斯早已等在那裡，因為福爾摩斯事前給他發過了電報。此人身材短小，相貌猥瑣，一副尖酸刻薄的模樣，極不友善。當我們講明來意後，他顯得更加冷淡。

「我對你的手段略有耳聞，福爾摩斯先生，」他尖刻地說道，「你總是從我們這裡獲取資訊，然後設法破案，使警方顏面掃地。」

「完全相反，」我的朋友解釋道，「我曾辦理過的五十三件要案中，最終簽署了我的名字的只有四件，其餘四十九件的榮譽都歸警方所有。我知道，你對此並不清楚，因為經驗總與閱歷成正比。但如果你期望能在這一行有所作為，那麼就應該積極配合我而非排斥我。」

「我十分樂意聽取你的意見，」福布斯偵探頓時緩和了態度，說道，「我還未從此案中獲得任何榮譽。」

「你是怎麼調查的？」

「坦蓋，那個門警一直受到我們嚴密監視，他過去在警衛隊的名聲不錯，我們無法找到任何破綻。但坦蓋太太不是個好人，我相信她知道的比講出來的那些更多。」

「你們也監視她嗎？」

「我們派了一位女警監視她。坦蓋太太是個酒鬼，女警便投其所好，可是仍套不出什麼。」

「據說她和一些舊貨商有糾葛？」

「沒錯，不過她已經把欠那些人的錢還清了。」

「哪來的錢？」

「這並不奇怪。門警剛剛領了薪水，而他看起來手頭仍並不寬裕。」

「她說他的丈夫很累，她想讓他休息一會。」

「當天波西．費爾普斯先生拉鈴請人泡咖啡，老太婆上樓回應，她怎麼解釋這件事？」

「嗯，這也能說明當費爾普斯先生下樓時看見門警正在酣睡這件事。看來除了這個老太婆的個人品行外，沒什麼可疑之處了。你們有問她當晚她為何匆匆離開辦公大樓嗎？她一臉驚慌反而引起了巡警的注意。」

「當時很晚了，她急著回家。」

「你是否提出，你跟費爾普斯先生比她晚二十分鐘出發，卻趕在她前面到達她家？」

「她說那是因為巴士和馬車的速度差。」

「她是否有解釋，為何一到回家便匆匆忙忙跑向廚房？」

「因為她把用來還債的錢都藏在廚房裡。」

「她的回答毫無破綻。那你有沒有問她，當她離開辦公大樓時，有沒有在查理街上看到任何可疑的人？」

「她說當時只有一名警察。」

「看來，你對她進行了十分徹底的盤問。除此之外你還做了什麼？」

「我們還監視了那名公務員哥羅特，但九個星期以來毫無所獲。我們找不到任何疑點。」

「還有嗎？」

「呃，暫時就這樣了，我們沒有其他的線索。」

「你對忽然響起的電鈴有何看法？」

「哦，我必須承認，對此我仍然一頭霧水。但不論按鈴的是誰，他的膽子也太大了，不但犯下了竊案，還拉響電鈴通知所有人。」

「當然，這事的確奇怪。非常感謝你的幫助。假如我需要你幫忙逮人，會及時通知你的。走吧，華生。」

「現在去哪？」當我們剛走出警察廳大門時，我開口問道。

「拜訪尊貴的霍爾德赫斯特勳爵，現任內閣大臣及未來的英國首相。」

我們很幸運地發現勳爵還留在他位於唐寧街的辦公室。侍從將福爾摩斯的名片遞了進去，接著我們便獲得召見。辦公室的壁爐兩側安放著豪華的安樂椅，勳爵以傳統禮節招呼我們坐下，而他則站在我們之間的羊毛毯上。他的身材修長、表情和藹、清瘦、輪廓清晰，一頭灰白色的捲髮，看上去氣宇軒昂，充滿貴族氣質。

「久仰大名，福爾摩斯先生，」他微笑著說道，「然後，當然，我無法裝作對你的來意一無所知。因為目前只有一件事可以吸引你的視線。不過我能知道你的委託人是誰嗎？」

「是波西．費爾普斯先生，」我的朋友回應道。

「哦，我可憐的外甥！希望你理解，由於我與他的關係不僅是上司與下屬，因此更不能包庇他。我為他的前途感到萬分憂慮，這件事太突然了。」

「但如果找到了那份協定呢？」

「哦，那樣的話，當然另當別論。」

「我希望你能回答我兩個問題，霍爾德赫斯特勳爵？」

「我很願意盡我所知的回答。」

「你當時就是在這個房間交代他那件任務的嗎？」

「沒錯。」

「那麼，當時的談話有沒有可能遭到竊聽？」

「絕不可能。」

「你有跟任何人提過打算抄寫一份副本的事嗎？」

「從未。」

「你能肯定？」

「當然。」

「看來，你和波西．費爾普斯對此事都守口如瓶，再沒有第三者瞭解此事，那麼，那個人出現在費爾普斯先生的辦公室就純屬巧合了。他意識到面前擺著一個大好機會，於是就順手牽羊偷走了協定。」

霍爾德赫斯特勳爵笑了。

「這些已超越了我的能力範圍。」內閣大臣說道。

我的朋友陷入了沉思。「還有一個重要問題，我希望能與你商討，」他說道，「就我所知，你擔心一旦協定的內容遭到公開，將給大英帝國帶來極為可怕的後果。」

一絲陰影從霍爾德赫斯特動爵的臉上掠過，他說道：「非常可怕的後果。」

「有任何事發生了嗎？」

「還沒。」

「假如協定的內容被法、俄等國的外交部得知了，你能察覺到嗎？」

「我能。」內閣大臣極為不快地說道。

「由此看來，自竊案發生以來已經過將近十週，卻一直沒什麼動靜，我們有理由推測，這份協定出於某種原因，尚未落入法、俄的外交部手中。」

內閣大臣不置可否地聳了聳肩。

「如果竊賊偷走協定只是為了將它據為己有，或是掛在牆上炫耀，這是無法理解的，福爾摩斯先生。」

「也許他在等著行情水漲船高。」

「再過一段時間，那份文件將變得一錢不值。不出幾個月，協定的內容便不再是秘密了。」

「這一點很重要，」我的朋友說道，「也許我們還能假設，竊賊忽然一病不起——」

「例如患了腦炎，是嗎？」動爵的目光迅速從逼爾摩斯臉上掠過，說道。

「我沒這麼說，」我的朋友冷靜地回應道，「好了，尊敬的動爵，我們佔用了你不少寶貴時間，該是告辭的時候了。」

「希望你能成功破案，無論凶手是誰。」當我們走出大門時，尊貴的動爵點頭說道。

「他是個了不起的人物，」當我們走在唐寧街上時，我的朋友說道，「但他要是不想丟掉官位，還得經歷一場艱苦卓絕的鬥爭。他的手頭並不寬裕，可是開銷挺大。你應該看到他腳上那雙換過鞋底的長統靴了。現在，華生，我不能再妨礙你診所的生意了。直到我刊登在各家報紙的廣告有了回應，才會有事可做。當然，如果你明天能與我再次前去沃金，我仍會十分感激。」

隔天早上我們再次會合，並一起乘車前往沃金。福爾摩斯說，那份廣告如同石沉大海，而此案的調查也停滯不前。他講話時一臉呆板的表情，如同印第安人，因而我無法判斷他對此案的進展是否滿意。我只記得，他當時提起了法國偵查學者柏蒂龍根據凶手的指紋、年齡、骨骼進行鑑別的「人身測量法」，並大加讚賞。

波西．費爾普斯看上去比前一天好了許多，他的未婚妻依然守在病榻前。我們剛進屋，他便迫不及待地站起來招呼我們。

「怎麼樣？」他急切地詢問道。

「我昨天的預言被證實了，我並沒有帶來好消息。」我的朋友說道，「我拜訪了福布斯偵探和內政大臣，接著對一兩條似乎有價值的線索展開了調查。」

「那麼，你還未喪失信心？」

「當然。」

「上帝保佑！聽你這樣講我就很高興了，」哈里森小姐大聲說道，「耐心和勇氣可以助我們渡過難關，直到真相大白的那一天。」

「我有更多的事想告訴你。」費爾普斯重新坐回了沙發上。

「我希望你有了新線索。」

「沒錯，昨夜發生了一件可怕的事，我幾乎遭遇不測。」他講話時十分嚴肅，流露出驚恐的神色。「你大概無法想像，」他說道，「但我逐漸相信，自己正身陷一個可怕的陰謀中，對方想要掠奪的不僅僅是我的地位和榮譽，還有我的生命。」

「啊！」我的朋友叫道。

「聽來令人難以置信。據我瞭解，多年來我從未樹敵。但經過了昨晚的事件後，我斷言有人想謀害我。」

「請告訴我。」

「昨晚我開始獨自就寢，沒有護士的陪伴。我感覺不錯，幾乎不再需要看護，但我整晚都亮著燈。嗯，大約是半夜兩點左右，我開始有了睡意，忽然聽到了一些輕微的聲響。那是一種像是老鼠啃木板的聲音。我躺在床上側耳傾聽，以為附近有老鼠。可是聲音越來越大，忽然一陣尖銳的金屬摩擦聲從窗戶傳過來。我驚恐萬分地從床上爬起，意識到有什麼事發生了。剛開始的聲音是有人將某種工具插入窗戶縫隙，後來的聲音是拉窗閂發出的。」

「後來的十分鐘異常安靜，彷彿有人在觀察，看我是否被驚醒了。不一會兒又響起了吱吱的聲音，窗戶正被人緩緩打開。由於我已逐漸恢復，於是再也沉不住氣了，跳下床猛地將百葉窗拉開，我看到窗戶旁邊伏著一個人。他一溜煙地逃走了，我沒有看到他的臉，因為他裹著面罩，把半張臉都遮住了。但有一點毫無疑問，他當時手裡拿著一把凶器。我想應該是一柄長刀。當他朝暗處逃去時，我看見刀尖上寒光一閃。」

「很有意思，」我的朋友說道，「接下來你做了什麼？」

「假如我的身體再恢復一些，一定會跳出窗戶去追趕那個人。但當時我只好拉響電鈴叫醒家人。這無疑會浪費一些時間，因為只有廚房內裝有電鈴，而僕人們都在樓上就寢。我大聲喊叫，吵醒了約瑟，他再叫醒了別的人。馬伕跟著約瑟到窗外的花園裡搜查，儘管找到了腳印，但由於近日氣候十分乾燥，腳印在草地附近便消失了。不過，插在路旁的木柵欄留下了點痕跡，據他們分析，應該是有人從此處翻越，不小心撞斷了欄杆的尖端。由於我急著詢問你的看法，因而暫時還沒報警。」

波西．費爾普斯的話如同注入福爾摩斯體內的一針興奮劑。他心潮起伏，忍不住站起來在屋子裡踱步。

「也許這就叫作禍不單行，」我的同學苦笑著說道，顯然此事令他受了些驚嚇。

「最壞的都過去了，」福爾摩斯說道，「你願意一起到花園走走嗎？」

「哦，當然，我很想曬一下太陽，約瑟也會一起來。」

「我也去。」安妮說道。

「恐怕不行，」我的朋友搖著頭說道，「我必須請你留在這裡。」

哈里森小姐悶悶不樂地坐回椅子上，而她的哥哥卻跟我們一道出了門。我們一行四人繞過草地，站在了波西．費爾普斯的窗外。一切就跟他的描述一樣，確實有痕跡留在了花圃上，只是已辨視不清了。我的朋友蹲下觀察了一下，便聳聳肩站了起來。

「我不覺得有人能從上面發現什麼問題，」他說道，「讓我們繞房子一圈吧，想想竊賊為何對這個房間情有獨鍾。依我看，裝著大窗戶的餐廳和客廳應該更具誘惑才對。」

「從大路上很容易注意到這些窗戶。」哈里森先生提示道。

「哦，沒錯，當然。這裡有扇門也許能引起他的興趣，它是做什麼的？」

「這扇側門是讓商販進出的，晚上通常都上了鎖。」

「以前發生過類似的事嗎？」

「從來沒有。」我的同學回應道。

「你的房內放了金銀器皿嗎？還是有其他會吸引竊賊的玩意兒？」

「沒什麼值錢的。」

我的朋友將兩手插入口袋中，用一種從未有過的大意目光四處掃視。

「還有一點，」我的朋友對哈里森先生說道，「據說你發現那人很可能越過了木柵欄。我想去看看。」

略顯矮壯的哈里森先生將我們帶到木柵欄的一側，那裡有一根欄杆的頂部被折斷了。一小截木條仍連在上面。我的朋友將它取下來，仔細查看了一番。

「你覺得它是最近折斷的嗎？裂痕看起來十分陳舊，是吧？」

「這個嘛，也許吧。」

「柵欄外也沒有腳印。算了，我看從這裡找不到什麼，我們先回臥室再討論吧。」

哈里森先生攙扶著他的準妹夫，走得十分緩慢。我和夏洛克．福爾摩斯匆忙地穿越草地，回到臥室窗前，把他們兩人遠遠拋在後面。

「哈里森小姐，請你寸步不離地守在這裡。不論發生了什麼事都別離開，這很重要。」夏洛克．福爾摩斯一臉嚴肅地說道。

「我會照做的，福爾摩斯先生。」哈里森小姐驚奇地回應道。

「在你就寢前，請將臥室門從外面鎖上，鑰匙千萬不能交給任何人。請你保證一定做到。」

「那波西？」

「他將跟我們一起回倫敦。」

「而我留在這裡？」

「這是為了他好，你能幫上他的忙的，快！點頭答應吧！」

她答應了，那兩個男人剛好走了進來。

「你怎麼愁眉不展地坐在這，安妮？」她的兄長喊道，「來外面享受陽光吧！」

「不用了，約瑟，謝謝。我的頭有點疼，也許涼爽的室內更適合我。」

「再來你打算怎麼辦，福爾摩斯先生？」波西．費普斯先生問道。

「哦，我們的調查可不能走偏。如果你願意隨我們回到倫敦，將會很有助益。」

「現在？」

「是的，你方便的話，一個小時之內就走。」

「我的身體已恢復了不少，如果我真的幫得上忙。」

「非常有可能。」

「也許你希望我今晚留宿在那裡？」

「我的確是這樣想的。」

「假如那位神秘朋友再次光臨的話，他一定會失望的。我們聽從你的建議，福爾摩斯先生，我希望瞭解你所有的打算。也許你會建議約瑟同行好照顧我？」

「哦，不，我的朋友華生就是位醫生，你知道的，他會照顧你。我們先在這裡吃午餐，如果你沒有異議的話，吃完飯立刻出發。」

一切都照著他的安排，只是哈里森小姐藉故留在了臥室內。我不知道夏洛克·福爾摩斯葫蘆裡賣的是什麼藥，難道他想拆散這對戀人？波西·費爾普斯的氣色好了很多，並急著參與行動，因此在吃午餐時顯得興致勃勃。可是，令我們大吃一驚的還在後頭，當我和費爾普斯坐上火車後，福爾摩斯居然慢條斯理地表示，自己要留在沃金。

「在我離開之前，還有幾個小問題有待查清。」他解釋道，「費爾普斯先生，你暫時離開，在某種意義上反而助了我一臂之力。華生，抵達倫敦後，你必須立刻將我們的客人送到貝克街，並耐心地等著我。還好你們是舊識，大概有不少話題可以聊。費爾普斯先生今晚可以使用我的臥室。我將於明天早晨搭火車在八點滑鐵盧，準時與兩位共進早餐。」

「但你在倫敦的調查工作怎麼辦？」年輕的外交官垂頭喪氣地問道。

「那些可以留到明天再做，我認為留下來是明智的決定。」

「替我轉答布里爾布雷的家人，我明晚就回去。」當列車緩緩啟動時，費爾普斯大喊道。

「也許我不會回去那裡。」福爾摩斯回應道，在列車離開月台的時候，他愉快地跟我們揮手告別。

費爾普斯和我一直圍繞著這件事展開討論，但誰也無法解釋這一切。

「我猜他打算尋找昨晚那個竊賊的線索，如果真的只是個竊賊的話。對我而言，我始終相信那個人不是一般的小偷。」

「那麼，你是怎麼想的？」

「說實話，先不管我的神經是否夠堅強，我認為我的周遭存在著可怕的政治陰謀，而出於某種無法得知的原因，這些人企圖置我於死地。這似乎有些危言聳聽，可事實擺在眼前！竊賊為什麼要潛入我的臥室？為什麼手上拿著長刀？」

「你確定他拿的不是一根開門的撬棍？」

「喔，不！肯定是刀。我很清楚的看見刀尖反射出光芒。」

「但是誰跟你有仇呢？」

「哼，這就是問題所在！」

「那麼，如果福爾摩斯也是這麼想的，那麼我們就能解釋他的行動了，不是嗎？假設你是對的，如果他能夠抓到昨晚意圖襲擊你的人，那麼離找回海軍協定也不遠了。該不會你有兩個仇人，其中一個盜走你的文件，另一個則想取你性命吧？這也太荒謬了。」

「但福爾摩斯先生說他不打算回布里爾布雷。」

「我有時很了解他，」我說道，「他從來不做沒有把握的事。」接下來，我們轉移了話題。

這一整天，我都感到極度疲憊。我的同學大病初癒，仍然很虛弱，再加上一連串的打擊使他處於緊張的狀態中，容易激動。我挖空心思設法讓他放鬆，不停講述過去在印度、阿富汗的難忘經歷，以及某些社會現象，希望他能因此解悶，可一切都是徒然。他對不翼而飛的文件念念不忘，他不斷思索和猜測，心神不定，一顆心都懸在福爾摩斯的辦案進度上，並急切的想知道內閣大臣將採取的對策，以及明天早上會面對怎樣的情形。月色沉沉，他的情緒由不安轉為極度痛苦。

「你很信任福爾摩斯，是嗎？」

「我曾親眼見識了他的能力。」

「但是他沒有處理過這麼離奇的案子吧！」

「哦，當然有！他解決過許多比此案還要缺乏線索的案子。」

「但是嚴重性應該都沒有這件案子來得大吧？」

「我不清楚。就我所知，歐洲的三個王室都曾委託他處理十分棘手的大案。」

「但是你對他十分瞭解，華生。他實在難以理解，我永遠不知道他在想什麼。你覺得整件事情有希望嗎？你能不能成功解決這件案子？」

「他什麼都沒跟我提起。」

「這可不是好現象。」

「正好相反。我瞭解，線索中斷時，他就會老實說出來。當他找到一點蛛絲馬跡但沒有十足的把握時，會顯得格外沉默。現在，親愛的朋友，我認為你應該早點休息，心神不寧是無法解決任何問題的，無論明早會面對什麼樣的情況，至少你還有飽滿的精神。」

波西．費爾普斯終於被我說服了，但我從他那過於情緒化的狀態看得出，要安然入睡顯然還有一些難度。甚至，我也傳染到他的情緒，在床上輾轉難眠，心裡忍不住推測各種可能，但又覺得沒有一個能符合邏輯。福爾摩斯為何要繼續留在沃金？他為什麼要讓安妮整日守在臥室裡？他為何保持沉默，不讓布里爾布雷的那些人瞭解他真正的動向？我反覆推敲，試著想出一個最合理的答案，直到睡意襲來。

當我睜開眼睛時，時鐘已指向七點，我連忙到費爾普斯的房間去，他看上去十分憔悴，顯然是通宵沒有合過眼。一開口便詢問夏洛克．福爾摩斯回來了沒有。

「他已答應過我們，」我說道，「一定會準時到達。」

我的話很快得到了證實，八點整，一輛疾馳的馬車停在了樓下，福爾摩斯跳下了車。我們在窗口張望，只見他的左手纏著紗布，表情極為嚴肅，面色蒼白，他快步走進大門，不久便上了樓。

「他看上去十分疲憊，」我的同學說道。

我必須承認他觀察得很仔細。「看來，」我說道，「線索或許仍在倫敦城內。」

外交官忍不住發出了呻吟。

「我不懂這代表什麼，」他說道，「但我對今早的碰面抱了很大的希望。說起來，他的手昨天還好好的，發生了什麼事？」

「你受傷了！福爾摩斯。」福爾摩斯進屋時，我立刻關切地問道。

「哼，一點皮外傷而已，都怪我手腳不夠靈活，」他點點頭表示問候，說道，「說到你的案子，費爾普斯先生，它是我承辦過最離奇的案子之一。」

「我擔心這超出了你的能力之外。」

「這是一次令人難忘的經歷。」

「那些紗布便是最好的證明，」我說道，「可以告訴我們發生什麼事了嗎？」

「先吃早餐吧，親愛的華生。別忘了我今早可是趕了將近三十哩的路。我想那份啟事應該還沒收到回音吧？好吧，好吧，畢竟不可能事事如意。」

餐桌已擺上了食具，我正準備按鈴，哈德森太太已端著咖啡和茶點走了進來。數分鐘後，她又端上了我們三個人的早餐，大家一同入坐，我的朋友吃得狼吞虎咽，我充滿好奇地看著他，費爾普斯則在一旁垂頭喪氣。

「哈德森太太非常擅於處理突發狀況，」福爾摩斯揭開一份咖哩雞的餐盤時說道，「她會做的菜色有限，不過就像蘇格蘭女人一樣，她很會準備早餐。華生，你的盤子裡有什麼？」

「火腿蛋。」

「好極了！你打算吃哪一道呢，費爾普斯先生？咖哩雞還是火腿蛋？你應該可以自己來吧？」

「非常感謝，但我沒有胃口。」外交官說道。

「哦，別這樣！吃你面前那盤吧。」

「謝謝，我真的沒有食欲。」

「嗯，好吧，」我的朋友幽默地擠了擠眼睛，說道，「但你一定感到盛情難卻。」

波西．費爾普斯極不情願地打開餐蓋，他頓時尖叫起來，臉色如同餐盤一樣蒼白，直盯著餐盤發愣，一卷藍灰色的紙就躺在盤內。他雙手顫抖地抓起它，然後將卷軸抱在胸口，興奮地大叫，情不自禁地手舞足蹈起來，最終跌坐到扶手椅上，因為情緒過於激動而疲憊不堪，十分虛弱。為了預防他暈過去，我們趕緊餵他喝下了一些白蘭地。

「好了！好了！」我的朋友輕拍著外交官的雙肩，說道，「真抱歉嚇了你一大跳，但是華生會告訴你，我常常喜歡開點戲劇性的小玩笑。」

年輕的外交官無法停止地親吻福爾摩斯的手。

「上帝保佑！」他激動地說道，「你挽救了我的名譽。」

「嗯，我倆的名譽是密切相關的，你知道的，」我的朋友說道，「要是我破不了此案，就像你失信於人一樣，都會令人十分不悅。」

波西．費爾普斯小心翼翼地將文件放進了自己胸前貼身的衣袋中。

「我並不想影響你的食欲，但我急於瞭解你是如何找到它的，從哪裡？」

福爾摩斯將整杯咖啡喝完，又將火腿蛋一掃而空，才離開餐桌，悠然地坐在躺椅上，點燃了煙斗。

「我會按事情發生的順序敘述。」我的朋友說道，「當我離開車站後，便在薩里的風景區內悠閒散步，途中經過一個被稱作雷普利的村莊，到小旅館內用了茶點，並將水壺灌滿，揣了片夾心麵包在口袋裡，才算是準備妥當。好不容易等到天黑，我再次回到了沃金，當時太陽剛下山，我來到了離布里爾布雷不遠的馬路上。」

「呼，我終於等到了路上沒有一個人影，我估計平常這裡的行人也不多。接著，我越過柵欄，繞到房子的後面。」

「大門明明開著！」外交官叫道。

「是的，但我想這麼做。我在三棵樅樹的掩蔽下逐漸靠近房屋，室內的人都未曾注意到我。我潛伏於一片灌木裡，在樹叢中匍匐前進——我膝蓋上的泥巴可以證明這些。直到靠近了正對你病房窗口的一大叢杜鵑花，我才靜靜地蹲在原地，靜觀其變。」

「房間的窗簾並未拉上，安妮正坐在書桌前看書。直到十點十五分，她放下了書，把百葉窗關上後離開了房間。」

「她關門的聲音清晰可辨，並且還上了鎖。」

「上鎖？」外交官忽然叫道。

「沒錯，是我要求她這樣做的，當她要就寢時，從房外將門牢牢鎖上，並親自保管鑰匙。她有條不紊地照我吩咐的進行，我斷言，要是沒有她的配合，你的文件根本不可能失而復得，她離開了房間，屋子裡一團漆黑，而我仍然躲在杜鵑花叢裡。」

「儘管皓月當空，可等待的滋味仍不好受。不過，那種期待的心情，就像釣客守候在魚群出沒的河邊一樣。只是時間過得十分緩慢，華生，你還記得我們追查『花斑帶』案時的情景嗎？當時我們也在那間令人窒息的房間內等了很長一段時間。隨著時間經過，沃金教堂的鐘每隔十五分鐘便會敲響一次，我甚至在想，也許今晚什麼也不會發生了。但是，到了兩點左右，我突然聽到了門閂被拉開以及鑰匙插入鎖孔的聲音。轉眼間，專門供僕人使用的那扇門被打開了，約瑟．哈里森披著月光走了過來。」

「約瑟！」我的同學頓時叫道。

「他露出光禿禿的頭頂，身披一件黑色的斗篷，以便在危急時將臉遮住。他躡手躡腳地走進牆角的陰影裡，站在窗前，用一把刀把窗閂撥開。接著他拉開窗戶，用同樣的方法撥開了百葉窗。」

「我潛伏的地方剛好能看清楚他的每一個舉動，以及室內的所有情況。他將壁爐台上的蠟燭點亮後，立刻將門前地毯的邊角掀起來。他彎下腰揭開一塊方形小木板，那是煤氣管的接頭所在，是為了便於維修而留下的孔。木板下是一條T字形的煤氣管道，其中一條氣管直通樓下的廚房，以便輸送煤氣。他將一個小卷軸從下面取出，並重新蓋上了木板，將地毯鋪好，熄滅了兩支蠟燭，由於我守在窗外，當他出來時便和我撞個正著。」

「老天！這位老兄比我想的還要凶殘！他手持尖刀朝我撲來，我只能正面迎戰，在轉守為攻之前，我的左手關節不慎被割傷。當打鬥結束時，他的一隻眼睛幾乎已經看不見了，就像一個凶犯一樣。不過他並不反對我的提議，將協定乖乖交了出來。我得到了這個卷軸後就把他放了，但我早上還是發了份電報給蘇格蘭場的福布斯先生，將事件經過敘述了一遍。假如他們行動迅速，能逮住那傢伙，那就令人再愉快不過了。只不過，要是如我所料，凶手在警方到達前便逃之夭夭的話，對政府而言也並非壞事。我認為，內閣大臣跟波西．費爾普斯先生絕對不會希望這件事驚動法庭。」

「我的天！」我的同學說道，「我想知道，在我度日如年的這十個禮拜裡，那份不翼而飛的文件一直都在我的房裡嗎？」

「沒錯。」

「還有約瑟！這個卑鄙的小偷！」

「嗯，約瑟．哈里森的內心遠比他的外貌更可怕且陰險。依據他今早的話推斷，他很可能在股票交易上栽了一個大跟斗，為了起死回生，他不惜殺人放火。像他這種自私的傢伙，當機會來臨時，不論是自己妹妹的終身幸福還是你的名譽，他都會毫不考慮的犧牲掉。」

我的同學跌坐在椅子上。「我感到頭暈，」他說道，「你的話令我頭昏腦漲。」

「這件案子最難的地方，」我的朋友用說教的口吻說道，「在於明明有非常多的線索，我們的視線卻被最沒價值的那些給矇蔽。在所有的事實中，我們只能挑出最有價值的，並將其串聯起來，才能看清楚整件怪事的真相。我之所以將懷疑的目光投向約瑟，是由於發生竊案的當晚你曾計畫與他一同搭車回沃金，所以如果他曾到外交部大樓找你也就不足為奇，畢竟他順路經過，而且熟悉屋內的路線。最後，當你告訴我有人試圖潛入病房，我就推測，除了約瑟以外，別的人不可能將東西藏在那裡，畢竟你曾說過當醫生把你送回家時，是如何請約瑟空出他的房間。此刻我的假設已逐漸得到證實。尤其是你剛開始獨自就寢時，就有人想潛入你的房間，毫無疑問這個竊賊對屋裡的事情並不陌生。」

「我真是看走眼了！」

「此案的經過應該是：哈里森由位於查理街的側門進入辦公大樓，由於他熟悉大樓路線，因此直接朝你的辦公室走去；他看到房裡空無一人，便按響了電鈴，此時，他注意到了辦公桌上的協定，頓時眼睛一亮，心想這是天上掉下來的好機會，一份價值連城的國家機密唾手可得。他毫不猶豫地拿走文件並離開，這一點與你的敘述十分吻合，數分鐘後，睡眼惺忪的門警提起這奇怪的鈴聲，但此時竊賊早已逃之夭夭了。」

「約瑟．哈里森搭乘頭班車回到家。仔細檢查了贓物，確定它的價值後，便將它藏在了自己認為最安全的地洞裡，打算儘快與法國大使或其它買家聯繫，脫手賣掉，但你卻忽然回到沃金。他不知所措，無奈之下只好先搬出那個房間。從此之後，房間內總是有兩個以上的人，他苦無下手機會。最後他終於盼到了拿出寶物的機會，他企圖潛入房間，但你卻醒了，他的計畫以失敗告終。你應該還記得，當天晚上你沒有按時服藥。」

「是的。」

「我想，他一定在藥裡動了手腳，因此他肯定你不會醒來。不過我瞭解，不論何時，只要機會出現，他一定會隨時出手的。你離家前來倫敦，正中他的下懷。我要求安妮一整天都守在房內，就是為了避免他在我折回去之前就下手。我一面給他製造出萬無一失的假象，一面嚴密監視房內。我判斷文件就在房裡，但我可沒興趣撬開全部地板及牆壁去搜索。我希望竊賊能親手將它拿出來，省下我的麻煩。我的敘述還算清楚吧？」

「第一次他完全可以走正門，為何要爬窗呢？」我不解地問。

「走到正門前他必須經過七間臥房；此外，從窗口可以輕而易舉地跳到草地上逃走。還有疑問嗎？」

「你不覺得，」外交官說道，「他打算謀殺我嗎？他那晚帶了一把刀。」

「也許吧，」福爾摩斯聳了聳肩，回應道，「我只能說，約瑟．哈里森是一個我永遠無法相信的壞蛋。」

11 最後一案

為了記下夏洛克．福爾摩斯天才般的智慧與獨特的推理能力，我從「血字的研究」開始，一直寫到阻止了一場國際糾紛的「海軍協定」案；雖然，我深深感到自己的描寫不夠詳實，但我仍竭盡所能地記下了我們共同的奇異經歷。我原計畫以「海軍協定」作為我記述的最後一案，因為我不想提起那件讓我深感惆悵的案子。雖然那已是兩年前的事了，但這種惆悵仍留在我的心中。不過，近來詹姆士．莫里亞蒂上校為了替自己逝世的兄弟正名，竟公開發表了幾封信函。我別無選擇，只好將事實的真相公諸於世。我是唯一的知情人，堅信自己有責任這樣做，否則事實只能隨風而逝了。據我瞭解，報紙上對此事僅有三次報導：一次是《日內瓦雜誌》（一八九一年五月六日）；一次是路透社的電訊（一八九一年五月七日）；最後是詹姆士．莫里亞蒂的幾封信函，它是最近發表的。事實上報紙上的兩次評論都十分簡略，而那幾封信又都完全扭曲了事實本身。因此，在責任感的驅使下，我不得不將夏洛克．福爾摩斯與莫里亞蒂教授間所發生的一切客觀地向大眾公開。

自我結婚以後，由於忙於醫療工作，我與夏洛克．福爾摩斯之間的接觸漸漸減少。不過，他在偵查一些奇案時，如果需要幫忙仍會來找我，雖然這樣的情形屈指可數。我注意到，一八九〇年，我僅僅記錄了三件案子。從那年冬天到次年春季，我通過報紙瞭解到，福爾摩斯受聘於法國政府，將承辦一件要案。不久，我便收到福爾摩斯的兩封來信，地址分別是納博訥和尼姆，因此我想他一定會在法國逗留一段較長時間。可是，我沒想到的是，一八九一年四月二十四日晚上，他卻坐在了我診療室的椅子上。他看上去十分消瘦蒼白，這一點使我很驚訝。

「是的，最近我特別疲倦，」他從我的神情中看出了擔心和疑問，立刻說道：「這幾天精神有些緊繃。你不介意我關上百葉窗吧？」

一盞枱燈擺在桌上，這便是室內僅有的光源。我的朋友沿著牆邊過去，關上了兩扇百葉窗，並鎖死了插鞘。

「你在擔心什麼嗎？」我不解地問道。

「哦，是的。」

「擔心什麼？」

「空氣槍。」

「親愛的福爾摩斯，這是什麼意思？」

「你很瞭解我，華生，我絕非膽小之輩。但是，當你真正面對危險的時候卻視若無睹，那只能說明你缺乏智慧，可以遞根火柴給我嗎？」彷彿香煙可以使人保持冷靜，福爾摩斯迫不及待地點燃了它。

「我很抱歉這麼晚來打擾，」他說，「現在，希望你能讓我從你屋後的花園翻牆出去。」

「但這一切到底是為什麼呢？」我急切地問道。

他伸出一隻手來，我看見他的兩個指關節正在流血。

「我可沒有危言聳聽，」福爾摩斯笑了笑，「相反的，那足以把整隻手打斷。華生夫人在嗎？」

「她去拜訪朋友了。」

「噢！你一個人嗎？」

「算是吧。」

「那我應該可以很輕易的說服你陪我去一趟歐洲大陸。」

「去哪？」

「哦，去哪都好，我個人也是這樣。」

這件事非常地奇怪，福爾摩斯從來不作沒有意義的旅行，從他那疲憊而蒼白的面孔不難看出，他的神經已繃得太緊。我的朋友看出了我的疑惑，他將雙手交叉握著，用手臂支著膝蓋，向我解釋。

「你應該聽過莫里亞蒂教授吧？」福爾摩斯問。

「沒聽過。」我搖了搖頭。

「哎！世界上竟然這麼天才的人，」福爾摩斯繼續說道，「這個人的勢力遍及倫敦，但聽過他名字的卻寥寥無幾，因此他可以在犯罪的道路上暢行無阻。我很嚴肅地告訴你，華生，如果我能剷除這個傢伙，將能讓社會恢復平靜，而我的偵探事業也將走入輝煌的頂點，到時我會選擇一種更加悠閒的生活。有件事請你替我保密，近來我承辦了幾件案子，委託人是法蘭西共和國的斯堪的那維亞皇族，我從中獲得不少酬勞，足以使我過上自己所熱愛的寧靜生活，而且有更多的時間完成我的化學研究。但每當我想起還有像莫里亞蒂教授這樣的人，在肆無忌憚地破壞著社會的正常秩序，便會坐立不安，連那把安樂椅也裝不下它的主人。」

「那麼，他做了什麼？」

「他的身世不凡。他的家庭背景不錯，受過高等教育，具有天才般的數學天賦。他的那篇二項式定理論文，在歐洲被廣為流傳，那年他才二十一歲。由於這項成就，讓他在一間規模不大的大學中得到了數學教授的位子；毫無疑問，他的前途一片光明。然而這個人卻承襲了祖先十分殘暴的本性，他的血管裡流著骯髒的血液，在他那超凡智慧的加成下，簡直是如魚得水，對社會的危害性不言而喻。他的一些卑劣行徑在校園裡流傳開，最終被迫辭職，打算到倫敦當一個軍事教練。」

「華生，以上都是公開的事實，而那些發生在倫敦的罪行是我後來發現的。這些年來，我的直覺告訴我，某些案件的背後一定存在著某種勢力，一股邪惡的力量正試圖推翻法律這道牆，並包庇那些作惡多端的人。我承辦各式各樣的案子，應有盡有——凶殺案、偽造案、搶劫案……我時常感受到那股邪惡力量在暗處湧動，通過邏輯推理我又從一些無法偵破的案件中發現了這股勢力的痕跡，雖然那些案子並非由我辦理。長期以來，我竭盡全力想要揭開掩蓋他們神秘的面紗。終於讓我等到了這一天，我順著線索，緊追不捨，經過無數次的失敗之後，終於追查到被稱為數學天才的莫里亞蒂教授。」

「他是犯罪界的拿破崙。倫敦城裡一半以上的犯罪活動都是由他策劃的，幾乎所有無法偵破的懸罪都是他的傑作。他是一個天才罪犯，同時也是一個哲學家、思想家。他的頭腦是世界上第一流的，他的黨羽遍佈整個倫敦，而且組織嚴密。他猶如一隻蜘蛛，安然地蟄伏在網心，只要其中任何一條絲上有了震動，他都能立即作出反應。只要某個人想要犯罪，不管是竊取機密文件，還是殺人越貨，只要向教授提供資訊，他都能組織出天衣無縫的計畫。如果他的手下被逮捕，他往往能用金錢將他們成功保釋，或者為其提供有力的辯護，而指揮這些罪犯的核心人物則從未被捕。目前只掌握這些情況，不過，我還在努力揭開謎底。」

「他制定了一套嚴密的防範措施，雖然我對此作出了最大的努力，還是沒能獲得足以將他推上被告席的鐵證。我在三個月的緊張工作中，發現對手無論是智力還是其他方面，都與我勢均力敵。在追蹤的過程中，我的恐懼逐漸變成了對他的仰慕。可是他最終還是失誤了——非常、非常小的失誤，這讓我更加逼近他。我充分利用這個機會，在他四周佈下了天羅地網，一切就緒就差收網了。我想用不著三天，也就是下週一之前，聰明的教授就會和他的得力助手一起，乖乖地束手就擒。這將是本世紀一次最大規模的審判，有四十多樁懸案將一併了結，這幫惡棍將會被法庭判處絞刑。不過，只要我們稍有不慎，這些罪犯直到最後都還有可能從網中逃脫。」

「現在最要緊的是，如何才能將這件事做得不露痕跡，讓莫里亞蒂教授就範。我曾經設下圈套，可是每次都被詭計多端的他識破。他每溜掉一次，我就要再次設法攔截他。如果要將我們之間的較量記錄下來，那將是偵探史上最輝煌的一頁。我從未同這樣一位高手交鋒過，他不停地向我步步緊逼。他很厲害，但是目前已略處下風。今天早上我終於完成了全部的部署，三天後便會有結果。正當我在家裡聚精會神地思考時，門忽然被推開了，教授出現在了我的眼前。」

「我被這突如其來的事情震驚了，那個令我耿耿於懷的對手，現在正跨過門檻走進來。我對他的長相並不陌生，他高大瘦削，有一雙深陷的眼睛，蒼白的面孔刮得很乾淨，前額外凸，雖然竭力保持著學者風度，卻更像一個苦行僧。可能是因為經常伏案閱讀，他顯得有點駝背，他的臉朝前突出，並來回地擺動著，看上去可悲而怪異。他半眯著眼注視我。」

「『你比我想像的還要學不乖，』他開口說道，『將上了膛的手槍放在睡衣口袋裡，是很危險的做法。』」

「事實上，從他進門的一瞬間，我便清楚地意識到自己所面臨的危險處境。教授非常清楚，擺脫目前困境的唯一方法，就是封住我的舌頭。因此我迅速將放在抽屜中的手槍悄悄放到衣袋裡，並瞄準了他。當他挑明這一點時，我索性拿出手槍，扳起了扳機放在桌上。他瞇著眼笑了，他眼角流露出的神情使我堅信，這把槍現在十分重要。」

「『顯然你對我並不瞭解，』他說道。」

「『正好相反，我非常瞭解你。請坐下吧，你有五分鐘可以說話。』」

「『我想說的，你都知道了。』」

「『那麼你也知道我的答案了。』」

「『絕不肯讓步？』」

「『當然。』」

「他忽然將手伸進了衣袋，我下意識地抓起了那把槍。然而他掏出來的卻是一本備忘錄，上面雜亂地記著些日期。」

「『一月四日你給我製造了麻煩，』他嚴肅地說道，『二十三日你又設下了圈套；二月中你設下了更大的騙局；三月底你妨礙了我的行動。四月底你更是步步緊逼，我有可能失去自由。這一切已讓我忍無可忍。』」

「『你覺得該怎麼辦？』我問道。」

「『你該停止了，福爾摩斯先生！』他晃著腦袋說道，『我告訴你，你必須這麼做！』」

「『星期一再說。』我回答。」

「『我呸！呸！』他說，『聰明如你，應該看得出這麼做只會有一種下場。你將會付出代價，你讓我們只剩下一條路對付你了。我很佩服你的智慧，但我還是得說，是你逼我採取極端手段的。儘管笑吧！老兄，不過我跟你保證這一切一定會發生的！』」

「『危險也是偵探工作的一部分。』我說。」

「『可不只是危險而已，』他說，『是滅頂之災！你所妨礙的不僅僅是一個人，而是一個有強大的組織，一個用盡你的智慧也無法理解的組織。你最好保持距離，福爾摩斯先生，不然遲早會被踩死的。』」

「『恐怕我們得結束這段愉快的對話了，我還有別的重要事情要處理。』我站起來說道。」

「他也起了身，臉色陰沉盯著我，很傷感地搖了搖頭。」

「『好吧，好吧，』他說道，『真遺憾，我已經盡力了，星期一之前暫時無計可施了。福爾摩斯先生，我們之間還有一筆帳要算。你想把我送上被告席，但我告訴你，我絕對不會站上去的；你想擊敗我，我也告訴你，你絕對無法擊敗我；而如果你想毀滅我，我也會用同樣的方式回敬你。』」

「『你過獎了，莫里亞蒂先生，那我也回敬你一句：只要是為了大眾的利益，我會不惜一切。』」

「『我一定會毀掉你，但休想我讓我跟你陪葬！』他氣急敗壞地轉身離開了屋子。」

「『以上便是我與莫里亞蒂教授一段獨特的對話。我坦言，這對我的心情產生了極壞的影響。他態度中肯，語言明瞭，絕非一般恐嚇，他能做出一般犯罪分子做不到的事。也許你會想，我為何不求助於警方呢？因為我推測他不會親自動手，而他那幫凶惡的黨羽也一定不會放過我。對這一點我深信不疑。」

「你已經受到襲擊了？」

「親愛的華生，莫里亞蒂教授是不會錯過任何好機會的。一天中午，我去牛津辦事，在本廷克街與韋爾貝克街的轉角處，一輛馬車飛快地從我背後撞了上來，我情急之下跳進小路裡，才撿回了一條命，而馬車早已消失在瑪利勒本巷了。從此以後，我只好改走小路了，有一次我走在維爾街時，房頂上突然掉下來一塊磚頭，差點砸在我的頭上。我找到警察，他們發現屋頂正在維修，堆放著一些磚瓦和石板，於是認定是風刮下來的。我雖然又躲過了一場劫難，內心卻更難以平靜。接下來，我便坐馬車去我哥哥位於波爾大街的家裡，在那裡待了一整天。剛才在來你家的途中，遭到一個暴徒偷襲。我一拳擊中了他的門牙，將指關節磨破了。警察抓住了那個凶手，但我相信查不到任何線索的。不難想像，此刻那位聰明絕頂的教授正在十多哩遠的一個課堂上滔滔不絕地解答問題。我的朋友，這就是我一進門就鎖好百葉窗的原因，此外我還請你同意我從後院離開，以避人耳目，希望你能理解。」

我聽完夏洛克．福爾摩斯這段離奇的經歷後，實在為他擔心，這確實夠恐怖的了。那些叫人聽後感到毛骨悚然的事，卻更增添了福爾摩斯的傳奇色彩。

「你今晚會住在這裡嗎？」我問。

「不，這會給你帶來更大的危險。我已經有了萬全之策。根據案情的進展，警察絕對能將那幫惡棍繩之以法，我唯一要做的就是站在證人席上。因此，我最好在他們被逮捕前離開此地，讓警察大顯身手吧。如果你同意去歐洲大陸做一趟旅行，那我會很高興的。」

「沒什麼不好，我的鄰居會幫我料理一切的。」

「明天早上出發可以嗎？」

「有需要的話。」

「那就這麼決定吧。該怎麼做我都寫在指令上了。請你務必要嚴格執行，你要明白這是一場戰鬥，我們的對手是歐洲大陸最陰險的罪犯和規模最大的犯罪組織。現在，聽著，千萬不要把目的地寫在你的行李上，找一個可以信任的人把行李送到維多利亞車站。明早雇馬車時，讓你的隨從避開前兩名主動攬客的馬車。你坐上馬車後，將地址寫在紙條上交給馬車伕，地址是勞德商場的河岸街盡頭。請車伕將紙條收好，你先把車費付清，等目的地一到，立刻走到街對面。九點十五分會有一個身披黑色斗蓬，領子鑲著紅邊的人，駕著一輛豪華的馬車等在那裡，他會把你帶到維多利亞車站。然後我們就可搭上開往歐洲的特快車了。」

「我們要在哪裡會合？」

「維多利亞車站。我已訂了第二節頭等車廂的座位。」

「所以我們會在車廂內碰面。」

「沒錯。」

我希望福爾摩斯能在這裡留宿，可他說什麼也不同意。毫無疑問，他不想給我帶來麻煩，他簡短地講完明天的安排，便起身和我和一起朝花園走去，越過圍牆外面便是莫蒂默街，他吹了聲口哨招來馬車，我聽得出他已平安離開了。

次日早晨，我十分謹慎地按照我的朋友的指令行動，極力避開那些可疑的馬車，以免落入陷阱，早餐過後我就馬不停蹄地趕往朝勞德商場。我快速穿越過馬路，有個身披黑色斗蓬，身材高大而結實的車伕正在那裡等待，我一個箭步跨上了他的四輪小馬車，他迅速揚起馬鞭，奔向維多利亞車站，到達目的地後，他調轉車頭轉眼便消失了。

我非常慶幸，一切都進展得很順利。我輕易地找到了與福爾摩斯會合的車廂，因為他告訴過我那節車廂標記著「已訂位」。目前唯一令我不安的是，福爾摩斯還未出現。我轉頭看了站台的掛鐘，再過七分鐘就要開車了。我的目光穿過成群的旅客和送行的人們，卻始終找不到那熟悉的身影。這時，有個年邁的義大利修士引起了我的注意，他用不標準的英語要求搬運工將他的行李搬上車，運往巴黎。我花了幾分鐘時間幫助他。這時，他再次朝四周看了看。當我回到車廂時，竟看見那位年邁的外國修士端坐在窗前，而搬運工也將他的行李提了進來。雖然我一再說明這是私人包廂，但對方毫無反應，由於我的義大利語十分蹩腳，只好無奈地聳了聳肩，繼續在人流中搜尋福爾摩斯的身影。我開始懷疑他昨夜遭到了毒手因此失約，不由得緊張起來。車廂門終於關上，汽笛鳴起，火車徐徐開動。

「親愛的華生，」從我身旁傳來一個聲音，「你還沒說過早安呢！」

我猛地一驚，轉過頭去，老修士揚起一張臉望著我。他那皺紋密布的臉漸漸舒展開，鼻子挺了起來，乾癟的嘴唇變得有形，呆滯的眼睛射出了炯炯光芒，駝背的身子漸漸伸直。但才一瞬間，他又變回了剛才那副衰老的模樣，福爾摩斯再度消失。

「我的天！」我驚叫道，「你快嚇死我了！」

「我們不能露出破綻，」福爾摩斯悄聲說道，「我早就料到他們會緊追不放。嘿，莫里亞蒂教授就在那兒。」

我向站台望去，一個大個子正穿過人群，不停地招手，他似乎希望火車立刻停下來。但已經來不及了，因為火車的速度正逐漸加快，轉眼便駛離了車站。

「華生，我們終於脫身了！」福爾摩斯露出了滿意的笑容。他站起來脫掉了教士的黑色衣帽，順手放到了手提包中。

「你讀過早報了嗎，華生？」

「還沒。」

「那你還不知道昨晚貝克街發生的事了。」

「貝克街？」

「他們燒了我的房子。只是損失不算嚴重。」

「我的天！福爾摩斯，這太狠毒了！」

「自從那個拿棍棒偷襲我的傢伙被逮了以後，他們便失去了我的下落。他們估計我回家了，便放火燒了房子。他們還監視了你的住處，否則莫里亞蒂教授是不會來車站的。你在整個行程中沒什麼疏漏之處吧？」

「我嚴格依照你的指令行事。」

「你坐的是我說的那輛馬車嗎？」

「沒錯，它比我早到。」

「你有認出那名車伕嗎？」

「沒有。」

「他是我的兄長邁克洛夫特。在這樣的時刻，不能輕信任何雇來的人。現在，讓我們來計畫如何對付莫里亞蒂教授吧！」

「我們坐的是特快車，下車後會直接登船，因此我認為現在已經安全了。」

「親愛的華生，看來你沒搞懂我的意思，他的智力和我不相上下。要是我遇到這樣的小阻礙，絕不會輕易認輸的，所以，你覺得他會認輸嗎？」

「他會做什麼？」

「如果是我會做什麼？」

「那你會做什麼？」

「包下一列車。」

「但那樣一定來不及。」

「不，這趟快車會在坎特伯里停下，而且船總是誤點至少十五分鐘。他肯定會提前趕到碼頭攔截我們。」

「這樣簡直好像我們才是逃犯，何不直接把他抓起來？」

「那會讓我好幾個月的心血付諸東流。我們的確可以先捉住大魚，但那樣將會讓許多小魚破網而去。只要熬到下週一，就能把他們一網打盡。至於現在，還不能逮捕他。」

「所以你打算？」

「我們在坎特伯里下車。」

「然後？」

「哦，我們先橫跨歐洲到紐哈芬，再到迪耶普。而莫里亞蒂會像我一樣，緊追著那兩個行李箱到巴黎，然後在車站白白等上兩天。而我們卻帶著路上買來的兩個睡袋，經盧森堡、巴塞爾到達瑞士。」

我們終於抵達了坎特伯里車站，可是還要再等一個小時才有到紐哈芬的車。

我十分沮喪地看了看行李車廂，我全部的衣服都在上面。福爾摩斯忽然扯了我的袖子，並指著遠方。

「來了！你看。」福爾摩斯說道。

從遙遠的肯特森林方向騰起一股黑色的濃煙，不久後便看見一列裝載了引擎的車廂，繞過彎道朝這邊飛馳過來。我們迅速躲到一堆行李背後，列車伴隨著汽笛的長鳴駛過，一股灼人的熱浪朝我們撲面而來。

「他終於走了，」當列車駛過幾座小丘後，福爾摩斯起身說道，「這就是他的極限了，你也看到了，如果他能猜到我們會在這裡下車，那才算是天才。」

「要是被他追到會怎麼樣？」

「毫無疑問，他會立刻置我於死地。當然，這場戰鬥還沒分出勝負，現在擺在我們面前的首要問題是，我們應該提早吃午餐，還是撐到紐哈芬後再大吃一頓。」

那晚我們風雨兼程地趕到了布魯塞爾，兩天後又轉往史特拉斯堡。週一一大早我的朋友便發了封電報給蘇格蘭場，當我們晚間回到飯店時，回信已在那等著我們。福爾摩斯撕開信封，只看了一眼，便咒罵著把信丟向火爐。

「我就知道！」福爾摩斯說道，「被他逃了！」

「莫里亞蒂？」

「警方破獲了這個犯罪集團，卻漏掉了莫里亞蒂，他跑了！當然，我離開英國後，就再沒有人能限制他的自由，我還以為能夠相信警方。我想你最好立刻回英國，華生。」

「為什麼？」

「因為再跟著我會很危險。莫里亞蒂的巢穴已經被破獲，他回不了倫敦了。要是我對他的了解沒錯的話，他肯定會來報仇，他那次的來訪已經說得非常清楚了，我相信他說到做到。你最好返回倫敦的工作崗位上。」

我不忍心拋下他一個人，因為他目前的處境已非常危險。我們兩人為此爭論了足足半小時，最後終於決定繼續這趟旅行，我們離開史特拉堡飯店，當夜便順利地抵達了日內瓦。

大自然非常美麗，讓我們忘記了旅途的勞頓，在隆河谷地消磨了一週時間。隨後，我們又去了洛克的吉米山隘，欣賞山上的皚皚雪景，後來又經過因特拉肯，前往邁林根。這是一次令人難忘的行程，山腳下是一片姹紫嫣紅的春光，而山上卻積著厚重的白雪。既使這樣，福爾摩斯也一刻都沒有放鬆警戒。不論是在人跡罕至的山澗，還是民風淳樸的山村，他對身邊的每一個人都投以懷疑的目光。他始終相信，我們還沒有從危險的威脅中走出來。

有一次，當我們穿越吉米山隘，沿著令人驚悸的道本湖緩慢而行，忽然從右邊山脊滾落下一塊大石頭，咚地一聲掉入我們身旁的湖水中。我的朋友非常警覺地跑上山峰，四處觀望。雖然嚮導向他詳細地解釋了這一帶春季常有石塊墜落，可是怎麼也消除不了他的戒備心理。福爾摩斯雖然沉默不語，可從他偶爾的笑容中，我常能捕捉到一切都在他意料之中的神情。

日復一日的提高警覺並未讓他變得沮喪，相反地，他的精神漸漸亢奮了起來，他一次又一次的提起，要是他能剷除莫里亞蒂，他願意就此了結自己的偵探事業。

「我從來沒有走過這麼長的一段，華生，我這一生並沒有虛度。」福爾摩斯動容地說道，「就算我的故事今晚就畫下休止符，我也能平靜地面對這一切。倫敦的空氣因為我重新變得清新；我處理過一千多件形形色色的案件，而我能引以為豪的是，我從未留下任何冤案。我喜歡鑽研由神奇的自然所提出的問題，而對那些由人為因素構成的膚淺的社會問題感到極端厭惡。總有一天，我會消滅或捕獲那個震動全歐洲的危險罪犯，那時我的事業就會結束，而你的記錄也該畫上一個句號。」

我希望自己的描述清晰明瞭。為了保持故事的完整，在責任心的驅使下，我馬上記錄下所有細節，雖然我並不願意提及這件事。

五月三日，我們抵達了位於邁林根的一個小鎮，住進了「大英旅館」，老闆老彼得．史提勒人很聰明，曾在倫敦的格羅夫納酒店做過三年服務生，能講一口道地的英語。四日下午，我們聽了老彼得的建議，計畫翻過山丘去羅森勞依過夜，那兒有個小山村。他特別提醒，經過半山腰著名的萊辛巴赫瀑布時，應該繞道去瞧瞧。

這裡的地勢的確很險要。融化的雪水匯集在一起，朝深不見底的山谷傾瀉而下，騰起的水霧如同房舍被點燃後翻滾的濃煙。谷口是一個天然的大裂縫，兩側聳立著黑色的山岩，順流而下的水柱沿著裂縫化作一道乳白色的帶子，沸騰著奔向深淵，如同雷鳴般的巨響震動山谷，碧綠的清波傾瀉而下，厚重的水幕濺起層層水花，發出永不間斷的轟響，令人暈眩。我們佇立在山崖邊，側耳聆聽如同獅吼的隆隆聲，凝望著山澗裡跳躍的層層浪花。

在半山腰處，順著瀑布有條小路，它能使觀者飽覽全部景色，但卻是一條死路，旅客只能沿著原路往回走。正當我們往回走時，有個瑞士少年跑來遞給我一封信。信封上蓋有「大英旅館」的印章，從上面的印章可以看出，信來自我們剛離開的那間旅館。信上說，當我們離開不久後，便有位肺結核末期的英國女士造訪。她剛在達沃斯普拉茨過完冬，目前正準備去盧塞恩拜訪朋友，卻忽然吐血，恐怕會有生命危險，她希望能有一位英國醫生替他治療，店主問我能否返回。熱心的老史提勒還說，由於這位固執的女士不肯接受當地醫生的治療，他感到責任重大，如果我能答應，他將十分感激。

我實在無法拒絕一位身處異國他鄉，掙扎在死亡邊緣的女士的請求。同時我也不願意拋下福爾摩斯，這實在讓我無法抉擇。最後，我們作出了決定，我返回邁林根，留下送信的瑞士青年陪福爾摩斯遊玩。我們約定傍晚時分在羅森勞伊會合，福爾摩斯說他要在瀑布停留一下，然後再前往那裡。我離開時，他正彎著雙臂，背對著一塊石頭。我無法想像，這竟是我們最後一次見面。

當我從山坡下再次回頭時，瀑布早已離開了我的視線，但仍可以看見蜿蜒在瀑布旁邊的那條小路。有一件事我記得很清楚，一個男子沿小路而上。他那漆黑的身影，掩映在濃厚的樹蔭下。他那副精神抖擻的模樣令人十分難忘，但由於我有要事在身，很快就將他拋在腦後了。

一小時過去了，我疲憊地趕到了邁林根。老史提勒剛好就在旅店門口。

「呼，」我急切地問。「病人應該沒有惡化吧？」

看著他雙眉上揚，一臉驚訝的神色，令我頓時不安起來。

「這不是你寫的？」我將信遞給了店主。「旅館裡沒有一位生病的英國女士？」

「當然沒有！」他說道，「哈！但這的確是我們的印章！一定是那位英國男士，他在你們離開後才來的，他說——」

我拚命的奔跑，內心被驚恐的情緒給佔據。回去全是上坡路，儘管我沒命地狂奔，當到達萊辛巴赫瀑布時，距離我上次離開已經過了兩個鐘頭了。在我們分手的地方，我找到了福爾摩斯的手杖，卻再也見不到他的身影，除了山谷間幽幽的回音，再也沒有任何答案了。

我看著靠在岩石上的拐杖，不由得心驚膽顫。由此判斷，他並沒有去我們約定的地方，當對手偷襲他時，他仍站在這條一面是深澗，一面是陡壁的羊腸小道上。送信的年輕人也不見蹤影，他也許從莫里亞蒂那裡得到了一點好處，辦完事後便將舞台留給了兩個死對頭。那到底是什麼樣的場景?誰知道?

我呆若木雞地站在原地，直到一兩分鐘後才平靜下來，我想起了我的朋友的邏輯推理法，並努力將其運用到實際中。看來，這比想像中容易。手杖的位置足以說明，福爾摩斯並未走到小路的盡頭。由於瀑布的水花常年不息地濺在小路上，因此黑土也一直都很鬆軟，哪怕是一隻小鳥都會留下足跡。在距小路末端幾碼處，路面被踩踏得泥濘不堪，路邊的羊齒草和荊棘被抓扯過，紛紛倒在泥濘中。我蹲在路邊，四處查找線索，水花不斷噴濺在我四周。我從旅館離開時，太陽已經下山，唯一能見到的光亮便是噴灑到黑色峭壁上的水珠和落入谷底的浪花。我仰天長嘆，然而迴旋在我耳際的僅有瀑布的轟隆聲。

也許是上帝的安排，我竟然發現了福爾摩斯的遺書。我曾經講過，他的手杖靠在一塊岩石上。我注意到在石上還有一件熠熠發光的東西，我伸手將它拿起，原來是福爾摩斯常帶在身邊的銀製煙盒，下面壓了一張被折成小方塊的紙片。這是福爾摩斯留給我的信，它是三張從記事本上扯下來的紙。它流露出了我的朋友的風格，筆鋒灑脫，內容清晰明瞭，就像在書房中寫的一樣。

親愛的華生：

莫里亞蒂教授正等著與我進行最終辯論，他慷慨地允許我留下這幾行字。他陳述了自己是如何巧妙避開警察的追捕，並找到了我們。這恰好證明，他對於我給予的高度評價當之無愧。每當我想起是我替社會剷除了莫里亞蒂，就由衷地感到欣慰，儘管這會給我的朋友，華生，尤其是你，帶來痛苦。當然，我曾向你說明過，我的職業生涯已到了危急關頭，對我而言這樣的結局已相當不錯了。坦白告訴你吧，我很清楚那封信是假的，但我沒有揭穿，因為我認定這樣的事還會發生。如果見到帕特森警長，你就告訴他在以M開頭的文件夾中存放了能將那個犯罪組織定罪的重要證據，它被收在藍色信封裡，信封寫有「莫里亞蒂」。在啟程之前，我已經把名下微薄的財產贈予了我的兄長。此外，請替我問候華生夫人，親愛的伙伴。

你誠摯的朋友

夏洛克．福爾摩斯

這些文字足以說明發生的事情；而剩下的情況也十分容易解釋，警方進行了勘察後，證實兩人在經過一場激烈的搏鬥後雙雙墜崖。我們無法找到兩人的屍首，最傑出的正義伙伴和最邪惡的罪犯就這樣永遠沉沒在激蕩的漩渦與泡沫之下。從此以後，再也沒有發現那個送信人的身影，看來他也是犯罪組織的成員之一。至於那個犯罪組織，大眾將會記得福爾摩斯掌握的證據是如何有效揭露了組織的全貌，以及已故的莫里亞蒂是如何對他的爪牙嚴加控制。在法庭上，檢方對莫里亞蒂的指控十分有限，而我揭露這一切真相，是為了對抗那些無知的辯護者對於福爾摩斯的攻擊，他們企圖藉此掩蓋他的事跡。但對我而言，福爾摩斯才是世上最有智慧的人。

巴斯克維爾獵犬

1901～1902

The Hound of the Baskervilles

查爾斯爵士一夕暴斃
牽引出巴斯克維爾家族百年詛咒
幽靈獵犬現身沼澤
虎視眈眈威脅巴斯克維爾後代
福爾摩斯如何救繼承人脫離危機
又如何破除魔咒
還原真相……

Sherlock Holmes

1 夏洛克・福爾摩斯

夏洛克・福爾摩斯先生早上總是起得很晚，除了偶爾會通宵達旦。他正坐在早餐桌旁，而我則站在壁爐前的地毯上仔細觀察昨晚客人遺忘了的手杖。手杖用一種非常優質且堅硬的木頭製成，頂端有一個球狀物，下面是約一吋寬的銀箍，上面刻有「贈予皇家外科醫學院學士詹姆士・莫蒂默，C・C・H・的朋友們」，和「一八八四年」的字樣。這種手杖常為舊式私人醫生所愛用，既堅固又耐用，且不失莊重。

「嘿，你能看出些什麼，華生？」

福爾摩斯背對我坐著，我沒想到他會知道我在研究手杖。

「你怎麼知道？難道有眼睛長在你的後腦上？」我十分驚奇。

「我手中的咖啡壺告訴我的，你忘了它是一只擦得發亮的鍍銀壺嗎？」福爾摩斯漫不經心地說，「華生，你能從這根手杖推斷出什麼？可惜我們沒見過它的主人，不知道他來此的目的。所以，他留下的這份紀念品就顯得格外重要了。再仔細觀察一下，然後依據你的推斷描述一下這位客人吧。」

「我認為，」我盡力地想按福爾摩斯式的方法推論，「從這份人們贈予的、用來表示尊敬的紀念品看，莫蒂默醫生是一位頗有建樹而且受人尊敬的，年紀較大的醫界人士。」

「嗯！」福爾摩斯說，「很好。」

「而且，他極有可能是一名鄉村醫生，以步行出診居多。」

「有根據嗎？」

「當然，這手杖原本很漂亮，可是現在已經磨損得不像樣了。城市的醫生們是不會這樣的，對他們而言，手杖的裝飾作用大於它本身的實用價值。況且這根手杖下端的包鐵磨損也相當嚴重，顯然是因為主人用它走了很多路。」

「完全正確！」福爾摩斯說。

「另外，從手杖上所刻的『C．C．H．的朋友們』，我推測，應該是指某個組織，因為莫蒂默醫生曾為這個組織的人進行過重大或成功的治療，所以他們送了這份禮物以示感激。」

「華生，你的進步可真大。」福爾摩斯一邊說著，一邊向後推了推椅子，同時點了支煙。

「不得不說，當你記載我所取得的小小成就時，不知不覺習慣小看自己了。當然，也許你本身並不發光，但卻是光的傳媒；這個世上，有些人自身不是天才，但是他卻有很大的力量去激發天才。我承認，我真的很感激你，我的朋友。」

不可否認，聽了他的話我感到萬分高興。因為他以前從沒有說過這麼多話，而且他對於我試圖以敬佩的態度將他的推理介紹給大眾所做的努力，向來十分冷漠。但是現在當我運用他的方法進行推斷，竟得到了他的讚許，光想就令我感到驕傲。這時，他把手杖拿了過去，掃視了幾分鐘，便很感興趣地從嘴巴取下了煙斗，然後拿出他的放大鏡在窗邊仔細地察看著。

「很簡單，卻也很有趣，」他說著，重新在那張他最喜歡的椅子坐下來，「手杖上的確有一兩處能說明問題，是我們做出論斷的依據。」

「我還有疏漏嗎？」我相當自負地問，「我相信自己沒有遺漏任何重要的地方。」

「我很抱歉，親愛的華生，你的多數結論恐怕都是錯誤的。當然，我說你激發了我，但我的意思是，在我明白了你的錯誤的同時，也發現了真相。不過，我並不認為你這次完全錯了，這個人的確是一位經常步行出診的鄉村醫生。」

「所以我說對了。」我有些自得。

「僅此而已。」

「但是，我就只能看出這些了。」

「不，不，我親愛的華生，這不是全部，絕對不是。例如，你說這件送給醫生的禮物是來自一個組織的，可我倒傾向於它來自一家醫院：我認為『C．C．』兩個字首是放在『醫院』（Hospital）一詞之前的。因此，『C．C．』應該是醫院名稱，一定就是查林十字（Charing Cross）兩個字的縮寫。」

「也許你是對的。」我的口氣軟了下來。

「不是也許，很有可能就是事實。我們姑且把這個推論當作是事實，那麼從這個推論出發，我們又可以進行新的推論，這樣就能描述這位素未謀面的客人了。」

「好！就假設『C．C．H．』是指查林十字醫院，那麼下一步該怎麼推論呢？」

「難道你就找不出一點能說明問題的地方？運用我的方法，你懂的。」

「我只能推斷出他在當鄉村醫生前曾經在城裡執業，這一點顯而易見。」

「我們已經知道有人送了一支手杖給他，那麼再大膽地進一步推測：這是在什麼樣的情況下所贈與？這些人在什麼情況下會一起祝福他？顯然，一定是當這位莫蒂默醫生要離開醫院自行開業的時候。那麼，我們可以得出結論——這份禮物是莫蒂默醫生離開醫院去鄉村開業時得到的。」

「分析得很好，很有可能。」

「在倫敦，當一個人在醫院獲得了相當的聲望後，就會成為正式醫師，也就沒有理由遷到鄉下去了。所以，他是什麼職位呢？如果他在醫院任職而又不是正式醫師，那麼就只可能是住院外科醫生或住院內科醫生了，地位只比醫學院的高年級學生優越一點；手杖上刻了他離開的日期，那只不過是五年前的事，所以根本不可能是你所描述的德高望重的中年醫生。親愛的華生，出現在這裡的是一個不到三十歲的年輕人，他為人友善、淡泊名利，卻有些粗心大意，另外，他養著一隻小狗，大約比獵犬大，比獒犬小。」

我笑了笑，並不相信。福爾摩斯仰靠著椅子，一串煙圈從口中吐出，嫋嫋飄向天花板。

「我無法證明你推論中的後半段是否正確，但是要查出這個人的年齡、履歷並不困難。」

說完，我立即從放著醫學書籍的小書架中取出一本醫藥手冊，從人名欄中找出了好幾個莫蒂默，但其中只有一位可能與這位來客相符。於是，我大聲讀出這段文字：

詹姆士．莫蒂默，一八八二年畢業於皇家外科醫學院，住在德文郡．達特穆爾．格林潘。一八八二至一八八四年在查林十字醫院擔任住院外科醫生，瑞典病理學協會通訊員。以《疾病是否隔代遺傳》一文獲得傑克森病理學獎金。曾著有《幾種隔代遺傳的畸形症》（載於一八八二年的《柳葉刀》）、《我們在前進嗎》（載於一八八三年三月的《心理學報》）。曾擔任格林潘、索斯利以及高塚村等教區的醫務官一職。

「裡頭並沒有提到什麼組織呀！華生，」福爾摩斯帶著嘲諷的神情微笑著，「正符合你的推論，他是一個鄉村醫生；同時，我認為我的推論也是很對的。如果我沒記錯的話，我對他用過『友善、淡泊名利、粗心大意』等形容詞。依我的經驗，在我們社會中只有對人友善的人才可能得到紀念品；只有淡泊名利的人才會放棄都市而選擇鄉村；至於『粗心大意』嘛，你應該很清楚，只有那種人才會在屋裡待了上一個小時卻忘了帶走自己的手杖，還忘了留下自己的名片。」

「那隻狗呢？」

「手杖中段有狗的齒印，很清晰。這是由於狗常跟在主人後面叨著這根手杖，手杖很重，牠不得不緊緊咬著。從這些齒印間隔來看，這隻狗的下巴應該比獵犬的寬，比獒犬的窄。牠也許是——」他邊說邊在屋內踱步，忽然在陽台前停住了，語氣充滿自信，「沒錯！牠一定是一隻捲毛獵犬。」

我半信半疑地抬起頭望著他。

「親愛的福爾摩斯，你怎麼能這麼篤定呢？」

「原因很簡單。我已經看見這隻狗正在樓下門外的台階旁，牠的主人在按著門鈴呢！哦，鈴聲響了，他正向屋子走來，這一刻真是富有戲劇性，因為你不知道他會帶來好運還是厄運。哎，別離開，華生，他是你的同行，也許我有醫學方面的問題需要你的協助。詹姆士．莫蒂默醫生要進來了，他想向犯罪專家求助什麼呢？請進。」

我對來者的長相大吃一驚，因為事前我把他想像成一位典型的鄉村醫生。可出現在我們面前的人卻是個又瘦又高的傢伙，長長的鼻子恰似一張鳥嘴，兩眼相距很近，敏銳呈灰色，在一副金邊眼鏡下炯炯有神。他穿著醫生的服裝，不過外衣髒了，褲子也磨損，顯得相當寒酸。他很年輕，但瘦長的背已經有些駝，走路時頭微微前仰，有些貴族般的溫和風度。一見到福爾摩斯手中的手杖，他興奮地上前接了過去。

「我一直不確定是把它忘在這裡還是忘在輪船公司了。我寧可失去整個世界，也不願意弄丟我的手杖。」

「它是件禮物吧，我想。」福爾摩斯說。

「是的。」

「查林十字醫院送的？」

「是我結婚時那裡的兩個朋友送的。」

「天哪！天哪！我錯了。」福爾摩斯搖搖頭叫道。

莫蒂默醫生透過眼鏡微微有些吃驚的眨了眨眼睛：「什麼錯了？」

「因為你推翻了我們推理出的幾個小結論。你說這東西是在你結婚的時候收到的，是嗎？」

「是的，先生，我結婚後就離開了醫院。為了能成為一名專職醫生，我開了一間自己的診所。」

「還好，還好，至少我們並沒錯得一塌糊塗，」福爾摩斯說道，「嗯，詹姆士．莫蒂默醫生——」

「叫我先生就行了，先生，我只是個皇家外科醫學院的畢業生。」

「顯然，你還是位思想縝密的人。」

「福爾摩斯先生，你過獎了。我所知的只不過是學海一隅罷了。我應該是在和福爾摩斯先生談話，並不是——」

「對，這是我的朋友，華生醫生。」

「很高興見到你，先生。我常聽人們在談到福爾摩斯先生時提到你。福爾摩斯先生，我對你非常感興趣，我從來沒看過這麼長的頭顱，與這麼深的眼窩，我可以摸摸你的頭骨嗎？先生，你的頭骨模型肯定能成為人類學博物館中最為傑出的一件標本。我無意冒犯，但我真的很渴望擁有你的頭骨。」

夏洛克·福爾摩斯比了個手勢，示意讓客人在一張椅子上坐下，他說道：「先生，我知道，我們兩人都熱衷於自己的工作，並且都愛思考。」他接著說，「從你的手指看來，你會自己捲香煙抽，別客氣，點上一支吧！」

來客沒有推辭，他從自己的口袋裡拿出紙張和煙絲。只見他那長長的手指顫動著，恰似昆蟲的觸鬚，他的手中一轉眼就捲出了一支精巧的煙。

福爾摩斯表情平靜，可他那對靈敏的眼睛表明，他的內心已對來客產生了極大的興趣。

「我想，先生，」最後他說道，「我認為你不只是為了來檢查我的頭骨，才在昨晚跟今天二度來訪吧？」

「不，先生，當然！雖然作為一名醫生我對你的頭骨感到非常興趣，可是，目前我遇到了一件非常嚴重而又古怪的事情。我對這種事情十分缺乏經驗。福爾摩斯先生，我確信你是整個歐洲第二高明的犯罪學家，所以我——」

「天哪！先生，我能請問誰有榮幸排在第一位呢？」福爾摩斯有些刻薄地問道。

「對於一個滿腦子科學的人而言，柏蒂龍先生的偵察手法是非常厲害的。」

「那你為什麼不去請教他呢？」

「我說了，先生，只對於一個滿腦子科學的人而言。但說到實際辦案的經驗與知識，我相信你是無人能匹敵的。請相信，先生，我不是有意——」

「有一點，」福爾摩斯說，「我想，莫蒂默先生，你最好立刻把要委託我的事件清清楚楚地講述一遍。」

2 巴斯克維爾的詛咒

「我的口袋裡有一份手稿。」詹姆士．莫蒂默醫生說。

「你進屋時我就看出來了。」福爾摩斯平靜地答道。

「是一份古老的手稿。」

「來自十八世紀初，除非它是假的。」

「你怎麼知道的，先生？」莫蒂默醫生大為驚疑。

「你進屋時，我發現有一卷東西露出你的口袋，大約有一兩吋。有了這樣的線索，要是一位專家還無法估計出它的大約年代，那也未免太差勁了。據我觀察，這篇手稿寫於一七三〇年。關於這種技巧我曾寫過一篇小論文，也許你曾讀過。」

「確切的年代是一七四二年。」莫蒂默醫生從胸前的口袋掏出手稿，「這是一封祖傳文獻，是查爾斯．巴斯克維爾爵士交給我的，我是他的醫生兼朋友。三個月前，爵士忽然慘死，引起整個德文郡的恐慌。爵士相當堅強、精明、務實，而且個性像我一樣無趣。他曾很認真地看過這份文件，而且也準備好接受這份命運。」

福爾摩斯接過手稿，將它鋪在膝蓋上然後對我說：

「華生，仔細看，長形S和短形S交替使用，這是確定年代的幾個特徵之一。」

隔著他的肩膀，我看到那張紙明顯泛黃，字跡已經褪色，頂端寫著一排「巴斯克維爾莊園」的字樣，接著是潦草的數字「一七四二」。

「像是記載什麼。」福爾摩斯說。

「是的，記載一個在巴斯克維爾家流傳的傳說。」莫蒂默回答。

「但我知道，你是為了一些更接近且現實的事而來。」

「非常接近，也非常現實，而且必須在二十四小時之內做出決定，但是從這份手稿能聯想到的線索有限。如果你同意，我願意唸給你們聽聽。」

福爾摩斯靠著椅背，雙手指尖相抵，合上眼簾，一副聆聽的模樣。莫蒂默醫生把手稿拿到亮處，聲音高亢而嘶啞地朗讀著一則奇特而古老的故事：

過去曾有很多關於巴斯克維爾獵犬的傳說，而我所聽到的這一則來自雨果．巴斯克維爾。我從我父親那裡聽到這個故事，我父親又是從他的父親那裡聽到的。我將這個故事傳下去，是因為我相信，即使已經傳了四代，它仍是真實發生過的事。而我希望你們相信，孩子們，那些懲罰惡人的正義之力，也有可能寬恕罪惡。無論是多麼深重的罪孽，都能經由禱告獲得消除。當你們聽完了這個故事後，請不要為了祖先們的業障感到恐懼，而要慎重的把握未來，這樣的話，祖先們遭受的那些痛苦就不致於再度降臨毀滅我們。

據傳，在英國內戰時期（我誠摯地向你們推薦博學的克雷倫登寫的歷史），這座巴斯克維爾莊園被一個名叫雨果的人佔據。他是個非常野蠻卑劣、目無上帝的人，事實上，這一地區的宗教從來就沒有興盛過，他的鄰居似乎也拿他沒辦法，他的名字在整個西部成了令人害怕的存在。在偶然的機遇下，雨果先生愛上（如果那種邪惡的情慾配得上這個美妙詞語的話）一位巴斯克維爾莊園附近農家的女兒。但是這個女孩一向潔身自愛，她害怕雨果的惡名，處處躲著他。因此，在米迦勒節那天，雨果得知女孩的父兄都出門以後，帶了五六個狐群狗黨，強行把女孩擄了回家，並把她關在閣樓裡，然後就在樓下暢飲起來，就像他們平常晚上常做的那樣。女孩聽到了樓下醉漢的大呼小叫，以及雨果．巴斯克維爾酒後說出的汙穢言語。最後，她在驚恐之餘做出了一件令所有勇敢的男人都自嘆不如的事，她順著牆外的常春藤爬下了屋簷，並拚命地穿越沼澤地，莊園距離她家大約有三里格的距離。

不久後，雨果與他的朋友，帶著食物和酒——也許有更不堪的東西，去看視他的俘虜時，發現房間空著，鳥兒已經飛走了。雨果像中邪似地衝到樓下，跳上大餐桌，把餐盤跟酒瓶都給踢飛了。他在所有人面前狂吼著：只要能讓他在今晚追上那個女孩，他願意把一切，包括肉體與靈魂，都交給魔鬼。在這一群狂歡者中，有一個喝得比其他人更醉的人，他大聲嚷道應該把所有的獵犬放出去追她。雨果衝出了房子，叫馬伕把馬鞍架好，並把犬舍裡的獵犬全都放出去；他把姑娘遺留下的頭巾讓獵犬聞了聞，然後就騎著馬，跟一群獵犬在月光下狂吼著朝著沼澤奔去。

大廳裡的那群烏合之眾愣在原地，還沒意識到發生了什麼事，過了好一會兒才清醒過來，並想起要去沼澤幹什麼，於是又一陣亂喊亂叫，有的跑去拿槍，有的跑去騎馬，也有的又回去拿酒。最後，這群瘋子終於恢復了神智，十三個人一起騎馬追去。明亮的月光下，他們彼此緊靠著，順著姑娘可能逃離的方向飛馳而去。

他們騎了一、二哩，在沼澤地附近遇到了一個牧羊人，於是他們叫喊著問他有沒有看見他們追的人。而這名牧羊人早已被嚇得說不出話來，過了好久才終於開口，他說的確有看到那個可憐的女孩，後面跟了一大群獵犬緊追不捨，「我還有看到，」他說，「雨果．巴斯克維爾也騎馬追了過去。有一隻地獄般的獵犬靜靜地跟在他的背後。老天！希望那東西千萬別跟著我！」那群醉鬼把牧羊人罵了一頓，又繼續前行。但很快的，他們個個被嚇出了一身冷汗，一陣馬蹄聲從沼澤上傳來，接著雨果的黑馬從他們身邊跑過，嘴角淌著白沫，鞍上無人，韁繩在地上拖行。他們戰戰兢兢地往前靠近，最後趕上了那群凶悍的純種獵犬，牠們全擠在沼地的一條深溝裡，不斷哀鳴，有幾隻逃掉了，大部分的則是直豎著頸毛，直盯著前面一條狹窄的小溝。

這群人停住了，也許，他們已經完全清醒了，許多人不想再往前走。可是其中有三個人，可能是喝得太多了，依然膽大無畏地策馬往前。前方出現了一大片平地，中間有兩根古代人立的柱子，至今仍保留完好。那一晚月光很明亮，女孩的屍體就躺在空地中央，她已因過度的恐懼和疲累死去；雨果．巴斯克維爾的屍體躺在女孩附近。然而讓這群人驚懼不已的並不是那兩具屍體，而是站在雨果身邊一隻巨大的黑色野獸，長得像獵犬，但他們從未見過這麼大隻的獵犬。牠正撕咬著雨果的喉嚨，聽到動靜，那雙閃亮的眼睛和一張流著唾液的血盆大口轉向了他們，嚇得這三人尖叫著拔腿就跑，他們的尖叫直到穿越了沼澤都沒有停止。當晚，其中一人因驚嚇過度而死，另外兩個人也發瘋了。

這就是那則傳說，我的孩子們。據說從那時開始，那隻獵犬就一直糾纏著我們的家族。我將它傳下去，是因為胡亂臆測比瞭解詳情更為可怕。不可否認，我們家族已發生了許多不幸的死亡，他們死得非常突然、淒慘且離奇。願我們能在上帝的仁慈下得到庇護，三、四代以前祖先所受的懲罰不致降臨在信奉聖經的後代身上。以上帝之名，孩子們，我要求你們行事謹慎，不要在黑夜降臨、罪惡橫行的時候穿越那塊沼澤。

（這是雨果．巴斯克維爾傳給兒子羅傑與約翰的家書，並叮囑絕不要將此事告知他們的妹妹伊莉莎白。）

莫蒂默醫生讀完了這段怪異的記載後，把眼鏡推上前額，怔怔地望著夏洛克．福爾摩斯。福爾摩斯打了個呵欠，隨手把煙頭扔進壁爐。

「怎麼了？」他說。

「難道你不覺得很有趣嗎？」莫蒂默問。

「對一個喜歡收集童話故事的人而言。」

莫蒂默醫生又從衣袋裡掏出一張摺疊成方塊的報紙。

「現在，福爾摩斯先生，我告訴你一件最近才發生的事。這是一張今年五月十四日的《德文郡紀事報》，上面有一篇關於幾天前查爾斯．巴斯克維爾爵士之死的簡短報導。」

福爾摩斯神色立即變得專注，身體微微前傾。我們的客人重新戴好眼鏡，讀了起來：

發生在近日的查爾斯．巴斯克維爾爵士之死，使得全郡都為之哀悼惋惜。據悉，他很有可能被提名為下一屆德文郡中部的自由黨候選人。雖然查爾斯爵士在巴斯克維爾莊園居住不久，但平日的仁慈與慷慨早已讓他贏得了眾人的愛戴。在這個暴發戶充斥的世界中，一位名門之後竟然能靠著自己的力量，重振衰敗的家族並返回鄉里，這樣的案例實在是前所未聞。眾所周知，查爾斯爵士在南非投資致富，但他急流勇退將產業變賣，返回英國。他來到巴斯克維爾莊園不到兩年，雄心勃勃地計畫重建工作，然而這個計畫隨著他本人的過世而胎死腹中。由於他並沒有子嗣，他曾公開表示，在他有生之年，他將盡力資助整個鄉村，因此很多人都為他的暴斃而悲傷。本欄也曾登載過他對鄉里及當地慈善機構的慷慨捐贈。

驗屍結果無法釐清查爾斯爵士死亡的相關原因，至少目前尚未排除當地人的各種迷信與謠言。既無理由懷疑是他殺，也無法斷定是自然死亡。據說查爾斯爵士曾在某些方面表現出精神異常，他雖然有很多財產，又是鰥夫，但生活卻相當簡樸。整座莊園裡只有巴里莫爾夫婦打理一切事務，丈夫是管家，妻子則做雜役。他們的證詞中指出：查爾斯爵士生前健康狀況欠佳，尤其是心臟。症狀為臉色改變、呼吸困難以及嚴重的神經衰弱。他的好友兼私人醫生詹姆士．莫蒂默也證實了這點。

案情十分單純，巴里莫爾夫婦說，查爾斯爵士有一個習慣，每晚睡覺前一定會沿著巴斯克維爾莊園有名的紫杉小徑散步。五月四日，查爾斯爵士說隔天將前往倫敦，並吩囑巴里莫爾打點行李。當晚，他照常吸著雪茄出門作晚間散步，但一直沒有回來。直到午夜十二點，巴里莫爾發現客廳門敞開著，非常吃驚，才點著燈籠出去尋找主人。當時外面很潮濕，因此爵士留在小徑上的足跡清晰可見，小徑的中間有個通往沼澤的柵欄門。各種跡象顯示爵士曾在門前逗留過，然後又沿著小徑前行。這裡有一點難以解釋的事實，巴里莫爾說，在通過柵欄門以後，他主人的足跡就變了，似乎開始用腳尖走路。在距事發地點不遠處有個叫墨菲的吉普賽馬販，他說自己曾聽到呼救聲，但是他當時喝醉了，無法分辨聲音來自何方。在查爾斯爵士身上找不到任何暴力痕跡，但莫蒂默醫生在報告中指出，他的面容扭曲變形得厲害，幾乎讓他難以認出躺在面前的就是他的朋友。根據解釋，這是一種在呼吸障礙和心臟衰竭下表現出的正常現象。驗屍官也呈交了一份與醫生檢驗相吻合的報告，說明死者確實存在一段由來已久的病史。這一點很重要，因為查爾斯爵士的後繼者仍將住在莊園，繼續他那不幸中斷的義舉。如果驗屍官的證明仍無法根絕鄉里間流傳的荒誕傳說，那麼巴斯克維爾莊園將很難再找到一名新的主人。根據了解，爵士的兄弟之子亨利．巴斯克維爾先生是他唯一仍在世的近親，這位年輕人身在美洲，相關人士已著手與他聯絡，通知他前來接受這筆龐大的遺產。

莫蒂默讀完後，依舊把報紙疊好，放回口袋。

「福爾摩斯先生，這些就是眾所周知的關於查爾斯．巴斯克維爾爵士之死的情形。」

「感謝你引起了我對此案的興趣。」福爾摩斯說，「之前我曾讀過關於此事的部分報導，但那時我正受教皇委託，全心投入梵蒂岡寶石一案，由於時間緊迫竟忽略了英國的一些案件。這段報導包含了所有已公開的事實嗎？」

「是的。」

「那麼再告訴我一些內幕。」他兩手指尖相抵靠著椅背，極為冷靜，很像一名法官。

「既然如此，」莫蒂默醫生激動了起來，「我就把任何人都不曾知道的事全告訴你，這些我甚至沒對驗屍官講過。對於一個熟知科學的人來說，最怕讓公眾知道他相信了那些迷信的傳聞；另一方面，如同報紙所說的，我不願進一步去渲染巴斯克維爾莊園的恐怖色彩，讓它成為一個沒有人敢居住的地方。基於以上原因，我認為這麼做是對的，因為把真相說出來不會帶來任何好處。但是我沒有理由瞞著你。」

「沼地上的住宅都隔得很遠，因此，住得近的鄰居自然變得關係緊密，好比我跟查爾斯．巴斯克維爾爵士。我們的住所離得很近，見面次數也就多了。沼澤方圓幾十哩之內，除了拉福特莊園的法蘭克蘭先生和生物學家史坦波頓先生外，沒什麼人受過教育。查爾斯爵士喜歡隱居獨處，是他的病把我們聯繫到一塊，同時，對科學的共同興趣更加溫了我們的友誼。他從南非帶回很多科學資料，我們在許多夜裡，一同研討著庫族人與閃族人的比較解剖學。」

「最後的幾個月，我越來越清楚地感覺到，查爾斯爵士的神經已經緊繃到了極點，雖然他常常在自己的莊園內散步，但一到晚上無論如何也不去沼澤了，他已信了我剛才讀的那個傳說。福爾摩斯先生，我知道你不相信，但他卻對流傳在家族內的厄運深信不疑。當然，祖先的傳說的確讓人感到壓抑，他常常有著災禍臨頭的想法，他不只一次地問過我，在夜間出診的途中是否看過什麼奇怪的東西，或是聽見過獵犬的嗥叫。第二個問題他曾問過好多次，每次聲音都帶著幾分顫抖與驚慌。」

「我記得很清楚，在爵士死前約三個星期，有天傍晚我駕車去他家，碰巧遇到他正在大廳的門前。當我下車走到他面前的時候，忽然發現他眼中流露著極端恐懼的表情，死死地盯著我的背後。我猛然轉身，隱約看見一個像大牛犢似的黑色玩意兒，飛快地奔馳著。爵士異常的驚慌，我不得不去那東西經過的地方四下尋找，但它早已跑得無影無蹤了。這件事給爵士的內心造成極大的震撼，我只好陪他待了整整一晚，就在那晚，他為了解釋自己的反應，將我剛才讀的那封家書託付給我。這段小插曲在後來發生的災難中也許有些重要，因此我把它告訴你。但在當時，我確實以為那只是一件微不足道的小事，他的驚慌是沒意義的。」

「查爾斯爵士決定去倫敦，其實是我的建議。我知道，不論理由有多麼的不切實際，他依舊身處焦慮之中，他的心臟顯然受到刺激，嚴重地影響了健康。我想，幾個月的城市生活或許能改善情況。另外，我們的朋友史坦波頓先生也非常關心爵士的健康狀況，他與我意見相同。但是，災難竟發生在臨行的前一天。」

「查爾斯爵士死亡的那晚，管家巴里莫爾派了馬伕柏金斯騎馬來通知我，因為我很晚就寢，所以事發後不到一小時就趕到了巴斯克維爾莊園。我證明了驗屍時提到的那些情形，還順著紫杉小徑觀察他的腳印，我察看過正對沼澤的那扇柵門，我相信他曾在那裡等人。那之後的足跡形狀發生變化。我還發現，除了巴里莫爾在鬆軟泥土上留下的足跡外，沒有其他足跡。最後我又仔細地檢查過屍體，沒有人動過它。查爾斯爵士趴在地上，兩臂伸展，手指插入泥土；面部肌肉因強烈刺激而收縮，連我都無法辨認。屍體沒有任何傷痕，可是驗屍時巴里莫爾說錯了一件事，他說屍體周圍沒有發現任何痕跡，也沒有任何異常；但我發現了，就在離屍體不遠處，不僅清晰，而且剛產生不久。」

「足跡？」

「足跡。」

「男的？還是女的？」

莫蒂默用奇怪的表情望著我們，過了不久才低聲吐出：

「福爾摩斯先生，那是一隻巨大獵犬的腳印！」

3 疑雲

坦白說，這番話讓我渾身發抖，就連莫蒂默醫生自己也十分激動，連說話的聲音都在發顫。只有福爾摩斯驚奇地微傾著身體，兩眼炯炯有神，表現出對此事的極大興趣與關注。

「你看見了？」

「清楚得就像我現在看著你一般。」

「但你沒告訴任何人？」

「有什麼用？」

「為什麼別人沒看到？」

「腳印距離爵士的屍體約二十碼，沒人會注意到的，假如我沒有聽過這個傳說，可能也不會發現它。」

「沼澤上有很多牧羊犬嗎？」

「當然，不過這隻狗不是牧羊犬。」

「你說牠很大？」

「非常巨大。」

「但是牠沒有靠近屍體？」

「沒有。」

「那晚天氣如何？」

「又濕又冷。」

「但是沒有下雨？」

「沒有。」

「那條小徑是什麼樣子？」

「兩側是無法穿過的紫杉樹籬，約有十二呎高；中間則是一條八呎寬的通道。」

「樹籬與通道之間有東西嗎？」

「有。小路兩側各緊貼著寬約六呎的草皮。」

「我想應該只有一道柵門能通過樹籬？」

「是，就是通往沼澤的那一道。」

「還有其他通道嗎？」

「沒有。」

「也就是說，要進入紫杉小徑只能經由宅邸或是那道柵門？」

「穿過盡頭的涼亭還有一個出口。」

「查爾斯爵士有沒有走到那裡？」

「沒有，陳屍的地方距離那裡約五十碼。」

「現在，莫蒂默醫生，請告訴我，你看到的腳印是在小徑上而非在草地上是嗎？這很重要。」

「草地上找不到痕跡。」

「它們都在靠近柵門的那一側嗎？」

「沒錯，都在柵門那一側的路邊。」

「你的話讓我很感興趣。還有，柵門是關著的嗎？」

「是的，還上了鎖。」

「門有多高？」

「約四呎。」

「所以任何人都能爬進來？」

「是的。」

「門上有什麼痕跡嗎？」

「沒什麼特別的。」

「我的天！沒有人檢查嗎？」

「有，我親自檢查了。」

「沒發現什麼？」

「這就是奇怪之處！顯然查爾斯爵士曾在那裡待了五到十分鐘。」

「你怎麼知道？」

「他的雪茄曾掉了兩次煙灰。」

「太棒了！是個同好，華生，他的思考方式跟我們一樣。那腳印呢？」

「他在那一小塊碎石地上到處留下了腳印，我看到的就這些了。」

夏洛克．福爾摩斯拍著膝蓋，顯得有些不耐煩。

「要是我在現場就好了！」他叫著，「顯而易見，這是件很有意思的案件，能為犯罪學專家提供很多研究機會。真可惜，我本來可以在那塊碎石地上找到不少線索，現在被雨一淋，被看熱鬧的人一踩，什麼都消失了！噢！莫蒂默醫生，你怎麼沒有一開始就來找我呢？你應該為此負責。」

「我無法來找你，福爾摩斯先生，那樣一定會讓這些事實被公開，我剛才已經說了不希望公開的原因，而且，而且——」

「你在猶豫什麼？」

「有些領域，就算是最敏銳、最老練的偵探也毫無辦法。」

「你的意思是它與超自然現象有關？」

「我沒這麼說。」

「你是沒說，但顯然你是這麼想的。」

「自從悲劇發生後，福爾摩斯先生，我聽到了一些科學難以解釋的傳聞。」

「例如說？」

「我聽說，慘劇發生前就有人目擊過類似巴斯克維爾傳說中的怪物，它絕非生物學已知的野獸。他們異口同聲指出那隻怪物體型龐大，發著光，模樣猙獰可怖如同魔鬼。我曾詢問過他們，其中一個是精明的鄉下人，一個是馬蹄鐵匠，還有一個是住在沼澤的農夫。他們敘述的內容大致相同，這個可怕的幻影完全符合傳說中那隻恐怖獵犬的特徵。你也許能想像，整個村莊的人是多麼膽戰心驚，再也沒人敢在夜間穿越沼澤了。」

「而你，一位飽讀科學的人，難道也相信它與超自然現象有關？」

「我不知道該相信什麼了。」

福爾摩斯無可奈何地聳聳肩。

「迄今為止，我的工作只限定這個世界，」他說，「我只能與邪惡對抗而已。至於邪惡的源頭，我的確是無能為力。不過你必須承認那些腳印是真實的。」

「這隻獵犬真實得彷彿能撕裂人的喉嚨，而且十分殘忍。」

「看得出你似乎快變成超自然論者了。要是你這麼想，何必來找我呢？你用同樣的口氣告訴我調查爵士之死毫無意義，同時又希望我去調查。」

「我並沒有說希望你調查。」

「所以，我該怎麼幫你？」

「希望你告訴我，我應該怎麼面對亨利．巴斯克維爾爵士，他即將抵達滑鐵盧車站——」莫蒂默醫生看了錶後說道，「就在一個小時十五分鐘後。」

「他是繼承人？」

「是的。查爾斯爵士死後，我們經過搜尋，發現這位年輕的紳士正在加拿大務農。根據我們掌握的情況來看，他無論在哪方面都是個好人。我現在不是以一個醫生的身份，而是以查爾斯爵士遺囑的受託者與執行者的身份說話。」

「我想，應該沒有其他繼承人了吧？」

「沒有了。在他的親屬中，我們唯一還能查到的只有羅傑．巴斯克維爾，可他已經死去。他是兄弟三人中最年輕的，查爾斯爵士是長子，亨利的父親是次子，英年早逝。老三羅傑是個敗家子，凶殘的程度與老巴斯克維爾簡直如出一轍，模樣也極相像。他在英格蘭沒有容身之處，就逃到了中美洲，於一八七六年死於黃熱病。亨利是巴斯克維爾家僅存的後代，我今天早上接到電報，說他已經抵達南安普敦，再過一小時十五分就會來到滑鐵盧車站。現在，福爾摩斯先生，你覺得我該怎麼辦呢？」

「回去那個祖先居住的家不好嗎？」

「照理是該這麼做。可是每個巴斯克維爾家的人住進去後都會大禍臨頭。我想，如果查爾斯爵士臨終前能和我說句話，那麼他一定會叮囑我，不要讓他那古老家族的繼承人踏進這致命的地方。當然，他的到來，使原本貧困荒涼的鄉村變得繁榮起來，要是莊園沒有了主人，查爾斯爵士生前所做的一切義舉都會煙消雲散。我無法決定怎麼做最好，所以把案子帶來，希望得到你的建議。」

福爾摩斯凝視著爐火，考慮了好一會兒。

「簡單來說，」他說，「你的觀點是，有一股邪惡的力量，讓達特穆爾成為巴斯克維爾家族的不祥之地，是這樣嗎？」

「至少有部分跡象足以證明這點。」

「沒錯，不過我很確定，如果你那種超自然的觀點是正確的，那這個年輕人在倫敦跟在德文郡一樣危險。一個魔鬼竟然只在像教區禮拜堂般的特定區域出沒，這是難以置信的！」

「你的結論太草率了，福爾摩斯先生，因為你沒有親身經歷過這類事情。我懂的，你的意思是那個年輕人在德文郡跟在倫敦一樣安全。再五十分鐘他就到了，該怎麼辦？」

「我建議你，先生，先雇一輛馬車，帶上你那隻正在抓門的長耳獵犬，到滑鐵盧車站去接亨利．巴斯克維爾爵士。」

「然後呢？」

「然後，在我作出決定前，不要告訴他任何事情。」

「你要花多久做出決定？」

「二十四小時，莫蒂默醫生，如果你明早十點鐘能來的話，我會十分感謝，如果能帶亨利．巴斯克維爾爵士前來，將更加有助於我訂出未來的行動計畫。」

「我會照你說的做，福爾摩斯先生。」他用鉛筆把約會時間寫在袖口上，然後匆忙離去，走時一副古怪、心不在焉的模樣。當他走到樓梯口時，福爾摩斯叫住了他：

「還有個問題，莫蒂默醫生。你說在查爾斯爵士死前，有人曾在沼地見過那個幻影？」

「有三個人看到。」

「事後還有人看到嗎？」

「還沒聽說。」

「謝謝，早安。」

福爾摩斯回到他的座位，神情安靜而滿足，這是他感到有趣時最常見的表現。

「要走了？華生。」

「除非我能幫上你的忙。」

「不，親愛的伙伴，只有在偵查過程中，才會需要你的幫忙。不過這件事在某些方面的確很奇特，我很有興趣。當你經過布萊德雷商店時，可以請他們送一磅濃烈的板煙來嗎？如果你方便的話，黃昏前先不要回來。我想利用這段時間整理一下剛才得到的關於這樁有趣案件的各種線索。」

我知道孤獨對福爾摩斯相當重要，他需要利用那種環境集中精神，衡量各種證據，並作出假設，最後再交又比對，去蕪存菁，找出最重要的部分。因此，黃昏前我一直待在俱樂部裡沒有回去，直到九點才回到家。

打開門，第一個感覺是屋子彷彿失火了一般，滿屋的煙，使燈光都模糊不清；踏進屋，濃烈的粗板煙味嗆得我直咳嗽。透過朦朧的煙霧，我看見福爾摩斯口裡銜著黑色泥煙斗，身著睡衣蜷縮在安樂椅中，周圍散著一卷一卷的紙。

「華生，感冒了嗎？」

「不！是這堆毒氣。」

「我一直覺得它味道挺重的，果然你也這麼想。」

「太重了！難以忍受。」

「那把窗戶打開吧。看得出你在俱樂部待了一天。」

「福爾摩斯！」

「我猜對了嗎？」

「對，但你怎麼知道？」

他被我驚訝的模樣逗得大笑出來：

「你看起來很愉快，華生，愉快到讓我忍不住想開你個小玩笑。一位紳士在泥濘的雨中出門，晚上回來時，衣服依舊乾淨清爽，鞋帽依舊亮得發光，他肯定整天都待在屋子裡。他也沒有親近的朋友，還能去哪裡？這不是很明顯嗎？」

「哦，的確很明顯。」

「世界上存在許多一目瞭然卻沒人看得出來的事。你覺得我剛去了哪裡？」

「一樣待在屋子裡。」

「完全相反，我去了一趟德文郡。」

「是靈魂去的吧？」

「確實如此，我的肉體一直待在安樂椅中。遺憾的是，當我的靈魂飛遠時，我的軀體卻喝光了兩大壺咖啡，抽掉了多得令人難以置信的板煙。你走後，我叫人去史丹佛警察局找來一幅繪有那片沼澤的地圖。我的靈魂就在那地圖上面遊覽了一整天，我確信對那片區域的道路分佈已全部掌握。」

「我猜是張大比例尺地圖。」

「很大，」他把地圖攤在膝頭，打開一部分說，「這一塊就是與我們有關的地區，中間是巴斯克維爾莊園。」

「它的周邊都圍著樹林？」

「沒錯。那條紫杉小徑，我想應該是沿著這條線延伸下去的。至於沼澤，你看，是在它的右側。這一些房子所在處就是格林潘，我們的朋友莫蒂默醫生就住在這裡，你能看到，方圓五哩中，只有幾間房屋零星的散佈著；這是他提到過的拉福特莊園，這間房子應該就是那位生物學家的住處，我記得他是叫史坦波頓；這邊的沼澤有兩間農舍，分別叫做高托與法麥爾，十四哩外是普林斯頓監獄。悲劇就發生在這些點向四周延伸的那片死寂的區域中，而或許我們還能讓它重現一次呢。」

「這裡肯定是片荒地。」

「是的，如果魔鬼真的想滲透人間，那這一帶的環境再適合不過了。」

「所以你也開始相信超自然那一套了。」

「魔鬼的代理人也可能是血肉之軀，不是嗎？擺在我們眼前有兩個問題：第一、到底存不存在犯罪；第二、這是什麼性質的犯罪，又是如何產生的。當然，如果莫蒂默醫生的懷疑是對的，那我們就必須和超自然的力量對抗了；真是那樣，我們的調查就只有終止一途。但除非我們的各種假設都不成立，才需要去探討這個問題。如果你不反對，我該把窗戶關上了，我總覺得在濃厚的空氣中更容易集中精神；我還沒試過把自己關進一個箱子，不過那樣搞不好更有助於我的思考。你考慮過這件案子嗎？」

「是的，我在白天想了很多。」

「你有些什麼看法？」

「它實在難倒我了。」

「這個案件的確有獨特之處，它有幾個非比尋常的地方。我想問的是，你對足跡中途改變有什麼看法？」

「莫蒂默說過，小徑上的足跡好像是用腳尖走路時留下的。」

「他只是在重複那些笨蛋在驗屍後說過的話，為什麼一個人會用腳尖走路？」

「為什麼？」

「他在奔跑，華生，絕望地跑，為了活命而跑，直到心臟爆裂而死。」

「他在躲避什麼？」

「這就是問題所在。種種跡象表明，他在逃跑前就已嚇得魂不附體了。」

「你怎麼知道？」

「我推測他的恐懼來自沼澤的，這樣是最有可能的，他在過度驚嚇之餘失去了方向，只有一個搞不清楚方向的人，才會往屋子的反方向逃，而不是卻回逃。如果那位吉普賽人所言屬實，那麼他一邊逃一邊呼救，而他逃的方向是最不可能得救的。還有，最重要的是，那晚他在等誰？為什麼要在小徑上，而不在屋裡？」

「你認為他在等人？」

「這個男人上了年紀且身體虛弱，我們能理解他傍晚散步的習慣，但是那天晚上又濕又冷，根據博學的莫蒂默醫生根據雪茄煙灰推斷，爵士在那裡待了五到十分鐘，你認為這樣正常嗎？」

「可是他每晚都出去。」

「沒錯，但我不認為他每晚都會在通往沼澤的柵門旁站著。相反的，有證據說明他在躲避著那塊沼澤，尤其當晚剛好是他前往倫敦的前一晚。事情的輪廓逐漸清晰了，華生，前後都連貫起來了。請把小提琴遞給我，這件事就暫時擱在一邊，等明天莫蒂默醫生和亨利．巴斯克維爾爵士來訪後再來進一步討論。」

4 亨利・巴斯克維爾爵士

我們的早餐桌已收拾完畢，福爾摩斯穿著睡衣等著莫蒂默的來訪。剛過十點，莫蒂默醫生就與年輕的從男爵一同來訪。從男爵個子矮小，看起來很機警，擁有黑色的濃眉大眼，大約三十歲出頭，面孔剛毅顯得好鬥；他穿了一件紅色英格蘭式服裝，單從外表就看得出他是一位飽歷風吹日曬的人，但他的沉著與自信又顯出了紳士的風度。

「這就是亨利・巴斯克維爾爵士。」莫蒂默醫生向我們介紹。

「嗯，是的，」亨利爵士說，「夏洛克・福爾摩斯先生，也許你會感到奇怪，即使我這位朋友沒有建議，我也會自己來找你的。我聽說你擅長研究各種古怪的事情，就在今天早晨，我遇到了一件匪夷所思的事。」

「請坐！亨利爵士，你說你到倫敦之後已經遇到了奇怪的事？」

「是的，但並不嚴重，福爾摩斯先生，大概只是惡作劇。這是我今早收到的一封信，如果它能稱得上是信的話。」

他把一張紙及一個信封放在桌上，我們都湊過去看。灰色的信封質地普通，上面潦草地寫著收信地址——「亨利・巴斯克維爾爵士收，諾森伯蘭旅館」，蓋著查林十字街的郵戳，發信時間是前一天傍晚。

「有誰知道你要去諾森伯蘭旅館？」福爾摩斯目光犀利的望著來客。

「不可能有人，那是我與莫蒂默醫生會合後才決定的。」

「不過，莫蒂默醫生肯定先去過了？」

「不，我只是曾跟一位朋友在那裡住過。」醫生疑惑地回答。

「沒有任何跡象顯示我們將會入宿那間旅館。」

「嘿！似乎有人在關注你們的一舉一動。」福爾摩斯抽出那張摺成方形的半張大頁信紙，把它打開平放在桌上。信紙中央清楚地拼貼著一行鉛印字：

如果你還重視自己的生命或者理性，遠離沼澤。

其中只有「沼澤」二字是書寫的。

「現在，」亨利．巴斯克維爾爵士期待地說，「福爾摩斯先生，你也許能告訴我，這一串恐嚇到底代表什麼，是誰對我的事情如此感興趣？」

「莫蒂默醫生，你怎樣看待這件事？無論如何，你得承認這封信與超自然無關。」

「當然，先生。不過顯然寄信人十分相信那些超自然的傳說。」

「什麼？」亨利爵士著急地問，「看起來你們對我的事知道得比我本人還多。」

「亨利爵士，我保證在你走出這間屋子前，就能瞭解我們目前掌握的所有情況。」福爾摩斯說，「現在請允許我們繼續談談這封很有意思的信，它一定是昨天黃昏拼貼好寄出的。華生，有昨天的《泰晤士報》嗎？」

「放在牆角。」

「麻煩你遞給我，把它翻到主要評論那版。」

福爾摩斯找到了一篇有關自由貿易的重要評論，他從頭到尾迅速瀏覽了一遍，最後讀了這樣一段：

或許你還會傻傻的被騙，認為保稅法則能促進你的自身的特別貿易或生產行為；但如果從理性出發，或者長遠利益來看，這項立法無疑會讓富裕遠離我們的國家，縮減進口總值，並降低國民的生活水平。

「華生，你對這則評論有什麼看法？」福爾摩斯高興得叫起來，滿意地搓著雙手，「不覺得是一篇很棒的文章嗎？」

莫蒂默醫生帶著專業的神情興致勃勃地看著福爾摩斯，亨利．巴斯克維爾爵士則一臉茫然地盯著我。

「我不太懂稅法之類的事，」亨利爵士說，「但是我們談的是這封信，你似乎有些離題了。」

「完全相反，我想我們已經找到線索了，亨利爵士，華生十分熟悉我的工作方式，但恐怕連他也看不出隱藏在字裡行間的奧妙。」福爾摩斯說。

「沒錯，我承認的確看不出任何關聯性。」

「噢，我親愛的華生，這二者的關聯十分密切。短信中的每個單字都是從這一個句子裡剪下來的。『你』、『你的』、『生命』、『理性』、『價值』、『遠離』——你現在看得出那些字是出自哪裡了嗎？」

「評論裡，你說得對！哦，你太聰明了！」亨利爵士大叫起來。

「如果你們還不相信，那麼這幾個連著剪下的詞『理性』、『價值』、『遠離』應該足以消除你們的任何懷疑。」

我恍然大悟道：「嗯，的確——是這樣沒錯！」

「坦白說，福爾摩斯先生，這完全出乎意料。」莫蒂默醫生驚訝地望著我的朋友，「如果有人說這些字是從報上剪下的，我也許會相信。可是你居然能確定是哪一份報紙，甚至哪一版，這可是我遇見的最了不起的事！你是如何判斷的呢？」

「我想，你肯定能區分黑人與愛斯基摩人的頭骨吧？」

「當然。」

「如何區分？」

「這是我的興趣，對我來說它的區別很大。眉骨的高度，臉部的傾斜度，顎骨的形狀，還有——」

「同樣，這也是我的興趣，正像黑人與愛斯基摩人的頭骨在你眼裡的區別一樣；對我而言，《泰晤士報》採用的小五號鉛字與半便士一份的晚報採用的粗劣鉛字之間，有著十分明顯的區別。這些常識是犯罪學家必備的基本技能。不過，坦白講，我年輕時也曾把《里茲水銀報》與《西方晨報》搞混。但是《泰晤士報》的字體很特殊，很容易與其他報紙區分。而這封信是昨天貼成的，所以在昨天的報紙裡很可能找得到這些字。」

「我懂了，福爾摩斯先生。」亨利爵士說道，「也就是說，某個人用剪刀——」

「指甲剪，」福爾摩斯插話道，「你可以看出，他在剪『遠離』一詞時剪了兩下，代表刀刃很短。」

「確實如此。也就是說，那人用短剪從報上剪下這些字，然後用漿糊——」

「膠水。」

「——用膠水把它們貼在信上。但我想知道為什麼唯獨『沼澤』是用手寫的？」

「很簡單，因為報上找不到這個詞。其餘的字很常見，在任何一份報上都能找到，但『沼澤』這個詞就不常用了。」

「哦，當然，這就清楚了。福爾摩斯先生，你還能看出什麼情況嗎？」

「還有一兩處值得研究。你看，信封上的地址也寫得很潦草。很顯然，他為了掩蓋線索，費了一番苦心。因此，我們假定，寫信人一定受過相當高的教育，是刻意扮成沒文化的人；而寫得潦草只是為了掩飾筆跡，他似乎怕被你認出。另外，你能看見，這封信貼得並不整齊，比如『生命』就貼得太高。如果貼字的人不是粗心，那就是因為太激動或慌張。總之，我比較傾向後一種假設，因為能想出這種方法的人不可能是粗心大意的人，顯然他也明白這封信很重要。這樣就引出了一個值得思考的問題——他為什麼慌張？因為早上寄出的信，在亨利爵士離開旅館前就會送到。他是怕有人看見他，怕被誰看見呢？」

「這些都脫離不出瞎猜的範圍。」莫蒂默醫生說道。

「不如說是假設的範圍，我們要挑出其中最符合事實的情況。這是用科學的角度發揮想像，實際的物質證據永遠是思考的基礎。我還可以肯定一點，或許你又會認為是瞎猜，這信封上的地址是在一家旅館裡寫的。」

「你如何解釋？」

「如果你觀察得仔細，就會發現筆尖和墨水曾給寫信人帶來諸多麻煩。一個字還沒寫完，筆尖就灑了兩次墨水；而寫完這麼短的地址前，墨水乾了三次；表示瓶中的墨水所剩不多。這種情形時常出現在旅館中，私人用的鋼筆和墨水很少出現這些情況，況且兩種同時出現就更少了。是的，我確信，只要沿著查林十字街的每間旅館搜索，一定能在某個廢紙簍中找出這份剪過的《泰晤士報》，並找出寫信人。哎呀！哎呀！這是什麼？」

福爾摩斯把那張貼著字的大頁信紙湊到距離眼睛只有一二吋的地方仔細察看著。

「什麼？」我問。

「沒什麼，」他說著放下了信紙，「這是半張空白信紙，上面連個字印都沒有。我想，這封怪信能提供的線索就這麼多了。哦，亨利爵士，回倫敦後發生過什麼值得注意的事嗎？」

「這個嘛，沒有，福爾摩斯先生，應該說到目前為止還沒有。」

「你是否感到有人在注意你的行動或者在跟蹤你？」

「我好像走進了一部懸疑古怪的小說，」亨利爵士有些不解，「為什麼有人要跟蹤我？」

「我們正要探討這個問題。在開始前，你沒有什麼想告訴我們的了？」

「哦，這得看你們想知道些什麼。」

「任何事，只要你覺得不正常的。」

亨利爵士笑了起來。

「我幾乎一直生活在美國和加拿大，不太瞭解英國人的生活習慣。可是我想，遺失一隻靴子應該不屬於這裡的生活習慣。」

「你丟了一隻靴子？」

「我親愛的爵士，」莫蒂默醫生叫了出來，「何必為了這種芝麻小事來勞煩福爾摩斯先生呢？也許只是放錯了地方，回去後就能找到的。」

「哦，因為他問我有沒有不正常的事。」

「沒錯，」福爾摩斯說，「只要有一點不正常，無論有多荒謬。你說你丟了一隻靴子？」

「這個嘛，也許是放錯了。昨晚我明明把兩隻鞋都放在了門外，可是早上起床就發現只剩下一隻了。我問過擦鞋的伙計也沒有結果，更糟的是，這雙高統皮靴是昨晚才在河岸街買的，還沒穿過呢！」

「既然還沒穿過，那為什麼要放到外面去？」

「那是雙淺棕色的皮靴，沒有上過油，所以我拿到外面擦。」

「也就是你一到倫敦立刻買了這雙皮靴？」

「莫蒂默醫生陪我東奔西跑地買了很多東西，因為我在美國西部生活慣了，有些放蕩不羈，如果要去當地做一名地主，我就必須穿著在地服飾。因此，我額外付了六塊錢買下這雙皮靴，可是還沒穿就被偷了一隻。」

「只偷一隻也沒用。」福爾摩斯喃喃自語，「我和莫蒂默醫生想法一致，丟掉的靴子可能很快就找到。」

「那麼現在，各位先生，」從男爵堅決地說，「我把我的經歷全部講出來了，沒漏掉一分一毫。你們也該履行諾言，把你們正在關心的那件事也全都告訴我。」

「很合理的要求，」福爾摩斯說，「莫蒂默醫生，最好還是請你像昨天那樣，把全部情況再重複一遍。」

我們這位從事科學的朋友受到如此鼓勵後，從口袋中拿出手稿，像昨天早晨一樣重述了一遍全部情況。亨利．巴斯克維爾爵士聽得很專注，還不時發出驚訝的聲音。

「哦，看來我得到了一份被詛咒的遺產，」聽完後，亨利爵士說，「當然，我在很小的時候就聽長輩們說過那隻獵犬的故事，我從不相信。但沒想到伯父真的因此去世——我開始感到不安了起來，而且我也還不清楚這整件事，你們甚至也不確定它該由警察還是牧師來管。」

「的確。」

「現在又出現了一封信，我想它與此事一定有關係。」

「看來，對於在沼澤上發生的一切，有人比我們知道得更多。」我說。

「而且，」福爾摩斯接著說，「這個人並沒有惡意，只是單純地警告你遠離危險。」

「也可能是為了自身的利益，想把我嚇跑。」

「嗯，那當然也有可能。謝謝你，莫蒂默醫生，你帶來一件存在數種可能性的有趣案件。但是，亨利爵士，你現在得立刻決定，是否要回巴斯克維爾莊園。」

「為何不去？」

「那裡似乎很危險。」

「你是指魔鬼危險，還是指那個人？」

「哦，這正是我們設法弄清楚的事。」

「不管危險來自何處，我的回答都是肯定的。福爾摩斯先生，地獄裡沒有魔鬼，也沒有任何一個人類能阻擋我回到家鄉。這是我最後的答覆。」說話時，爵士眉頭深鎖，面孔漲得通紅，巴斯克維爾家族的暴躁脾性，都體現在這位僅存後代的表情之上。

「同時，」他接著說，「我還沒有時間深入思考你們告訴我的這一切。這是件大事，僅靠這麼簡單地談論一通，是不可能完全弄清楚並作出決定的，我需要單獨思考一下。哦，福爾摩斯先生，已經十一點了，我們要立即回旅館去。如果你和你的朋友華生醫生能在兩點鐘來和我們共進午餐，你會更清楚的知道這事對我的震憾有多大。」

「你方便嗎？華生。」

「沒問題。」

「那就等著我們吧！需要替你叫輛馬車嗎？」

「我寧願走走，這件事讓我很激動。」

「很高興能陪你走走。」莫蒂默醫生說。

「那麼，兩點鐘再見。早安！」

聽到兩位客人下樓的腳步聲和「砰」的關門聲，懶散的福爾摩斯立刻俐落地活動起來。

「穿戴好你的鞋帽！華生。別浪費任何一點時間！」福爾摩斯穿著睡衣衝進房間，只花了幾秒鐘就換好衣服出來。我們來到街上，看見莫蒂默醫生和亨利爵士還在二百碼前向著牛津街的方向走。

「我要去叫住他們嗎？」

「千萬不要，親愛的華生，有你在就夠了。我們的朋友非常聰明，今天早上的確適合散步。」

他加快步伐，與他們的距離縮短了一半，然後就不緊不慢地跟著，始終保持一百碼的距離，後來上了牛津街，又轉到攝政街，我們的兩位朋友途中曾停下一次，望著商店的櫥窗，福爾摩斯也同樣望著櫥窗。過了一會兒，他高興得輕輕叫了一聲。順著他急切的眼神，我看到原來停在對面的一輛雙輪馬車開始緩緩的前行了，裡面坐著一個男人。

「來呀，華生，就是他！即使沒什麼用，我們至少要看清他。」

我看到一張長著濃密鬍鬚的面孔從馬車側窗中向我們轉過頭來，兩目咄咄逼人。只一剎那，他掀開滑動的車窗，向馬伕喊著什麼，然後馬車就沿攝政街狂奔而去。福爾摩斯四下尋找，卻不見一輛空車。於是他衝上前去狂追著，可是那輛馬車跑得太快，早已消失無蹤。

「唉，」福爾摩斯喘著氣，臉色慘白，氣惱地說：「我們有過這麼差的運氣，這麼差的表現嗎？華生，華生，如果你夠誠實，就應該把它記下來，作為我眾多勝利中一次失敗吧！」

「他是誰？」

「我還沒弄清楚。」

「跟蹤的人？」

「是的。根據掌握的情況斷定，亨利．巴斯克維爾一到城裡就被人盯上了。要不然，他住在諾森伯蘭旅館的事不會那麼快洩露。我相信，如果第一天就有人跟蹤，那麼第二天肯定也有人跟蹤，你可能看見了，當莫默醫生在講那個傳說時，我曾兩次靠近窗前。」

「是，我還記得。」

「那是我在大街上尋找假裝在閒晃的人，可是沒有發現。我們的對手很狡滑啊，華生。雖然目前還不能肯定他是善意還是惡意，但他肯定足智多謀。我們的朋友告辭後，我馬上暗中尾隨而去，只希望找到跟蹤他們的人。可那人太狡滑了，覺得走路不保險，竟然雇了輛馬車，這樣跟蹤起來就隨心所欲得多，甚至從他們身邊駛過也不會引起懷疑。而且，就算爵士他們坐馬車，跟蹤起來同樣方便。但顯然也有一個壞處。」

「不得不受制於馬伕。」

「完全正確。」

「沒記住車號，太可惜了！」

「我親愛的華生，雖然這次我的確笨極了，可還不至於忘了記車號！車號是二七〇四。但是，目前它對我們什麼用也沒有。」

「在那種情況下，你的表現確實算不錯了。」

「不。其實看到那輛車時，我本來應該往回走，然後不動聲色地雇輛車跟在後面，或者直接到諾森伯蘭旅館等候，這才是上策。等他跟著巴斯克維爾爵士回家後，再以其人之道還治其身，查出他去的地點。可是我一時性急，曝露了行蹤，讓對手採取了最狡滑的行動，溜掉了。」

我們沿著攝政街邊走邊談，前面的莫蒂默醫生和他的同伴早已不見了。

「跟蹤的人逃掉了，就不可能再回來，」福爾摩斯說，「我們再跟蹤他們也沒意義了。現在讓我想想，我們手裡還剩什麼好牌。你還記得了車中人的臉嗎？」

「我只記得他的鬍鬚。」

「我也是——但那肯定是假的。他能把考慮得這麼周到，那他的鬍鬚也一定是用來掩飾的，除此以外別無用處。進來吧，華生！」

他走進本區一家職業介紹所，受到經理的熱情接待。

「哦，威爾遜，你沒忘了我曾幫過你的那件小案子吧？」

「沒有，先生，真的沒忘。你不僅挽回了我的名譽，甚至還救了我的命。」

「親愛的朋友，過獎了。威爾遜，我記得你這裡有個叫卡特萊特的孩子，他在那次調查中幫了不少忙。」

「是的，先生，他還在這裡。」

「能把他叫來嗎？謝謝！還得麻煩你幫我把這張五鎊的紙鈔換成零錢。」

過了一會兒，一個充滿活力、靈巧敏捷的十四歲男孩走了出來。他以極為崇拜的眼神望著福爾摩斯。

「請把那本首都旅館指南給我，」福爾摩斯接過書說，「謝謝！現在，卡特萊特，書中有二十三家旅館的名字，它們全在查林十字街附近。看到了嗎？」

「看到了，先生。」

「我要你挨家挨戶到這些旅館去。」

「好的，先生。」

「這裡有二十三個先令，每到一家旅館你就給守門人一個。」

「是的，先生。」

「你就跟他們說，你在找一份送錯的電報，需要檢查昨天的廢紙。聽懂了嗎？」

「聽懂了，先生。」

「但你真正的目的，是找出一份被剪了幾個洞的《泰晤士報》。這裡有一份，喏，就是這篇，很好認，你認得出來嗎？」

「可以，先生。」

「每個守門人都會把你交給大廳守門人，你也要給他們每人一先令。所以，我再給你二十三個先令。這二十三家旅館中的廢紙大多被燒掉或運走了，可能只會有幾家的廢紙還沒處理掉，你就在這些廢紙中尋找那份《泰晤士報》，也有可能根本找不到。這十先令是應急用的，傍晚前給我發一封電報，告訴我搜查結果。華生，我們現在唯一能做的是發封電報查清那個車號為二七〇四的馬車伕，然後去證券街的一家美術館度過前往旅館之前的這段時光。」

5 三條斷了的線索

夏洛克・福爾摩斯有著很強的情感自制力，過了兩個小時似乎就把困惑我們的怪事遺忘得一乾二淨，並專注於近代比利時大師們的繪畫之上。在我們動身前往諾森伯蘭的路上，除了繪畫之外他什麼也沒談。事實上，他對藝術的見解十分膚淺。

「亨利・巴斯克維爾爵士正在樓上等著你們。」旅館經理說，「他吩咐我等你們一來就領你們上去。」

「介意我看一下你們的旅客登記簿嗎？」福爾摩斯說。

「當然不會。」

根據登記簿，在巴斯克維爾爵士住進旅館以後，又來了兩批客人。一批是提奧菲勒斯・強森一家，來自新堡；另一批是歐德摩爾太太及女僕，來自阿爾頓的海洛基鎮。

「這應該是我認識的那個強森，」福爾摩斯對經理說，「是個律師，對吧？頭髮灰白，走路時有點跛。」

「不對，先生。強森先生是位煤礦主人，而且是位年齡不會超過你的好動紳士。」

「你確定沒把他的職業弄錯？」

「是的，先生。我們很瞭解他，他是我們旅館多年來的老顧客。」

「哦，好了。還有歐德摩爾太太，這個名字我很耳熟。請原諒我的好奇心，在拜訪一個朋友的時候遇到另一個朋友，這是常有的事啊。」

「先生，這位太太終年疾病纏身，丈夫曾是格洛斯特的市長，她進城時總住我們這裡。」

「謝謝，那恐怕我不認識她。」

我們一起上樓時，福爾摩斯低聲對我說：「華生，我剛才提的問題已經證明了一個重要事實：那些極為關注我們朋友的人，並沒有與他住在同一個旅館。也就是說，雖然他們如我們所見，非常熱衷於監視，但同時也很害怕被發現。這下，我們就能解釋一些問題。」

「解釋什麼？」

「能解釋——天啊！親愛的伙伴，怎麼回事？」

當我們快到樓梯盡頭時，正遇上亨利．巴斯克維爾爵士迎面走來。他手提一隻滿是灰塵的舊高統皮靴，面色由於憤怒而漲紅，說不出話來。等他開口時，聲音明顯高於我們早晨聽到的，而且西部口音加重很多。

「這家旅館的人，似乎覺得我很好欺侮，」他喊道，「他們再不收斂一點，就會發現自己招惹了不該惹的人！氣死我了，如果找不到我遺失的鞋，我會讓他們吃不完兜著走！我才不在乎這種玩笑，福爾摩斯先生，可是他們真的太過份了。」

「還在找你的皮鞋？」

「是的，先生。找不到我絕不罷休！」

「不過，我記得，你遺失的那隻是淺棕色的？」

「你說的沒錯，先生。可是現在又掉了一隻黑色的舊皮鞋。」

「什麼！你該不會要說——」

「我的確是要說！我共有三雙鞋：棕色的新鞋，黑色的舊鞋和腳上穿著的這雙漆皮鞋。昨夜他們偷走了一隻棕色皮鞋，今天又偷走了一隻黑色舊鞋——喂！找到了沒？快說呀，別只是站在那兒看著！」

一個驚慌不安的德國招待員走了過來。

「沒有，先生。我問遍整個旅館，可是沒有一點線索。」

「那好，太陽下山前給我找出來，否則我就要去找老闆，告訴他，我馬上退房！」

「一定會找到，先生，請暫時忍耐一下，我保證能找到。」

「希望如此。唉！這裡真像個賊窩，我可不想再掉東西了。請原諒，福爾摩斯先生，我竟讓這樣的小事叨擾你——」

「我卻認為這件事值得注意呢。」

「怎麼可能，你想得太嚴重了吧？」

「你如何解釋它？」

「我才不打算解釋它。這真是我經歷過的事情中，最令人氣憤又不解的一件了。」

「令人不解，的確——」福爾摩斯意味深長的說道。

「你又是怎麼想的？」

「這個嘛，我也不能說我已經瞭解了。亨利爵士，你的案子很複雜。把這件事與你伯父之死擺在一起來看，我無法斷言，在我經手過的五百多件案例中，有哪一件比它還離奇。可是目前我們已經掌握了幾條線索，總有一條能幫助我們查出真相。也許我們會在沒用的線索上耽擱不少時間，但終究會查出正確的那一條。」

大家愉快地共進午餐，期間幾乎沒有提及將我們聚到一塊的那樁案子。飯後，福爾摩斯在客廳裡詢問亨利爵士的打算。

「去巴斯克維爾莊園。」

「什麼時候動身？」

「週末。」

「整體來說，」福爾摩斯說，「我認為你的決定仍是明智的。我能肯定有人在倫敦跟蹤你，這個大城市裡住著成千上萬的人，我們一時還無法查清他們的身份與企圖。如果他懷有惡意，很可能對你不利，恐怕我們也無力阻止。你應該不知道吧？莫蒂默醫生，今天早上你們一走出我家就被人跟蹤了。」

「跟蹤！是誰？」莫蒂默大吃一驚。

「很不幸的，這不是我能回答的。你在達特穆爾的鄰居和熟人之中，是否有人留著又黑又濃的鬍鬚？」

「沒有——呃，我想想——哦！對了，巴里莫爾，也就是查爾斯爵士的管家，他的確留著又黑又濃的鬍鬚。」

「哈！他在哪？」

「他正在管理那座莊園。」

「我們最好查證一下，他有沒有待在莊園，也許他正在倫敦呢？」

「怎麼做？」

「給我一份電報，在上面寫『給亨利爵士的一切準備就緒了嗎？』然後發給在巴斯克維爾莊園的巴里莫爾先生。離莊園最近的郵局在哪？格林潘？好極了，再給格林潘郵政局長發一封電報，寫上『給巴里莫爾先生的電報務必交給本人。如不在，請回電通知諾森伯蘭旅館的亨利・巴斯克維爾爵士。』這樣，不到晚上我們就清楚巴里莫爾是否在他的工作崗位上。」

「很好，」巴斯克維爾說，「順便問一下莫蒂默醫生，巴里莫爾究竟是什麼樣的人呢？」

「他是已故老管家的兒子，他們一家歷經四代都負責管理莊園。據我瞭解，他與妻子在鄉間很受人尊敬。」

「另一方面，」巴斯克維爾補充說，「只要沒有巴斯克維爾家族的人住在莊園裡，他們就能享受那間房子，而且什麼都不用做。」

「這是事實。」

「巴里莫爾究竟有沒有從查爾斯爵士的遺囑中獲得好處？」福爾摩斯問。

「他與妻子各獲得五百鎊。」

「哦？他們是否以前就知道了？」

「知道，因為查爾斯爵士很喜歡談論遺囑的內容。」

「很有意思。」

「我希望，」莫蒂默醫生說，「你不要懷疑每一個從遺囑中得到好處的人，就算是我也獲得了一千鎊呢！」

「噢！還有其他人嗎？」

「還有一些小金額分給了其他人，一大筆捐贈給慈善機構，剩下的全留給亨利爵士。」

「剩下的有多少？」

「七十四萬鎊。」

福爾摩斯揚揚眉毛，吃驚地說道：「沒想到金額如此巨大。」

「查爾斯爵士的財富遠近馳名，但直到我們檢查了他的證券後，才知道他總共有多少錢，總金額竟高達一百萬鎊。」

「天啊！面對這麼大的賭注，難怪有人要拚命賭上一把。可是還有一點，莫蒂默醫生，假如年輕的爵士發生什麼不測的話——請原諒這個無禮的假設，誰能繼承遺產？」

「因為查爾斯爵士的弟弟羅傑．巴斯克維爾沒結婚就死了，所以財產應傳給他遠房的表兄弟戴斯蒙家裡的人，詹姆士．戴斯蒙是西摩爾蘭的一位年長牧師。」

「謝謝，這些細節都值得留意。你見過詹姆士．戴斯蒙先生嗎？」

「見過，他來拜訪過查爾斯爵士一次。他過著高尚的生活，德高望重受人敬仰。我還記得，他曾拒絕接受查爾斯爵士的任何產業，儘管爵士十分堅持。」

「所以這位沒有任何愛好的先生將成為財產繼承人。」

「他會成為繼承人，因為這是法律規定的。同時他還會繼承所有的錢，除非現在的所有者立下其他遺囑，當然，他有權照自己的喜好處置。」

「那麼，你立下遺囑了嗎？亨利爵士。」

「沒有，福爾摩斯先生。因為我昨天才知道事情的真相，還沒來得及呢！但就我而言，我認為金錢不應與爵位和地產劃分開來，這也是我那可憐的伯父所希望的。如果繼承人沒有足夠的錢來經營地產，那麼又如何恢復巴斯克維爾家族的聲望？地產與金錢絕不能分開。」

「的確是。哦，亨利爵士，你回巴斯克維爾莊園的決定與我的想法一致。不過，你不能單獨前往。」

「莫蒂默醫生會陪著我。」

「但是，莫蒂默醫生經常醫務纏身，而且你們的住所相隔了好幾哩，儘管他對你很好，但一旦遭遇危險，恐怕也力有未殆。不行！亨利爵士，你必須另外找一個可以信賴的人，他必須一直與你形影不離。」

「你能親自過去嗎，福爾摩斯先生？」

「一旦發生危機，我會立刻趕來的。你知道，我承接了來自四面八方的業務諮詢以及求助，因此不可能無限期地離開倫敦。目前就有一位可敬的英格蘭人正受到威脅和侮蔑，只有我才能制止這類嚴重事件。所以你得明白，我現在無法去達特穆爾。」

「那麼，你打算叫誰去呢？」

福爾摩斯拍拍我的手背說：「如果我朋友願意，那麼在你處於危急情況時，沒有誰比他來照顧和保護你更可靠了！我對這點比任何人都有信心。」

這個建議大出我意料之外，我當場不知所措。還沒來得及說話，巴斯克維爾已經一把握住了我的雙手，熱烈地搖動著。

「哦，真的嗎？太感謝你了，華生醫生，」他說，「你瞭解我的處境，也瞭解這整件事，如果你能陪我去巴斯克維爾莊園，我將不會忘了這份大恩。」

冒險對我永遠存在著吸引力，何況我還受到福爾摩斯的恭維和從男爵的由衷感激呢！

「我很樂意，」我說道，「我相信這樣利用時間是值得的。」

「你必須向我仔細彙報，」福爾摩斯說，「當危機出現時——它總會來的，我會指示你怎麼做。我想星期六就可以出發了吧？」

「華生醫生方便嗎？」

「當然。」

「那麼，星期六我們在車站會面，搭乘十點半從帕丁頓來的火車。請務必前來，除非我另行通知。」

當我們正要起身告辭時，巴斯克維爾突然歡呼著衝向屋角，從櫥櫃下面撿出一隻棕色皮鞋。

「這就是我掉的鞋！」他喊道。

「但願所有難題都會像這隻鞋一樣自動解決。」福爾摩斯喃喃自語。

「但這件事很奇怪，」莫蒂默醫生說，「午飯前，我曾仔細搜尋過這個房間。」

「我也搜過！」巴斯克維爾不解地說，「到處都翻遍了。」

「那時，房裡根本就沒有這隻鞋！」

「那麼，一定是招待員在我們吃飯時放的。」

我們立即叫來了那個德國招待員，但他似乎毫不知情，怎麼問也問不出個所以然。奇怪的事一樁接著一樁，現在又多了一筆。除了查爾斯爵士暴死外，在這兩天中竟意外地出現了一連串無法解釋的怪事：鉛字拼湊成的信、雙輪馬車中蓄著黑鬍鬚的監視者、棕色皮鞋及黑色皮鞋遺失以及棕色皮鞋的失而復得。

坐在回貝克街的車上，福爾摩斯沉默不語，從他那緊皺的雙眉和嚴峻的面孔上我能看出，他心中和我一樣，正在努力思考著能解釋這一串奇怪而又彼此無明顯關連事件的合理假設。從下午到深夜，他都沉浸在煙草與深思中一動也不動。

我們正要吃晚餐時，送來了兩份電報。第一份寫著：

剛已證實，巴里莫爾確實在莊園。巴斯克維爾

第二份則是：

照吩咐前往了二十三家旅館，但很抱歉，並未發現被剪的《泰晤士報》。卡特萊特

「兩條線索都消失了，華生。沒有比諸事不順的案件更讓人心煩的，我們只能另尋出路。」

「我們還有跟蹤者的馬伕這條線索。」

「沒錯。我已經給登記處發了電報，要求查清二七〇四號馬車伕的姓名地址──你聽，有人來了，我猜他是來告訴我們這個問題的答案的。」

事實證明，門鈴聲帶來的結果比我們預期的更令人滿意。開門進來的是一位舉止粗魯的男人，毫無疑問，他正是我們要找的那位。

「我得到總部的通知，說這裡有一位紳士要找二七〇四號馬車伕！」他說，「我趕了七年的馬車，還沒有一位客人表示過不滿；我是直接從車場過來的，我要當面搞清楚，你有哪裡不滿意！」

「老兄，我對你並無不滿，」福爾摩斯說，「相反的，如果你能對我的問題做出明確的答覆，你還可以得到半個金鎊。」

車伕一聽大樂：「啊，今天運氣真好。先生，你有什麼問題？」

「首先，告訴我你的姓名地址，以後有需要的話我就能很快地找到你。」

「約翰．克萊頓，住在圖皮街三號；我的車是在滑鐵盧車站旁的希普利車場租的。」

夏洛克．福爾摩斯記下了這些資訊。

「現在，克萊頓，請告訴我今天早上來監視這棟屋子，然後又在攝政街跟蹤兩位紳士的那位乘客的情形。」

車伕似乎吃了一驚，帶著點不知所措的神情。

「嘿！看來你知道的也不少，用不著我再告訴你什麼了，」他說，「事實上，那位紳士說過他是位偵探，而且說不准把這件事告訴任何人。」

「老兄，這件事很嚴重。如果你想隱瞞任何情形，將十分不利。你說他自稱是偵探？」

「是的，他是這麼說的。」

「什麼時候？」

「離開時。」

「他還說過什麼？」

「他的名字。」

福爾摩斯以勝利者的姿態迅速地瞄了我一眼。「哦，他說到他的名字，是嗎？太不小心了，他叫什麼名字？」

「他的名字，」車伕說，「是夏洛克．福爾摩斯。」

我從沒見過我的朋友這樣吃驚過，一瞬間他啞口無言，隨後爆發出一陣大笑。

「高明！華生，無法否認的高明！」他說：「我感到挫敗，他跟我一樣的迅速、靈敏，上次他很漂亮的耍了我一回。所以他叫夏洛克．福爾摩斯，是吧？」

「是的，先生，那位紳士就叫這個名字。」

「太好了！告訴我他在什麼地方上了你的車，以及後來的事情。」

「他九點半在特拉法加廣場上車；他說他是偵探，還說只要我一整天絕對地服從並不打聽任何事，就付我兩個金鎊，我高興地答應了。我們先來到諾森伯蘭旅館，等到兩位紳士出來雇車走了，就跟著他們，然後一直到了這附近才停下。」

「就是這個大門？」福爾摩斯說。

「哦，我不確定。但我肯定那位乘客知道一切，一個半小時後，有兩位紳士從我們旁邊走過去，我們就沿貝克街跟蹤著，然後——」

「這我知道。」福爾摩斯插話道。

「當我們走了攝政街的四分之三時，車上的紳士突然推開車頂的滑窗，大喊著催促我以最快的速度趕到滑鐵盧。我策馬疾馳，十分鐘內就到了。他也很守信用的給了我兩個金鎊，然後就進站了。正要離開時又忽然轉身對我說：『你會很樂意知道的，你的乘客是夏洛克．福爾摩斯。』於是我就知道了他的名字。」

「我懂了。後來你沒有再看過他？」

「他進站後就沒有再看過。」

「請你描述一下夏洛克．福爾摩斯先生。」

馬車伕搔了搔頭，有些為難地說：「呃，這有點困難。我認為他大約四十歲，中等身材，似乎比你矮了二三吋，先生。他穿得一像位紳士，留著整齊的黑鬍子，面色蒼白。我能說的就這麼多了。」

「能說出他眼睛的顏色嗎？」

「不，我不確定。」

「還記得其他什麼？」

「沒了，先生，沒有了。」

「好吧，給你半個金鎊。如果你之後還能帶來好消息，就能再拿半金鎊。晚安！」

「晚安，先生。謝謝！」

約翰．克萊頓眉開眼笑地走了，福爾摩斯聳了聳肩，無可奈何地轉過頭來。

「我們的第三條線索也消失了，剛摸清的線索又斷了。」他說，「這個狡猾的混蛋！他很瞭解我們，他知道亨利．巴斯克維爾爵士找過我，也清楚在攝政街遇到的是我，他明白我會記下車號去找馬伕，於是他就留下口信戲弄我。華生，我告訴你，我們這次遇上了一個強勁的對手。我在倫敦已遭遇慘敗。但願你在德文郡的運氣能夠好些，雖然我還是很擔心。」

「擔心什麼？」

「為你即將做的事擔心。這事很棘手，華生，棘手且危險，我越想就越不愉快。是的，儘管笑吧，我的朋友；但我必須說，如果你能安然無恙地回到貝克街，我會很高興的。」

6 巴斯克維爾莊園

約定的那天到了，亨利爵士和莫蒂默醫生打點好了一切。夏洛克．福爾摩斯陪我坐車去車站，並在臨行前對我交代了一些要求和建議。

「我不想提出各種推測和疑問來影響你，華生，」他說，「我只希望你能盡可能詳盡客觀地向我報告那裡的情況，我會自行歸納整理。」

「哪些事需要報告？」我問。

「你認為與此案有關的任何事，哪怕是些不直接的細節。特別注意年輕的巴斯克維爾與鄰居的關係，還有與查爾斯爵士暴亡有關的任何情形。前幾天我作過一些調查，結論大多於事無補，不過有一件事能肯定——財產的另一繼承人詹姆士．戴斯蒙先生是位非常善良的年長紳士，那種殘酷的事情絕不是他做的，因此我認為完全不必把他牽扯進來。現在，只剩下那些實際住在亨利．巴斯克維爾周圍的沼澤居民了。」

「要先解雇巴里莫爾夫婦嗎？」

「千萬別這麼做，否則你就犯了大錯。如果他們是清白的，這麼做委屈了他們；如果他們有罪，這樣做又太便宜了他們。不，不！絕不能這樣，我們要把他們列為嫌疑人士。假如我沒記錯，應該還有一個馬伕、兩個沼澤居民；當然還包括我倆的朋友莫蒂默醫生，我並不懷疑他本人，但是我們對他的妻子一無所知；另外還有生物學家史坦波頓和他那位年輕漂亮的妹妹；拉福特莊園的法蘭克蘭先生也是我們不熟悉的人。你都必須特別留心觀察。」

「我盡力而為。」

「你應該有帶武器吧，我想？」

「有，我也認為帶上比較好。」

「當然，你應該不分晝夜地隨身攜帶那把手槍，絕不能有絲毫大意。」

我們抵達車站時，莫蒂默他們已訂好了頭等車廂的座位，正在月台上等候。

「沒有，我們沒什麼狀況，」莫蒂默醫生在回答我的朋友時說，「但我能肯定這兩天沒有被跟蹤。每次出門我們都很留意周圍狀況，如果有人跟蹤，一定逃不出我們的眼睛。」

「我想你們一直在一起吧？」

「除了昨天下午。每次進城，我總會安排一整天消遣。昨天整個下午，我都耗在外科醫學院的陳列室裡。」

「我去公園湊熱鬧了，」巴斯克維爾說。

「不過我們都沒遇到任何麻煩。」

「儘管如此，你們還是太大意了，」福爾摩斯態度嚴肅地搖著頭說，「亨利爵士，我請你以後不要再單獨出門，否則災難就會降臨。對了，另一隻高統皮鞋找到了嗎？」

「沒有，先生，再也沒有找到。」

「這樣啊？真是有趣。那麼就再見了。」當火車緩緩發動時，福爾摩斯再三叮嚀道，「記住！亨利爵士，那個古老而怪誕的傳說中提到的——不要在黑夜降臨、罪惡橫行時穿越沼澤。」

火車已遠離月台，我回頭望去，看到福爾摩斯高大堅毅的身影依然站在那裡聞風不動。

這趟旅行快速而舒暢，我與兩位伙伴更加親密了，有時還與莫蒂默醫生的長耳獵犬嬉戲。幾小時後，沿途棕色的大地漸漸變成紅色，磚砌的房屋變成石砌的建築，棗紅色的牛群圈在樹籬中吃草。翠綠的草地和茂盛的菜園表明了這裡氣候濕潤，易於豐收。年輕的巴斯克維爾熱切地向窗外眺望，他認出了那熟悉的德文郡風光，興奮地大叫：

「離開家鄉後，我曾去過世界各地，華生醫生，」他說，「可是，沒有任何地方能與家鄉相比。」

「我還沒遇過不為故鄉自豪的德文郡人呢。」我說。

「不僅是本郡的自然條件，就是本郡的人也不平凡呢。」莫蒂默醫生說，「瞧瞧亨利那凱爾特人的圓型頭顱吧，裡面滿是凱爾特人的強烈情感。可憐的查爾斯的頭顱則屬於一種稀有的類型，一半像蓋爾人，一半像愛弗人。你上一次來巴斯克維爾莊園時，還很年輕，是嗎？」

「我十幾歲時，父親就去世了，那時我們住在海邊南岸的一棟小房子裡，所以我從未見過巴斯克維爾莊園，父親死後，我直接去了美洲的一個朋友那裡。老實說，對於那所莊園，我跟華生一樣的陌生，我很渴望看一看沼澤。」

「真的？要實現這個願望很容易，因為就快看到了。」莫蒂默醫生說著指向了窗外。

在那被分割成無數綠色方塊的田野和高低起伏的樹林裡面，一座灰暗蒼鬱的小山遠遠獨自挺立，山頂有著形狀奇特、參差不齊的缺口，遠遠望去陰暗朦朧，宛如夢中景致。巴斯克維爾靜靜地盯著那裡，表情熱切，這地方與他有多大的關係啊。第一次看見那神秘的、被族人掌管了許久的地方，處處都能引起人們對他們的深切懷念。亨利穿著蘇格蘭的服裝，說話時帶著美洲口音，靜靜的坐在一節普通火車車廂的角落。每當我看到那黝黑富於表情的面孔時，就越加感覺到他的確是那個熱情高貴的家族的後裔，並且有一家之主的風度。他那濃濃的眉毛、神經質的鼻孔以及栗色的大眼睛都顯示著自尊、豪爽與力量。如果真有困難和危險出現在那恐怖的沼地中，他至少是個可靠的、能勇於承擔的紳士。

火車在路邊的一個小站停住，我們下了車。在低矮的白欄杆外，有一輛雙匹短腿小馬拉著的四輪馬車在等著。我們的來臨顯然是當地的一件大事，站長和腳伕都圍過來幫我們搬行李。然而使我詫異的是：這個本來很恬靜、可愛與樸實的地方，卻有兩個穿黑色制服像軍人似的傢伙把守著出口。他們倚靠著不長的來福槍，目不轉睛地看著我們走過。馬車伕身材矮小，相貌冷酷粗野，他對亨利．巴斯克維爾敬了個禮，然後就沿著蒼白寬闊的大道駕車急馳。一路上，大道兩邊微微隆起的牧草地高低起伏，透過濃密的綠蔭的間隙，能看到一些牆頭和修成人字屋頂的古老房屋，陽光照耀的村子寧靜而安祥，它的後面出現了綿延不斷的沼地，在傍晚天空的襯托下顯得十分陰暗可怕，中間還立著幾座參差不齊的險惡山丘。

四輪馬車駛入旁邊的一條岔路，我們沿著一條小巷蜿蜒前進，路面經過幾世紀的使用早已留下深陷的車痕。兩側的石壁長滿了濕漉漉的苔蘚和一種枝葉肥厚的羊齒植物，落日的餘暉照著古銅色的蕨類和五顏六色的荊棘，泛起五彩光芒。我們繼續前行，駛過了一座花崗石的窄橋，沿著一條急流向前走。水流很急，濺起的水花從灰色的亂石間怒吼而過。道路沿著曲折迂迴的小河，在生長著密密的矮小橡樹和樅樹的峽谷中逆流而上。每經過一處轉折，巴斯克維爾都會興奮地歡呼起來，急切地環顧四周，向我們提出無數的問題。在他的眼中，一切都很美，可是給我的感覺卻有點淒涼，而且帶著深秋蕭條的景象。一路上，時時有枯葉翩然落下，小路上落滿黃葉，當我們的馬車輾上落葉，轔轔的輪聲便靜下來了──我感覺這就像是造物主送給重返家園的巴斯克維爾後裔的不祥禮物。

「啊！」莫蒂默醫生突然叫起來，「那是什麼？」

前方一塊長滿石南類常青灌木的陡斜坡地在自沼澤邊緣突出，在那最高處，清清楚楚地佇立著一個騎馬的士兵。黝黑嚴峻得如同碑座上的騎士雕像，前伸的左臂上搭著長槍，作著預備放射的姿態監視著我們所走的道路。

「那人在幹什麼，柏金斯？」莫蒂默醫生問。

馬伕從座位上回頭答道：

「先生，有一個犯人從王子鎮逃獄了，到現在為止已經過了三天。獄警們監視了每條道路和每個車站，可是至今還沒發現他的蹤跡。附近的農戶都感到不安，先生，這可是真的。」

「啊，我知道。如果有人提供線索，就能得到五鎊賞金。」

「是的，先生。但與被割斷喉嚨的風險相比，這五鎊獎金顯得太少了。你要知道，那可不是個普通犯人，而是一個兇殘成性的傢伙呢！」

「那麼，他是誰？」

「塞爾丹，那個諾丁山殺人犯。」

那件案子我很清楚，由於整個暗殺過程的手段極端殘忍，福爾摩斯曾對它感到很有興趣。法庭後來之所以免除他的死刑，是由於他的殘暴行為使人們懷疑他的精神是否正常。我們的馬車駛上了斜坡的頂峰，面前出現了廣闊的沼地，其間點綴著很多圓錐形的石塚和凹凸不平的花崗石，色彩斑駁。一陣冷風從沼澤吹來，我們不由地打了個寒顫。塞爾丹這個魔鬼般的人，正像野獸般潛藏在這毫無人跡的平原上的某條溝壑中，他的內心充滿了對摒棄他的人們的憎恨。光禿禿的荒地，冷冽的寒風，陰暗的天空，再加上這個逃犯，使得這地方更顯恐怖。剛才還很激動的巴斯克維爾也裹緊了大衣，變得沉默不語了。

美麗富饒的鄉村已落在我們的後方，回頭遙望，夕陽西照，水流如金絲顫動，初耕的紅土和寬廣的密林都在發光。相比之下，前面赤褐色與橄欖色相雜的斜坡上的道路顯得更加蕭瑟淒涼，到處突出毫無生氣的光禿巨石，我們不時路過一些沼澤中的小屋，石砌的牆與屋頂沒有蔓藤掩飾，顯露著它粗糙的輪廓。俯身下望，能看到碗狀的一處凹地，生長著並不茂盛、被狂風吹彎的小片橡樹叢和樅樹叢。有兩個又細又高的塔尖伸出樹林頂梢，車伕用鞭子指著它們說：

「這就是巴斯克維爾莊園。」

莊園新主人亨利．巴斯克維爾站起身來熱切地張望著，臉頰泛著激動的紅暈。幾分鐘後，我們就到了莊園大門口。大門用稠密的鐵條曲折交織成美麗的花紋，兩側各立著一根柱頂有巴斯克維爾野豬頭像的石柱，因久經風雨而長滿苔蘚，變得骯髒不堪。門房已坍塌成黑色的花崗石堆，其間暴露著一根根光禿的椽木。但它的對面是剛建成一半的新建築，是查爾斯爵士首次用南非賺的黃金修建的。

大門連著一條小道，兩旁老樹的枝梢在我們頭頂搭成一座拱頂，路上的枯葉使車輪聲沉靜下來。穿過長長陰暗的車道，能看見末端坐落著一棟房屋，散發著幽靈似的亮光，巴斯克維爾不禁戰慄起來。

「災難就發生在這裡？」他低聲地問。

「不，不是，紫杉小徑在那邊。」

這位年輕的繼承人陰沉地四處觀望著。

「原來是這樣子的地方，難怪伯父總有大難將臨的預感，」他說，「任誰在這裡都會感到可怕的。我決定半年內裝設一千個天鵝牌和愛迪生牌的燈泡在前廳，到時候你就再也認不出這個地方了。」

再走一段路，我們就來到了屋前，借著昏暗的光線，我能看出中央的那幢樓房很堅固，一條走廊連在它的前面。屋前爬了滿壁的常春藤，只剩窗戶和裝著盾徽的地方沒被遮住，似乎被修剪過，就像一塊黑色面罩上的補丁。樓頂有一對古老的塔樓，開著槍眼和許多瞭望孔，在塔樓兩側各是一座黑色花崗石砌成的新穎的翼樓，昏暗的光線射進那窗櫺堅實的窗口。一行黑色的煙柱從陡峭傾斜的屋頂上的高高煙囪中噴出。

「歡迎！亨利閣下，歡迎來到巴斯克維爾莊園！」

走廊的陰影裡走出一個高大的男人，他打開了四輪馬車的車門。在廳房淡黃的燈光下，又出來了一個女人，她走過來從高個男人手中接過我們的行李。

「亨利爵士，你不介意我馬上趕回家吧？」莫蒂默醫生說，「我太太還在等我呢！」

「吃過晚飯再走吧。」

「不，我一定要走，也許家裡有事需要我做呢。我本來應該帶你參觀房子，但與巴里莫爾相比可就遜色不少，他才是最好的嚮導。再見，如果需要幫忙，我隨時會趕到。」

亨利爵士與我一踏進大廳，就聽到身後沉重的關門聲，外面小路上的車輪聲也消失了。我們進入的房間的確華麗，高大且寬敞，密密的橡木巨樑整齊地排列著，只是因年代久遠而變成了黑色。高聳的鐵製獵狗像後面是巨大的舊式壁爐，木柴在那裡面劈啪爆裂燃燒著。因為長途乘車，我們的身體有些僵硬，亨利爵士和我不約而同伸手取暖。然後我們環顧了一下四周，看到在中央大吊燈柔和的光線中，那狹長而裝有古老的彩色玻璃的窗戶、作工精緻的橡木嵌板、牡鹿頭的標本以及牆上掛著的盾徽，無一例外地顯得幽暗陰沉。

「正如我所想像的，」亨利爵士說，「難道這不正是一個古老家族應有的景象？這是我們家族住了五百年的大廳啊，一想到這些我就感到沉重。」

當他四處環顧時，我看到他那黝黑面孔上燃起了孩童般的熱情。他站立在那兒，牆壁細長的投影和黝黑的天花板在他的頭頂搭起了一座黑色的帳幕。巴里莫爾將行李放好後又回來了，以受過良好訓練的僕人特有的禮儀，站在我們面前。他風度翩翩、身材高大，白皙而出色的面孔上一把黑鬍鬚修剪得整整齊齊。

「閣下，你想馬上開飯嗎？」

「準備好了？」

「幾分鐘內就好，閣下。你們的房裡已備好熱水，亨利爵士，在你整頓莊園以前，我與妻子很樂意待在你身邊。但是你得明白，在這種新情況下是需要很多傭人的。」

「什麼新情況？」

「閣下，我是說，查爾斯爵士的生活非常簡單，我們還能照顧好他。而你當然希望更多的人與你生活在一起，因此你肯定需要改變家中的情況。」

「你的意思是，你和你妻子要辭職？」

「只有等你方便的時候才會，閣下。」

「可是我們兩家已經同住了好幾代，不是嗎？我很不願意以切斷兩個家族的聯繫來作為在這裡生活的開端。」

從管家白皙的面孔上，我彷彿看到了些許感動之情。

「我也有這樣的感覺，閣下，我的妻子也是。坦白地說，閣下，我們都十分敬重查爾斯爵士，他的死令我們悲憤震驚，房子內的點點滴滴都使我們觸景傷情。我們唯恐待在巴斯克維爾莊園裡，再也難以感到詳和安寧了。」

「但你打算怎麼做？」

「閣下，如果我們去做些小生意，我相信一定會成功的。由於查爾斯閣下的慷慨，使我們的想法成為可能。現在，閣下，我最好先帶你去看看你的房間吧。」

通過一段雙疊的樓梯就能到達架設在古老廳堂上部的一圈方形迴廊。從中央廳堂伸出的兩條長長的通道貫穿整個建築，所有臥室的門都朝向這兩條通道。巴斯克維爾與我的臥室緊緊相鄰，位在同側，這些房間比大樓中部的房間款式要別緻得多，色彩亮麗的壁紙與燃燒的蠟燭沖淡了先前留在我們腦中的陰沉印象。

可是緊接大廳的餐廳卻顯得陰暗抑鬱；餐廳呈長方形，一段台階從中間把屋子分成高低兩部分。高的部分是家人用餐的地方，低的部分留給傭人使用。在餐廳盡頭建有一座演奏廊。頭頂是烏黑交錯的樑木，再上面是已燻黑的天花板。如果用一排熊熊燃燒的火炬照亮整個屋子，也許一個歡樂多彩的古老宴會能削弱這嚴峻死沉的氣氛，但是現在呢？從燈罩下面透出微弱的光環籠罩著兩位黑衣紳士，嗓音壓低了，精神上也感受到難以擺脫的壓抑。一排穿著各樣服裝的祖先的畫像，在躍動昏暗的燭光下若隱若現。從伊莉莎白女王時期的騎士，直到喬治四世皇太子攝政時期的花花公子們，都沉默地張目窺視著我們，威懾著我們。我們默默進餐，很少說話。用完餐後，我很高興終於可以去新式的撞球室中吸煙了。

「老實說，這個地方很難使人感到愉快，」亨利爵士說，「我原來很有信心能逐漸適應這裡的環境，但現在我總覺得有點不對勁。難怪伯父獨處在房中會心神不寧呢！哦，如果你願意，我們就早點睡吧。說不定明早起來會發現這裡的環境變得使人愉快了呢。」

睡前我拉開了窗簾，窗戶向著廳前的草地開，往窗外望去，遠處的草地上有兩叢樹林正在越刮越大的風中痛苦地搖曳著，月亮從競相奔走的雲隙間露出半個臉。借著黯淡的月光，我看見了樹叢後面那參差不齊的山崗輪廓以及綿延起伏的陰沉沼地。闔上窗簾，我感覺到這裡的環境留給我的印象前後是一致的。

可這些究竟是不是它留給我的最終印象呢？我很疲倦，卻又輾轉反側不能入睡。古老的房屋沉睡在死亡一般的寂靜中，遠處有鐘聲傳來。可是突然間，有一種聲音傳入我耳中，在這死寂的深夜裡，清晰而響亮。不會錯的，那是婦女的啜泣聲，是一種備受內心痛楚折磨而強壓著發出的哽咽聲，我坐起來聚精會神地聽著，這聲音不可能來自遠處，肯定是從屋子裡發出來的。我就這樣繃緊了每根神經等候著，可是除了遠處傳來的鐘聲和風吹著常春藤發出的窸窣聲，再也聽不到別的聲音。

7 梅利皮特的史坦波頓兄妹

第二天早上醒來時，清晨特有的清新空氣與柔和的晨光多少抵銷了些我們對巴斯克維爾莊園最初的恐懼與不安。當巴斯克維爾和我坐在桌旁吃早餐時，陽光已透過裝在高高窗櫺中的盾徽形玻璃散射出滿屋柔弱淺淡的色光，給深色的護牆板披上了青銅色的光輝。實在讓人難以相信，這就是昨夜在我們心靈中投上陰影的那間屋子。

「我想這只能怨我們自己，不能怨房子本身！」從男爵說，「之前因為身體的疲憊加上秋夜的寒冷，不佳的精神狀態下使我們對這裡產生了不愉快的印象。現在我們身心都恢復，所以就感到愉快了。」

「但這些可能不僅僅是想像而已，」我回答道，「例如說，你聽到有人——我想是個女人，在夜裡哭泣嗎？」

「的確很奇怪，我在迷迷糊糊中也聽到過哭泣聲。我等了一會兒，可是沒有再聽到，所以我以為那只是個夢。」

「我聽得很清楚，而且我能肯定是個女人的哭聲。」

「我們得馬上把問題弄清楚。」他搖鈴叫來巴里莫爾，問他能否解釋我們聽到的哭聲。據我觀察，管家聽到主人的問題，他那蒼白的面孔顯得更加蒼白了。

「亨利閣下，只有兩個女人在這幢房子裡，」他回答道，「一個是睡在對面廂房中的女僕；另一個就是我的妻子。但我保證，那哭聲絕不會是她發出來的。」

可是後來我們竟發現他在說謊。早飯過後，我碰巧在長廊上遇到巴里莫爾太太，她是個身材高大的肥胖女人，外表冷漠，嘴角掛著不苟言談的神情。燦爛的陽光照在她的臉上，那雙紅腫的眼睛無可掩飾，一眼便能看得很清楚，況且她還用那雙眼睛瞄了我一眼呢！很顯然，夜裡是她在哭。如果她真的有哭過，那她丈夫一定會知道，可是他竟冒著謊言被戳破的危險對我們胡說八道。他為什麼這麼做？她又為什麼哭得那麼傷心？這個面色蒼白、蓄著黑鬍鬚的男人，已經讓我們感覺到了一種神秘淒慘的氣氛。是他第一個發現查爾斯爵士的屍體，又是他讓我們瞭解了那位老紳士的死亡經過。難道我們在攝政街追蹤的那個乘客根本就是巴里莫爾？他們留有相同的鬍鬚。可是按照馬車伕的描述，那個人的身材相當矮小，也許這樣的印象是錯誤的。怎樣才能查明這個事實呢？顯然，我首先應該去找格林潘的郵政局長，問清楚那封試探電報是否有親自交到巴里莫爾手中。無論結果怎樣，至少應該會有一些能向福爾摩斯報告的資訊。

早餐後，亨利爵士要看很多文件，所以我恰好可以趁機出門。我沿著沼地的邊緣向前走，一路上心曠神怡。大約走了四哩，便來到了一個荒涼孤獨的小村落，村中有兩間比其他屋子略高的大房子，後來才知道其中一間是旅店，另一間是莫蒂默醫生的房子。那位郵政局長——同時也是村裡的食品雜貨商，很清楚地記得那封電報。

「肯定的，先生，」他說，「我確實有按照要求叫人送交巴里莫爾先生。」

「誰送的？」

「我的孩子，就在那裡。詹姆士！你上禮拜有把那封電報送去給莊園的巴里莫爾先生，對吧？」

「是的，爸爸，我送了。」

「他親自收的嗎？」我問道。

「哦，他當時正在樓上，所以沒有交到他手上。可是，我把它交給巴里莫爾太太了，她答應立刻上去交給他。」

「你看到巴里莫爾先生了嗎？」

「沒有，先生，我說過他在樓上。」

「你沒有親眼看到，怎麼知道他在樓上呢？」

「嗯，他自己的妻子總會知道他在哪吧！」郵政局長有些惱怒地接過話頭，「他沒有收到電報？就算出了差錯，也應該是巴里莫爾先生親自來質問吧！」

顯然不可能繼續這項調查了，可是有一點很清楚，儘管福爾摩斯用了妙計，但我們依舊無法證明巴里莫爾沒去過倫敦，假如事情的真相就是這樣——假設他就是最後看到查爾斯活著的人，就是跟蹤剛回英國的繼承者的人，那又能查出些什麼？他是受人指使？還是有個人的陰謀？殘害巴斯克維爾家人又能得到什麼好處？那封剪自《泰晤士報》社論拼貼而成的警告信是他寄的嗎？或者是有誰要阻止他而寄的？唯一能想到的動機就是亨利爵士猜測的那樣，如果能嚇跑莊園主的話，巴里莫爾夫婦就有了個永久舒適的家。可是這種動機，相對於撒在從男爵周圍的那張無形之網與深謀遠慮的陰謀而言，確實又太不恰當了。福爾摩斯自己也曾說過，在他接手的那一大堆案件中，沒有哪一件如此地離奇複雜。當我沿著那灰白而孤寂的道路回來時，我在內心默默地祈禱我的朋友能從繁雜的事務中抽身到這裡來，卸下我肩上這沉重的包袱。

忽然，一陣跑步聲和叫喚切斷了我的思緒，我原以為一定是莫蒂默醫生，但當我轉過身去卻大吃一驚，追過來的居然是個素不相識的陌生人，他身材瘦小，鬍鬚剃得很乾淨，下巴細長，面容顯得很端莊，有著淡黃色的頭髮，大約三十多歲。他穿著一身灰色服裝，頭戴草帽，肩上背了一只植物標本匣，一把綠色的捕蝶網握在他的手中。

「相信你會原諒我的冒昧無禮，華生醫生，」他氣喘吁吁跑過來，說道，「在這塊沼澤裡，人們彼此見面是用不著正式介紹的，親密隨和得如同一家人。我是住在梅利皮特的史坦波頓，我相信你已從我的朋友莫蒂默醫生那裡聽說過了。」

「從你的標本匣和網子我就明白你是誰了，」我說，「因為我已聽說史坦波頓是位植物學家。但你怎麼會認識我？」

「你從莫蒂默醫生窗外走過時，我恰巧在那裡，於是他就把你介紹給我了。因為我們走的是同樣的路，所以我就趕緊過來自我介紹。相信亨利爵士這一路還順利吧？」

「謝謝你，他很好。」

「查爾斯爵士死後，我們大家都擔心這位從男爵可能不願住在這裡呢！讓一個有錢人待在這樣的地方，確實讓人過意不去。可是，你也明白，這對我們這個偏僻的鄉村關係確實重大。我猜，亨利爵士不會抱著迷信和恐懼的心理吧？」

「我想大概不會。」

「你想必聽說過關於糾纏這個家族的那條獵犬的傳說？」

「我聽說過。」

「這裡的居民太輕信謠言了！他們每個人都發誓說，確實見過那隻畜牲在這片沼澤中出沒。」他面帶笑容，可是從他的眼神中，我看出他是很嚴肅的。「這件事給查爾斯爵士的心裡蒙上陰影。我相信，就是這件事造成了他悲慘的結局。」

「怎麼會呢？」

「他的神經太過緊張，隨便看到一隻狗就會為他的心臟帶來致命的後果。我推測在他臨死的那晚，一定在紫杉小徑裡看到了什麼類似的東西。我很喜歡查爾斯，也知道他心臟不好，所以我常常為他擔心。」

「你怎麼知道這點呢？」

「我的朋友莫蒂默醫生說的。」

「那麼，你認為有一隻狗在追查爾斯爵士，然後把他嚇死了？」

「除此以外，你難道還有更好的解釋？」

「我還沒想出結論。」

「夏洛克．福爾摩斯先生呢？」

一剎那，我為這句話屏住了呼吸，可一看到史坦波頓平靜沉著的神情，才覺得他確實不是要故意讓我吃驚。

「假裝不認識你是沒意義的，華生醫生，」他繼續說，「我們早已看過你寫的偵探記錄了，畢竟你不可能既宣揚了你的朋友，又使自己不被大眾熟悉。當莫蒂默醫生對我談到你時，他也無法隱瞞你的身份。既然你來了，表示福爾摩斯也對這件案子產生了興趣。因此，我當然希望瞭解他對此事的看法。」

「恐怕我現在無法回答。」

「冒昧請問，他是否會親自過來一趟呢？」

「目前他正集中精力研究別的案子，暫時離不開倫敦。」

「太可惜了！他或許能把這個難題理出個頭緒來。如果你在調查時有什麼需要效勞的，儘管吩咐。要是能讓我知道你的疑問或者調查方式，也許能立刻給予幫助或者建議。」

「我必須說，我只是來拜訪我的朋友亨利爵士的，根本不需要什麼協助。」

「好極了！」史坦波頓說，「保持謹慎是對的，我遭到責難完全是咎由自取，我保證不再提起這件事。」

我們走過一條由大道斜岔出來長滿青草的小路，曲折迂迴地穿過沼澤。右側出現了已被開採成為花崗石場的亂石密布的陡峭小山；迎面是裂隙中長滿羊齒植物和荊棘的暗沉崖壁；一抹飄渺的煙霧纏繞著遠處的山坡。

「順著這條沼澤小徑往前走不遠，就會到梅利皮特，」他說，「你也許能抽出一小時吧，我很樂意把你介紹給我的妹妹。」

一聽到這話，我第一個反應是想回去陪伴亨利爵士，可又想起他的書桌上還有滿滿的文件和證券等著他閱覽，顯然我在這方面幫不上忙；何況臨走時，福爾摩斯特意叮嚀過要留意亨利爵士的左鄰右舍，於是我接受了史坦波頓的邀請，轉到了去梅利皮特的小路上。

「這沼澤真是一塊奇異的地方，」史坦波頓環視著四周說，「我們置身的這片土地的確不凡，綿延至遠方的丘陵，就像緩緩起伏的綠色浪潮；參差不齊的花崗岩山巔，如同海浪激起奇形怪狀的水花。你絕不會厭煩這片沼澤，它的奇妙令你無法想像，它是那樣的寬廣、淒美與神秘。」

「那麼你一定很瞭解它了？」

「我定居這裡才兩年，當地住民還把我當成外人呢！我們剛來時，查爾斯爵士也才住下沒多久。我的愛好使我常去瞭解鄉間的每個角落，所以幾乎沒人比我更清楚這裡的情況了。」

「要瞭解它很難嗎？」

「很難。要知道，比如說，豎立在北面平原中的幾座奇特的小山，你能看出有什麼特別的地方嗎？」

「是個騎馬奔馳的好地方。」

「你當然會這麼想。可是到目前為止，已不知有多少人為此送了命。你能看見那些密密麻麻長著青草的地方嗎？」

「可以，看來那一帶特別的肥沃。」

史坦波頓聽了大笑起來。

「那就是格林潘大泥沼，」他說，「在那個地方，只要不小心踏錯一步，無論人畜全都會沒入泥中而喪命。我昨天還看見一匹沼澤的小馬跑進去了，過了很久，我看見它掙扎著從泥坑中探出頭來，可是最終還是全部陷進去了。即使在乾燥的時節，要穿過那裡依然是很危險的。最近下了幾場雨，又變得更可怕了。但是我卻能找到通往泥沼中間的路，還能安全地回來。我的天，又一匹倒楣的小馬陷進去了！」

這時，只見綠色的苔草叢中，有團棕色的東西在掙扎，它扭動著脖子努力往上伸，緊接著是一陣痛苦的長鳴。這恐怖的嘶吼聲回蕩在沼地上空，我嚇壞了，可是史坦波頓的神經似乎要比我堅強些。

「沒救了，」他說，「泥沼已經把牠吞沒了。兩天內就吞噬了兩匹馬，以後還不知要陷進去多少呢；因為牠們已習慣了乾燥時節到那裡去，可是卻不明白旱季和雨季的不同，直到最後被泥沼吞沒。格林潘大沼地可真是個殘酷之地啊！」

「但是你說你能穿過去？」

「沒錯，只有一條小路，我已經找到了。但是只有動作極為敏捷的人才能通過。」

「但你怎麼會想走進這種可怕的地方呢？」

「哦，看到那邊的小山了嗎？那就像一座被無法通行的遠古泥沼隔絕的小島。如果你能想辦法到達那裡，一定會驚訝的發現那裡竟是稀有植物和蝴蝶的天堂。」

「哪天我也去碰碰運氣好了。」

他忽然轉過頭來驚訝地望著我。

「千萬別做傻事，」他說，「你會讓我腦衝血的！我敢肯定你活著回來的機率微乎其微，只有靠著繁雜的特定地標才能到達的了。」

「天啊！」我喊起來，「是什麼東西？」

一聲又低又長、淒慘悲涼的呻吟響徹整個沼地，可是我無法確認它來自何方。這聲音從模糊的呻吟變成低沉的怒吼，最後又變成有節奏的淒涼的喘息。史坦波頓用好奇的表情看著我。

「真是塊奇怪的沼澤！」他說。

「那到底是什麼？」

「農民們謠傳是巴斯克維爾獵犬在尋覓獵物。我曾聽見過一兩次，不過從來沒有像今天這麼大聲。」

我打了個冷顫，緊張地環顧著周圍點綴著叢叢綠樹的廣闊平原。寬廣的原野上，除了我們身後岩崗上呱呱亂叫的一對烏鴉，別無其他。

「你是受過教育的人，一定不會相信這些鬼話吧？」我說，「你認為這奇怪的聲音源自何處？」

「泥沼有時候也會發出奇怪的響聲，像是汙泥下沉、地下水湧出或是其他原因。」

「不，不，那肯定是動物發出來的。」

「啊，可能如此。聽過麟鷺的叫聲嗎？」

「沒有，從來沒有聽過。」

「那是英國一種稀有的鳥類，幾乎絕種——不過也許存在於沼地中。是的，假設我們剛才聽到的就是那種幾近滅絕的鳥類的叫聲，那就一點也不奇怪了。」

「那可是我一生中聽過的最恐怖、最奇怪的聲音。」

「是啊，這地方可夠神秘恐怖的了。請看山丘的那邊，你知道那是什麼？」灰色石頭圍成的圓圈幾乎遍佈整個陡峭的山坡，至少也有二十幾個。

「是什麼？羊圈嗎？」

「不，那可是偉大祖先的居所。遠古時期沼澤裡住著很多人，後來就再也沒人住過，所以保存得很好，殘留在我們眼前的結構幾乎與他們離開前一樣。那些就是他們少了屋頂的房子。如果你覺得好奇想去那裡看一下的話，還能見識到他們用過的壁爐和臥榻呢。」

「簡直就像一個城鎮！他們是棲息於什麼年代？」

「新石器時代——沒有確切年份。」

「他們平常都做些什麼？」

「他們在山上放牧，當青銅刀取代了石刀時又學會了開採錫礦，你看對面山中的那條深溝，就是當時挖掘留下的遺跡。對了，華生醫生，你會發現沼澤一些很特別的地方。哦，真是抱歉，請稍等一下！那肯定是賽克羅派德飛蛾。」

只見一隻像蠅又像蛾的蟲子飛過小路，翩翩而去，史坦波頓忽然以超常的力量與速度飛撲過去。令我心驚的是，那個小東西竟直朝大泥沼飛過去，而我的朋友竟也舞動著那只綠色的網子，緊緊追著它在小樹叢中跳躍前進。他那灰色的衣著和猛然的躍動，以及曲折迂迴前進的動作，使他自身就象一隻大飛蛾，我既羨慕他的敏捷，又擔心他的安全，只好靜靜地觀望。一陣腳步聲傳來，我立刻轉過頭去，發現一個女子正從不遠的路邊走來，她是從纏繞著一抹煙霧的梅利皮特來的。沼澤的低窪處遮住了她的身影，直到走近我才發覺。因為居住在沼澤的婦女極少，加上我曾聽說史坦波頓小姐長得很美，所以就認定眼前這位一定是她。她的確長得不俗，相貌與她兄長相差很大。史坦波頓膚色適中，髮色較淺，眼睛呈灰色；而她的膚色比任何一位我在英國見過的女人都更深，身材修長，風情萬種。她長著一張高傲漂亮的臉，五官端正，要不是有著善感的雙唇，跟熱情的美麗雙眸，簡直就是位冰山美人。她衣著高貴，身材完美，完全就是這孤寂沼澤中的一位精靈。我回過身時，她正望著她的哥哥，緊接著她快步走向我。我脫帽正想解釋，她的話卻把我引入另一個思潮。

「回去吧！」她焦急地說，「直接回倫敦，立刻！」

我吃驚地望著她，她的眼中燃燒著火焰，一隻腳著急地踱著地面。

「為什麼要回去？」我問。

「我不能解釋，」她的聲音小聲但誠懇，有些含糊不清，「看在上帝的面上，照我的去做吧！快回去，千萬不要再來沼澤。」

「但我才剛到這裡。」

「老兄啊！老兄！」她吼了起來，「難道你看不出這是為了你好嗎？回倫敦，今晚就走！無論如何都得離開！噓，我哥哥來了！我的話你一個字也不要跟他提起。可以幫我摘下那朵杉葉藻旁的蘭花嗎？我們這塊沼澤上長著許多蘭花，不過，當然你來得太遲了，欣賞不到它的美麗迷人之處了。」

史坦波頓已經放棄追捕那隻小蟲而返回了，由於運動劇烈而氣喘吁吁，面色也漲得通紅。

「嗨，貝莉兒！」他打了個招呼，但語調並不熱情。

「嗯，傑克，看來你很熱。」

「是啊，剛才去追一隻賽克羅派德大飛蛾，那是晚秋時很罕見的種類。沒捉到真是太可惜了！」他說得漫不經心，可那對明亮的小眼睛卻在我與女士的臉上不停地來回掃視。

「我能看出，你們已做了自我介紹。」

「是的。我正對亨利爵士說他因為來遲而看不到沼澤真正的美麗。」

「什麼，你以為他是誰？」

「我想是亨利・巴斯克維爾爵士。」

「不對，不對！」我說，「我只是個普通的人，是爵士的朋友，我是華生醫生。」

她那張表情豐富的臉由於懊悔而浮出紅暈來。

「我們竟然這樣錯誤地聊起天來。」她說道。

「怎麼會呢，你們也沒聊多久。」她哥哥仍舊一臉狐疑地看著我們。

「我是把華生醫生當成一個本地人來聊天，而不是一個訪客，」她說，「蘭花的季節對他而言沒什麼意義，你不來看看我們的梅利皮特宅邸嗎？」

於是，我跟著這對奇怪的兄妹往梅利皮特方向走去，沒走幾步就到了沼澤上的一棟孤屋前，它在沼澤的興盛期曾是一間農舍，經過一番整修後，現在已搖身成了一棟新式的住宅。四周環繞著果樹，這些樹與沼澤中的樹遙相呼應，它們一樣的矮小，有點營養不良，整個地方籠罩著淒涼陰鬱的氣氛。一名很襯這種詭異氣氛的乾癟老男僕，穿著陳舊的衣服，把我們領進了屋子。屋子寬敞，佈置整潔高雅，看得出它的美麗女主人的愛好。從窗口遠眺，那綿延起伏、點綴著花崗岩的沼澤，一直伸向遠方的地平線。我不禁奇怪，這位受過高等教育的紳士與美麗的女士為什麼願意住在這樣的一個地方？

「為什麼會選在這裡，是嗎？」他就像看透了我的心思一般，「但我們卻過得很快樂對吧？貝莉兒。」

「很快樂。」她回答道，語調透著勉強。

「我曾經辦過一所學校，」史坦波頓說，「是在北方。那工作不適合我的性格，令我感到枯燥乏味；但與年輕人生活在一起，能幫助和培養他們，並以自身的行為去影響他們的心靈，這對我卻是很有意義的。可惜我們運氣不好，流行起一種嚴重的傳染病，死了三個男孩，學校也就因此倒閉了，我賠進去了大部分資金。最重要的是我失去了與孩子們相處的歡樂，這讓我一直鬱鬱寡歡。還好，出於對植物與動物學的愛好，我最終在這裡找到了無窮的樂趣，同時，我的妹妹也跟我一樣享受著大自然。華生醫生，所有的一切都會在你從窗戶眺望沼澤時鑽進你的腦裡，並且表露在你的臉上。」

「我的確覺得這裡的生活有些無聊——對你大概不會，對你妹妹就有一點。」

「不，不，我從來不覺得無聊。」她急忙插話。

「我們可以看書、工作，而且還有些有趣的鄰居呢。莫蒂默醫生算得上是醫學界裡的特殊人物之一，而不幸的查爾斯爵士也是我們親密的朋友。我們很瞭解他，依舊深深地懷念他。你是否覺得今天下午我應該去拜訪亨利爵士呢？」

「我相信，他見到你一定會很高興。」

「那麼，就請你事先替我打個招呼，就說我打算去拜訪他。在他完全適應新環境之前，也許我們能稍盡地主之誼，增加他的方便。華生醫生，你願意跟我上樓看看鱗翅類昆蟲的標本嗎？那可是英國西南部收集得最齊全的一套，等你看完也差不多該吃午餐了。」

但是我已經等不急要回去看望我的委託人了，而且，沼澤地的陰森、不幸死亡的小馬和恐怖傳說中那隻獵犬的駭人叫聲，一切都在我的心靈蒙上一層憂鬱不安的陰影。除此之外，還有史坦波頓小姐那明確又堅決的警告，她說話時的誠摯態度，使我不得不相信她必然有著極嚴重的動機。我婉言謝絕了他們的好意，隨即順著來時那條長滿青草的小路返回。

當我還沒走上大路時，就吃驚地發現史坦波頓小姐坐在小路旁的一塊大石上，她的臉上由於奔跑而泛著紅暈，雙手叉在腰間。

「為了追上你，我一步也沒停地趕過來了，華生醫生，」她說道，「我甚至來不及戴上帽子。我不能待太久，要不然我哥哥就會感到寂寞了。我真是太愚蠢了，竟然把你當成亨利爵士，在此向你表達深深的歉意。請忘掉我說過的話吧，那與你無關。」

「但我做不到，史坦波頓小姐，」我說，「亨利爵士是我的朋友，我很關心他的安危與幸福。請告訴我，為什麼你認為亨利爵士應該立即回倫敦？」

「只是一個女人的幻想而已，華生醫生。等你多瞭解我一些時，就會明白並非我的一切言行都有理可循。」

「不，不！我記得那時你的聲音在發抖，還有你的眼神。噢！請直說吧，史坦波頓小姐，我一到這裡就感到一種解不開的謎。生活正變得如同格林潘泥沼，到處都是樹叢，讓人很輕易的深陷其中而彷徨無助。請告訴我你的原因是什麼，我保證會轉告亨利爵士。」

她臉上的表情頓時變得猶豫不決，隨即又堅定起來。

「你想太多了，華生醫生，」她回答說，「我哥哥與我都為查爾斯爵士的厄運而震驚。我們與他交情甚篤，因為他喜歡穿越沼澤到我們這邊來散步。纏繞他家族的詛咒對他的影響太大了，不幸發生後，我們相信他絕不是沒有理由的恐懼。可是現在又有這個家族的人來到這裡，我很擔心，覺得應該警告他那可能降臨的災難。這就是我想轉告他的全部意思。」

「但那是什麼樣的危險？」

「你知道那隻獵犬的故事嗎？」

「我不相信那種無稽之談。」

「但我相信。如果你還能影響亨利爵士，就請你勸他離開這個對他們家族永遠不祥的地方吧。世界之大，哪裡不能容身，非得待在這個危險的地方不可？」

「正因為危險他才來的，這是亨利爵士的性格。除非你有更明確的證據，否則恐怕很難讓他離開這裡。」

「我沒有什麼明確的證據，因為我什麼都不知道。」

「我想再問一個問題，史坦波頓小姐。如果說，你當時對我說的只是出於這個原因，為什麼不希望你的哥哥知道？這對他或其他人來說，沒什麼好反對的。」

「我哥哥希望莊園有個主人，那對沼澤的窮人有好處。如果他知道我設法讓爵士離開的話，他會生氣的。現在我已盡到責任，沒什麼好說的了。我得走了，他要是找不到我，一定會懷疑我來找你。再見！」她轉身走了，幾分鐘內就消失在亂石之中，而我也懷著難以言喻的恐懼回到了巴斯克維爾莊園。

8 華生醫生的第一份報告

從現在起，我將把桌上那些寫給福爾摩斯的信件，按照先後順序一一抄錄。儘管其中遺失了一篇，但我相信所寫內容與事實絕無出入。這悲慘的事件給我的印象極深，這些信件能更清楚表明我當時的感覺與懷疑。

親愛的福爾摩斯：

我先前發出的信和電報，想必已讓你瞭解了發生在這個荒涼偏僻之地的一切。待在這裡越久，沼澤給你的感覺就越深刻地烙在你的心靈上，它是那樣廣闊恐怖。在它的中央，絲毫感覺不到近代英國文明的氣息，只能看到史前人居住過的房屋和勞動成果。當你散步時，被人們遺棄的小屋佈滿四周，還有墳墓與粗壯的巨石夾雜其間。這些石柱，很可能就是他們的廟宇遺址。當斑駁山坡上那些灰色石屋映入你眼簾的時候，你會忘記了時代的存在；如果有一個身披獸皮、渾身長毛的原始人搭著石箭從低矮粗陋的門洞爬出，你一定會感覺他們的出現比你更合理。令人不解的是，他們居然能在這塊貧瘠無比的土地上緊密相居。我不是考古學家，但我能想像出，他們一定是個不好鬥的柔弱民族，任人踐踏而被迫遷到誰也不願居住的這塊土地上。

很顯然，這些事與我來此的目的毫不相干，而對於講求實際的你而言，無疑是枯燥而乏味。我依然清楚地記得當我談論太陽是繞地球轉動，還是地球繞太陽轉動這個問題時，你那種漠不關心的態度。現在，我還是回到有關亨利．巴斯克維爾爵士的事情上來吧。

因為前幾天一直沒有發生過有意思的事情，所以你也就好幾天沒有收到報告了。然而，立刻就發生了一樁驚人的事件，我現在就詳細告知。首先，你得瞭解與這個事件有關的一些因素。

其中包含了我之前很少提及的沼澤中的那個逃犯。我們完全能相信，他已經逃離了。散居在各地的本區居民也因此鬆了口氣，感覺安全多了。從他逃跑到現在，已經足足兩個星期，可是從沒有人見到過他，也沒聽到有關他的任何消息。如果他在這段時間一直待在沼地裡的話，那實在讓人難以相信。當然，如果他只是藏身，那是很容易的，散佈在沼澤的任一間石頭小屋都是極佳的避難所。但是，他吃什麼呢？除非捕殺沼澤裡的羊，否則，僅僅飢餓就足以讓他喪命。所以，我們認為他已經離開了，而那些獨居的住戶們也可以高枕無憂了。

在巴斯克維爾莊園，包括我在內共有四個身強體壯的男人，所以我們能照顧好自己。可是老實講，一想到史坦波頓一家，我就忍不住提心吊膽。在他家方圓幾哩內，沒有任何的住戶；家中僅有兄妹二人，哥哥又瘦弱矮小，雖然還有僕人，但也就男女各一人，而且男僕已年邁；一旦被那名諾丁山的亡命之徒闖入，他們只能任人宰割。我與亨利爵士都很關心他們，還提出讓馬伕柏金斯夜晚去陪伴他們，可史坦波頓卻不以為然。

事實上，我們的朋友——亨利男爵，已開始表現出對這位女鄰居的興趣。這並不奇怪，像他這樣的好動之人，待在一個荒涼孤寂的地方確實難捱，而史坦波頓小姐又是那麼的美麗動人。她身上那種來自熱帶的異國情調，和她哥哥那冷漠不動情感的性格形成了鮮明的對比。不過，從他給人的感覺，彷彿有某種強烈的情感隱藏他的心底。他肯定有能力左右她的行為，因為在我與她談話時，注意到她不斷地望著他，似乎她說的每句話都必須得到他的同意。但是我也相信他對她很好，他眼神堅定，嘴唇薄而有力，這些特點常常顯示著一種獨斷，也有可能是粗暴的性格。我想你一定認為他是個有趣的研究對象吧？

我們回到莊園的第一天，他就拜訪了亨利。第二天清晨，他又帶我們去看據說是傳說中雨果出事的地點。我們在沼地裡走了好幾哩才到達那裡，當地的荒涼景象令人觸景生情，難怪會編織出那樣的故事。我們沿著夾在兩座亂石崗之間的山溝，才找到這片開闊茂密的草地。地面長滿了白棉草，中間立著兩塊巨石，頂端經長久的風吹日曬已變成尖形，酷似一隻猛獸磨損的獠牙。這個景象確實與傳說中的悲劇情景相符，亨利爵士對此表現出濃厚的興趣，他不只一次地問史坦波頓是否真的相信幽靈會干涉人類。他表現上漫不經心，但內心十分認真；史坦波頓似乎注意到了男爵的情緒，回答顯得小心翼翼，他盡可能地少說話，不願表達出全部的意見。他對我們講了類似的一些事情，說其他家族也曾遭到惡魔的襲擊，使我們覺得他對此事的看法與大家一樣。

歸來時，我們在梅利皮特吃午飯，亨利爵士就是在那裡認識史坦波頓小姐的。一見面，他就被她深深地迷住了，而且我肯定，他們倆都是一見鍾情，回家途中他還時時談起她。那以後，我們幾乎天天與這兄妹二人見面。今晚他們在我們這裡吃飯時還熱情邀約我們下個星期前去拜訪。表面上，大家都認為史坦波頓一定會贊成這對男女結合，但我曾好幾次注意到，當亨利爵士稍稍流露出對史坦波頓小姐的愛意時，史坦波頓就會本能地表現出強烈反感。無疑他很喜歡妹妹，如果失去了她，他的生活就會寂寞孤獨。但他若因此阻礙了如此美好的婚姻，就未免太自私了。我也曾發現，他盡力使兩人沒有獨處的機會，我肯定，他不希望他們的友情發展成愛情。哦，你曾叮嚀過我，絕不能讓亨利爵士單獨出門，可在這種種的困難之上又多了愛情因素，這下可就傷腦筋了，假如我不想成為最不受歡迎的人，那就不得不對你的要求進行變通。

那天，確切時間是星期四，莫蒂默醫生在長崗發掘了一座古墳，發現了一具史前人的顱骨化石，他因此欣喜若狂，我從沒見過他這樣專注於事業的人！於是，他與我們一塊吃飯。史坦波頓兄妹二人在我們飯後不久也來了，應亨利爵士的請求，熱心的醫生領我們去了紫杉小徑，給我們說明了那不幸之夜事件的全部經過。走在那夾於兩行整齊樹籬之間的小道上，我感到路途漫長而遙遠，心情也鬱悶憂傷。小道兩旁各是一條狹長的草地，盡頭有一處陳舊破爛的涼亭。老紳士曾留下過雪茄煙灰的小門處於樹籬正中中央，向著沼澤開放，白色的門板上裝著門閂，外面的沼澤很廣闊。我記得你對這事的分析，我也試圖想像出事情發生時的全部情形。也許是老人正站在那裡時，突然從沼澤跑出某個東西。它想必十分可怕，於是嚇得老人魂飛魄散地逃竄起來，直到因恐懼和心力衰竭而死去。他就是順著那條細長而陰森的小徑逃跑的。可是，他為什麼要跑？只是為了一隻沼澤上的牧羊犬？還是為一隻悄無聲息的魔鬼般的黑色大獵犬？或者是有人在搗鬼？蒼白又謹慎的巴里莫爾是否還隱瞞著某些事情？這一切猶如迷霧一般，我無法弄清，但我總感覺幕後有隻罪惡的黑手在操縱著。

上次寫信給你後，我又見到了亨利爵士的另一位鄰居，就是住在拉福特莊園的法蘭克蘭先生，離我們的住處大約四哩。他面色紅潤，頭髮蒼白，性情暴躁，是一位對法律有著癖好的怪異老人，他曾因訴訟花掉了大筆財產。他與人打官司只是為了得到獲勝的滿足感，他根本就不在乎應該站在問題的哪一方，難怪會成為一項昂貴的娛樂。有時他會封鎖一條路，拒絕接受教區逼他開放的命令；有時又會拆毀別人家大門，並振振有詞地指出早期此地是一條道路，以反駁對他侵害行為的指控。他精通舊采邑權法和公共權法，既利用它們保護芬沃西村居民，有時又用來對付他們。因此，他時而被當成英雄般簇擁，時而又被人們燒毀肖像做為洩憤。目前他手中的訴訟據稱還有七件，也許這些案件會蝕光他所有的老本，到時他就不能再惹是生非了。如果拋開法律這個議題，他倒是位慈祥的老先生。因為你特別吩咐我注意周圍鄰居，所以我也稍微提一下他。他有一架天文望遠鏡，算是一個業餘天文學家吧！現在他正莫名其妙地忙碌著，整天趴在屋頂，用那架望遠鏡瞭望沼澤，希望能發現那個逃犯。他如果能這樣陶醉其中也就天下太平了。可有謠言指出他正著手控告莫蒂默醫生，罪名是未經死者近親同意私挖墳墓。我曾說過，莫蒂默醫生從長墓的古崗中掘出了一具新石器時代人類的顱骨化石。這位法蘭克蘭先生確實能打破我們枯燥單調的生活，為無聊的生活添上許多色彩，儘管是用一種不太愉快的手段。

現在，我已向你描述了逃犯、史坦波頓、莫蒂默醫生以及拉福特的法蘭克蘭等人的大致情況。接著，我將把關於巴里莫爾的重要情形告訴你，尤其是昨晚的驚人發現。

首先是關於你從倫敦發來試探巴里莫爾是否在家的那封電報。我已向你解釋過，郵政局長的話證明那次試探是無效的，我們什麼也沒證實。當我把真相告訴亨利爵士後，他立刻叫來巴里莫爾，開門見山地問他是否親自收到那封電報，巴里莫爾很肯定。

「是一個孩子親手交給你的？」亨利爵士問。

巴里莫爾似乎感到意外，他稍微想了一會兒。

「不是，」他說，「當時我正在樓上的小屋中，是我的妻子送來的。」

「你親自回電報的嗎？」

「不，我吩咐妻子該怎樣做，她就下樓去了。」

當晚，巴里莫爾重新提到此事。

「我不明白，你今天早上為何要問那個問題，亨利爵士，」他說，「我想，你會那樣問，該不會是我做了什麼使你對我喪失了信任吧？」

亨利爵士只得向他保證並不是這樣，同時送給他許多舊衣服以安撫他。因為從倫敦托運的東西幾乎全到了。

巴里莫爾太太引起了我的注意，她胖而結實，謹慎且可敬，有一種清教徒式的嚴肅，很難再找到比她更不動情的人。可是我也說過，我來的第一個晚上，就聽到過她的啜泣；後來，我還曾幾次見到她臉上留著淚痕，顯然，有某種深切的痛苦在折磨著她的靈魂。有時我想，是否因為她心存愧疚；有時也懷疑巴里莫爾可能是個狂暴的丈夫。總覺著他的性格中有值得懷疑的成份，可是昨夜的意外發現打消了我全部的疑惑。

也許事情本身不值一提。你知道我一直睡得不好，加上在這裡得隨時提高警覺，所以我睡得比平常更不安穩。昨晚大約半夜兩點，屋外輕微的腳步聲驚醒了我。於是我坐起身來，打開房門偷偷向外瞧，看到一條長長的黑影映在走廊地面。有個人穿著襯衫長褲，光著腳丫，手握蠟燭，正沿著走廊悄悄走過。我只能從影子分辨這個人的輪廓，但這副身材表明他就是巴里莫爾。他小心翼翼地慢慢前行，難以言喻的鬼鬼祟祟。

我曾經告訴過你，環繞大廳的走廊被一段陽台阻斷了，但它在陽台的另一側又延伸下去。我等他走到那段走廊才跟上去，當我靠近陽台時，他已到了走廊的盡頭。我發現一扇開著的門裡有光線射出，於是我斷定他進了那個屋子。由於這些房間空蕩蕩的又沒有人住，所以他的行為顯得更加可疑。燭光穩定，似乎他是一動不動地站著，我小心翼翼，儘量悄無聲息地沿走廊而上，從門縫向屋內窺視。

巴里莫爾手握蠟燭，彎腰湊近窗前，他的側臉正好朝向我。當他注視著漆黑的沼澤時，臉部變得焦急嚴肅起來。他全神貫注地站立觀察著，幾分鐘後，他長長地吁了口氣，不耐煩地熄滅了蠟燭。我趕緊轉身回房，沒多久就傳來他悄悄潛回的腳步聲。又過了許久，我正感到睡意朦朧，忽然聽到某處有開鎖的聲音，但不確定聲音由哪傳來。我想不出這些事意味著什麼，但我相信，這棟陰森的屋子裡正進行著一樁秘密的勾當，它遲早會水落石出。我不希望我的觀點攪亂了你，你曾叮嚀我只要提供事實。今天早上我與亨利爵士作了一次長談，針對昨晚的情況制定了一個行動計畫。我不準備告訴你有關計畫的事，但我相信它能豐富我的下篇報告。

十月十三日

寄自巴斯克維爾莊園

9 華生醫生的第二份報告

親愛的福爾摩斯：

如果說我剛接受你囑託的時候，由於現實上的困難無法提供太多的情況給你，那麼，你現在就應該明白我正在盡力彌補失去的時間；況且事情變得越來越頻繁且複雜了。在我最後寫給你的那封信中，我以巴里莫爾站在窗前的情景做為結尾。假如我的猜測正確，那麼我目前掌握的情報會令你相當吃驚。情況的變化也出乎我的意料，從某些方面來看，事情在過去的四十八小時內已逐漸清楚明瞭；但從其他方面來看，似乎又變得更加混亂了。現在，我把這些情況據實以告，交給你自行判斷。

在發現巴里莫爾詭秘行為的第二天早晨，趁著早飯前這段空檔，我再一次穿過走廊來到他昨晚去過的那個房間。我發現他全神貫注向外望的那扇窗戶朝向西邊，與房裡其他的窗戶有個不同之處——那扇窗是開向沼澤的，從那裡可以俯瞰沼澤，而且距離最近。透過兩樹間的空隙，沼澤的情況一目瞭然，但從其他窗口卻只能遠遠地窺視到一點。因此我判定，巴里莫爾試圖從沼澤中尋找某人或某物，只有這個目的，才會讓那扇窗比其他的更有用處。那天夜晚，天黑得伸手不見五指，我無法想像他能看得到他所尋找的東西。我也曾突發奇想，認為他正在等待秘密情人，以致他只能掩人耳目地行動，而他妻子也只能終日地憂傷惶恐。他是個容貌出眾的男人，就算有一兩個鄉村女孩傾心於他也很自然。我回房後所聽到的開鎖聲，也許是他出去幽會了。所以清晨一起床我就仔細地琢磨這件事，現在我已將我的懷疑方向告訴你了，雖然這些基本上是無憑無據的。

儘管我並不知道要如何解釋巴里莫爾的行為，但我一直覺得，在事情解釋清楚以前，要我對此事秘而不宣是很痛苦的。早飯後，我在書房找到從男爵，並告訴他我的所見所聞。但他聽到後並未如我預料般的吃驚。

「我早就知道他常在夜間走動，我還曾想與他談談這事，」他說，「我曾有兩三次聽到走廊傳來腳步聲，時間恰好與你所說的吻合。」

「那麼，也許他每晚都會去窗前。」我提醒道。

「可能如此。如果真是這樣，我們就去跟蹤他，查清楚他到底在幹什麼。我真好奇如果你的朋友福爾摩斯在這裡的話，他會有什麼辦法。」

「我相信他會跟你採取同一個做法，」我說，「他也會跟蹤巴里莫爾，去弄清楚他的目的。」

「那麼，一起動手吧。」

「但是他一定會發現的。」

「那個人有一點聾，而且我們絕不能錯過這個機會。今晚就待在我的房間裡，等他走過去。」亨利爵士興奮地搓著雙手，顯然他希望有一次冒險行動來消除沼澤生活給他帶來的枯寂與煩悶。

從男爵已經和曾為查爾斯爵士擬訂興建計畫的建築師、以及來自倫敦的營造商聯繫過，還有來自普利茅斯的裝飾匠和傢俱商。因此，在不久的將來我們就能見到這裡的巨大變化。顯然，我們的朋友理想宏大，他決定不辭辛勞，不惜一切去恢復這個家族曾經擁有的威望。當他的理想實現，房屋煥然一新的時候，就只差一位夫人了。從某些跡象可以看得出，只要那位女士點頭的話，就只是時間上的問題了，因為很難見到一個男人像他對我們美麗的鄰居史坦波頓小姐那樣痴迷。可是，在這種情形下，真正的愛情發展往往不是盡如人願。比如說，愛情之海平靜的水面今天就被一陣突起的風攪得波瀾四起，為我們的朋友帶來了煩惱。

結束了關於巴里莫爾的談話後，亨利爵士戴上帽子準備出門，當然我也準備陪他同行。

「什麼！你也要去？華生？」他問道，並奇怪地看著我。

「這就取決於你是否要去沼澤了。」我說。

「是的，我是要去。」

「哦，你知道我的責任所在。我很抱歉妨礙了你，但你也親耳聽到福爾摩斯是如何嚴肅地叮嚀我不要離開你，特別是不要讓你獨自一人去沼澤。」

亨利爵士愉快地笑著並把手搭在我的肩頭。

「我親愛的伙伴，」他說，「雖然福爾摩斯聰明過人，但他顯然沒有預見我到達沼澤後發生的某些事情。你明白我的意思嗎？我相信你絕對不願意妨礙別人，因為我一定要獨自前往。」

這件事讓我處境尷尬，我不知該說些什麼、該做些什麼。就在我左右為難之時，他已拿上手杖出門了。

但當我重新回過神來，我感到良心不安，我竟然讓他用這種藉口離開了我的視線。我能想像，要是因為我沒有遵從你的指示而讓他發生不幸，那當我返回你身邊時，會是多麼的顏面無光。老實說，我光用想的就感到羞愧難當，也許現在跟去並不太遲，因此我馬上朝梅利皮特宅邸方向奔去。

我以最快的速度沿路追去，直至沼澤小路分岔處才看到亨利爵士。在那裡，我因為害怕走錯路，就爬上了一座小山坡，也就是有著採石場的那座；我從山上俯視一切，發現他正沿著沼澤中的小路緩緩走去，離我大約有四分之一哩，身旁伴著一位女士，除了史坦波頓小姐之外還會有誰呢？很明顯，他們已有了默契，早就約好要見面。兩人並肩緩行，同時討論著什麼。我發現史坦波頓小姐雙手急促地做著手勢，似乎極力證明她的言語的真實性；爵士則專注地聽著，有一兩次竟露出無法接受的態度搖搖頭。我站在石群中關注著他們，不知所措。毫無疑問，要在這時候上去打斷他們的親密交談也太荒謬了，但我的責任卻要求我時時刻刻注視著他們。跟蹤且窺視朋友，真是件可恥的事。儘管如此，除了這麼做，我還能找到什麼更好的辦法呢？只好事後向他坦承一切請求諒解了。說實在，如果當時出現了突如其來的危險，我恐怕也無能為力，因為距離確實太遠了，但我相信，如果是你也只能如此。因為在這樣的情況下難以做出更合適的反應。

我們的朋友亨利爵士與他的情人停住了腳步，聚精會神地談論著。我忽然發現，原來關注著他們的人並不只我一人。一個綠色的東西在雜草上面遊動著，仔細一看，才認出那東西是裝在一根桿子的頂部，握桿的人正在坎坷不平的地面走動，那正是史坦波頓的捕蝶網。他離那對情侶要比我近許多，好像正朝著兩人走去。此時，亨利爵士忽然拉過史坦波頓小姐，緊緊擁抱著她，而她似乎力圖掙開他的懷抱。他低頭望著她，但她卻把臉撇向一邊，抗議般地舉起一隻手來。隨後，我發現他們一下子跳開了，慌張地轉過身去，原來是史坦波頓打斷了他們。他揮舞著手中的捕蝶網衝過去，那只網子在他身後滑稽地晃動著。這對情侶顯然激怒了他，他在兩人面前暴跳如雷地踱著，不過我猜不出他在表達些什麼，似乎是在責罵亨利爵士，而亨利爵士似乎在辯解，但史坦波頓不僅沒有接受，反而更狂怒了，一旁的女士則孤傲地保持沉默。最後，史坦波頓轉過身蠻橫地向妹妹招手，她遲疑地盯了一眼亨利爵士，跟著哥哥走了。這名生物學家的手勢告訴了我，他對妹妹一樣不滿。從男爵呆望著他們遠去的背影，好一會兒後才沿著路慢慢返回。他低著頭，一副失意的模樣。

我不明白這究竟是怎麼回事，但我為瞞著朋友偷看了他們的親密舉動感到十分羞愧，因此我沿著山坡跑下去，在山腳和從男爵相遇了。他的臉色通紅，雙眉緊鎖，一副無計可施的樣子。

「天啊！華生，你從哪裡蹦出來的？」他問，「你該不會要說你一直在跟蹤我？」

我向他解釋了一切，關於為什麼不能待在家中，又是如何跟蹤他而來，最後目睹了所發生的一切。他憤怒地看著我好一陣子，可是我的誠懇平息了他的怒氣，他終於發出悔恨失望的笑聲。

「你應該也以為平原的中心會是個隱秘的安全地點，」他說，「但是，我的天！彷彿全鎮的人都跑來看我求婚了——而且是如此不幸的求婚！你的座位在哪裡？」

「就在那座山丘上。」

「挺後排的，不是嗎？不過，她的哥哥可就衝到最前排來了。你看到他朝我們過來嗎？」

「是的，看見了。」

「你曾經看過他像發瘋了一樣嗎？她的那位好哥哥！」

「我的確從沒看過。」

「我也是，我一向認為他是個頭腦清醒的人，但是你必須相信，我與他之中一定有個人應該穿上瘋子用的緊身衣。無論如何，我到底哪裡不好了？你已經跟我相處了好幾個禮拜，華生，老實告訴我吧！到底是什麼原因，讓我不能成為我深愛的女人的好丈夫呢？」

「我得說沒有。」

「他不可能反對我的社會地位，所以一定是我自身的某些缺點使他憎惡。我有哪些地方值得他憎惡呢？在我的一生中，我從未傷害過任何人，無分男女；但他卻連讓我碰觸她的指尖都不肯。」

「他這樣說過？」

「不止這樣，還有更不客氣的呢！告訴你吧，華生，我與她認識不過幾個星期，可是從第一次見面，我就覺得她是上天為了我創造的；而她也是相同的想法，她覺得與我共處十分愉快，我對這一點深信不疑，女人的眼神比她們的言語更可信。可是他從不讓我們單獨相處，直到今天，我才第一次找到了能單獨與她談話的難得機會。她見到我很高興，可是見面後，她卻又不願提及愛情的事，假如她能的話，她甚至會制止我談到愛情。她一再強調，這裡很危險，除非我離開，否則她將永遠也不會快樂的。我告訴她，自從見到了她，我更不想離開，假如她真的希望我走，除非她跟我一起。我說了很多，並且提出了求婚，可是她還沒來得及回答，她的那位哥哥就像個瘋子似的狂奔過來了。他的臉色因暴怒而變得慘白，就是他淺色的眼睛裡也燃著熊熊怒火。我並沒有對那位女士做什麼呀！我怎麼敢做讓她生氣的事啊！難道因為我是個從男爵，就可以隨心所欲嗎？假如他不是她的哥哥，要對付他並不困難。當時，我只是對他說，我並不把對他妹妹的這份情感視為恥辱，相反地，我還希望她屈尊做我的妻子。即便是這一番話也沒能使事情得到轉寰，所以，我也發怒了，然後說了一些似乎太過份的話，而她一直站在旁邊。最後她跟他一起走了，你也看見了，只留下了全世界最一頭霧水的我愣在原地。告訴我這是怎麼回事吧！華生，那樣我會十分感激的。」

雖然我當時曾試著作出一兩種解釋；但是，坦白說，我本人也對此毫無頭緒。我們的朋友無論身份、財產、年齡、人品以及儀表，都是很優越的，除去縈繞他家族的厄運，什麼毛病也挑不出來。令人不解的是：她的哥哥竟然毫不考慮女士本人的意見，就粗暴地回絕了她的追求者，而女士也沒表現出任何異議。就在當日下午，史坦波頓又親自來訪，這才解答了我們心中的種種猜測。他是對自己清晨的粗魯態度來道歉的，兩人在亨利爵士的書房中促膝長談，終於消除了裂痕。這點從亨利決定下星期去梅利皮特吃飯一事就足以說明。

「我並不認為他現在就不是個瘋子了，」亨利爵士說，「我絕對忘不了他早上向我奔來時的眼神，可是我又不得不承認，沒有人能像他道歉時那麼誠懇。」

「他解釋了他早上的行為嗎？」

「他說妹妹是他生活的全部。這是很自然的事，而且他如此重視自己的妹妹，我也十分欣慰。他們一直生活在一塊兒，而且正如他所說的，他只有她一個伴，十分孤獨，因此，一旦失去了她，對他是一個可怕的打擊。他說自己並不知道我愛上她，可是當他猛然見到這確鑿的事實，本能地感到我將從他的手中奪走她的時候，感到相當震驚，因此無法控制自己的情緒。他對發生的事感到歉疚，而且也意識到，他為了個人的因素將如此美麗的女孩綁死在身邊，是愚蠢和自私的。如果她無論如何都要離開他，那麼他也得把妹妹嫁給我一個像我這樣的人。可是不管怎麼說，這對他畢竟是個沉重的打擊，因此需要一段時間做好心理準備。如果我答應三個月內不考慮這件事，與她的妹妹維持在友情關係，那麼他就絕不會反對了。我答應了他的提議，於是風波也就平息了。」

我們就這樣釐清了一個並不大的謎團，就如當我們掉進泥沼中絕望掙扎時，忽然踏到了堅實的底似的。現在我們理解了，為什麼史坦波頓會如此對待妹妹的追求者——即使是亨利爵士這樣的追求者。現在我再從那一團雜亂無序的線索中抽出另一條來吧，就是那半夜裡的哭聲和巴里莫爾太太滿面的淚痕，以及管家去西邊窗戶的秘密。恭喜我吧！親愛的福爾摩斯，你得承認我沒有辜負你的囑託，你絕不會後悔當初的決定；這些事經過了我們的一夜辛勞終於水落石出。

我所說的「一夜辛勞」，實際上是兩夜的努力，因為頭一天夜裡我們什麼都沒查清楚。我們在亨利爵士房中等到凌晨三點，除了樓道頂端大鐘的報時聲，再也沒聽到別的響聲。那次熬夜應該是最可憐的，我們後來都倒在椅子上睡著了。可是我們並沒因此而放棄，並決定再試一次。第二天夜裡，我們撥小了燈火，無聲無息地坐在那裡吸著煙。等待的時間總是過得特別慢，令人難以忍受，但是靠著獵人在等候獵物掉進自己設下的陷阱時的那份耐性和興趣，我們還是熬了過來。鐘敲過一下，又敲過兩下，我們幾乎絕望得想再次放棄了，就在這時，我倆忽然不約而同地從椅子中坐起，倦意很濃的感官又重新活躍而敏銳起來。我們聽到了走廊裡傳來咯吱的腳步聲。

我們凝神聽著腳步聲偷偷走過，直至消失。於是從男爵緩緩推開門，我們跟蹤而去。那人已轉進了迴廊，走道裡漆黑一片。我們小心翼翼地走到另一側的廂房，恰好能看到他那蓄著鬍鬚的高大身影。他正彎著腰，躡手躡腳地輕輕穿過走廊，轉進了他上次進去的那間房間，微弱的燭光透過門隙，清晰地映出門的輪廓，也照亮了陰暗的走廊。我們小心地挪動著雙腳，在以全身重量踏上每條地板前，都要先試一下是否踏實。為了穩妥起見，我們是光著腳丫的，即便如此，陳舊的地板依舊在腳下吱吱作響。有時聲音大得他似乎不可能感覺不到我們正在走近，幸虧他的耳朵相當聾，且正專注於自己的事。後來，我們走到了門口偷窺，見他正手拿蠟燭，彎腰站在窗前，蒼白而專注的面孔正緊貼著窗玻璃，與我在那天夜裡所見的一樣。

我們事前並沒制定行動計畫，可是從男爵一貫認為直接了當的方式最好。他大方地走進房間，巴里莫爾立刻跳離窗口，倒吸一口氣站在我們面前，渾身發抖，面色慘白。他看了爵士，又看了我；燭光下，只見他慘白臉上的驚恐雙眸正閃爍著。

「你在這裡做什麼，巴里莫爾？」

「沒做什麼，閣下。」強烈的驚懼與不安幾乎讓他說不出話來，由於蠟燭在他們發抖的手中不住晃動，使得人影也在不停地跳動著。「閣下，我正在夜間巡查，看所有的窗戶是否都上了插鞘。」

「是二樓的嗎？」

「是，閣下。所有的窗戶。」

「告訴你吧，巴里莫爾，」亨利爵士嚴厲地說，「我們決心要讓你說出實話，所以，最好還是快從實招來，省得我麻煩。現在，快說！別說謊！你半夜三更在窗前做什麼？」

那傢伙無可奈何地望著我們，兩手絞扭在一起，就如陷進了極端痛苦、矛盾的深淵。

「我這麼做並不會傷害誰呀，閣下。我只是把蠟燭拿近了窗戶！」

「你把蠟燭拿近窗戶幹嘛？」

「別問，亨利爵士，別問了。我告訴你吧！閣下，這不是我一個人的秘密，我不能說出來。假如它只是我個人的事，與別人無關的話，我絕不會對你隱瞞。」

我突發靈感，從管家抖動著的手中拿過蠟燭。

「他一定是用它發出信號，」我說，「我們來試試有沒有什麼回應。」

我也學著他拿著蠟燭，注視著黑黑的窗外。我只能大致辨別出暗沉的樹影和顏色稍淺的廣闊沼澤，因為烏雲遮住了月亮。果然，遠方正對窗框的中央處，出現一個極小的黃色光點，彷彿刺破了漆黑的夜幕，我興奮得叫起來。

「在那裡！」我喊道。

「不，不，閣下，那什麼都不是，不是！」管家插嘴說，「我向你保證，閣下——」

「把光移開窗口，華生！」從男爵高喊道，「看，那個光點也移動了！嘿！你這個老流氓，難道還要狡辯那不是信號？很好，快說！你的同伙是誰，在密謀些什麼？」

沒想到巴里莫爾的面孔上竟然表現出大膽無畏的模樣。

「這是我的私事，與你無關，我絕不說。」

「那麼，你就別想在這待下去了。」

「太好了，閣下，如果你要我走，我一定會走。」

「而且是滿懷恥辱地走。我的天！你真該感到羞恥！你們一家與我的家族相處了一個世紀，而我現在卻發現你處心積慮地謀害我。」

「不，不，閣下，絕對沒有——絕對沒有呀！」一個女人的聲音傳過來。巴里莫爾太太正惶恐無措地站在門口，臉色比她丈夫更加慘白可怕。若非看到她臉上的驚恐神情，那一副穿著裙子又披著披肩的高大身軀想必會引人發噱。

「我們得走了，伊莉薩，一切都結束了，去收拾一下行李吧。」巴里莫爾說道。

「喔，老伴，老伴啊！是我連累了你。這都是我做的，亨利爵士，全都是我做的！全因為我，是我請求他那麼做的。」

「那麼，說吧！那是什麼意思？」

「我不幸的弟弟正在沼澤中挨餓，我不忍心看他餓死在我們的門口。這個信號是代表食物準備好了，而他的燈光是指明送飯地點。」

「那麼，你的弟弟就是——」

「就是那個逃犯，閣下。那個犯人塞爾丹。」

「這就是實情，閣下。」巴里莫爾說，「我說過，那不是屬於我個人的秘密，因此我不能告訴你，但你現在知道了，你會明白，即使有任何陰謀也絕不是針對你。」

這就是對深夜潛行和窗前燈光的解釋。我與亨利爵士不約而同地以驚訝的神情打量著面前的女人。這難道是真的？誰能想像這位倔強可敬的女人竟會與全國最聲名狼藉的惡人有著如此親近的血緣關係呢？

「是的，閣下，我的姓就是塞爾丹，他的確是我的弟弟。他從小被我們溺愛過度了，什麼事都依著他，使他錯誤地以為這個世界是為了他的快樂而存在的，因此他肆無忌憚地為所欲為。長大後，他又交上了壞朋友，於是就不停墮落，直到母親為了他心碎，並且玷汙了我們家族的名聲。由於一再犯罪，他終於走到了不得不上斷頭台的地步，只能祈求上帝的仁慈。可是對我而言，閣下，他永遠是我撫育過的一個孩子，一頭的捲髮，又淘氣又可愛。他會逃出監獄，閣下，就是因為他知道我們住在這裡，而且知道我們不會棄他於不顧的。有一天深夜，他精疲力竭、饑餓難當地逃到這裡，而獄警在後面窮追不捨，我們又能怎麼辦呢？我們放他進來，給他飯吃，還照顧他。後來，閣下，你就來了。我弟弟認為在風頭過去前，躲在沼澤中比哪裡都更安全，於是他就藏身在那裡。每一夜，我們都在窗前放支蠟燭作為信號，看他是否還在，如果有回應的話，我們就送去一些麵包和肉。我們每天都盼他快走，可是只要他沒有離開，我們就不能視而不見。這就是全部的情況，我是個虔誠的基督徒，你會明白，如果做這些事有什麼罪過，那只能怨我，不能怪我丈夫，因為他是為了我才那樣做的。」

那女人說得十分真誠，她的話的本身就能證明這一切。

「是這樣嗎？巴里莫爾。」

「是的，亨利爵士，句句屬實。」

「好吧，我不會怪你為你太太隱瞞實情。忘掉我說的吧，現在，先回房去，我們明天再來聊聊這件事。」

他們走後，我們又望向窗外。

亨利爵士推開窗，夜晚的風涼涼地吹著我們的臉。那顆黃色的小小亮點依舊在漆黑的遠方亮著。

「我真好奇他怎麼敢這麼做。」亨利爵士吶吶自語。

「也許它放在只有這裡看得到的地方。」

「很有可能。你覺得它距離這裡多遠？」

「在裂谷以外，我想。」

「不會超過一、二哩。」

「也許沒那麼遠。」

「對，巴里莫爾要送飯去，那地方不可能太遠，那壞蛋正在燭光旁等著呢！天哪，華生，我真想去抓住他。」

我腦中也閃過相同的念頭，巴里莫爾夫婦並非信任我們才透露這些，而是迫於無奈。那個人對社會說來是個危險份子，是個十足的惡人，既不該同情他，也不該原諒他。如果我們能藉此機會把他送到一個再也不能為惡的所在，那也只不過是為社會盡了應盡的責任罷了。對這麼一個生性殘暴的人，如果我們袖手旁觀，可能會讓他人付出慘重的代價。比如，隨便一晚，我們的鄰居史坦波頓也可能受他襲擊，也許正因如此，亨利爵士才會決定冒險。

「我也去。」我說。

「那帶上你的左輪手槍，穿上高統皮鞋。越早出發越好，也許那傢伙會熄了蠟燭溜走。」

不到五分鐘，我們已踏上了征途。落葉在秋風吹撫下沙沙作響，我們在黑暗中匆匆穿過灌木叢。夜間的空氣帶著濃濃的潮濕和腐黴味撲鼻而來。雲朵在空中游曳，月亮時時從雲隙間探出頭來。剛到沼澤，便開始下起了細雨，而燭光依舊在前方閃耀著。

「你有武器嗎？」我問。

「我有一條獵鞭。」

「我們必須猛衝過去，他可是個不要命的傢伙。我們得在他做出反抗之前出其不意地制伏他。」

「華生，聽我說，」從男爵說，「我們在這樣罪惡橫行的黑夜做這種事，福爾摩斯會有什麼意見呢？」

忽然，廣闊陰森的沼澤裡發出一陣奇怪的吼聲，就像在回答他的話一樣；那聲音正是我曾在格林潘大泥沼旁所聽過的，先是一聲低沉的長鳴劃破黑夜，接著是一陣高聲怒吼，再來是一聲淒慘的呻吟，然後就消失了。聲音陣陣傳來，刺耳、淒慘又野性十足，彷彿整個空間都為之悸動。從男爵猛地抓住我的袖子，他的臉在黑暗中變得慘白。

「天啊！華生，那是什麼？」

「我也不知道，那是來自沼澤的聲音，我曾聽見過一次。」

聲音完全消失了，令人窒息的沉寂再次緊緊包圍了我們。我們停下來側耳細聽，可是再也聽不見任何聲音了。

「華生，」從男爵說，「那是獵犬的叫聲。」

我頓覺全身發涼，因為他的話斷斷續續，說明他的內心已浮現了恐懼。

「他們說這是什麼聲音？」他再一次問。

「誰？」

「鄉里的那些人。」

「哦，他們只是一群無知的人，何必在乎他們說什麼呢？」

「告訴我，華生，他們怎麼說的？」

我猶豫不決，可是沒法迴避這個問題。

「他們說那是巴斯克維爾獵犬的叫聲。」

他發出了呻吟，然後又沉默了好一陣子。

「是一隻獵犬，」他終於出聲了，「可是聲音好像是從那邊傳來的，有好幾哩遠吧。」

「很難判斷它來自哪個方向。」

「聲音隨風勢而高低起伏，那不就是格林潘泥沼的方向嗎？」

「是的，一點都沒錯。」

「嗯，就是那裡，跟我來吧！華生，你不認為那是獵犬的叫聲嗎？我不是小孩子，你可以放心告訴我事實。」

「我上次聽見它時，剛好與史坦波頓一起，他說那是一種怪鳥的叫聲。」

「不，不，那的確是獵犬。天哪，難道那些傳說有部分是真的？你不會相信的，對吧？華生。」

「不，不相信。」

「這種事在倫敦都可以當成笑料了，但在這裡、這樣的黑夜之中，聽到這種聲音就完全不同了。伯父死後，在他陳屍的地方，旁邊就出現了獵犬的足跡，那不會是湊巧吧？我不覺得自己膽小，可是那聲音恐怖得使我全身的血液都要凝固了。摸摸看我的手。」

他的手涼得如同一塊石頭。

「明天一切都會沒事的。」

「我想那叫聲已經深深烙印在我的腦子裡了，你覺得現在該怎麼辦？」

「要回去嗎？」

「不，絕不！我們是來抓那傢伙的，一定要堅持到底。我們跟在逃犯後面，可是搞不好也有一隻獵犬跟在我們後面呢。來吧！即使洞穴中所有的妖魔都聚到了沼澤裡，我們也必須堅持。」

我們在黑暗中高一腳低一腳地摸索著緩緩前行，參差不齊的黑色山影環繞著我們，那點黃色的光依舊在前面閃動著。在漆黑的夜裡，再也沒有比一盞燈光的距離更能騙人的東西了。那點亮光時而遠在天邊，時而又近在咫尺。我們最後終於看清它的位置，並確知離目標不遠了。一支滴著蠟的蠟燭被塞到一條石縫中，兩面被岩石擋著，既避免風吹，又遮住了巴斯克維爾莊園以外的其他方向。一塊外凸的花崗石擋住了我們的視線，於是我們就彎腰繞到它的後面，從石頭上面望著那發信的燈光。我們看到了一條孤獨的黃色火苗點綴在沼澤中央，兩側是被照得發亮的岩石，而周圍卻毫無生機，這確實是一樁奇景。

「現在怎麼做？」亨利爵士壓低聲音說。

「就在這裡等，他一定在燭光附近，試試看能不能發現他。」

話剛說完，就看見蠟燭附近的岩石後面探出一張野獸般的恐怖的黃色面孔，骯髒不堪的臉上長著粗硬的鬍鬚，頭髮也亂蓬蓬的，恍惚中還以為是山邊洞穴裡居住的野人。他那對狡猾的小眼睛映著燭光，警覺地左右轉動著向黑夜中窺探，恰如聽到獵人腳步聲的猛獸。

他臉上的恐怖神色顯而易見，這說明一定有什麼東西引起了他的懷疑。也許是他與巴里莫爾之間還訂有我們未知的碰面暗號，也許是那傢伙根據其他理由而感到了不妙之處。考慮到他隨時都可能避開燭光逃走，於是我一個箭步衝了上去，亨利爵士也跟了上來。就在這一瞬間，一塊石頭伴隨著咒罵聲砸了過來，在那塊掩擋我們的花崗石上碰得粉碎，他轉身便逃。月亮這時剛好從雲縫中探出來，照著他那矮胖卻健壯的身影。我們越過小山坡，他正從山坡上疾奔而下，滿坡的亂石使他一路上不得不像隻山羊般地跳躍。這時，如果我掏出左輪手槍射擊，很可能將他打跛。但是我帶槍的是為了自衛，而不是對付一個手無寸鐵的逃犯。

我和亨利都受過良好的訓練，跑得相當快，可是，沒過多久就明白追上他是無望的了。很長一段時間內，我們都能看見他在月光下迅速移動的身影，直到他在遠遠的一座山丘的亂石中變成一個小小的點。我們還不肯放棄，一直跑得精疲力竭，但與他的距離卻越拉越大。最後，我們只得喘著粗氣，跌坐在兩塊石頭上，眼睜睜地遠望著他消失在地平線上。

我們無奈地站起身來，放棄了毫無結果的追捕，正準備轉身回來。突然發生了一件匪夷所思的事。當時，右邊的天空中月亮低懸，月亮下方被一座花崗岩的頂部擋住，照射出岩崗參差的頂端。頂端上佇立著一個男人的身影，襯托著明亮的背景，恰似一尊漆黑的銅像。福爾摩斯，別以為那是我的錯覺。我肯定我從未如此清晰地看見一樣東西。那個人又高又瘦，兩腿略微叉開，兩臂交叉，面向著佈滿泥炭和岩石的空曠荒野低頭沉思，也許他就是這個淒涼之地的精靈。他絕不是那名逃犯，他站立的地方離逃犯遁走的方向很遠，而且也比逃犯高出許多。我不禁驚叫出聲，並指給從男爵看，但當我去抓他手臂時，那人卻消失了。花崗石的尖頂依然擋住月亮的下半部，那靜立不動的人影卻早已不見了。

我原想去那地方搜索一下岩崗，可是距離相當遠。自從聽到那可怕的叫聲後，那個恐怖的傳說還在震憾著從男爵的神經，他已經無心繼續冒險了。他並未看到石頂上的人，無法體會到那個人威風凜凜的氣慨和詭異的行蹤帶給我的不安感。

「是名獄警，一定是的。」他說，「那傢伙逃跑後，沼澤裡就到處有他們的人。」

嗯，也許他的說法是對的，但是如果沒有更多的證據，我是不會相信的。今天，我們準備發一封電報給王子鎮，告訴他們逃犯在哪裡。我們居然沒有抓住他，實在夠倒楣了。以上就是我們昨夜的歷險記，我親愛的福爾摩斯，你該承認我已經替你做得不錯了。毫無疑問，報告的內容其實有不少事情已偏離重點，但我仍然覺得把一切都告訴你最好，好讓你自由整理出重要的線索。當然，我們也有進展，就巴里莫爾一事，我們已查明他的動機，使整個事件明朗不少。可是奇特的沼澤和當地的居民依舊蒙著一層的神秘的面紗，希望在下一篇報告中，我能將這些情況稍微弄清楚。最好你能親自來一趟，不管怎樣，我幾天之內會再寄信。

十月十五日

寄自巴斯克維爾莊園

10 華生醫生日記摘錄

我一直在引用曾寄給夏洛克．福爾摩斯的報告，可是到目前為止，我不得不改變方法，再次憑藉我的記憶與當時的日記來繼續這個故事了。隨便挑出幾段日記，就能使我重新詳盡地回憶起當時深印在我腦子裡的情景。現在，我就接著那次在沼澤裡追捕逃犯無功而返和經歷了那次奇遇的早晨談起吧。

十月十六日，今天下著濛濛細雨，陰晦而多霧，上升的濃霧重重包裹著房子，也瀰漫著沼澤。荒漠起伏的沼澤也不時從濃霧中露出真面目來，山坡上縷縷銀絲似的水流以及遠遠突出的濕漉岩石表面，在光線照射下灼灼閃光，透著一股陰鬱淒迷之氣。深夜的驚恐給從男爵心靈蒙上了厚重的陰影，我心情沉重，感覺到一種迫在眉睫的危險，而且是一種始終存在、無法言喻的危險，所以也就格外地害怕。

難道這種預感毫無根據？只要對這一連串看似意外的事件稍加分析，就能證明在我們的周圍正進行著一件有預謀的罪惡勾當。莊園前主人的死，竟真實地驗證了流傳在這個家族中的傳說；還有農民們再三強調的出現在沼澤裡的怪獸，我自己也曾兩度聽見像是在遠方嗥叫的獵犬聲音，那真的是超自然的現象？這根本是不可能的事，更談不上相信了。一個幽靈，卻真的又留下了爪印，又真的發出仰天的狂吠，簡直讓人無法想像。也許史坦波頓相信，莫蒂默也有可能會信；但只要我還稍微有點常識，就無論如何也不會相信這些鬼話。如果我也信以為真了，那無疑與這些鄉巴佬同一個水準。他們不僅說它是妖魔，還形容它的口、眼都向外噴射著地獄之火。福爾摩斯絕對不會相信，我是他的代理人，我曾兩次親耳聽到叫聲。如果只是沼澤上真的來了一隻大獵犬，那就容易解釋了。可是事實就是事實，這麼大的一隻獵犬能藏在哪裡？又從哪裡來？去哪裡覓食？白天為什麼沒有人看見？不管一切是否符合自然定律，我都無法解釋它，因此暫時先擱著吧。可是出現在倫敦的「人」是無法否認的。馬車裡的人，亨利爵士收到的那封警告信的確是真實的。那也許是想提供保護的朋友所為，也許是敵人所為。不管他身份為何，他現在會在哪？倫敦？或者尾隨到了這裡？他該不會就是在月光下岩崗上靜立的那個人？

的確，我只看到他一眼。但截至目前為止，我已見過所有的鄰居，我可以肯定，他不是我所見過的任一個人。他遠比史坦波頓高，比法蘭克蘭瘦。那身形更接近巴里莫爾，可他是待在家中的，我也相信他絕不會跟蹤我們。據此斷定，有人在監視我們，正如在倫敦的情形，我們依然無法甩掉他。假如能抓住他，那所有的疑團就解開了，為此，我必須奮力一搏。

我有兩種打算：第一，把整個計畫告訴亨利爵士；第二，盡量不讓任何人察覺，單打獨鬥，這也是我認為最聰明的想法。沼澤中的叫聲顯然使亨利爵士大受刺激，他變得沉默茫然；我不忍再加深他的焦慮。為達目的，我只得單獨採取行動了。

就在早餐後，又發生了一件事。巴里莫爾要求單獨與亨利爵士談話，兩人關在書房中談了好長一段時間。我在撞球間裡聽到他們的聲音時高時低，我很清楚他們談論的問題。不久，從男爵開門請我進去。

「巴里莫爾有點不滿，」他說，「他認為他自願把秘密告訴我們，我們卻去追捕他的內弟，這種做法不太公平。」

管家面色慘白卻不失鎮定地站在我們的面前。

「我也許說得太過份了些，閣下，」他說，「如果是這樣，我請求你的原諒。但是，當我在清晨聽見你們兩人回屋，並明白你們是去追捕塞爾丹時，我十分震驚。這傢伙夠可憐了，即使我不給他添一絲麻煩，他也夠難熬的了。」

「假如你是自願告訴我們的，事情也許就不會如此發展。」從男爵說，「事實卻是你迫不得已，更確切地說，是你夫人迫不得已才透露出來的。」

「我沒想到你會利用這一點，亨利爵士，我萬萬沒有想到。」他顯得很痛苦。

「他是社會中的危險分子。塞爾丹是一個亡命狂徒，只見他一面就能明白他的性情。他一天不被關進監獄，人們就一天過得不安穩。」

「他絕對不會闖入別人家中的，閣下。我向你發誓，再過幾天我就會安排他去南美洲了，無論如何，他絕不會在這裡騷擾任何人的，我保證，亨利爵士。看在上帝的份上，我懇求你，閣下，請不要通知警察，他們已經放棄了搜查沼澤，他會安份地躲到去美洲的船準備就緒為止。假如你向警察告發他，我們夫婦也一定會受到牽連。我懇求你，閣下，請不要告訴警察。」

「華生，你說怎麼辦？」

我聳聳肩，無奈地說：「如果他能平靜的離開我們的國家，想必會替納稅人省下一筆錢。」

「萬一他在臨走前再次惹是生非呢？」

「不會的，閣下，他並沒有瘋。他需要的一切都已備妥，若再犯罪，他就無法脫身了。」

「這倒也是，」亨利爵士說，「好吧，巴里莫爾——」

「上帝保佑你，閣下，我發自內心地感激你！萬一他再次入獄，我可憐的妻子會傷心死的。」

「我認為我們正在縱容一件嚴重的罪行，是嗎？華生。可是聽了剛才那番話，我覺得很難下定決心去檢舉他了，算了。好吧，巴里莫爾，你可以離開了。」

管家一邊轉身，一邊說著感激的話，他猶豫了一下，忽然回過頭來。

「你對我們太好了，閣下，我們應該盡力報答你。我知道一件事，雖然是在驗屍後很久才發現的，亨利爵士，但或許早該告訴你。這是一件與查爾斯爵士的死有關的事，我還沒向任何人透露過。」

我與從男爵幾乎同時站起來。「你知道他的死因？」

「不，閣下，我不知道那個。」

「那你知道什麼？」

「我知道他為什麼要站在那扇門邊——是為了等一個女人。」

「等一個女人！他？」亨利爵士驚訝萬分。

「是的，閣下。」

「那個女人是誰？」

「我不知道她的姓名，閣下，但我能告訴你字母開頭，是L．L．。」

「你怎麼知道的？巴里莫爾。」

「哦，亨利爵士，你的伯父那天早晨收到了一封信。因為他聲名遠播，且心地善良，因此，任何人有困難時都喜歡求助於他，他也經常收到很多信件。但那天早上碰巧只有一封，所以我特別留意；信是女人的筆跡，來自庫姆崔西。」

「然後？」

「然後，閣下，要不是因為我太太的原因，我是想不起這件事的，也許永遠都想不起。就在幾個星期前，當她整理查爾斯爵士的書房時，在壁爐裡看見一封信紙的灰燼。爵士死後，書房就一直沒有動過，所以信雖然大部分燒焦，剩下些小碎片，但是在信末看起來很像附筆的一行還算完整，燃燒過的黑色灰燼襯托著白色的字跡，依稀可見：『你是位君子，請務必燒掉這封信，並在十點鐘時於柵門旁等候。』下面簽著L．L．兩個縮寫字母作為署名。」

「那張紙片還留著嗎？」

「沒有，閣下，我們輕輕一碰，它就粉碎了。」

「查爾斯爵士是否曾收到過相同筆跡的信件？」

「哦，閣下，我從未留意他的信件。只因為這封信是單獨送來的，所以才注意了一下。」

「你也不知道L．L．是誰？」

「不知道，閣下，我知道的並不比你多。我想，如果能找到那位女士，那麼查爾斯爵士的死因就多少會更清楚些。」

「我不懂，巴里莫爾，你為什麼要隱瞞這麼重要的事？」

「哦，閣下，那時我們自己的煩惱也剛剛降臨。另外，閣下，我們都很敬重查爾斯爵士，我們無法忘記他對我們的關照。我們認為抖出這事對不幸的主人於事無補，更何況它牽涉到一個女人，當然該加倍謹慎，即使是我們之中最好的人也——」

「你認為這會有損他的聲譽？」

「哦，閣下，我不認為會帶來什麼好結果。但你對我們太好了，如果不告訴你我所知的一切，我會感到良心不安。」

「非常好，巴里莫爾，你可以離開了。」當他走後，亨利爵士轉身問我，「嗯，華生，你對於這個新線索有什麼見解？」

「似乎又是一個難解的謎，我更加混亂了。」

「我跟你一樣。可是只要能找到這個L．L．，那就會真相大白了。我們已經知道有人瞭解真相，能夠找到她就太好了，目前能做的也就是這些了。你看我們該從哪裡著手呢？」

「立刻告訴福爾摩斯，這是他一直在尋找的線索，如果這還無法把他引過來就太奇怪了。」

我馬上回答，並給福爾摩斯寫了份今早的談話報告。我心裡清楚，他的精力全部投入在那樁匿名恐嚇信案件裡。他一定很忙，從貝克街的來信既少又短，對我所提供的情況並沒有發表意見，更不用說提及我的任務了。可是，事態發展到這個程度，應該能引起他的注意和興趣。他現在能在這裡該有多好！

十月十七日，整天的傾盆大雨，拍打著常春藤啪啪作響，屋簷也水流如注。我又想起了那個逃犯，那個可憐的人！躲在寒冷、淒涼、毫無遮掩沼澤中的逃犯。他現在所受的懲罰，無論有多深重的罪孽也該贖完了。我又想起了馬車裡的人，那個月光下的人影、暗中監視的人，難道他也在傾盆大雨下棲身？

傍晚，我穿上雨衣雨鞋，走進濕軟的沼地，走了很遠一截，雨打在我的臉上，風呼嘯著掠過耳邊，我的心中充溢著恐怖的想像。腳下堅硬的高地都變成了泥淖，但願上帝能眷顧那些墜落在泥沼中的人們。我終於找到了那孤獨的監視者曾站立過的黑色岩崗，越過它參差的頂峰，那一大片毫無生命的高地便一覽無遺。狂風暴雨肆虐著赤褐的大地，低低的大地上方是滾滾烏雲，遠處奇形怪狀的山邊拖著絲絲灰色殘雲。左側遙遠的山溝中，巴斯克維爾莊園兩座細高的塔樓，在迷濛的水霧中隱約地自樹梢竄出。陰雲密布在山坡的史前人的後屋，這恐怕是我此時唯一能見到的人類生活痕跡了。那裡也找不到兩天前我曾見過的人。

當我正在一條通往偏僻的法麥爾農舍的坎坷的小路上往回走時，莫蒂默醫生駕著他那輛雙輪馬車趕來了。他一直都在關心我們，幾乎沒有一天不親自到莊園觀查我們的生活情況。他堅持讓我上車，所以我也就坐他的車回到莊園。他的長耳獵犬自從一次跑進沼澤後就再也沒回來，他正為此煩惱。我盡力安慰他，可我並不認為他能再見到那隻小狗，因為我依舊記著格林潘泥沼中小馬的悲慘命運。

「莫蒂默，我想，」當馬車在小路上顛簸搖動著時我說，「在坐馬車能到達的距離內，很難找到你不認識的居民吧？」

「幾乎沒有，我想。」

「那麼，你能告訴我有哪些女人名字的縮寫是L．L．？」

他沉思了幾分鐘。

「不行。」他說，「除了幾個吉普賽人和工人的姓名我不知道以外，農民和鄉紳中沒人的名字開頭是這個。哦，等一下，」他停頓了一下，接著說道：「有一位叫做蘿拉．里昂的女士，她的名字開頭就是L．L．，可她住在庫姆崔西。」

「她是誰？」我問。

「法蘭克蘭的女兒。」

「什麼！那個神經兮兮的法蘭克蘭？」

「就是他。他女兒嫁給了一個到沼澤來畫素描的姓里昂的畫家，但那個混蛋最後遺棄了她。根據我聽到的情況分析，這也許並不是單一方面的錯，因為她結婚並未徵求父親的同意，或者還有些其他因素；反正有關她的任何事情，她的父親都撒手不管。由於父女關係惡劣，使得這個女人陷入了窘困的狀況。」

「她怎麼維持生計呢？」

「我想老法蘭克蘭可能給了她一點資助，但一定不多，因為他自己的那些荒唐事就夠他忙的了。不過，無論她是如何的罪有應得，總不能眼睜睜看她一直貧窮下去吧，所以當她的遭遇在居民間流傳開以後，人們就設法幫助她，使她能正常地生活。史坦波頓和查爾斯都幫過她的忙，我也支助過一些錢，她目前從事打字工作維生。」

他問我為什麼要打聽這些，但我的責任不允許我滿足他的好奇心，我並沒對他多言，因為我沒有理由隨便信任一個人。我準備明早就去庫姆崔西見那位備受爭議的蘿拉．里昂夫人。如果順利的話，我對這一串神秘事件的調查就會推進一大步。現在，我認為自己變得像蛇一般聰明了，當莫蒂默追問我不便回答的問題時，我能十分自然地轉移話題，談到法蘭克蘭的顱骨類型上來。就這樣直到抵達巴斯克維爾莊園，一路上所談的盡是頭骨學。不枉我與夏洛克．福爾摩斯相處這麼多年。

在這個風雨交加的陰鬱天氣裡，只有我剛才與巴里莫爾的談話值得一提。他又出了一張在適當時十分有用的好牌。

莫蒂默被留下來與我們一道吃過了晚飯，然後他與從男爵開始玩牌，趁管家給我送咖啡到書房的時候，我提了幾個問題。

「嘿，」我問，「你的好親戚離開了嗎？還是仍然躲在那裡？」

「我不知道，先生。他在這裡只會給人添麻煩，我反而希望他走了。三天前，也就是最後一次送食物後，我就再也沒有得到關於他的任何消息了。」

「那次你有見到他嗎？」

「沒有，先生。但是當我再次回到那裡時，食物已經不見了。」

「那麼他一定還在了？」

「可以這樣想，先生，除非那是被別人拿走的。」

我端著咖啡坐在那裡，眼睛依舊盯著他。

「那你知道還有另一個人嗎？」

「是的，先生，還有一個人也待在沼澤。」

「你見過他？」

「沒有，先生。」

「那你如何知道的？」

「先生，是塞爾丹在一星期或者更早以前跟我說的。那人也在躲藏，但據我推測他並不是一名逃犯。華生醫生，這些事真讓我傷腦筋，老實說，先生，我真是想不透。」他的語音中充滿著誠摯熱切的感情。

「現在，聽我講，巴里莫爾。我來這裡是為了幫助你的主人，沒有任何其他目的。如果不是因為你的主人，我對這類事情是毫無興趣的。老實告訴我吧，你為何如此傷腦筋？」

似乎是在後悔不該說出來，或者是難以適當表達自己的情感，他猶豫了好一陣子。

「就是這些沒完沒了的事！先生，」終於，他喊了出來，拳頭對著開往沼澤的那扇正被雨水沖刷的窗戶揮舞著，「某個地方正在進行著謀殺的勾當，正在醞釀著一個殘忍的陰謀！我發誓！先生，要是亨利爵士能返回倫敦，我會很高興的。」

「但你為何如此警覺不安？」

「我們來回想查爾斯爵士的死，光是驗屍官的報告就糟透了。再想想沼澤裡的怪叫聲，天黑後，付再多的錢也沒人敢穿過沼澤了。還有躲藏在那裡的人，他在等待什麼？他的目的為何？這一切對巴斯克維爾來說都不是好徵兆，我非常希望亨利爵士能有新的僕人來接手這個莊園。」

「你能告訴我沼澤裡那個人的一些事嗎？」我說，「塞爾丹有沒有提到什麼？他是否發現了他的藏身之處或他正在密謀的事？」

「塞爾丹見過那傢伙一、兩次，但他極陰險狡滑，沒曝露任何情況。剛開始，塞爾丹以為他是警察，但不久就發現那人有自己的盤算，但究竟是想做什麼，他也不清楚。不過，據他所說，那人似乎像是個上流社會的人物。」

「那個人住在哪？」

「山坡上的古老房子，就是古代人住的石頭小屋。」

「可是，食物怎麼辦？」

「塞爾丹發現有個小孩在為他辦事，提供他一切生活所需。我敢說，那些東西是小孩在庫姆崔西獲得的。」

「好極了，巴里莫爾。我們改日再探討這個問題。」管家走後，透過模糊的窗玻璃，我望見外面雲朵飄搖，被狂風掃得連成一片的樹梢高低起伏。在這種夜晚，光是坐在室內就令人心驚不已，可想而知待在沼地中的石屋裡會有什麼感受。能使一個人心甘情願的在這種情況下待在那裡，想必是出於一份強烈的憎恨！究竟是怎樣深遠和急迫的目的，竟能使他這般的忍辱負重？所有的謎底都在沼澤的那間石屋裡。我已下定決心，明天要克服所有困難去揭開這個謎底。

11 岩崗上的人

我的日記已記錄到十月十八日了。那時，所有的怪事都在迅速發展，幾乎就要接近可怕的尾聲。不需任何記錄提示，我也能全部清晰地敘述出來。就從弄清了那兩個重要事實的第二天講起吧。其中之一，就是住在庫姆崔西的蘿拉·里昂的確曾寫信給查爾斯·巴斯克維爾爵士，約他在死亡地點與那段時間見面；另一個事實就是可以在山邊的石屋裡找到潛藏於沼澤中的那個人。要是掌握了這兩個情況我還不能稍微撥開迷霧，那我一定是蠢豬或是懦夫。

昨天傍晚，從男爵和莫蒂默醫生一直玩牌到深夜，我沒找到機會把我所瞭解的有關里昂太太的事告訴他。今天早餐時，我才說出了我的新發現，並徵求他的意見，問他是否一道去。他聽說後便急著要去，但我們仔細思考後，還是覺得我單獨去會更好。因為越鄭重行事，所得到的情報就會越少。雖然把亨利爵士單獨留在家中讓我感到有些不放心，但我還得駕車去挖掘新的線索。

到了庫姆崔西後，我吩咐柏金斯安置馬匹，自己則去打聽我要調查的女士。她的住所位於村子正中，外觀明顯，十分容易找到。一個女僕很隨意地領我進去，客廳擺放著一架雷明登牌打字機，它前面坐著的那位女士見我進來便笑容可掬地起身歡迎；但當她看清我是個陌生人後，便重新坐下，恢復了先前的神情，並詢問我此行的目的。

里昂太太給人的第一印象是美麗絕倫，她的眼睛與頭髮都是棕色，兩頰雖然長著不少細小的雀斑，但棕色皮膚透著恰到好處的紅潤，彷彿是令人愉悅的粉紅隱約地呈現在淡黃色的玫瑰花中央。我得再次強調，看到她的第一反應就是讚嘆，但是再看時，總覺著她面孔的某些地方有點彆扭，表情有些狂野，眼神也似乎不太柔和，嘴角好像有些下垂，這些讓她絕頂的美麗顯得美中不足。當然，這些想法都是事後才有的，當時我只知道是在一個非常漂亮的女人面前聽著她詢問我來此的意圖。那時，我才真正意識到我的任務是多麼艱難。

「我很榮幸，」我說，「認識了你父親。」

這樣子的開場非常愚蠢，從這名女士的表情上就能看得出來。

「我與父親已毫無關係，」她說，「我什麼都沒有欠他，他的朋友也不是我的朋友。要不是已故的查爾斯．巴斯克維爾爵士及其他熱心人士協助，我大概早就餓死了，我父親才不在乎。」

「我來此是為了調查有關查爾斯爵士的事。」

女士的臉色由於驚恐而發白，雀斑變得更顯眼。

「我能告訴你些什麼？」她問，手指在打字機鍵上神經質地撫弄著。

「你認識他，對嗎？」

「我說過，我十分感激他的資助。我能夠自力維生，全因他在我困頓的時候給予的關懷。」

「你曾寫信給他嗎？」

女士突然抬起頭來，棕色的眼中閃動著憎恨的目光。

「你問這個幹嘛？」她聲音嚴厲地問。

「避免不必要的醜聞。在這裡問總比流言四起無法收拾要好。」

她低頭不語，臉色依然蒼白。最後她不顧一切似地抬起頭，帶著挑戰的姿態看著我。

「那好，我回答你。」她說，「請問吧。」

「你與查爾斯爵士通過信嗎？」

「我的確寫過一兩次信，感謝他慷慨相助。」

「還記得寄信日期嗎？」

「不記得了。」

「你曾與他見過面嗎？」

「見過。他來庫姆崔西時見過一、二次面。他不願拋頭露面，只想暗中助人。」

「如果你真的不常見到他，也不常寫信，那麼他是怎麼清楚地知道你的處境，而極力扶持你的？」

她不加思索地回答了這個我認為很難回答的問題。

「有幾個紳士瞭解我的悲慘處境，都曾幫助過我。其中有史坦波頓先生，他很善良，又是查爾斯爵士的近鄰和摯友，爵士也因此知道了我的情況。」

我知道查爾斯．巴斯克維爾爵士曾幾次請史坦波頓替他發放救濟金，因此這番話似乎可信。

「你曾寫信給查爾斯爵士要求見面嗎？」我繼續追問。

里昂太太臉漲得通紅。

「先生，這真是個失禮的問題！」

「非常抱歉，夫人，但我必須再次重複。」

「那我就回答你，絕對沒有！」

「查爾斯爵士死亡當日也沒有？」

她的臉色立即轉變為慘白，乾燥的嘴唇支吾地回答了「沒有」，但我仍看出她想狡辯。

「一定是你的記憶欺騙了你，」我說，「我甚至還記得信中的一段，是這樣的：『你是位君子，請務必燒掉這封信，並在十點鐘時於柵門旁等候。』」

當時，我以為她會暈過去，但她居然竭力控制住了情緒。

「難道世界上沒有一個君子？」她的呼吸變得急促了。

「你錯怪查爾斯爵士了。他的確把信燒掉了，但有時依然能從燒過的灰燼上辨認出字跡來。現在，你得承認寫過這封信吧！」

「是的，我寫過，」她大叫道，同時傾吐出滿腹的心事，「是我寫的。我何必否認呢？這並不可恥，我希望他能幫助我，我相信只要我能親自見他，他就會資助我，因此我請求見面。」

「但為何選擇那樣的時間？」

「因為我得知他隔天就要去倫敦，也許一去就是好幾個月。另外，出於其他考量，我又不能太早前往。」

「那為什麼要選擇花園，而不直接到屋裡拜訪呢？」

「你認為，一個女人在那個時候拜訪一個單身男人妥當嗎？」

「哦，你去了以後有發生什麼事嗎？」

「我沒有去。」

「里昂太太！」

「我沒去，我以一切神聖的事物發誓！我真的沒去，有一件事阻撓了我。」

「什麼事？」

「一件私事，我不能說。」

「就是說，你承認與查爾斯爵士約在他死的時間與地點見面，又否認曾前去赴約？」

「事實就是如此。」

我一再盤問，可再也得不到什麼情報了。

「里昂太太，」最後我無奈地結束了這次漫長而無結果的拜訪，起身說道，「由於你不肯徹底地交代知情的一切，你已把自己逼到了懸崖邊，你所背負的責任也是極為嚴重的。當我無奈地請求警方協助時，你便明白你的嫌疑有多大。假如你是無辜的，最初為什麼要否認寫信這個事實？」

「因為我害怕不實的流言傳開，把自己捲進不必要的醜聞中。」

「那麼你為何迫切的要求查爾斯爵士毀掉信呢？」

「你已讀過那封信，你應該明白的。」

「我可沒說過我讀了整封信。」

「你引用了其中一段。」

「我只引用了信末的附筆，我已告訴過你，信確實燒掉了，而且也不是全部都可辨認。我想要問你，為什麼那麼急著要查爾斯爵士燒掉當天收到的信？」

「那是件非常私人的事。」

「你應該先擔心受到公開調查。」

「好吧，那我告訴你。要是你曾聽說過我的悲慘遭遇，就會知道我曾草率地結了婚，事後又後悔莫及。」

「我聽說過不少。」

「我不斷地遭到丈夫的迫害，而法律卻偏袒他那一方，我每天都可能被迫與他同居。我之所以寫那封信給查爾斯爵士，是因為我丈夫說如果我付給他一筆錢，那我就能重獲自由，自尊、幸福、安寧！這是我所渴望的一切。查爾斯爵士既熱情又慷慨，我相信只要他親耳聽我講述這些後，一定會幫助我。」

「那你又為什麼沒去呢？」

「因為在那之前我已得到了別人的幫助。」

「那你怎麼沒有寫信去解釋？」

「要是我第二天沒有從報上得知他的噩耗，我一定會這麼做的。」

女士的敘述井井有條，我提盡了問題也找不到絲毫疑點。我只能去調查她是否在悲劇發生那段時間裡，向丈夫提起過離婚訴訟。

如果她真的去過巴斯克維爾莊園，她恐怕不敢撒謊。因為她要坐馬車才能去，而且只有第二天早晨才能返回庫姆崔西，這樣的行程很難保密。所以，她應該是說了實話，至少一部分是實話。我的調查似乎又撞了牆，這堵牆就像阻斷了通往終點的小徑，我垂頭喪氣地離開了。再想想女士那蒼白的面孔和驚恐的神情，我能肯定她隱瞞著一些事實；為何她的面孔會變得如此蒼白？為何非要等到迫不得已時才肯承認？悲劇發生後，她為何保持沉默？當然，這些問題並不如她所解釋的那麼簡單。現在，從這條線索中我已無法再獲得進展，只有把目光轉向沼澤中的石屋了。可是，在我回去的路上，我感到要從這條線索上挖掘出東西也同樣困難。我看到座座山丘相連，上面到處是古代人生活的遺跡。巴里莫爾所說的那種小屋成百上千地佈滿整個沼澤，要從中找出目標是何等艱難！幸好我曾見到那人站立的那座岩崗，就不妨圍繞它來搜索吧。我應當從那裡逐一查看沼澤中的小屋，直到尋獲我所要找的那間為止。如果他在屋裡，必要時我不惜用槍逼他說出自己的身份，以及為什麼要長期地跟蹤我們。他能從攝政街的人群中逃脫，卻未必能在這樣一塊荒涼的沼澤中溜掉。如果我找到那間小屋時他剛好不在的話，不管熬多久的夜我也要等到他回來為止。在倫敦，我的師父福爾摩斯已經失敗過，如果我現在能查清他是誰，那將是我的一大勝利。

在調查此案的過程中，我們一直運氣欠佳，但我現在卻時來運轉了，帶來好運的恰好是法蘭克蘭先生。他的面色紅潤，鬍鬚花白，正站在自家花園門口，而那門正是一切的出口。

「你好！華生醫生，」他看來興致極高，「你真該讓你的馬休息一會兒，進來喝一杯恭喜我吧！」

在知道他對待女兒的方式後，我對這個人已全無好感。但我急著讓柏金斯跟馬車回去，這正是個好機會。於是我下了車，寫了張便條給亨利爵士，告訴他我會在晚飯時間散步回去，然後跟著法蘭克蘭先生進了飯廳。

「先生，這真是我偉大的一天，也是我一生中的大喜之日啊，」他格格地笑道，「我已了結了兩個案子。我一定要教訓這些人，讓他們明白法律就是法律！這個世上居然有不怕官司的人存在，先生，我明明證實了離他家前門不到一百碼的地方，有一條公路穿過了整個老米德爾頓花園中心。你有什麼看法？這些大人物真該受點教訓，要知道，平民的權利是不能任意踐踏的，這些大混蛋！我還封了一片芬沃西人常去野餐的樹林。這些目無王法的人在那裡到處亂鑽，隨手亂扔瓶罐，簡直視產權為無物！華生醫生，這兩個案子我都勝訴了，打從我告發約翰．莫蘭爵士在自己的鳥獸畜養場鳴槍以來，還沒有哪一次像今天這麼得意過呢！」

「你到底是怎麼做到的？」

「翻翻記錄吧！先生，值得一看的法蘭克蘭對莫蘭，高等法院。我為這場官司花了二百鎊，不過最終還是勝訴了。」

「那你得到了什麼好處嗎？」

「沒有，先生，沒有任何好處。我自豪的是我從不為自身的利益去做這些事。我的行為全是為了社會，我確信，例如，芬沃西的人今晚就會把我肖像拿去燒掉洩憤，他們上次那麼做時我報了警，要求他們制止這些可恥行為。不過，郡警太沒用了，先生！他們並未提供我應有的保護。很快的，法蘭克蘭對女王的訴訟案將會轟動社會各界！我曾告訴他們，那樣對我是要付出代價的，現在我的話果真應驗了。」

「怎麼會這樣呢？」我不解地問。

老頭一副自鳴得意的神情讓我忍俊不禁。

「因為我原本可以告訴他們一些他們急著想知道的事。不過，無論如何，我現在不想幫這些壞傢伙了。」

我本來一直在找從這些胡扯中脫身的藉口，不過，現在又希望能多聽一些了。我很瞭解這個神經兮兮的傢伙不同尋常的怪脾氣，只要你稍微表現出專注的神情，他就一定會起疑心而閉口不談了。

「一定是有關盜獵的事吧？」我假裝漠不關心。

「哈！哈！小子，比那重要多了！沼澤中的那個逃犯現在怎樣了？」

我大吃一驚，說：「難道你知道他在哪？」

「雖然確切的藏身地點還不知道，但我相信，我一定能幫助警方抓住他。難道你就沒想過，要抓住這個人必須先他的食物來源著手，然後再順藤摸瓜嗎？」

他的話確實接近了事實，令我感到有些不安。

「當然，」我說，「不過你怎麼能斷定他就在沼澤中呢？」

「當然能，因為我親眼見過送飯的人。」

我開始替巴里莫爾擔心起來。被這個好管閒事、無事生非的神經病抓住把柄，那可不是鬧著玩的。但他接下來的話卻又讓我如釋重負。

「當你知道是一個小孩在為他送食物的時候，一定會很吃驚吧。每天我都能從屋頂上的那架望遠鏡中看到那孩子，他總是在同一時間走過同一條路；除了去那個罪犯那裡，還能去哪呢？」

太幸運了！我努力控制著內心的興奮。一個孩子！巴里莫爾曾說過，那個陌生人所需的用品是由一個小孩送去的。法蘭克蘭發現的正是他的蹤跡，不是逃犯的。如果我能就此打聽到更多的資訊，就用不著去進行遙遙無期的調查了。可是，我不得不故意對此事表示懷疑和冷漠。

「可能只是牧羊人的兒子在替他送飯吧！」

這一小點異議激得這個專橫的傢伙火冒三丈。他惡狠狠地盯著我，灰白的鬍子倒豎著，像隻發怒的貓。

「是真的，先生！」他指著外面廣袤的沼地說，「你看見了那邊的黑色岩崗嗎？還有，你看見了遠方那座滿是荊棘的矮丘嗎？那是沼澤中岩石最密集的地方。難道牧羊人會在那裡放牧？先生！你的想法毫無根據。」

我只得順著他解釋說，我是由於不瞭解狀況才隨口胡謅的。我的態度使他十分得意，嘴裡更加滔滔不絕。

「你完全可以相信，先生，我是在掌握了充分證據後才提出肯定的意見。我一再看到那孩子拿著一卷東西，每天一次或兩次，我都——等等！華生醫生，是我老眼昏花了，還是那山坡上的確有東西正在動？」

雖然遠在幾哩外，襯托著暗綠和灰色的背景下，我依然能清楚看見一個黑點在移動。

「來啊，先生，來吧！」法蘭克蘭邊叫邊衝上樓去，「你可以親眼看看，然後再自己作出判斷！」

那架望遠鏡是具龐大的儀器，裝在平坦鉛板屋頂上的三角架裡，法蘭克蘭湊上眼睛，隨即發出勝利者似的歡呼。

「快！華生醫生，快來，不要等到他翻過了山頭！」

就在那裡，非常的明顯，一個扛著一卷東西的孩子，正吃力地向山上慢慢走去。當他到達最高處時，在藍色的天幕襯托下，我猛然發現了那個衣衫不整的陌生人。他似乎是怕人跟蹤，鬼鬼祟祟地環顧著四周，後來就消失在山的那側。

「哈！我說得沒錯吧？」

「當然。那個孩子似乎擔負著什麼秘密任務。」

「而這個任務，隨便一個郡裡的警察都猜得到，但我不會跟他們講，我也要求你保密，華生醫生。不要洩露一個字，懂了嗎？」

「全聽你的。」

「他們對待我的方式太無恥了！一旦法蘭克蘭控告女王的內情公諸於世，我敢肯定，全國人民會因此憤怒。不管怎樣，我都不會幫助警察的。他們應該在乎的是我本人，而不是被那群流氓捆在柱子上燒毀的肖像！你不能走，你要幫我喝乾這瓶酒，以慶祝這偉大的勝利！」

我謝絕了他的一切懇求，並成功地阻止了他陪我散步回家的念頭。我一直順著大路走，直到他看不見我時，才忽然離開了大路，穿過沼澤，朝著孩子消失的山頭奔去。一切都很順利，我發誓，絕不會因缺乏毅力和精力而放棄眼前的絕佳機會。

我抵達山頂時，已經是夕陽西沉了，腳下向陽那面山坡在餘暉中成了金綠色，另一面則完全籠罩在陰影中。遙遠的地平線上浮起一抹蒼茫的暮色，奇形怪狀的貝立佛與維克森岩崗從暮色中突出，無垠的大地就這樣寂寞地靜躺著。一隻灰色的鳥，也許是海鷗或麻鷸，正在高聳的藍天下飛翔。我與牠似乎是這深廣孤寂的天地間唯一的生靈。這荒涼的氣息、孤獨的感覺與神秘而急切的責任讓我不寒而慄。那個孩子已不見蹤影，但是有一些環成圓圈的古老石屋就在我下面的山溝裡，中間有一棟還保存著能遮蔽風雨的屋頂。一見到它，我不禁為之心跳，這想必就是那人的藏身之地。我終於踏進了它的門檻，他的秘密即將被我揭露。

我小心翼翼地靠近小屋，就像史坦波頓高舉著捕蝶網慢慢接近停在花蕊上的蝴蝶那樣。令我得意的是這裡的確曾有人居住過；亂石間隱約可見一條小路，直通向那破爛得就要坍塌的門洞。那個身份不明的人物或許正待在裡面，也或許正在沼澤裡遊蕩呢！冒險的興奮刺激著我的神經，我扔掉煙頭，手摸著槍柄，迅速衝到洞口，我向屋裡探視，裡面空無一人。

雖然如此，許多跡象證明我沒找錯地方。一塊防雨布包著幾條毛毯，放在古人曾當作床的那塊石板上；一堆灰燼裝在粗陋的石框裡，旁邊散放著簡單的廚具及半桶水。這一定是他藏身的地方，一堆亂七八糟的空罐頭盒說明他已在此住了好些日子。當我適應了這些透過樹葉間隙投下的點點陽光後，我又看見一只金屬小杯子和半瓶酒放在屋角。小屋中央那塊方正平整的石頭被當成桌子，擺放著一個小布包，這無疑是我從望遠鏡中看見那孩子所扛的東西，裡頭包裹著一塊麵包、一罐牛舌以及兩罐桃子。當我正要放下時，心猛地一跳，我看到下面竟還有一張字條。我拿起來，上面寫著潦草的鉛筆字：「華生醫生曾去過庫姆崔西」。

我握住這張字條呆立了一分鐘，思考著字條的含義。這麼說來，那人的跟蹤目標是我，而非亨利爵士。他沒有親自監視我，而是派了另外一人，可能就是那個孩子。這張字條就是他的報告。或許從我踏進這塊沼澤後，就沒有一個行動逃過他的監視，並且一一作了報告。我感到一股無形的力量和一張嚴密的網早已悄悄地、輕微地罩住了我們，要到關鍵時刻，我們才會發現自己早已被糾纏在網中。

既然要作報告，就不可能僅此一份，於是我開始在屋內四處搜尋，但毫無結果，也沒有任何跡象足以說明這個人的特點與意圖。只有一點可以肯定：他絲毫不在乎生活的舒適與否，一定有著斯巴達人般的生活習慣。看著這裂著大口的屋頂，又想起了那天的狂風暴雨，我更深刻地感受到了他那不達目的誓不罷休的頑強意志，也正因有了這樣的意志，他才能在這種惡劣的環境住下來。他究竟是我們的天使，還是強勁的對手？我下定決心，直到查明一切之前，絕不離開。

屋外的夕陽已落到最低處，金色的餘暉四面散射，使得散佈在遠處大泥潭中的水窪反射出片片紅光。朝那邊可以見到巴斯克維爾莊園裡的兩座高高的塔樓；遠方浮著一絲朦朧煙霧的地方就是格林潘村；在這兩處之間的那座小山背後，就是史坦波頓的家。美麗的晚霞傾瀉下來，使一切都那麼美好、醉人而恬靜。可是這景致卻無法使我感覺到自然界的祥和，隨時到來的會面使我的內心感到茫然和恐懼。雖然我的每一根神經都緊繃著，但我已下定決心，於是就待在小屋黑暗的角落，靜靜等候它的主人歸來。

最後，終於等到了這一刻。皮鞋走在石頭上發出的得得聲從遠處傳來，步步逼近。我退回屋內黑暗的角落，手伸進口袋中扳好左輪槍機，並決定在看清對方前先不曝露自己。那聲音停了一段時間，說明他停下了腳步；後來，腳步聲又響了起來，一條黑影隨之從門洞處投射進來。

「真是個美麗的傍晚，我親愛的華生，」一個很熟悉的聲音傳入耳中，「我覺得你待在外面會比在裡面舒服得多。」

12 沼澤中的慘劇

我屏住呼吸靜坐了一兩分鐘，簡直不敢相信這是真的。後來我才逐漸清醒過來，也終於說得出話了，壓在我肩上的重任似乎卸下來了。因為這種尖刻、冷淡的嘲諷聲音只可能是他的。

「福爾摩斯！」我高叫著，「福爾摩斯！」

「出來吧，」他說，「小心你的左輪手槍。」

我弓身鑽出門洞，看見福爾摩斯正坐在一塊石頭上，他快樂地轉動著那雙灰色的眼睛，打量著我吃驚的神情。他那被曬成棕色的敏銳的臉龐，經風砂一折騰後已變得粗糙不堪。身上的蘇格蘭呢衣服與頭上的布帽，使他看上去與任何一個在沼澤上旅行的人毫無區別。在如此惡劣的條件下，他竟然還能像貓一般保持著整潔，這是他的一個特點，他的下巴依舊刮得乾乾淨淨，衣服也像在貝克街時那樣的清爽。

「我從來沒有像看到你一樣感到高興。」我搖著他的手感嘆道。

「或許，更多的是驚訝？」

「哈！不得不承認。」

「說實話，感到吃驚的並不只有你一個人。我真沒想到你能找到我的臨時藏身處，更沒想到你竟然已經躲在裡面了。直到了門前二十多步的地方，我才發覺這一點。」

「我猜是因為我的腳印？」

「不是，華生，我恐怕還無法保證能從全世界的腳印中分辨出你的來。如果你真想矇混過關，除非改抽另一個牌子的香煙。因為只要我一看見印著『布萊德雷，牛津街』字樣的煙頭，就知道我的朋友華生一定在附近；這只煙頭就掉在小路邊。我肯定，它是你在衝進屋子的關鍵時刻扔掉的。」

「沒錯。」

「我考慮到了這一點，加上你那令人肅然起敬的堅韌性格，我就推測你正握著左輪手槍，靜坐在暗處等待著石屋主人的歸來。難道你真的認為我就是那個逃犯？」

「我並不清楚你的身份，但我決心要查清楚。」

「太好了！華生，你是如何得知我的住處的呢？也許是你們捉逃犯的那晚，我不小心曝露在初升的月亮中了？」

「對，當時我有看見你。」

「在找到這裡之前，想必你一定把所有小屋都查了一遍？」

「不，我見到了你雇的孩子，是他確定了我要搜查的地點。」

「一定是那位老紳士的望遠鏡。剛開始我看到那鏡頭的反光時，還搞不清到底是什麼呢！」他起身看了一眼小屋，「哈，卡特萊特又送來了補給品，這字條寫了什麼？哦，原來你去了庫姆崔西？」

「是的。」

「去找蘿拉．里昂太太？」

「正是。」

「做得好！顯然我倆的調查是一致的，但願我們的調查結果加起來能使案情稍微明朗些。」

「哦，真高興看到你在這，我的神經就快承受不住這麼重大的責任和這麼複雜的案情了。但是你究竟是如何過來的呢？又在忙些什麼？我一直以為你在貝克街處理那樁匿名恐嚇案呢。」

「我就希望你這麼想。」

「所以你利用我，卻又不信任我！」我氣惱地叫道，「我想我在你眼中沒那麼不堪吧！福爾摩斯。」

「我親愛的朋友，你在這件案子中對我的幫助與很多別的案子一樣，是無法估量的。如果你覺得我矇騙了你，那麼就請原諒我吧。我之所以這麼做，一方面也是為你好。因為我察覺到你處境危險，才親自來調查這件事。如果我和你們待在一起的話，我相信你會有我這樣的想法：我的出現無疑是向對手發出警告，要他們小心行事了。事實上，我一直都是自由行動的，而如果住進莊園，就更不可能了。我這樣隱蔽自己，是為了能隨時在關鍵時刻挺身而出。」

「但你為何不告訴我？」

「因為就算告訴你也無濟於事，反而可能因此曝露了自己的行蹤。你一定會設法通報情況，或者熱心地送些東西來，這樣我們就要冒不必要的風險了。我帶來了卡特萊特——介紹所裡的那個小傢伙，由他照顧我的簡單生活：一塊麵包和一件乾淨的衣服。我還需要什麼呢？他等於是我的腿和眼睛，替我送來我現在無法獲得的東西」

「那麼，我的報告都白寫了！」想起我寫報告時那份辛勞與驕傲，我的聲音都在發顫。

福爾摩斯從衣袋中抽出一卷紙來。

「這些都是你的報告，我親愛的朋友，我向你保證，我全都仔細研讀過。我安排得很恰當，只讓它們在途中耽擱了一天。我必須為你處理這件疑案時表現出的智慧與熱情致上最深的敬意。」

我還在為了被愚弄一事感到快快不悅，但經過福爾摩斯這番真誠的讚揚後，那股憤怒終於漸漸消散。我也發自內心同意他的話，為了達到我們的目的，最好先隱瞞他來到沼澤的事。

「這樣就好了，」見到我陰鬱的臉開始明朗起來，他說，「現在，告訴我拜訪蘿拉．里昂的結果吧。因為我已知道她是庫姆崔西地區唯一能對這件事給予我們幫助的人，所以我很容易就猜到你是去那裡找她。坦白地說，如果你今天不去，明天我就會去的。」

夕陽完全下山了，整個沼澤籠罩在暮色中。空氣也夾著絲絲寒意，我們便退進小屋取暖。坐在蒼茫的暮色裡，我告訴了福爾摩斯我的拜訪經過。他很感興趣，某些細節我不得不重複兩遍，他才滿意。

「這很關鍵，」他在我敘述完後說道，「它聯結了這件複雜案件中兩個我無法填上的缺口。這位女士與史坦波頓的關係非比尋常，這點你也許猜到了。」

「我不知道你說的這種關係。」

「這件事無庸置疑，他們兩個常常約會、通信，彼此都很瞭解。現在，這點提供了我們一件有利的武器，我們可以利用它去離間他的妻子——」

「他的妻子？」

「為了答謝你所提供的情報，我現在也告訴你一些事實吧。那位所謂的史坦波頓小姐，其實是他的妻子。」

「天啊！福爾摩斯！你知道自己在說什麼嗎？那他怎麼能允許亨利爵士愛上她呢？」

「亨利爵士墮入情網，對誰也不會造成傷害，除了亨利爵士本人。你也親眼看見了，他曾試圖阻止亨利爵士向她求婚。我再次強調，那位女士是他妻子，而不是妹妹！」

「但他為何要如此煞費苦心呢？」

「因為他早就明白，讓她扮成未婚女子對他要有利得多。」

我那模糊的懷疑與猜測突然清晰了起來，全都集中到生物學家身上。從這個戴著帽子、手拿捕蝶網、缺少熱情與特色的人身上，我似乎看見了那隱藏的黑暗、充分的耐性與狡詐，還有虛偽的笑臉和惡毒的心。

「所以，是他——我們的對手，也就是在倫敦的跟蹤者？」

「我就是這樣想的。」

「那封警告信也就是他寫的？」

「正是。」

那樁似有似無，縈繞在我心頭很久的可怕罪行，不再單純是我的猜想了，它已隱約從迷霧中顯露出來。

「可是，福爾摩斯，你能肯定這點嗎？你何以斷定那個女人就是他的妻子？」

「他第一次和你見面時，就無意間透露出一段他真實的身世。我敢說他後來不止一次為此感到懊悔。他曾在英格蘭北部擔任過小學校長，而透過教育機構就能查清任何一個在教育界待過的人，現在看來，要調查一個小學校長是再容易不過的了。我只是稍稍作了調查，就得知曾有一所小學在極糟的情況下關閉了，而校長與他的妻子也從此銷聲匿跡；當然，他們有其他的名字，但是相貌特徵卻與此地的這兩人相符。當我瞭解到那名失蹤的人也同樣熱愛昆蟲學時，他的身份也就確定了。」

迷霧被逐漸撥開，但大部分的真相仍藏在暗處。

「假如這個女士是他的妻子，那蘿拉．里昂太太又是哪號人物？」我迷惑地問。

「這正是其中一個問題，不過你的調查已解答了它。你對那位女士的訪問使情況明朗起來。我沒聽說她想與丈夫離婚，如果她確實有此打算，又認為史坦波頓是位單身男子，那她一定考慮過成為他的妻子。」

「可是，要是她發現了真相呢？」

「哦，那她對我們就有利了。當然，我們應該先找到她，明天就去。華生，你不覺得你離開崗位太久了嗎？你應該待在巴斯克維爾莊園啊。」

最後一縷晚霞也在西邊消失了，夜幕籠罩了沼澤，幾顆星星忽明忽暗地閃爍在紫色的天幕中。

「福爾摩斯，最後一個問題，」我站起身來說道，「當然，我們之間是沒有秘密的，告訴我他為什麼要這麼做？他的目的何在？」

福爾摩斯刻意將聲調降低來回答。

「這是謀殺，華生，是深謀遠慮、殘忍至極的蓄意謀殺。別再探問細節了，我的網正緊緊罩著他，就如他在亨利爵士周圍撒下的網。加上你的協助，他幾乎就是甕中之鱉了。我們現在要擔心的只有一點，那就是他可能比我們先下手。再過一天，頂多兩天，我就能完成破案的準備工作了。在那以前，你必須像一個慈愛的母親照顧生病的孩子那樣，寸步不離地保護著你的委託人。事實證明，今天你所做的事是正確的，但我仍然覺得你不離開他更好。咦！」

一聲可怕的尖叫——一陣連綿不斷的恐怖、暴怒的呼叫衝破了寂靜的夜空。我全身的血液幾乎為之凝固。

「噢！我的天！」我喘息著，「那是什麼？那到底是什麼？」

福爾摩斯猛然起身，他那運動員似的黑色的身軀貼近門洞，下垂著雙肩，在黑暗中探頭張望。

「噓！」他壓低聲音說，「不要出聲。」

情況想必很緊急，那喊叫聲很大。現在聽來，起初從遠方黑暗的平原上傳來的叫喊聲已經越來越近，越來越大，也越加急迫絕望了。

「它在哪？」福爾摩斯小聲問道，我明白，即便是像他那麼堅強的人都激動不已，「它在哪？華生。」

「那邊，我猜。」我指向黑暗。

「不，那邊才對！」

絕望的慘叫聲，越來越大，越來越近，響徹了寂靜的夜空。其中還夾雜一種低沉的咕噥聲，高低起伏，就像大海永無休止的低吟，悅耳而又恐怖。

「獵犬！」福爾摩斯失聲喊叫，「快，華生，來啊！上帝啊！我們恐怕來不及了。」

他迅速朝著聲音跑去，我緊跟在後面。可是，就在我們前面那片碎石雜亂、凹凸不平的地方，突然發出最後一聲絕望的慘叫，接著是一聲沉重模糊的咕咚倒地聲。我們停住腳步側耳細聽，黑暗的沼澤又恢復了先前的寂靜。

我看到福爾摩斯手按著額頭，跺著雙腳，就像瘋了一般。

「他贏了！華生，我們來遲了！」

「不，不！不可能。」

「我竟然蠢到袖手旁觀！而你，華生，你應該知道擅離職守有什麼後果！老天！如果不幸已經發生，那我們一定要報復！」

黑暗中，我們只顧向前亂跑，不時地被亂石絆倒，勉強擠過金雀花叢，氣喘吁吁地奔上小山丘，再順著另一側斜坡衝上去，徑直朝著慘叫聲傳來的方向撲過去。每走到高處，福爾摩斯都會四下張望，希望在這漆黑荒涼的沼澤中發現什麼。

「你看到什麼了？」

「什麼也沒看到。」

「但是你聽，那是什麼聲音？」

一陣微弱的呻吟重又傳進我們的耳朵，是左邊！左邊有一條岩脊，盡頭是一堵陡直的懸岩，下面是一片多石的山坡。一團黑黑的不規則物體就平攤在那高低不平的地上。當我們跑過去時，那模糊的輪廓就清晰起來。原來是個趴在地上的人，身體蜷縮成一團，頭恐怖地埋在身體下，就像要翻跟斗的樣子。他那特別的姿勢使我無法相信，剛才所聽到的聲音竟會是他臨死時發出的。我們靜默地弓身望著他，一動也不動。過了好一會兒，福爾摩斯將手伸過去，把那人提了起來，接著立刻發出一聲驚恐的喊叫。他劃燃一根火柴，照亮了那人緊握的拳頭，也照著那灘從他破碎的頭骨中流出的、正慢慢浸散開的可怕鮮血。微弱的亮光清清楚楚地告訴我們一件令我們痛心疾首幾乎昏厥的事實——那是亨利．巴斯克維爾的屍體！

我們兩人誰也無法忘記那身用發紅的蘇格蘭呢製成的款式別致的衣服，那就是在貝克街第一次見到他時所穿的。火柴一閃就熄滅了，我們只清楚地看了一眼，就像是希望遠去了一般。福爾摩斯面色蒼白，在黑暗中呻吟著。

「畜生！這個畜生！」我握緊拳頭高喊著，「我永遠不會原諒自己！福爾摩斯，我竟然丟下他不管，以致他遭受厄運！」

「我的罪過比你深重，華生。我為了充分做好破案的準備，竟不顧委託人的生命安危。這是我一生的事業中最大的打擊。但我怎麼知道，我怎麼會知道，他竟然不顧警告，冒著生命危險隻身闖入沼澤呢？」

「我們聽見了他的尖叫，我的天！那是什麼樣的尖叫啊！可是卻救不了他！那隻可惡的害人獵犬去哪了？也許牠正在亂石間遊蕩呢！史坦波頓呢？他又在哪？他一定得為此付出代價！」

「他當然要付出代價。我發誓要讓他受到懲罰，伯侄二人都被殺害了：一個被那隻他以為是魔鬼的獵犬嚇死了；另一個雖竭力奔跑也難逃一死。現在我們必須證明他與那隻野獸之間的關係，要不是聽見那聲音，甚至連我們都不會相信牠確實存在，因為亨利爵士看來就像摔死的。可是，上帝能作證，儘管他狡猾至極，不用到明天，我就會抓住這傢伙。」

我們站在血肉模糊的屍體兩側，痛心疾首，沒想到我們如此奔勞，竟換來如此悲慘的結局。這突如其來的災難，像塊巨石堵住我們心口。月亮也出來了，我們爬上出事的那塊山岩頂峰，瞭望著黑暗的沼澤。沼澤裡的水面在黑暗中反射著月亮銀色的光輝，向著格林潘的那個方向，一點孤獨的黃色亮光在幾哩外的地方閃亮著，或許正來自史坦波頓的孤屋。我看著它，對它狂舞著拳頭咒罵了一句。

「為什麼不馬上去抓他？」

「時機還不成熟。關鍵的不是我們掌握了多少線索，而是我們能由此證明出什麼。那混蛋謹慎狡猾到了極點，只要我們走錯一步，說不定就永遠無法將他繩之以法。」

「我們能做些什麼？」

「明天將會有很多事要做，但今晚，我們只能送可憐的朋友最後一程了。」

我們一同朝屍體走下坡，石頭反射的銀光清楚地照著他，那種四肢扭曲變形的痛苦姿勢使我心酸，淚水靜靜地滑落在我嘴邊。

「我們必須找人幫忙，福爾摩斯！僅憑我們兩個沒辦法把他抬回莊園……」話還沒說完，便聽見他高叫一聲，俯身觀察著屍體。他手舞足蹈了起來，大笑著抓住我的手亂搖。我不禁喊道，「天哪，你瘋了？」這真的是我那位嚴肅而莊重的朋友嗎？想必有股情緒在他心中壓抑了很久。

「鬍子！鬍子！這傢伙有鬍子！」

「鬍子？」

「這不是從男爵，他是——沒錯！是我的鄰居，那個逃犯！」

我急忙翻轉屍體，那撮滴著血的鬍鬚翹向清冷的月亮。突出的前額與野獸般深陷的眼睛，確實就是那夜從燭光照耀著的石頭後出現的面孔，的確是逃犯塞爾丹的臉。

我立即明白了是怎麼回事，因為從男爵曾告訴我，他把舊衣服都送巴里莫爾了。巴里莫爾又把這些東西轉送給塞爾丹，方便他逃亡途中使用。再看看這靴子、襯衣、帽子，竟全是亨利爵士的。這真是一齣慘烈的悲劇，但根據法律，他勉強算是罪有應得。我把前因後果告訴了福爾摩斯，我的快樂與對上帝的感激使我熱血沸騰。

「那麼，他的悲劇就是源自這身衣服，」他說，「顯然，那隻狗被放出來追蹤前，曾聞了亨利爵士使用過的東西——很可能就是在旅館中失竊的那隻高統靴。這個人因此遭到追逐，直到最後摔死。可是令人不解的是，如此漆黑的夜裡，塞爾丹是怎麼發現跟蹤他的狗呢？」

「他可能聽到牠的聲音。」

「根據他的尖叫聲判斷，在知道那隻狗正在追他後，他一定逃跑了很長一段路。而在沼澤中，像他這樣冷血的亡命之徒僅僅是聽到一隻獵犬的聲音，絕不會恐懼到這種程度，甚至不顧再度入獄的風險而狂呼亂叫。他是怎麼知道的呢？」

「我還有一件事想不通，假設我們的猜測沒錯的話，為什麼這隻狗——」

「我不作任何猜測。」

「好吧，那麼，為什麼只在今晚放出牠呢？我不認為那隻狗一直在沼澤中亂竄。除非史坦波頓認為亨利爵士會去那裡，否則他是不會放牠出來的。」

「這兩個難題中，我認為你的疑問很快就會獲得解答；而我的才更麻煩，也許將永遠是個未知的謎。目前的問題是如何處理這個倒楣的壞蛋屍體？總不能放在這裡餵狗吧。」

「我建議先把他放進一間小屋，然後與警方聯繫。」

「也對，我相信我們抬得動他。啊！華生，怎麼搞的？真的是他，竟然如此囂張！你千萬別表現出一丁點懷疑，千萬不要。否則我的計畫就泡湯了。」

只見沼澤上有個人正朝我們走來，伴隨著閃爍的雪茄火花。月光照在他身上，我能看出那位生物學家瘦小精悍的身軀和得意輕快的腳步。他看到我們時停頓了一下，接著又向前走來。

「啊！華生醫生，不會是你吧？真的！我無論如何也想不到深夜時分居然還能在沼地裡看見你。噢，天哪！怎麼回事？有人受傷？不，請不要說這就是我們的朋友亨利爵士！」他慌忙走過我們身邊，在屍體旁彎下身去。我聽到他猛地倒吸一口氣，指間的雪茄也落在了地上。

「誰——這是誰？」他結結巴巴地問。

「塞爾丹，就是從王子鎮逃跑的那個人。」

史坦波頓轉過頭來盯著我們，他臉色蒼白，但仍以極大的努力克制住慌亂失望的情緒。

「天啊！真令人吃驚！他是怎麼死的？」

「聽到尖叫聲時，我們正在沼澤裡散步，看來像是從岩石上摔下來折斷了脖子。

「我也聽到尖叫聲了，所以跑了出來，我在替亨利爵士擔心呢！」

「為什麼是亨利爵士？」我忍不住冒出一句。

「因為我曾建議他來我家一趟，但他沒來。所以當聽到沼澤中的叫聲時，我忍不住大吃一驚，為他的安危感到驚慌失措。」他的眼光從我臉上移向福爾摩斯，「除了叫聲，還有沒有其他聲音？」

「沒有。」福爾摩斯說，「你聽見什麼？」

「沒有。」

「那你為什麼這麼問？」

「哦，你總聽說過農民們謠傳的那隻魔鬼獵犬以及其他故事吧？傳說夜裡能在沼澤中聽見呢！當時我剛好在想，今晚能不能聽到這種聲音。」

「我們沒聽見類似的聲音。」我說。

「所以你們覺得這可憐蟲是怎麼死的？」

「我相信，焦慮和逆境把他逼瘋了。他肯定曾在沼澤中瘋狂奔跑，最後摔了一跤，扭斷了脖子。」

「這似乎是個合理的解釋，」史坦波頓嘆息道，我看得出他因此鬆了一口氣，「你是怎麼想的，夏洛克．

福爾摩斯？」

我朋友欠了欠身，以示還禮。

「你認人的眼力真不錯。」他說。

「華生醫生造訪之後，全村的人就知道你遲早會來。遺憾的是一來就看到了這齣悲劇。」

「沒錯，的確如此，我也確信我朋友的分析是合乎事實的。我明天只能帶著這悲慘的記憶回倫敦了。」

「哦，你明天就回去？」

「我是這樣打算。」

「我還期望你的來訪能破解一些謎團。」

福爾摩斯聳聳肩，表示無可奈何。

「我們的主觀願望並不是都能實現的。我們要調查的是事實，不是傳說和謠言。我得承認這件案子辦得不理想。」

我的朋友以他最坦率且漫不經心的神情講著。史坦波頓依舊專注盯著他，然後轉向我。

「我原本想提議把這可憐蟲抬到我家去，但那樣肯定會讓我妹妹驚恐不安，所以還是不要好了。假如能用東西遮蓋住他的頭部，我想暫時不會有事；等明早再想辦法吧。」

處理完後，我們謝絕了史坦波頓的熱情邀約，然後走回巴斯克維爾莊園去。我們回頭張望，看到生物學家那孤獨的背影在廣闊的沼澤中緩緩移向遠方；在他身後，蒼茫的山坡上的那個黑點，標示出了那個結局悲慘的傢伙所躺的位置。

13 佈網

「我們終於要揪出他了，」我們一起走過沼澤時，福爾摩斯說道，「這傢伙的神經可真強韌！殺錯了人，對任何人來說無疑都會是個沉重的打擊，但他卻能鎮定自如！在倫敦時，我就曾告訴過你，華生，現在我依然這麼想，他是我從未遭遇過的強勁對手。」

「我感到遺憾的是，他竟發現了你。」

「一開始我也這麼覺得，但這並不是我們能控制的。」

「他既然已知道了你在這裡，你認為他的計畫會有怎樣的變動？」

「他可能會更謹慎，也可能會狗急跳牆、不顧一切地立刻行動。與多數耍小聰明的罪犯一樣，他也許太自負了，而且以為我們被完全騙倒了。」

「為什麼我們不立刻逮捕他？」

「你天生就是急性子，親愛的華生，你的本性總促使你痛快俐落地去做事。我們可以設想一下，如果今晚他被捕了，對我們又有什麼用呢？我們根本無法證明他的罪行。他的手段如魔鬼般狡猾，假如他是利用別人來進行犯罪，我們多少還能找出一些證據；但僅僅憑著一隻獵犬，就想套住牠主人的脖子，那是行不通的。」

「我們當然有證據了。」

「連個影子也沒有捉到！只有推測與猜想。如果我們在法庭上出示這些證據跟傳說，是會被嘲笑著轟出來的。」

「查爾斯爵士的死無法作為證據嗎？」

「雖然我們都明白，他的確是被嚇死的，而且很清楚是什麼東西嚇死他的，但他身上並無任何傷痕。哪裡有獵犬的蹤影？牠的牙印呢？十二個陪審員怎麼會相信這點呢，我們都知道獵犬不會吃屍體，而查爾斯爵士又恰巧在那隻野獸追上前死去了。這之間的關係，我們都得找出證據支援，只是現在找不到。」

「難道今晚的事也證明不了？」

「今晚發生的事也好不了多少。跟上次一樣，狗與死人之間沒有直接關連。我們雖然聽見了牠的聲音，卻沒親眼見到牠，根本沒理由證明那東西跟在他的身後。不，不，我親愛的朋友，我們必須承認，我們尚未得出完整而合理的結論來，為獲取這樣的結論，我們值得再次冒險行動！」

「你認為該怎樣行動？」

「只要把實情向蘿拉．里昂太太講清楚，那我們就很有可能得到她的幫助。另外，我自己還有計畫。何必顧慮明天怎樣呢，管好今天就行了。不過，我希望明天就能佔上風。」

走在通往巴斯克維爾莊園大門的路上，他一直沉醉於冥想中，我再也問不出任何事了。

「你要進去嗎？」到了大門時，我問。

「對，我想沒必要再躲起來了。可是，華生，最後再提醒你一下：如果亨利爵士提到獵犬一事，就讓他相信塞爾丹的死因正是史坦波頓希望我們相信的那樣。這樣，他就有良好的心理去接受明天必須經歷的磨難。如果我沒記錯的話，你在報告中說過，他們約好了明天在史坦波頓家吃晚飯。」

「他們也約了我。」

「那你一定得找藉口回絕，他必須隻身前往，那樣才容易安排。現在，如果我倆錯過了晚飯時間，那就可以吃宵夜了。」

亨利爵士見到了夏洛克．福爾摩斯，與其說是驚奇，不如說是高興。他天天在盼望著，希望近來發生的事能促使福爾摩斯到來。可是，當他發現我的朋友既沒帶任何行李，也不作解釋時，倒感到很驚訝。很快地，我們就為福爾摩斯安排了所需的鋪蓋、床單之類的用品。趁著準備宵夜的空檔，我們挑出能讓從男爵知道的部分遭遇，詳細告訴了他。另外，我還負責通知巴里莫爾夫婦這一不幸的消息。對巴里莫爾而言，這件事也許大快人心，但巴里莫爾夫人得知後卻緊抓著圍裙痛哭失聲。

即使全世界的人都認為塞爾丹是殘暴的，是個魔鬼野獸參半的人，她的心中也永遠認為他還是幼時與她相處的那個抓著她手不放的任性男孩。這人也真是罪孽深重，就連死後替他哭喪的女人也沒有。

「華生清晨出門後，我整天在家都悶悶不樂，」從男爵說，「我想我該受到表揚，因為我信守了諾言。我曾接到史坦波頓的信，請我去他那裡；假如我沒有發誓過絕不單獨外出，那我就能度過一個愉快的夜晚了。」

「我相信，假如你真的去了，的確會很愉快。」福爾摩斯冷冷說道，「但是，我們不久前才因為誤認為你摔斷了脖子而痛不欲生呢，你知道了這點應該高興不起來了吧？」

亨利爵士吃驚地瞪大了雙眼：「怎麼了？」

「那個可憐的壞傢伙穿著你的衣服，恐怕是你的僕人送去的吧，警方說不定就快來找他的麻煩了。」

「也許不會，據我所知，那些衣服沒有任何記號。」

「那他可真走運——事實上你們都很走運。從法律的角度看，你們在這件事中都犯了罪。我敢說，一個公正無私的偵探首先就會逮捕你全家，華生的報告就是定你們罪的有力證據。」

「但我們的案子呢？」從男爵有些急了，「你有從這一堆亂七八糟的片段中理出頭緒來嗎？我覺得，我與華生到這裡以後，表現得並不聰明。」

「我想，再過不久就能理出頭緒來了。這件案子太撲朔迷離了，我們現在還有幾點不清楚，但相信很快就會明白了。」

「華生想必已經告訴你了，有一次，我們親耳在沼澤中聽到了那獵犬的叫聲，因此我敢發誓，那絕不是無稽的流言。我在美洲西部時，曾養過一陣子的狗，所以一聽就知道了。要是你能把牠戴上籠頭、鎖上鐵鏈的話，我就相信你是有史以來最偉大的偵探！」亨利爵士說道。

「只要有你的合作，我想我一定能給牠戴上籠頭、鎖上鐵鏈。」

「無論你要我怎麼做，我都願意。」

「好。我還要求你不要問原因，只要照吩咐做就行，絕對不要問原因。」

「都聽你的。」

「如果你能這麼做，那我們的小小麻煩很快就能解決，我相信——」

他的話說到一半忽然停住，凝視著我頭頂上方。他那專注安靜的神情在燈光照射下，彷彿一尊輪廓清晰的古代雕像，以及機警和期望的化身。

「什麼東西？」我和亨利幾乎同時從椅子上彈了起來。

當他的眼神下移時，我看出他正抑制著內心的激動，表面上依舊鎮靜自如，可眼睛裡滿是勝利的喜悅。

「請原諒鑑賞家的好奇吧！」他說著指向對面牆上掛得滿滿的肖像畫，「華生絕不會承認我懂藝術的，但那只是嫉妒，因為我們對同一件作品的見解總是大相逕庭。啊！這些人物肖像真是棒極了。」

「哦，很高興聽你這麼說，」亨利爵士說著，以一種訝異的神情看了我的朋友，「我對馬或是閹牛也許更在行一些，但對這些東西，我不敢妄加評論。我不知道你竟有閒情逸致研究這些玩意兒。」

「我一眼就能看出它的好，現在就看出來了。我敢說那張是奈勒的手跡，就是那幅穿著藍綢衣的女士畫像；而那幅戴著假髮的胖紳士像則肯定出自雷諾斯之手。這些都是你家族的畫像吧？」

「是的。」

「你知道他們的名字？」

「巴里莫爾曾詳細介紹過，我想我應該還能記得。」

「那位拿著望遠鏡的紳士是誰？」

「是巴斯克維爾海軍少將，他在西印度群島的羅德尼麾下任職。那位身穿藍色外套，手握一卷紙的是威廉·巴斯克維爾爵士，他在皮特擔任首相時間當過下議院的委員會主席。」

「還有我對面的騎士——披黑天鵝絨斗篷、掛黃色綬帶的這位呢？」

「哦，你該認識他——品行惡劣的雨果，一切災難的根源。我們不會忘記他的，他就是巴斯克維爾獵犬的傳說中的主角。」

我也極感興趣並有些驚奇的望著那張肖像。

「天哪！」福爾摩斯說，「他表面上的確是個態度溫順而慈祥的人，但他眼中卻暗藏著乖戾的神氣。我曾以為他比這更殘忍、粗魯呢！」

「這張畫像的真實性是無庸置疑的，畫布的背面清楚地寫著姓名及年代——一六四七。」

福爾摩斯不再說什麼，可是那個酒鬼的肖像似乎對他有著某種魔力，直到宵夜時，他的眼光還不斷地在那上面來回掃視。直到亨利爵士回房休息後，我才搞清楚他的想法。他高舉著臥房裡的蠟燭，再次領我回到宴會廳，燭光在褪色的畫像上晃動著。

「你能從畫中看出什麼嗎？」

我望著鑲嵌著羽毛裝飾的寬邊帽、有白花邊點綴的領圈，以及額邊下垂的捲曲髮梢中的那張乾癟嚴肅的臉，雖看不出暴戾的跡象，卻也顯得粗魯、冰冷和嚴峻。那細薄生硬的嘴唇緊閉，與那雙冷漠頑固的眼睛呼應著。

「是不是像某個你認識的人？」

「下巴部分有點像亨利爵士。」

「這樣說或許也對，不過你等著看！」他站上一把椅子，左手高舉著蠟燭，右臂彎曲著將寬邊帽和下垂的髮梢遮了起來。

「我的天哪！」我驚叫出聲。

那根本就是史坦波頓的臉！

「哈，看出來了？我的雙眼久經磨練，在觀察一副容貌時，絕不會受到附加飾物的干擾。罪犯偵察員的基本技能之一，就是能識破偽裝。」

「但這實在太神奇了，簡直就像他本人的畫像呢！」

「是啊，這確實是個隔代遺傳的典型例子，同時體現到精神與肉體兩方面。研究家族肖像對於投胎轉世之類的說法極有說服力。顯然，他也是巴斯克維爾家族的人。」

「而且計畫奪取繼承權。」

「正是如此，這幅畫像剛好為我們提供了一條迫切需要的資訊。我們逮到他了，華生，我們逮到他了！我敢發誓，不用到明晚，他就會像被他捉住的蝴蝶那樣，在我們撒下的網中絕望地掙扎。只需一根針，一段軟木和一張卡片，就能把他陳列在貝克街的標本室裡了。」

他縱聲大笑地跳下椅子。他不常笑，不過一旦他笑起來，就意味著有人要倒大楣了。

第二天我起得很早，福爾摩斯卻比我更早。我還在更衣時，就看見他正沿大路外出回來了。

「嘿，今天我們得大幹一場！」想到即將來臨的行動，他激動地搓著雙手，「網撒好了，就只差收網了。究竟是我們會捉住這條尖嘴梭魚呢？還是它會從網眼中溜掉呢？今天就能見分曉了。」

「你去了沼澤？」

「我到格林潘發了一封關於塞爾丹之死的報告給王子鎮。我敢發誓，你們之中再也不會有人為此心煩了。我還聯絡了我忠實的小卡特萊特，如果他無法確定我是安全的話，一定會像隻忠實的小狗守墓一樣，在那小屋旁憔悴而死。」

「接下來怎麼做？」

「得找亨利爵士商量。哦，他過來了。」

「早安，福爾摩斯，」從男爵說，「你就像位正和參謀長策劃戰術的將軍。」

「一點都沒錯，華生在向我請命呢！」

「我也是來聽你安排的。」

「好極了。據我瞭解，你們的朋友史坦波頓約你今晚去吃飯吧？」

「我希望你也一起去。他們很好客，我相信他們一定很高興見到你。」

「恐怕我與華生必須回倫敦一趟。」

「回倫敦？」

「是的，這時候回倫敦應該比待在這裡更有用。」

看得出亨利爵士有點不高興。

「一個人單獨住在這樣的莊園和沼澤中可不輕鬆啊！我希望你能看著我走過這一關。」

「我親愛的朋友，你一定要無條件地信任我，徹底地照我的吩咐去做。你可以告訴你的朋友，我們很願意與你同行，可是有件急事使我們不得不立刻回城。我們希望能儘快回來，你能替我們傳達這個口信嗎？」

「如果你堅持的話。」

「我別無選擇，只能如此。」

從男爵雙眉緊鎖。我看得出，他為了我們棄他不顧感到十分不悅。

「你們打算何時動身？」他冷冷地問。

「早餐後立刻走。我們先坐車去庫姆崔西，但華生會留下行李，作為要回來的保證。華生，你應該留封信給史坦波頓，向他解釋並表示歉意。」

「我真想與你們一起回倫敦。」從男爵說，「我何必孤獨地待在這裡？」

「這是你的職責。你答應過要照我的吩咐去做，所以我要求你留在這裡。」

「好吧，我留下來。」

「還有一個任務！我希望你坐馬車去梅利皮特，然後打發馬車先回來，讓他們知道你準備步行回家。」

「走過沼澤？」

「對。」

「但這可是你一直叮嚀我不要做的事啊！」

「我保證，這回你會安然無事。要是對你沒有絕對的信心，我也不會如此建議。最重要的是，你一定要照做！」

「那我就照做吧。」

「如果你愛惜生命的話，在穿越沼澤時，不要走別的路，只能選擇從梅利皮特直達格林潘的那條路，那是你回家的必經之路。」

「我一定照你的吩咐去做。」

「很好。我想我們吃完飯後越早動身越好，那樣今天下午就能到倫敦了。」

雖然我也記得福爾摩斯昨夜對史坦波頓說過，他的來訪即將在第二天結束，但這個計畫還是令我吃驚不已，我怎麼也想不到他會拉我一起走。我無法理解，我們怎麼能在他親口說過的最危險時刻全都離去呢？然而，我除了絕對服從也別無他法，就這樣，我們告別了惱怒的朋友，在兩小時內到了庫姆崔西車站，然後打發馬車離開，有個孩子正在月台上等著我們。

「先生，有何吩咐？」

「你就坐這班車回城，卡特萊特。你一到站，就以我的名義發一封電報給亨利．巴斯克維爾爵士，告訴他如果發現了我遺忘在他那裡的筆記本，請用掛號方式寄回貝克街給我。」

「好的，先生。」

「現在你先去車站郵局問問是否有我的信。」

不一會兒，那孩子便拿著一封電報回來了，福爾摩斯看後遞給了我。上面寫著：

收到電報。已帶空白拘票前往，預計五點四十分到。雷斯垂德

「這是對早晨我發出電報的回應。我覺得他是最能幹的公家偵探，也許我們需要他協助呢！哦，華生，我們最好趁機去拜訪一下你的熟人蘿拉．里昂太太。」

他的戰鬥開始了，原來他是想透過亨利爵士使史坦波頓夫婦確信我們已經離開，事實卻是我們隨時能出現

在需要我們的地方。假如亨利爵士能提到倫敦的來電，那就能完全打消這對夫婦的疑心。我似乎看到了圍著那條尖嘴梭魚的網正慢慢收緊。

蘿拉．里昂太太正在辦公室裡，夏洛克．福爾摩斯單刀直入，使她大吃了一驚。

「我正在調查關於查爾斯爵士死亡一案，」他坦誠地說，「我的朋友華生醫生已把你的談話內容向我報告了，同時指出，你在這件事上有所隱瞞。」

「我隱瞞了什麼？」她挑戰式地回敬道。

「你已經承認，你與查爾斯爵士約好十點鐘在那門口見面。我們知道，那正是他死亡的時間與地點，你隱瞞了這之間的關連性。」

「它們並沒有關連性！」

「那樣的話，這也真是太神奇的巧合了。但是，我認為一定能找出其中的關連性。里昂太太，我老實跟你說吧，我認為這是謀殺！根據已掌握的資訊分析，不只是你的朋友史坦波頓，就是他的妻子也很可能受到牽連。」

女士突然地從椅子上蹦了起來。

「他的妻子？」她驚叫起來。

「這不再是個秘密，那名所謂的妹妹實際上是他的妻子！」

里昂太太重新坐下，她緊抓著扶手，粉紅的指甲變得慘白。

「他的妻子！」她重複道，「他的妻子？他還是個單身漢啊！」

夏洛克．福爾摩斯同情地聳了聳肩。

「證據呢！拿出證據啊！如果你敢這麼說——」

她的眼裡閃爍著的光說明了一切。

「我就是來讓你看證據的，」福爾摩斯說著從口袋裡抽出幾張紙片，「這張是他們夫婦兩人四年前在約克郡拍的照片，背面有『范德勒伉儷』的字樣。你不難認出他，如果見過他妻子的話，你也不難認出她。這三份有關范德勒先生與夫人的資料來自幾位可靠證人，他當時辦了一所名為聖奧立佛的私立小學。讀一下，看看你是否還懷疑他們的身份。」

她看看合影，又看看我們，冷漠無情的臉上出現極端絕望的神態。

「福爾摩斯先生，」她說，「這個男人曾提議，只要我與丈夫離婚，他就會娶我。這個壞蛋從沒對我說過實話，為了欺騙我，他什麼手段都用上了。這是為什麼？為什麼呢？我一直以為這全是為了我好。現在我明白了，我只是他的工具。他從不曾對我動過真情，我為什麼還要對他忠誠呢！我為什麼還要替他遮掩，使他逃脫應得的懲罰呢？請你儘管問，我不會再有絲毫隱瞞。不過，我對你發誓，老紳士是待我最好的朋友，我寫信時，絕對沒想過會傷害他。」

「我完全相信你，夫人，」夏洛克．福爾摩斯的語調相當誠懇，「讓你重新敘述這些事情，想必會相當痛苦。就由我先陳述一遍吧，然後請你檢查其中是否有重大錯誤，也許你會好過些。那封信是史坦波頓叫你寫的吧？」

「他口述，由我下筆。」

「我想，他的理由是，你能因此得到查爾斯爵士的資助，作為你離婚訴訟的費用？」

「正是這樣。」

「你送出信後，他又阻止你前去赴約？」

「他說，讓別人掏錢會損害他的自尊心。還說，他雖然窮，但也不惜花掉自己最後一分錢，來掃除我們之間的障礙。」

「他可真是言行一致。後來，除了報上有關那次死亡的報導外，你沒有再聽說什麼吧？」

「是的。」

「然後他要你發誓，絕不說出與查爾斯爵士約會一事？」

「是的。他說這樁命案頗有蹊蹺，如果有人知道了這場約會，我一定會受到牽連。因此我嚇得不敢吭聲。」

「說的也是。但你也懷疑過他對吧？」

她猶豫了一下，低下了頭。

「我很瞭解他，」她說，「但是只要他真誠對我，我也會永遠對他忠誠。」

「我認為，整體來講你算得上幸運，」夏洛克．福爾摩斯說，「他知道自己的把柄落在你的手中，但你卻還好端端的活著沒被殺害，你的生命這幾個月一直徘徊在懸崖邊呢！現在我們必須告辭了，里昂太太，不久後你就能再次聽到我的消息。」

破案的準備工作算是一切就緒，我們眼前的難題一個個迎刃而解。當我們在等候城裡來的火車時，福爾摩斯說：「不久後，我就能寫出一部最驚心動魄的犯罪小說來。研究犯罪學的學生們會記得一八六六年發生在小俄羅斯加德諾地區的類似案件，以及發生在北卡羅來納州的安德森謀殺案。但是眼前這樁案件卻有與其他案件迥異的特點。雖然我們目前還沒掌握能制伏這個狡詐傢伙的確鑿證據，但如果到了今晚睡前還搞不清楚，那才是件怪事呢！」

倫敦來的快車轟鳴著駛進了車站，從一節頭等車廂中跳出一個像虎頭犬般矮小壯實的人。我們三人握了手。從雷斯垂德看我朋友的恭敬眼神中，我看出他與福爾摩斯合作以來，學會了很多東西。我還清楚地記得這位理論家嘲諷這位實務家時用的那套原理。

「有好消息嗎？」他問。

「近年來最大的一件事，」福爾摩斯說，「離行動還有兩小時，我們可以利用這段時間吃晚飯。飯後，就讓你去感受一下達特穆爾晚間清爽的空氣，雷斯垂德，以趕出你喉管裡的倫敦霧氣，你從沒去過那裡吧？哦，那太好了！我想你是不會忘記這次初訪的。」

14 巴斯克維爾獵犬

福爾摩斯有一個缺點，假如那也算是缺點的話；那就是在成功前，他很不樂意把整個計畫告訴任何人。無庸置疑，一部分是因為他生性高傲，喜歡支配一切並使周圍的人們為之驚訝；另一部分是出於工作的要求，他從來就不會無謂地冒險。這麼做常讓他的委託人和助手感到非常苦悶，我曾有過不止一次這種經歷，但從不像現在這樣難受，竟在黑暗中坐了如此漫長的車。我們的行動已經到了最後的關鍵時刻，面臨著極嚴峻的考驗，而福爾摩斯卻沉默不語，我只能武斷地推測他的行動方向。車道兩旁漆黑一片，四周空無一物。一陣寒風拂過兩頰，我才發現已到了沼澤。即將發生的一切，讓我每根神經都為之而興奮，馬蹄每移動一次，車輪每轉動一周，我們離冒險的顛峰就更近一程。馬車伕是雇來的，我們無法暢所欲言，只能不著邊際地閒聊，但我們每個人的神經都因激動和渴望的焦慮而緊繃著。當經過法蘭克蘭的家，離莊園——也就是出事地點不遠時，我們才稍微安心，我的心情也開始舒暢了。我們在靠近車道的大門處下了車，付過車錢，打發馬車伕返回庫姆崔西後，就徑直向梅利皮特走去。

「你有武器嗎？雷斯垂德？」

矮個兒偵探微微一笑。

「只要我穿著褲子，屁股後面就一定有個口袋，既然有口袋，那我就一定要裝點什麼。」

「很好！我和我的朋友也作好了應急準備。」

「你的口風好緊啊，福爾摩斯先生。現在要做什麼？」

「慢慢等吧。」

「要我來說，這可不是個令人愉快的地點，」偵探望向四周陰暗的山坡和格林潘泥潭上積成的霧海，不禁打了個寒顫，「我看見了前面一所屋裡的燈光。」

「那是梅利皮特宅邸，也是我們此次的旅程終點。現在我要求你們踮著腳走，說話也只能耳語。」

我們繼續沿小徑前行，可是離房子大約還有兩百碼時，福爾摩斯叫住了我們。

「就待在這裡，」他說，「右邊的這些山石是絕佳的掩護。」

「就在這裡等嗎？」

「對，我們將在此伏擊。雷斯垂德，你到這條溝裡來。華生，你曾進去那間屋子，是吧？你知道各個房間的位置嗎？那一端的幾個格子窗是什麼？」

「我想是廚房。」

「再往後一點，很亮的那間呢？」

「想必是餐廳了。」

「百葉窗是拉開的，你最熟悉這裡的地形。悄悄靠上去，看他們在幹什麼，但千萬別讓他們發現。」

我順著小徑輕輕走過去，縮在一堵矮牆後面，矮牆周圍是一片營養不良的果樹林。我藉著陰影換了個位置，能直接望進沒放下窗簾的窗口。

屋裡只有亨利爵士和史坦波頓二人相對而坐，側面恰好對著我。兩人吸著雪茄，面前的圓桌上放著咖啡和葡萄酒。史坦波頓談興正濃，從男爵卻臉色蒼白、心不在焉，也許在為即將孤身穿越那不祥的沼澤而擔憂。

就在這時，史坦波頓忽然起身離開了房間，同時亨利爵士又斟滿了酒，口吐著煙霧，無奈地靠向椅背。門「吱咯」一聲響，接著是一陣皮鞋踏著石子路發出的清脆響聲，我聽著腳步聲走過了我所隱蔽的牆體另一側的小路。越過牆望去，生物學家在果樹林一角的小屋門口停住，掏出鑰匙開了門，走了進去，緊接著裡面傳出一陣奇怪的扭打聲。大約一分鐘左右，我又聽見鎖門聲，接著他順原路返回屋裡。我看到他重新與客人聚在一起，於是便悄悄地回到了伙伴們身邊，敘述了我見到的情況。

「華生，你是說那女士不在？」聽完報告後，福爾摩斯問。

「是的。」

「那她會去哪裡?除了廚房，其餘房間都沒燈光啊!」

「我不知道。」

這時，我曾描述過的格林潘泥潭上堆積的那種濃霧，正向我們這邊擴散積聚著，彷彿在我們旁邊豎起一道矮厚的牆，界線分明，月光下恰似一片閃閃發光的冰源，遠方尖尖的岩崗就像刺破冰源的岩石。福爾摩斯轉過身去，望著那正在蔓延的濃霧，焦慮地嚷著：

「它正往這邊來，華生!」

「很嚴重嗎?」

「很嚴重，也許會破壞我的計畫。他不能待得太久，已經十點了。我們能否成功，能否保護他，都取決於他能否在濃霧覆蓋小路前出門。」

在我們頭頂上，夜空皎潔安祥，繁星泛著冷光，彎彎的月兒高懸空中，整個沼澤沉浸在朦朧柔和的清輝中。在我們前方的那團黑影便是那幢罪惡的房屋，皎潔的夜空襯托出了它那鋸齒形的屋頂和突出的煙囪。幾道寬闊的金黃色燈光衝出下面那些敞開的窗戶，直射向果樹林和空曠的沼地。其中一道光突然間熄滅，表明僕人們已經離開廚房；剩下的那間飯廳裡，明亮的燈光下兩人還在抽著雪茄閒聊；一個是蓄意謀殺的主人，另一個是毫不知情的來客。

濃霧白色像一大片羊毛，又遮蓋了一半沼澤，而且正一步一步地逼近房屋。淡淡的霧氣飄浮在射出金黃色燈光的方窗前。果樹林後的那道牆已看不見，但樹梢依然清晰地立在白色霧氣上。在我們觀望的時候，濃霧已經滾滾升上屋角，堆積成了一堵厚厚的牆體，二樓像艘怪異的船浮在可怕的海面。福爾摩斯焦急地拍打著面前的岩石，煩躁地跺著腳。

「如果十五分鐘內再不離開，這條小路就要被掩蓋了，再過半小時，就會伸手不見五指了。」

「我們要不要退到一個較高處?」

「好，我想那樣比較好。」

就這樣，當濃霧滾來時，我們就往後退，一直被逼退到離房屋半哩遠處。即便如此，那月光照耀著的乳白色海洋，依然緩慢而堅定地向我們這邊擴散。

「太遠了，」福爾摩斯說，「他會在靠近我們前被追上的。我們不能冒這樣的危險，不惜任何代價也要守在這裡。」他跪下來貼地傾聽，「感謝上帝，我想是他走過來了。」

一陣急促的腳步聲打破了沼澤的沉寂，我們蹲在亂石間，全神貫注地盯著前面那道上端反射著月光的霧牆。腳步聲慢慢變大，我們等待的那個人像走在朦朧的簾幕中似的穿過了濃霧，站在星光燦爛的夜空下，他驚恐地環顧一下周圍，便順著小路急速走來，經過我們藏身處附近後，直奔向我們後面那漫長的山坡。他邊走邊慌忙地回頭張望。

「噓！」我聽見了福爾摩斯扳開槍機的清脆聲音，「注意，牠來了。」

輕輕的叭嗒聲不斷從緩緩前移的霧牆中傳來，濃雲般的白霧離我們不到五十碼了，不知道會從那裡蹦出什麼可怕的怪物，我們三人瞪大眼睛緊緊注視著。我恰好蹲在福爾摩斯肘旁，我看見他蒼白面孔透著狂喜的神色，兩眼在月光下閃著光。忽然，他盯住前面某處，驚訝得張大了嘴。就在那時，雷斯垂德恐怖得尖叫著伏倒在地。我猛跳起來，已變得有些僵硬的手指握緊了手槍。霧影中那個形狀恐怖的東西正竄向我們，我嚇得魂飛魄散。那確實是隻獵犬，是隻漆黑如炭的龐然大物，並不是人們常見的那種，牠張著的口腔中噴出火苗，眼睛亮得似乎也在冒火，嘴、頸毛及脖子下面都閃著光。那張從濃霧中竄出的黑色身軀和猙獰的狗臉，即使在一個瘋子最荒唐的夢中也找不出來。

那隻龐大的黑色怪物跨著大步，沿小路飛奔而去，緊追著我們的朋友。這個幽靈嚇得我們的神經都麻木了，還沒清醒過來，牠就已經從我們面前跑過了。後來，我與福爾摩斯同時開了槍，那東西痛苦地哀嚎了一聲，表明牠至少挨了一槍。可是牠沒有停下，仍舊飛奔向前。遙遠的小路上，我們望見亨利爵士正回頭張望，恐怖地揚著手，月光下，他的臉蒼白如紙，絕望無助地瞪著那個對他窮追不捨的東西。

獵犬那聲痛苦的吼叫，使我們的恐懼消失得無影無蹤。既然牠是有弱點的，也一定殺得死；而既然我們能傷了牠，也一定能殺了牠。我們迅速向前追去，我從沒見過有人跑得比那晚的福爾摩斯還快。我一向被人稱為飛毛腿，但他竟像我超越矮小的公家偵探般輕易地把我拋在了後頭。當我們飛奔前進時，我們聽見了亨利爵士驚恐不斷的呼救聲和獵犬低沉的吼聲。當野獸猛竄起撲倒從男爵，正要咬他的喉嚨時，我們恰好趕到。在這緊急關頭，福爾摩斯對著那傢伙的側腹一氣射光了手槍裡所有的五發子彈。那隻狗向空中惡狠狠地咬了一口，發出最後一聲慘叫，就仰面倒下，在瘋狂地亂蹬一氣後，便側著身癱軟不動了。我喘著粗氣彎下腰，用手槍抵住這恐怖的發著淡藍光的狗頭，可是巨大獵犬已經斃命，用不著再扣扳機了。

亨利爵士已失去知覺，靜靜倒臥在原地。我們解開他的衣領，福爾摩斯見他身上並無傷痕，竟感激地禱告起來。搭救還算及時，我們都鬆了口氣。我們的朋友眼皮開始跳動了，他掙扎著想動一動。雷斯垂德把他的白蘭地酒瓶塞進從男爵口中，這一招果然管用，從男爵睜開了驚恐的雙眼看著我們。

「天哪！」他喃喃自語，「那是什麼？到底是什麼？」

「牠死了，不用管那是什麼了，」福爾摩斯說，「我們已永遠地消滅了你家的幽靈。」

那隻可怕生物的屍體就躺在我們面前，四肢伸開，光是牠的體積和具有的力量就足以令人生畏了。牠不是純種獵犬，也不是獒犬，倒像是二者的雜交種，外貌兇悍恐怖，而且大如牝獅，即使是牠死了之後，那張開著的血盆大口彷彿仍向外噴射著藍色的火焰，小小的深陷而殘忍的眼睛四周閃亮著一圈火環。我碰觸牠發光的嘴，舉起手來，手指竟也在黑夜中閃著光。

「磷光。」我恍然大悟。

「一個狡猾的詭計，」福爾摩斯聞了聞死狗說，「但還不足以影響牠的嗅覺。我得向你道歉，亨利爵士，竟讓你經受如此驚嚇。我原以為只是來捉一隻普通獵犬，而非這麼誇張的。濃霧也使我們未能及時攔住牠。」

「你救了我的命。」

「但卻讓你冒了這麼大的險。你能站起來嗎？」

「再讓我喝口白蘭地就什麼都不怕了。現在，先扶我起來吧，你打算怎麼做？」

「你待在這裡就好。你今晚不適合再進一步冒險了。如果你肯等一下，我們之中會有人陪你回莊園的。」他掙扎著試圖站起來，可他依然蒼白無力，四肢也哆嗦著。我們扶他到一塊石頭旁坐下，他用顫抖的雙手捂住了臉。

「我們必須先把你留在這，」福爾摩斯說，「還有一些剩下的事必須完成，每一分鐘都很寶貴。我們已掌握了充分的證據，現在只等著去抓人了。」

「只有千分之一的機會能在屋裡找到他，」當我們沿著小路迅速返回時，他接著說，「那些槍聲已通知他陰謀敗露的事實。」

「我們當時已經離開很遠了，而且濃霧也可能阻隔了槍聲。」

「他一定是跟在獵犬後面，以便指揮牠，你們可以相信這點。不，不，他現在已經逃了。可是我還是得搜查一遍，以防萬一。」

前門是敞開的，我們一湧而入，匆忙地逐一搜索著房間，在走廊裡遇見了那驚慌失措的衰老男僕。除了飯廳外，簡直一片漆黑。福爾摩斯急忙點上燈，找遍了每一角落，但絲毫沒有那人的蹤影，最後發現二樓上有一間被上鎖的寢室。

「裡面有人！」雷斯垂德喊道，「我聽見裡面有聲音，把門打開！」

微弱的呻吟和沙沙聲從裡面傳出來。福爾摩斯一腳把門踹開，我們三人握著手槍衝了進去。

但是房裡沒有我們要找的那個膽大妄為的壞蛋，卻是一件意想不到的奇特物體，我們全愣住了。

這個房間被佈置成一個小型博物館，四周牆壁安裝著一排帶玻璃蓋的小匣，裡面全是蝴蝶與飛蛾的標本，那個陰險狡詐的危險分子就是以此為樂。屋子正中豎著一根木樁，用來支撐橫貫屋頂卻被蟲蛀蝕了的樑木。木樁上綁著一個人，一條手巾繞著脖子繫在背後的木樁上，另一條手巾蒙住了大半張臉，只露出兩隻黑眼睛；眼裡充滿痛苦與恥辱，並帶著可怕的疑慮盯著我們，我暫時無法分辨是男是女。不一會兒，我們解開了綁住那人的東西，美麗的史坦波頓太太倒在了我們面前。她的頭垂在胸前時，我看見她脖子上有一道清晰的紅色鞭痕。

「這畜生！」福爾摩斯喊道：「喂，雷斯垂德，你的白蘭地呢？把她放到椅子上！殘酷的虐待和體力的透支已讓她昏過去了。」

她微微睜開了眼睛。

「他安全嗎？」她低聲問，「他逃脫了嗎？」

「他逃不出我們手掌心的，夫人。」

「不，不，我不是指我丈夫，亨利爵士怎樣？他安全嗎？」

「他很安全。」

「那隻獵犬呢？」

「死了。」

她滿意地吁了一口氣。

「感謝上帝！感謝上帝！噢，這個惡棍！看看他是怎樣對我的！」她猛地拉起袖子，露出了傷痕累累的手臂，我們簡直嚇呆了。

「但這都不算什麼，不算什麼！我的心靈被他玷汙了，受到了非人的折磨！只要我還幻想著他依然愛我，那麼無論是虐待、寂寞、撒謊或者是其他，我都能忍受。但現在我明白了，我既被他欺騙，又被他當成工具。」她說著不禁失聲痛哭。

「你已對他不抱幻想了，夫人，」福爾摩斯說，「那麼請告訴我們，他可能去了哪裡，如果你曾助紂為虐的話，那現在就來將功贖罪吧。」

「他只會去一個地方，」她回答道，「泥潭中心的一個小島上，有座舊錫礦，獵犬就被藏在那裡，他還在那裡做好了躲藏的準備，他一定會逃到那裡。」

羊毛般雪白的濃霧在窗外翻滾著，福爾摩斯提燈走向窗前。

「看，」他說，「誰也別想在今晚安全地走進格林潘泥潭。」

史坦波頓太太聽了，拍手狂笑，眼睛和牙齒都在閃動著可怕的光芒。

「他也許能走進去，但絕不可能活著出來了。」她喊叫著，「這樣的夜晚，他要怎麼看見那些木棍標識呢？那是我們一起插上，用來標示穿越泥潭的小路的。啊，如果我能把它們全部拔光該有多好啊！你就可以任意處置他了！」

顯然，在霧氣消散前，追捕很難有結果。當時，雷斯垂德被留下來看守房子，福爾摩斯和我陪從男爵回到了巴斯克維爾莊園。不能再對他隱瞞有關史坦波頓一家的真相了，當他瞭解到他深愛的女人的真相時，竟勇敢地承受了這個打擊。可是夜裡所受的驚嚇嚴重影響了他的心靈，快天亮時他開始發高燒，昏迷在床上，莫蒂默醫生被請來照顧他，他們決定在亨利爵士完全康復前先去環遊世界。他在繼承這份伴隨災難的財產前，可是個精力旺盛的人啊！

現在，這個奇特的故事就要結束了，我想讓讀者也在故事裡體會一下那些恐怖與猜測的心理。這些東西曾長期給我的心靈罩上陰影，而真相大白時又如此淒慘。第二天清晨，霧散了，史坦波頓太太領著我們找到了穿越泥潭的那條小路。看著她急切追蹤丈夫時的喜悅神情，我們不難想像她過去黑暗的生活。我們讓她留在一個半島般堅硬狹長的泥煤地。這塊地越來越窄地伸向泥潭，盡頭處便東一根西一根地插著木棍。木棍所標明的小路從這堆亂樹叢猛轉到另一堆亂樹叢，曲折地蜿蜒在浮著綠沫的水窪和臭氣薰天的泥坑間。路旁鬱鬱蔥蔥的溼滑水草及繁茂的蘆葦那濃濃的腐爛氣息撲鼻而入。這樣的路，無論如何一般人是過不去的。我們不只一次失足陷進沒膝的汙濁泥沼中，就像有一隻罪惡的手死命想把我們拖入地獄深處，而且是那樣堅定地緊抓不放，等我們走出了數碼之遠，那些泥依舊緊拖住我們的腳跟。僅僅一次，我們發現黏土上的一堆草叢中露出一件黑色的東西，表明在我們之前曾有人走過這條危險的小路。福爾摩斯向旁邊邁了一小步想抓住那東西，卻立即陷入泥潭直至腰，如果不是我們拉他出來，那他永遠別想再站到堅硬的陸地上了。他舉起一隻黑色的高統靴，裡面印著「麥爾斯．多倫多。」

「這泥漿浴洗得有價值，」他說，「這就是亨利爵士失蹤的皮鞋。」

「毫無疑問，是史坦波頓逃亡時遺落的。」

「沒錯，獵犬聞了鞋味追蹤而去時，鞋還在他的手中。當他知道事跡敗露而逃跑時，仍緊抓在手上，途中才掉在這裡。我們知道，至少到這裡為止，他還是安全的。」

雖然可以這樣推測，但事實上，我們永遠無法知道更多的情況了，沼澤裡根本無法留下腳印，上冒的泥漿會很快地煙滅一切痕跡。走過最後的小路，重新踏上堅實的土地時，我們就都急不可待地尋找起腳印來，可是並沒有發現絲毫的痕跡。如果大地沒有說謊，那麼肯定是史坦波頓昨夜在濃霧中掙扎著想穿越泥潭時並未成功，格林潘泥潭中心的某個大泥淖骯髒的黃泥漿吞噬了他，永遠埋葬了這個殘酷冷血的傢伙。

這個他隱藏凶猛伙伴的小島四周被泥潭環繞，島上留有許多痕跡。被丟棄的大駕駛盤和半滿的垃圾坑說明這裡曾是個礦坑，破敗的礦工小屋就在旁邊，採礦人無疑是被泥潭的惡息薰跑的。我們在其中一間小屋裡，發現了一只馬蹄鐵、一條鐵鏈以及一些啃過的骨頭，這就是那隻野獸待過的地方。在斷垣殘壁間，另有一具骨架，還黏著一團棕色的毛。

「是狗！」福爾摩斯說，「天啊，是捲毛長耳獵犬，可憐的莫蒂默再也看不到他的寵物了。嗯，再也沒有我們不明白的問題了。他能夠把獵犬藏起來，卻無法讓牠閉嘴，所以才有了那些叫聲，甚至白天也拚命地叫。必要時，史坦波頓可以把獵犬關在梅利皮特宅邸外的小屋中，但這樣非常冒險，所以必須等到他認為一切就緒時才敢這麼做。那個罐頭裡的漿糊應該就是磷的混合物，他把它塗在獵犬身上。之所以要塗上這些東西，是受了傳說的啟發，並存心要嚇死查爾斯爵士。難怪連那惡鬼般的逃犯在黑暗見到這樣發光的傢伙跟在後面，也不禁像我們的朋友那樣尖叫逃竄起來，是我們說不定也會有同樣的反應。這個陰謀確實狡詐，不僅可置人於死地，還能使農民不敢深入調查。在沼澤裡有很多人見過它，但誰敢去追根究柢？我在倫敦曾經說過，華生，現在我還是要說，在我們搜查的罪犯中，沒有比他更危險的了。」他對著散佈著綠跡的廣袤而斑爛的泥潭揚起長長的手臂，泥潭伸向遠方，直至與赤裸的沼地山坡連成一片。

15 回顧

已經十一月底了，晚上寒冷而多霧，我與福爾摩斯坐在貝克街寓所的起居室裡，熊熊的爐火烘暖了整個房間。那時，在處理完德文郡那樁結局悲慘的案件後，他又辦了兩件最重要的案子。第一件案子揭發了阿波伍德上校在有名的「極品俱樂部」紙牌作弊案中的醜行；第二個案子保護了不幸的蒙彭席耶太太，使她免於背負謀害親夫與前妻女兒卡萊兒小姐的罪名，這個年輕的小姐在事件發生後六個月依然活著，而且結了婚，並移居紐約。我的朋友為取得這一連串困難而重要的案件的勝利而神采奕奕，促使他談到了巴斯克維爾一案的神奇詳情。他一向是不允許各案相擾的，以免分散了他對目前工作的注意力，所以我一直在等待著這個難得的機會。亨利爵士和莫蒂默醫生為了恢復爵士深受刺激的神經，正準備出發作環球旅行，因此剛好也在倫敦。那天下午，兩人前來拜訪，我們便很自然地提到了這個案件。

「事情的全部經過，」福爾摩斯說，「對我們而言，似乎繁雜異常，但對於自稱為史坦波頓的他，卻是十分簡單的。起初，我們不知道他的動機，甚至對於事實也只察覺冰山一角。我已經和史坦波頓太太談過兩次，這個案件應該是完全清楚了，不應該還有其他的未解之謎。你可以在我的案件統計冊裡的B欄中查到幾條與此案有關的摘要。」

「也許你願意憑記憶回顧一下此案。」

「當然，但是高度集中的思想很可能沖掉一些細節，我不保證能想起全部事實。正在處理案件的律師能就本案的問題與專家辯論，但訴訟後一兩個星期就會全忘了。我也一樣，後面的案件不斷替換了以前的記憶，卡萊兒小姐一案使我對巴斯克維爾莊園案變得印象模糊了。也許明天又會來個小案子代替了美麗的法國姑娘與阿波伍德兩案。可是我很樂意盡量準確地告訴你們有關獵犬案的實情，如果漏掉了什麼，你們可以補充說明。」

「經過調查，我證實了巴斯克維爾家的畫像沒騙人，那傢伙的確是巴斯克維爾家的人，他就是傳說中狼狽逃到南美洲而死的查爾斯爵士之弟羅傑．巴斯克維爾的兒子。他不旦沒死，而且還結婚生子。孩子與父親同名，娶了哥斯大黎加美人貝莉兒．賈西亞。夫妻倆竊取了一批鉅額公款後，便改名范德勒逃往英格蘭。他在約克郡東部辦了一所小學，之所以選擇這樣的行業，是因為他在航行途中結識了一位身患肺病的家庭教師，他本想藉著這名教師的能力取得成功，然而，佛瑞哲——也就是那名家庭教師，不久後就死了，使得原本就風評不佳的學校更加雪上加霜。我從大英博物館得知，范德勒在昆蟲學界還是公認的權威呢！他在約克郡首先發現的那種飛蛾甚至以他的名字命名。但夫婦兩人還是覺得最好改姓史坦波頓，於是便帶著剩餘的財產、未來的計劃與對昆蟲學的興趣遷往英格蘭南部。」

「現在來談談他的另一段人生，這一定會提高我們的興趣。顯然，經過調查證實，那傢伙發現只有兩個人會阻礙他獲得那份龐大的財產。我相信剛去德文郡時，他是沒有具體計劃的，但從他讓妻子假扮妹妹這點來看，他顯然從一開始就居心不良，雖然他也許還沒確定整樁陰謀的細節，但他確實想到了以她為釣餌。他決心弄到財產，為達目的不擇手段；首先，他把住所定在莊園附近，越近越好。接著，他便開始培養與查爾斯．巴斯克維爾及鄰居之間的感情。」

「爵士親口告訴了他有關那隻獵犬的傳說，卻也使自己踏上了黃泉路。史坦波頓——我還是這樣稱呼他，從莫蒂默醫生那裡聽說老紳士心臟衰弱，稍受驚嚇便能致死；他還聽說查爾斯爵士迷信那個可怕的傳說。於是，一個既能置老爵士於死，又難以查明真凶的惡毒陰謀，就此在他那狡猾的腦袋中形成了。」

「定下這個陰謀後，他花費了很大的精力去實現。執行一個普通的陰謀，使用一隻凶猛的獵犬就足夠了，但他卻充分發揮他的智慧與才能，把普通的獵犬偽裝得像魔鬼般恐怖。狗是從倫敦富勒姆街的狗販羅斯和曼格斯那裡買來的，是他們所有的狗之中最強悍的一隻。當他經由北德文郡鐵路帶牠回來後，為了避人耳目，他牽著狗進入了泥潭深處。那時，他已經在捕捉昆蟲時，摸索出了一條安全的小路，所以他能給牠找到一個安全的往處，讓牠待在那裡，隨時調用。」

「但是好機會不常有，雖然他有好幾次帶著獵犬潛伏在外面，但由於無法在夜間引出老紳士，只好無功而返。在這幾次無疾而終的潛伏中，他——不如說他的同伴，被農民目擊了，魔犬的傳說因而再次甚囂塵上。他曾打算讓他的妻子把查爾斯爵士引向毀滅，但她竟對此表現出異常的倔強。任何的恐嚇、甚至我不願提起的毆打都不曾使她動搖。她不願把老紳士拖入情網，她絲毫不願參與此事，她很清楚，如果她那樣做了，老紳士必死無疑。那段時間，史坦波頓幾乎是一籌莫展。」

「但他最終還是在絕境中找到了機會。那時，查爾斯爵士對他已產生了深厚的友情，並在幫助可憐的里昂太太時，請他負責那筆慈善金。他那偽裝的單身漢身份，對里昂太太產生了決定性的影響。他向她許諾，一旦她與丈夫離婚成功，便立即娶她為妻。但是由於莫蒂默醫生的建議，查爾斯爵士即將離開莊園遠去。他的計畫面臨意想不到的突發狀況，一旦目標遠去，那他將鞭長莫及。所以他必須儘快行動。他引誘里昂太太寫了那封信，在查爾斯爵士去倫敦的前一晚要求會面。信寄出後，他又以冠冕堂皇的理由阻止里昂太太前去赴約。這樣，他就得到了一個千載難逢的時機。」

「傍晚時分，他坐車從庫姆崔西回來，用充足的時間佈置好一切：從荒無人煙的小島中帶回獵犬，抹好發光的磷，再帶牠到柵門附近。他相信，老紳士一定在那裡等著，於是他放開獵犬，讓牠躍過柵門撲向不幸的爵士。爵士一眼望見牠，嚇得叫喊著沿紫杉小徑奔去。在那樣陰森森的小徑中看見嘴眼都噴著火的漆黑龐然大物，確實恐怖，最後，他因為驚嚇過度，心臟衰竭而死。那獵犬是在路邊那道狹長的草坪上奔跑，而爵士則是在路上，因此除了人的腳印外不見任何痕跡。爵士被撲倒後，牠走近去聞了聞，發現獵物已經死後便掉頭跑開了。莫蒂默醫生所看到的正是牠那時留下的爪印。接著，獵犬又被史坦波頓趕回了大格林潘泥沼中心的狗窩。於是官方對這起神秘的事件感到莫名其妙，鄉下人也為之震驚，最後，我們就介入調查了。」

「有關查爾斯．巴斯克維爾爵士之死就談到這裡。我們能從中看出，史坦波頓的手段狡猾之至，幾乎無法對他提起告訴。他唯一的同謀永遠不會洩露秘密，人們古怪的猜測只會使他的陰謀進行得更順利。史坦波頓夫人和蘿拉．里昂夫人都對史坦波頓產生了懷疑。史坦波頓夫人知道他想陷害老紳士，也知道那隻獵犬，里昂夫人雖對這兩件事一無所知，但她明白紳士的暴斃時間正是他們約定的時間，而約會的事只有他知道。然而，他對這兩人有著足夠的影響力，因此毫無顧忌。這下陰謀算是成功了一半，但剩下的那一半還困難重重。」

「史坦波頓原先也許不知道在加拿大還有一個繼承人，但不管怎樣，他很快就從莫蒂默醫生那裡聽說。他的第一個念頭就是：不必等他來德文郡，直接在倫敦殺死他。妻子的倔強已使他不再信任她，他不敢讓她長時間離開身邊。於是她也被帶到了倫敦，被關在克雷文街的麥克伯勞私人旅館裡，而他則貼上假鬍鬚，跟蹤亨利爵士去了貝克街、車站和諾森伯蘭旅館。他的妻子知道他的部分陰謀，但由於曾遭受丈夫虐待而感到害怕，她想寫信警告那個身陷危險的人，但又擔心一旦落入丈夫手中，自己性命不保。於是她想出了那個權宜之計，用報上的文字剪貼成一封警告信，並用偽裝的筆跡寫上收信人的地址。那是她向從男爵發出的第一個警告。」

「弄到亨利爵士的一件衣物對史坦波頓而言極為重要，在不得不用到狗時，牠將能靠著氣味追蹤。我們相信，他一定賄賂了旅館裡的僕人，才達到了目的。不巧的是，得手的第一件東西是對他毫無用處的新皮鞋，於是他把它歸還回去，同時偷了另一隻。這件事使人清楚地意識到，我們的對手應該是一隻獵犬，這就是為什麼他只想弄到一隻舊鞋，而對新鞋不感興趣。越是奇特的事件越值得思考，表面上它的確使案情變得撲朔迷離起來，但只要能深入思考並進行科學地分析，它往往最能使案情變得明朗。」

「第二天，我們的朋友再次來訪，絲毫沒有察覺到後面的馬車裡有人在跟蹤。從史坦波頓熟悉我的住處和長相這點，再與他的處事方式作結合，我感到他的罪惡並不僅限於巴斯克維爾一案。聽說在最近三年內，西部發生的四大竊案無一被偵破。最後一次是發生在五月的福克斯通場，它的特殊之處在於，一名男侍為了擒住帶面具的單身竊賊而被無情的槍殺。我相信史坦波頓就是如此貼補日常開支的，他這些年一直是個亡命之徒。」

「當他從我們手中逃掉並將我的名字告訴馬伕時，我就明白他有多麼狡滑了。那時，他已知道我插手此案，也瞭解到在倫敦不會有機會下手，於是才回到達特穆爾等候。」

「等等！」我說，「一切的確如你所說，但還有一點無法解釋——主人來到倫敦，那隻獵犬怎麼辦？」

「這很重要，我也曾考慮過。史坦波頓有個親信，是梅利皮特宅邸中的那個叫安東尼的老僕人，他和史坦波頓家的關係從辦學時就開始了，他一定知道他的主人的夫妻關係，現在他已經逃掉了。在英格蘭，姓安東尼的人十分稀少，而在西班牙或是西屬美洲，姓安東尼奧的人也同樣稀少。安東尼和史坦波頓太太一樣，能說流利的英文，但有著特殊的咬舌口音。我曾看過這個老頭從格林潘泥潭中心走出，也許他並不知道主人的陰謀，但主人外出時，一定是他照顧著那隻獵犬。」

「不久，史坦波頓夫婦就回德文郡了，而你和亨利爵士隨後也回去了。也許你還記得，我曾仔細檢查過那封拼貼而成的信件上的浮水印，我把鼻子靠近後，嗅出一種白茉莉花的香水味。一個犯罪學家可以從全部七十五種香水中把它分辨出來，我曾多次利用這點破獲案件。香水說明了此案一定涉及女性，我當下就猜到有可能是史坦波頓夫婦。就這樣，在親臨犯罪現場前，我就確定了有隻獵犬，並推測出了罪犯的真實身份。」

「剩下要做的就是監視史坦波頓了。但是，如果我跟你們一起去，他就會更加謹慎，那就很難有所收穫。於是我瞞著所有人——包括你，來到了鄉下。沒你想的那麼辛苦，這點小麻煩才不會影響我的調查。小卡特萊特也與我一起來了，我們大多時候待在庫姆崔西，只有必須接近犯罪現場時，我才住在沼澤，卡特萊特就負責幫我送來食物和乾淨衣服。我監視史坦波頓，卡特萊特就監視你，我也就能同時掌握所有的情況。」

「我已經告訴過你，我能及時收到你的報告，因為它們一到貝克街就被立刻送到庫姆崔西。報告對我幫助極大，特別是有關史坦波頓的身世，這證明了那一對男女就是史坦波頓夫婦，我也就此知道該如何著手調查。確實，逃犯、史坦波頓以及巴里莫爾三者之間的關係曾把案情複雜化，但最終被你巧妙地釐清了，雖然我自己也得出了相同的結論。」

「當你在沼地中發現我時，我已弄清了全部事實，只是苦於沒有決定性的證據。即使是那晚史坦波頓企圖殺害亨利爵士卻錯殺了逃犯的事實都難以定他的罪。除了以現行犯捉住他以外，我們別無他法。所以只能讓亨利爵士作誘餌，我們最終獲得了證據，把史坦波頓逼入死路。我承認，讓亨利爵士身陷危機是我在此案的一大失誤，但我們無法預知那傢伙竟會那樣恐怖，而濃霧也剛好趕來湊熱鬧；我們的勝利付出了極大的代價，但莫蒂默醫生向我保證，這個恐怖事件對亨利爵士的影響只是暫時的。一次環球旅行就足以恢復他受創的神經，和受了情傷的心靈，對他而言，她的欺騙是最令人傷心的。」

「接下來聊聊史坦波頓太太在此案中扮演的角色。她的確受到史坦波頓控制著，原因可能是出於愛情，或者恐懼，或者二者兼有。在這種情形下，她同意假裝成他的妹妹。雖然史坦波頓也發現她不願直接參與謀殺，但想到大多數時候自己仍能掌控她，便沒有太在意，而她呢？只要不連累到丈夫，她總是設法警告亨利爵士。史坦波頓雖然一開始就設想過亨利爵士會向她求婚，但雄雄妒火仍使他忍不住大發雷霆，因而暴露了他好不容易掩飾住的火爆性格。他控制了亨利爵士的感情，使他經常前往梅利皮特，這樣他就可獲得好機會了。但在事發當晚，他的妻子忽然與他對抗，她知道當時獵犬就關在外面的小屋中，亨利爵士即將來吃晚餐，而她已對逃犯之死也略有所聞，預料到將會發生什麼，於是她譴責丈夫，他狂怒起來，不小心透露了自己移情別戀的事實，柔順的她眼中噴出了怒火，決定出賣他；他看出了這一點，於是把她捆住，以免她跑去警告亨利爵士。我相信，他是想等大家都相信亨利爵士是死於家族的詛咒時，再說服妻子接受並保密。他在這點上錯得一塌糊塗，我敢保證，就算當天我們沒有出面，他也難逃一劫，因為一個西班牙女人是不會輕易饒恕這種恥辱的。我親愛的華生，剩下的細節我可能需要翻閱記錄了，不知你還有什麼不清楚的。」

「他不可能指望那隻狗像對查爾斯爵士一樣，把亨利爵士嚇死吧？」

「那隻野獸被餵得半飽，十分兇殘，即使被牠追逐的人不被嚇死，也會喪失抵抗能力。」

「說得也是。還有一點，就算史坦波頓繼承了遺產，他也無法解釋這個事實：他這個繼承人為何要隱姓埋名住在離莊園這麼近的地方？他要如何躲避懷疑與調查？」

「這是個巨大的難題，恐怕寄望我解決這個難題是高估我了。一個人的過去與現在我都能調查得到，但是他未來會怎麼做，我卻無從得知。史坦波頓太太曾聽他丈夫談過幾次，基本上有三條法子：他直接在南美洲繼承這份遺產，只要讓英國當局證明他的身份就夠了；或者找一個同伙帶著資料前去證明他的繼承人身份，但要保留一部分財產；或者暫時住在倫敦隱匿身份。憑著他的聰明，他總有辦法達到目的。噢！親愛的華生，我們已經忙碌幾個星期了，該換個口味了，想些令人高興的事，你應該聽過德．雷茲克的歌劇吧？我訂了一個包廂觀賞『休格諾人』，請你在半小時內準備好，路上還能順道去瑪錫尼吃頓飯。」

國家圖書館出版品預行編目資料

世紀神探：福爾摩斯經典全集 / 亞瑟・柯南・道爾 原著. -- 初版. -- 新北市 : 典藏閣 , 2012.09-
冊 ;　公分

ISBN 978-986-271-247-4 (上冊 : 平裝)

873.57　　　　101013132

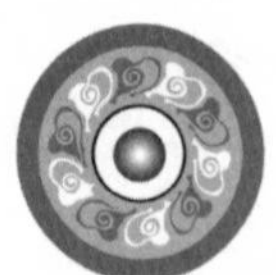

典藏閣

世紀神探：福爾摩斯經典全集(上)

出版者 ◤典藏閣
作者 ◤亞瑟·柯南·道爾
品質總監 ◤王寶玲
總編輯 ◤歐綾纖
編譯 ◤丁凱特
文字編輯 ◤Helen
美術設計 ◤May

台灣出版中心 ◤新北市中和區中山路2段366巷10號10樓
電話 ◤(02) 2248-7896　傳真 ◤(02) 2248-7758
ISBN ◤978-986-271-247-4
出版日期 ◤2023年最新版

全球華文市場總代理／采舍國際有限公司
地址 ◤新北市中和區中山路2段366巷10號3樓
電話 ◤(02) 8245-8786　傳真 ◤(02) 8245-8718

全系列書系特約展示
新絲路網路書店
地址 ◤新北市中和區中山路2段366巷10號10樓
電話 ◤(02) 8245-9896
網址 ◤www.silkbook.com

線上pbook&ebook總代理／全球華文聯合出版平台
地址 ◤新北市中和區中山路2段366巷10號10樓
新絲路電子書城 ◤www.silkbook.com/ebookstore/
華文網雲端書城 ◤www.book4u.com.tw
新絲路網路書店 ◤www.silkbook.com

本書係透過華文聯合出版平台自資出版印行。
本書採減碳印製流程，碳足跡追蹤並使用優質中性紙（Acid & Alkali Free）通過綠色環保認證，最符環保要求。